Gustav Meyrink

DAS HAUS ZUR LETZTEN LATERN

Nachgelassenes und Verstreutes

Herausgegeben von Eduard Frank

Langen Müller

Albert Langen Georg Müller Verlag GmbH, München Wien
Umschlaggestaltung: Peter Schimmel
Lektorat: Heinz Puknus
Gesamtherstellung: Jos. C. Huber, Dießen
Printed in Germany 1981
ISBN: 3-7844-1524-5

Inhalt

Einleitung

Bevor man Meyrinks geistiger Entwicklung nachzuspüren versucht, ist es nötig, sich erst einmal die wichtigsten Etappen seines äußeren Lebensganges zu vergegenwärtigen. Geboren wurde er als Gustav Meyer am 19. Januar 1868 um halb zwei Uhr nachmittags in Wien im Hotel »Blauer Bock« auf der Mariahilfer Straße, das seine Mutter, die bayrische Hofschauspielerin Maria Wilhelmine Adelheid Meyer während der Durchreise bewohnte. Die Taufe erfolgte am 5. März in der evangelischen Mariahilfer Kirche. Meyrink kam als uneheliches Kind zur Welt. Sein Vater, der württembergische Minister Karl Freiherr Varnbüler von und zu Hemmingen, war 59 Jahre alt, Meyrinks Mutter stand im 27. Lebensjahr. Die mütterlichen Vorfahren hießen Meyerink und stammten aus der Steiermark. Belegbar ist auch eine Verwandtschaft mit dem Historiker Eduard Meyer. Als Schauspielerin wirkte Meyrinks Mutter am Wallner Theater in Berlin, am Hoftheater in München und an den Theatern von Hamburg, Prag und Petersburg. Ihre Laufbahn beschloß sie am Lessingtheater in Berlin, wo sie von 1891 bis 1902 engagiert war und 1906 starb. Meyrink besuchte die Schule in München von 1874 bis 1880, zuletzt das Wilhelmsgymnasium. Dann ging er (1881 bis 1883) an das Johanneum in Hamburg. In den Jahren von 1883 bis 1888 absolvierte er (als Primus) das Gymnasium in Prag und die Handelsakademie. Damit hatte er sich die Basis für eine bürgerliche Existenz geschaffen. Nun gründete er, gemeinsam mit einem Neffen des Dichters Christian Morgenstern das Bankhaus »Meyer und Morgenstern« in Prag. Schon in dieser Zeit zeigte sich sein Interesse für mystisch-okkulte Probleme: 1891 kam es zur Gründung der Prager theosophischen Loge »Zum blauen Stern«. Hier soll vielleicht gleich erwähnt werden, daß Meyrink viele Jahre hindurch Kontakte mit verschiedenen Orden und mystischen Vereinigungen pflegte, um unalltägliche Kenntnisse zu erwerben. So kam er auch in Verbindung mit der Mystikergruppe um den einfachen Weber Alois Mailänder (1844 bis 1905). Emil Bock[1]) berichtet, daß zahlreiche Schriftsteller – darunter auch Gustav Meyrink – eine Zeitlang Schüler Mailänders gewesen sind. In der »Loge zum blauen Stern« spielte Karl Weinfurter[2]) eine maßgebende Rolle. Schon in dieser Zeit beschäftigte sich Meyrink intensiv mit grenzpsychologischen Fragen. Besonders beeindruckte ihn hier ein Mann, der in allen okkulten Traditionen sehr erfahren war: der Wiener Polyhistor Friedrich Eckstein[3]). Vorübergehend interessierten ihn die Theosophie H. P. Blavatzkys und die Schriften Anni Besants. Auch mit Rudolf Steiner hatte er eine persönliche Begegnung: anläßlich eines Besuches des Begründers der Anthroposophie bei Meyrink in Starnberg. Durch Dokumente aus der Meyrinksammlung der Bayerischen Staatsbibliothek ergibt sich ein ziemlich klarer (wenn auch nicht unbedingt vollstän-

[1]) Emil *Bock*, Rudolf Steiner / Studien zu seinem Lebensgang und Lebenswerk. – Stuttgart 1961

[2]) Karl *Weinfurter*, Der brennende Busch. – Lorch-Württemberg 1949

[3]) Friedrich *Eckstein*, Alte unnennbare Tage! / Erinnerungen aus siebzig Lehr- und Wanderjahren. – Wien-Leipzig-Zürich 1936

diger) Einblick in Meyrinks Tätigkeit bei den verschiedenen Orden und Bruderschaften[4]). Schon im Jahre 1892 erhielt er den Grad eines S. I. eines französischen Ordens. Ein Brief aus demselben Jahre belegt die Verbindung mit englischen Freimaurern, dem »Ancient & Primitive Rite of Masonry«. Für das Jahr 1893 liegt ein Brief von W. Wynn Westcott, dem Supreme Magus of the Societas Rosicruciana an Meyrink vor. Ebenso eine Urkunde, die »Mandale of the Lord of the Perfect Circle«, die folgenden Text enthält: »It is ordered, that Brother Gustav Meyer of Prague be constituted one of seven Arch censors. And in virtue of this Mandale Gustav Meyer receives the Spiritual and Mystic name Kama.« Ebenfalls Beziehungen zum »Royal Oriental Order of Ape & of the Sat Bahai« sind durch einen Brief bezeugt. Ein weiteres Schreiben aus Manchester (1895) enthält die Zuschrift eines Ordensbruders namens Charubel, in dem Meyrink sein neuer Name mitgeteilt wird: »Theravel. This Name, when translated in English, would be expressed thus: I go; I seek; I find. This is therefore the Motto of your future life.« Zwei Jahre später (1897) nahm der Orden der Illumination Meyrink unter dem Namen Dagobert als Mitglied auf. Auch ein Brief von Dr. Richard Hummel aus Leipzig ist erhalten, in dem die Aufnahme Meyrinks in die »Bruderschaft der Alten Riten vom Heiligen Gral im Großen Orient von Patmos« erwähnt wird. In den Zwanzigerjahren (1923) wollte er in die »Altgnostische Kirche von Eleusis« ein-

4) Manfred *Lube*, Beiträge zu einer Biographie Gustav Meyrinks und Studien zu seiner Kunsttheorie. – Inaugural-Dissertation zur Erlangung der Doktorwürde der Philosophischen Fakultät der Karl-Franzens-Universität Graz (1970).

treten. Drei Jahre später wurde er Mitglied der »Aquarian Foundation« und der »Weißen Loge«.

Alle möglichen Experimente wurden in dieser Zeit unternommen, mediumistische Sitzungen abgehalten[5]), Spukphänomene beobachtet[6]), telepathische und Exteriorisationsversuche[7]), magische Mantrampraktiken ausgeführt und schließlich auch alchimistische Transmutationen versucht. In seiner Einleitung zur Übersetzung der umstrittenen Abhandlung des Thomas von Aquino[8]) erzählt er, wie er selbst Gold machen wollte und dabei zu einem merkwürdigen »Farbwechsel« in der Retorte gelangte: »Die wissenschaftliche Ursache konnte mir auch ein Chemiker, den ich zu Rate zog, nicht erklären.« Schließlich flog ihm bei einem Experiment die ganze »Materie« ins Gesicht. Eine Wiederholung war nicht mehr möglich, weil es Meyrink nicht gelang, ein weiteres Stück der benötigten »materia remota« aufzutreiben.

Aber im Laufe der Jahre (und Jahrzehnte) traten dann

5) Albert *Talhoff* erzählt im Vorwort zur Züricher Ausgabe des »Golem« (1946), daß Meyrink dem bekannten Medium Schrenck-Notzings, Eva C., »als sie im Trancezustand lag und das weißschaumige Teleplasma ausschwitzte, ein silbernes Döschen voll Gespensterknetstoff abknipste, um es auf seine Bestandteile untersuchen zu lassen.«

6) »Ich (wurde) Augenzeuge derart krasser mediumistisch-physikalischer Vorgänge in einem Spukhaus in Levico, daß kein Zweifel mehr für mich bestehen konnte: es gibt, wenn auch sicher sehr selten, Phänomene, die alles, was die Wissenschaft über die Gesetze des Stoffes zu wissen vermeint, sozusagen auf den Kopf stellen.« (G. Meyrink, Erlebnisse mit einem tibetanischen Zauberdiagramm. – Merlin 1/1948)

7) G. *Meyrink*, Magie im Tiefschlaf. – Merlin 2/1948

8) Thomas von Aquino, Abhandlung über den Stein der Weisen. Übersetzt, herausgegeben und mit einer ausführlichen Einleitung versehen von G. Meyrink. – München-Planegg 1925

noch andere Fragen an ihn heran: die Auslösung paranormaler Wahrnehmungen durch Drogen und Gifte[9]), visionäre Schau zukünftiger Ereignisse[10]) und massive Durchdringungsphänomene[11]). Man darf also wohl behaupten, daß sich Meyrink zeit seines Lebens auf allen Sektoren paranormaler Erfahrung gründlich und kritisch umgesehen[12]), aber auch selbst praktische Fähigkeiten in hohem Maße entwickelt und bewußt ausgebildet hat.

In Prag schloß Meyrink am 1. 3. 1893 seine unglückliche Ehe mit Hedwig Maria Certl. Lange versuchte er eine Scheidung, die aber seine Frau ablehnte. Erst durch das Eingreifen des Heilpraktikers Zeileis gelang es, ihre Einwilligung zu erhalten. Nun konnte die zweite Ehe mit Philomena Bernt (am 8. Mai 1905) in Dover geschlossen werden. Dieser zweiten Verbindung traten gleich zu Beginn starke Widerstände entgegen. Der eigene Schwager war Meyrinks erbittertster Gegner. Da man das Eindringen des eleganten, snobistischen, okkult-umwitterten unehelichen Halbadeligen in die Prager Gesellschaft ohnedies nicht gern sah, war es leicht, den Verhaßten in Affären zu verwickeln, die ihn – obwohl er völlig schuldlos war – schließlich sozial und wirtschaftlich an den Rand des Abgrundes brachten. Die unglaublichsten Gerüchte wurden verbreitet. So schrieb eine Prager Zei-

9) G. *Meyrink*, Haschisch und Hellsehen. – Prager Tagblatt v. 17. 7. 1927

10) G. *Meyrink*, Meine merkwürdigste Vision (Allg. Zeitung, Chemnitz, Nr. 13 v. 15. 1. 1928) und: Vor kommendem Brand (Münchner Neueste Nachrichten v. 13. 12. 1932)

11) »Ich selbst habe beobachten können, daß ein Seifenbüchschen durch meine Hand mehrmals hindurchging!« (G. *Meyrink*, An der Grenze des Jenseits. – Leipzig 1923)

12) G. *Meyrink*, Hochstapler der Mystik. – Chemnitzer Allg. Zeitung, 12. bis 16. 7. 1927

tung[13]) wörtlich: »Er verstand es sogar, ›Spiritismus‹ in den Dienst seines Geschäftes zu stellen. Gustav Meyer war ›Spiritist‹, und dadurch wird es erklärlich, daß er gerade viele Damen zu seinen Committenten zählte.« Schließlich brachte man ihn auch noch ins Gefängnis: »Zweieinhalb Monde blieb er im Strafgericht in Haft, in welcher Zeit über dreihundert Zeugen verhört und seine gesamte Geschäftsgebarung als Mitinhaber der Bankfirma ›Meyer und Morgenstern‹ und als selbständiger Bankier nachgeprüft wurde. Das Ergebnis war die bedingungslose Einstellung des Strafverfahrens und am 2. April 1902, um zehn Uhr vormittags, verließ Meyer das Untersuchungsgefängnis[14]).« Eine üble Rolle bei dieser Verhaftung spielte der Polizeirat Olič, dem Meyrink dann im »Golem« (als Otschin) ein dauerndes Denkmal setzte. Es war ein eigenartiger Zufall, daß Olič knapp vier Tage vor Meyrink gestorben ist[15]).

Trotz seiner restlosen Rehabilitierung war die wirtschaftliche Existenzbasis ruiniert und Meyrink mußte das Bankhaus zusperren. Viel hatte dazu auch sein betont exzentrisches Wesen beigetragen, das die Prager dauernd schockierte. Paul Leppin[16]) gibt in einem Interview einen Einblick in das Milieu, in dem Meyrink lebte. »Ich wurde«, sagt Leppin, »mit Meyrink durch den Sohn des Restaurateurs Zavřel, den nachmaligen Regisseur in Berlin, im Café Continental zusammen-

13) Bohemia v. 19. 1. 1902

14) Egon Erwin *Kisch*, Prager Pitaval (»Mann ist Mann oder die Verwandlung des Bankiers Meyer«.) – Berlin 1931

15) Dr. Ladislaus *Frank*, Eine Meyrink-Geschichte um Meyrinks Tod / Er nimmt seinen Todfeind mit in den Tod. – Das 12-Uhr-Blatt, Berlin, vom 6. 2. 1932

16) Paul *Leppin*, Der Okkultist Meyrink. – Bohemia v. 6. 12. 1932

gebracht. Wir bildeten bald eine kleine Gesellschaft, bei der der Irrenarzt Doktor Schwarz, der altösterreichische Graf Resseguier, Dozent Mahler, Hugo Steiner, der nunmehrige Professor an der Akademie der graphischen Künste in Leipzig, Direktor Menzel, nachmaliger Direktor der Länderbank in Wien, und andere beteiligt waren. Dem Zug der Zeit folgend, hielten wir in Zavřels Junggesellenwohnung Seancen ab. Dabei wurde aus Meyrinks Privatkästchen echt-indisches Haschisch geraucht, das in Trance versetzte und seltsame Visionen in dem Medium wachrief. Aber über das gewöhnliche Tischchen-Rücken und -Klopfen kamen die telekinetischen Versuche in meiner Gegenwart nicht hinaus. Meyrink glaubte an Geister, aber er hielt den Spiritismus für ein inferiores Gebiet des Okkultismus und lehnte ihn deshalb ab. Als Großmeister einiger Geheimgesellschaften, z. B. des Rosenkranzordens und eines indischen Ordens, war er tieferen Erkenntnissen zugewandt. Sein ganzes Leben gehörte der Vorliebe für die Grenzwissenschaften und deren Studium. In seiner Bibliothek war Edgar Allan Poe, E. T. A. Hoffmann, vor allem aber die Blavatzky vertreten. Überhaupt sah es bei ihm recht phantastisch aus. Er hatte ein Terrarium mit zwei afrikanischen Mäusen, die er nach Maeterlinck-Figuren benannte, einen wirklichen Beichtstuhl, den er, Gott weiß wo, aufgegabelt hatte, Bilder der Blavatzky, die Plastik eines Geistes, der in der Wand verschwindet u.v.a., was in eine Privatwohnung eines Bankiers nicht hineingehört. Bezeichnend ist schon die Wahl seiner Wohnung; er wohnte zuletzt in der Nähe der Nusler Stiege in einem richtigen Turmzimmer... Das Prager Nachtleben kannte ihn als ständigen Besucher mit seiner Suite, unter der sich auch Alexander Moissi befand. Schauspie-

ler und Dichter, Bankiers und Menschen aller Berufe gehörten zu der Gesellschaft ...«
Schon damals geisterten allerhand Gerüchte um ein geheimnisvolles Privatleben Meyrinks. Davon berichtet z. B. Th. Th. Heine[17]) oder Kemil Oraj[18]) neben vielen anderen. Was daran wahr und was journalistische Phantasie ist, wird sich wohl nie mehr klären lassen.
Eine besondere Rolle in seinem Leben spielt auch Meyrinks Krankheit. Er litt an einem Rückenmarkleiden, zu dem dann später – in der Prager Zeit – noch eine Zukkerkrankheit kam, die ihn bis an sein Lebensende verfolgte. Besonders schlecht ging es ihm, als er aus der Untersuchungshaft kam. Die Schulmedizin vermochte ihm wenig zu helfen; scharfe Ausfälle in seinen Erzählungen stehen damit im Zusammenhang. Erst als er eine bestimmte Yogatechnik erlernt hatte, besserte sich sein Zustand.
Prag war Meyrink verleidet. Deshalb verließ er die Stadt und ging 1904 nach Wien. Selbstverständlich zogen seine literarischen und philosophischen Interessen wieder Gleichgesinnte an. Vor allem gehörte auch zu seinem Wiener Kreis Friedrich Eckstein, dann die Schriftsteller Roda Roda, Paul Busson, Peter Altenberg, Ludwig Ganghofer, Egon Friedell, Ludwig Thoma und Geheeb. Auch ethnologische Interessen erfüllten ihn. Doch seine Hauptarbeit galt der redaktionellen Tätigkeit in der Zeitschrift »Der liebe Augustin«. Meyrink benutzte seine persönlichen Beziehungen, um Mitarbeiter

17) Thomas Theodor *Heine*, Der geheimnisvolle Meyrink. – Münchner Sonntagsanzeiger Nr. 50 (Jahr nicht feststellbar)
18) Kemil *Oraj*, Der Magier Gustav Meyrink / Die verzauberte Eiche, Der verschwundene Brief. – Neues Wiener Journal vom 3. 6. 1926

zu gewinnen: so etwa Oskar Wiener, Erich Mühsam, Paul Leppin, Oskar A. H. Schmitz, Max Brod und Gustaf Kauder. Auch eine Reihe von später berühmt gewordenen Zeichnern – Alfred Kubin, Richard Teschner, Hugo Steiner – stellte er in der Zeitschrift vor. Daneben finden sich Illustrationen von Fritz Schönpflug, Julius Klinger, Heinrich Zille, Jules Pascin, Kolo Moser und Josef Hofmann. Leider ging die Zeitschrift bald wieder ein und Meyrink verlor dadurch sein literarisches Forum. Aber in dieser Wiener Zeit ergab sich auch noch eine andere wichtige Verbindung: der Kontakt zur »Wiener Werkstätte«.

Zwei Jahre lebte Meyrink, anschließend an die Wiener Zeit, nun auf Reisen: 1905/06 war er in Montreux in der Schweiz, wo auch (am 16. Juli 1906) seine Tochter Sybille Felizitas zur Welt kam. Der Sohn Harro Fortunat wurde zwei Jahre später (am 17. 1. 1908) in München geboren. Seit 1907 lebte Meyrink in der Stadt an der Isar. Er unternahm zwar noch Reisen (1908 an den Gardasee, nach Berlin, in die Schweiz, nach Prag, nach Österreich), aber die bayrische Metropole hielt ihn fest. Nachdem ein gewisser finanzieller Erfolg sich eingestellt hatte, übersiedelte Meyrink nach Starnberg. Dort kaufte er sich (etwa 1920) ein Haus, das »Haus zur letzten Latern«, das erst 1928 wieder verkauft wurde. Aber auch jetzt noch blieb er in Starnberg wohnen, wo er am 4. Dezember 1932 gestorben ist. Seine Witwe Mena überlebte ihn um viele Jahrzehnte und starb kurz vor der Vollendung ihres 93. Lebensjahres am 14. Oktober 1966 in Percha.

In München gefiel ihm die süddeutsche Atmosphäre. Außerdem kam seinem kritischen Geist die Existenz der Zeitschrift »Simplicissimus« entgegen; dieses Blatt wurde bald das Forum seines Wirkens als Satiriker und begründete den späteren Ruhm des Schriftstellers. Auch als er an den Starnberger See übersiedelt war, blieb er immer noch im Bannkreis der Stadt. Neben dem »Simplicissimus« gab es noch eine zweite Zeitschrift »März«, in der Meyrink Beiträge veröffentlichte. Mit einem der Herausgeber, Kurt Aram, verbanden ihn tiefere Interessen[19]). Beide beschäftigten sich mit Forschungen auf dem Gebiet der Mystik und Magie. Ein weiterer Freund war Roda Roda. Ihre Bekanntschaft datierte noch aus der Wiener Zeit. Das literarische Ergebnis waren drei Theaterstücke, die beide gemeinsam in den Jahren 1910 bis 1913 verfaßten. Die Stücke hatten keinen besonderen Erfolg und die Zusammenarbeit der Autoren verlief auch nicht immer ohne Spannungen und kleine Reibereien. In einem Brief an Roda Roda zieht Meyrink die Bilanz: »Ich habe nunmehr alles, was mit dem Theater zusammenhängt, so gründlich satt, daß ich nur *eine* Lösung sehe: Raus.« Wesentlich ist dagegen ein lebhaftes Interesse Meyrinks für Marionettentheater. Noch im Jahre 1913 findet sich ein Beleg dafür in einem Brief an Richard Teschner. Die Figuren dieses in Wien lebenden Künstlers hatten Meyrink fasziniert. Er wollte Stücke für sie schreiben und ein Marionetten-Wandertheater ins Leben rufen. Leider konnte die Finanzierung nicht gesichert werden, weshalb das Projekt scheiterte.

Ständige Geldknappheit veranlaßte immer wieder literarische Brotarbeit. Dazu gehören vor allem seine Übersetzungen aus dem Englischen. Eine Ausgabe der Werke von Charles Dickens bildete das Kernstück. Freilich ern-

19) Herbert *Fritsche*, August Strindberg / Gustav Meyrink / Kurt Aram. – Drei magische Dichter und Deuter. – Prag (Smichov) 1935

tete er damit nicht nur Beifall, sondern auch herbe Kritik. Man warf ihm ungerechtfertigte Textkürzungen und Streichungen vor, die das Urbild veränderten.
Gesellschaftlich lebte Meyrink immer zurückgezogener. Dennoch verfolgte er mit wachen Sinnen das literarische und künstlerische Treiben seiner Zeit. So stand er z. B. lange im Briefwechsel mit Alfred Kubin. Auch Oskar Kokoschka kreuzte seinen Weg und malte ein Portrait Meyrinks, das leider verschollen ist. Mit Adolf Loos stand er ebenfalls in Briefwechsel. Wie stark sein literarisches Interesse war, zeigt die Aufforderung Kurt Wolffs, an einem Parodienbuch mitzuarbeiten. Die frühen Parodien auf Frenssen und die Verspottung süßlicher Heimatkunst mit dem »Wildschwein Veronika«[20]) waren anscheinend der Anstoß zu dieser Einladung.
In der Münchner Zeit hatte Meyrink — trotz seines Wohnsitzes am Starnberger See — mancherlei gesellschaftliche Kontakte. Als eifriger Kaffeehausbesucher verkehrte er viel in dem seinerzeit berühmten Café Stefanie in Schwabing; dort spielte er auch oft mit Erich Mühsam Schach. Einen zweiten Kreis fand er im Café Luitpold, zu dem Frank Wedekind, Kurt Martens, Heinrich Mann und ebenfalls Erich Mühsam gehörte. Von Meyrinks eigenartiger Begabung einer politischen Seherschaft erzählt — halb ironisch, halb ernsthaft — Mühsam selbst: »Hier wurden mit gedämpfter Stimme die Ereignisse besprochen und aus höheren Gesichtspunkten betrachtet als den an den lauten Tischen beliebten. Meyrink gab dabei unseren realistischen Betrachtun-

20) G. *Meyrink*, Des deutschen Spießers Wunderhorn. – München 1913. Vgl. auch William R. van *Buskirk*, The bases of Satire in Gustav Meyrink's work. – University of Michigan 1957

gen häufig etwas mystische Zutat bei. Mir erklärte er einmal, mir werde im Krieg bestimmt nichts Böses widerfahren, denn ich sei einer der ganz wenigen, die diesen Krieg nie gewollt und nie gebilligt und schon vorher gegen ihn geeifert hätten. Das mache mich immun gegen seine Gefahren. Aber vor einer Revolution solle ich mich in acht nehmen. Die lebe in meinen Wünschen und würde mich im Guten wie im Schlimmen zu finden wissen[21]).«

Die Stadt freilich, die in Meyrinks Leben die entscheidende literarische Rolle spielte, war vor allem Prag: nicht München oder Wien. Denn Prag hat seinem literarischen Schaffen den unverwechselbaren Stempel aufgeprägt: diese von ihm gehaßte und insgeheim doch so geliebte Stadt (»Golem«, »Walpurgisnacht«), aus deren schicksalsträchtiger Atmosphäre er sich nie wieder lösen konnte ...

Meyrink besaß zeitlebens viele Freunde und viele Feinde. Was ihn bei den einen beliebt machte, zog ihm von den andern bitteren Haß zu. Seine Fähigkeit zu tödlicher Satire löste bei den Betroffenen ohnmächtige Wut aus. Dabei übersahen sie, daß der unbarmherzige Angreifer zuinnerst selbst schwer litt. Die meisten Äußerungen waren, tiefenpsychologisch gesehen, Überkompensationen. Meyrink mußte fertig werden mit seiner unehelichen Geburt, er sollte (vergeblich) eine dauernde, vergiftete Mutter-Sohn-Spannung auflösen, er war schließlich auch noch gezwungen, sich ständig gegen die breite Front jener Gegner zur Wehr zu setzen, die ihn mit unliterarischen Mitteln auch literarisch zu vernichten drohten. Dieser Kampf ist noch bis in das Fragment

21) Vgl. Manfred *Lube*, Beiträge ... S. 95

seines unvollendeten Nachlaßromans »Das Haus des Alchymisten«[22]) zu verfolgen, wo er einen Menschen, den dämonischen Dr. Theen, in den Mittelpunkt stellen wollte, der all die Spannungsgifte in der europäischen Atmosphäre geradezu satanisch verdichtet in einer Person darstellen sollte. Solche psychisch negativ aufgeladenen Existenzen treten bei Meyrink immer wieder auf. Sie sind die »Gespenster«, die ihn stets bedrohen. Mit ihnen muß er sich dauernd auseinandersetzen. Als er das in jungen Jahren nur auf der diesseitig-rationalen Ebene versuchte, geriet er in eine Sackgasse, aus der er im Augenblick nicht mehr herausfand. Konsequenterweise griff er zum Revolver, da sich der Selbstmord als einzige Lösungsmöglichkeit anzubieten schien. Gerade in diesem Augenblick indes setzte die Peripetie ein, der »Schicksalsverhänger« sandte einen Buchhandlungslehrling mit Prospekten merkwürdiger Schriften und das Lebensschiff wurde — plötzlich auf höhere Wogen gehoben — wieder flott. Und diese beiden Sphären, die diesseitig-rationale und die transzendent-irrationale (wo sich die Gegensätze in anderen Dimensionen auflösen) durchdrangen einander vom Beginn der Simplicissimus-Satiren bis zum »Haus des Alchymisten« immer wieder. Auf diesem Boden erwuchs dann jenes eigenartige Gesamtwerk, das einmal der Literaturwissenschaft, zum andern der Psychologie auch heute manche ungelöste Rätsel aufgibt. Schließlich gilt immer noch, was einmal Hermann Beckh von Meyrink sagte[23]): »Um höchste Menschheitsprobleme und Ewigkeitsprobleme hat er gerungen, in tiefe

[22]) Vgl. dazu: Eduard *Frank*, Gustav Meyrink / Werk und Wirkung. — Büdingen-Gettenbach 1957

[23]) Hermann *Beckh*, Mein Erlebnis mit Gustav Meyrink, Christengemeinschaft, 9. Jg. Nr. 12 (1933)

Abgründe der Menschheit und der eigenen Seele, des eigenen Schicksals hat er hineingeschaut. Keine eigentliche ›Höhenluft‹, das fühlen wir sogleich, weht in seinen Werken. Und doch kann ›Höhe‹ in ihnen gefunden werden, von denen wenigstens, die die Gabe haben, auch durch schwerlastende, finstere Nebel hindurch – wie bisweilen im Hochgebirge – die Höhe zu ahnen. Kein rücksichtsvoll-schonender ›Erzieher der Menschheit‹ steht hier vor uns. Das zeigen gleich die ersten, seinerzeit im ›Simplicissimus‹ erschienenen Novellen, die alle ins Groteske gehen, zum Teil durch Erregen ›bleichen Entsetzens‹ den heutigen Menschen aus seinem Alltagsbewußtsein und Philisterbewußtsein herausreißen wollen, oft so, daß nur starke Nerven dieser Prüfung gewachsen sind.«
Aus ähnlicher Sicht beurteilte auch Rudolf Steiner[24]) Meyrink, obwohl dieser in einer Satire »Meine Qualen und Wonnen im Jenseits« ihn kräftig attackiert hatte: »Da haben Sie heute einen Schriftsteller, der in weiten Kreisen wirken kann, ... weil er wirklich den Leuten interessant sein kann, weil sich ihm bis zu ganz außerordentlichen Weiten gewisse Zugänge öffnen zur geistigen Welt. Es strömt vieles in ihn ein.«
Um Meyrinks paranormalen Fähigkeiten und ihrer Entwicklung auf die Spur zu kommen, gibt es zwei Möglichkeiten: einmal die direkten, autobiographischen Aussagen, zum zweiten die indirekten Bekenntnisse in seinen Erzählungen und Romanen. Bei dieser letzten Gruppe ist die Scheidung und Unterscheidung nicht immer leicht, denn der Schriftsteller Meyrink liebt es, ätzenden Spott, schärfste Ironie und Äußerungen innerster Konfession hart nebeneinander zu setzen. Da es ihm primär auch

24) Rudolf *Steiner*, Gegenwärtiges und Vergangenes im Menschengeiste. – Berlin 1906, S. 128 ff.

niemals um die literarische Formung ging — das Schreiben an sich war ihm meist eine leidige, lästige Angelegenheit — kann man damit leicht jenes Etwas erklären, das ihm als kolportagehaftes, im Sensationellen wurzelndes Ausdruckselement da und dort vorwurfsvoll angekreidet wurde. Meyrinks Bücher sind aber keine l'art pour l'art-Gebilde, keine ästhetischen Spielereien, sondern eruptive Blöcke, die aus Tiefen herausgeschleudert wurden, in die nur selten ein menschlicher Blick einzudringen wagt. Dieses polare Spiel zwischen Oberfläche und Tiefe, zwischen verbindlichem Ausdruckshabitus und unverbindlicher Kompromißlosigkeit eines magischen Tiefenforschers zieht sich durch fast alle Äußerungen Meyrinks.

Wer seine Bücher liest, sieht sich immer wieder vor eine Frage gestellt: nämlich vor die Frage, inwieweit der Autor Selbsterlebtes — literarisch verkleidet — berichtet. Mit anderen Worten: bis zu welcher Grenze reichen die Enthüllungen eigener psychischer und parapsychischer Erlebnisse und wo beginnt die dichterisch-visionäre Phantasie. Bis ins Letzte wird diese Frage freilich nie beantwortet werden können. Es wird nur möglich sein, einzelne Schichten zu durchforschen, um etwas Licht in das Dunkel zu bringen. Vorteilhaft ist dabei, daß Meyrink immer wieder Selbstbekenntnisse ausgesprochen hat, die seinen geistigen Weg von außen in etwa nachzeichnen lassen. Wie weit die innerste Entwicklung gegangen ist, welches die letzten Erkenntnisstufen gewesen sind, die er erreicht hat, wird sich freilich nur vermuten, nicht aber beweisen lassen.

In einem Aufsatz »Meine Erweckung zur Seherschaft«[25])

[25]) G. *Meyrink*, Meine Erweckung zur Seherschaft. – Merlin 3/1948

gibt Meyrink einen nüchternen Bericht, wie sich ihm der Zugang zur Welt des Paranormalen erschloß. Im Alter von 23 Jahren erfüllte sich der Sinn seines Daseins in »Liebschaften, Schachspiel und Rudersport«. Daraus resultierende Enttäuschungen brachten ihn auf den Gedanken, seinem Leben ein Ende zu setzen. Gerade als er sich erschießen wollte, schob ein Buchhandlungsdiener Buchhandlungsprospekte und das Probeheft einer Zeitschrift unter die Schwelle der Tür ins Zimmer. Meyrink legte den Revolver weg und blätterte in der Zeitschrift: Spiritismus, Spukberichte, Hexentum. Und damit setzte eine Wendung ein: »Dies bis dahin mir nur vom Hörensagen bekannte Gebiet erweckte sofort mein Interesse derart, daß ich den Revolver in die Schublade sperrte und beschloß, meine drei alten Lieblingsbeschäftigungen zwar nicht wie die Schußwaffe ganz aus meinem Gesichtskreis zu verbannen, aber vor allem mein Lebensschiff auf Entdeckungsreisen zu schicken, jenem unbekannten Lande zu, von dem das Heftchen so viel zu raunen wußte.« So also vollzog sich der erste Kontakt mit diesem neuen Interessengebiet. Da Meyrink aber bei allem, was er begann, sehr gründlich war, unternahm er es nun ganz systematisch, das uferlose Meer der einschlägigen Literatur zu durchsegeln. Dabei vollzog sich auch eine innere Wandlung: Was anfangs nur Neugierde war, wurde allmählich »glühender Wissensdrang und unstillbar verzehrender Durst.«

Aber die gedruckte Literatur allein genügte ihm nicht. Lebendige Menschen wurden gesucht, die besser als tote Bücher Bescheid geben sollten. Es war das die zweite Phase der Entwicklung. Ausländer, Asiaten, Hellseher, Medien, Ekstatiker, echte und falsche Propheten gerieten in den Gesichtskreis. Auch zu manchen Logen und Gesellschaften eröffnete er sich Zugang. Das dauerte wieder einige Jahre. Dann wurden diese Kreise verlassen, und das Urteil über die gemachten Erfahrungen ist völlig negativ: Auch hier nichts! Leeres Stroh! Nachplappern ungenauen Wissens! Oberflächlichkeit! Theistischer Fanatismus!«

Der nächste Schritt führte Meyrink etwas weiter. Er fand eine Vereinigung von Menschen, Europäern und Orientalen, die behauptete, die wahren Geheimnisse des Yoga zu besitzen. In den Kreis aufgenommen, wurden ihm Ratschläge gegeben, wie das sogenannte »innere Gesicht« zu erschließen sei. Die Übungen waren reichlich unbequem: »Von diesem Augenblicke an führte ich durch drei Monate das Leben eines beinahe Wahnsinnigen, aß nur Vegetabilien, schlief nicht länger als drei Stunden in der Nacht, ›genoß‹ zweimal täglich einen in Wassersuppe aufgelösten Eßlöffel voll Gummi arabicum (dies sollte besonders wirksam sein zu Entwicklung des Hellsehens!), machte um Mitternacht schmerzhafte Asana-Stellungen mit verschränkten Beinen, dabei den Atem anhaltend, bis schaumiger Schweiß meinen Körper bedeckte und der Tod des Erstickens mich durchrüttelte.« Aber so gewaltsam diese Praktiken waren, sie schienen doch zu einem ersten Erfolg geführt zu haben. Meyrink hatte ein Erlebnis, das die Entwicklung vom Wortdenken zum Bilddenken in Form einer eigenartigen Vision manifestierte: Eines Nachts saß er auf einer Bank an der Moldau. Hinter ihm ein alter Brückenturm mit einer großen Uhr. Tief in den Pelz gehüllt, hatte er stundenlang in den schwarzen Himmel gestarrt und sich abgemüht, das zu erlangen, was ihm in Briefen aus Indien als »inneres Schauen« angedeutet wurde. Nach fünf Stunden etwa drängte sich ihm plötzlich die Frage auf,

wie spät es wohl sein mochte. Und gerade bei diesem nüchternen Gedanken, gerade in diesem Augenblick des Herausgerissenseins aus seiner Versenkung, hatte er sein erstes visionäres Erlebnis. Er sah nämlich auf einmal mit einer Schärfe, wie er niemals vorher in seinem Leben irgendeinen wirklichen Gegenstand wahrgenommen hatte, eine riesige Uhr grell leuchtend am Himmel stehen. Die Zeiger wiesen zwölf Minuten vor zwei. Jetzt erst drehte er sich um und sah auf der Turmuhr hinter sich dieselbe Zeit. Da Meyrink die kritischen Einwände, die man machen könnte, natürlich kennt, merkt er sofort an: »Es ist ausgeschlossen, daß ich mich schon früher nach ihr umgedreht hätte und dadurch gewissermaßen einen Anhaltspunkt, wie spät es war, gewonnen haben könnte, denn ich hatte die fünf Stunden hindurch *unbeweglich* auf der Bank gesessen, wie es bei derlei Konzentrationsübungen strenge Vorschrift ist.«
Hier zeigen sich auch bestimmte physiologische Erscheinungen, die Meyrink »von früher geübten Yogapraktiken her« bekannt waren: nämlich die bewußte Beeinflussung des Herzschlags. Interessant die Kausalitätsdeutung, die dem Phänomen gegeben wird: »Ich fühlte deutlich, daß mein Herzschlag stockte, und meinte, es sei dies eine Folge des gewaltigen Eindrucks; es war ein Irrtum, wie ich bald darauf merkte, denn das Langsamwerden des Pulses war nicht die Folge, sondern die Ursache der Vision! Ich hatte dabei das wunderbare Gefühl, eine Hand hielte mein Herz fest.« Naturgemäß wollte Meyrink wissen, ob nun eine Stufe erreicht war, die eine jederzeitige Wiederholung des visionären Erlebnisses ermöglichen würde. Der Versuch gelang. Gleichzeitig trat ein Zustand ein, den er als ein intensives Gefühl abnormen Wachseins bezeichnet. Recht

genau beschreibt er auch diese zweite Schau: »Zugleich mit meinem damaligen Wachheitsgefühl wich ein kreisrundes Stück des Nachthimmels vor meinem Blick zurück: ähnlich, als begänne eine Laterna magica ihr Spiel. Als löse es sich los aus der Atmosphäre und schöbe sich hinein in immer weitere unermeßlich tiefe Fernen des Raums; mit einemmal war nirgend mehr ein Hintergrund, und dabei wurde ich mir mit Erstaunen klar: jedesmal und immerwährend im Leben und sogar im Traum sind wir von Hintergründen umgeben — von azurblauer Luft oder von dunstiger — von Mauern in irgendeiner Form — und wir werden uns dessen nie bewußt! — In diesem kreisrunden Loch in der Luft stand ein geometrisches Zeichen. Ich sah es nicht, wie man im Leben Dinge sieht: von vorn oder von der Seite: — ich konnte es von allen Seiten *zugleich* sehen (so sonderbar das auch klingen mag!), so, als ob mein inneres Auge nicht eine Linse wäre, sondern gewissermaßen ein Kreis, um das visionäre Bild herumgezogen. Daher auch der neuartige Eindruck, daß kein Hintergrund vorhanden sei!! Das geometrische Zeichen war das sogenannte ›in hoc signo vinces‹ = ein Kreuz in einem großen lateinischen ›H‹ stehend. Ich sah es mit kühlem und wie unerregbarem Herzen; keine Spur von Selbstüberhebung oder dergleichen ergriff mich. Übrigens sehr natürlich, denn für Ekstasen hatte ich schon damals wenig Verständnis. Nach einer Weile erschienen mir noch andere geometrische Zeichen. Ich faßte sie auf als ein Abc in der Fibel des Sehenlernens. Als bleibenden Gewinn trug ich das Wissen nach Hause, wie ich es hinfort anzustellen hätte, um innere Gesichte zu erhalten.« Die technischen Mittel sind: Beeinflussung des Herzschlags, gesteigertes Wachsein, Parallelrichtung der Augenachsen. Später waren diese Praktiken nicht mehr nötig: »Es genügte sehr bald das bloße Zurückdenken an jenes Erlebnis auf der Bank an der Moldau, und die Bilder im Luftraum zauberten sich wieder vor mein Auge.« Wesentlich ist dabei, daß Meyrink mit allem Nachdruck betont, niemals in Träumereien verfallen zu sein oder in ähnliche, unter dem normalen Wachzustand liegende Bewußtseinsgrade. Für seine Entwicklung als Schriftsteller hatte das eine entscheidende Bedeutung, denn dieses Sehenkönnen war die erste Ursache, daß er überhaupt zu schreiben begann. Die Einfälle, die ihn bewogen, phantastische Geschichten aufzuzeichnen, waren in ihren Anfängen stets visionär erblickte Bilder, Situationen oder Gestalten. C. G. Jung hatte das sehr genau erfaßt, als er Meyrink zu der Gruppe der visionären Dichter zählte. Denn dieses Denken in Bildern prägte das Fundament seines Schaffens. Wie weit sich diese nun erreichte Stufe bis ins private Leben hinein auswirkte, läßt eine Bemerkung Meyrinks erkennen, die er eigentlich bloß am Rande macht: »Daß gar oft Gesichte vor mir erschienen, die mir symbolisch oder offenkundig Warnungen, Ratschläge und Belehrungen erteilten, sei hier nur nebenbei erwähnt.«

Damit wäre die eine Richtung der primären paranormalen Erlebnisse angedeutet, die Meyrink in den ersten Jahren hatte. Gleichzeitig erwähnt er aber schon in diesem Stadium der Entwicklung Yogaübungen als Zentralpraktik. Er war dazu gekommen, weil ihm die Versuche mit Medien und die Erfahrungen mit massiven Spukerlebnissen zur Einsicht verholfen hatten, daß es Phänomene gibt, die den üblichen Rahmen wissenschaftlicher Schulerkenntnisse sprengen. Das war gleichzeitig der Anstoß für ihn, sich mit diesen Gebieten als nur unergiebig und für ihn unwichtig nicht weiter zu beschäftigen. Ihn fesselte der — anfangs nur ganz nebenbei betriebene — Yoga jetzt viel mehr: und er blieb bis an sein Lebensende der Mittelpunkt seiner parapsychischen Praxis. Am eingehendsten hat sich Meyrink über den Yoga, wie er ihn sah und erlebte, in dem Aufsatz »Fakirpfade«[26]) geäußert. Sehr bedeutsam ist der Satz »Yoga ist das *Ende* und nicht der Anfang des ›Weges‹, wie heute fast alle wähnen.« Die Angaben in den alten indischen Büchern, die asketischen Übungen, die zahlreichen Vorschriften werden für jeden als dunkel und unverständlich bewertet, der etwas nicht weiß: daß nämlich »alle diese körperlichen Vorgänge (Mudras, Asanas) *Wirkungen* und nicht Ursachen sind, — daß ihnen ein ganz bestimmter Zustand vorhergehen muß, in dem diese Atemeinstellungen, Herzstillstand usw. *ganz von selbst* auftreten (ähnlich wie bei Epilepsie), nämlich eine Art Scheintod.« Die Technik der Praxis ist dann folgendermaßen zu denken: »Durch den ›Scheintod‹ wie durch die Trance wird der Mensch quasi in zwei Teile zerlegt, in einen rein körperlichen Organismus und eine gestaltlose Kraft.« Wie richtig diese Sicht ist, beweisen jene Fälle, in denen z. B. Europäer, Inder, Varietékünstler, Perlentaucher bis dahin für unmöglich gehaltene Mudras und Asanas (Verrenkungen und Sitzstellungen), auch Aussetzen des Atems praktiziert haben, ohne daß sie auch nur die allergeringsten paranormalen Fähigkeiten besessen hätten. »Der springende Punkt liegt offenbar auf einem ganz anderen Gebiet als dem rein körper-

26) G. *Meyrink*, Fakirpfade. – MÄRZ (Aprilheft und Augustheft 1907), ferner im VI. Band der »Gesammelten Werke«, Leipzig 1917 (S. 290–325)

lichen.« Meyrink scheint auf dieser Ebene bedeutende praktische Fähigkeiten entwickelt zu haben, die es ihm ermöglichten, eine schwere, von den Ärzten als aussichtslos diagnostizierte Erkrankung zu heilen.
In seinem Roman »Das grüne Gesicht«[27]) hat er vieles von dem, was er bei seiner Yogapraxis erlebte, in verhüllter Form aufgezeichnet. »Wach sein ist alles. Sei wach bei allem, was du tust! Glaub nicht, daß du's schon bist. Nein, du schläfst und träumst. Stell dich fest hin, raff dich zusammen und zwing dich einen einzigen Augenblick nur zu dem körperdurchrieselnden Gefühl: ›jetzt bin ich wach!‹ Von dieser Basis aus soll der Weg ›von Aufwachen zu Aufwachen‹ führen.« Äußere Kennzeichen werden sichtbar: »Die Schmerzen fallen von dir ab wie welkes Laub, wenn du einmal so weit bist, daß jenes Wachsein auch deinen Körper ergreift.« Dabei treten mancherlei paranormale Empfindungen auf: »Der Pfad, den ich dir weise, ist besät mit wunderbaren Erlebnissen.« Phänomene und Truggestalten werden sichtbar. Die naheliegende Frage, wie Echtes von Unechtem zu unterscheiden ist, wird folgendermaßen beantwortet: »Ein Merkmal will ich dir sagen, an dem du erkennen kannst, ob eine Erscheinung, die du hast, wesenhaft ist oder ein Trugbild: Wenn sie vor dich hintritt und dein Bewußtsein ist getrübt, und die Dinge der Außenwelt sind für dich verschwommen oder verschwunden, dann traue nicht! Sei auf der Hut! Es ist ein Stück von dir. Wenn du das Gleichnis nicht errätst, das es in sich birgt, ist es nur ein Gespenst ohne Bestand — ein Schemen, ein Dieb, der von deinem Leben zehrt.« Als der »ärgste Feind« auf dem Weg zum Erwachen wird der biolo-

[27]) G. *Meyrink*, Das grüne Gesicht. – Leipzig 1917, S. 282 ff.

gische Organismus in Form des Körpers bezeichnet. »Deinen Körper zu bändigen, ist nicht der Zweck, den du verfolgst. Wenn du ihm verbietest, sich zu bewegen, so solltest du es nur deshalb tun, damit du die Kräfte kennenlernst, über die er gebietet. Es sind Heerscharen, fast unüberwindlich durch ihre Zahl. Er wird sie gegen dich in den Kampf schicken, eine nach der andern, wenn du nicht nachläßt mit dem so einfach scheinenden Mittel des Stillsitzens, zuerst die rohe Gewalt der Muskeln, die beben und zittern wollen, – das Sieden des Blutes, das dir den Schweiß ins Gesicht treibt, – das Hämmern des Herzens, – das Frösteln der Haut, bis dein Haar sich sträubt, – das Schwanken des Leibes, das dich durchfährt, als habe die Schwerkraft die Achse verändert, – sie alle kannst du besiegen, – scheinbar durch den Willen – dennoch ist es nicht der Wille allein: es ist in Wahrheit bereits ein höheres Wachsein.« Was Meyrink hier beschreibt, ist die dritte Stufe des Yogaweges[28]), Asana. Aber er greift darüber noch weiter hinaus: »Die nächsten Kämpfer, die dein Körper stellt, sind die ungreifbaren Fliegenschwärme der Gedanken. Gegen sie hilft das Schwert des Willens nicht mehr. Je wilder du nach ihnen schlägst, desto wütender umschwirren sie dich, und glückt es dir nur einen Augenblick, sie zu verscheuchen, so fällst du in Schlummer und bist in anderer Form der Besiegte. Ihnen Stillhalten zu gebieten, ist vergebens; nur ein einziges Mittel gibt es, ihnen zu entrinnen: die Flucht in ein höheres Wachsein.« In dieser Schilderung lassen sich auch die beiden nächsten Stufen des Yoga, Pratyahara (Zurückziehen der Sinne) und

28) Vgl. dazu J. H. *Schultz,* Das autogene Training. – Stuttgart 1950, S. 268 ff.

Dharana (Festlegung des Denkorgans) erkennen. Die Frage ist nun: Mit welchen Methoden werden die Höchststufen des Yoga erreicht? Meyrink bricht hier ab: »Wie du das zu beginnen hast, mußt du allein lernen. Es ist ein vorsichtiges, immerwährendes Tasten mit dem Gefühl und ein eiserner Entschluß zugleich. Das ist alles, was ich dir darüber sagen kann. Jeder Rat, den dir für dieses qualvolle Ringen jemand gibt, ist Gift. Hier liegt eine Klippe, über die dir kein anderer hinweghelfen kann als du selbst.« An dieser Stelle erinnert man sich an einen Satz Emil Bocks[29]): »Meyrink weiß viel, er weiß auch mehr als er sagt.« Was noch eine gewisse Ergänzung in der Bemerkung Max Brods[30]) findet: »Es war etwas an ihm, das einen zwang, entweder ihm absoluten Glauben zu schenken – oder sich überhaupt nie wieder um ihn zu kümmern, aus seinem Kreis ausgestoßen zu sein.«

Bei jenem »Wachsein« geht es eben um ein Höchststufenerlebnis (Samadhi, Satori), dessen begriffliche Formulierung bisher noch keinem zufriedenstellend geglückt ist. »Wenn es einen Zustand des Erwachtseins gibt, dann fehlt auf dem Gebäude der modernen Psychologie noch ein Stockwerk«, sagt Louis Pauwels[31]); und prägnanter läßt sich diese Situation nicht erfassen. Dennoch druckt bezeichnenderweise dieser Autor in seinem Buch einen markanten Beleg ab, »den in unseren Augen aufschluß-

[29]) Lic. E. *Bock*, Wiederholte Erdenleben / Die Wiederverkörperungsidee in der deutschen Geistesgeschichte. – Stuttgart 1932 (11. Aufl. 1961)

[30]) Max *Brod*, Streitbares Leben / Autobiograhie. – München 1960

[31]) Louis *Pauwels*, Jacques *Bergier*, Aufbruch ins dritte Jahrtausend /Von der Zukunft der phantastischen Vernunft. – Bern und Stuttgart 1962

reichsten Text der gesamten modernen Literatur über diesen Zustand: einen Auszug aus dem Roman ›Das grüne Gesicht‹ von Gustav Meyrink.«[32]) Wir dürfen also mit Sicherheit annehmen, daß Meyrink niemals so intime Berichte über die Stufenerlebnisse des Yoga hätte geben können, wenn sie ihm nicht selbst innere Erfahrung gewesen wären.

Seinem universalen Geist entsprach es, daß er auch andere Sektoren der Grenzwissenschaften beachtete. Völlig ablehnend stand er nur der Astrologie gegenüber. Er nannte sie »ein scheußliches Gift«[33]). Zwar sollte damit »keineswegs gesagt sein, daß Astrologie ... ausschließlich auf Aberglauben beruhe. Aber »das steht fest«, sie ist ein »Irrlicht«. Der Astrologie ist Meyrink vor allem aus einem tieferen, psychologisch bestimmten Grund abgeneigt, weil der Mensch »in Fällen, wo der klare Verstand nicht mehr ausreicht, um die Wege, die eingeschlagen werden sollen, richtig zu wählen« sich nicht »an das Ahnungsvermögen und innere Tastvermögen« wendet, um so seinen Instinkt zu kräftigen, sondern astrologische Tabellen zu Rate zieht.« Grundsätzlich stellt sich ihm dieses Problem so: »Kräfte, die man nicht übt, verkümmern; warum also Tabellen, und noch obendrein äußerst mangelhafte, befragen, und nicht die eigene Seele?! Warum einen anderen Menschen befragen, wo man sich doch selbst der nächste ist!« Auch hier wird wieder das yogistische Prinzip, die Dominante seiner ganzen geistigen Existenz, sichtbar.

Negativ war auch sein Verhältnis zum Spiritismus: »Die Zeit steht vor der Tür, wo die Lehre des Mediumismus

32) Es sind die Seiten 283—293 des »Grünen Gesichts«

33) G. *Meyrink*, An der Schwelle des Jenseits, a.a.O. S. 64 ff

einer Pestwelle gleich die Menschheit überfluten wird. Das fühle ich mit Gewißheit[34].«

Aber Meyrink erstreckte seine Forschungen auch auf Gebiete, die gerade heute – durch Mißbrauch allerdings – besonders aktuell geworden sind: das Problem der Dimensionserweiterung durch Rauschgift. Sehr klar empfand er schon damals, daß auch auf diesem Wege paranormale Erlebnisse erschlossen werden können; aber nur zu genau wußte er um die Gefahren. Seine Experimente mit Haschisch[35]) stoßen gerade jetzt, in den Tagen einer Rauschgiftepidemie auf besonderes Interesse: Wenn man nämlich die genaue und gewissenhafte Vorbereitung des Versuchs verfolgt, dann wird erst klar, in welcher Gefahr sich alle jene befinden, die ohne Überlegung Visionen provozieren, die nachhaltige physische und psychische Störungen nach sich ziehen können. Meyrink freilich experimentierte als »Gnostiker«. Ihm ging es nicht um Entfesselung pervertierter Genußsucht, sondern um einen Versuch zu überprüfen, ob auch auf diesem Wege irgendwelche – freilich recht gewaltsame – Einblicke in höhere Dimensionen geistiger Erfahrung möglich wären.

Obwohl kein Toxikologe, interessierten ihn die Halluzinationen, die durch Rauschgift hervorgerufen werden, ganz besonders. Deshalb beriet er sich – etwa im Jahre 1891 – mit einem befreundeten Arzt in Prag und beschloß, vorerst einmal einen Versuch mit einem Haschischextrakt zu machen. Auf den Rat des Arztes nahm er einige Gramm Tinctura cannabis indicae, worauf ihm aber prompt übel wurde. Den Versuch wiederholte er

[34]) G. *Meyrink*, Der weiße Dominikaner. – Seite 220
[35]) G. *Meyrink*, Haschisch und Hellsehen. – Prager Tagblatt vom 17. 1. 1926

viele Male. Meyrink nahm an, daß er kein vollwertiges Material benutzt hatte. Ein arabischer Tabakhändler bestätigte ihm diese Vermutung und sagte, daß echter Haschisch, wie er im Orient gebraucht wird, um Ekstasen religiöser Art hervorzurufen, auf besondere Art hergestellt werden müsse. Er versprach, von Kairo eine bestimmte Menge zu schicken. Tatsächlich kam das Päckchen, schlau getarnt, einige Monate später unbehindert durch die Zollkontrolle. Der Araber hatte Meyrink geraten, dreißig Gramm von dem Pulver zu nehmen. Doch der Arzt war entsetzt über diese Dosis. Meyrink versuchte sich nun an das letzte Gespräch mit dem Tabakhändler zu erinnern: »Sie müssen dreißig Gramm in schwarzem Kaffee auflösen und dann trinken. Dabei müssen Sie einen Bambusstab in die Hand nehmen. Wenn der Keph (Rausch) eintritt, werden Sie die Empfindung bekommen, der Stab sei eine Leiter. Auf dieser Leiter müssen Sie hinaufklettern.« Für den kommenden Tag bat Meyrink mehrere Freunde zu sich. Er wollte den Versuch unter Kontrolle vornehmen. Gegen drei Uhr nachmittags nahm er den Trank. Eine Stunde verging, es geschah nichts. Schließlich war es allmählich sechs Uhr geworden. Der Arzt machte schon spöttische Bemerkungen: Wer weiß, was für wertloses Zeug dieses »Haschisch« war! Meyrink schritt ungeduldig im Zimmer auf und ab. Doch dann ereignete sich etwas: »Plötzlich hatte ich das Gefühl, als sei ich etwa einen viertel Meter größer und ging auf Kothurnen. Dabei war mein Wahrnehmungsvermögen jedoch nicht im geringsten getrübt, was die Dinge der Außenwelt betrifft. Ein ›kalter Rausch‹, so möchte ich es nennen, befiel mich, von Minute zu Minute stärker und quälender werdend. Das Wort ›Betrunkensein‹ wäre ein verfehlter Ausdruck für den sonderbaren Zustand; meine Sinne wurden nicht getrübt wie bei einem Alkoholrausch, sondern im Gegenteil: unbeschreiblich geschärft. Leise Geräusche hörte ich wie Donner. Von Ekstase irgendwelcher Art keine Spur. Vielmehr nahm eine seelische Nüchternheit von mir Besitz, wie ich sie nie vorher im Leben gekannt hatte. ›Zu dumm: wir haben den Bambusstab vergessen!‹ brummte der Arzt, als ich es ihm sagte. – ›Oder: die Geschichte ist langweiliger, als wir gedacht haben‹, wendete ich ein. – Inzwischen hatte sich das Gefühl des Erhöhtgehens so gesteigert, daß ich zeitweilig glaubte zu fliegen. Ich sah mit unerhörter Deutlichkeit wundervolle Gegenden, Gletscher und Täler tropischer Landschaften, Wälder und farbig beleuchtete Wüsten unter mir. Aber ihr Anblick entzückte mich nicht im geringsten; auch vergaß ich dabei keinen Augenblick, wo ich in Wirklichkeit war, nur daß mir diese ›Wirklichkeit‹ noch viel banaler vorkam als die Bilder der Vision. Eine Weile schwieg ich, denn die mir so gänzlich neuen Anblicke interessierten mich allmählich und ich spähte gewissermaßen in ihnen aus, ob sich nicht irgendetwas zeigen möchte, das mir Aufklärung gäbe, ob das Land, das ich sah, wirklich existierte, – ein Mensch oder so. Es war eine innere Frage, die gleich darauf zu einer Antwort in Bilderart sich zu formen begann: ich sah mich nämlich selbst aus einer Wolke gerinnen, nur trug ich nicht meine gewöhnlichen Kleider, sondern war in einen Asiaten, so schien es mir, verwandelt, – in einen Mann mit einem runden spitzen Strohhut, wie ihn die Annamiten tragen, und einem Joch mit zwei Eimern daran auf den Schultern. Er war barfuß und in einen ärmlichen Anzug aus blauer verschossener Leinwand gehüllt; ein Wasserträger offenbar. Er begann die Lippen zu bewegen und ich horchte gespannt, was er wohl zu mir sprechen würde. Ärgerlicherweise schlug da ein Satz, den einer der im Zimmer Anwesenden, ein Herr von Unold, der Beamter der Kreditanstalt war, sagte, an mein Ohr und zerriß das Bild im Nu. – ›So kommen wir nicht weiter!‹ hörte ich ihn reden, ›glauben Sie nicht, daß Sie uns irgendeinen Beweis von Hellsehen geben könnten in Ihrem jetzigen Zustand?‹ – Ich sah den Sprecher an und wollte gerade erwidern: ich wüßte nicht, wie ich das anstellen sollte – da tauchte mit einem Male vor mir ein neues Bild auf, und zwar so scharf und deutlich, daß ich währenddessen fast vergaß, wo ich mich befand: ich sah meinen Freund Hans Ebner, der ebenfalls mit meinen anderen Gästen zu dem Haschisch-Experiment eingeladen, aber bis dahin noch nicht gekommen war, vor dem in Prag allgemein bekannten Haus des Uhrmachers S. stehen; er blickte hinauf zu der über dem Dachgiebel hellbeleuchteten großen Uhr. Ich sah mit ihm hinauf: die Zeiger wiesen auf zehn Minuten vor Zehn. Mein Freund trug einen schwarzen Havelock und in der Hand einen Stock mit einer silbernen Öse, durch die er den Daumen gesteckt hatte, den Stock auf diese Weise im Kreise wirbelnd. Ich erzählte, was ich sah, den Anwesenden. – ›Da müßte Ebner etwa in einer Viertelstunde hier sein!‹ meinte Herr von Unold. – ›Nein, er besteigt soeben eine Droschke; er wird früher kommen‹, widersprach ich. Um mich zu prüfen, ob das Gesehene nicht wildgewordene Phantasie sei, bemühte ich mich sofort, das Bild zu verscheuchen und ein anderes beliebiges an seine Stelle zu rücken, aber so sehr ich mich auch bemühte, es ging nicht! Ich verfolgte den Weg der Droschke bis fast vor mein Haus, und wenige Minuten darauf betrat Ebner mein Zimmer; er trug den von mir gesehenen Mantel

und den Stock, den ich früher nie bei ihm erblickt hatte. Er wurde genau verhört, und es ergab sich, daß alles bis aufs Haar genau stimmte, was ich gesehen hatte. –«
Nach diesem Versuch wollten die Teilnehmer Meyrinks Hellsehen prüfen, was das zeitliche, nicht das räumliche Moment betraf. Man stellte ihm die Aufgabe, hellzusehen, mit welchem Aktienkurs drei Tage später (Dienstag) ein bestimmtes Papier bei der Österreichischen Kreditanstalt auf der schwarzen Tafel notiert würde. Meyrink stellte sich auf die Aufgabe ein und nannte außer dem verlangten Papier noch etwa zwanzig Kurse anderer Aktien. Ein anwesender Bankfachmann lehnte die gestellte Prognose als völlig unsinnig ab. Doch »das Merkwürdigste war: am Dienstag um elf Uhr, als die Kurse von der Wiener Börse gemeldet wurden, da ... stimmten von den zwanzig Zahlen, die ich ›gesehen‹ hatte, sechzehn.« Die speziell verlangte Aktie hatte am Dienstag tatsächlich den von Meyrink abgegebenen Kurs. »Nur vier Kurse von den zwanzig genannten stimmten nicht! Sie betrafen Wertpapiere, die ... ich selber besaß! Ich hatte die Kurse viel zu hoch angegeben! Offenbar hatte ein unterbewußter Wunsch in mir das Hellsehen getrübt.« Und Meyrink schließt mit der Feststellung, die grundsätzliche Bedeutung für das Hellsehen in eigener Sache zu haben scheint: »Ein Umstand übrigens, der ein merkwürdiges Licht auf das Wesen des Hellsehens und was damit zusammenhängt, wirft.«
Wenn wir diesen Haschischversuch Meyrinks analysieren, dann finden wir vor allem, daß er offenbar vereinzelt geblieben ist. Jedenfalls war er sich völlig klar darüber, daß durch Drogen herbeigeführte Okkulterlebnisse von sehr problematischem Wert sein können. Meyrink nahm wohl mit diesen Experimenten keinen Scha-

den, weil er — durch seine intensiven Yogaübungen — eine hohe Stufe psychischen Trainings erarbeitet hatte. Wer aber unvorbereitet glaubt, psychische Sensationen und Dimensionsüberschreitungen schnell und mit Gewalt durch die Droge zu erzwingen, wird kaum räumliches und zeitliches Hellsehen erleben, sondern auf jeden Fall schweren, wenn nicht unheilbaren Schaden nehmen.
Bei einer knappen Überschau kann eine Persönlichkeit wie Gustav Meyrink nicht in ihrer ganzen Tiefe ausgelotet werden. Im wesentlichen konnte nur auf Ansatzpunkte hingewiesen werden, die auch in Zukunft einer weiteren Klärung bedürfen. Eins steht aber zweifellos fest: Für die Grenzfragenpsychologie liegt hier noch ein reiches Erlebnismaterial bereit, das der künftigen Erschließung harrt.
Die vorliegende Auswahl, die Verstreutes und Nachgelassenes aus der Fülle des Vorhandenen zu sammeln unternimmt, verfolgt die Absicht, meist an entlegenen Stellen für den heutigen Leser praktisch Ungreifbares wieder vorzulegen und dadurch beizutragen, erneut Zugänge zu ermöglichen zum visionären Gestalten des magischen Dichters und dichtenden Magiers Gustav Meyrink.
Zum ersten Male wird hier das Fragment des letzten Romans Meyrinks, »Das Haus des Alchimisten«, vollständig veröffentlicht, das Dr. Julius Gustav Böhler, der Enkel Meyrinks, auf Grund des nachgelassenen Manuskriptes bearbeitet hat: ebenso seine wertvolle Edition des Exposés des gesamten Romans. Nun läßt sich verfolgen, wie der Gang der Handlung im einzelnen gedacht war und welche Ideen Meyrink in seiner letzten Schaffenszeit erfüllten. Der Leitgedanke, der den dämonischen Dr. med. Ismael Steen, die Zentralgestalt der

Handlung, beherrscht, scheint geradezu das Ergebnis einer visionären Zukunftsschau zu sein: »Sein Hauptfeld ist die sogenannte Psychoanalyse, nur verwendet er sein Wissen darin nicht zum Wohle seiner Mitmenschen, sondern im Gegenteil dazu, ›Komplexe‹ – seelische Verwirrungen – in seinen Opfern zu *erwecken*. Blasiert in geradezu schrecklicher Weise kennt er nur noch eine Erregung: immer neue Methoden geistig-sadistischer Art zu ersinnen und in die Praxis umzusetzen, um die Seelen der Menschen in das ›Nichts‹ zu stürzen. Das ist für ihn das Lebenselixier.«

Von den kleineren Erzählungen sind hier vorwiegend jene aufgenommen, die entweder an entlegener Stelle in Büchern enthalten waren (z. B. »Der Uhrmacher«), oder aber in Zeitungen und Zeitschriften, die gegenwärtig dem Leser heute kaum mehr zugänglich sind.

Aus ähnlichen Erwägungen wird deshalb auch die zusammenfassende Darstellung Meyrinks »An der Grenze des Jenseits«, die 1923 erschienen war, neu abgedruckt. Denn in dieser Arbeit legt er seine Auffassung hinsichtlich eines parapsychisch orientierten Weltbildes mit einer gewissen Systematik dar.

Die »Briefe« des letzten Teils sind in mancher Hinsicht aufschlußreich für den Menschen Gustav Meyrink: sei es, daß er mit einer Redaktion verhandelt, oder sich gegen literarische Anwürfe verteidigt, oder in vornehmer Weise die Rezension eines Buches ablehnt, oder eine öffentliche Ehrung zu seinem fünfzigsten Geburtstag bescheiden zurückweist. Auch sie gehören zu einem Bestandteil seines Wesensbildes.

Eduard Frank

I

Das Haus des Alchimisten
Der Uhrmacher
Die Stadt mit dem heimlichen Herzschlag
Die geheimnisvolle Stadt
Žaba
Dr. Haselmayers weißer Kakadu
Sonnenspuk
Das Nachtgespräch des Kameralrat Blaps
Der Jazz-Vogel
Die Frau ohne Mund
Spiegelbilder
Südsee-Masken

Das Haus des Alchimisten
[Fragment eines Romans]

1. Kapitel

Das Haus zum »Pfau«

»Ich suche das Haus zum ›Pfau‹! Ist dies die Salpetergasse?« fragte ein glattrasierter Herr in weitem, großkariertem Mantel, lüftete seinen ebenso karierten Reisehut und verstellte einem prophetenhaft aussehenden Manne in härener Kutte den Weg.
Keine Antwort!
»Das Kaffeehaus des Persers Khosrul Khan meine ich!« setzte der karierte Herr mit erhobener Stimme hinzu, in der Meinung, der andere sei taub.
Der Mann in der Kutte senkte nicht einmal den Blick, starrte wie geistesabwesend in den lohenden Abendschein, dann schüttelte er sich die wallende Prophetenmähne in den Nacken und deutete stumm auf eine hohe Mosaiktür des Hauses, vor dem sie standen.
Dabei fiel ihm der Ärmel seiner Kutte weit zurück und legte einen skelettartig dürren Asketenarm bloß.
Langsamen Schrittes nahm er seinen Weg wieder auf in den winterlichen Sonnenuntergang hinein; seine nackten Füße versanken bis zu den Knöcheln in dem tiefen, korallenrot glitzernden Schnee.
»Danke«, murmelte der Herr im karierten Mantel und musterte aufmerksam die bunte Mosaiktür; ihr leuchten-

des Türkisblau und Nephritgrün hob sich grell ab von der stumpfrötlichen Sandsteinfassade des Hauses zum »Pfau«. Der Herr trat einen Schritt zurück, holte ein Notizbuch aus der Tasche und zeichnete mit hastigen Strichen eine Skizze. »Vermutlich ein verschneiter Torgiebel«, brummte er. Sein Blick war auf einen überhängenden Wall aus Schnee gefallen, der auf dem Türsims lastete.

Der Zufall fügte es, daß im selben Augenblick der Schneeklumpen herabfiel; ein in Stein gehauenes Wappentier wurde sichtbar: ein Pfau mit einem Zottelbart aus Eiszapfen, ein Kunstwerk von unerhörter Lebendigkeit, den Federschweif wie in heller Wut gesträubt, die Flügel ausgebreitet und in den Klauen eine kupfergrüne Laterne. Mit einer Teufelsfratze angetan statt eines Vogelgesichtes grinste es mit dem Ausdruck infernalischer Bosheit in den Zügen zum Himmel empor. Die Konturen seines Leibes waren zerfressen – fast schon verwittert unter dem Einfluß der Jahrhunderte.

Als erwarte man bereits den Herrn im karierten Mantel, öffnete jetzt eine feine schmale, weibliche Hand die Tür, und ein junges Mädchen mit blauschwarzem Haar und in roten türkischen Frauenhosen, die dichten starken Augenbrauen an der Nasenwurzel einander fast berührend, lud ihn, ohne ein Wort zu sprechen, mit ernster Miene ein, das Kaffeehaus zu betreten.

Der süßlich duftende Rauch orientalischen Tabakes, der den Raum erfüllte wie ein dichter Nebel, fing an zu wandern, fliehenden Wolken gleich, von dem kalten Luftstrom getroffen, den die Tür beim Zufallen hereinwehte. Holzgeschnitzte Nischen tauchten auf, darinnen Gäste saßen, schachspielend oder Zeitungen lesend – meist alte Herren. Und alle blickten drein wie ertappt bei unerlaubten Handlungen, als sie des Karierten ansichtig wurden; er paßte so ganz und gar nicht herein. Im Hintergrund hockte mit untergeschlagenen Beinen an einer Art Schanktaburett aus glitzerndem Messing ein Greis, dunkelhäutig wie ein Araber, den langen Bart scharlachrot gefärbt nach asiatischer Sitte, weiße Augen, scharfe Adlernase, einen graublauen Turban auf dem Kopf, und sog in regelmäßigen Abständen an einer Nargileh. Gurgelnde, röchelnde Töne quollen daraus hervor, sooft er die Bernsteinspitze an die Lippen setzte, als säße ein mit dem Tode ringendes, gequältes Geschöpf in dem bunten Glase gefangen.

»Das dürfte der Perser Khosrul Khan sein«, dachte der karierte Herr, schälte sich aus seinem Mantel und wikkelte umständlich einen ebenfalls karierten Schal vom Halse; doch das veränderte sein Aussehen nur wenig, denn der Anzug, den er darunter trug, war aus demselben Stoff und genauso kariert.

Den Hut unschlüssig in der Hand, suchte der Herr mit den Augen nach einem leeren Tisch, an dem er Platz nehmen könnte.

»Sie sind der Herr Berichterstatter? Ja, ja natürlich, wie könnte es denn anders sein! Gracchus Meyer mein Name! Ich habe den Auftrag bekommen« – ein rückwärts gedrehter Daumen deutet erklärend auf den Perser – »den ungemein ehrenvollen Auftrag bekommen, Sie in alles einzuweihen, Herr Berichterstatter! Es ist alles vorbereitet, Pläne, Zeichnungen, alles, alles. – Dort!« – und zu dem Daumen gesellte sich ein gichtig steifer Zeigefinger und wies durch die Rauchschwaden auf einen Fenstertisch, auf dem ein Stoß Akten lag.

Der karierte Herr nahm seinen Zwicker ab, wischte die angelaufenen Gläser klar und gewahrte den Träger des Namens Gracchus Meyer, einen spindeldürren alten

Mann mit gesträubtem grauen Katzenbackenbart und kleinen, unsteten Affenaugen, die keine Sekunde stillstanden und blitzschnell bald dahin, bald dorthin spähten, nach links und nach rechts, nach oben und unten, mißtrauisch, als müßten sie ein Heer unsichtbarer Wesen beständig in Schach halten. – Offenbar war der alte Herr mit einem Raubtiersatz aus dem Tabakqualm auf den Karierten losgesprungen; – er packte ihn jetzt am Ärmel und zerrte ihn in die Fensternische: »Hier! Ich habe sogar einen Situationsplan des Hauses angefertigt. Falls Sie einen solchen für Ihre werte Zeitung benötigen sollten. Gracchus Meyer, wie gesagt, ist mein Name. – Eigentlich bin ich Gerichtsdiurnist« – es klang wie eine Entschuldigung, daß sein Rock so spiegelig glänzte und seine Schuhe trotz des grimmen Winters aus braunem leichtem Segeltuch bestanden – mit der gewissen dünnen schwarzen Gummisohle daran. – »Diurnist. Ja, ja. Aber mein wahrer Lebensberuf ist der Chroniker. Chroniker! Natürlich ›Chroniker‹ in dem Sinne, daß ich Chroniken schreibe, und nicht etwa, daß ich an einer chronischen Krankheit litte! Sie brauchen sich also, Herr Berichterstatter, nicht im geringsten vor Ansteckung zu fürchten! – Leila, schnell einen Mokka für den Herrn! – Er soll vorzüglich sein. – Ich habe selbstverständlich nie welchen getrunken, aber in den vielen Jahrzehnten, die ich hier verkehre, habe ich immer und immer wieder bestätigen hören, er sei vorzüglich. Ich würde sonst gewiß nicht wagen, ihn einem so illüstren Herrn zu empfehlen, wie Sie es sind, Herr Berichterstatter! – Darf ich mir nunmehr erlauben, Ihren geschätzten Mantel an den Nagel zu hängen, Herr Berichterstatter? – – – Oh, bitte, nichts zu danken!« (Der karierte Herr hatte zu dieser Bemerkung keinerlei Anlaß geboten.) »So! Nehmen wir vielleicht jetzt Platz! – – Nein, nein, lieber Ochs, der Tisch ist reserviert!«

Der Karierte machte ein verblüfftes Gesicht, bemerkte aber alsbald zu seiner Genugtuung, daß die Anrede mit »Ochs« nicht ihm galt, sondern einem baumlangen, hagern »Don Quixote« mit eisengrauem Knebelbart, der über eine Zeitung hinweg mit mißbilligenden Blicken das Gespräch belauscht hatte und nunmehr verdächtige Anstalten traf, Meyern auf seinem Gang zur Fensternische zuvorzukommen.

»Er gönnt mir die Ehre nicht!« tuschelte der Diurnist, »aber jetzt sind wir gänzlich ungestört, Herr Berichterstatter! – Weg da, du Lausbub!« (Ein Schusterjunge draußen auf der Gasse war vor dem Fenster stehengeblieben und zeichnete mit einem Schneeball Runen auf die Scheibe.) »So jetzt, Herr Berichterstatter! Endlich! Es ist unglaublich, wo man überall seine Augen haben muß! – Also: wann das Haus erbaut wurde, weiß kein Mensch. – Leila, wo bleibt der Mokka? – Leila ist die Tochter des Persers Khosrul Khan, müssen Sie wissen, Herr Berichterstatter. Sie nimmt natürlich absolut kein Trinkgeld; sie ist vielmehr eine Jongleuse.« – Der Karierte riß erstaunt den Mund auf bei diesen wilden Gedankensprüngen des zungenfertigen Diurnisten, aber er kam zu keiner Frage, denn Gracchus Meyer hob ruheheischend die Hand und sprudelte weiter: »Sie ist nie Kellnerin gewesen. In ihren Adern fließt uraltes asiatisches Fürstenblut. Sie kann, wenn es sein muß, dreizehn haarscharf geschliffene Messer jonglieren und hat noch nie eins fallen lassen, Gott ist mein Zeuge. Oder sich geschnitten. Was unabwendbar ihren Tod zur Folge gehabt hätte. Sie wird deshalb von den asiatischen Artisten, die zu Zeiten hier verkehren, allgemein angestaunt.

Khosrul Kahn ist nämlich im Orient sehr bekannt und hält hier im Hause eine Art Herberge für seine Landsleute aus Asien. Für Derwische, die bisweilen hierher in unser kaltes Land gewandert kommen – arm, einsam, schweigsam – kein Mensch weiß, warum. Ich vermute, sie gehören alle einem religiösen Geheimbund an, und Khosrul Khan ist ein Scheich. Europäer haben keinen Zutritt zu der Herberge, die hier nebenan an den Kaffeeraum anstößt ... Ja ja, Leila ist unerreicht in ihrer Kunst. Sie hat das Jonglieren von einem Kopten erlernt. Markus heißt er. Er selbst hat es jedoch nur auf zwölf Messer gebracht. Ich müßte mich sehr irren, wenn die beiden nicht ein religiöses Verhältnis miteinander hätten. Markus betet immer in koptischer Sprache, sooft sie jongliert. Wenn Sie den werten Kopf wenden, Herr Berichterstatter, können Sie ihn im Wandspiegel sehen. Der hochgewachsene Mensch dort in dem ägyptischen Anzug mit den goldenen Tressen und dem Dolch in der Schärpe! Jetzt nimmt er gerade den Fez ab. Er hat die seltsame Gewohnheit, bisweilen die Zähne zu fletschen wie ein Tiger. Sie sind pechschwarz. Ich erschrecke jedesmal, sooft ich es sehe.« – Gracchus Meyer schnappte einen Augenblick nach Luft, setzte aber sofort in tröstlichem Tone hinzu, als beruhige er sich selber damit: »Das kommt vom Betelkauen. Es färbt die Zähne schwarz. – Ich kenne auch das Geheimnis der Kunst Leilas! – Es beruht alles auf Jungfräulichkeit. – Markus ist nämlich koptischer Christ und fanatischer Madonnenanbeter. Für ihn ist Gott ein Weib: eine Jungfrau. Und nur ein jungfräulicher Mensch kann Wunder vollbringen, sagt er. – – Ich glaube, Sie täten ein gutes Werk, Herr Berichterstatter, wenn Sie nach Berlin an Ihr Blatt in gleichem Sinne schrieben und den Vorzügen der

Jungfräulichkeit das Wort redeten; gerade in Berlin würde das Lesepublikum dieser guten Sache ein offenes Ohr schenken; hier in unserer Stadt sind die Menschen leider viel zu verderbt. Ja ja, Leilas Jonglierkunst grenzt ans Wunderbare! – Aber wo sind wir stehengeblieben? Ja, richtig, das Haus. Also: wer es gebaut hat, weiß kein Mensch. Die Sage geht, der berühmte mittelalterliche Alchimist Güstenhöver sei sein erster Bewohner gewesen und habe hier allerhand geheimnisvolle Werke vollbracht. Metallverwandlungen, Herstellung des Lebenselixiers und dergleichen.«

Ein mißtönendes Gekrächz, dumpfes Brummen und ärgerliches Stöhnen, begleitet von einem lauten Knallen eines im Zorn umgewendeten Zeitungsblattes, drang aus der anstoßenden Nische, und ein Paar Brillengläser funkelten herüber.

»Herr Dr. Apulejus Ochs, ich muß mir das ausbitten!« rief Gracchus Meyer wutschnaubend. »Güstenhöver war nun einmal Alchimist und Goldmacher, daran ändern Ihre tierischen Laute kein Jota. Natürlich Sie, Sie möchten jetzt Ihren phantastischen Kram loswerden: Güstenhöver habe überhaupt nicht Metalle verwandelt, sondern – Menschen! Blech, sage ich Ihnen! Man muß heutzutage auf dem Boden der Wirklichkeit stehen. Pures Blech! Was hätte es denn für einen Zweck gehabt, Menschen zu verwandeln! Abgesehen, daß so etwas doch gar nicht geht. Also: Blech und damit basta. Ich als Chroniker muß doch am besten wissen, ob Güstenhöver Metalle verwandeln wollte oder Menschen! – – Hören Sie nicht auf ihn, Herr Berichterstatter! Er gönnt mir die Ehre nicht. – Also: über das Leben Güstenhövers ist gar nichts bekannt. Begraben liegt er nirgends in der Stadt; ich hätte es in der Chronik finden müssen. Daher die Legende, er sei überhaupt nicht gestorben. Verheiratet war er auch nicht. Ich bitte Sie: ein Alchimist und verheiratet! Entweder das eine oder das andere. Da haben wir es wieder: jungfräulich sein ist alles! — Ich bin auch nicht verheiratet, und bin doch das Gegenteil eines Alchimisten, nämlich Diurnist ... Nachkommen hat Güstenhöver gehabt, der heutige Besitzer des Hauses »zum Pfau« heißt ebenfalls Güstenhöver. Hieronimus Güstenhöver. Er ist ein Eigenbrötler. Uhrmacher. Aber ein Uhrmacher ganz eigener Art. Eher ein Uhrenarzt. Doch davon später einmal. Er bewohnt einen kleinen Laden. Mit seiner hochbetagten Gattin Petronella. Er ist also verheiratet, aber im Grunde doch wieder nicht. Es ist eine sogenannte Josephsehe. Er hat seine Gattin trotz sechzigjähriger Ehe nie berührt« — Gracchus Meyer sah sich scheu um, als stehe er im Begriffe, ein Geheimnis schrecklichster Art bloßzulegen, und flüsterte: »Er berührt Petronella auch heute noch nicht!! — — — Da haben wir wiederum die Jungfräulichkeit. — Und seine Leistungen in der Kunst, kranke Uhren wieder gesund zu machen, grenzen ebenfalls ans Wunderbare. Hier auf dem Plan — da, wo ich jetzt den Finger halte — ist sein Laden. Wie Sie sehen, hat das Haus zwei Fronten; hier die südliche heißt Kreuzgasse; hier steht der Laden. Daneben liegt das sogenannte »biochemische Laboratorium« des Vaters Adam, wohl eines der seltsamsten Menschen, die je gelebt haben. Vater Adam behauptet angeblich, der Alchimist selber erscheine ihm bisweilen im Traum und habe ihn die Bereitung des Lebenselixiers gelehrt; — aber Sie kennen ihn ja bereits, Herr Berichterstatter!«

Der Karierte zog erstaunt die Augenbrauen hoch, kam aber nicht zu Wort; Gracchus Meyer verhinderte es geschickt: »Oh, ich habe doch mitangesehen, Herr Berichterstatter – hier vom Fenster aus – wie Sie ihn draußen im Schnee nach dem Kaffeehaus gefragt haben. Der Mann in der braunen Kutte und mit den nackten Füßen. Ja, ja, er ist gefeit gegen Kälte. Ich wollte, ich wäre es auch! Aber man muß zufrieden sein; alles kann der Mensch nicht haben. Ja, ja, Herr Berichterstatter, mir entgeht nichts. Die scharfe Beobachtungsgabe habe ich teils von meinem gottseligen Vater mit in die Wiege bekommen, teils von meinem Herrn Chef, dem Herrn Landgerichtsrat. Von letzterem erst in reiferen Jahren, da ich als Kind naturgemäß noch nicht aktiver Diurnist sein durfte. Aber bleiben wir bei der Stange oder, genauer ausgedrückt: beim Haus. – Sein Wahrzeichen, der Pfau draußen über der Eingangstür, ist uralt wie die Mauern des Hauses selbst. – Und diese, bitte hier: sind so dick!« – Gracchus Meyer breitete stolz die Arme aus, als wolle er sich in eine Fledermaus verwandeln und im nächsten Augenblick davonfliegen. – »Oben freilich« – seine Stimme wurde gespenstisch leise – »oben freilich sind sie kaum halb so dick« – Gracchus Meyer zog die Arme dicht an den Leib und trachtete auch sonst nach Möglichkeit zusammenzuschrumpfen. Offenbar wollte er seinem wider Willen schweigsamen Zuhörer das Phänomen plötzlich dünner werdender Mauern drastisch und optisch vor Augen führen. – »Und das, Herr Berichterstatter, hat mich auf den Gedanken gebracht, das obere Stockwerk müsse erst in späteren Jahrhunderten aufgesetzt worden sein. Gewiß eine wundervolle Entdeckung. Das Haus ist also nicht wie andere Häuser fertig auf die Welt gekommen; nein, nein: es ist gewachsen! Gewachsen, so wie Menschen wachsen. Es steht also gewissermaßen zwischen den lebenden und den toten Dingen. Es ist eine Art Zwischenglied! – Beweise, daß es so ›gewachsen‹ ist, kann ich allerdings nicht beibringen, und vergebens habe ich zu solchem Zweck die Stadtchronik seit Dezennien durchforscht. Ich sehe da gewissermaßen mein Lebensziel in unerreichbare Ferne gerückt. Bitte, wenn Sie Ihrer Zeitung berichten, so erwähnen Sie, daß mich diesbezüglich keine Schuld trifft. Mein Ruf als Chroniker der Nachwelt gegenüber steht da auf dem Spiele. – Ich wasche meine Hände in Unschuld« – Gracchus Meyer hatte einen Moment seine Hände auf die Tischplatte gelegt, als stünde dort im Reiche der Symbole ein Waschbecken; als jedoch sein Blick auf die tiefe Trauerumrandung seiner Fingernägel fiel, zog er sie schleunigst wieder zurück, offenbar, um das Gleichnis seiner Worte keiner allzuschweren Belastungsprobe auszusetzen. – Eine Sekunde lang verschlug es ihm die Rede, aber der Karierte versäumte auch diese Gelegenheit, seinerseits etwas einzuflechten; Gracchus Meyer, von Angst gepackt, unterbrochen zu werden, schrie heraus:

»Und das Dach des Hauses ist ganz flach und aus Bauglas.« Der karierte Herr ächzte verzweifelt, zog ein kariertes Tuch aus der Tasche – das Muster stimmte genau zu dem seines Anzugs – und wischte sich den Angstschweiß von der Stirn. Sodann schritt er zu einer Tat, deren Zweck ihm wahrscheinlich selber nicht ganz klar war, fraglos jedoch seinem seelischen Unterbewußtsein entsprang: mit allen Anzeichen eines Erstickungsanfalles riß er sich die karierte Weste auf – die Flanellbrust seines Hemdes wurde sichtbar – – ebenfalls kariert! – Man nennt so etwas in der Sprache der Zoologen: Schreckstellung. Eine exotische, der Künstlerhand des Schöpfers gänzlich danebengelungene, aber nichtsdestoweniger »Gottesanbeterin« genannte Heuschrecke befleißigt sich ähnlicher grotesker Maßnahmen, um Gegner, die ihr Todesangst einflößen, in Furcht und Grauen zu versetzen, indem sie die erstaunlichsten Hautverfärbungen an sich zu Tage treten läßt. Doch an Gracchus Meyer prallte solch geistige Waffe ab. Wohl blieb eine kurze Weile sein Blick starr auf dem Bilde haften, so daß sich die karierten Muster eine Sekunde lang in seinen Augen spiegelten – eine Hemmung seines Redeflusses aber unterblieb. Hätte der Herr Berichterstatter sich ein kariertes Herz aus dem Busen gerissen und damit herumgefuchtelt, Gracchus Meyer damit in Bann zu schlagen, hätte es schwerlich hingereicht, sicherlich hätte es ihn nicht gehindert, hurtig folgendermaßen fortzufahren: »Das Glasdach hat der weltberühmte Gelehrte und Millionär, Herr Dr. Ismael Steen, herstellen lassen, erstens, weil er Tag und Nacht hier im Kaffee verkehrt, zweitens, weil es durchsichtig ist, denn er braucht das für sein Privatfilmtheater oben im ersten Stock, drittens, weil er darauf zu landen pflegt.«

»Was? Zu – landen?« malte sich eine unsichere Frage in den Mienen des Karierten: akustisch sich zu betätigen, hatte er für immer aufgegeben.

»Mit seinem Flugzeug nämlich«, erklärte Gracchus Meyer plötzlich in tiefem Baß und überaus gemächlich – sich offenkundig seines Sieges freuend über den wehrlos gewordenen Gegner –, »da! da! Hören Sie? Ich glaube, er kommt soeben angeflogen! Hören Sie das Brausen in der Luft? Da! Da wieder!«

»Blödsinn! Es ist lediglich das Schnurgeln der Wasserpfeife Khosrul Kahns!« konnte sich der Don Quixote in der Nebennische nicht länger enthalten dazwischenzurufen.

»Sie! Sie! Ochs, ich warne Sie!« fauchte Gracchus Meyer.
»*Herr* Ochs, wenn ich bitten darf!«
»Also meinetwegen: *Herr* Ochs! Freilich, bei Ihrem Namen ist das auch nötig! – Bitte, Herr Berichterstatter, hören Sie nicht auf ihn! – Er gönnt mir die Ehre nicht – und das – –«. Das Wort »Honorar« verschluckte Gracchus Meyer, biß es noch im letzten Augenblick entzwei und schloß den Satz mit einem hastigen: »So, hiermit wäre in groben Zügen das Innere des Hauses geschildert; schreiten wir nun – – –«. Weiter kam er nicht; eine Art seelischen Bauchgrimmens befiel ihn; so, als begänne das verschluckte Wort »Honorar« in seinem Innern zu rumoren. – Ähnlich mag es dem Evangelisten Johannes ergangen sein, als er weiland das apokalyptische Buch verschlungen hatte. –
Und da begab sich etwas überaus Seltsames. Ein geheimnisvoller Prozeß magischer Gedankenübertragung hub an in Erscheinung zu treten: langsam griff der Karierte in seine Brusttasche und zückte ein Banknotenfutteral.
Gracchus Meyer atmete tief ein, seine Nasenflügel sogen sich an und wurden weiß, seine Augen starr, und mit einemmale war das Affenhafte daraus verschwunden; statt dessen lag in ihnen ein Ausdruck so namenloser Spannung, daß der Karierte sich einen Moment des Verdachtes nicht erwehren konnte, es bereite sich hinter all dem ein neuer, ganz besonders husarenhafter Redeangriff seines Gegners vor.
Dann erfaßte er jedoch die Situation, und in seinem Antlitz leuchtete der helle Triumph, endlich doch den Sieg errungen zu haben und nunmehr unbestrittener Herr des Schlachtfeldes zu sein.
Leutselig ergriff er das Wort:

»Sie haben mir, Herr Meyer, durch Ihre so ungemein lichtvolle, umsichtige Schilderung des seltsamen Hauses nicht nur einen hohen Kunstgenuß bereitet, sondern auch einen nicht zu unterschätzenden Dienst erwiesen. Nächste Woche bereits wird in meiner Zeitschrift eine Abhandlung darüber erscheinen. Es soll mir nicht schwerfallen, sie entsprechend farbenreich zu gestalten, zumal Sie, Herr Meyer, ja mit Virtuosität die höchsten Lichter in der Schilderung aufgesetz haben, so daß mir eigentlich nichts anderes mehr zu tun bleibt als die Ausführung der Detailmalerei für das langsam denkende Durchschnittspublikum. — — — Das auf Sie entfallende Honorar beträgt —« — er fischte aus der Revolvertasche seiner Hose eine mit Hieroglyphen bedeckte Tabelle heraus und fing umständlich an zu rechnen, derweilen die Hände des Diurnisten, nervös zuckend, in der Luft Flocken lasen — »das Honorar beträgt: fünf Mark sechzig« (ein leichtes Glitzern der Befriedigung lief über Meyers Gesicht) »— sagen wir also: nach oben abgerundet:« — er beschrieb mit der Hand einen kleinen Bogen über seiner Glatze — »nach oben abgerundet: zehn Mark. — Oder — vielleicht —: fünfzehn Mark« — er machte nach jeder Silbe eine wollüstige Pause, innerlich entzückt wie ein Tribünenredner, dem es gelingt, einem atemlos zuhörenden Publikum eine Pointe nach der anderen an den Schädel zu schmettern — »also Herr Meyer, bleiben wir bei zwan — zig Mark!«
Schon bei der Zahl »fünfzehn« hatte sich der Diurnist aus schlotternden Knien heraus halb erhoben — das Wort zwanzig warf ihn in seinen Sessel zurück wie ein Blitzschlag. Langsam ließ er den Kopf auf den Tisch sinken, und man hörte, wie er leise schluchzte.
»Herr Meyer, um Gotteswillen!« — schrie der Bericht-

erstatter. – »Hilfe, der Ärmste stirbt ja! Cognac! – Oder da, nehmen Sie einen Schluck Mokka!« – in seiner Bestürzung hätte er statt mit dem Löffel beinahe mit der zum Streifen gefalteten Banknote den Kaffee umgerührt.

»Es ist – schon – vo – rüber«, lallte Gracchus Meyer und stand taumelnd auf.

Vor Tränen konnte er einen Dank nur hauchen: »Verzeihen Sie, Sie, Sie – mein Wohltäter; ich – ich halte es hier nicht aus. Ich muß – – nach Hause. Habe doch Frau und Kind daheim.« Schwankend wie ein Betrunkener, den Zwanzigmarkschein in der Hand, tastete er sich zur Tür und schritt in seinem dünnen, fadenscheinigen Sommeranzug hinaus in die eisige Abendkälte.

Der Berichterstatter war in seiner Erregung aufgesprungen und hatte dem Diurnisten wortlos nachgestarrt, ohne zu bemerken, daß der Don Quixote aus der Nebennische an ihn herangetreten war und ihm eine abgegriffene Visitenkarte hinhielt, darauf zu lesen sand:

Dr. theol., Dr. phil., Dr. philol.,
Dr. jur., Dr. chem., Dr. med.
Apulejus Ochs
Studiosus und Schachproblemkomponist

Statt hinzusehen, nahm der Berichterstatter vielmehr seinen Zwicker ab und putzte die Gläser. – Um seine Rührung zu verbergen. – Über nichts ist der Mensch so tief gerührt wie über sich selbst, wenn er einmal eine geringfügige milde Tat begangen hat.

Als er den Zwicker wieder aufsetzte, fand er die Umgebung plötzlich verändert; die durch das Zufallen der Mosaiktür verursachte Luftströmung hatte diesmal einen anderen Weg genommen und einen Rauchvorhang weg-

geblasen, so daß eine Wendeltreppe sichtbar wurde; sie führte aus einer Ecke des Zimmers zu einer Estrade des ersten Stockes empor.
In nachlässiger Haltung auf das ebenholzschwarze, geschnitzte Geländer gestützt, stand dort auf der untersten Stufe ein schlanker, vornehm gekleideter Herr. Er hatte offenbar die Szene mitangesehen und lächelte leise spöttisch in die Luft hinein.
Der Karierte hatte die deutliche Empfindung, der Hohn gelte ihm. Aber warum verhöhnte man ihn!? ›Ich habe doch eine gute Tat vollbracht!‹ dachte er bei sich und versuchte, Stolz zu empfinden, aber es gelang ihm nicht recht, der Betrag von zwanzig Mark hatte zu kleine Flügel, als daß er zum Fliegen berechtigt hätte. Er fühlte: ›Von rechtswegen müßte ich über das impertinente Lächeln dieses Menschen tief empört sein, denn er weiß doch gar nicht, daß ich über meine Guttat gerührt war.‹ Doch auch das glückte ihm nicht. Etwas wie seelische Feigheit hinderte ihn daran; das scharfgeschnittene, unnatürlich schmale Gesicht des Herrn faszinierte ihn dermaßen, daß er eine Weile wie erstarrt blieb.
›Kinder pflegen bisweilen fremde Menschen so anzustarren, wie ich es jetzt tue‹, gestand er sich, konnte aber trotzdem den Bann nicht abschütteln. — Woher es kam? — Er konnte keine Erklärung finden. — — — Der Herr auf der Treppe trug das volle, glatte Haar modisch gescheitelt — fast ein wenig geckenhaft. Es hatte das für einen Mann ganz ungewöhnliche, schimmernde Kupferbraun, wie man es nur auf den Frauenporträts Tizians sieht, und war an der Stelle über den Ohren, an den Schläfen und im Genick in so scharf gezeichneten Linien gewachsen, daß ein schlechter Beobachter zur Vermutung hätte neigen können, der Herr trage eine Perücke.

›Ich muß diesen Menschen doch kennen!‹ suchte sich der Berichterstatter vor sich selbst mit einer Gewohnheitsphrase zu entschuldigen, wie das Leute mit wenig innerem Eigengewicht zu tun lieben, wenn sie sich dabei ertappen, daß sie unter einem Zwang handeln, es aber nicht wahrhaben wollen; sie fühlen sich tief gekränkt in ihrem Wahn, beständig Meister ihrer Gedanken zu sein. – ›Ganz gewiß sogar habe ich ihn irgendwo gesehen, wahrscheinlich ist er eine Lokalberühmtheit und in einer Zeitung abgebildet gewesen! Vielleicht ist es jener Dr. Ismael Steen, von dem der Gracchus Meyer gesprochen hat!‹ – Der Herr Berichterstatter log sich vor, er fühle eine leichte Beruhigung, daß es ihm nunmehr gelungen sei, eine plausible Erklärung gefunden zu haben, warum er von dem Herrn auf der Treppe den Blick nicht wenden könne. Aber seine Selbstbeschwichtigung hielt nicht vor: irgend etwas, dessen er sich schämte, wollte sich in ihm nicht so ohne weiteres abdrängen lassen vom »fragenden Hinstarren« – etwas heimlich Unterdrücktes hätte ihm wahrscheinlich am liebsten zugeschrien: Bester Freund, belüg dich doch nicht selbst! Wenn du auch nur ein simpler Berichterstatter bist, eine Seele hast du trotzdem, und diese Seele fürchtet sich jetzt vor »dem dort«. Und zwar ganz entsetzlich! Eben, weil sie nicht weiß, warum!

›Der Pfau! – Der Pfau! Jetzt hab ich's!‹ jubelte plötzlich ein Gedanke in ihm auf, aber schon im nächsten Augenblick modulierte das nüchterne, karierte Berichterstatterhirn das Wort »Pfau« und setzte ein großes Fragezeichen dahinter: ›Pfau? Pfau?? Lächerlich! Was hat die Teufelsfratze des Pfaus draußen an der Mauer mit den regelmäßigen Gesichtszügen des Herrn Ismael Steen gemeinsam?‹

Der Herr auf der Treppe schien sich nicht im geringsten zu ärgern, daß er so unverwandt angestarrt wurde – oder erstaunt darüber zu sein; im Gegenteil: ein gewisser nachdenklicher Zug um seine Augen verriet, daß ihm dergleichen Geschehen durchaus nicht neu war. Er sah aus, als sei er sich einer gewissen starken, physischen Macht irgendwie bewußt – wenn auch vielleicht nicht ganz und vollkommen; es lag ein Staunen in seinem Blick, aber ein Staunen über – sich selbst. Ohne etwas Kränkendes zu beabsichtigen, musterte er jetzt den Karierten von oben bis unten – entließ ihn damit gewissermaßen aus dem Bann.

Der Berichterstatter wurde rot; er schämte sich plötzlich, so kariert zu sein. Der karierte Anzug war bisher seine heimliche Liebe gewesen, er war sich überaus englisch in ihm vorgekommen, er hatte zu ihm gehört wie der gewisse »gute Kamerad mit dem gleichen Schritt und Tritt« – und jetzt war dieser Stolz dahin! Und mit ihm ein Stück Selbstbewußtsein! Nackt war der Herr Berichterstatter plötzlich! Gewohnt, sozusagen würdevolle Falten zu werfen, konnte er es mit einemmal nicht mehr. Mit dem Schmerbauch kann kein Mensch Falten werfen, nicht einmal ein Kommerzienrat. – Er kam sich vor wie eine Art Adam nach einem Miniatursündenfall, und es war ihm eine große Erleichterung, daß in dieser Sekunde der Seelenpein die laut gesprochenen Worte an sein Ohr schlugen:

»Ich bin der Studiosus Apulejus Ochs.« Die Worte halfen ihm, den Blick zu wenden und so zu tun, als sei nichts geschehen.

Baumlang wie eine von Greco entworfene Vogelscheuche, klapperdürr und das beinahe nicht vorhandene Kinn durch einen grauen Knebelbart ins Ritterhafte verlän-

gert, stand der Don Quixote aus der Nebennische vor ihm und sagte: »Hier, bitte, meine Karte! Gleichzeitig danke ich Ihnen im Namen aller Bedrängten für die warmherzige Wohltat, die Sie soeben meinem alten Kaffeehauskollegen, Gracchus Meyer, erwiesen haben. Ich fürchte, er hat einen Nervenschock fürs Leben weg.« Dr. theol., Dr. phil., Dr. juris? Und trotzdem nennt er sich Studiosus? Will er mich zum besten halten? Studiosus? Und steht dabei doch schon bald mit einem Fuß im Grabe! – Der Berichterstatter wandte das Auge von der Visitenkarte zu dem Sprecher und mißtrauisch wieder zurück; – – – »Hm. Bitte nehmen Sie Platz. – – – Womit kann ich Ihnen – – –« – er verbesserte sich: »Worum handelt es sich denn?« er sagte die letzten Worte fast grob, – ein Grimm stieg in ihm auf, daß er sich vorhin so hatte unterkriegen lassen – von diesem Dr. Steen, oder wer der Mensch auf der Treppe sonst sein mochte – »Falls es etwas Wichtiges ist, Herr Ochs, so bitte rasch; meine Zeit ist gemessen.«
Mildernd fügte er hinzu: »Sie müssen meine Barschheit verzeihen, mir ist plötzlich so seltsam zumute; macht das der Rauch hier, oder ist der starke Kaffee schuld?«
»Vielleicht der Kaffee, wahrscheinlich der Kaffee«, sagte Dr. Ochs und lächelte zweideutig. »Lediglich das Gefühl, Ihnen für meinen Freund Meyer zu danken, hat mich bewogen, Sie anzusprechen. Gewissermaßen auch der Drang, Fehlendes in seiner Schilderung zu ergänzen, und – – – «
»Ihr Freund? Hm!« – der Berichterstatter wurde wieder gereizt und mit einemmal argwöhnisch – »Vorhin hat es durchaus nicht den Eindruck gemacht, als stünden Sie und er auf besonders freundschaftlichem Fuße. – Und mir danken? Wegen der paar Mark? Hm. Übrigens fällt

man da oft bös herein. — Ich erinnere mich da soeben an einen Widerspruch in den Worten dieses Herrn Meyer, was mich vermuten läßt: er ist nicht nur Chronist, sondern auch ein geschickter — Komödiant! Zuerst sagt er, er sei unverheiratet, und dann verschnappte er sich und hat plötzlich — — Weib und Kind daheim! — Das zwingt mich — —« Der Satz blieb unvollendet; statt dessen knöpfte sich der Herr Berichterstatter brüsk den Rock zu.

Dr. Ochs nickte gelassen — —: »Beides ist wahr; Meyer ist ›Jungfrau‹, um seine Lieblingsredewendung zu gebrauchen, aber gleichzeitig Ehemann.«

»So so! Also noch eine Josephsehe, und noch dazu eine mit Kindersegen begleitete!« — der Karierte lachte ärgerlich auf.

»Nein, Herr Berichterstatter. Meyers Frau ist eine berüchtigte Straßendirne, und ihr Töchterlein ist ein verdorbener Bankert.«

»So sieht eine Josephsehe allerdings nicht aus«, gab der Berichterstatter spöttisch zu und biß wutentbrannt einer Zigarre die Spitze ab.

»Meyer hat das Frauenzimmer — aus Mitleid, wie er sich einbildet — geheiratet und das Kind adoptiert. — — Nein, nein, mein Herr, glauben Sie, bitte, jetzt nicht, ich wolle die Motive seiner Handlungsweise irgendwie häßlich färben. Ich habe nur die feste Überzeugung: seine Tat ist eine Pflanze, die auf fremdem Boden gewachsen ist, um in Gleichnissen zu reden.«

»Sie meinen, irgendjemand hat es ihm suggeriert?« fragte der Berichterstatter so nebenhin und blickte unwillkürlich nach der Wendeltreppe hin. Dr. Steen war soeben emporgestiegen und öffnete eine Tür.

Das grelle blendende Licht von Jupiterfilmlampen

strahlte einen Augenblick wie eine Sonne herab. Dr. Ochs schien die Gedanken des Karierten erraten zu haben und lächelte seltsam.
Der Karierte machte Miene aufzubrechen; was kümmerte ihn schließlich das Schicksal des Diurnisten! — Plötzlich aber regte sich die Neugierde in ihm; warum antwortete der Don Quixote nicht?
»Oder liegt keine Suggestion vor, Herr Dr. Ochs?«
»Nun, Suggestion im eigentlichen Sinne des Wortes nicht. Unter Suggestion verstehe ich direkten Zwang auf besondere Art. Seelische Notzucht, sozusagen. — Es gibt etwas viel Teuflischeres als solch brutale Gewalt. — Z. B. jemand einen unfertigen Gedanken einblasen, der dann von selbst wächst wie Unkraut.«
Der Karierte fühlte, daß Ochs auf Dr. Steen anspielte, und war mit einem Mal ganz Ohr.
»Allerdings kann so ein Keim nur wuchern, wenn er auf Dünger fällt.«
»Dünger — wieso?«
»Fast jeder Mensch ist seelisch ein Düngerhaufen. Der Hang, sich selbst zu belügen, schafft zum Beispiel solchen Dünger. Nehmen wir an, jemand hilft einem andern — und bejubelt sich innerlich deshalb — kommt sich edelmütig vor, — das ist Selbstbelügung. Einem andern zu helfen, ist lediglich Pflicht.«
Der Berichterstatter fühlte einen leisen Stich. »Kennen Sie diesen Dr. Steen genauer?« fragte er schnell. »Für einen Gelehrten sieht er mir ein wenig zu elegant aus. Und dann: Flugzeug! Filmatelier! Seit wann befassen sich Gelehrte mit derlei Dingen? Bisher haben sie Regenschirme stehen lassen oder Bücher geschrieben, die kein vernünftiger Mensch liest. Das war der einzige Luxus, den sie sich geleistet haben.«

»Das mag früher der Fall gewesen sein. Aber die Sorte ist dank der neuen sozialen Einrichtungen längst verhungert«, gab Dr. Ochs zerstreut zu. »Oder ist Dr. Steen vielleicht aus der Art geschlagen? Übrigens trägt er keinen Regenschirm; wenigstens habe ich es nie bemerkt. – Auch ist das mit der Gelehrsamkeit so eine Sache. – Sehen Sie, ich zum Beispiel bin achtfacher Doktor – auf meiner Visitenkarte steht nur die Hälfte –, kann ich mich deshalb einen Gelehrten nennen?«

»Ja, das wollte ich Sie vorhin schon fragen: sind Sie Doktorhutsammler? Oder Skalpjäger auf Gelehrtenperücken? Wieso nennen Sie sich übrigens noch Studiosus? Auch Schachproblemkomponist scheint mir kein eigentlicher Beruf zu sein!«

Dr. Ochs zuckte melancholisch die Achseln: »Ich lebe vom – Studieren. Meine verstorbene Tante hat mir ein jährliches, leider mageres Stipendium hinterlassen, das mir ausgezahlt wird, solange ich mich für das Doktorat vorbereite. Für was für ein Doktorat, das steht, Gottseidank, nicht im Testament. Nun, und was bleibt mir da anderes übrig, als rastlos weiterzustudieren, solange auf dem Kletterbaum noch Doktorhüte hängen! Im Kaffeehaus nennt man mich das Konversationslexikon; es ist das eine faustdicke Schmeichelei, denn es gibt noch einen ganzen Haufen dummes Zeug, aus dem mir das Examen droht. – Ja, hm. – Und das Komponieren von Schachproblemen? Soll ich ganz verblöden? Irgendetwas Vernünftiges soll jeder Mensch treiben. – – Übrigens: in Theologie wäre ich beinahe durchgefallen. Ich sollte in Dogmatik beim Colloquium den Beweis erhärten, daß Gott den Menschen erschaffen hat. – Wo die Sache sich doch offenkundig umgekehrt verhält Im letzten Augenblick habe ich mich zum Glück um eine klare Antwort herumgeschnörkelt. – Hätte ich gebockt und meiner Eitelkeit nachgegeben, eine selbständige Meinung haben zu wollen – was bekanntlich einem Studiosus nicht ziemt – aus wär's gewesen! – Ich bemerkte aber noch rasch genug, daß diese selbstsüchtige Regung einem »Komplex« entsprang, den mir der satanische Dr. Steen heimlich eingeimpft hatte, und kam so heil aus dem Dilemma.«

Der Karierte hielt die Hand hinters Ohr: »Einen was hat er Ihnen eingeimpft?«

»Einen Komplex.«

»Komplex? Was ist das?«

»Komplex!« Apulejus Ochs lehnte sich im Sessel zurück und verwandelte sich in ein lebendes Konversationslexikon. – »Die Lehre vom Komplex ist eine Erfindung des berühmten Wiener Professors Freud und gehört zum Gebiete der Seelenforschung. Sie ist die Zuversicht aller der Gelehrten, die da hoffen, es gäbe keine Seele. Komplexe sind, so könnte man sagen, nichts anderes als fixe Ideen im Menschen, die nach und nach so stark geworden sind, daß sie die Handlungsweise des von ihnen Befallenen in einer Art lenken, die oft aller Vernunft Hohn spricht. Sie sind dann das Schicksal, dem keiner entrinnen kann. Sie setzen sich wie Korallenriffe aus kleinsten Teilen zusammen, – eines Tages, wenn die Wellen hoch gehen, scheitert das Schifflein, ›Mensch‹ genannt, an ihnen. – Der Nährboden dieser Komplexe ist vor allem der Hang, sich selbst zu belügen. – Und diesen Hang haben bekanntlich alle Menschen. Hätten sie ihn nicht, wer weiß, vielleicht wären sie dann unsterblich. – Nur die schonungsloseste Selbstkritik könnte diesen Nährboden sterilisieren. Aber wer hat die oder gibt sich Mühe, sie ununterbrochen zu üben!? Kurz und gut, wenn jemand zugrundegeht, immer ist nur er selber daran schuld. Die Komplexe sind sein Verhängnis, und dieses Verhängnis schafft er sich selbst. – – – – Das heimliche Wachsen der Komplexe gleicht einer seelischen Polypenbildung. Wenn nicht alle, so sicherlich die meisten Krankheiten des Geistes und – des Körpers sind ihre Folgen. Scheinbar ganz abseits liegende, unmerkliche seelische Eindrücke können die Ursache sein, daß sich später der furchtbarste Komplex im Menschen bildet. Je winziger solche Eindrücke sind, desto gefährlicher können sie sein. – Glauben Sie mir: es gibt auch geistige Mikroben! – Körperliche Bazillen können wir töten, wenn sie oder ihr Herd im Vergrößerungsglas sichtbar zu machen sind; gegen unsichtbare haben wir keine Waffe. Aus den Träumen, und gerade aus den scheinbar sinnlosen, kann der Forscher erkennen, von welcher Art Komplex jemand befallen ist. – Ein solcher Seelenarzt kann dann auch – aber nur vielleicht! – die Ursache durchschauen, die Wurzel ausreißen und damit die – Krankheit beseitigen. – Ähnlich wie etwa ein katholischer Beichtvater den Sünder absolviert und ihn dadurch vom ›Schuldbewußtsein‹ abtrennt, das sonst in tiefster Verborgenheit weiterfräße gleich einem Krebsgeschwür. Die Wissenschaft von den Komplexen gibt also das Mittel in die Hand, Kranke gesund zu machen – und, wenn wir verwegen denken wollen: sie zeigt uns auch das Steuerruder, mit dem unser Schicksal gelenkt wird. Und rückt dadurch die ungeheuerliche Möglichkeit, Herr des eigenen Schicksals werden zu können, in sichtbare Nähe. – – Hm. Ja, ja, das – – Steuerruder! – – So weit schön und gut, aber – – –« – Dr. Ochs hielt inne, blickte sich scheu um nach der Wendeltreppe, und ein Ausdruck wie ungewisse Furcht huschte über sein Gesicht

–»was aber, wenn ein – ein Teufel auf den Gedanken verfiele, die Methode in umgekehrtem Sinne anzuwenden!? Und Komplexe einzuimpfen!?«
Dem karierten Herrn Berichterstatter war mit einemmale totenübel geworden. Mit dem Hirn hatte er nur flüchtig erfaßt, was unter einem Komplex zu verstehen ist, schreckhaft deutlich aber *fühlte* er: irgendetwas Winzigkleines und dabei doch wieder Riesengroßes an bösartiger Keimkraft hatte sich in ihm festgesetzt. Das Wort »einimpfen«, das er soeben noch arglos hatte an sein Ohr klingen hören, war bereits zur vollzogenen Tatsache in ihm geronnen; die Angst, die er fühlte, verriet es ihm. – Er versuchte, die Angst abzuschütteln. Wollte sie wegwerfen wie den Zigarrenstummel, den er heimlich fallen ließ und mit dem Stiefel tottrat. – Es ging nicht, denn nicht er hatte Angst: die Angst hatte ihn. – Verstohlen klopfte er dreimal auf die hölzerne Sessellehne: unberufen! Spuckte leise dreimal aus. Es half nichts. Im Gegenteil! – Um sich abzulenken, blickte er im Zimmer umher. Der Kopte mit dem Fez fletschte gerade seine schwarzen Zähne – auch kein tröstliches Bild. – Von der Decke hingen türkische Moscheelampen herab, brannten jetzt, aber zu trüb, um das Gemüt aufzuheitern. Im Hintergrund saß in altrömischer Toga, einen Lorbeerkranz auf dem Kahlkopf, der Kaiser Nero und trank Schnaps mit zwei Kollegen aus der Kinobranche, – alle die Gesichter gelb geschminkt.
›Früher hätte mich das belustigt‹, dachte der Berichterstatter, ›aber jetzt!? Wie ist mir die Welt so urplötzlich zur Spukerscheinung geworden. Irgendetwas muß sich in meinem Hirn gedreht haben. Bin ich denn wirklich derselbe noch, der ich war, als ich vor ein paar Stunden das Kaffeehaus betrat? Sitze ich vielleicht schon Jahre hier

und habe es nur vergessen, wie der Mönch von Heisterbach die Gegenwart vergessen hat?‹ – – – – Wieder wie vorhin, als der Herr auf der Treppe spöttisch in die Luft gelächelt hatte, fühlte er sich hilflos nackt. – Kein karierter Schuppenpanzer schützte ihn mehr; er war zum Menschenfisch geworden und begriff: ich habe einen Angelhaken verschluckt, zerre an einer unsichtbaren Schnur, und je mehr ich daran zerre, desto böser wird der Fall, und trotzdem muß ich zerren und zerren – muß, muß, muß, und weiß nicht, warum.

In diesem Augenblick sagte der Kaiser Nero laut und schneidend: »Ansteckung! Ansteckung! Ansteckung! Immer dieselbe Sache! Ansteckung, was sollte es denn anderes sein!« – dann redete er leise weiter mit seinen Kollegen.

Die Worte hatten den Karierten getroffen wie drei Schüsse aus heimtückisch gelegtem Hinterhalt.

Kalt lief es ihm über den Rücken; er erbrach förmlich die Sätze: »Und Sie glauben, der Dr. Steen täte so etwas? Warum? In welcher Absicht? Wie wehrt man sich dagegen? Es muß doch ein Schutzmittel geben?! – – – Aber vielleicht ist die Sache ganz harmlos! Es wäre doch der Gipfel der Niedertracht, nur zur Unterhaltung im Seelenleben unschuldiger Menschen herumzupantschen. Und noch dazu in einem Kaffeehaus, wo harmlose Leute wie ich zufällig anwesend sind! – Es ist das nicht nur unwürdig, sondern – ha ha, direkt lächerlich. – Warum experimentiert er nicht mit wertvolleren Versuchskaninchen, als zum Beispiel ich es bin – ein simpler Zeitungsschreiber!?« – seine Stimme schnappte über – »Aber Sie dürfen nicht etwa glauben, Herr Dr. Ochs, ich fürchtete mich! Weshalb auch sollte ich! – Ich sage mir ganz einfach: Komplex hin, Komplex her, was kann eigentlich geschehen? Antwort: nichts! – Wenn ich nicht so genau wüßte, daß der starke Mokka schuld ist, ich möchte mir am liebsten selber eine Ohrfeige herunterhauen. – Zum Teufel, warum reden diese Filmgaukler drüben fortwährend von Ansteckung!«

»Das sind viele Fragen auf einmal«, meinte Dr. Ochs; er sah versonnen drein – die zahlreichen Quadrate auf dem Rock seines Gegenübers schienen ihn zu einem Schachproblem angeregt zu haben; er deutet mit einem Bleistift auf sie und zeichnete Rösselsprünge in die Luft – »und überdies Fragen, die durchaus nicht leicht zu beantworten sind. Ich studiere zur Zeit Psychologie, aber diese Art Wissenschaft steckt noch arg in den Kinderschuhen. Schuld daran ist, daß die Forscher auf diesem Gebiet gar nicht an eine Seele glauben. Echt europäisch! – Da sind die Asiaten aus einem anderen Holz geschnitzt« – er nickte mit dem Kopf nach dem Perser Khosrul hin. – »Früher habe ich mich oft gewundert, was den Dr. Steen eigentlich so an das Kaffeehaus fesselt und weshalb er sich oben neben dem Filmatelier seine Studierstube eingerichtet hat. Man sagt, er hätte oben gelegentliche Liebesabenteuer. Ich glaube es nicht. Er besitzt eine prachtvolle Villa unten in der Stadt. Dort wäre er für solche Zwecke ungestört genug. Was sucht er also hier? – Nun, ich glaube, ich bin allmählich dahintergekommen: er hat gespürt, daß Khosrul Khan nicht der harmlose Kaffeehausbesitzer und Herbergsvater für asiatische Artisten ist, für den man ihn allgemein hält. Daß er vielmehr ein rätselhafter Mensch ist und offenbar ein Fanatiker seines Glaubens. Aber was das für ein Glauben sein mag?« – Dr. Ochs wiegte den Kopf – »Mohammedaner, Sufi, Feueranbeter, alles das ist er nicht.« –

»Also was?«

Dr. Ochs zuckte die Achseln —: »Dr. Steen hat sich noch viel mehr Mühe gegeben als ich, es herauszubekommen. Ob es ihm geglückt ist? Ich bezweifle es. Was ein Komplex ist oder wie man ihn einimpft — das weiß dieser Perser haargenau. Wenn er auch die Bezeichnung ›Komplex‹ sicherlich noch nie gehört hat, so ist er doch in den Labyrinthen dieses Gebietes vollkommen zu Hause. Warum zuckt es denn immer so merkwürdig um seine Mundwinkel, wenn ihn Dr. Steen durch allerhand heimtückisch gestellte Fragen und scheinbar zwecklos klingende Worte zu ›impfen‹ versucht? Und Dr. Steen tut das mit Vorliebe und mit so raffinierter Geschicklichkeit, daß ich oft erst nach stundenlangem Grübeln und Kombinieren zu wittern vermag, worauf er ungefähr hinauswollte. Er hat sich auf dem Gebiete, seelische Verwirrung zu stiften, ein ganzes System zurechtgelegt; freilich, der Schlüsel dazu fehlt mir vollständig, und ich kann da nur mutmaßen, um welchen Zweck es sich handelt. Khosrul Khan aber durchschaut jedesmal blitzschnell, ob der Köder vergiftet ist oder nicht. Ob ihm dabei ein überaus fein entwickelter Instinkt hilft oder ob er ein klares Wissen zur Verfügung hat, kann ich nicht beurteilen. Es heißt ja, daß gewisse Asiaten ein sogenanntes Geheimwissen besäßen.«

»Dr. Steen muß also doch Worte anwenden, um seine abscheuliche Methode wirksam zu machen!« — unterbrach der Karierte triumphierend und atmete befreit auf.

»Sie irren, Herr Berichterstatter. — Was sind denn, genau besehen, Worte?: Mitteilungen durch Rede, Mitteilungen durch Klänge. Sind Mitteilungen durch Fingersprache, also Taubstummensprache, nicht auch Worte in gewissem Sinn? — Haben Sie nie von dem sogenannten ›bösen Blick‹ gehört? Sie zweifeln natürlich daran! Wer täte das nicht! – aber damit schafft man die Sache nicht aus der Welt. Ich glaube fest, daß der ›böse Blick‹, besser gesagt: seine verhängnisvolle Wirkung auf einer ohne schlimme Absicht und gänzlich unbewußt ausgeübten Gebärde – also: gewissermaßen auf einem unhörbaren ›Wort‹ beruht. Ganz harmlose Menschen sind oft mit dem ›bösen Blick‹ behaftet. Wissen wir, ob ihr Unbewußtes – ihre *›Seele‹* auch so harmlos ist? Es ist ein grober Fehler, anzunehmen, daß der Mensch seiner eigenen Seele sich bewußt wäre. Im Gegenteil: nichts ist dem ›normalen‹ Menschen so urfremd wie die eigene Seele. Sich seiner eigenen Seele bewußt zu sein, heißt: ein Halbgott sein – wenn nicht – noch mehr! – Und was das ›Wort‹ anbelangt, so ist es nicht nur ein Verständigungsmittel Schwätzbedürftiger, sondern etwas unendlich viel Größeres und auch – Gefährlicheres! Es kann schaffen und vernichten: oder zumindest die Ursache dazu legen. Weit wirksamer nun als gesprochene Worte sind gedachte Worte, dreimal wirksamer als diese noch sind ›Gebärden‹ – des Gesichtes sowohl wie mit den Fingern gemachte. Nun gibt es aber auch gedachte, das heißt: innerlich vorgestellte oder imaginierte Gebärden, sie bilden geradezu Zaubermittel, denn sie sind Schöpfungs- oder Vernichtungs›worte‹ der Seele. Mancherlei uralte wichtigtuerische Ordensgemeinschaften bilden sich ein oder behaupten wenigstens: sie wüßten Genaueres über solche wirkungsvolle ›Worte‹ und Gebärden; es ist natürlich dummes Zeug! Schon daraus, daß solche ›Brüder‹ ein Schweigegelübde ablegen müssen, geht hervor, daß sie nicht einmal ahnen, worum es sich handelt. Ein derartiges, magisches Wissen läßt sich nämlich überhaupt nicht von Mund zu Ohr mitteilen, es ist ein rein seelisches Mittel, und um es einem andern mitzuteilen, müßte der Mitteilende ›seelisch‹ reden und der andere ›seelisch‹ hören können. Wieviel Menschen, glauben Sie, können das heute auf der Erde?«

»Aber der Dr. Steen, wenn er wirklich Ähnliches kann, wie Sie doch zu vermuten scheinen, Herr Ochs, muß dieses Wissen doch irgendwoher haben?!« unterbrach der Berichterstatter sichtlich verstimmt und geärgert.

»Vielleicht unterrichtet ihn der Luzifer, was weiß ich« – brummte Dr. Ochs und nahm schnell den Faden seiner Rede wieder auf: Der Schlüssel zu diesem Rätselvollen ist also der: je unmerklicher, je subtiler und – ich möchte sagen: je unbewußter ein ›Wort‹ ist, desto furchtbarer seine Wirkung. Ich sagte vorhin: je winziger ein Bazillus ist, desto weniger können wir uns gegen ihn schützen. Mit den ›Gebärden‹ ist es ebenso. Einen Schutz gegen zerstörend wirkende Gebärden kann nur die eigene Seele gewähren. Wie soll sich nun ein Mensch, der sich seiner Seele gar nicht bewußt ist, gegen solche Gifte oder magische ›Säuren‹ schützen! Fast alle Menschen glauben doch, die Charaktereigenschaften seien die Seele. Wenn dem so wäre, müßte ein gutmütiger Mensch auch eine liebevolle Seele haben. Meistens ist gerade in solchen Fällen die Sache umgekehrt. Daß es so ist, wissen freilich die wenigsten, und wenn man es ausspricht, riskiert man eine grobe Antwort. Insbesondere von Frauenzimmern. Die Gebärden, von denen ich spreche, haben viel gemeinsam mit der drahtlosen Telegraphie. Man kann ein drahtloses Telegramm nicht auffangen, indem man zwischen Absender und Empfänger einen Regenschirm aufspannt. Dazu gehören gesetzmäßig begründetere Abwehrmittel. Man könnte auch sagen: sie wirken wie Ansteckung!«

»Ansteckung!« schrie der Karierte auf und hielt sich die Ohren zu – »Ansteckung! Herr, sind Sie des Teufels!

Reden Sie jetzt auch von Ansteckung; ich kann das verfluchte Wort nicht hören!«

»Also gut: drahtlose Telegraphie. – Um wieder auf Dr. Steen und den Perser zurückzukommen: ununterbrochen tobt ein erbitterter, geistiger Kampf zwischen den beiden. Es ist ein Duell mit unsichtbaren Degenklingen.«

»Aber wozu das, Herr Ochs? – Ich sehe den Sinn nicht ein. Geld oder Ehrgeiz ist nicht im Spiel. Eine Machtfrage auch nicht. Ein Frauenzimmer dürfte ebenfalls nicht dahinterstecken. – Seit die Welt steht, waren das doch die einzigen Gründe, weshalb Menschen gerauft haben.«

»Sie müssen bedenken, Herr Berichterstatter, daß ich Schachproblemkomponist bin. Läge mir der Trieb, zu kombinieren und Rätseln nachzusinnen, nicht im Blut, so ließe mich das wahrscheinlich alles kalt. So aber! – Oft liege ich nächtelang wach und denke über die beiden nach – und über das Haus und seinen unwägbaren Einfluß auf die Menschen, die in ihm leben und verkehren. Manchmal ist mir, als hätte ich die geistige Erbschaft des alten, sagenhaften Alchimisten Güstenhöver angetreten. Nämlich, was das Grübeln über Verborgenes anbetrifft. Vielleicht geht das Grübeln von diesen uralten Mauern aus wie eine Ansteck – – – pardon, wie eine telepathische Übertragung. Ich pflege meist die Lösungen, die ich in solchen Nächten gefunden zu haben glaube, niederzuschreiben. Ebenso meine äußeren Beobachtungen hier im Kaffeehaus, das mir seit Jahren die Welt bedeutet. Diese Niederschriften machen heute schon ein dickes Buch aus; wenn es Sie interessiert, ich leihe es Ihnen gern. – – Sie haben gefragt, warum sich die beiden ›duellieren‹. Ehrgeizig ist Dr. Steen. Ohne Zweifel. Aber sein Ehrgeiz ist nicht der Ehrgeiz des

Normalmenschen; es ist der Ehrgeiz Luzifers. – Ich will es Ihnen an einem Beispiel zeigen: eines Morgens hatte mich Dr. Steen in ein langes Gespräch verwickelt, das die christliche Religion betraf. – In früher Stunde pflegen die Menschen solche Themen äußerst selten zu berühren. – Ein Traum, den er in der Nacht gehabt hat, wird der Grund sein, dachte ich mir. Und ich sagte es ihm auf den Kopf zu. Er zuckte die Achseln, schnitt ein finsteres Gesicht, murrte: ›Ich habe in meinem Leben noch nie geträumt, weiß überhaupt nicht, was ein Traum ist.‹ – – Ob das eine Lüge war? Ich gäbe etwas darum, es genau zu wissen. Hm.«

»Weiter, weiter!« drängte der Karierte.

»Nun, im Laufe des Gespräches kam es zu Erörterungen gewisser dunkler Stellen in der Bibel. Ich merkte, er nahm an, ich als Dr. der Theologie wisse da vielleicht besser Bescheid als ein anderer. Nebenbei: ein Irrtum. – Immerhin: ich war verblüfft über das glühende Interesse, das er plötzlich an den Tag legte. Vielleicht wurde ich damals zu weitschweifig, jedenfalls war die heftige Art, wie er mich unterbrach, sehr auffallend und paßte nicht zu seinem sonst so höflichen Wesen. Er fuhr mich an mit den Worten: ›Was ist im tiefsten Grunde unter dem ›heiligen Geist‹ zu verstehen? Was bedeutet das: ›Alle Sünden können vergeben werden, nur die nicht gegen den Heiligen Geist?‹« – Ich schwieg. Und da schien es mir, als flüsterten seine Lippen: ›Ich muß es wissen, um ununterbrochen dagegen bewußt sündigen zu können.‹« –

»Das ist ja ein infamer Halunke!« fuhr der Karierte auf, – setzte sofort hinzu: »Übrigens ich bin nicht religiös. – Trotzdem; lieber Freund, Sie haben sich bestimmt das alles nur eingebildet.«

»Möglich« – Dr. Ochs strich sich den Knebelbart –, »ich will es nicht bestreiten. – Ich spielte natürlich den Unbefangenen. Dr. Steen gab sich den Anschein, als erwarte er keine Antwort, und wir kamen dann auf andere Gebiete zu sprechen.« – – Dr. Ochs schwieg und versank in langes Grübeln.

»Und, und?« fragte der Berichterstatter wiederholt, aber vergeblich. Nach einer Weile erwachte Dr. Ochs und redete halblaut vor sich hin wie im Selbstgespräch:

»Mag sein, daß es ganz falsch ist zu sagen, er beabsichtigt das, oder er beabsichtigt jenes! Oder, er wohnt und verkehrt hier zu diesem Zweck oder zu jenem. – Vielleicht – – *muß* er. Vielleicht gibt es eine geistige Atmosphäre, die jede menschliche Tat bestimmt – und sogar jeden Gedanken, der uns einfällt! Vielleicht ist das Haus hier gar kein totes Ding und lebendiger als wir alle. – – – Der Pfau draußen über der Tür – ist der etwa tot?«

Der Karierte konnte sich eines leisen, unbehaglichen Gefühls nicht erwehren; er drängte es zurück, lächelte krampfhaft ironisch: »Der Pfau ist ein Kunstwerk von seltener Lebendigkeit.«

»Gewiß, gewiß, das ist er. Zweifellos! Allerdings hatten meine Worte einen anderen Sinn. – Reminiszenzen. Nichts weiter. – Doch ich glaube, es ist spät. Wir sind allein. Das Kaffee ist leer geworden. – – Said, bitte zahlen!«

Ein kleiner buckliger Fellache erschien wie aus dem Boden gewachsen. Strich das Geld ein.

Auch der Herr Berichterstatter brach auf, schüttelte Dr. Ochs die Hand. Bedankte sich.

An der Tür kehrte er nochmal um: »Apropos, Herr Doktor! – Sie sagten, Sie besäßen Aufzeichnungen oder dergleichen über das Haus und wollten sie mir leihen.

Das Haus und alles, was mit ihm zusammenhängt, interessiert mich jetzt ungemein. Die Sache scheint mich gar nicht mehr loslassen zu wollen. – Hier meine Adresse. Ich wohne im Hotel auf dem Marktplatz.«
Dr. Ochs notierte es in sein Taschenbuch.
Verbeugte sich zerstreut.

2. Kapitel.

Großmutter Wasserdampf
(Aus den Aufzeichnungen des Dr. Apulejus Ochs)

Der Herr Berichterstatter saß in seinem Hotelzimmer.
Es war spät in der Nacht. Der Lärm der Stadt war schlafen gegangen. Das Hotel schien wie ausgestorben. Nur hie und da ein Geräusch, wenn ein Gast seine Stiefel vor seine Zimmertür hinaus auf den Gang stellte.
Die Straßen lagen in halber Dunkelheit. Der Herr Berichterstatter hatte die Vorhänge des altmodischen hohen Spitzbogenfensters zugezogen: Glasscheiben werden zu drohenden Schlünden, wenn der Himmel schwarz ist und sternenlos. Man hat beständig das Gefühl: draußen hängt ein Gesicht in der Luft und späht herein.
Auf dem Tisch lag ein Stoß Hefte. Dr. Ochs hatte sie geschickt.
Der Herr Berichterstatter griff eines von ihnen heraus, zündete sich eine Zigarre an und las:

»Der nasse Fleck«

Was ich hier schreibe, liegt mehr als vierzig Jahre zurück. Es handelt von einer Toten. Von einer – »Toten«,

so nehme ich an. — — — Für mich ist sie lebendig; ob sie in Wirklichkeit noch lebt? Wer weiß das? Fast sechzig Jahre alt wäre sie heute, — eine alte Frau. Ist es da nicht besser, ich nehme an, sie ist gestorben?
Für mich lebt sie: ein achtzehnjähriges schönes Mädchen, schlank, mit lachenden goldbraunen Augen. In hellem Strohhut, in geblümtem Kleid.
So habe ich sie zum letzten Mal gesehen.
Immer wenn der Frühling kommt, wird ihr Bild in mir lebendig; für junge Menschen bringt er Blütenduft, Blumen und Sehnsucht — — mir bringt er ihr Bild. Sein schönstes Bild mir altem Mann.
Erinnerung! Was ist sie sonst als Auferstehung eines Lebens, für das es keinen Tod gibt!
Erinnerung ist kein leerer Schall; sie ist so wirklich wie ich selbst!
Es ist ein tröstlicher Gedanke für mich zu wissen: ich trage Felicitas' Bild in mir; in jede meiner Zellen ist es eingeprägt. Es ist ein Teil von mir. — — Nein es ist mehr!
Wenn auch mein Leib zerfällt, — es bleibt jung.
Ich glaube fest: wenn ich auch sterbe, — es besteht! Erlischt die Sonne, wenn ich die Augen schließe?! — — — Stündlich stirbt der Mensch — ist jeden Tag ein anderer: Er ist ein Toter; dennoch lebt er, weil er weiß: vor einem Augenblick war ich noch da. Er ist nur Form, die sich erinnert, — eine Bilderreihenfolge. — Die Bilder leben; er selbst ist tot. — — — — Freund Adam Trapp hat, so wie ich, »ihr« Bild in sich. — »Vater« Adam, so nennen sie ihn, weil er ist wie ein alter Mann.
Auch für mich ist er ein Greis, denn ich habe sein Bild und mein Bild vergessen — — die Bilder, die wir einst gewesen sind in unserer Jugend. Die wandernde Zeit

hat sie fortgetragen in das ferne Land der Vergangenheit.
Er aber hat sein eigenes Bild wiedergefunden auf eine gespenstige Weise; es lebt zusammen mit Felicitas ein Leben der ewigen Jugend.
Hat er das Elixier der Alchimisten gefunden? – Ein Elixier, das auch »nur« ein Bild ist, – also mehr als ein chemischer Trank?
Geistesgestört ist er, so meinen sie.
Vielleicht sind wir geistesgestört, und nur er allein hat die wahre Gesundheit gefunden!
Ein Gelächter erhöbe sich, wenn ich ihnen das sagen würde; deshalb behalte ich meine Meinung für mich.
Lebt so wie ein vernünftiger Mensch? höre ich sie entgegnen.
Er wandert bisweilen durch die Stadt. Starr in die Ferne blickend. Aber er strauchelt nie. Seine Füße gehen allein. Wohl keiner, der ihm nicht für wenige Pfennige sein »graues Pulver« abgekauft hätte. »Es ist das Lebenselixier«, so spotten sie und werfen es weg, nachdem sie es gekauft haben; – sie bitten ihn darum, den jeder weiß: anbieten würde er es niemand. Sie sprechen ihn darum an, und er schüttet ihnen ein wenig davon aus einer hölzernen Kapsel, die er bei sich trägt, in die hohle Hand; sie tun es aus Mitleid, denn sie glauben, er ist ein armer Wahnsinniger, dem der Jammer um verlorenes Glück das Hirn versengt hat. – Früher haben ihm die Leute das Geld für das graue Pulver hingereicht, aber er hat immer nur verwundert darauf hingeblickt statt es zu nehmen; er hat vergessen, was Geld ist. – Jetzt steckt man es ihm heimlich in die Tasche; es ist bekannt, daß Frau Petronella daraus seinen Lebensunterhalt bestreitet. Da sie und ihr Mann alles, was sie verdienen,

den Armen schenken, will man nicht, daß ihr Vater Adam auch noch zur Last fällt.

Gegessen hat das graue Pulver wohl noch niemand. Man ekelt sich davor. Auch ich scheue mich davor. Vielleicht ist es wirklich das Lebenselixier und nur Berufene haben die Gunst des Schicksals für sich, es essen zu dürfen. Woher er es nimmt, weiß kein Mensch. Ich habe ihn nie danach gefragt; ich fühle, er würde nicht antworten.

Die Kinder der Gasse behaupten, er kratze es ab von den Mauern des Hauses zum »Pfau«.

Vor vierzig Jahren waren wir Jugendfreunde – er und ich – und Nebenbuhler um Felicitas. Wir haben einander darob wütend gehaßt – und sind doch die treuesten Freunde geblieben.

Er hat Chemie studiert und ich damals Philosophie. – Er bezog ein kleines Zimmer im Haus zum »Pfau«, – da, wo jetzt sein »Laden« steht. – Um immer in Felicitas' Nähe zu sein, denn sie war die Nichte Petronellas, der Gattin des Uhrmachers, dem das Haus gehört.

Ich habe unten in der Stadt gewohnt, – in der kleinen Dachkammer, wo ich heute noch wohne und wohnen bleiben will, bis man mich zum letzten »Doktorexamen« hinausträgt in der Sänfte aus schwarzem Holz. – – – –

Hat Felicitas ihn geliebt? Hat sie mich geliebt? – Ich glaube: ihn.

War seine Sehnsucht heißer als die meine? – – – Ich glaube: die seine. – Mein Herz will es nicht wahrhaben, aber es muß wohl so sein, wie ich – glaube. Denn er hat seine Seele verloren und wiedergefunden als Felicitas; ich habe meine Seele behalten. – Ich wollte, ich könnte tauschen mit ihm.

Niederschreiben soll ich, wie alles damals war. – Nein, ich will es nicht: »ihr« Bild darf nicht »gewesen« sein, – es muß bestehen, – soll nicht gebannt sein in einen Rahmen aus verwelkten Blumen.
Darum will ich dort beginnen, wo ich aufhören sollte, und alles »Vorher« weggeweht sein lassen, als hätte ein anderer es erlebt, – so schön es auch für mich gewesen ist.

Eines Tages war Felicitas fort.
Wohin? Warum? – – In der Stadt haben sie gesagt, sie sei von Hause fortgelaufen. – – – Wohin? Warum? – Ich habe mir die Ohren zugehalten, um nichts zu hören. Ich wollte nicht, daß man ihr Bild besudelt.
Petronella blieb stumm, der Uhrmacher blieb stumm; beide waren wie zu Stein geworden. – Seitdem hat niemand gewagt, sie nach Felicitas zu fragen.
Und ich, – ich habe gelernt, die Gedanken erdrosseln, wenn sie mich überfallen wollten mit ihrem ewigen »Wohin? Warum?« – Ich habe mich zu »ihrem« Bilde geflüchtet – habe dort Schutz gefunden vor ihnen. – Sogar im Traum.
Jetzt sind sie tot, die verfluchten Gedanken; ich habe sie alle erwürgt. – – – – –
Es heißt, es gebe einen Schmerz, der sei so sengend und furchtbar, daß ein von ihm befallener Mensch die Sprache verliert und umherläuft, – sinnlos, zwecklos trabt, trabt, trabt. Immer geradeaus. Oder im Kreis herum. – Es sei eine Fabel, habe ich geglaubt, bis ich es mit eigenen Augen sah. – Noch jetzt, wo ich dies schreibe, wird mir kalt vor Grauen.
Mein Freund – damals war er zwanzig Jahre alt – wandere ruhelos um das Haus herum – stundenlang, ohne

innezuhalten — ging plötzlich ein Gerücht in der Stadt; — er sei von Sinnen.

Ich eilte den Hügel hinauf zum »Pfau«.

Ich kann den Eindruck nicht vergessen: es war Sonnenfinsternis und hoch am Mittag, — die Natur wie gelähmt vom Zungenschlag, stumm geworden in tiefer Angst vor dem toten fahlen Licht, das da oben am Firmament herabquoll von den Rändern einer schwarzen Scheibe.

Dann sah ich meinen Freund. — Den Blick irr und starr geradeaus gerichtet, umkreiste er das Haus. — Es war kein Gehen und kein Laufen, es war ein haarsträubend entsetzliches Traben — gleichmäßig, wie besessen vom Taktschlag einer unhörbaren Satanstrommel. — Wilde Tiere sieht man bisweilen so traben, — Wölfe, die vor Hunger nicht mehr wissen, was sie tun sollen; — Füchse traben so herum hinter den Eisenstäben runder Käfige — im Kreis, Tag und Nacht, unablässig, als wollten sie aus ihrer Haut herauslaufen, um der rasenden Qual des Denkenmüssens an verlorene Freiheit zu entrinnen.

Das Herz stand mir still vor seelischer Furcht bei diesem Anblick. Ich wollte den Freund aufhalten und haschte nach seinem Arm; da stürzte er nieder, — sprang sofort wieder auf.

Er stand jetzt unter dem steinernen Pfau, hob langsam das Gesicht zu der schwarzen Sonne, und seine Züge verzerrten sich zu einem gräßlichen Lachen. — So lacht der Pfau mit dem Teufelskopf über der blaugrünen Mosaiktür zum Himmel empor: lautlos mit weitaufgerissenem Mund, verzehrt von der Weißglut des Hasses.

In jener Stunde begriff ich — wenn auch nicht mit dem Denken, so doch mit dem Herzen: was es für eine Bewandtnis hat mit dem Pfau und seinem Lachen.

Dann war mein Freund bewußtlos zusammengebrochen.
Ich trug ihn in sein Zimmer, lief zu dem Uhrmacher um Beistand. Als ich zurückkam, hatte sich mein Freund erhenkt. — Am Gebälk der Decke — es gelang mir, ihn noch zum Leben zurückzubringen.
Zum Leben? — Wenn atmen und wandeln noch Leben zu nennen ist, dann — habe ich ihn zum Leben zurückgebracht.
Jahre, Jahre vergingen, und jene lange Zeit hindurch sah ich niemals an ihm ein Zeichen, daß er mich erkannt hätte — oder sich erinnert, was geschehen war.
Frau Petronella hat ihn gepflegt, ihn mit Speise versorgt; er hat es hingenommen, so sagt sie, — stumm, teilnahmslos, wie ein todmüdes Tier das Futter, das ihm der Wärter bringt. —
Wir hatten längst die Hoffnung aufgegeben, daß er je wieder genesen könnte, — da, eines Tages fand ich ihn vollkommen verändert.
In der Nacht mußte die Wandlung in ihm geschehen sein, denn es war frühester Morgen, als ich ihn so traf — —: Er stand vor dem Eingang seines Zimmers in der Kreuzgasse und blickte strahlenden Angesichts in die aufgehende Sonne hinein. — — Es war ein Ostersonntag; als wäre es heute, sehe ich den Glanz des Frühlingslichts, atme die laue Luft und den Blütenhauch der Akazien. —
Ich breitete die Arme aus und wollte ihm um den Hals fallen, voll des Jubels und der Freude, denn ich sah in seinen Augen das Leuchten des Lebens und das frohe Wissen um unsere Freundschaft.
Er hielt mich sanft zurück, beugte sich zu mir und flüsterte mir mit lächelnden Lippen ins Ohr:
»Ich habe sie gefunden!«

Der Schreck zerriß mich fast: gefunden? Tot? Lebendig? Wo ist sie? — Ich wollte es herausschreien. Da sagte mir der nächste Augenblick: es kann nicht sein. — — Ich musterte scharf sein Gesicht: war er wahnsinnig geworden? War er aus schwarzer Bewußtseinsnacht erwacht, nur um hineinzutaumeln in eine andere — weiße Nacht? —

Sein Blick blieb ruhig und klar — so klar und ruhevoll und wissend, wie ich es nie an ihm gesehen hatte.

Nein, fühlte ich, so blickt ein Irrer nicht!

Er faßte mich an der Hand und führte mich in sein Zimmer.

Ein Bett, ein Tisch, ein Stuhl, ein Schrank! — Sie standen inmitten des engen Schlafraums — stehen heute noch so.

Im Hintergrund ragt eine lange, grauverwitterte Wand, an den Seiten, halbverdeckt von einem Gewinkel dreischrittiefer Nischen. — Ein seltsames kleines Labyrinth.

Die Sage geht, hier hätte einst der Alchimist gehaust.

Mein Freund hob die Hand und deutete voll Seligkeit und freudigem Triumph auf die graue Wand.

Ich blickte hin:

Ein mannshoher, nasser, fast kreisrunder Fleck!

Ich hatte schon oft von diesem Fleck gehört; jetzt sah ich ihn zum erstenmal mit eigenen Augen.

Ein nasser Fleck in einer alten Mauer, was wäre daran Absonderliches! — — — — Absonderlich ist nur: seit Menschengedenken weiß jedes Kind in unserer Stadt um diesen nassen Fleck, und doch knüpft sich keine Historie an ihn — keine Sage, kein Ammenmärchen raunt. Sonst bilden sich Legenden schnell. Oft von heut auf morgen. Hier haben sie versagt — sind nie zu Wort gekommen.

Es ist, als sei der Fleck gefeit gegen alles, was Menschenphantasie ersinnen könnte.
Drei Wochen bleibt er verschwunden, dann plötzlich erscheint er wieder – über Nacht – und trieft vor Nässe.
»Hygroskopischer Kalk«, der den Wasserdampf aus der Luft anzieht, – was sollte es denn anderes sein?! – so sagen die Gebildeten. Die Ge-bildeten, die für alles und jedes im Handumdrehen eine Lösung wissen, gleichgültig, ob sie stimmt oder nicht. – Wie sonderbar es ist, daß das Wissen um diesen Fleck nicht längst erloschen ist, wo er doch – nur hygroskopischer Kalk ist und sonst nichts – das nimmt sie weiter nicht wunder.
Sein Kommen und Gehen ist unabhängig vom Gesetz der Regelmäßigkeit – so meinen wohl alle. Ich habe mich überzeugt, daß es sich anders verhält.
»Was soll der Fleck?« fragte ich, als mein Freund nur hindeutete und nicht redete.
»Es ist kein Fleck; es ist der Eingang«, sagte er und lächelte verstohlen; er sah mir an, wie betreten ich wurde.
»Er redet irr«, begriff ich, und es wurde mir traurig ums Herz. – Später erst erkannte ich, daß irre reden oder irre sein ganz anders ist. – Ich habe seitdem Medizin studiert und weiß genau, wie die vielen Formen von Irrsinn sich äußern. – Was es für ein Zustand sein mag, der damals in meines Freundes Bewußtsein Platz zu greifen begonnen hat? Kann ich Rechenschaft legen(!) über etwas, was hinausreicht über meine Fähigkeit, es nachzuprüfen? Ist nur das Wirklichkeit, was die Vielheit der Wesen gemeinsam wahrnimmt oder wahrnehmen – könnte? Bin ich berechtigt zu sagen: das da, oder jenes sind Träume, Wahnvorstellungen oder Täuschung, weil ein anderer allein der Wahrnehmer ist? – Nein

ich darf und will es nicht sagen; auch nicht, wenn das, was ich da höre aus eines einzigen Menschen Mund – Hohn spricht aller Erfahrung. – – Ich kann nur schweigen und bei mir denken: *ich* weiß nicht.

»Eingang? Wie meinst du es?« fragte ich meinen Freund, – wich seinem Blick aus; ich wollte nicht, daß er meine Trauer sähe – oder meinen Zweifel an seinem Klarsein.

Doch er durchschaute mich gar wohl. – Aus dem erzwungen festen Klang seiner Stimme fühlte ich deutlich heraus: er merkt genau, was in mir vorgeht; er spricht fast wie ein Befehlender, um den Zweifeln zuvorzukommen, die, wie er voraussieht, in mir aufsteigen müssen, wenn er schildern wird, was ihm begegnet ist.

Und er erzählte in kurzen hervorbrechenden Sätzen:

»Heute nacht fuhr ich aus dem Schlaf empor – ihre Stimme hat mich gerufen.

Ich weiß, ich habe viele Jahre geschlafen. – Ich muß ein alter Mann geworden sein, fiel mir ein. Da sah ich: ich bin ein Jüngling geblieben; wie einst: ich habe das Welken des Leibes verschlafen.

Eine Erinnerung hauchte mich an: hat mir nicht soeben ein Greis in antikem Gewand aus einem Becher zu trinken gegeben? – – Ich griff an meine Lippen: sie waren noch feucht.

Vollmond scheint, sah ich und trat ans Fenster. Die Gasse war hell, aber es war nicht der Mond: die Sonne hat geschienen um Mitternacht.

Ich wandte mich um und sah den Fleck an der Mauer. – Als ich aufstand, war er noch nicht dort, das weiß ich gewiß.

Ich bin hineingegangen wie in eine offene Tür. – Ich

hab's gekonnt, weil »sie« mich gerufen hat; ihre Stimme hat mich lebendig gemacht.
Ich bin hineingegangen – nicht im Geiste, nein: so wie ich bin. – Wer lebt, der kann alles. Nur die »Toten« sind gebunden; sie haben vergessen, was sie konnten, als sie noch lebendig waren.
Ihr alle seid tot, nur wißt ihr's nicht. – Auch du, Freund Apulejus! – Siehst du denn nicht, daß du verwesest wie ein Leichnam? – Du nennst es »altern«. Kann jemand verwesen, er sei denn ein Leichnam? – – – Es wird gesäet verweslich und wird auferstehen unverweslich.
Ich war eingetreten, da wußte ich: die Mauer ist ein Zimmer.
Felicitas kam mir entgegen. – Sie hat mich umarmt und geküßt; ich fühlte kein Glück. – Glück fühlen, heißt: es nicht haben. Wie kann man Glück fühlen, wenn man es selber geworden ist!: Felicitas.«

Mein Freund schwieg plötzlich und starrte den kreisrunden Fleck an, als sähe er dort etwas.
Meine Augen hingen erwartungsvoll an seinen Lippen. – Seine Rede hatte mich erschüttert von Kopf bis zu den Füßen. – Ich konnte nicht sprechen. – – Sind das wirklich Worte einer Sprache gewesen, die ich gehört habe? Ob es nicht Bilder waren? – Bilder aus Worten? Bilder, die man hört – auf unbegreifliche Weise –, statt sie zu sehen? – Bilder einer Welt, die uns »Leichen« verschlossen ist? – – – Hinter allen Dingen stehen – die Bilder! – – – Ich mußte an die geheimnisvolle »Wiedergeburt« denken, von der die christlichen Mystiker schreiben: die »Wiedergeburt« ist das Leben in Gott, und bei Gott sind alle Dinge möglich.
Mein Freund fuhr halblaut fort, aber das Schneidende in

seiner Stimme war plötzlich stumpf geworden, und der Glanz in seinen Augen begann zu erlöschen — —:

»Am Tisch vor einer Lampe saß eine steinalte Frau und strickte an einem grauen Strumpf; er hing mit einem Ende aus der Vergangenheit heraus.

Sie nickte zum Gruß, als ich eintrat, wandte aber den Blick nicht von den Stricknadeln. — ›Sie dürfen nicht stille stehen, ich kann sie nicht aus den Augen lassen, entschuldigte sie sich, — sonst stünde auch dein Herz still, mein Sohn, und das darf noch nicht sein! — Hier ist das Zimmer der wirklichen Gegenwart, mein Sohn. Die Gegenwart ist für alle Wesen, die tot sind, weil sie nicht wissen, was das Leben ist, ein verborgenes Geheimnis. Die Gegenwart ist für die Wesen der Erde unfaßbar, denn sie leben nicht in der Wirklichkeit. Könnten sie die Gegenwart fühlen, so hätten sie auch den Eingang zur Ewigkeit, denn die Gegenwart ist nichts anderes als die Ewigkeit, darinnen das wahre Leben steht.‹

›Es ist Urgroßmutter Wasserdampf‹, flüsterte Felicitas mir zu; ›sie ist unser aller Urgroßmutter; wenn sie nicht wäre, wären wir alle nicht; es ist auch kein Strumpf, wie du glaubst, an dem sie strickt, sondern ein graues Band; es hat keinen Anfang und nimmt kein Ende und wird dennoch einmal ein Kreis. So sagt sie immer. Wenn ich aufhören würde zu stricken, so sagt sie, gäbe es nur Gegenwart, aber es ist nicht der Wille des Lebens, daß der große Uhrmacher die Hände sinken läßt. Ich weiß nicht, was sie damit meint. Ob sie den Onkel Güstenhöver damit meint? — Ich habe ihr gestanden, daß wir uns so gerne heiraten möchten, aber sie hat das, scheint es, längst gewußt. — Wie kannst du nur so dummes Zeug reden, Felicitas! hat sie mich ausgescholten, heiraten, das tun doch nur die Toten! Oder willst du vielleicht alt werden wie die Toten, Felicitas? Warum hießest du denn dann Felicitas! Glück muß jung bleiben! Einander heiraten, das heißt soviel wie: zwei bleiben. Eine Ehe schließen, das ist etwas anderes; das ist das: Einswerden. Was zwei bleibt, das altert und stirbt, denn es steht außerhalb der verborgenen Gegenwart.« Also laß mich eine Ehe schließen, Urgroßmutter, habe ich gebettelt; denn ich sehne mich so nach dir, Adam. Aber das will ich doch selber, Felicitas! hat mich die Urgroßmutter getröstet; deswegen habe ich dich vom Onkel weg zu mir ins Zimmer der Gegenwart genommen, damit die Zukunft dir nichts anhaben kann, mein Kind! Das geschieht nur sehr wenigen auf Erden! Und damit du mit Adam eine Ehe schließen kannst, habe ich dir doch erlaubt, ihn wachzurufen. – Wann wann wann wird es sein, Urgroßmutter? habe ich dann immerwährend gefragt. Ich kann es nicht erwarten, mit Adam vereint zu sein! – – – Und weißt du, Adam, was sie dann jedesmal sagt? – –: Warten heißt: nicht finden können; du mußt das Warten vergessen, Felicitas! Das Warten vergessen heißt: gefunden haben! – – Verstehst du das, Adam? – – Und dann tröstet mich die Urgroßmutter abermals und sagt: es ist noch nicht Zeit zum Ehering, mein Kind, erst muß dein Adam den Tingierstein gefunden haben und nicht bloß von ihm wissen; und der Tingierstein – paß gut auf, Felitcitas – der Tingierstein, das ist der Stein, der aus Blei Gold macht und aus Toten lebendige Menschen. Blei verwittert, Gold nicht, mein Kind.« – – – – – –

Die Stimme meines Freundes war leiser und leiser geworden; seine letzten Worte hatte ich kaum mehr verstehen können.

Er ist von der Bewußtseinsebene des weißen Glanzes

herabgeglitten auf die tiefere des Farbenspiels, begriff ich, als ich im Geiste den ersten Teil seiner Rede mit dem zweiten verglich. Und was in seinem Gesicht deutlich für mich geschrieben stand, als ich ihn forschend ansah, um in seiner Seele zu lesen, bestätigte mir, daß ich recht hatte: ein rührender Ausdruck von – Kindlichkeit lag jetzt darin. – – – Kinder kommen her aus dem Reiche des weißen Glanzes – dem Reiche der Ursachen und der ewig bestehenden Bilder –, dann gleiten sie hinab ins Reich des »Pfauenschweifs« – ins Land buntschillernder Farben, Phantasien und Märchen; dann stürzen sie auf die kalte Erde starrer Gesetze und vergessen beim Fall, woher sie gekommen sind.

Nur an das Reich des »Pfauenschweifs« erinnern sie sich dunkel; – darum hören sie Märchen so gern. Vergessen auch diese, empfinden sie nicht mehr, erkennen nicht mehr ihren Sinn, – – denn sie werden erzogen von den Eltern zu – wandelnden Leichen.

Derselbe Vorgang des Sinkens von Ebene zu Ebene, von Stockwerk zu Stockwerk, hat sich soeben bei meinem Freunde vollzogen, verstand ich: er wird sich noch weiter vollziehen; wohl ihm, wenn er wieder emporfindet!

Ich überlegte, ob ich ihn drängen sollte, seine Erzählung fortzusetzen, da brach er plötzlich in Tränen aus, faßte meine beiden Hände und schluchzte.

»Ach, Apulejus, wenn ich dir nur geben könnte von meinem Glück! Ich hätte dir so unendlich viel zu sagen, aber wie kann ich es denn in Worte fassen! Da sind Dinge, die werden zu Nebel, wenn ich sie einfangen will mit Worten; sie sind zu hell und die Worte zu schwarz! – – Alles Glück der Welt ist jetzt mein Ich geworden, so wie ich früher all ihr Jammer war; nur ausstrahlen kann ich es nicht. Weißt du noch: die Sonne damals?! Sie war nur Licht für sich selbst, nicht für die andern: eine dunkle Scheibe stand davor.«

»Und was wirst du jetzt tun, Adam?« fragte ich ins Ungewisse, denn ich wußte nicht, was ich erwidern sollte.

»Tun?« – in seinen Augen leuchtete es seltsam auf – »tun? Über alles »tun« bin ich hinaus. Ich werde schlafen, wenn der Fleck verschwindet, und erwachen, wenn er erscheint und abermals zur Türe wird. Schlafen ist kein »tun«. *Ich* tue nichts.«

»So wirst du wieder wandern wie ein Lebloser? So wie bisher? – Bis – bis die Türe wieder offen ist?« – forschte ich.

Er nickte froh.

»Kannst du mir nicht sagen« – fragte ich weiter – »wie ist es, weißt du genau, was du vorhast, wenn du so wanderst? Weißt du, warum du gelegentlich die Hand hebst oder die Füße? Hörst du, was man dir sagt?«

Er dachte lange nach. – »Nein, Apulejus, so ist es nicht. Nur ähnlich. Der andere« – er fuhr mit den Händen an seinem Körper herunter – »der da, der andere – weiß wahrscheinlich, was geschieht, und handelt auch danach, glaube ich, aber was habe ich mit ihm zu schaffen? Dein Schatten bewegt sich doch auch, Apulejus, und dennoch weißt du nur, was er tut, wenn du hinschaust! Was dir dein Schatten ist, das ist mir mein Körper – ist zwar ein Teil von mir und doch ein anderer. Was geht mich der ›andere‹ an? – Vielleicht hat er sich damals erhenkt und ist getrennt von seinem Kopf durch einen Strick um den Hals! – Ob er wandert oder spricht oder antwortet – ich weiß es nur, wenn ich ihn anschaue. Aber weshalb sollte ich ihn anschauen? Er ist doch alt und häßlich! Und ich bin jung.«

»Und ich – bin – jung!« – wie fremdartig hatten seine

letzten Worte geklungen – »und – ich – bin – jung!« – – Ich fuhr zusammen: war das nicht der Klang seiner Stimme, wie sie gewesen war vor vierzig Jahren?! Ein Schwindelgefühl ergriff mich, und ich faßte nach der Kante des Tisches, um nicht zu fallen.

Was war das! – – wie vorhin starrte er unverwandt auf den Fleck an der Mauer.

Und dann – dann ging er mit festem, schnellen Schritt auf die Mauer zu – –

»Um Gotteswillen: er glaubt, es ist dort wirklich eine offene Tür« – durchfuhr's mich wie ein Blitz, – »jetzt, jetzt wird er anprallen – zurücktaumeln!«

Ob ich in diesem Augenblick das Bewußtsein verlor und nur zu sehen wähnte, was ich sah? – – –

Heute freilich möchte ich es mir so zurechtlegen – möchte mir einreden, ich hätte einen Bruchteil einer Sekunde lang – geträumt. – Es bleibt mir nichts anderes übrig, als mir es einzureden, außer – ich müßte an Dinge glauben – –

Auch Petrus ist einst durch eine Mauer hindurch gegangen, so heißt es in der Schrift! Wie dieser Satz sich in mich eingefressen hat seit jenem Erlebnis in Adams Zimmer!!

Eines weiß ich: ich hatte urplötzlich die Empfindung, irgendetwas drehe sich in mir um meine eigene Achse und ich falle sodann mit rasender Geschwindigkeit in einen Abgrund. Aber alles ging so unfaßbar schnell vor sich, daß ich heute noch sagen muß: der Vorgang lag nicht innerhalb des Zeitbegriffs. Er war vorbei, fast – ehe ich ihn spürte.

Keine Sekunde hatte ich dabei meinen Freund aus dem Gesicht verloren. Ich sah: er hob den Fuß zum letzten Schritt und – – – – –

Ein Licht, das blitzschnell erlischt, ist für unsern Blick verschwunden, aber nicht für unsere Augen! Wir sehen es noch für eine kurze Weile auch bei geschlossenen Lidern; es ist wie eine Erinnerung der Nerven – eine Erinnerung, die bisweilen greller sein kann, als das Licht selbst gewesen ist. – – So ähnlich war das, was ich damals sah: mein Freund – ging – in – die – Mauer – hinein und – verschwand!!

Dann abermals das seltsame Gefühl des Fallens. Nur diesmal meßbar mit Zeitbegriffen. So schien es mir. Darauf ein langsames Wiederemporsteigen, als tauchte ich aus Wassertiefen an die Oberfläche meines altgewohnten Daseins.

War ich ohnmächtig geworden? Warum bin ich dann nicht zu Boden gestürzt? – – –

Als ich wieder klar denken konnte, stand ich aufrecht da – genau wie vorher, mich mit der Hand an der Tischkante haltend.

Das Zimmer war leer – mein Freund verschwunden.

»Er ist fortgegangen. Auf die Straße hinaus! Natürlich! Was sonst! Gewiß. Gewiß. Was sonst! Was sonst!« so könnte ich jetzt schreiben – – aber ich bringe es nicht aus der Feder. – – – – Auch Petrus ist einst – – –

Als ich meinen Freund Adam Trapp am nächsten Tag besuchen ging, war er wieder der Wahnsinnige, für den man ihn in der Stadt hält. – Er erkannte mich nicht mehr – wenigstens schien's mir so. – – –

Der Fleck an der Mauer war verschwunden; in regelmäßigen Zeitabständen kehren sie wieder: der Fleck an der Wand und mein »alter« – – junger Freund.

Das gespenstische Begebnis hat sich nie mehr wiederholt. Keiner von uns berührt es auch nur mit einem Wort,

wenn Adam »erwacht« ist und wir beisammen sind. Was mir Adam dann erzählt? — — Nichts mehr aus dem Reich des weißen Glanzes.
Aber viel Liebliches, Kindliches und Schönes von Felicitas, dem Glück und der Urahne Wasserdampf.

Der Herr Berichterstatter legte das Heft des Dr. Ochs auf den Tisch zurück — behutsam, fast zärtlich. Blickte sinnend vor sich hin. Bitternis war in sein Herz eingezogen.
»Arme Narren nennt man solche Leute«, flüsterte er in sich hinein — setzte wehmütig hinzu: »Arm! Arm? Arm bin doch ich! Mein Leben ist armselig, ihres ist reich! Ich wollte, ich wäre auch ein solcher — Narr!«
Seine Augen glitten über das geschmacklose Tapetenmuster an den Zimmerwänden hin: stilisierte, schäbige Blumen — eine neben der andern, eine über der andern, vom Fußboden bis hinauf zur Decke — mit albern verschnörkelten Rankenärmchen zum Reigen verschlungen, — Blumen, die keine waren, ein Tanz, der keiner war, von einem Maler erschaffen, der keiner war.
»So wie mein Leben!« dachte der Herr Berichterstatter und nickte traurig. — —»Was er nur meinen mag mit dem Reich des »Pfauenschweifs«, dieser Dr. Apulejus Ochs?« wagten sich sondierende Gedanken an ihn heran, — »ob er wohl selber glaubt, daß es so etwas in Wirklichkeit gibt? — Oder — oder hat er es vielleicht nur für mich zusammengestellt, um den Schriftsteller zu spielen? So etwas tun sie alle gern und kommen nachher mit der Bitte angeschlängelt, das Manuskript der Redaktion zu empfehlen« — er nahm mißtrauisch das Heft wieder vor und prüfte die Schrift, wischte mit nassem Finger darüber hin — »nein: alte Tinte. Längst eingetrocknet. Vor

Jahren niedergeschrieben. Merkwürdig bleibt nur, wie er mir als Fremden so intime Reminiszenzen zur Einsicht überlassen konnte! So etwas behält man doch für sich. Aber was ist denn das? Da liegt ja ein Zettel in dem Heft!« Und der Herr Berichterstatter las: »Sehr geehrter Herr! Ich bitte Sie, den ersten Teil des Heftes, betitelt: Urgroßmutter Wasserdampf, nicht zu lesen. Ich lege das Heft Ihnen nur deshalb vor, weil in der zweiten Hälfte manches enthalten ist, was Sie interessieren dürfte.«

»Es sind also doch nicht für mich bestimmte Mitteilungen gewesen« – brummte der Herr Berichterstatter, »jetzt klärt sich die Sache ja auf. – – Hm. Merkwürdig, er glaubt also tatsächlich an all das! Hm. Er ist doch ein studierter Mann und weiß eine Menge Dinge, von denen andere Menschen keine Ahnung haben; er lebt nur den Wissenschaften – wie käme er auch dazu, sich selber etwas vorzuphantasieren! – Hm. – Apulejus! Hm. So heißt man doch nicht! Wahrscheinlich war schon sein Vater ein Narr. Man gibt seinem Kind doch nicht einen solchen Namen – Wenn ich ein Kind hätte – – –« – – Die Gedankenreihe des Herrn Berichterstatters kam ins Wanken –: eine blasse, kleine, verwelkte Erinnerung hatte sich hervorgewagt –; der Herr Berichterstatter schob die Brille auf die Stirn und bedeckte die Augen mit den Händen: »ja, ja, Sofie! Seh ich es wieder, dein armes, blaues, verschossenes Kleidchen! Die vertretenen, geflickten Schuhe. Und dein bleiches, mageres und doch so liebes Gesichtchen. – O Gott, wie lange ist das schon her! Wie tausend Jahre. – Und ich: Tertianer. Mit roter Kappe auf dem Kopf« – er strich sich über die Glatze – »– war verliebt bis über die Ohren und hab sie angeschwärmt; sie und – den Mond. Und Gedichte gemacht. – Von der Zukunft haben wir gesprochen und vom Heiraten. Ja, auch wir. So wie wohl auch dieser Adam Trapp und seine Felicitas. Haben uns ewige Treue gelobt. Ja, ja. – Und dann hat sie – Nähterin werden müssen. Hat nicht mehr auf mich gewartet, wenn ich aus der Klasse kam. – – Und die vielen Nächte, die ich in Qual durchwacht habe. Wie sind doch die Leiden eines hilflosen jungen Menschen so grauenhaft! Hab mir den Schädel wund gegrübelt, wie ich reich werden könnte, um ihr zu helfen. – – Dabei der ewige Xenophon, der Julius Cäsar und die übrigen verfluchten alten Hunde! – Bin natürlich durchgefallen. – – Sofie! Schwindsüchtig ist sie geworden, gestorben. – Hab nicht einmal zu ihrem Begräbnis gehen können – hab nachsitzen müssen – wegen nichtgenügender Kenntnisse aus Religion! – Der Pastor und der liebe Gott haben nicht gewußt, daß ich gern mein Herzblut gegeben hätte, hinter ihrem Sarg gehen zu dürfen. – Hätten's wohl auch nicht erlaubt, wenn sie's gewußt hätten; ich war doch erst Tertianer! – Ein Tertianer ist doch noch kein Mensch; er muß es erst lernen! – – – Und jetzt ist – sie ganz zum Gerippe geworden!« – – Dem Herrn Berichterstatter stieg es plötzlich heiß in die Kehle; er riß mit beiden Händen an seinem Kragen – – »schauderhaft! Schauderhaft! Schauderhaft!« – wollte er in jäher Verzweiflung hinausschreien. Aber er hielt die Lippen fest geschlossen: es ziemt sich nicht, mitten in der Nacht in einem Hotel zu brüllen. Schauderhaft!

Er versuchte eine andere Schublade seiner Erinnerungen aufzuziehen, um nach froheren Bildern zu suchen. – – Nichts als Staub!

»Ich muß die Ofentüre aufmachen und mit dem Schürhaken in der Glut herumstochern, dann wird es besser

werden, und ich sehe vielleicht freundlichere Gesichter«, sagte er sich; eine Art sentimentaler Melancholie hatte die Flamme seines echten Schmerzes bereits erstickt.
»Das hat man in früheren Zeiten getan, als es noch Kamine gab; jetzt geschieht es nur in Romanen. Phrase! Phrase!« – höhnte eine zwirnsdünne Stimme in ihm.
»Ach was Phrase!« – redete er es sich sofort aus. »Warum soll ich denn nicht stochern? Kamin!? Ein Ofen tut's auch!« – und er spähte in die dunkeln Ecken des Zimmers:
»Aha, dort. Der Wandschirm!« – er stand rasch auf, schob den Wandschirm zur Seite:
Kein Ofen da! – – – Das Hotel hatte Zentralheizung.
Verstimmt und gekränkt ging er zum Fenster, öffnete Vorhang und Luke, blickte hinab: die grimme Kälte war gebrochen – der Schnee geschmolzen.
Er spuckte den glimmenden Zigarrenstummel im Bogen in die Nacht hinaus – sah ihn Funken stieben unten auf dem Pflaster.
In der Ferne: der Hügel mit dem Haus zum »Pfau«. – Silhouetten in schwarzer Luft.
Leuchtende Punktreihen die Straße hinauf – Plätze, Gassen kreuz und quer: Wie eine auf die Erde herabgeflatterte Sternchenschar – Lichtspatzen des Weltraums, zu Besuch gekommen, um heimlich alles zu begucken. – – – – Wenn's hell wird, – ehe sich die Menschen noch den Schlaf aus den Augen reiben – sind sie längst wieder hinaufgeflogen und lassen die Leute im Glauben, sie seien Laternen gewesen.
Dunkler Nebel deckt die schlummernden Häuser zu: Wasserdampf der Erde. Hoch oben gähnende Finsternis.
Der Herr Berichterstatter fröstelt, und er will das Fen-

ster schließen. Da hört er ein dumpfes Brummen in der Luft. – Ein ungeheurer fliegender Fisch mit weit ausgebreiteten Flossen schwimmt durch die Tiefe des Raumes. Der Zweidecker Dr. Ismael Steens.

Er kreist über der Stadt. Wendet sich. Verschwindet, als hätte ihn der dunkle Abgrund verschlungen. Wie auf Zauberschlag ist er wieder da – trägt seine Umrisse siegreich durch die Finsternis. – Ein kleines Fünkchen blitzt grell auf an seinem Bauch und wirft einen schimmernden Lichtkegel durch das Dunstmeer hinab. Wo er auffällt – bald auf dieses Dach, bald auf jenes – da fährt das getroffene Haus jäh aus dem Schlaf, steht plötzlich da, in weiße blendende Helle getaucht, mit lodernden Fenstern und hat einen riesigen spitzen Clownhut aus Licht auf dem Kopf; im nächsten Augenblick schon hat die Nacht es wieder gefressen, und der launenhafte stählerne Fisch setzt einem andern die Trichtermütze auf.

Dann fliegt er den schwarzen Hügel hinauf, umschwimmt das Haus zum »Pfau«, gießt alles Licht aus, das er hat, senkt sich nieder und verschwindet mitsamt der Helle.

»Der Teufel«, murmelt der Herr Berichterstatter und schlägt das Fenster zu.

Er kleidet sich aus, zieht einen karierten Pyjama an, sitzt noch lange trübselig auf dem Bettesrand und lauscht – wider Willen – ob das Brummen nicht wiederkehrt.

Aber alles bleibt still; nur das Sausen in den Ohren hört er, – das Brausen des Blutes, das der alternde Mensch vernimmt, wenn er horcht, und nur im Lärm des Tages vergißt – das unablässige, drohende, ferne ferne Sausen vom Flügelschlag des aus den Schlünden der Zeit her langsam sich nähernden Raubvogels »Tod«. –

»Warum eigentlich noch niemand das graue Pulver dieses sonderbaren Kerls, des Adam Trapp, eingenommen hat?« überlegt der Herr Berichterstatter – »was wäre denn dabei? Giftig kann es doch nicht gut sein! Freilich, ekelhaft ist es. Er kratzt es von der Mauer ab. Was, wenn er es ganz unten abkratzt? Da, wo immer die Hunde – – – – Pfui Deibel! – Aber schließlich: was frißt man nicht alles an Dreck tagtäglich in sich hinein! – Hm. Was kann da sein? Ich werd's probieren.«
Er knipst das Licht entzwei, streckt sich aus – nimmt den Entschluß, das graue Pulver zu essen, eine Strecke Wegs in den Schlaf hinein.
Wahrscheinlich ist auch ein kleinwinziges Fünkchen Hoffnung auf Wieder-Jungwerden mitgegangen, denn hie und da flattern allerlei ungewohnte Traumgebilde auf: einmal fühlt sich der Herr Berichterstatter gefangen in ein kariertes Drahtgeflecht, das ihn fest umschließt wie ein Anzug, dann wieder hat er einen leuchtenden Zuckerhut auf und weiß nicht: soll er sich ärgern? Hat ihn Dr. Steen zum dummen August gekrönt? – Aber die Traumgestalt des Dr. Steen beruhigt ihn – erkennt ihn an als hochachtbaren Berichterstatter einer berühmten Berliner Zeitung, mit dem man sich derlei verwegene Spässe niemals erlauben würde! Im Gegenteil: Herr Dr. Ismael Steen ist urplötzlich ein überaus netter Mensch und mit Wohlwollen angefüllt; er warnt sogar ausdrücklich, das graue Pulver einzunehmen, – es sei auch gar nicht grau, sondern gelb, und dann könne man auch nicht wissen, ob nicht die Gefahr einer – Ansteckung damit verbunden sei! – Hingegen der Dr. Ochs hat sich in einen gefährlichen Halunken verwandelt; er reitet wie der Don Quixote daher, aber nicht auf einem Pferd, sondern auf einem goldenen Esel, und rennt mit der

Lanze kreisrunde Türen ein, die sich von selbst in einer Mauer bilden.
Dann wird das kleinwinzige Fünkchen Traumhoffnung matter und matter.
Wie könnte auch ein solch jämmerliches Ding auf die Dauer eine so tiefe ungeheure Nacht bekämpfen, wie der Schlaf eine ist!
Es erlischt. Der Herr Berichterstatter hat mit einemmal total vergessen, wer er eigentlich ist.
Seine Lippen babbeln ein Wort; es scheint der Name Sofie zu sein. Aber er selbst weiß es nicht.
Es wird auch nicht lange dauern, so werden Tränen hinter seinen Augenlidern hervortropfen und das Kopfkissen durchnässen.
Er selber wird darüber sehr erstaunt sein, wenn er erwacht und es — noch im Halbschlaf befangen — bemerkt; er wird im ersten Moment glauben, es sei das der gewisse feuchte Fleck in der Mauer, der in Wirklichkeit natürlich gar nicht existiert.

3. Kapitel

Ismene

Vom großen Turm der gotischen Marienkathedrale dröhnt ein dumpfer erzener Doppelruf, schwebt mit vibrierenden Schwingen durch die feuchtkalte tote Nachtluft und weckt die erstarrten Glocken der anderen Kirchen, sodaß sie — erst leicht erschauernd unter dem Anprall der tönenden Welle — echohaft einfallen mit leisem, mit lautem, mit hohem, mit tiefem, mit fernem, mit nahem: Ja a a – Ja a a.

Die zweite Stunde nach Mitternacht – die Gespensterstunde der Asiaten.
Dann hebt das stumme Warten wieder an, – das Harren, das Hoffen, das Fürchten: was wird die Zeit bringen?
Geräuschlos, mit weißglühenden, weithin leuchtenden Augen, huscht ein Ungeheuer – ein Delphinkopf, fast ohne Leib und die Schwanzflosse quergestellt, die mit Laternen besäumte Straße den Hügel hinauf: ein Reiseautomobil, ein Stromlinienwagen mit den ihm eigenen fremdartigen Formen eines vorsintflutlichen Fabeltieres.
In den Seiten des grotesken Schädels eine Reihe erhellter Fensterchen, innen bespannt mit weißseidenem Vorhang, darauf der Schatten eines Frauenkopfes in schleiernden Umrissen wie ein schwarzer Hauch.
Vorn in der Stirn des Drachenhauptes ein ungeschlachter Klumpen mit riesigen Pranken, die unvermittelt, als fehlten die Arme, aus der Brust herauszukommen scheinen und einen Reifen halten: der Chauffeur auf dem Führersitz, in zottige Pelze gehüllt.
Der Wagen biegt durch ein kleines, wintererstorbenes Gehölz mit verlassenen Krähennestern in dürrem Geäst auf die Salnitergasse zu. Der grelle Schein aus seinen Nüstern übergießt den Weg mit blendendem Glanz, ehe er ihn – das schimmernde Band – in seinen Rachen hineinfrißt.
Der dunkelmassige Würfel des Hauses zum »Pfau« wächst aus dem Boden.
Aus den Ritzen der mit Holzläden verschlossenen Fenster stechen Feuernadeln, als brenne es innen.

Matter, phosphoreszierender Dunst quillt aus dem Glasdach empor in das Nebelmeer.

Langsam umschleicht das Automobil das Haus; seine beiden Augen hat es niedergeschlagen, ein drittes reißt es plötzlich auf, weit greller noch, als die beiden andern gewesen sind. Sein Blick durchbohrt die Finsternis. Fährt die Mauer entlang, oben, unten. Prallt zurück von der aufglitzernden Mosaiktür. Schlägt für eine Sekunde dem Pfau die Nachtmaske vom grinsenden Teufelsgesicht. Späht weiter nach einem Eingang.

Kahle Mauern, kein Tor, kein Fenster. – Das Automobil biegt um die Ecke.

Die Tür des Uhrmacherladens ist geschlossen, aber Lichtschimmer hinter ihrer Milchglasscheibe verrät, daß die Bewohner noch wach sind.

Der Chauffeur steigt ab, – vermummt, ein Grislybär – klopft: Frau Petronella öffnet. Ihr weißes volles Haar glänzt wie Schnee beim Schein der friedlich glimmernden Wagenlaternen.

Der Uhrmacher Güstenhöver sitzt mit stillem Gesicht an einem kleinen Ahorntisch – hebt nicht einmal den Kopf, als er die Frage hört: wo ist der Eingang zu Herrn Dr. Steens Wohnung?

Er hält mit seinen schönen, schlanken Fingern eine Lupe vors Auge und betrachtet ein kleines goldenes edelsteinglitzerndes Ding mit so gespannter Aufmerksamkeit und Teilnahme, als sei es ein krankes Lebewesen, dessen Herzschläge er zählen müsse. In seinen Mienen liegt es wie kindliches Mitleid: armes Geschöpfchen, hat dein Puls nicht mehr Schritt halten können mit der erbarmungslos dahinrasenden Zeit!

Auf einem Bord, bezogen mit rotem Sammet, liegen ihrer wohl an die Hundert – aus blauem, aus grünem, aus gelbem Email — juwelengeschmückt, graviert, gerippt, glatte und gekerbte, manche flach, manche wie Eier. Man hört sie nicht — sie zirpen zu leise, und doch fühlt man: die Luft, die über ihnen schwebt, muß lebendig sein von dem unhörbaren Geräusch, das sie von sich geben. Vielleicht rast dort der Sturm eines Zwergenreichs.

Auf einem Postament ein kleiner Felsen aus fleischfarbenem Feldspat, geändert, bunte Blumen aus Halbedelsteinen wachsen darauf, und der Knochenmann mitten unter ihnen, als plane er nichts Böses, mit der Sense, wartet nur darauf, sie abzumähen: eine »Tödleinsuhr« aus romantischem Mittelalter. Das Zifferblatt ist der Eingang zu einer Höhle, darinnen Zahnräder starren. Kein Zeiger, keine Stundenzahlen, nur rätselhafte Zeichen, im Kreise geordnet: der Tod hat seine eigene Zeit; er will nicht, daß man es vorher weiß, wann er die Ernte beginnt. Wenn er mäht, dann schlägt er mit dem Griff seiner Sense auf die feine Glasglocke, die neben ihm steht, halb Seifenblase, halb wie der Hut eines großen Märchenpilzes.

Bis hinauf zur Decke des Zimmers sind die Wände behängt mit Uhren, mit Uhren. Alte mit stolzen ciselierten Gesichtern, kostbar und reich; gelassen die Perpendikel schwingend, predigen sie in tiefem Baß ihr ruhevolles Tak-Tak. In der Ecke eine in gläsernem Sarg, ein aufrechtstehendes Schneewittchen, tut, als schliefe es, aber ein leises rhythmisches Zucken mit dem Minutenzeiger verrät, daß es nichts aus den Augen läßt. — Andere, nervöse Rokokodämchen — das Schlüsselloch als Schönheitspflästerchen — sind mit Zierat überladen und ganz außer Atem, so trippeln sie sich ab, einander den Rang abzulaufen und den Sekunden zuvorzukommen.

Daneben die winzigen Pagen, sie kichern dazu und hetzen: Zick, Zick, Zick.
Dann eine lange Reihe, strotzend in Stahl, Silber und Gold, wie schwer geharnischte Ritter; sie scheinen bezecht zu sein und zu schlummern, denn bisweilen schnarchen sie laut auf oder rasseln mit ihren Ketten, als ob sie mit dem Gotte Kronos selbst einen Strauß auszufechten gedächten, wenn sie ihren Rausch ausgeschlafen haben werden.
Auf einem Sims ein Holzknecht mit Mahagonihosen und funkelnder Kupfernase sägt, sägt, sägt drauflos, zersägt die Zeit in Sägespäne.
Alle, alle sind sie einst krank gewesen; Uhrenarzt Hieronymus, der Geduldige, der Besorgte, hat sie wieder gesund gemacht.
Und alle können sie jetzt wieder acht geben, jedes auf seine Weise, daß keine Minute verloren geht und sie die Gegenwart nicht unbemerkt entschlüpfen lassen.
Nur eine, – sie hängt ganz in der Nähe des treuen Arztes – eine alte Jungfer aus den Tagen des Barock, mit rosa geschminkten Bäckchen, – die ist stehen geblieben – oh Gott – eine Sekunde vor sieben.
»Tot ist sie«, meinen die andern, aber sie irren. »Einmal im Tag hab ich doch recht«, denkt sie bei sich, »nur merkt es dann niemand und ich selber kann es nicht sagen.« Heimlich hofft sie dabei: Herr Professor Güstenhöver wird sich meiner erbarmen; er ist nicht so, wie die Männer sind, er wird mich untersuchen, wenn niemand dabei ist, wird mich an der Hand nehmen und sagen: Mägdlein, stehe auf und wandle! Dann werde ich sein wie eine Braut und wieder tänzeln, tänzeln, tänzeln können. – – – – –
»Bitte, wo ist hier der Eingang zu Herrn Dr. Steens

Wohnung?« wiederholt der Chauffeur seine Frage. »Sie müssen an die Ostfront des Hauses fahren!« – Frau Petronella deutet mit der Hand in die Richtung – »und die Klinke des Gartentors hochheben, dann öffnet der Pförtner.«
Der Chauffeur bedankt sich und geht.
Kaum hat er die Tür hinter sich geschlossen, da kommt plötzlich Leben in das Tödlein; es mäht, es mäht, – klopft dabei mit dem Sensengriff auf die haardünne, gläserne Glocke, daß es aufklingt rasch und leise wie fernes Meisengezwitscher: singsingsingsingsing-sing-sing. – Uhrmacher Güstenhöver schaut auf, blickt seine Frau an – und sie ihn. – Seit sie hier steht, hat sie keinen Ton von sich gegeben, jetzt mit einemmal schlägt sie, denkt er bei sich. »Ob es ihm gilt?« – fragt Frau Petronella nach einer Weile mit einem Blick zur Tür.
Der Alte denkt nach, mit einem Ausdruck im Gesicht, als horche er nach innen, wiegt unsicher das Haupt: »vielleicht – vielleicht seiner Herrschaft« – sagt er halblaut und zögernd.

Ein Licht schwankt durch den Kiesweg die kleine Eibenallee entlang, die vom Eingang der Wohnung Dr. Steens her durch den Garten führt.
Der Kopte Markus sperrt das vergoldete Gitter auf, hebt die Laterne hoch und leuchtet der Dame ins Gesicht, die, tief verschleiert und in einen langen Reisepelz gehüllt, aus dem Wagen gesprungen ist, ehe noch der Chauffeur ihr hat helfen können.
Sie faßt das Handgelenk des Kopten und dreht es mit einem energischen Ruck so, daß der Schein des Lichtes auf ihn fällt, während sie selbst im Schatten steht.
Es liegt etwas Brüskes, Herrisches in ihrer Bewegung.

Vielleicht sollte es eine Zurechtweisung sein, oder war sie gewöhnt, Dienerschaft wie Sklaven zu behandeln?
Auch hat sie ihrem Chauffeur keinerlei Weisung gegeben, ob er warten solle oder nicht.
Der Kopte zieht die Lippe hoch, schneidet sein Tigergesicht, fletscht die glänzendschwarzen Zähne, — eine Geste, die jeden erschreckt, der sie zum erstenmal sieht, — eine Gebärde, von der niemand weiß, was sie ausdrücken soll: Zorn, Grimm, Staunen, Überraschung, Abwehr, Angriff? Oder stammt sie gar nicht aus der Seele? Ist sie nur ein Überbleibsel, eine unbewußte Erinnerung verebbter Körperzellen an jene millionenjahreferne Zeit, da der Urmensch noch dem Raubtier ohne Waffe entgegentrat?
Die olivgelbe Hautfarbe und die überweiten Onyxaugen lassen den Kopten noch fremdartiger und unwirklicher aussehen als bei Tag.
»Was für ein seltsamer Typus Mensch das ist«, hätte wohl jeder andere Besucher gedacht — die Dame schenkt dem Kopten nicht die geringste Aufmerksamkeit, schreitet an ihm vorbei mit den hochmütig in die Luft gesprochenen Worten: »Hier wohnt Dr. Steen.« Schweigend folgt ihr der Kopte, ohne eine Frage zu tun.
Der bogenförmige Eingang des Hauses ist plötzlich hell erleuchtet, und eine kleine, mit buntem Marmor eingelegte Vorhalle wird sichtbar. Ein greiser Kammerdiener in schwarzseidenen Kniehosen verbeugt sich tief in die Nacht hinaus.
Die Dame schlägt den Schleier hoch:
»Ich wünsche meinen — — — ich wünsche, Herrn Dr. Steen zu sprechen.«
In den Mienen des alten Mannes zuckt es auf, wie Überraschung — und Freude. — Er hebt einen Augenblick die

Hände, als wolle er sie in einem Übermaß von Staunen zusammenschlagen, dann, als der gleichgültig kalte Ton, in dem der Satz gesprochen war, sein Ohr trifft, läßt er sie wieder sinken und sein Gesicht versteinert sich. Etwas wie Trauer und Enttäuschung fliegt darüber hin.
Er hilft der Dame aus dem Pelzmantel, geleitet sie eine schmale Treppe empor. — — Ein enger Vorraum. Kirgisische Waffen an den Wänden. — —
Er reißt eine Zimmertür auf und bleibt, nachdem die Dame eingetreten ist, gebeugten Hauptes wartend auf der Schwelle stehen.
Langsam sieht sich die Dame im Zimmer um. Ihr soeben noch rasches, entschlossenes Benehmen hat einer sonderbaren, durch nichts erklärlichen, fast starren Ruhe Platz gemacht. Einer Ruhe, die befremdend wirkt, da sie in scharfem Kontrast steht zu einer jugendlich schlanken Erscheinung, einem fesselnd schönen Gesicht und wundervoll schmalen nervösen Händen.
Ein zarter ungewöhnlicher Geruch schwebt in der Luft. Von den vielen — wohl sechsunddreißig — brennenden Wachskerzen, die da oben in einem Kronleuchter von den Köpfen von Pfauen aus brüchigem Altgold, die auf dem Rande einer flachen amaranthblauen Schale sitzen, ihr mildes Licht herabstrahlen.
Die Dame läßt ihre weißen Glacéhandschuhe auf den seidenen, in tausend Farben schillernden Teppich fallen, der den Boden bis in die Ecken bedeckt.
Der Diener steht unbeweglich, trifft keine Anstalten, sie aufzuheben; er scheint von früher her zu wissen, daß er es nicht darf. Daß er überhaupt nichts tun darf, bevor es ihm ausdrücklich angedeutet oder befohlen wurde.
Die Wände sind bespannt mit antikem, violettem Seidendamast; — vom Alter verschlissene Stellen heben

noch den Eindruck seiner Kostbarkeit. Eingelegte gebauchte Kommoden aus der Zeit Augusts des Starken unter Gobelins, die Szenen aus dem alten Testament – den Sündenfall – darstellen.

In einer Nische steht, den vornehm ruhigen Eindruck des Gemaches jäh zerreißend, ein Ecksockel aus Perlmutter, bedeckt mit rohen Silbergegenständen, – barbarische russische Kunst – und in der Mitte unter ihnen wie ein Brennpunkt slavischer Gemeinheit ein kinderfaustgroßer Smaragd, durchbohrt und von einer Seidenschnur durchzogen. Er liegt vor der grellbemalten Tonbüste eines Mongolen mit herabhängendem Schnurrbart und geschlitzten Augen, die den Dschingiskhan darstellt.

In der Mitte des Zimmers ein langer Schreibtisch, darauf die sonderbarsten Dinge liegen und stehen: kleine japanische Shintoschreine, chinesische Jadefiguren, ein winziger Affenschädel, ägyptische Statuetten des Horus und des Osiris, Buddhaköpfe, mit einer weißen kalkartigen Masse bestrichen und mit eingesetzten Saphiraugen, altmongolische Flußgottheiten aus Peihoschlamm gebrannt, die holzgeschnitzte Totenmaske eines Samurais mit grauenvoll verzerrten Zügen, aus einem Stein herausgewachsene Hornkorallen, die aussehen wie spannenhohes, wunderbar zartes, vom Winde zerzaustes Gebüsch, opalglänzende, hauchdünne, altgriechische Tränenkrüglein, Dosen aus Bergkristall, Elfenbein, Horn, Jaspis in den absonderlichsten Formen, – auf einer kleinen Säule aus Rauchtopas aufrecht auf dem Rande stehend eine fast handgroße Münze aus rotem Gold, darauf die Inschrift leuchtet:

Dorch Gystenhövers Bulvers Macht
bin ich us Pley ze Gold erwacht.

Als Wappen darüber ein Pfau.
Die Kante des Tisches ist besteckt mit einer Reihe jener bizarren javanischen, rot, grün, schwarz und goldbemalten, büffelledernen Schattenspielmarionetten, die Dämonen darstellen mit viermalgegliederten Spinnenarmen, spitzen Nasen, sternförmigen Pupillen und fliehenden Stirnen, gekrönt mit goldenen Flammen: Wajangpurvo von den Malajen genannt.
»Dr. Steen ist nicht zuhause«, sagt die Dame plötzlich zu einem tief gedunkelten Bild von Velasquez an der Wand.
Die Worte tragen weder den Klang der Ungeduld noch den eines Selbstgesprächs noch den einer Frage; sie sind vollkommen farblos.
»Herr Dr. Steen — — — ist mit — — dem Flugzeug unterwegs«, antwortet der Diener, nach dem ersten Teil des Satzes innehaltend, als sei es seine Pflicht, zuvörderst zu sondieren, ob er antworten darf.
Als die Dame schweigt, fährt er fort:
»Herr Dr. Steen ist seit fünf Stunden fort.«
»Tagsüber ist Dr. Steen nicht zu sprechen?«
»Tagsüber ist Dr. Steen nicht zu sprechen.«
»Ist Dr. Steen dann hier?«
»Dr. Steen ist dann hier.«
»Immer?«
»Immer.«
»Was ist das für ein Stimmengewirr nebenan?«
»Das Stimmengewirr nebenan wird verursacht von einer Schar Derwische; — Herr Dr. Steen will — — daß sie — —«, der Diener stockt sondierend. Schweigt sofort, da die Dame nicht vermuten läßt, daß sie Näheres zu wissen wünsche.
»Wenn mein — wenn Dr. Steen ankommt, ist es nicht

nötig, daß meine Anwesenheit gemeldet wird.«
Der Diener tritt einen Schritt zurück, wartet einige Sekunden, schließt die Tür, verschwindet.

Motoren knattern und brüllen über dem Hause; mit einem Schlag verstummen sie: der stählerne Riesenvogel hat sich niedergelassen in sein Nest. Minuten verrinnen, dann läuft ein kurzer Ruck über das Glasdach – teilt sich als leises Beben den Mauern mit, und man hört die schneidende Stimme Dr. Steens:
»Markus, bitte, helfen Sie dem Piloten, die Trossen festmachen.«
Im Filmatelier murmeln arabische Trommeln einen dumpfen Gruß.
Schwere Riegel knallen, eine eiserne Luke klirrt, und Kälte sinkt hinab in die Räume, die Wachskerzen des Kronleuchters im violetten Zimmer flackern, und kleine zuckende Schatten machen das Gesicht des Dschingiskhan lebendig.
Leitersprossen ächzen unter schnellen Schritten, die Luke fällt dröhnend ins Schloß; Dr. Steen ist durch das Glasdach herabgestiegen in sein Ankleidezimmer.
Nebenan wartet die Dame.
»Gott sei Dank, daß Sie wieder da sind, gnädiger Herr«, hört sie den alten Kammerdiener sagen, und wie Unmut huscht es über ihre Mienen.
»Wir haben Angst um dich gehabt, Herr«, fällt mit fremdländischem Akzent, der wie das Gurren einer Taube klingt, eine Frauenstimme ein.
»Brauchst keine Sorge um mich zu haben, Leila«, erwidert Dr. Steen.
Die Dame zieht befremdet die Augenbrauen hoch.
»Nichts Neues, Alter?«

Stockend und doch rasch entgegnet der Kammerdiener: »Der Scheich mit den Derwischen ist angekommen, gnädiger Herr – – –«; daß nebenan die Dame wartet, verschweigt er, eingedenk des Befehls, den sie ihm gegeben hat.

Im nächsten Moment betritt Dr. Steen das violette Zimmer, stutzt, als er die Dame erblickt, greift sich erstaunt an die Stirn.

»Was? Du? Ismene? Ist es denn möglich! Du? Wo kommst du her? Ich habe keinen Brief erhalten! Ich nahm an, du seiest, wer weiß wo im fernen Osten.«

Die Dame ist, im Armsessel zurückgelehnt, sitzen geblieben, lächelt – wenn auch ein wenig gezwungen –, reicht ihm die Hand.

»Ich bin vor einigen Stunden angekommen. Unten in unserem Haus sagte man mir, du wohnest jetzt hier oben und habest dich seit Monaten nicht in der Stadt blicken lassen. – Ich werde wohl sehr bald wieder weiterreisen und, da ich hörte, du seiest nur in der Nacht zu sprechen, bin ich jetzt noch heraufgefahren. Überdies ist morgen Sonntag, und da geht man doch nicht aus. – Nein, wie du dich verändert hast, Ismael!«

»Zwölf Jahre sind eine lange Zeit, Ismene!« – er will ihr ein Kompliment machen über ihre Schönheit; sie errät es und unterbricht ihn rasch:

»Du bist ein großer Gelehrter geworden, seit wir uns zuletzt gesehen haben. Wohl keine Zeitung des Auslandes, die nicht ganze Seiten über dich und deine neuen Theorien gebracht hätte; ich habe sie freilich nur flüchtig gelesen, – du mußt schon entschuldigen, aber diese Dinge interessieren mich nicht. Auch kann ich deine Ansicht nicht teilen, daß der Bolschewismus und andere große Bewegungen der letzten Zeit ihren Ursprung nicht in den Menschen selbst gehabt hätten, sondern — — — —«

»sondern in einem Reich der — ›Gespenster‹, wollen wir mal kurz sagen«, fällt Dr. Steen mit leichtem Spott ein.

»Ja, so ungefähr wollte ich es ausdrücken, Ismael. Mich schockiert der Gedanke. Es liegt eine Irreligiosität darin, die mich empört. Auch bei den Engländern stößt diese bizarre Theorie allgemein auf Widerspruch. Sogar auf sehr heftigen Widerwillen.«

»Bei den Engländern? Meinst du nicht: bei den Engländerinnen?«

»Wieso?«

»Weil sie instinktiv fühlen, sie müßten ihre Libertysilk-Anschauungen über den lieben Gott ein wenig nachprüfen, wenn sie die Sache zu Ende denken. — Das erste paßt ihnen nicht, denn es könnte dazu führen, die unerhörtesten Greuel zu billigen, wie zum Beispiel: Karten spielen zu dürfen — am Sonntag, der doch vormittags dem Gebete und nachmittags der Fortpflanzung vorbehalten bleiben soll. — Und etwas zuende denken?! Um Himmelswillen, wo bliebe da die sakrosankte Tradition der Borniertheit. — — — Aber lassen wir das Thema«, setzt er rasch hinzu, da er bemerkt, daß Ismene die Röte eines kaum zu bemeisternden Zornes ins Gesicht steigt, — »verzeih, es war nicht bös gemeint: ich habe ganz vergessen, daß deine Mutter englisches Vollblut war.«

»Und unser gemeinsamer Vater!« unterbricht Ismene; ihre Stimme hat einen harten Klang.

Dr. Steen sieht sie lang und fest an, lächelt ironisch, schweigt, wendet dann den Blick zu der Statue des Dschingiskhan.

Ismene bemerkt es:

»Ich weiß, was du sagen willst, Ismael! Du bist stolz,

daß — — —« »daß *meine* Mutter mongolischer Abkunft war, — ihre Abstammung bis auf den großen Zerstörer Dschingiskhan zurückleiten konnte, — — daß ich ihr echter Sohn bin«, ergänzt Dr. Steen mit schnellen Sätzen, »und — — —« — er schweigt plötzlich, schließt fest die schmalen Lippen und verschluckt die Worte:
»— und diese weißen Ratten austilgen will von der Erde.«
— »Nun — und?« forscht Ismene, sprungbereit.
»Nun: — gar nichts weiter« — Dr. Steen versteht es meisterhaft, die auflodernde Wut seines Herzens zurückzustauen; in seinem Gesicht liegt plötzlich ein so weicher, liebevoller Zug, daß Ismene irre wird in ihrem Mißtrauen, trotzdem sie ihn scharf beobachtet hatte.
Er faßt — beinahe zärtlich — ihre Hand.
»Erzähl mir doch lieber, wie es dir die ganze lange Zeit über ergangen ist. Deine Briefe waren so selten und so kurz! — Unwillkürlich, wenn ich sie las, stellte ich mir immer noch das hübsche, reizvolle, halbwüchsige Mädchen vor, das du damals warst, als man uns trennte und dich nach England ins Pensionat schickte. Man vergißt, daß auch der andere Teil heranwächst — und wie in deinem Fall — eine schöne Frau wird — eine Schönheit, die vielleicht auf der ganzen Welt nicht ihresgleichen hat. Du kannst dir gar nicht vorstellen, wie ich vorhin überrascht — — —«
Ismene hat indigniert und hastig abgewehrt, schneidet ein unwilliges Gesicht, aber Dr. Steen erkennt sofort mit seinem scharfen Blick: »wenn auch nur ganz, ganz leise, — gestreift hat er sie doch, der vergiftete Pfeil; — — ich weiß jetzt genau, wie dick man auftragen darf«, sagt er sich und beginnt angestrengt nachzudenken. Dabei verraten seine Mienen nicht mit einem Wimperzucken, was

in ihm vorgeht; mit scheinbar gespannter Aufmerksamkeit lauscht er der Erzählung seiner Stiefschwester.
Ismene wird immer lebhafter in ihren Schilderungen, angeeifert durch seine lebendigen Gebärden; sie ahnt nicht, daß er in Wirklichkeit gar nicht zuhört und nur bisweilen aufblickt, um eine zustimmende oder erstaunt klingende Phrase einzuwerfen – –
– »Im Grunde genommen ist mein Leben leer, unsagbar leer geblieben, Ismael, trotz der vielen, weiten, interessanten, oft fast abenteuerlichen Reisen, die ich unternommen habe. Zuletzt war es nur noch ein planloses Jagen von Ort zu Ort. Als hetze mich etwas, das ich nicht kenne, das so tut, als wolle es mich fangen und doch nie nach mir greift – sich hämisch freut, daß ich keine Ruhe finden kann. Das mich zwingt, zu suchen, – wo ich doch gar nichts suchen will und gar nichts finden will. Haß spüre ich, wohin ich komme. Kein Auto geht mir schnell genug; immer nur: »weiter, weiter« schreit alles in mir, wenn ich fahre. Vor mir kein Ziel. Das Ziel liegt immer – hinter mir. – – Wo ich überall gewesen bin, Ismael, und was ich alles gesehen habe – oder: nicht gesehen habe! Schade, ich hätte ein Tagebuch führen sollen! Aber was stünde heute viel anderes drin als das ewige »weiter! Weiter!« –
Dr. Steen horcht auf, zwingt sich zur Aufmerksamkeit: er fühlt am Langsamwerden ihrer Rede, daß sie zu Ende kommt –
– »jetzt sehne ich mich wieder nach England zurück. Ich will endlich wieder Menschen sehen« – sie zerrt an ihrem Taschentuch – »Menschen sehen und nicht mehr Nigger, Nigger, Nigger! Die ganze Welt besteht aus Niggern. – Auch Deutschland. Wenn auch die Deutschen aussehen, als seien sie Europäer, – Nigger sind sie

für mich doch. – Mit der Peitsche möchte ich ihnen ins Gesicht schlagen diesen Niggern aller Farben und Rassen! Oh, ich spüre ihren frechen Dünkel! Wann endlich werden sie einsehen, daß nur wir allein die Herrenmenschen der Erde sind!« – sie hat sich derart in blinde Wut hineingeredet, daß sie den Ausdruck geradezu höllischen Hasses nicht sieht, der eine Sekunde lang in den Augen ihres Stiefbruders aufgeflammt ist.

Sie schweigt, fast atemlos. Dr. Steen nickt lächelnd, als stimme er ihr aus vollem Herzen zu – sagt halblaut, mit einem Seufzer: »Ich kann dich verstehen, Ismene; ich wollte, ich könnte mit dir nach England gehen! Auch mich zieht es hin mit allen Fasern. – Aber es wird schon die Stunde kommen, wo – ich – die Gegend – werde – in Augenschein nehmen können –«, seine Stimme hat bei den letzten Worten etwas so rätselhaft unverständlich Schwankendes bekommen, daß Ismene verblüfft, beinahe erschrocken aufsieht.

Das Unheimliche in seiner Rede wird noch verstärkt durch das wilde Aufheulen der Derwischtrommeln, das jäh die Ruhe im Zimmer zerreißt und dann ebenso plötzlich erlischt.

Rasch hat sich Dr. Steen wieder gefaßt und fährt mit sicherem, freundlichem Tone fort:

»Leider, leider fehlt mir jetzt die Zeit zu reisen. Ich muß erst ein großes Werk vollenden. Ich möchte fast sagen: meine Mission ist noch nicht reif. – Und dann – weißt du, Ismene, ich liebe den Anblick trauriger Bilder nicht. Wie ich höre, leidet man in England sehr. – Überhaupt, welch dramatisches Schicksal!: aus tiefstem menschlichem Mitgefühl für die Franzosen, trotzdem sie ja auch nur Nigger sind, wie du vorhin so richtig sagtest, erklärt England an Deutschland den Krieg! – Und jetzt? Jetzt leidet es darunter! Oh, fast möchte man verzweifeln am lieben Gott. Wenn so etwas nämlich möglich wäre.«

Ismene wird argwöhnisch: war das Hohn, das da aus seinen Worten klang?

Aber er blickt sie so strahlend, beinahe begeistert, an, – streckt ihr mit überquellend herzlicher Gebärde die Hände hin, daß sie sofort ihr Mißtrauen fallen läßt und sich tiefinnerlich schämt.

»Das Blut unseres Vaters spricht aus ihm«, sagt sie sich und freut sich.

»Wie schön er ist!« – kommt es ihr mit einem Male zu Bewußtsein, »welch faszinierende, unheimliche Schönheit! Eine Schönheit, wie ich sie noch nie an einem Manne gesehen habe!« – sie schaudert; es läuft ihr plötzlich kalt über den Rücken, sie weiß nicht weshalb; unwillkürlich blickt sie zur Decke empor, ob nicht die Kerzen wieder flackern. – »So muß Luzifer aussehen«, schlägt ein Gedanke aus den Tiefen der Seele nach ihr; und Hexengeschichten von des Teufels Buhlschaft fallen ihr ein, die sie – halb ein Kind noch – einst gehört hatte. – Sie will den Gedanken verscheuchen; um sich abzulenken, starrt sie die goldene Münze Güstenhövers mit der Inschrift und dem Pfauenwappen an: der Glanz, der daran hängt, blendet sie wie ein Brennspiegel, und der Gedanke spinnt sich hartnäckig in ihr fort – wächst sich zu der Frage aus: »wer, wer, wer nur hat mir die Geschichte von des Teufels Buhlschaft erzählt?« Und da kommt ihr auch schon mit schreckhafter Deutlichkeit die Lösung: »Ismael hat sie mir erzählt in einer Vollmondfrühlingsnacht unten im Garten, als wir beide fast noch Kinder waren!« – Die Szene steht vor ihr, winzig klein gerückt durch die Vergangenheit und dennoch riesengroß und übermächtig hell, als Gegenwart empfunden, – in grellem Licht der erwachten Phantasie so furchtbar lebendig geworden, daß sie vermeint, das Bild als Brennpunkt in der feuersprühenden goldenen Münze mit offenen Augen zu sehen. – Erinnerung an den süßen betäubenden Duft von Seidelbast weht sie an, sie spürt das sinneberauschende Schwingen im Blute wieder, das sie damals empfunden hat, – das heimliche Nagen einer verbotenen Lust. – In jener Nacht war ihr nicht klar geworden, was es bedeutete; sie hatte den Sinn nur geahnt.

Jetzt gibt es für sie wohl keinen Zweifel mehr, aber das wahre Gift darin, das verborgene, ahnt sie immer noch nicht.

Die Röte der Scham vor sich selbst steigt ihr heiß in die Wangen, denn mit der Erinnerung steht auch das Bild eines Traumes in glühenden Farben vor ihr auf, – eines Traumes, den sie noch in derselben Nacht gehabt hatte, darin Ismael der Teufel gewesen war und sie – die Hexe.

So erschütternd deutlich durchlebt sie es wieder, daß sie sich entsetzt fragt: »hab ich es wirklich nur ein einzigesmal geträumt? Habe ich es nicht seitdem Nacht für Nacht geträumt und nur vergessen gehabt, wenn ich in der Früh erwachte? Ist es das, was mich so hetzt, wenn ich tagsüber von Ort zu Ort jage? – Daher die Leere in meinem Herzen? Daher die Öde rings um mich her?«

Auch daß sie damals den Traum am nächsten Morgen Ismael erzählt hatte, – erzählen hatte müssen unter dem Lockruf schwüler, glimmender Triebe – erinnert sie sich jetzt, und dasselbe sinneverwirrende Gefühl, das sie dabei empfunden, wühlt sie wiederum auf. – Sie fächelt sich mit dem Taschentuch, als sei ihr die Luft im Zimmer zu heiß, versucht — vergebens — ihre Gedanken aus dem Kreise des Ichs zu drängen, in der unbestimmten Angst, sie könnten sich auf Ismael übertragen. — Und dennoch — wünscht sie es heimlich. So sehr sie sich auch gegen den Wunsch sträubt oder zu sträuben sich einbildet.

»Er wird es längst vergessen haben«, sucht sie sich zu beruhigen, — »habe ich es doch selber längst vergessen gehabt! — — Aber warum ist mir vorhin alles wieder so deutlich eingefallen?« quält es weiter in ihr; »bin ich vielleicht der empfangende Teil gewesen und hat das Bild *seiner* Erinnerung die meinige erweckt?« — Sie beißt die Zähne zusammen und bemüht sich, eine zerstreute, gelangweilte Miene zu heucheln; sie tut es zu schnell, als daß es ihrem Stiefbruder nicht hätte sofort auffallen müssen. Sie sieht es daran, daß er leise an seiner Oberlippe beißt, den Blick wie geistesabwesend grübelnd nach innen kehrend, wie jemand, der angestrengt der Lösung eines Rätsels nachgeht.

Sie entsinnt sich dunkel einiger Sätze, die sie vor wenigen Wochen noch irgendwo in Verbindung mit seinen Theorien gelesen hatte: »wenn man die Gedanken anderer erraten will, muß man nur in sich selbst hineinspähen. Dort sieht man sie als Bilder.« Und weiter: »fühlt das der andere und fürchtet er, es könne geschehen, dann ist es bereits zu spät.«

Und sofort fürchtet sie auch schon, — es »könne geschehen«. — Sie reißt an ihrer Furcht; eher hätte sie ein wildes Pferd zurückreißen können. Ein Kaltwerden des Blutes, ein lähmender innerer Schrecken gibt ihr die Gewißheit: »vorbei; er weiß alles! Schlimmer noch: er errät, da ich fühle: er weiß alles! Jetzt bin ich ihm preisgegeben.«

In matter Hilflosigkeit läßt sie die Hand fallen. Aber aus der Schwäche, so sehr sie sich auch im ersten Augenblick dagegen sträubt, schwelt es wieder auf, das heiße sengende Gefühl, das der Traum nach jener Vollmondfrühlingsnacht in ihr entzündet hatte. Sie entsetzt sich, aber das Fremde in ihr, das sie selbst ist, ohne es zu wissen, der unbändige Urtrieb des Menschentiers zum Verbotenen, der sich immer wieder aufbäumt — und das umso wilder, je länger er schlafen gelegen — reißt das Käfiggitter des falschen Entsetzens entzwei.

Ihr Blick hat unbeweglich auf dem Gobelin an der Wand gehaftet, — jetzt erst kommt ihr zum Bewußtsein, was sie angestarrt hat statt zu sehen: er stellt den Sündenfall dar.

In toten verblichenen Farben hängt das Bild dort, in ihrem Blut aber kreist es, glühender, lebendiger als das Leben selbst; ihre ganze Seele hat sich darein verwandelt.

Sie wendet die Augen zu der barbarischen Büste des Dschingiskhans, will sich aus dem beleidigten Geschmack Kraft holen gegen ihren Bruder; der Haß gegen den »Nigger« soll ihr helfen, den angelsächsischen Hochmut wieder zu ertrotzen. Umsonst. Das Urtier ist stärker als alles, wenn es einmal erwacht ist.

»Wenn er nur ein Wort sprechen wollte«, jammert sie in sich hinein, »vielleicht bräche es den Bann«; dabei ertappt sie sich wieder, daß sie gar nicht wünscht, das Brennen der Lüsternheit zu löschen.

Ismael blickt auf, harmlos, merkwürdig harmlos.

»Gott sei Dank, ich habe mich geirrt, — habe mir alles nur eingebildet!« — sie atmet erleichtert. — »Nein, nein, ich will nicht, daß ich mich geirrt habe!!«

Dr. Steen erhebt sich gemächlich: »würdest du erlauben,

daß ich mir eine Zigarette anzünde, Ismene? – So? Du rauchst auch?«

Die Worte klingen banal und belanglos, und doch stockt ihr der Puls dabei; eine unbestimmte Angst würgt sie, als schwebe hoch hoch über ihr kreisend ein ungeheurer Raubvogel, der nur darauf lauert, blitzschnell auf sie herabzustoßen; sie fürchtet sich davor, sodaß ihr der Atem versagt, und dennoch – sehnt sie sich danach. Wollust und Furcht zugleich.

Er geht zu einem Wandschränkchen, öffnet die Türen, nimmt eine Zigarettendose und – er stellt sie so, daß Ismene es nicht sehen kann – eins von den vielen Kristallfläschchen mit Parfüm.

Dann reicht er Ismenen Feuer, zündet sich selbst eine Zigarette an, läßt heimlich ein paar Tropfen aus dem Fläschchen auf den Teppich fallen.

Eine Weile schweigen beide, horchen gedankenverloren auf das leise Trommelgemurmel, das von draußen hereindringt.

»Ich träume nie«, sagt plötzlich und unvermittelt Dr. Steen laut und schneidend; Ismene fährt zusammen, sie ahnt sofort: er zielt. – Was hat er vor? –

Wieder fühlt sie einen seltsamen Kälteschauer.

»Ich träume – nie«, wiederholt er, und etwas Rhythmisches liegt in seinen Worten, als gingen sie im Takt mit den Trommelschlägen.

»Ich erinnere mich jetzt: du hast auch als Kind nie geträumt«, fällt sie ihm ins Wort; rasch hält sie inne, merkt – zu spät, – daß sie selbst das Gespräch in die verfängliche Richtung gelenkt, – daß sie gegen ihren Willen gehandelt hat. Ihr graut: »Kann er meine Gedanken lenken!?«

Er nickt. Eine böse Befriedigung liegt in seinen Augen:

»Nein, ich habe nie geträumt; – es gibt wohl nur wenige Menschen, die das von sich sagen können. Ich bin froh, daß ich zu ihnen gehöre.«

»Du hältst das für ein Glück?« – sie zwingt sich zum Spott.

»Gewiß! Zwei Mächte gibt es, denen man nie unterliegen darf; sie sind gefährlich wie Vipern. Man muß ihnen die Giftzähne ausbrechen. Dann erst kann man sie tanzen lassen. Die eine heißt Furcht, die andere – Traum.«

»Und doch sind die Träume das schönste, was ich – – –« schnell beißt sie die Lippen zusammen.

Er schweigt – arglistig, so will es ihr scheinen.

»Ja, ja, ganz recht, die – Furcht!« – fährt sie krampfhaft laut fort, »die Furcht! Du hast vollkommen recht: die Furcht ist das allerschlimmste« – sie will ins Belanglose einschwenken, – tritt aus einer Falle in die andere.

»– denn sie zwingt uns, das zu tun, was wir vermeiden wollen« – ergänzt er ihre Worte; »Furcht kehrt den Willen um; sie ist eine selbständige Kraft in der Natur; man könnte fast sagen, sie ist ein Wesen. Wer ihre Art kennt, der kann sie lenken – kann sie nach außen projizieren, kann sie als Waffe verwenden wie einen Flammenwerfer – kann, wenn er die magische Gebärde weiß, der alle solche Mächte gehorchen, Mensch und Tier in Heulen und Zähneklappern stürzen. – Ungerufen, so meinen die Menschen, kommt sie; nein, sage ich, nichts kommt, wenn man es nicht ruft; nur ruft man und weiß es nicht. Und dieses »rufen«, ohne es zu wollen, lernt man im Traum. Lernt es, ohne es zu wollen. Das große Scheusal, das die Welt beherrscht und das die Menschen fälschlich für den lieben Gott halten, lehrt er einen im Traum, träufelt es als Gift ins Ohr der Schläfer. In der Seele schlummert es, bereit, sofort zu erwachen als unerbittlicher Feind des Ich's, wenn der Ruf nach ihm ertönt. Und dieser Ruf heißt: Hilfe – Wer um Hilfe schreit – laut, leise oder so tief im Herzen, daß er es selbst nicht mehr weiß, der ruft die Furcht und fällt vor ihr nieder und betet sie an. Wer sich fürchtet, krank zu werden, der hat bereits den Keim gelegt zur Krankheit; wer sich fürchtet, schwindelig zu werden, der stürzt ab; wer sich vor dem Teufel fürchtet, der buhlt mit ihm –«

»Warum sagst du mir alles das?« – fragt Ismene hastig. Eine leise Hoffnung dämmert in ihr auf, er könne ein – hilfreicher Arzt sein. Ein Arzt, trotzdem sie mit furchtbarer Gewißheit fühlt: er hat ihr ein fressendes Gift eingeimpft mit seinen letzten Worten, ein Gift, das Wollust und Tod bedeutet. Mit Mühe hält sie sich zurück, nach seiner Hand zu greifen.

Er lehnt sich abweisend zurück: »Warum ich es dir sage? Du wirst es selber erkennen, – vielleicht bald, vielleicht spät, vielleicht auch – nie. – Also: wer sich vor Erinnerungen fürchtet, dem heften sie sich an die Fersen wie glühende Ketten, bis sie in ihm zu Asche verbrannt haben, was – schwächer ist als Feuer. Ein Duft, den er riecht, kann zum Erreger solcher Erinnerungen werden. Besonders Frauen sind oft so empfindlich, daß sie bisweilen – Blütenduft zu riechen glauben, der Erinnerungen in ihnen weckt, vor denen sie sich heimlich fürchten. Dann schnellt die zweite Viper auf, von der ich sprach: der Traum. Dann schließen sich Erinnerung und Traum und Furcht zum Zauberkreis, aus dem es für keinen ein Entrinnen gibt, er sei denn« – Dr. Steen deutete auf die goldene Münze des Alchimisten – »zum wahren Leben berufen«.

Ismene kämpfte mit einer Ohnmacht: er hat von Blütenduft gesprochen – hat damit angespielt auf jene Frühlingsnacht, — sie kann daran nicht länger zweifeln, — und jetzt plötzlich ist das Zimmer voll von Duft nach — Seidelbast. »Er hat eine Phantasmagorie heraufbeschworen und sie zur Wirklichkeit gemacht!« — Schon während er sprach, glaubte sie den Blumenhauch zu spüren — als stiege der Geruch aus dem Teppich auf; jetzt ist er so deutlich geworden, daß sie vor Entsetzen ihr Taschentuch vors Gesicht preßt, eine wilde Furcht befällt sie: meine Sinne gehorchen mir nicht mehr, Vergangenheit ist Gegenwart geworden, ich habe die Herrschaft über mich selbst verloren! Was wird jetzt?!

Er gibt sich den Anschein, als merke er nicht, was in ihr vorgeht, — legt unauffällig das Fläschchen mit dem Parfüm auf den Tisch und fährt gelassen in seiner Rede fort:

»Du hast doch vorhin geäußert, meine Theorien interessierten dich nicht. Verzeih, daß ich trotzdem auf abstrakte Gebiete zu sprechen kam. — Unterbrich mich, bitte, in solchen Fällen stets, wenn es dich langweilt! — Was du vor einer Weile über die »Nigger« sagtest, will mir nicht aus dem Kopf. Die Überzeugung der Engländer, alle anderen Rassen seien »Nigger« und nur dazu da, ihnen zu dienen — in dieser oder jener Form —, scheint eine Eigentümlichkeit des angelsächsischen Blutes zu sein. Ich kann das nachempfinden, fließt doch in meinen Adern halb englisches Blut, halb — »Niggerblut«. — Nein, wehre nicht ab, Ismene, — Höflichkeit hat keinen Zweck! — Ich habe offenbar von unserem gemeinsamen englischen Vater das Berechtigungsgefühl geerbt, mit Geschöpfen einer Rasse, die ich als fremd empfinde — nach englischen Denkbegriffen: als minderwertige Rasse empfinde — beliebig schalten und walten zu dürfen. Nur betätige ich dieses Gefühl dadurch, daß ich Menschen, die *ich* für »Nigger« ansehe, nicht unterjochen will, sondern sie, alchimistisch gesprochen, dem magischen Einfluß eines seelischen Verwandlungsprozesses aussetze. Deutlicher und für dich faßbarer ausgedrückt: ich versuche, aus Bleimenschen – Goldmenschen zu machen! – Gelingt es, so habe ich ihnen einen unermeßlich großen Dienst erwiesen – habe sie aus dem Stande der verweslichen Kreatur zur Anwartschaft auf das Ewige Leben erhoben; gelingt es nicht und sie gehen an dem Experiment zugrunde – dann sind sie eben nicht mehr wert gewesen, sind totes Blei gewesen, das keinen Goldsamen in sich trägt. Du könntest mich fragen, wieso ich dazu komme, mir das Recht über Leben und Tod anderer anzumaßen. – Nun, ich bin nicht eingebildet genug, überzeugt zu sein, der Mensch habe einen freien Willen. Ich überlasse die Verteidigung solcher Hirngespinste den Philosophen. Ich fühle mich zu sehr als Asiat, um zu wähnen, ich sei ein vom großen Weltgeschehen abgetrennter selbständiger Teil. – Der da« – Dr. Steen deutet auf die Statue Dschingiskhans – »hat die Mission gehabt, wie ein verheerender Sturmwind über die Erde hinwegzufegen; er hat es getan, aber seine Seele ist rein geblieben von dem Schandfleck selbstherrlichen Tunwollens. – Auf ihn trifft zu, was in der Bhagavatgita steht – in dem größten Hymnus der Freiheit von aller Schuld:

Jegliche Tat, die hier geschieht, geschieht nach dem Naturgesetz.

Ich bin der Täter dieser Tat, ist selbstgefälliges Geschwätz.

Und eben dadurch, daß das asiatische Blut in mir kreist: *ich* tue nichts, bleibe frei von dem Rückschlag jeden Beginnens; ich bin der Vollstrecker und nichts sonst. Und weil ich tue, was ich tun muß, so weiß ich auch, was geschehen wird. Ich habe das englische Blut in mir besiegt und seinen Wahn: etwas aus freiem Willen zu tun oder lassen zu können. Seit Jahrhunderten sind die Engländer die Herren der Welt gewesen; sie haben eine Mission erfüllt, daran ist kein Zweifel, aber sie haben nicht gewußt, daß es eine Mission war. Sie sagen es zwar, – um die Unschuldigen spielen zu können – aber sie haben es nie geglaubt, sonst hätten sie das Wort »Nigger« nicht geprägt. Die Mission hat ihnen in den Kram gepaßt. Wer nicht weiß, daß er eine Mission übertragen bekommen hat, es nicht von Anfang an weiß, noch ehe er den ersten Schritt getan hat, der brandmarkt sich selbst als den Täter, auf ihn fällt alle Schuld.«

»Du glaubst also, der Untergang Englands stünde bevor?« Ismene hat sich gefaßt. Einesteils ist sie froh, daß er ein anderes Thema angeschlagen hat, andererseits regt sich patriotische Empörung in ihr. »Seit wann fühlst du dich als Deutscher? Was aus dir spricht, ist doch offenkundig deutscher Haß! Sollte dein Wunsch, England möge untergehen, nicht der allgemeine deutsche fromme Wunsch sein, von dem als Prophezeiung soviel in den Zeitungen zu lesen ist? – Gott strafe England, ja ja«, setzt sie höhnisch hinzu.

Er hebt die Hand. »Was gehen mich die Deutschen an! Ich hasse sie nicht, und ich liebe sie nicht. Ich hasse auch die Engländer nicht, wie es Dir vielleicht scheinen mag. Was ich hasse, das ist die verlogene weiße Brut, zu welcher Nation auch immer sie sich bekennt. – Bitte, unterbrich mich nicht; ich weiß, was du sagen willst. Du meinst, die Asiaten seien nicht besser als die Weißen. – Sicherlich sind sie es nicht. Aber die Seele der

Asiaten ist voll von Zündstoff; die Seele des Europäers ist leer gebrannt, was er Liebe nennt, ist Brunst, die sich selbst nicht erkennt, – was er Haß nennt, ist flackernder Zorn, Rachsucht oder maskierte Geldgier. Daß der Haß etwas Metaphysisches ist, das weiß er nicht. Wie denn erst sollte er wissen, daß der Haß etwas Heiliges ist, – eine unsterbliche Kraft, die den unsterblich macht, den sie befällt; – das mehr noch ist als Kraft: ein Wesen, das nicht mehr an eine feste Form gebunden ist. – ›Haß ist verabscheuungswürdig‹, so sagen die, die es mit der ›Liebe‹ halten. Liebe! – Als ob die Liebe, die jene immer im Munde führen, etwas anderes wäre als flügellahmer, impotent gewordener Haß! Dumme Schlacke. – – Wenn es wirklich so etwas geben sollte wie Liebe, dann kann es nur offenbar werden, wenn die Flamme des Hasses es nicht verbrennen oder in Asche verwandeln kann. Und wann, seit die Erde steht, wäre das jemals geschehen! Seit Anbeginn ist der Engel des Hasses, der große geistige Alchimist des Weltalls, auf der Suche nach jenem geheimnisvollen Elixier, das den Namen Liebe trägt und dennoch unauffindbar ist. Die Wirbelstürme seines Flügelschlags fachen die Funken des Hasses an, die in Menschenherzen glimmen, und ihre Lohe heißt Vernichtung.

Exposé des gesamten Romans

Ms II B

Schreibmaschine. 24 Bll.

MS II A [Zum Maschinenmanuskript dieses Exposés existiert die in Tinte handgeschriebene Vorlage, die wortwörtlich mit dem Maschinenexemplar übereinstimmt. Dieses Manuskript in Tinte besteht aus 26 Bll. nebst einem angehefteten Zettel:] *Notiz für die Maschinenschrift:* herzustellen sind: *1 Original, 1 Durchschlag* auf *einseitig* zu tippendes Quartformat. Die mit Blaustift bezeichneten Stellen sind »gesperrt« zu tippen. *Eilt!* [In der folgenden Abschrift sind sowohl diese Stellen als auch die im Schreibmaschinen-Exemplar unterstrichenen Stellen gesperrt gedruckt, was im Buchdruck einer Haarschrift entspricht.
Vom Maschinen-Ms verschieden ist lediglich das erste Blatt, das im handschriftlichen Exemplar folgenden Wortlaut hat:]

Gustav Meyrink.

I.

Exposé

Der *Titel* des Romans steht noch nicht endgültig fest; vorläufig soll er heißen:

Das Haus des Alchimisten.

Inhalt des Exposés:

1. Vorbemerkungen, Stil und Diktion

2. Ort und Zeit der Handlung.

3. Personen und ihre Charakteristik.

4. Haupthandlung und damit verflochtene Episoden.

Unterschiede bestehen auch in der Orthographie, die im Maschinen-Exemplar fast durchgehend modernisiert ist, während in den Handschriften Meyrinks oft noch c für k oder z steht, auch Endungen von Lehnwörtern noch mit einfachem i statt ie geschrieben werden, z. B. repariren statt reparieren.

Exposé

zu dem Roman von Gustav Meyrink:

»DER PFAU«.

Inhalt des Exposés:

1) Vorbemerkung, Stil und Diktion.

2) Ort und Zeit der Handlung.

3) Personen und ihre Charakteristik.

4) Haupthandlung und damit verflochtene Episoden.

Brief- und Telegrammadresse:
Meyrink Starnberg Bayern.

1.

Vorbemerkungen, Stil, Diktion.

Durch abwechslungsreiche und sich im Effekt steigernde *Handlung allein* kann ein Roman nicht jene Spannung erhalten, die er meines Erachtens haben muß, wenn er Anspruch erheben will, ein vollkommenes Kunstwerk genannt zu werden; es gehört noch dazu, daß die Schilderung an sich originell, stimmungsvoll, lebendig, optisch wirkend und derart erregend ist, daß der Leser vom ersten bis zum letzten Satz im Banne gehalten wird.

Ein weiteres Ingrediens eines Kunstwerkes ist – wenigstens bin ich dieser Meinung –, daß der Handlung sowohl wie den handelnden Personen ein kosmischer tieferer Sinn verborgen zu Grunde liegt. Natürlich soll dieser Sinn nur für den feinfühligen Leser offenbar werden; *aufdringlich soll die tiefere Bedeutung niemals wirken.*

Ich glaube in dem vorliegenden Roman das Erregende, das Originelle in der Schilderung, das Lebendige und Fesselnde am besten dadurch zu erreichen, daß ich die auftretenden Personen zumeist in direkter Rede sprechen lasse. Da die Charaktere sehr voneinander verschieden sind, ergibt sich naturgemäß daraus ein ungemein buntes Farbenspiel auch im Stil des Romans, *und die Figuren selbst werden optisch sichtbar, ohne daß ich sie in Aussehen weitläufig schildern müßte.*

Die meisten handelnden Personen sind *seltsame* Charaktere und haben folgerichtig eine dementsprechende Ausdrucksweise und Denkart; lediglich des nötigen Kontrastes wegen stehen ihnen ein paar alltägliche Nebentypen, die gelegentlich humoristisch geschildert werden, im Spiel gegenüber.

2.

Ort und Zeit der Handlung.

Zeit: Der Roman spielt in der Gegenwart, gelegentlich wird *kurz* auf das Mittelalter *(durch eingestreute direkte Rede* einiger Personen) zurückgegriffen, sodaß in gewissem Sinne der Roman *gleichzeitig nach vor- und nach rückwärts läuft.*
Ort: Der Ort der Handlung ist – abgesehen von einem »Streifzug« nach Persien und Arabien – eine deutsche Großstadt. Wie sie heißt, wird absichtlich nicht gesagt, um den Roman nicht auf triviales »Spezialinteresse« einzustellen, was den »Hauch«, der über dem Ganzen schweben soll, zerstören würde.
Daß die Stadt eine deutsche Stadt ist, geht aus den Straßennamen (Kreuzstraße, Salpetergasse etc.) sowie aus gelegentlichen kurzen Milieu-Schilderungen von selber hervor.
Zentrum der Handlung: Das *Zentrum* der Handlung ist ein uraltes, sehr geräumig angelegtes Haus. Es ist im Lauf der Jahrhunderte des öfteren umgebaut, teilweise abgerissen und dann wieder aufgebaut worden. Einer Legende nach (eine der handelnden Personen, Gracchus Meyer, Gerichtsdiurnist, gibt in direkter Rede darüber in die Begebnisse hinein Aufschluß) wohnte in alter Zeit ein berühmter Alchimist – Güstenhöwer – darin, über dessen Ende historisch vollkommenes Dunkel herrscht

und der auf ganz andere Art als die sonstigen Alchimisten nach dem »Lebenselixier« gesucht hat.
Gegenwärtig lebt ein später Nachkomme von ihm, ein Uhrmacher, Hieronymus Güstenhöwer, mit seiner Gattin Petronella (er ist der Besitzer des Hauses) in einem kleinen Laden an der Front des Hauses, die nach der »Salpetergasse« hinausgeht.
Die Ostfront des Hauses heißt Kreuzgasse, die Westfront Salpetergasse. Mitten durch das Haus läuft eine massive Granitmauer, die es gewissermaßen in zwei Hälften teilt, aber nur bis zum ersten Stock reicht. (Das Haus wurde, wie gesagt, in verschiedenen Jahrhunderten aufgebaut.) Der erste und zugleich oberste Stock bildet große Säle und dient im allgemeinen als Filmatelier. Darüber ist ein flaches Dach aus Bauglas, auf dem Flugzeuge landen können. – Der herrschenden »Wohnungsnot« wegen sind dem Filmtheater allerlei Büros und dergleichen angegliedert. –
An der Ost-Hausfront (Kreuzgasse) ist im Parterre das winkelige, seltsame, verräucherte Café des Persers Mohammed Darasche-Koh (eine der Hauptpersonen im Roman). In den Rückräumen ist die Herberge (die er hält) – für seine exotischen Gäste, die er bisweilen empfängt, – asiatische Artisten, Derwische, Mitglieder des persischen Sektenordens, dem er selber angehört etc., (Jeziden – »Teufelsanbeter«, – ein Orden im anderen Sinne, als der Name vermuten läßt.)
Das Café ist der Sammelpunkt der verschiedenartigsten Elemente (siehe darüber den Abschnitt »Episoden«).
Die Westfront des Hauses »Salpetergasse« birgt zwei enge Läden mit Wohnstübchen, – der eine ist der Uhrmacherladen des Hieronymus Güstenhöwer, der zweite

trägt die Aufschrift: »Vater Gabriel's biochemisches Laboratorium«.

Das Haus übt auf jeden seiner Bewohner und alle seine Gäste einen intensiven, merkwürdigen Einfluß aus (was natürlich nie plump mit Worten gesagt wird); jedermann wird, wenn er es betritt, gewissermaßen in seinem Schicksal vorangepeitscht, – etwa so, als entwickle sich die Seele des Menschen unter der Aura des Hauses rascher als außerhalb. – Es ist, als sei das »Lebenselixier« des einst darin gelebt habenden Alchimisten ins Mauerwerk übergegangen und strahle unsichtbar daraus zurück.

Da jeder der im Hause Verkehrenden charakteristisch anders beschaffen ist, so ergibt sich aus dem Galoppschritt des ablaufenden Schicksals ein entsprechend kaleidoskopisch buntes Gesamtbild.

3.

Personen und ihre Charakteristik.

Personen:

Mohammed Darasche-Koh, ein alter Perser, der seit Jahrzehnten Herbergsvater für reisende asiatische und arabische Artisten, Derwische und dergl., ist und die Café-Schenke in der Kreuzgasse betreibt.

Seine Tochter, eine in Liebe und Haß schrankenlose, zigeunerhaft wilde junge, schöne Person. Sie ist nebenbei Artistin und tritt bisweilen in Varietés und bei geheimen Festen, die im Filmtheater im ersten Stock nächtlicherweile stattfinden, als Jongleuse auf.

Dr. med. Ismael Steen (Hauptfigur). Noch ziemlich junger Mann, der den besten Gesellschaftskreisen angehört. Er verfügt über großen Reichtum und ist ein hervorragender Gelehrter. Er stellt den Typ jenes hypermodernen Menschen dar, der in allem, was es auf Erden gibt, die letzte Grenze erreicht hat und vor der Klippe, die sich vor dem »Abgrund« erhebt, steht.

Irene, eine junge, von ihm zur äußersten seelischen Haltlosigkeit getriebene Dame, Tochter eines berühmten Finanzmannes.

Gracchus Meyer, alter Bücherwurm und Diurnist bei Gericht.

Markus, ein Kopte aus El Fayun – ägyptischer Gaukler. Er ist sogenannter abessynischer Christ und Madonnenverehrer; eine »Fundgrube« für seltsame gnostische Legenden.

Bernhard Ochs, ein von Ideen, die ihn »überfallen«, derart besessener Monomane, daß er von einer Erregung in die andere verfällt und nie dazu kommt, etwas durchzuführen. Schachproblemkomponist, Chronikenschreiber, Schriftsteller etc. etc. Eine grotesk komische, dabei tragisch wirkende Gestalt.

Hieronymus Güstenhöwer, steinalter Uhrmacher und Uhrenreparateur, der seinen bescheidenen Beruf mit so übermächtiger Gewissenhaftigkeit durchführt (alles, was er verdient, mildtätig verschenkt), als wäre es eine ihm von Gott auferlegte Mission. Alles, was ihm geschieht, ist äußerste Harmonie.

Vater Gabriel, Besitzer des sogenannten biochemischen Laboratoriums. (Er hat bis vor kurzer Zeit tatsächlich in München gelebt.) Er braut nach Eingebung Kräuter zusammen, die er selbst bei Mondschein pflückt, und bereitet Medizinen und »Glückstränke« daraus. – Bei ihm geht Traum und Wachsein derart ineinander über, daß sie für ihn eine »gemischte« Art Wirklichkeit bilden. – Er wird schließlich von Dr. Steen und Irene, die eine »Sensation« haben wollen, ermordet.

Die diesbezügliche Episode lasse ich im Exposé aus.

Der »Khatem i Evliâ« – (»der letzte der Heiligen«) – ein arabischer Scheich, der einmal bei einer gewissen Begebenheit im Caféhaus erscheint und von dem man später nicht weiß, ob er ein Phantom war oder ein lebender Mensch.

Derwische des Tessawuff-Ordens.

Fräulein Clementine, ein alte, unglückliche Jungfer, die, arm bis zum äußersten, einst von ihrem Bräutigam verlassen wurde und infolgedessen in harmlosen Irrsinn verfiel. Täglich geht sie, Sommer und Winter in Frühlingskleidern, ins Caféhaus und wartet auf ihren Geliebten, der sich »verspätet haben müsse«, wie sie hofft. – Als eines Abends ein phantastischer Maskenzug – mit dem Filmatelier in Verbindung – voran ein antik griechisch gekleideter Jüngling, das Lokal betritt, bricht sie mit einem Jubelschrei tot zusammen; wahrscheinlich hat der Jüngling ihrem damaligen Bräutigam ähnlich gesehen.

Die mit ihr zusammenhängende Episode lasse ich im Exposé aus.

4.

Lauf der Handlung.

Anfang: Das Caféhaus Darasche-Koh's wird in wenigen sprunghaften Sätzen in Schlaglichtern geschildert. Hinter dem Caféschenktisch sitzt unbeweglich der weißbärtige

Darasche-Koh mit graublauem Turban. Der Tabakrauch ist so dicht, daß man die zahlreichen sonderbaren Gäste, die totenstill umhersitzen, Zeitungen lesen, Domino und Schach spielen, nur wie Schemen sieht. Die Tochter Darasche-Koh's, in türkischen Frauenhosen, bringt einem feisten, glattrasierten Herrn, der eine antike römische Toga und einen Lorbeerkranz auf der Glatze trägt (er ist, wie sich erst später ergibt, ein Filmschauspieler aus dem ersten Stock und spielt später den Kaiser Nero) den Kaffee und ein Nargileh.

Da geht die Eingangstüre auf, und herein kommt ein Herr mit Zwicker und kariertem Mantel (Berichterstatter und Photograph der Berliner Illustrierten Zeitung), sieht sich suchend um, geht zu Darasche-Koh an den Schenktisch und fragt ihn etwas. Dieser weist ihn an Gracchus Meyer, den Gerichtsschreiber, der in einer Fensternische sitzt und einen Stoß Akten vor sich hat.

Meyer und der Berichterstatter kommen ins Gespräch, Meyer wird von dem Berichterstatter über das Haus, das demnächst als Sehenswürdigkeit in der »Berliner Illustrierten« als Bild und Kuriosum erscheinen soll, ausgeholt. Meyer schildert an Hand eines ad hoc auf Papier gezeichneten Planes das Haus mit seinen verschiedenen Abteilungen und Räumlichkeiten, deutet mit dem Finger auf verschiedene interessante Gäste und nennt sie mit Namen. (Dadurch werden die Personen quasi dem Leser vorgestellt.) Er spricht mit juristischer Sachlichkeit und einer mit dem phantastischen Milieu in seltsamen Kontrast stehenden Trockenheit. – Die »dürre« Stimmung wird jäh dadurch unterbrochen, daß der am Nebentisch sitzende Bernhard Ochs, Schachproblemkomponist und Chronikenschreiber, aufsteht, da er es »nicht mehr aushalten« kann, sich zu den beiden setzt und – ungebeten

— die Schilderung auf seine Art fortsetzt: Chronik des Hauses, abgerissene, monoman gedachte, manchmal hervorgesprudelte, dann wieder — an Stellen, wo es gar nicht nötig wäre — geheimnisvoll geflüsterte Sätze, *Legende über den ehemaligen Alchimisten Güstenhöwer;* — Personen, wie »Vater Gabriel«, die draußen am Fenster auf der Straße vorübergehen, werden mit Namen genannt, ihr Beruf etc. wird skizzenhaft hingeworfen.
Es wird allmählich dunkel, die Erzählung des Bernhard Ochs — obwohl unterbrochen durch kurze Episoden, die mit den Filmschauspielern und Schauspielerinnen des oberen Stockwerkes zusammenhängen, — wird immer stimmungsreicher, — der Hauch des Geheimnisvollen, der von dem Hause ausgeht, macht sich mehr und mehr geltend.

Hiermit ist der Auftakt zu dem Roman gegeben. — Der Geist des alten Alchimisten Güstenhöwer und seines Lebenselixiers schwebt damit bereits über dem Ganzen. — Er, oder besser gesagt, sein Einfluß, ist nunmehr der geheime

unsichtbare Dirigent

aller Personen. Sein »Lebenselixier« ist eine heimlich treibende Kraft, die sich nur in ihren Wirkungen auf die Menschen — auf die natürlich niemals mit Fingern gewiesen wird — zu erkennen gibt.

Es ist begreiflicherweise in einem kurzen Exposé nicht möglich, eine *genaue* Aufeinanderfolge aller Kapitel zu geben, ohne zu weitschweifig zu werden. Es möge deshalb genügen, wenn ich von jetzt an nur einen scharfen Umriß gebe und von Details absehe:

Der *weitere Handlungsverlauf* zeigt in abwechslungsreichen Episoden und Begebnissen in und außer dem »Hause« den allmählich offenkundig werdenden Charakter und die Taten der Hauptfigur, des *Dr. med. Ismael Steen.*

Anfänglich scheint er ein gütiger, hilfsbereiter Mensch zu sein. Er ist ein überaus eleganter, sehr reicher und in den besten Kreisen der Gesellschaft verkehrender, noch junger Mann. Er ist überaus vielseitig und besitzt ein geradezu unheimliches Wissen.

Aus Laune hat er eine Filmgesellschaft gegründet (das Atelier im ersten Stock), die diversen Filmkünstlerinnen sind sein Harem. (Die diesbezügliche Schilderung hält sich frei von stark erotischen Einschlägen!) Sein Hauptfeld ist die sogenannte Psychoanalyse, nur verwendet er sein Wissen darin nicht zum Wohle seiner Mitmenschen, sondern im Gegenteil dazu, »Komplexe« — seelische Verwirrungen — in seinen Opfern zu *erwecken.* Blasiert in geradezu schrecklicher Weise kennt er nur noch *eine* Erregung: immer neue Methoden *geistig-sadistischer* Art zu ersinnen und in die Praxis umzusetzen, um die Seelen der Menschen in das »Nichts« zu stürzen. Das ist für *ihn* das Lebenselixier. Die Frauen fliegen ihm zu, sie wissen nicht, wieso. Er »löst« sie »auf«, — etwa wie ein Alchimist Metalle in Salpetersäure auflösen würde. —

Selbstmorde von Frauen häufen sich in den Gerichtsannalen (Gracchus Meyer erzählt sie ihm, dem scheinbar unbefangen Zuhörenden, gelegentlich bei zur Handlung gehörenden Episoden), *Filmszenen spielen darauf an, bilden quasi den Text der Kinoaufnahmen.*

In einem besonderen Kapitel des Romans wird gezeigt, *wie* er solche Komplexe in Frauenseelen geheimnisvoll erweckt — während eines Rendezvous mit seiner Geliebten, Irene (der Tochter eines großen Finanzmannes), in seinem »Büro« und Boudoir im ersten Stock. – Gelegentlich landet er mit seinem Flugzeug auf dem Dache des Hauses. Seine eigenartigen Empfindungen – wie vom Teufel eingegeben – während dieses Fluges werfen Schlaglichter auf gewisse »Intuitionen«, die ihm »einfallen«. Weitere Abschnitte zeigen, wie Irene unter dem Wachsen der ihr eingeimpften »Komplexe« Verbrechen um Verbrechen begeht, sich aus wahnwitziger Liebe zu Dr. Steen zu Taten bekennt, die gar nicht sie, sondern er begangen hat. – Irrsinn liegt nicht vor, man spricht sie frei; ihr Ende wird absichtlich in Dunkel gehüllt. (Der Leser kann es so oder so deuten.)

Zwischenhinein spielen Begebnisse, die den Perser Mohammed Darasche-Koh betreffen. – Er bekommt Besuche von arabischen Derwischen, die einem nicht bekannten Orden angehören, dessen Gebot dahin geht, Orte wie auf Wanderschaft zu besuchen, wo einst »Evoliâs« – Ordensheilige – in alten Zeiten geweilt haben. – Es leuchtet durch, daß der alte Alchimist Güstenhöwer einst hier im Haus seine Einweihung erhalten hatte.

Darasche-Koh, obwohl selbst vermutlich kein Derwisch, besitzt das Wissen, wie ein mit Haschisch vermischtes Gebäck hergestellt wird, um den »Keph« (Rausch) so zu erzeugen, daß er in jedem Genießer dieser Speise – nicht, wie es sonst bei Haschisch einzutreten pflegt: Genußträume – sondern vielmehr eine der – allerdings übersinnlichen – Wirklichkeit entsprechende »Halluzination« zu Wege bringt.

In einem, an das Caféhaus angrenzenden Zimmer wird von Derwischen dieses Haschischgebäck genommen. – Ein seltsames (ob wirklich, ob halluzinatorisch, bleibt

offene Frage) Begebnis, die Erscheinung des Khatem i Evliah – des »Letzten der Heiligen« – schießt blitzschnell mitten durch.
Nun hat Dr. Steen aus instinktivem Interesse schon lange Darasche-Koh auszuforschen gesucht (hat aber stets nur Andeutungen erfahren), da er vermutete, der Perser könne irgend ein merkwürdiges Wissen über die unbewußten Funktionen der menschlichen Seele haben.
Sein Verdacht wurde immer reger. Er faßt einen bestimmten Gedanken, – ein neuer Einfall für ihn, der ihm ein ganz neues Gebiet zu erschließen verspricht: nämlich, daß hinter dem Urgrund aller Religionen, wenn man das Erlösende darin nur in der Wurzel genau umzukehren lernt (also quasi ununterbrochen die »Sünde gegen den heiligen Geist begeht«) ein Schlüssel zu finden sein müsse, der dem, der ihn hat, die »Herrlichkeit der ganzen Welt« verspricht.
Er macht einen tastenden Versuch, experimentiert (seelisch) gemäß seiner Vermutung zuerst einmal an dem Artisten Markus, einem Kopten, der ein glühender Madonnenanbeter ist, sucht ihn, der bisher keusch und asketisch lebte, in erotische Fallstricke zu locken. – Aber, da das Experiment stümperhaft war, »entrinnt« der Kopte auf kuriose Art. – (Wie in Episoden späterer Kapitel gezeigt wird.) Ein Gespräch mit dem Uhrmacher Güstenhöwer mit dem Kopten [sic!] gibt den Anlaß, daß der Kopte eine »magische« Veredlung des Geschlechtstriebes – im Sinne der Gnostiker – an sich erfährt. – (Die Tochter des Darasche-Koh spielt mit hinein.)

Nebenbei bemerkt: Dr. Steen hat sich Notizen gemacht, die in Schlagworten die Theorie seines neuen Einfalls und gewisse Mutmaßungen enthalten. – Darasche-Koh's Tochter findet sie und buchstabiert sie mühsam, aber völlig verständnislos. (Dies dient dazu, um dem Leser, ohne dozierend zu werden, gewisse *notwendige* Grundkenntnisse einzuhämmern.)

Nun hat Dr. Steen, um die geheimen Zusammenkünfte der exotischen Gäste Darasche-Koh's belauschen zu können, ein Loch in den Fußboden seines Boudoir's gebohrt und hat vermittels dessen zuvörderst den »Keph« der Derwische beobachtet. Er beschließt, sofort nach Arabien zu reisen. Er informiert sich bei einem der orientalischen Artisten. (Schilderung arabischen Milieu's). Aber er ändert sein Reiseziel und fährt nach Aleppo und Mossul. Und zwar, weil er eines Nachts beobachtet, wie Darasche-Koh für sich allein ein höchst merkwürdiges Ritual vollzieht. – Er geht der Sache auf den Grund und erfährt von der Tochter Darasche-Koh's, mit der er vermittels seiner tückischen psychoanalytischen Methoden ein Verhältnis angesponnen hat, daß Darasche-Koh ein »Jesside« ist. Teils von ihr, teils an Ort und Stelle – in Mossul – erfährt er die Lehre dieser Sekte. –
(Der Inhalt der Lehre ist kurz folgender: Die Jessiden beten nicht Gott als Schöpfer der Welt an, sondern den »gefallenen Engel Melek T'aüss«, in gewissem Sinne: den Teufel. Nun aber wird sich dieser »Teufel« dereinst – entgegengesetzt der christlichen und jüdischen Anschauung – wieder mit Gott vereinigen. Wer ein Jesside ist, dessen Gegenwart allein genügt, in den Menschen die »Reife« zu beschleunigen. – Etwa so, wie Gift eine schleichende Krankheit zur Krisis bringen kann – oder den Tod. –
Direkte Belehrungen und das »letzte Geheimnis« kann

der Jesside vom Engel »Melek-T'aüss« bekommen, aber nur, wenn er das Bildnis des Engels selbst gesehen und sich gemerkt hat. Stellt sich der Jesside geistig dieses Bild vor, so bewegt es die Lippen; aus der Lippenbewegung kann der Jesside schließlich lernen, was der Engel sagt.

Die Tochter Darasche-Koh's mutmaßt, das Bildwerk stünde in Mossul oder Aleppo. Dr. Steen überredet sie, mit ihm nach Persien zu fahren. – Dort verschwindet sie auf rätselhafte Weise. Steen erfährt von einem Jessiden in Mossul, daß Darasche-Koh vor vielen Jahren von dem Engel Melek den Auftrag bekommen habe, die Mission des Jessidismus in *Europa* dem Ende näher zu bringen.

(Es folgen Betrachtungen über die merkwürdige Art, wie, einem Pestkontagium gleich, in Europa Verderben gewissermaßen aus dem Boden geschossen ist in letzter Zeit: falsch aufgefaßter Kommunismus, Kriege etc. etc.)

Darasche-Koh, so sagt man in Mossul, sei der einzige, der das Bild des Melek T'aüss besitze; er trage es als Medaillon am Halse.

Dr. Steen fährt unverrichteter Dinge nach Hause, und es gelingt ihm, das Medaillon Darasche-Koh's zu Gesicht zu bekommen.

Zu seiner größten Verblüffung findet er eine erstaunliche Ähnlichkeit zwischen sich (Steen) selbst und dem Bild des Engels Melek-T'aüss.

Mit dem Chock, den er dabei empfindet, geht Hand in Hand eine rasende, sich bis zum Schluß steigernde Veränderung in Dr. Steen's Handeln und Denken vor sich.

Die »Idee« wird Herr über Steen! Bis dahin – im Lauf der Kapitel – war allmählich als eine an sich unerklärliche Eigenschaft bei Dr. Steen immer deutlicher in Erscheinung getreten, daß er – (der ein »Gewissen« überhaupt nicht mehr kannte, – es psychoanalytisch seit Jahren in sich ausgerottet hatte!) eine namenlose Furcht vor dem Schlafen hatte. (Gewisse Ruhelosigkeiten in ihm werden dadurch im Romanverlauf klar.) – Er kann sich nicht entsinnen, jemals geträumt zu haben, aber stets erwacht er des Morgens mit Entsetzen und Grauen. Schon von Kindheit an. So, als habe er Furchtbares erlebt und es nur vergessen. – Eben, daß er sich nie an solche (vermutliche) Erlebnisse erinnern kann, wo doch sein ganzes Denken darauf eingestellt ist, psychische Dinge in Tagesklarheit sehen zu wollen, – steigert sein Entsetzen ins maßlose.

– »Das tote Gewissen ist furchtbarer als das lebendige Gewissen; es fault wie eine Leiche.«

Ob das »Gesicht des Melek-T'aüss'«, – das Steen ja gesehen hat und sich bestimmt gemerkt haben muß, in Steen flüstert, oder ob in Steen nur Ideen rasen, bleibt in der Schilderung in Halbdunkel, sicher aber ist, daß Steen, der immer den Mund fest zusammengekniffen zu halten pflegte, plötzlich beständig wie flüsternd die Lippen, als spräche er mit sich selbst, zu bewegen beginnt. Er ist sich dessen aber nie bewußt. Als er sich eines Tages im Spiegel sieht, graut es ihm.

Darasche-Koh, der keine Ahnung hat, daß Steen das Medaillon des Engels Melek gesehen haben könne, wird schließlich auf das »Flüstern« Steen's aufmerksam, – er studiert es, scheint schließlich zu verstehen, was diese Lippen da flüstern (das Kapitel trägt den Titel: »Das Flüstern«), und er, der sonst so zurückhaltende Orientale, wird plötzlich wie eine Katze, die sich am Menschen reibt. Er haßt Steen wegen der Entführung seiner Tochter, aber mit einem Mal versäumt er keine Gelegenheit,

Steen zu berühren, seine Hand zu ergreifen etc. (eine versteckte Anspielung auf seine [Darasche-Koh's] Mission durch bloße Nähe »kontagiös« zu wirken.)
Es wird allmählich klarer und klarer, welche Ideen in Steen zur Offenbarung kommen. Haß verbreitet sich wie ein Wildfeuer in der Stadt gegen ihn. Leute auf der Straße und im Café fahren zusammen, sie wissen nicht warum, und starren sein Gesicht an, als hätten sie es im Traume gesehen und erinnerten sich plötzlich dunkel daran. (Der Engel Melek wirkt in und aus ihm.)
Aus Bruchstücken eines Films, den Dr. Steen erdacht hat und kurbeln läßt, ersieht der Leser nach und nach, was Steen plant:
Steen spielt darin die Hauptrolle; in antikem Kostüm gibt er, mit einer Mitra auf dem Kopfe, selbst den gefallenen Engel Melek, – den dämonischen »Herrn der Welt«. Der »Abgrund« soll offenbar werden und die Seele der Menschheit verschlingen! – Das plant Dr. Steen. Er will einen magisch-»psycho-analytischen« Komplex in der ganzen Menschheit erwecken, in dem (indem) er ihr in den Kinos das Antlitz des Engels Melek zeigt, das bisher nur eingeweihten Jeziden bekannt war. Er hofft, daß es sich als Kinobild infolgedessen sensitiven Gemütern einprägen wird und sie dämonischen »Einflüsterungen« zugänglich macht. – Er will sein ganzes Vermögen, das wie durch teuflische Zufälle von Tag zu Tag wächst, opfern, um dem Film, wenn er fertig sein wird, Tür und Tor in allen Ländern zu öffnen.
Der Schluß und Haupteffekt im Film Dr. Steen's steht nahe bevor (und das Schluß-Kapitel des Romans beginnt).
Ich muß hier einfügen, daß in kurzen, mit der Handlung des Romans stets in Kontakt bleibenden kleinen

Episoden der Uhrmacher Hieronymus Güstenhöwer, der späte Nachkomme des sagenhaften Alchimisten gleichen Namens, eine Rolle gespielt hat, die jetzt in helles Schlaglicht gesetzt wird.

Auch an ihm hat Steen des öfteren seine »psychoperniziösen« Künste probiert, aber immer sind sie abgeprallt; der Uhrmacher war wie mit einer seelischen Schutzmauer umgeben. Diese »Mauer« bestand lediglich und ganz einfach in der unerhörten Gewissenhaftigkeit, auf die Spitze getriebenen, fast monomanen Konzentration, mit der Güstenhöwer seinen scheinbar simpeln Beruf erfüllte. Er war in der Stadt bekannt als der einzige Uhrmacher – vielleicht der Welt –, der Uhren, mochten sie noch so verdorben sein und aus den frühesten Zeiten der Uhrmacherkunst stammen, wieder in Gang zu bringen und zu reparieren vermochte. Aus allen Ländern der Erde wurden ihm solche Uhren geschickt, und er hat sie alle wieder »gesund« gemacht.

Im Laufe des Romans – an passender eindrucksvoller Stelle – hatte Güstenhöwer zu seiner Frau Petronella erwähnt, es sei sehr sonderbar: immer wenn er eine besonders »kranke« Uhr repariere, käme es wie ein tief erschütternder göttlicher Influx über ihn, – dann würde ihm zu Mute, als mache er dadurch, daß er eine Uhr »wieder zum Leben erwecke«, auch dessen ihm doch zumeist ganz unbekannten Besitzer der Uhr seelisch gesund. In solchen Fällen käme er sich überdies oft vor, als sei seine eigene Seele die seines Ahnen, des Alchimisten.

Immer, wenn Dr. Steen seine Künste an dem Uhrmacher versuchte, zog der Uhrmacher das Thema ins »Uhrenhafte« hinüber und entging so unbewußt der »Komplex-Einimpfung«.

Eines Tages nun hatte *(im früheren Lauf des Romanes)*

Steen seine eigene Taschenuhr, ein überaus wertvolles, kompliziertes Werk, das schon in Steens Kindheit plötzlich stehen geblieben war, zum Richten dem Güstenhöwer übergeben. Güstenhöwer versuchte alles mögliche mit dieser Uhr, legte sie hundertemale auseinander, – alles vergebens; – sie war nicht zum Gehen zu bringen. Güstenhöwer wurde fast verrückt darüber, schlief nicht, arbeitete Tag und Nacht daran: alles schrie in ihm in einer ganz unbegreiflichen Verzweiflung: ich muß, ich muß die Uhr gesund machen. (»mir ist, als sei die ganze Schöpfung Gottes« so sagte er, »krank, so lange diese Uhr nicht geht.«) Alles andere ließ Güstenhöwer stehen, sogar den Auftrag der Stadtbehörde, die alte berühmte Kirchenstadtuhr, ein großes Kunstwerk aus uralter Zeit, die plötzlich bald vor, bald nach ging, schleunigst zu reparieren, ließ er außer Acht.
Eines Nachts nun, kurz bevor Steen's Film zu Ende gebracht werden sollte, kam er plötzlich durch eine merkwürdige Inspiration dahinter, warum Steen's Uhr nicht gehen konnte, – vermutlich war Steen einmal in die Nähe eines starken elektrischen Dynamos geraten und die Uhr war dadurch magnetisch geworden. – Güstenhöwer brachte sie noch vor Sonnenaufgang dadurch zurecht, daß er sie gewissermaßen »ausglühte«, das heißt: einer starken Hitze aussetzte. Er nahm dazu den alten alchimistischen »Athanor« (Oefchen) seines Urahnen zu Hilfe, da er nichts anderes bei der Hand hatte.

Letztes Kapitel.

Der Schluß des von Dr. Steen verfaßten diabolischen Filmstückes wird gekurbelt: – Dr. Steen auf dem Teufelsthron als »gefallener« Engel Melek T'aüss. – Die

Scharen seiner (Steen's) früheren Opfer, Männer, Frauen, Mädchen, Kinder (Filmdarsteller) strömen auf Krücken etc. herein und werden »gekurbelt«. (Sie lieben Steen immer noch!) Niemand merkt, daß Steen (Engel Melek) dabei ganz aus der Rolle fällt – eine furchtbare Veränderung geht in ihm vor – er ist wie gelähmt – es ist, als gehe die Uhr, – »das Gewissen« in ihm wieder. – Er lallt, niemand hört es. –

Da fährt die Filmkamera auf Rädern, vom Operateur geschoben, auf Steen's Thron zu, und der Regisseur befiehlt:

»So, Herr Doktor, jetzt bitte ich die Lippen flüsternd zu bewegen!«

Steen rührt sich nicht. Der Regisseur wiederholt seine Worte. – Steen bleibt regungslos.

Plötzliches, allgemeines wildes Entsetzen:

»Er ist tot!« Tumult – allgemeine Flucht.

Steen ist nicht tot. – Es scheint, als habe ihn der Zungenschlag getroffen, – er kann nur durch Mienenspiel andeuten, daß er ins Freie wolle.

Man trägt ihn hinunter; das Café ist geschlossen, da hoher islamitischer Feiertag. Nur der Laden Güstenhöwers ist offen. Man trägt Dr. Steen hinein, läuft fort, um ärztliche Hilfe zu holen und läßt Steen und Güstenhöwer allein.

Güstenhöwer, der anfangs gar nicht merkte, worum es sich eigentlich handelt, hält ihm nun freudestrahlend die reparierte Uhr entgegen.

Der Schluß des Romans

läßt durchblicken, daß Dr. Steen leben bleibt.

Sätze wie:

»Nur wer nicht kalt ist und nicht heiß ist — den Lauen nur — will ich ausspeien aus meinem Munde.«
und:
»Der *irdische* Mensch ist zu klein, als daß er etwas wirklich Böses begehen könnte«
und:
»Besser, in einem lodernden Gewissen verbrennen und dennoch leben bleiben, als ein totes Gewissen wie eine Leiche in sich herumtragen«

bilden das Ende.

(Wenn irgendwelche Abänderungen des Romans — Einschränkungen, Erweiterungen etc. dieser oder jener Gesichtspunkte — gewünscht werden, so bitte ich um Mitteilung in Schlagworten. Sie können leicht im Roman bewerkstelligt werden.

Gustav Meyrink.)

»Die? Richten? Damit sie wieder geht?« fragte der Antiquar erstaunt, schob seine Brille auf die Stirn und blickte mich verdutzt an; »warum wollen Sie eigentlich, daß sie wieder geht? Sie hat doch nur einen einzigen Zeiger — — — und keine Ziffer auf dem Weiserblatt«, setzte er hinzu, die Uhr beim grellen Schein der Lampe versonnen betrachtend, »nur Blumengesichter, Tier- und Dämonenköpfe statt der Stunden.« Er begann zu zählen, sah mich fragend an: »Vierzehn? Man teilt den Tag doch in zwölf Teile ein! Hab' noch nie ein so seltsames Werk gesehen. Ich rate Ihnen, lassen Sie sie, wie sie ist. Schon zwölf Stunden im Tag sind schwer genug zu ertragen. Von diesem Zifferblatt die richtige Zeit abzulesen? Wer gäbe sich heute die Mühe. Nur ein Narr.«
Ich wollte nicht sagen, daß ich ein Menschenleben lang ein solcher Narr gewesen war, nie eine andere Uhr besessen hatte, vielleicht deshalb sehr oft zu früh gekommen war, wo ich hätte warten sollen — und schwieg.
Der Antiquar schloß daraus, ich wolle auf meinem Wunsch beharren, sie wieder gehen zu sehen, schüttelte den Kopf, nahm ein Elfenbeinmesserchen und öffnete behutsam das edelsteinverzierte Gehäuse, darauf in Email ein Fabelwesen gemalt war, auf einer Quadriga stehend: ein Mann mit Frauenbrüsten, zwei Schlangen statt der Beine, einem Hahnenkopf und in der rechten Hand die Sonne, in der linken eine Peitsche.
»Vermutlich ein altes Familienstück«, riet der Antiquar. »Erwähnten Sie nicht vorhin, sie sei diese Nacht stehen-

geblieben? Um zwei Uhr? Der kleine rote Büffelkopf mit den beiden Hörnern bedeutet doch wohl die zweite Stunde?«

Ich war mir nicht bewußt, etwas Derartiges gesagt zu haben, aber tatsächlich war die Uhr in der vergangenen Nacht um zwei stehengeblieben. Mag sein, ich hatte davon gesprochen, jedoch: ich konnte mich nicht erinnern, ich fühlte mich noch zu angegriffen – ich hatte um dieselbe Zeit einen schweren Herzkrampf gehabt und geglaubt, ich müsse sterben. Im Wanken meines Bewußtseins hatte ich mich noch an den Gedanken geklammert: wenn nur die Uhr nicht stehenbleibt. Im Dämmer meiner schwindenden Sinne mußte ich Herz und Uhr in den Begriffen verwechselt haben. Vielleicht denken Sterbende ähnlich. Vielleicht bleiben aus diesem Grunde so oft die Uhren in den Todesstunden ihrer Herren stehen? Wir kennen die magischen Kräfte nicht, die bisweilen einem Gedanken innewohnen.

»Es ist merkwürdig«, sagte der Antiquar nach einer Weile, hielt sein Vergrößerungsglas in die Nähe der Lampe, so daß der blendende Brennpunkt scharf auf die Uhr fiel, und wies mir eingravierte Buchstaben auf dem inneren goldenen Deckel.

Ich las:

»Summa Scientia Nihil Scire.«

»Es ist merkwürdig«, wiederholte der Antiquar, »diese Uhr ist ein Werk des ›Wahnsinnigen‹. Ist in unserer Stadt gemacht worden. Ich glaube nicht zu irren. Es gibt nur sehr wenig solcher Stücke. Ich hätte nie gedacht, daß sie wirklich gehen könnten. Hab' sie für Spielerei gehalten. Eine kleine Marotte von ihm, in alle seine Uhren die Devise zu schreiben: ›Höchstes Wissen, nichts zu wissen.‹«

Ich begriff nicht recht, was er meinte; wer mochte der Wahnsinnige sein, von dem er sprach? Die Uhr war sehr alt, sie stammte von meinem Großvater, aber was der Antiquar soeben gesagt, hatte doch geklungen, als lebe der ›Wahnsinnige‹, aus dessen Hand sie hervorgegangen sein sollte, noch heute!

Ehe ich fragen konnte, sah ich im Geiste – deutlicher und schärfer, als ginge er durchs Zimmer – einen Mann durch eine Winterlandschaft schreiten, einen schlanken hochgewachsenen Greis, ohne Hut, mit vollem, im Winde wehendem schneeweißen Haar, der Kopf sonderbar klein im Kontrast zu der ragenden Gestalt, das scharfgeschnittene Gesicht bartlos, die Augen schwarz, fanatisch blickend und dicht beieinander stehend, wie die eines Raubvogels. In einem langen, verschabten, verschossenen Mantel aus Samt, wie ihn einst die Nürnberger Patrizier trugen, schritt er einher.

»Ganz recht«, murmelte der Antiquar und nickte zerstreut, »ganz recht, der Wahnsinnige.«

»Warum sagte er ganz recht?« dachte ich bei mir. »Es ist ein Zufall«, wußte ich sofort; »leere Worte sind's, nichts weiter. Ich habe doch den Mund gar nicht aufgetan. Er hat dieses ›ganz recht‹ nur gebraucht, wie es so oft geschieht, wenn man einen soeben gesprochenen Satz bekräftigen will; es hat keinen Bezug auf den alten Mann, den ich als Erinnerungsbild gesehen habe, keinen Bezug auf den – ›Wahnsinnigen‹! Als ich, ein kleiner Junge damals noch, in die Schule ging, immer mußte ich an einer langen, kahlen, mannshohen Mauer vorbei, die einen Park von Ulmen umschloß. Jahre hindurch, Tag für Tag war mein Gehen zum Laufen geworden, wenn mich der Weg daran entlangführte, denn jedesmal packte mich eine unbestimmte Furcht. Vielleicht – ich weiß es heute nicht mehr – weil ich mir einbildete – oder gehört hatte – ein Wahnsinniger hause darin, ein Uhrmacher, der behauptete, Uhren seien lebendige Wesen ... oder irrte ich mich? Wäre es eine Erinnerung an ein Erlebnis aus meiner Schulzeit, wie konnte es sein, daß etwas, was ich wohl tausendmal gefühlt, bis zum heutigen Tag in meinem Gedächtnis schlummernd gelegen hatte, um jetzt erst mit solcher Lebendigkeit aufzubrechen? ... Freilich – wohl vierzig Jahre waren seitdem vergangen; aber gab das eine Erklärung?«

»Vielleicht habe ich es in der Zeit erlebt, die meine Uhr mehr zeigt als eine gewöhnliche!« sagte ich belustigt.

Der Antiquar blickte befremdet auf und starrte mich verständnislos an.

Ich grübelte weiter und kam zur Gewißheit: die Mauer, die den Park umschließt, steht heute noch. Wem hätte daran gelegen sein können, sie einzureißen? Damals hat's doch geheißen, sie sei die Grundmauer einer Kirche, die später zu Ende gebaut werden sollte. So etwas zerstört man nicht! Vielleicht lebte auch der Uhrmacher noch? Sicherlich würde er meine Uhr, die ich so liebte, wieder richten können. Wenn ich nur wüßte, wann und wo ich ihm begegnet war! Es konnte vor kurzer Zeit unmöglich gewesen sein, denn jetzt war Sommer, und in der Erinnerung – soeben – hatte ich sein Bild in Winterlandschaft im Geiste gesehen!

Zu tief in Gedanken versunken, als daß ich der langen Erzählung hätte folgen können, in die sich, mit einem Male redselig geworden, der Antiquar erging, vernahm ich nur in Pausen einige abgerissene Sätze. Sie rauschten auf mich zu, verstummten und kamen wieder, wie brandende Wellen; dazwischen das Sausen in den Ohren; das Brausen des Blutes, das der alternde Mensch vernimmt, wenn er lauscht, und nur im Lärm des Tages vergißt; – das unablässige, drohende, ferne Sausen vom Flügelschlag des aus den Schlünden der Zeit her langsam sich nähernden Geiers »Tod« …

Ich wußte kaum: war er's, der da, die Uhr in der Hand, zu mir sprach, oder war's der Mund jenes Wesens in mir, das zuweilen aufwacht in einem einsamen Herzen, wenn man an die verschlossenen Schreine rührt, die vergessene Erinnerungen heimlich behüten, damit sie nicht zu Moder verfallen? Manchmal ertappte ich mich dabei, wie ich dem Antiquar zunickte, und dann wußte ich: er hat etwas gesagt, was mir bekannt gewesen war, aber wollte ich mir die Worte überlegen, so gelang es mir nicht, sie glitten nicht, wie sonst gesprochene Worte tun, in nahe Vergangenheit hinab, aus der ich sie zurückfangen und mit dem Verstehen betasten hätte können – nein: sie erstarrten zu leblosen Gestalten, dem Ohr fremd und unfaßbar, kaum, daß ihr Klang erloschen war; ich begriff ihren Sinn nicht mehr; sie hatten sich aus dem Reiche der Zeit in das Reich des Raumes verirrt und umstanden mich als tote Masken.

»Wenn doch die Uhr wieder gehen wollte!« sagte ich laut in meiner Qual mitten hinein in die Rede des Händlers.

Ich hatte damit mein Herz gemeint, denn ich fühlte: es wollte vergessen zu schlagen, und mir graute bei dem Gedanken, der Zeiger meines Lebens könnte plötzlich stehenbleiben vor einer phantastischen Blume, dem Gesicht eines Tieres oder eines Dämonen, wie der Weiser auf jenem Zifferblatt mit den vierzehn Stunden. Ewig gebannt wäre ich in geronnene Zeit.

Der Antiquar gab mir die Uhr zurück – er glaubte wohl, ich spräche von ihr.

Als ich durch die verödeten nächtlichen Gassen schritt, geradeaus, dann kreuz und quer über schlafende Plätze und an träumenden Häusern vorbei, von blinkenden Laternen geleitet und doch meines Weges gewiß, da mußte ich denken, der Antiquar habe mir anvertraut, wo der Uhrmacher ohne Namen wohne, wo ich ihn finden würde und wo die Mauer stünde, die den Ulmenpark umschließt. Hatte er denn nicht gesagt, nur der Alte könnte meine Uhr wieder gesund machen? Woher wüßte ich es sonst!
Auch den Weg zu ihm mußte er mir geschildert haben, und hatte ich selbst mir ihn auch nicht gemerkt – meine Füße schienen ihn genau zu wissen: sie führten mich hinaus aus der Stadt auf die weiße Straße, die zwischen sommerhauchenden Wiesen hinein in die Unendlichkeit lief.
An meine Fersen geheftet, glitten die schwarzen Schlangen hinter mir drein, die das grelle Mondlicht aus der Erde gelockt hatte. Waren sie es, die mir die vergifteten Gedanken schickten: Du wirst ihn nimmermehr finden; er ist vor hundert Jahren gestorben!?
Um ihnen zu entrinnen, bog ich scharf ab nach links in einen Seitenpfad, und da tauchte auch schon mein Schatten aus dem Boden und schluckte sie in sich ein. Er ist gekommen, mich zu führen, begriff ich, und es war mir eine tiefe Beruhigung, ihn so unbeirrbar und, ohne zu wanken, schreiten zu sehen; beständig blickte ich auf ihn hin, froh, des Weges nicht achten zu müssen. Allmählich kam jenes unbeschreiblich seltsame Gefühl wieder über mich, das ich als Kind gehabt, wenn ich für mich allein das Spiel spielte: mit geschlossenen Augen festen Schrittes vor mich hinzugehen, unbekümmert, ob ich fallen würde oder nicht: – es ist wie ein Losreißen des Kör-

pers von aller irdischen Furcht – wie ein Jauchzen des Innern, wie ein Wiederfinden des unsterblichen Ichs, das da weiß, mir kann nichts geschehen!
Da ließ der Erbfeind von mir ab, den der Mensch in sich trägt: der nüchterne kalte Verstand, und mit ihm der letzte Zweifel, ich würde den, den ich suchte, nicht finden.
Dann, nach langer Wanderung, eilte mein Schatten auf einen breiten, tiefen Graben – entlang der Straße – zu, schwand hinab und ließ mich allein; ich wußte: jetzt bin ich am Ziel. Warum hätte er mich sonst verlassen!
Die Uhr in der Hand, stand ich in der Stube dessen, von dem ich wußte, nur er allein kann sie wieder in Gang bringen.
Er saß vor einem kleinen Ahorntisch und blickte durch eine Lupe, die an einem Kopfband vor seinem Auge befestigt war, regungslos auf ein glitzerndes winziges Ding auf dem hellgemaserten Holz. Hinter ihm an weißer Wand – im Kreis geordnet, wie ein großes Zifferblatt – stand in verschnörkelter Schrift der Satz:
»Summa Scientia Nihil Scire.«
Ich atmete tief auf: hier bin ich geborgen! . . . der Bannspruch hält alles verhaßte Denkenmüssen fern, jegliches Rechenschaftfordern: wie bist du hereingekommen, durch die Mauer, durch den Park?
Auf einem Bord, bezogen mit rotem Samt, liegen Uhren, wohl an die hundert – aus blauem, aus grünem, aus gelbem Email – juwelengeschmückt, graviert, gerippt, glatte und gekerbte, manche flach, manche bauchig wie Eier. Ich höre sie nicht: sie zirpten zu leise, aber: die Luft, die über ihnen schwebt, muß lebendig sein, von dem unmerklichen Geräusch, das sie erzeugen –. Vielleicht rast dort der Sturm eines Zwergenreiches.

Auf einem Postament steht ein kleiner Felsen aus fleischfarbenem Feldspat, geädert, bunte Blumen aus Halbedelstein wachsen darauf; mitten unter ihnen, als plane er nichts Böses, wartet der Knochenmann mit der Sense, sie abzumähen: eine »Tödleinsuhr« aus romantischem Mittelalter. Wenn er mäht, dann schlägt er mit dem Griff seiner Sense auf die feine Glasglocke, die neben ihm steht, halb Seifenblase, halb wie der Hut eines großen Märchenpilzes.

Das Weiserblatt darunter ist der Eingang zu einer Höhle, darin Zahnräder starren.

Bis hinauf zur Decke des Zimmers, links und rechts sind die Wände behängt mit Uhren, mit Uhren: alten mit stolzen ziselierten Gesichtern, kostbar und reich; gelassen die Perpendikel schwingend, predigen sie mit tiefem Baß ihr ruhevolles Tack-Tack.

In der Ecke eine in gläsernem Sarg, ein aufrechtstehendes Schneewittchen, tut, als schliefe es, aber ein leises rhythmisches Zucken mit dem Minutenzeiger verrät, daß es die Zeit nicht aus dem Auge läßt. Andere, nervöse Rokokodämchen – das Schönheitspflästerchen als Schlüsselloch – sind mit Zierat überladen und ganz außer Atem, so trippeln sie sich ab, einander den Rang abzulaufen und den Sekunden zuvorzukommen. Daneben die winzigen Pagen, sie kichern dazu und hetzen: Zick, Zick, Zick.

Dann eine lange Reihe, strotzend in Stahl, Silber und Gold – wie schwergeharnischte Ritter; sie scheinen bezecht zu sein und zu schlummern, denn bisweilen schnarchen sie laut auf oder rasseln mit ihren Ketten, als ob sie mit dem Gotte Kronos selbst einen Strauß auszufechten gedächten, wenn sie aus ihrem Rausch erwachen.

Auf einem Sims sägt ein Holzknecht mit Mahagonihosen

und funkelnder Kupfernase die Zeit entzwei in Sägespäne . . .
Worte des Alten rissen mich aus meiner Beschaulichkeit: »Alle sind krank gewesen, ich habe sie wieder gesund gemacht.« Ich hatte seiner so gänzlich vergessen, daß ich zuerst glaubte, es sei das Schlagen einer der Uhren gewesen.
Die Lupe an dem Kopfband saß, emporgeschoben, jetzt an der Mitte seiner Stirn — wie das dritte Auge des Schiva — und ein Funke glomm darin: Widerschein der Ampel an der Decke.
Er nickte mir zu und hielt meinen Blick mit dem seinigen fest: »Ja, krank sind sie gewesen; sie haben gedacht, sie könnten ihr Schicksal ändern, wenn sie schneller gehen oder langsamer. Sie hatten ihr Glück verloren an den Dünkel, sie seien die Herren der Zeit. Ich habe sie von diesem Wahn befreit und ihnen die Ruhe ihres Lebens wiedergegeben. So mancher findet, wie du, in den Nächten des Mondes im Schlaf den Weg aus der Stadt heraus zu mir, bringt mir seine kranke Uhr, klagt und bittet, ich solle sie heilen, aber am nächsten Morgen hat er alles wieder vergessen — auch meine Arznei.«
»Nur die, die den Sinn meines Wahlspruchs erfassen«, er deutete über die Schulter auf den Satz an der Wand, »nur die lassen die Uhren hier in meiner Obhut.«
Ich ahnte dunkel: in dem Bannspruch lag noch ein Geheimnis verborgen. Ich wollte fragen, aber der Greis hob drohend die Hand: »Nicht wissen wollen! Lebendiges Wissen kommt von selbst! Dreiundzwanzig Buchstaben hat der Satz; sie stehen als Ziffern auf dem Weiserblatt der großen unsichtbaren Uhr, die eine Stunde weniger zeigt als die Uhren der Sterblichen, aus deren Rund es kein Entrinnen gibt; darum spotteten die ›Ver-

ständigen‹: sieh da! der Wahnsinn! – Sie höhnen, sie sehen die Warnung nicht: ›Laß dich nicht fangen von der Kreisschlinge ›Zeit!‹ – sie lassen sich führen vom tückischen Zeiger ›Verstand‹, der ewig neue Stunden verspricht und immer nur alte Enttäuschungen bringt.«

Der Alte schwieg. Ich reichte ihm mit stummer Bitte meine tote Uhr hin. Er nahm sie mit seiner schönen schmalen weißen Hand und lächelte kaum merklich, als er sie geöffnet und einen Blick hinein geworfen hatte. Behutsam tastete er mit einer Nadel in das Räderwerk und nahm die Lupe wieder vor. Ich fühlte: ein gütiges Auge spähte mir ins Herz hinein.

Nachdenklich betrachtete ich sein ruhevolles Gesicht. Wie habe ich mich nur – als Kind – so vor ihm fürchten können, fragte ich mich.

Dann faßte mich ängstlicher Schrecken an: er, auf den ich doch hoffe und vertraue, ist nicht wirklich – jetzt, jetzt wird er verschwinden! Nein, zum Glück: nur das Licht in der Ampel hatte geflackert und meine Augen zu täuschen gesucht.

Und wieder starrte ich ihn an und grübelte: heute zum ersten Male habe ich ihn gesehen? Das kann nicht sein! Wir kennen uns doch seit ...? Da durchzuckte mich Erinnerung wie ein heller Blitz: niemals war ich als Schulbub an einer weißen Mauer entlanggelaufen; niemals hatte ich mich vor einem wahnsinnigen Uhrmacher gefürchtet, der hinter ihr hausen sollte; das leere, mir unverständliche Wort »wahnsinnig« war's gewesen, das mich geschreckt hatte in frühester Jugend, als man mir drohte, ich würde »es« werden, wenn ich nicht bald zu Verstand käme.

Aber der Greis da – vor mir –, wer war er? Auch das glaubte ich zu wissen: ein Bild – ein Bild –, kein

Mensch! Was konnte es anderes sein! Ein Bild, das – eine Schattenknospe meiner Seele – in mir heimlich gewachsen war; ein Samenkorn, hatte es Wurzel gefangen, als ich zu Beginn meines Lebens in einem kleinen weißen Bette lag, an der Hand gehalten von der alten Kinderfrau, und ihre eintönigen Worte in den Schlaf hinübernahm ... ja, wie hatten sie nur gelautet? Wie hatten sie nur gelautet? ...

Bitterkeit stieg mir in die Kehle, brennende Trauer: so war also doch alles haltloser Schein hier rings um mich! Vielleicht nur eine Minute noch, und ich stehe – ein erwachter Schlafwandler – draußen im Mondlicht und muß heimwandern zu den verstandesbesessenen geschäftigen Lebenden – Toten in der Stadt!

»Gleich, gleich ist's vorüber!« hörte ich des Uhrmachers beruhigende Stimme, aber es gab mir keinen Trost; denn mein Glaube an ihn war aus meiner Brust genommen.

Wie haben die Worte der Kindsfrau gelautet? – wollte, wollte, wollte ich wissen ... Langsam, langsam tauchten sie mir auf – Silbe für Silbe:

»Bleibt in der Brust das Herz dir stehn,
bring's ihm nur;
jede Uhr
macht er wieder gehn.«

»Da hat sie recht gehabt«, sagte der Uhrmacher gelassen, legte die Nadel aus der Hand; und im Nu zerstoben meine düsteren Gedanken.

Er stand auf und hielt die Uhr fest an mein Ohr; ich hörte: sie ging – regelmäßig und genau im Takt mit dem Pulsschlag meines Blutes.

Ich wollte ihm danken – fand die Worte nicht, erstickt

von Freude, und von – Scham, an ihm gezweifelt zu haben.

»Gräm dich nicht!« tröstete er, »es war nicht deine Schuld. Hab' ein kleines Rad herausgenommen und wieder eingesetzt. Uhren wie diese sind sehr empfindlich; sie vertragen bisweilen die Zweite Stunde nicht! Hier! Nimm sie wieder, aber verrate niemand, daß sie geht! Man würde dich nur verhöhnen und dir zu schaden trachten. Sie hat dir von Jugend an zu eigen gehört, und du hast an die Stunden geglaubt, die sie zeigt: vierzehn statt eins bis – Mitternacht, sieben statt sechs, Sonntag statt Werktag, Bilder statt toter Zahlen! Bleib ihr weiter treu, doch sage es niemand! Nichts dümmer, als ein eitler Märtyrer sein! Trag sie verborgen am Herzen, und in der Tasche trage eine der bürgerlichen Uhren, der staatlich geeichten mit dem braven schwarz-weißen Zifferblatt, damit du auch immer nachsehen kannst, wie spät es für die anderen ist. Und laß dich nie vergiften vom Pesthauch der ›Zweiten Stunde‹! Tödlich ist sie wie ihre elf Schwestern. Rot fängt sie an, verheißungsvoll wie Morgenrot, schnell wird sie rot wie Feuersbrunst und Blut. Die Stunde des Ochsen nennen sie die alten Völker des Ostens. Jahrhunderte versinken, und friedlich läuft sie ab: der Ochs pflügt. Aber plötzlich – über Nacht – werden die Ochsen zu brüllenden Büffeln, gehetzt vom Dämon mit dem Stierkopf, und zertrampeln in blinder, viehischer Wut die Fluren; dann: lernen sie wieder ackern; die bürgerliche Uhr geht ihren alten Gang, doch den Weg aus dem Bannkreis der Zeit des Menschentieres weisen auch ihre Zeiger nicht. Trächtig sind alle ihre Stunden – jede mit einem anderen Ideal –, aber was zur Welt kommt, ist ein Wechselbalg.

Deine Uhr ist stehengeblieben um zwei, um die Stunde

der Vernichtung; an ihr ist sie gnädig vorbeigegangen. Andere sterben daran und verirren sich ins Reich des Todes; sie hat den Weg zu mir gefunden – zu dem, aus dessen Händen sie hervorgegangen ist. Das dankt sie dir! Sie konnte es nur, weil du sie ein Leben lang liebevoll behütet und nie Ärgernis genommen hast an ihr, daß ihre Zeit nicht die der Erde ist.«
Er geleitete mich zur Tür, gab mir die Hand zum Abschied und sagte: »Vor einer Weile hast du gezweifelt, ob ich lebe. Glaube mir: ich bin lebendiger als du! Du kennst jetzt genau den Weg zu mir. Bald sehen wir uns wieder; vielleicht kann ich dich lehren, wie man kranke Uhren gesund macht. Dann – er deutete auf seinen Wahlspruch an der Wand –, dann mag der Satz sich schließen für dich zur Vollendung:

Nihil scire – omnia posse.
Nichts mehr wissen – alles können!«

Die Stadt mit dem heimlichen Herzschlag

Die Stadt, die ich meine, ist das alte *Prag*. Als ich vor 45 Jahren aus dem nebligen Hamburg vom Lotsen Schicksal in diese seltsame Stadt geführt, schon am ersten Tag eine lange Wanderung durch die mir unbekannten Straßen unternahm, da blendete mich eine helle Sonne, die in sengender Glut über den altertümlichen Häusern brütete, – eine Sonne, die so ganz anders schien als der frohe Himmelsglanz, den ich von meiner Kindheit her kannte aus dem hellen, sorgenlosen Bayern. Wer lange in Deutschland gelebt hat, ist angesteckt von der sinnlosen Sucht zu fragen, wenn er in der Fremde ein Standbild, ein ehrwürdiges Gebäude, eine Burg, einen Berg oder sonst etwas erblickt: Wie heißt das oder jenes? – Wer hat diesen Palast erbaut? – Welchen Namen trägt der ragende Ritter dort auf dem Denkmal?

Schon damals, als ich über die uralte Steinerne Brücke schritt, die hinüberführt über die ruhevoll fließende Moldau zum Hradschin mit seinem den finsteren Hochmut alter Habsburggeschlechter aushauchenden Schloß, da befiel mich ein tiefes Grauen, für das ich keine Erklärung wußte. Jene Bangigkeit hat mich seit diesem Tage nicht einen Augenblick verlassen, solange ich – ein Menschenalter hindurch – in Prag lebte, der Stadt mit dem heimlichen Herzschlag. Sie ist nie mehr ganz von mir gewichen; sie senkt sich heute noch auf mich herab, wenn ich an Prag zurückdenke oder nachts von ihm träume. Alles, was ich je erlebt, kann ich vor das innere Auge rufen, als stünde es lebenstrotzend da ... banne ich jedoch Prag vor meinem Blick, so wird es deutlicher wie alles andere — so deutlich, daß es nicht mehr wirklich, sondern gespenstig erscheint. Jeder Mensch, den ich dort gekannt, gerinnt zum Gespenst und zum Bewohner eines Reiches, das Tod nicht kennt.

Marionetten sterben nicht, wenn sie von der Bühne verschwinden; und Marionetten sind alle Wesen, die die Stadt mit dem heimlichen Herzschlag zusammenhält. Andere Städte, so alt sie auch sein mögen, muten mich an wie unter der Gewalt ihrer Menschen stehend; wie desinfiziert von keimtötenden Säuren — Prag gestaltet und bewegt wie ein Marionettenspieler seine Bewohner von ihrem ersten bis zu ihrem letzten Atemzug. Wie Vulkane Glut aus der Erde speien, so speit diese unheimliche Stadt Kriege und Aufruhr in die Welt, und es mag wahrlich kein Wahn sein, wenn die wenigen, die offene Augen haben, sagen: Sie hat heimlich die ersten Funken des letzten Krieges entfacht! — — Auf ihrem Altstädter Ring ist am Rathaus eine große, sagenumwobene astronomische Uhr mit den Tierkreiszeichen angebracht, darin öffnet sich Schlag Mittag ein Türchen, und heraus treten, einer nach dem andern, die zwölf Apostel; stumm, als hätten sie sich überzeugt, daß die Zeit, auf die sie geduldig warten, noch nicht gekommen sei, verschwinden sie wieder, verdrängt von einer dreizehnten Gestalt, dem Tod mit Hippe und Sandglas. Auch er geht, und über ihm kräht der Hahn der fernen Auferstehung wie eine Prophezeiung der Apokalypse. Er gibt das Zeichen, daß die hundert Türme der Stadt heulend einfallen, um das höhnische Kikeriki zu erstikken, das das ferne Zerbrechen aller Menschenzeit wahrhaben will. Ob dem längst zu Staub gewordenen Erbauer der Uhr solche Verkündigung vorgeschwebt hat?

Er soll wahnsinnig gewesen sein. Vielleicht stehen Wahnsinnige den letzten Dingen näher als solche mit »gesundem« Menschenverstand. Und wahnsinnig – ganz heimlich und versteckt wahnsinnig – sind irgendwie die meisten Marionetten in Prag. Oder besessen von irgendeiner kuriosen Idee.

Alljährlich, am 16. Mai, kommen Tausende, zumeist Bauersfrauen mit bunten Kopftüchern und Mädchen mit heißen dunklen Augen aus den Dörfern Böhmens zu dem Standbild des Heiligen Nepomuk auf dem Rande der Steinernen Brücke gepilgert, das, umglüht von fünf rubinroten Laternen, in solchen Frühlingsnächten wie frei in der Luft schwebend durch silbrigen Dunst schillert und mit dem Gesicht des Jan Hus nach Süden blickt. Es ist die erzene Statue des Hus und in Wahrheit nie die des Heiligen Nepomuk gewesen, aber das Volk weiß es nicht mehr – hat längst die Namen verwechselt, der heimliche Pulsschlag der Stadt spült alle Namen fort, zeugt Legende über Legende.

Stundenlang bin ich oft in hellen Mondscheinnächten auf der Kleinseite – dem Stadtviertel jenseits der Moldau, der Herzkammer Prags – umhergewandelt, jedesmal habe ich mich verirrt. Ein uraltes Palais, vor dem man fühlt: unmöglich kann darin seit Jahrzehnten ein Mensch gewohnt haben, so dicht ist der grünspanüberzogene Türknauf mit aschigem Staub bedeckt; daneben ein Barockgebäude mit opalisierenden Fenstern, die schimmern wie das Glas antiker römischer Tränenkrüge; dann wieder eine sich in die Unendlichkeit hinziehende dreimannshohe Mauer mit zerbröckelndem Bewurf, darein die Geisterhand der Stadt phantastische Tierköpfe und starrende Gesichter gezeichnet hat, die unbeweglich scheinen und doch jedesmal den Ausdruck wechseln, sooft man hinblickt. Ein betäubender Blütenhauch nach Jasmin oder Holunder fällt herab aus der Luft, und man ahnt: Irgendwo sind da Gärten, ungeheure Parks, versteckt, die vielleicht seit Menschengedenken kein Fuß betreten hat. Die Vermutung schleicht sich ins Herz, es möchte da drinnen in einem verfallenden Zimmer des Hauses in einem längst vermoderten Bett eine zu Staub zerfallene Tote liegen, deren Dasein hier schon zu ihren Lebzeiten in Vergessenheit geriet. Oder ist es ein Kloster, um das diese Mauer gezogen ist? Von Mönchen oder Nonnen, die sich hinwegkasteit und -gebetet haben von der Außenwelt? Und sucht man sie am hellen Tag — vergebens: sie ist nicht mehr dort. Stattdessen ist eine Gasse da, ein Haus, dreistöckig, am Ende; man blickt zum Dach empor und sieht: ein zweites Haus steht auf dem ersten! Eine Sinnestäuschung? Nein, die Gasse biegt scharf im Winkel um wie ein im Ellenbogen angerissener Arm, steigt steil empor, und auf der Höhe ragt das zweite Gebäude. Ein merkwürdiger Mensch wohnt darin, der mit hoher Frauenstimme spricht, klein, bartlos, und aussieht wie Napoleon und Besuchern aus einem riesigen, in hebräischen Buchstaben geschriebenen Folianten wahrsagt. Einmal habe ich ihn aufgesucht, da hörte ich, als ich über die Schwelle seines Zimmers trat, wie er zu einem Fremden in gebrochenem Deutsch sagte: »Das Trommeln, das sie in der Nacht vor der Mauer zur Letzten Latern' gehört haben, kommt nicht von den Soldaten; es kommt von der Trommel des toten Ziska, der, bevor er starb, befahl, daß man ihm die Haut abzöge und auf eine Trommel spanne, damit man ihn hören könne, auch wenn er gestorben sei.« — »Was haben Sie damit gemeint?« fragte ich, als wir allein waren. Er tat erstaunt oder war es wirklich und leug-

nete, solches gesagt zu haben. Später erfuhr ich, er vergäße alles sofort, kaum, daß er es ausgesprochen hätte. Er sei mondsüchtig – auch am hellichten Tag.
Später, als der große Krieg ausbrach, mußte ich an die Trommel Ziskas, des Einäugigen denken. Mir war, als begriffe ich dumpf eine Art schattenhaften Zusammenhangs. Oder war es Zufall? Ich glaube es nicht; die Stadt mit dem heimlichen Herzschlag hat eine seltsame Art, durch den Mund ihrer Marionetten zu reden!

Die geheimnisvolle Stadt

In uralter Zeit, lange vor der Regentschaft Königin Libuschas, die um das Jahr 700 Prag gegründet haben soll, sind sieben Mönche aus dem Innersten Asiens, dem Herzen der Welt, gewandert gekommen und haben – wie sie auch sonst noch an anderen Orten der Erde zu geheimnisvollem Zweck gepflogen – auf einem Felsen auf der linken Seite der Moldau, dort, wo jetzt der Hradschin, die Burg Prags, aufragt, ein Reis gepflanzt – so geht die Sage in Böhmen. Es heißt im Volksmund, das Reis sei ein Zwergwacholder gewesen, jener in phantastischen Formen waagrecht hinwachsende Strauch, der aussieht, als fege ein für unsere Sinne nicht fühlbarer Sturmwind beständig darüber hin: das mag wohl auch der Grund sein, weshalb man in vergangenen Zeiten behauptete, dort, wo solche Pflanzen gediehen, bräche in Intervallen der Orkan großer Kriege aus der Erde.

Seltsam ist, daß, wie ich viel später erfuhr, die Sage von den sieben wandernden Mönchen sich auch an die indische Stadt Allahabad knüpft. Allahabad trägt noch einen zweiten Namen: Prag! und heißt wie Praha (die tschechische Benennung für Prag) auf deutsch also: die Schwelle. –

Ich kenne keine Stadt, die wie Prag, wenn man in ihr wohnt und mit ihr geistig verwittert ist, einen so oft und in so merkwürdig zauberhafter Art lockt, die Orte ihrer Vergangenheit aufzusuchen. Es ist, als riefen die Toten uns Lebende bis an die Stellen, wo sie einst ihr Dasein verbracht, um uns zuzuraunen, daß Prag nicht umsonst

den Namen »die Schwelle« führt – daß es in Wirklichkeit eine Schwelle zwischen Diesseits und Jenseits ist, eine Schwelle, viel schmäler als an anderen Orten. – Dann geht man hin wie unter einem Zwang, man sieht und hört nichts, was man nicht schon wüßte, aber ein Gefühl, das man nie mehr vergessen kann, bis ins späte Alter, trägt man heim – ein eigentümliches Empfinden, irgendwie über eine Schwelle getreten zu sein.
Eines Tages – es mag ungefähr vierzig Jahre her sein – packte mich wieder, wie so oft schon, unvermittelt die gewisse unsichtbare Hand und zerrte mich unwiderstehlich fort von einer Partie Schach in einem Kaffeehaus, hinüber über die Moldau auf das alte Kleinseitsviertel, als harre meiner dort ein ungewöhnliches Erlebnis. Ich wußte genau, daß nichts dergleichen sich begeben würde; dennoch konnte ich das Ende der Partie kaum erwarten. Zuerst zogen wie Schemen einer Gegenwart, die keine war, so wenig paßten sie in den Hauch der immer unheimlichen Stadt, Bilder des täglichen Lebens an meinem Auge vorbei, dann alte wundervolle Paläste mit prunkhaft geschnitzten Holztoren, darauf bisweilen in Kreide geschrieben steht, daß Melniker Rotwein aus den fürstlichen Gütern beim Hausmeister billig zu haben sei: ausgedehnte Gärten hinter bröckelnden Mauern, die hie und da durchbrochen sind von vergoldeten Gittern. Dann in der Ferne inmitten eines verwilderten Parkes die Daliborka, der uralte Hungerturm. Ich weiß nicht, wer mich hineinführt – ich glaube, ein alter Mann mit einem Stelzbein. In eintönigem Singsang erzählt er mir, was ich so oft schon gehört habe: »Hier in diesem zwei Meter breiten lichtlosen Raum hat einst der Ritter Dalibor als ein Gefangener gelebt, bis er geköpft wurde. Mit einem eisernen krummen Nagel hat er im Laufe

der langen Zeit eine tiefe Höhlung in die viele Ellen dicke Mauer gekratzt, um zu entfliehen. Es fehlte nur noch ein Fuß breit, da hat man es entdeckt und ihn zum Schafott gebracht. Und hier« – der Alte führt mich in einen kreisrunden Raum, in dessen Mitte ein Loch den Lichtschein der vergitterten Laterne frißt, wie ein Rachen der Erde – »hier oben, gnädiger Herr, waren die Gefangenen eingesperrt, die man zum langsamen Hungertod verurteilt hatte. Die letzte, sagt man, war die Gräfin Zahradka. Sie wurde schuldig befunden, ihren Sohn vergiftet zu haben. Später wurde ruchbar, sie hätte es getan, weil er einer teuflischen ketzerischen Sekte, genannt die Asiatischen Brüder, angehört habe. Daraufhin wurde für ihre arme Seele eine Messe drüben im Dom gelesen und die Daliborka für alle Zeiten geschlossen.«

Ich hörte kaum hin, was der Führer da spricht; nur der Name »Asiatische Brüder« hallt mir im Ohr wider. »Die Gegenwart ist ewig und birgt alle Antwort unversehrt in ihrem Schoß, wer Fragen stellt nach der Vergangenheit und auch nach der Zukunft, der kann sie lösen jederzeit aus den Geschehnissen der Gegenwart, so er nur die Fragen richtig stellt und sie hinüberzurufen versteht über die Schwelle des Lebens« – so erinnere ich mich plötzlich, einmal in einem alten kabbalistischen Buch gelesen zu haben. Und ich beuge mich unwillkürlich vor über das Loch zu meinen Füßen, von dem Gefühl ergriffen, dort unten wisse der Moder der toten Gräfin eine Antwort auf meine halbe Frage; aber ich höre nur die eintönige Stimme des Führers hinter mir. Ich will den Alten fragen, ob er nichts Näheres wisse über die Asiatischen Brüder, die er erwähnt hat. Er blickt mir ängstlich auf die Lippen, und ich sehe, was ich bis da-

hin nicht bemerkt: daß er stocktaub ist und mich nicht verstehen kann.
Ich wandere zurück in die Neustadt, und an der Tür meiner Wohnung empfängt mich meine Dienerin mit der Nachricht, ein fremder Herr warte auf mich seit ein paar Minuten drin im Zimmer in einer wichtigen Angelegenheit. Es ist ein Mann, schäbig gekleidet, ungefähr fünfzig Jahre alt, mit dem unsicheren, scheuen Blick eines Geisteskranken. Er springt auf, als ich eintrete, und hält mir zur Entschuldigung seiner Anwesenheit eine schmutzige Visitenkarte hin und stellt sich gleichzeitig vor. Ich glaube mich verhört zu haben, er murmelt: »Zahradka« und einen unverständlichen Vornamen dazu. Merkwürdig, wie tief sich dieser Name aus der Daliborka in meine Sinne eingefressen hat! sage ich mir, und werfe zur Prüfung einen Blick auf die Karte: richtig, da steht »Zahradka« und darunter: »Reisender der Wäschefabrik Weißwasser in Böhmen!« Der Mann ergießt einen konfusen Wortschwall über mich. Ich erwarte, er werde mir Waren zum Kauf anbieten. Nichts dergleichen geschieht. Er scheint den Zweck seines Hierseins vollkommen vergessen zu haben. Stattdessen erzählt er mir ein langes und breites: daß er in früheren Jahren einmal in »Kattun in Indien« gereist sei, dort zufällig und aus geschäftlichen Gründen einem Orden beigetreten sei, der Sat Bhai heiße, uralten Ursprungs, in grauer Vorzeit in unbekannter Absicht auf Wanderung von je sieben seiner Logenbrüder allerorten im Westen Niederlassungen gegründet habe, die stets den Namen »Die Schwelle« erhalten hätten. Ich fragte, ob es heutzutage irgendwo Mitglieder dieses Ordens gäbe. Herr Zahradka bejaht und gibt mir stockend und in seiner Erinnerung grübelnd einige Adressen in England und in

Orissa in Indien an. Ob der Orden gewisse Absichten verfolge, frage ich. Er zuckt die Achseln: man sagt, wer beitritt, träte damit »über die Schwelle«; was damit gemeint sei, wisse er selber nicht oder habe es vergessen. Er streicht sich über die Stirn, lächelt verlegen und murmelt: »Sie müssen entschuldigen, mein Gedächtnis hat drüben sehr gelitten.«

Dann schwätzt er noch eine Weile verworrenes Zeug, steht plötzlich, auf die Uhr sehend, auf und eilt hinaus. Mir Wäsche oder dergleichen zum Kauf anzubieten, unterließ er. Wäre ich ihm später nicht noch oft auf der Straße begegnet, wer weiß, vielleicht hätte sich in mir die Vermutung festgesetzt, alles das nur geträumt zu haben. Als ich mich über ihn erkundigte, hieß es, er sei nicht richtig im Kopf, ein Säufer und bilde sich ein, ein Nachkomme der legendenhaften Gräfin Zahradka zu sein, die in der Daliborka zum Hungertod verurteilt wurde.

Als ich dann an die Adressen in England und Orissa schrieb, erfuhr ich, daß die Angaben des verrückten Wäschereisenden auf Wahrheit beruhten. Es gibt heute noch einen Orden dort, der den Namen Sat Bhai und Sikka führt; auch in Prag soll noch im Jahre 1760 eine Loge existiert haben, deren letzter Großmeister ein Graf Spork war. Das Logengebäude stand in Prag dort, wo jetzt die Hauptpost steht. Mitglieder waren auch Cola Rienzi und Petrarka. Auch ein Graf Zahradka ist in den alten Annalen verzeichnet. Als ich eines Tages durch die sogenannte Opatowitzer Gasse ging, sah ich über dem Portal eines ehrwürdigen Primatorenhauses in Stein gehauen das Wappen der Sat Bhais – der Asiatischen Brüder –, seltsamerweise war eine Papstkrone darüber angebracht. Ob jemals zutage kommen wird, was es damit für eine Bewandtnis hat?

Žaba

S. W. Herrn Dr. Sacrobosko Haselmayer, z. Zt. in der Irrenanstalt Prokopythal bei Prag.

Johannistag.

Lieber, hochverehrter Freund!

Wieviel Sonnenwendfeiern sind es jetzt wohl her, seit wir uns nicht mehr gesehen haben?! Ob Sie sich Ihres alten Studienkollegen in der Petrefaktenkunde noch entsinnen? Ich nehme es an.
Immer, wenn sich der Johannistag jährt, bemächtigt sich meiner eine seltsame Unruhe: jedesmal schürzt sich da für mich ein neuer Knoten in einem besonderen Schicksalsfaden, und verfolge ich diesen bedeutsamen Strahn zurück in die Vergangenheit, um den Sinn des Knotens zu ergrübeln, so finde ich als letzte einfache Wahrheit – losgelöst von jeder Einzelheit – die einfache schlichte Erkenntnis: er sei unendlich und hat keinen Anfang. Ich kann mir nur hinzudenken: er ist wohl nichts anderes als ein winziger Teil des großen Netzes, das wir die Gemeinsamkeit der Monaden nennen dürfen. Eins ist gewiß: in zweierlei Geflecht des Fatums ist der Mensch eingesponnen: das eine ist der Ablauf des Körpers von der Geburt bis zum Tod; und es haspelt sich ab – dieses äußere Erleben – in winzigen, engen, eiligen Maschen. Das andere Schicksal hat Siebenmeilenstiefel an, und seine Schritte sind lang und gemessen. Von ihm zu reden, hat wenig Zweck – entweder kennt es ein

Mensch, oder er kennt es nicht! Ich habe auch gar nicht die Absicht, Sie, lieber Freund, mit Weisheit zu behelligen; ich schlug das Thema lediglich an, um Ihnen ein gemeinsames Gespräch aus alten Tagen ins Gedächtnis zurückzurufen und damit zugleich die Erinnerung an meinen Namen, falls Sie ihn wider mein Hoffen dennoch vergessen haben sollten.

Wie gesagt: jeder Johannistag bedeutet mir irgendwie eine Fußstapfe in dem Rhythmusschritt jenes zweiten »inneren« Schicksals; auch gestern wieder – am Vortag des heutigen Sonnenwendfestes – bemerkte ich bereits den beginnenden Zehenabdruck des sich niedersenkenden großen Fußes: ich begegnete zufällig dem Ihnen bekannten Maler Franz Taussig. Er führte mich in sein Atelier. Dabei fiel Ihr Name. Ich hielt es für überflüssig, zu sagen, daß ich Sie kenne, und war nur im Herzen froh, wieder von Ihnen hören zu dürfen. Noch ehe ich etwas erwidern konnte, verwandelte sich meine Freude in tiefes Erschrecken: ich mußte erfahren, Sie hätten an sich die ersten Anzeichen einer beständig fortschreitenden Geisteskrankheit bemerkt. Ich schreibe das absichtlich mit dürren Worten hin – so rücksichtslos und roh es beim ersten Augenblick klingen mag –, um Ihnen zu beweisen, daß ich bestimmt weiß: Ihr Leiden wurzelt keineswegs in einer Krankheit – im Gegenteil: in der klaren Wahrnehmung wirklich vorhandener Bilder, die mit Gesichten oder schemenhaften subjektiven Vorstellungen nicht das geringste zu tun haben!

Der Erzählung des jungen Malers entnahm ich: es stellen sich bei Ihnen in regelmäßigen Zeitabständen immer die gleichen »Halluzinationen« ein, so daß Sie oft wochenlang keinen Schlaf finden und deshalb angsterfüllt den Rat eines Irrenarztes angerufen hätten. Als ich nach den näheren Umständen fragte, holte der Künstler hinter der Staffelei zwei Bilder hervor. Er hätte sie, behauptete er, unter dem Eindruck der lebendigen Schilderung Ihrer Visionen auf der Leinwand festgehalten. – »Es wurde mir dabei sehr merkwürdig zumute – so, als ob alles wirklich vor mir auftauchte, oder eine fremde Hand in der meinigen den Pinsel führe«, sagte er wörtlich.

Ich muß wohl blaß bis in die Lippen geworden sein, als ich einen Blick auf die Gemälde warf, denn er lief erschreckt hinaus und kam mit einer Kognakflasche bewaffnet zurück. Wortlos zog ich aus meiner Brieftasche ein paar kleine vergilbte (ich trage sie seit 45 Jahren als Andenken bei mir), laienhaft entworfene Bleistiftskizzen und hielt sie ihm hin. – Die Reihe, bleich zu werden, war jetzt an ihm, denn sie glichen haargenau dem Vorwurf seiner Bilder. Er bestürmte mich mit Fragen. Ich schützte Übelkeit vor und ging. – Immer besser: es jungen Menschen zu überlassen, selber gewisse Nüsse zu knacken, statt ihnen dabei behilflich zu sein! Nur so lernen sie, die »Großen Fußstapfen des Schicksals« erkennen und üben sich im Ergrübeln, wie wohl das Antlitz dessen aussehen mag, der so weite Schritte zu tun vermag! – –

Wie ich zu den beiden Skizzen kam und was es für eine Bewandtnis hat mit den Visionen? – werden Sie fragen. Ich muß da auf ein Erlebnis meiner Jugendjahre zurückgreifen:

Schon als Gymnasiast war ich erpicht, Versteinerungen und andere Petrefakten zu sammeln. Ob dem ein gesunder Hang, die Geschichtsunterrichtsstunden zu schwänzen – insbesonders weil es mir widerstrebte, die Ruhmestaten Alexanders des »Großen« und anderer besoffener serbischer, antiker Feldwebel auswendig zu lernen –, zugrunde lag oder wirkliche Sammelwut, ich ahne es nicht –, die Tiefen der menschlichen Seele sind unergründlich. Sie wissen ja selbst, lieber Freund: mit Sammelgier beginnt es; dann später wird einem eingeredet, man müsse sich dessen schämen, und schließlich zieht man gelehrsame falsche Schlüsse aus den gefundenen Versteinerungen und wird selber ein Petrefakt oder ein Lehrer auf diesem Gebiet, was dasselbe ist.

An einem Johannistag wanderte ich hinaus in die Kalkfelsen des Prokopythals, ausgestattet mit Rucksack, Geologenhammer und Meißel. Schon damals wußte ich um die Bedeutsamkeit dieses Tages, nur war mein Herz noch eingestellt auf den heißen Wunsch, eine Versteinerung der Trilobita paradoxida zu finden. Das ist lange her. Die Vorliebe für Trilobiten ist mir inzwischen abhanden gekommen; Paradoxe hab ich noch immer gern. – Wo jetzt das Irrenhaus steht, ragte zu meiner Zeit der Gipfel des Felsens empor mit einer tiefen Höhle, daß es in der Dämmerung aussah, als gähne ein unheimlicher fahlweißer Riese. – Darin habe der Heilige Prokop vor Jahrhunderten gehaust, sagt man. Aus dem Herzen Asiens soll er hergewandert sein. Nach der Beschreibung in einem verwitterten Archiv dürfte er ein Tibeter gewesen sein. – Schon oft hatte ich um die Mittagsstunde aus der Höhle, zu der kein Eingang führte, eine Glocke schrillen hören, und als ich nach der Ursache fragte, hieß es: eine uralte, blödsinnige, taubstumme Zigeunerin, Žaba genannt – was soviel bedeutet wie »der Frosch« –, lebe darin seit mehr als 80 Jahren. Sie sei einst eine Hexe gewesen und jetzt völlig teilnahmlos; nur mittags läute sie mit einer geborstenen Kuhglocke, worauf man ihr Brot und Wasser außen an dem

Felsen mit einem Strick herabließe. Die Frauen des Dorfes erzählten, sie hätte in ihrer Jugend ein Liebesverhältnis mit dem Teufel gehabt, sei immer noch schwanger und könne nicht niederkommen. — —

Die Neugierde packte mich, und ich erklomm den fast glatten, senkrechten Felsen. Oft meinte ich fallen zu müssen, und es ist nicht übertrieben, wenn ich sage: nur der feste Glaube, an einem Johannistag sei ich gefeit, gab mir immer neue Kraft. Endlich konnte ich mit den Händen den unteren Rand des gähnenden Rachens fassen und hineinspähen. Ein trockener, erstickender Hauch wie von Asche und Moder quoll mir entgegen, und ich sah ein zum Skelett abgezehrtes nacktes Weib hocken wie einen Frosch, die Hände vor sich auf den Boden gestützt. In ihren weit aufgerissenen, wimpernlosen, gelben Augen glänzte der Widerschein der Mittagssonne. Sie schienen blind zu sein und starrten regungslos wie die einer Toten in die Ferne. Kaltes Entsetzen würgte mich. Wie lange ich dort hing? — ich weiß es nicht. Ich weiß nur: wie in halber Ohnmacht sah ich die Greisin verschwinden hinter einer Fata Morgana — oder was es sonst war. Ich fühlte mich plötzlich weit weg von der Höhle, sah den unheimlichen, ewig dürren Baum, der damals in Wirklichkeit oben über der Grotte auf dem Felsgipfel stand und merkwürdigerweise niemals morsch wurde, trotzdem er keine Blätter trieb; sah unter mir die Landschaft sich verändern: die Moldau und ihre Ufer verwandelten sich in ein wie vorsintflutlich anmutendes Bild; ich sah eine fremdartige mittelalterliche Terrasse aus einer opalisierenden Nebelstadt aufsteigen mit phantastischen Gestalten darauf ... Ich ahnte nicht, wie ich an dem glatten Felsen wieder herunterklettern konnte, ohne abzustürzen. — »Selbstverständlich war es nur Sinnestäuschung, hervorgerufen durch die Angst meiner Nerven«, sagte ich mir später gar oft, wenn ich die Bleistiftskizzen wieder zur Hand nahm, die ich damals, als ich kaum zu Hause angekommen war, entworfen hatte. Ich hätte im Laufe der Zeit das Erlebnis wahrscheinlich vergessen, wenn es nicht – in jeder Johannisnacht, sooft die Feuer auf den Höhen um Prag aufflammten, vor meinem Blick neu erstanden wäre! – Man sagt: wirklich Gesehenes unterscheidet sich von Vision durch schärfere Deutlichkeit. Wenn dem so wäre, dann müßte das Bild wirklich sein und die Außenwelt verweht zu Traum. –

Nach ungefähr zehn Jahren zog's mich abermals hinaus zur Prokopyhöhle. Sie war abgesprengt; man hatte Zement aus dem Kalkstein gemacht und ihn in Säcken in die Stadt gefahren. Vielleicht trägt heute so manches Haus Spuren der Asche der Žaba in seiner Haut. –

Kaum hatte ich mich niedergelegt auf den dürren Moosfleck, der wie eine rostfarbene große Narbe den Hals des enthaupteten Felsens verschloß – in halber Erwartung, das alte Bild wiederkehren zu sehen, da war mit einem Male der Himmel geteilt: eine dunkle Wand schob sich vor meinen Blick und immer deutlichere und klarere Umrisse wurden in ihr erkennbar – ruckweise hervortretend, als entrolle der Rhythmus des Herzschlags in meiner Brust eine Art Film und sende ihn mühevoll mit dem pulsierenden Blut empor in das Hirn. – Es war eine fremdartige Stadt wie eine tibetanische Klosterfestung, auf einem Felsen erbaut. Als ich die Skizze einem Psychoanalytiker zeigte, meinte er lächelnd, das Bild sei leicht zu deuten; leider fehle ihm die nötige Zeit, es mir zu erklären; es sei das Wiederspiegeln gewisser sexueller Kindheitserinnerungen, worauf besonders die vielen Galgen unter den Klosterzellen sprächen und die auf die Felsenstadt zufliegenden Engel mit Kreuzen, Posaunen und Kelchen. – Mir geht das nicht ein. Ich weiß eine bessere Erklärung! Ist es gar so dumm, anzunehmen: der Heilige Prokop hat während seines Lebens in der Höhle oft zurückgedacht an sein heimatliches Tibet, und das Bild seiner glühenden Sehnsucht hat sich auf uns unerklärliche Weise eingeätzt in die Atmosphäre des nach ihm benannten Prokopythals? – Und was das erste Bild betrifft: schwerer ist es wohl zu deuten als das zweite, aber wenn ich mich hineinzudenken versuche in das Dasein der alten Žaba ... vielleicht ist die Vorstellungskraft einer Seele in einem blinden, tauben und stummen Leib zeugungsmächtiger als in einem durch die Sinne der Außenwelt zugekehrten? – Hat die Seele jener rätselhaften Zigeunerin sich das alles nur erdacht, oder war es phantastisches Zerrbild von Erinnerungen an Geschehnisse aus Zeiten vor ihrer Geburt? Vielleicht ist's eine gigantische Fußstapfe aus fernster Vergangenheit der Greisin gewesen – eine Sohlenspur des großen wandernden Etwas, dessen winzigster Teil die Žaba war! –

Sie sehen, verehrter Freund: das, was Sie erleben und für krankhafte Halluzination halten, ist nichts als ein Aushauch des Ortes, wo Sie sich jetzt befinden; steht doch das Sanatorium auf demselben Fleck wie einst die Höhle Prokops und der Žaba. – Hab doch auch ich mich vor 45 Jahren dort seelisch angesteckt!

Bezahlen Sie dem Herrn Irrenhausdirektor seine Rechnung und verlassen Sie laut jauchzend das Lokal! Nur sagen Sie ihm um Gotteswillen nichts von meinem Brief; sonst fängt er mich mit dem Lasso ein, um einen neuen Patienten zu gewinnen!

Mit dem Ausdruck vorzüglicher Hochachtung verbleibe ich, sehr verehrter Herr Dr. Haselmayer,

Ihr treuergebener
Gustav Meyrink.

Dr. Haselmayers weißer Kakadu

Jeder Gebildete weiß, daß Doktor Sacrobosco Haselmayer, der vor einigen Jahren am Morgen seines achtzigsten Geburtstages angeblich tot in seiner Bibliothek zu Prag aufgefunden wurde, die uralte Theorie versunkener Zeitläufte zu neuem Leben erweckte, der Mensch sei im symbolischen Sinne nur ein Ei, das, richtig bebrütet, auf geheimnisvolle Weise, einem – sagen wir kurz: »himmlischen« Vogel das Leben gäbe.

Allgemein bekannt ist: Doktor Haselmayer war einer der merkwürdigsten Sonderlinge des jetzigen und vorigen Jahrhunderts. Eine Straße ist nach ihm benannt. Er hielt sich ein Menschenleben lang einsiedlergleich in seinem Barockpalais in der Opatowitzer Gasse verschlossen, das, einst um 1780 Stammsitz eines Grafen Sporck gewesen, in einer Flucht von Zimmern und Sälen die heute so berühmte Haselmayersche Bibliothek birgt.

Ich schätze mich glücklich, einer der wenigen Lebenden zu sein, die den seltsamen Gelehrten jemals zu Gesicht bekommen haben: vielleicht können sich dessen außer mir nur noch zwei Personen rühmen: der greise Maler Sedlacek und eine bucklige böhmische Gemüsefrau, bei der Doktor Sacrobosco Haselmayer täglich bei Morgengrauen eine Tüte Sonnenblumenkerne kaufte – wie sie mir sagte, hat er nur von solchen Früchten – wie ein Papagei – gelebt.

Das steinerne Wappenschild, das über dem Portal in der Mauer eingelassen ist, zeigt in zahlreichen Feldern die Symbole und Pantakel eines alten asiatischen Ordens,

die »Sat Bhais«, von dem berichtet steht, er sei vor Jahrhunderten erloschen: ein Eber, sieben krummschnablige Vögel und vieles mehr. Eine später zu oberst des Schildes angebrachte Papstkrone verhüllt das eigentliche Geheimnis der Herkunft.
Sieben Vögel! Sat Bhais! – so heißt eine asiatische Papageienart, die die Gewohnheit hat, zu siebent zu fliegen. – Der Sage nach wurde einst Prag von sieben arabischen Wanderern gegründet! Ob sie Sat Bhais waren? Ob Doktor Haselmayer ein Sat Bhai war? Sind es die Überlieferungen jenes Ordens gewesen, aus denen er sein oft so phantastisch anmutendes Wissen schöpfte? In seinem schriftlichen Nachlaß wurde nichts gefunden, was darauf hingewiesen hätte! – – Phantastisch?!: lieber möchte ich sagen: teuflisch. Klingt es denn nicht teuflisch, wenn man hie und da als Marginalien von seiner Hand in Pergamentbänden aus der Bibliothek liest: »Froschlaich brüten sie aus, die Menschen! Selten einer unter ihnen, der da weiß: ich trage das Ei eines freien Vogels des Äthers in meiner Brust. Kennte ich nur einen einzigen, der gleich mir um das Geheimnis, es zu bebrüten, weiß, ich wäre nicht mehr einsam.« – –
Die Bibliothek Doktor Haselmayers ist in den Besitz der Stadt Prag übergegangen: sie umfaßt 180 000 Bände und gilt als vollständig. Doch das ist ein Irrtum: ein Band fehlt! und diesen Band besitze – ich. Jawohl: ich. Ich habe ihn von der besagten Gemüsefrau erworben. Sie behauptete, das Buch müßte vom Fensterbrett des Gelehrten in der Nacht seines Todes heruntergefallen sein, denn frühmorgens hatte sie es vor ihrem Laden auf dem Pflaster liegend gefunden. Der Einband zeigt deutliche Spuren von Schnabelbissen. Das ist sehr merkwürdig, denn bei der Totenschau in den Räumen Doktor Hasel-

mayers fanden sich keinerlei Spuren, daß ein Vogel mit ihm zusammen gehaust hätte. Man war darob ein wenig enttäuscht gewesen, denn in der Stadt hatte es immer geheißen, der alte Herr hätte einen Vogel. Ich vermute, das Gerede entstand wegen der vielen Sonnenblumenkerne, die er täglich bei der Hökerin kaufte. –

Wer oder was hat also so fest in den Deckel gebissen? frage ich mich oft, wenn ich das Buch betrachte. – Mag sein, Doktor Haselmayer hatte doch einen Vogel – einen äußerst reinlichen vielleicht – und dieser hat in der Nacht das Buch gepackt (warum? ja wissen wir denn, was in der Seele eines Papageis bisweilen vorgehen kann!), ist zum offenen Fenster hinausgeflogen und hat es bei dieser Gelegenheit fallen gelassen. Das ist die eine Möglichkeit. – – Es gibt aber noch eine zweite. Und an diese glaube ich. Ich will sie ruhig aussprechen. Auf die Gefahr hin, für einen Narren gehalten zu werden.

Ich stelle fest: am Morgen des achtzigsten Geburtstages Doktor Sacrobosco Haselmayers drang die Polizei gewaltsam in dessen Wohnung ein, alarmiert von irgendeinem Anonymus. Der schwarze Anzug des Gelehrten saß ruhevoll in einem Lehnstuhl; von dem Greis selbst: keine Spur. Das Haus konnte er nicht verlassen haben, denn sämtliche Türen waren von innen verriegelt gewesen. Warum man das alles vertuscht hat? Ja, wissen wir denn, was in der Seele der Polizei bisweilen vorgeht?!

Ich meinerseits glaube: Doktor Haselmayer ist gar nicht gestorben – was man so gemeinhin unter »sterben« versteht –, sondern hat sich in einen Vogel, und zwar in einen weißen Kakadu verwandelt. Und warum gerade in einen weißen Kakadu? Erstens sah er immer schon

einem solchen ähnlich, und je älter er wurde, um so ähnlicher, und dann, weil ich folgendes an die Seitenränder der Blätter meines Buches eingekritzelt fand:
»— — Schon die alten Ägypter wußten, daß die Seele im Menschen wohnt wie ein Vogel in einem Käfig. Die Heutigen glauben, das sei ein Sinnbild. Dummes Zeug: es ist wörtlich zu nehmen. Ich habe das bewiesen in meinen zahlreichen Schriften; jeder Schulbub kennt sie.
Die Seelen der meisten freilich werden nur zu Spatzen. Kein Wunder, wenn man nur den Roßapfel des täglichen Lebens vom Baum der Erkenntnis pflückt! Die alten Ägypter haben die Seele eines Vollkommenen als eine Sonne mit Flügeln gezeichnet. Auch ein Vogel also in seiner Art! Oh, daß ich dereinst ein solcher Vogel werden könnte! — — — Heute ist die Nacht vor meinem achtzigsten Geburtstag, und ich weiß, daß ich sterben werde, noch ehe die Sonne aus dem Erdenei schlüpft. Vor mir auf einem Stab in der Luft sitzt der weiße Kakadu, der mir bisweilen im Traum erschien, wenn der Staub meiner Bücher wie ein Alpdruck auf meiner Brust lag. Immer schon habe ich geahnt, er sei meine Seele; sicher fühle ich es erst jetzt, und das sagt mir die Nähe meines Todes an, denn solange man lebt, bleibt die Seele fern und fremd und unsichtbar wie ein Vogel, der im Ei schlummert. Ich habe ein Menschenleben dieses Ei bebrütet; die Sehnsucht meines Herzens war die Mutterwärme — — Der weiße Vogel starrt mich an, unverwandt, erzählt von meinem Leben, und seine Worte klingen klarer und heller, je tiefer sie herabschweben zu dem versunkenen Land meiner Jugend; wie seltsam, daß die ferne Vergangenheit näher rückt als der gestrige Tag, wenn die Erinnerung altert! — Als junger Student

habe ich eine Dirne geliebt — — vielleicht, weil sie so arm war wie ich — — —
Ich sehe mich um: Bücher. Sie haben sich gemehrt und aneinander gestellt wie die Stunden meines langen Lebens. Totes Wissen. Gitterreihen, mir zum Käfig geworden, ich hab' sie mir selber um mich gestellt. Ich segne sie; sie haben mich gelehrt, was zu wissen nicht not tut, aber ihr alles irdische Leben erstickender Todeshauch hat meiner Seele Flügel wachsen machen. Bald fliegt sie heim, und ich mit ihr in das Land, von dem ich so oft geträumt, mit dem ragenden zerrissenen Berg, dem Meer, den Zedern und, wie Ameisen der Erinnerung, den Menschlein auf den Straßen.«

Sonnenspuk

Mein Freund, der Maler Alfred Kubin, behauptet immer, wenn wir bei einem Glase Schilcher beisammensitzen (was leider nur mehr selten geschieht), es gebe den Teufel; wieso könne er ihn denn sonst zeichnen oder gar malen?! Ich bestreite das jedesmal, weise darauf hin, der Teufel sei eine Ausgeburt des odium theologicum, und ihn als Bock abbilden, hieße nichts anderes, als in dasselbe Horn mit denen stoßen, die sich's nicht nehmen lassen wollen, der berüchtigte Herr Leo Taxil habe mit der Miß Vaugham zusammen den Schwanz, den er vor 35 Jahren dem Papst Leo verkaufte, dem leibhaftigen Teufel und nicht einem ixbeliebigen wehrlosen Bettvorleger abgeschnitten. – »Oder glauben Sie vielleicht, es sei der wirkliche Schwanz des Teufels gewesen?« schließe ich stets meine Rede. – »Natürlich war er's«, sagt dann Kubin und zückt gewohnheitsmäßig sein Skizzenbuch, »weisen Sie mir nach, daß ich jemals den Teufel mit Schwanz gezeichnet hätte!« – – – Am liebsten führen wir uns bei solchen Zwistigkeiten in die Haare; der Grund, weshalb wir es unterlassen, ist lediglich der, daß Kubin nur wenige besitzt und ich keine.

Innerlich stimme ich seiner Überzeugung, der Teufel existiere, selbstverständlich bei, äußerlich darf ich es nicht tun; der gute Ton verlangt, daß Kollegen in der Kunst uneins sind, und zudem befürchte ich, der Bibelsatz: »So zwei von euch einträchtig beisammen sind, bin ich mitten unter ihnen« könnte auch verhängnisvollerweise im diabolischen umgekehrten Sinne Geltung erlangen. — — Wie berechtigt eine solche Angst ist, beweist folgendes Geschehnis, das Kubin und mir vor einiger Zeit zustieß. — Ich weiß, Kubin gibt nicht ums Verrecken zu, es habe sich in Wirklichkeit abgespielt; — einzig und allein der Schilcher sei schuld! Nun, in diesem Falle setzt er eben dieselbe Maske auf wie ich sonst. Ich könnte ihn mühelos mit den Worten widerlegen: »Wenn's nicht Wirklichkeit gewesen wäre, lieber Kubin, wieso hätten Sie dann die Szenen in Bildern festhalten können? Heh?«

Jetzt zu unserem Erlebnis! — Ich muß vorausschicken: Vor vielen, vielen Jahren hatte ich einen Freund, der sich Doktor Sacrobosco Haselmayer nannte — vielleicht »Sacrobosco« deshalb, weil ein Mondkrater ebenso heißt. Ich habe schon oft über ihn geschrieben — offen gestanden, weil ich ihn loswerden wollte. Das mag sonderbar klingen, wird aber sofort verständlich, wenn man weiß, daß ich dabei unter Zwang handle. Bisweilen beschleicht mich nämlich der Zweifel, ob er jemals gelebt hat. Hat er nicht gelebt, dann kann ich ihn nur loswerden, wenn ich ihn schildere. So rät mir wenigstens ein Arzt. Dann wieder sage ich mir: gelebt muß er haben; wie hätte er sonst vor 15 Jahren in Prag sterben und begraben werden können! Und dann: Wenn er nicht gelebt hätte, wieso hätte ich dann so oft von ihm berichten können? — Er trug mit Vorliebe einen glanzlosen, moosgrünen Tuchzylinderhut, ein holländisches Sammetwams, Schnallenschuhe und enganliegende schwarze Seidenkniehosen um die beängstigend dünnen Beine. Er war ratzekahl und sein Schädel anscheinend gallertartig weich; wenigstens hinterließ, sooft er den Hut abnahm, die Krempe immer eine Furche in seiner Haut. Bisweilen verschwand er für längere Zeit, und währenddessen vergaßen ihn die Leute derart, daß sie leugneten, ihn jemals zu Gesicht bekommen zu haben, so daß ich oft vermutete, alles, was mit ihm zusammenhänge, dürfte ins Reich der magischen Erscheinungen zu verweisen sein, die im Hirn der Menge so überaus schwer dauernd Wurzel fassen. Ein Psychoanalytiker, den ich zu Rate zog, meinte, ich hätte einen – Mondkomplex – Mondkomplex!!! Seit wann trägt der Mond moosgrüne Zylinderhüte? Vor 15 Jahren starb, wie gesagt, Dr. Haselmayer und wurde zur ewigen Ruhe bestattet. So behauptete man allgemein. Ich glaube keinen Ton! Es muß ein infamer Schwindel gewesen sein; wie könnte er mir sonst an jedem Neujahrstag eine Glückwunschkarte ins Haus schicken?! – »Sie schreiben eben an Ihre eigene Adresse diese Karten, ohne daß es Ihnen klar bewußt wird«, behauptet der Psychoanalytiker, »und gratulieren sich selbst darin.«

Ich bin doch deutscher Schriftsteller! Ich möchte gern wissen, wozu ich mir gratulieren sollte! Nein, das mit dem Tode Dr. Haselmayers ist ein Schwindel. Soll ich mir vielleicht zu dem Geschehnis gratulieren, das, wie erwähnt, Kubin und mir vor geraumer Zeit widerfuhr?

Kubin und ich saßen in glühender Mittagssonne in einem öden Bauernhof und tranken Schilcher. Allerlei Getier hockte, kroch und stand wie halb im Schlaf umher: ein Gaul, eine Katze, Gänse, ein Truthahn, ein Kettenhund. – – Am Abend vorher hatten wir in der kleinen Nachbarstadt der Vorstellung eines Wanderzirkus beigewohnt. – Die fahle Halskrause des nickenden Truthahns erinnerte mich mit einemmal an den Clown von gestern, wie er mit spindeldürren Beinen auf dem Trapez gestanden hatte. Merkwürdig, wieso mir jetzt erst zu Bewußtsein kam, daß sein Gesicht genau das des Dr. Sacrobosco Haselmayer gewesen war! Ich erschrak; durchgrübelte mein Gedächtnis nach dem Bild des zweiten Clowns, der darunter – affengleich, pudelartig –, an der Stange des fliegenden Recks schwebend, mich gestern gespenstisch schalkhaft so lange angeglotzt hatte. Plötzlich fuhr ich zusammen, wie nur jemand zusammenfahren kann, der – eine Sekunde lang aufs tiefste eingeschlafen gewesen – mit einem Ruck erwacht.

»Ich muß von irgendwo hoch oben herabgefallen sein!« sagte ich mir. »Vielleicht von der Sonne? Oder vom Trapez? Nein, nein! vom Trapez bestimmt nicht! Auf dem Trapez hat ja der zweite Clown gehockt. Der mit dem Gesicht . . . mit dem Gesicht . . . dem Gesicht . . .« – ich erstarrte förmlich: das Gesicht des zweiten Clowns, das mir nicht hatte einfallen wollen, war doch das Gesicht des ersten Clowns und somit das Dr. Haselmayers in Person. Merkwürdig nur, daß ich mich so lange bemüht hatte, es mir zu vergegenwärtigen, wo offenbar Dr. Haselmayer, wie ich jetzt gewahr wurde, schon eine halbe Stunde an unserem Tisch saß!! – »Aha, er hat sich als Dritter zu uns setzen dürfen, weil ich vorhin – ganz gegen meine sonstige Gewohnheit – Kubin zustimmte, als er wieder einmal behauptete, es gäbe den Teufel« – erriet ich.

»Sie pflichten mir also bei, Herr Dr. Haselmayer«, hörte ich ganz deutlich Kubin sagen, und erkannte sofort, daß er in einem Gespräch fortfuhr, dessen Anfang ich überhört haben mußte – »wenn ich behaupte – was der blöde Meyrink meistens bestreitet –, daß der Teufel nicht nur als unsichtbares Subjekt existiert und sich als solches der Maler als Marionetten bedient, um sich gelegentlich von ihnen porträtieren zu lassen, sondern daß er bisweilen auch als Objekt herumläuft und – sagen wir mal: in stillem Waldeshain Blümlein pflückt?«

Was Dr. Haselmayer darauf erwiderte, weiß ich nicht mehr; zu mir gewendet sagte er mit holder Mädchenstimme: »Wenn jemand den Teufel sieht, so wie z. B. Sie mich jetzt sehen und einst Luther den Teufel gesehen hat – wissen Sie, woher das kommt? Es kommt vom Beten! Alle Leute beten zu einem Gott, ohne sich vorher einen richtigen Begriff von ihm gemacht zu haben. Sie erniedrigen ihn dadurch zu einem Objekt, wo er doch nur ewiges Subjekt sein kann. Kein Wunder, daß dann der Teufel« – Dr. Haselmayer lächelte glückselig – »die günstige Gelegenheit benützt, sich aus solchen verkehrten Gebeten ein Gewand als Bock zurechtzuweben und Blümlein zu pflücken – – oder Menschlein. Haben Sie sein Pflücken noch nie bemerkt in der Welt der Menschen? Ist's Ihnen noch nicht aufgefallen, daß gerade die emsigsten Beter das gräßlichste Ende nehmen? Muß ich Sie auf das Beispiel des Zaren aufmerksam machen? Auf die Millionen der mohammedanischen Babisten?«

»Aber ich bete doch nie!« fiel ich ein, »und trotzdem habe ich bisweilen das besondere Vergnügen ...« ich blickte Dr. Haselmayer spöttisch an.

»Wohl Ihnen, wenn Sie es absichtlich unterlassen«, unterbrach Dr. Haselmayer geringschätzig. »Die große Menge Menschen, die heute glauben, sie beteten nicht, haben es sich nur äußerlich abgewöhnt aus Schlamperei – innerlich ›beten‹ sie trotzdem; sie wissen es nur nicht! Vielleicht beten sie im Tiefschlaf oder – wenn sie sonstwie bewußtlos werden, z. B. durch den Einfluß zu heißer Sonnenstrahlen. Die gewisse Seelenzerspaltung, die durch das Geborenwerden des Menschen entsteht und die es dem Teufel ermöglicht, sich zu betätigen, und die dem Menschen den freien Willen raubt – diese Wunde läßt sich mit Kamillentee nicht heilen. Wenn's nicht so wäre, wie ich sage, warum rufen denn die Menschen, so oft sie erschrecken, immer ›unwillkürlich‹ aus: ›um Gottes willen‹?«

»Der Buddha hat das bestimmt nie getan!« wendete ich ein.

»Der ... der ... bleiben Sie mir mit diesem Burschen vom Hals!« rief Dr. Haselmayer verärgert. »Übrigens: Darf ich meinen lieben Gästen noch eine Flasche Schilcher bringen?« – Er ging ins Haus. Ich nahm mir fest vor, niemals mehr in meinem Leben »Um Gottes willen« zu sagen, und Kubin stimmte mir zu. – – –

»Merkwürdige Namen haben die Bauern hier auf dem Lande!« sagte Kubin unvermittelt nach einer Weile. »Sacrobosco Haselmayer! Sacrobosco! Billiger tut er's nicht!« Er deutete mit dem Zeigefinger über meine Schulter. Ich wurde ganz verwirrt. Dr. Haselmayer war doch kein Bauer! Was sollte das plötzlich heißen? Ich drehte mich um: eigentümlich, dort stand auf einem Schild: »Sacrobosco Haselmayer, Ökonom und Herbergsvater.«

Wir dösten wohl eine halbe Stunde in der Mittagsglut vor uns hin. Plötzlich ein furchtbarer Lärm! Das Pferd bäumte sich entsetzt auf, röhrend wie ein Hirsch; die Gänse schrien schrill und schlugen mit den Flügeln; der Kettenhund heulte und bellte und riß fast seine Hütte um; der Hals des Truthahns schwoll blaurot an; mit gesträubtem Haar fauchte die Katze von der Mauer. Wir fuhren hoch aus dem Halbschlaf und riefen gleichzeitig: »Um Gottes willen!«

»Die Brillenschlange hat die Tiere so entsetzt«, sagte

Kubin und deutete auf etwas Schwarzes mitten im Hof.
»Was für eine Brillenschlange? Brillenschlangen in Oberösterreich? Das fehlte gerade noch! Lieber Kubin, es ist doch bloß eine Peitschenschnur!«
Kubin brummte etwas in den abrasierten Bart, was so klang wie: »Sie sind ein unverbesserlicher Schöps.« — —
Später unterhielten wir uns noch lange über die seltsamen Reden, die Dr. Haselmayer geführt hatte. Nur, daß der betreffende Herr »Haselmayer« geheißen hätte, bestritt Kubin; es sei ein Fremder gewesen, meinte er. Alles andere stimmte mit meinen Beobachtungen überein.
Um so mehr ärgere ich mich, daß er heute alles in Abrede stellt — aber auch alles und bis ins kleinste! Sogar, daß wir tags zuvor einen Zirkus besucht hätten! — — Aus der Haut möchte man fahren!

Das Nachtgespräch des Kameralrat Blaps

Sagen Sie, Cyprian: vorhin, als Sie unter den Ahnenbildern dort drüben an der Wand mit dem Wedel das Porträt meines Urgroßvaters abstaubten, murmelten Sie vor sich hin: ... Herr Kameralrat Blaps ... – Nein, nein, Sie brauchen sich deshalb nicht zu entschuldigen! Mich interessiert nur, wieso mein Urgroßvater zu diesem sonderbaren Beinamen kam.«

»Gnädiger Herr, ich weiß nichts Genaues darüber; ich erinnere mich nur, vor siebzig Jahren, als ich noch ein kleiner Bub war, wurde mein Großvater als treuer Diener der Vorfahren des gnädigen Herrn immer sehr bös, wenn die Dienerschaft von dem seligen Herrn Kameralrat als vom alten Herrn Blaps sprach, wenn abends gelegentlich am Gesindetisch wieder einmal die Rede ging, er sei gar nie wirklich gestorben, sondern habe sich nur tot gestellt wie ein – wie ein – nun, eben wie einer der schwarzen mandelgroßen Totenkäfer, wenn man sie fängt oder auch nur fest ansieht, und die im Volksmund den Namen ›Blaps‹ führen.«

»Es ist gut, Cyprian, gehen Sie jetzt schlafen, hinüber ins Herrschaftshaus. Ich will für die Nacht allein sein. Kommen Sie erst morgen früh wieder her ins Schloß und holen Sie mich mit dem Rollstuhl ab. Zünden Sie noch einige von den alten dicken Wachskerzen an und stecken Sie sie in den Kandelaber dort unter den Bildern. Nein, ich brauche nichts mehr; Sie müssen nicht in Sorge um mich sein. Gute Nacht.«

Wie seltsam doch im Menschen, wenn er im hohen Alter steht wie ich, die Bilder der Erinnerung ihre Farbe wechseln; das Gestern verblaßt in Nichts, und was viele, viele Jahre versunken schien, das erwacht zu strahlendem Bunt! – »Blaps mortisaga, der Totenkäfer«, so entsinne ich mich plötzlich – so scharf und grell, als sei's vorgestern gewesen – in einer Schulstunde vor wohl 70 Jahren und länger unsern Lehrer sagen gehört zu haben, wobei er mit seinem Stab erklärend auf das Unterrichtsbild von Schmetterlingen und Käfern auf einer Papptafel deutete: »So heißt auf lateinisch dieser schwarze Käfer, der häufig in Kellern und alten Gebäuden vorkommt und sich von allerlei Staub und Moder nährt.« – Ist die Erinnerung an dies kleine belanglose Schulerlebnis mit einem Male deswegen so deutlich in mir erwacht, weil vorhin der alte Kammerdiener Cyprian den Namen »Blaps« aussprach, oder weil – –? Halt, jetzt weiß ich's: habe ich doch vor einer Minute zu meinen Füßen einen solchen Käfer liegen sehen, habe ihn aufgehoben, betrachtet, als tot befunden und wieder fallen lassen! ... Merkwürdig: beschworen hätte ich, daß er soeben noch dort lag; und jetzt ist er fort! Aber möglicherweise bilde ich mir alles nur ein. Wenn ein Geschehnis zu nahe an die Gegenwart grenzt, schwankt mein Gedächtnis ... – Durch meine Jugendzeit verfolgt mich in den Träumen das Bild meiner kleinen Lieblingsschwester; ich sehe es rot, blutrot, und kann die Farbe nicht abwischen; denn kaum will es mir gelingen, da höre ich meine Großmutter mit irrem Blick die Worte vor sich hinsagen: »sie ist am Scharlach gestorben.« Meine Kinderseele müßte ersticken vor Leid, wenn ich früge: »was ist das?« Ich will drum nicht fragen; ich weiß doch: Scharlach ist rot. –

Diesmal ist es Wirklichkeit und nicht Einbildung, daß ich schwarze Totenkäfer, eine ganze Schar, über den weißen Marmorfußboden huschen sehe! Ein scheußlicher Gedanke überfällt mich: dieselbe Lebenskraft, die einst vor Jahrhunderten die Bewohner des Schlosses, Männer und Frauen, beseelt hat und von ihnen wich beim Tode, ist auf diese grauenhaften Tiere übergegangen und treibt sie umher in der Nacht. Und sie, die einstigen menschlichen Träger, hängen als leblose dunkle Ahnenbilder an den Wänden und blicken mit toten Augen auf mich hernieder. Ich sehe sie heute zum erstenmal, und sie sind mir so fremd wie ich ihnen; obwohl mein Urgroßvater eine geheime Absicht damit verknüpft hat, als er in seinem Testament bestimmte, das Schloß dürfe erst dem seiner Nachkommen geöffnet werden, der den 80. Geburtstag begehe? Ist es denn so sicher, daß mein sonderbarer Entschluß, die erste Nacht nach Eröffnung des alten Ahnenschlosses allein hier in den Räumen zuzubringen, die schon meine Kinderseele mit brennender Neugier erfüllten, meinem freien Willen entsprang? Waren es nicht vielleicht die geheimnisvollen Befehle des Ahnen, die das Jahrhundert überlebt haben und mich umschwebten, unhörbar, seit Kindesbeinen und mich herzwangen unter Nachtkäfer, die sich tot stellen, wenn man sie ins Auge faßt? Warum halte ich so beharrlich die Dose in der Hand und kann sie nicht loswerden?! – Hat er daraus Tabak geschnupft? Das Pulver darin ist bunt, und ein dünner Schwefelfaden liegt dabei, wie einst die Alten dergleichen benützten, als es noch keine Streichhölzer gab. Nein, es ist kein Tabak; es wird ein Räucherwerk sein! Ich werde es anzünden. Später. – – Mir fällt ein: als ich ein reifer Mann geworden war, kam mir das Gerücht zu Ohren, mein Urgroß-

vater hätte heimlich Alchimie betrieben und mit sonderbaren Räuchereien hantiert, um das Lebenselixier zu finden. So mag wohl auch das Gerücht entstanden sein, er sei nie in Wirklichkeit gestorben! Kalt wird mir da ums Herz, und ich sehe wieder deutlich vor mir, wie wir Kinder im Halbkreis um die Großmutter herumsitzen, – sehe, wie sie sich die wirren grauen Haarsträhnen aus der Stirne streicht und den Kopf schüttelt, und höre sie geistesabwesend sagen: »Sie reden mir vor, er sei gestorben. Ich glaub's nicht. Als er in seinem Lehnstuhl saß, mit starrem Antlitz, eiskalt, und sich nicht mehr regte, und der Arzt kam und sagte, er sei tot, da lächelte plötzlich sein Gesicht spöttisch und blieb so noch im Sarg. Der Arzt sagte, das käme bei Toten vor. Ich glaub's nicht; die Lebenden sind dumm.« – – –
Hab' ich mir's doch gedacht! Es ist ein Räucherwerk! Der Schwefelfaden ist verglommen, und aus der Dose schwelt ein – bunter Rauch? – Warum kreischen plötzlich die Eisentüren in den Angeln? Es wird wahrscheinlich der Cyprian sein; es läßt ihm keine Ruhe, er will nach mir schauen. Schade, und ich wollte mich gerade zu dem Karussell hinschleichen, das ich von dem Hügel aus gesehen habe, und mich auf den Holzschimmel setzen und lang drauf im Kreis herumreiten, selbst auf die Gefahr hin, von den Herrschaften ein alter Esel genannt zu werden. Und jetzt kommt mich der Cyprian stören! Aber ich weiß schon: ich werde mich schlafend stellen oder besser noch: tot, damit er wieder geht! – Warum beugt er sich denn plötzlich so tief über mein Gesicht? Faßt meine Hand und läßt sie mit einem Schrei wieder fallen? Läuft hinaus und ruft um Hilfe? – Und jetzt steht mit einemmal die ganze Dienerschaft mit Windlichtern um mich herum und weint! Aufwecken möchten

sie mich, aber sie werden kein Glück damit haben! Ich lasse mich nicht abhalten, auf dem Schimmel im Kreis herumzureiten; ich will wieder ein Kind sein und mit meinen lieben Geschwistern spielen! – O nein, ich stelle mich weiter tot. So tot, daß mein eigener Körper daran glaubt. Wenn ich nur das verdammte Lächeln unterdrücken könnte! Aber hoffentlich merken sie nichts; die Lebenden sind ja so schrecklich dumm!

Der Jazz-Vogel

Leichtfertig, wie der Mensch nun einmal ist, liest er zwar seit Generationen in der Bibel, daß Gott die Welt erschuf, indem er ein Wort aussprach, aber leider denkt sich niemand etwas dabei. Eingefleischte Lateiner behaupten, dieses Wort hätte »Fiat« gelautet. Ich will das nicht glauben; was hat der liebe Gott mit einem italienischen Automobil zu tun?! Die wegen ihrer Frömmigkeit berüchtigten tibeto-chinesischen Lamapriester glauben es auch nicht und beharren entgegen den christlichen Missionaren steif und fest auf der Ansicht, die schöpferische Ursache aller Formen seien Klänge, unhörbare allerdings, da unser Ohr nicht auf sie eingestellt sei. Musik also. Streuen wir auf eine vermittels des Violinbogens in tönende Schwingung versetzte Glasplatte feinen Sand, so formt er sich zu wunderschönen zarten geometrischen Figuren. Daß Schneeflocken, durch eine Lupe gesehen, ebenfalls solche Bilder aufzeigen, wissen wir alle, aber wer hat sich bis heute Gedanken darüber gemacht: könnte man nicht Schlüsse ziehen aus ihrer Gestaltung auf die geheimnisvolle Sphärenmusik, der sie ihr Aussehen verdanken? Wem es gelänge, diese Klänge mit der Kehle oder durch Instrumente wieder hervorzubringen, der besäße den Schlüssel zu größter Macht. Musik als Zauberstaat! – –

Es gab vor Jahren einen seltsamen Menschen – einen Neger –, der eine Ahnung gehabt zu haben schien, welch unheimliche magische Gewalt dem Rhythmus der Musik innewohnen kann. Er war dem Urklang auf der

Spur. Dem zerstörenden freilich und nicht dem schöpferischen. Wer den Mann den Erfinder des Jazz nennt, hat wahrlich recht. Auf seiner Visitenkarte stand die phantastische Inschrift:

Prof. Dr. Mval Djumboh Cassekanari.
Chevalier de l'Ordre du Voudou Saint des Egbas.
Professor der schwarzen Magie an der T'changa Wanga Universität. Geheimrat und Quimboisseur Seiner Excellenz des Expräsidenten von Haiti, Mitglied der hauptsächlichsten westafrikanischen und westindischen wissenschaftlichen Gesellschaften etc. etc. etc.

»Professor« Cassekanari galt unter den haitischen Negerstämmen der Koromantyn, Eboe und Boppo als eingeweihter Obeanpriester eines uralten bis auf Ham, den Sohn Noahs, zurückreichenden schauderhaften Kultes, dessen Gottheit auf Erden repräsentiert wird durch die braunschwarze afrikanische Tarantelspinne, die einen großen weißen Sack mit sich herumschleppt – den Sack, in den die weiße Rasse eingefangen werden soll, wenn die Zeit ihrem Ende zugeht. Professor Cassekanari hielt sich einen Zwergraben, Jazz genannt, aus seiner Heimat stammend: dem Kongogebiet; man sagt, manche Exemplare würden 150 und noch mehr Jahre alt. Diesem Vogel sang, grunzte und schnatterte der unheimliche Neger bis kurz vor seinem Tode Tag für Tag eine phantastische Melodie vor, die er teils mit Händeklappen begleitete, teils mit Pfiffen oder Klängen durchfurchte, wie er sie einem alten verwitterten Bockshorn, rostigen Pfannen, zerbrochenen Tellern und anderen dem Tode lang verfallenen Dingen zu entlocken verstand. – »Nur ein geflügeltes Tier wird meine Musik andächtig im Herzen bewahren«, pflegte er zu sagen, wenn man ihn nach Zücken eines Trinkgeldes fragte, wozu das alles gut sei: »die Menschen sind zu treulos und vergeßlich, denn ihre Gedanken wandern beständig.« In solchen Fällen tat er gewöhnlich ein übriges und gab dem Vogel ein Zeichen, worauf dieser zuerst vor den unglücklichen Zuhörern eine tiefe, nicht mißzuverstehend höhnische Verbeugung machte, sich sodann in seinem schwarzen Frack stolz aufrichtete wie ein Konzertsänger und durch gewissenhaft genaue Wiedergabe der eingelernten Hymne das Auditorium in wilde Flucht jagte. – – –

Als eines Tages Professor Cassekanari unter gräßlichem Augenverdrehen das Zeitliche gesegnet hatte, bestanden die katholischen Missionare darauf, daß ihm ein christliches Begräbnis zuteil werde, aber ihre Andacht wurde leider durch das ruchlose Dazwischentreten des hämischen Vogels beträchtlich gestört. Das Biest hatte es sich nämlich nicht versagen können, auf eine in der Nähe der Kapelle stehende Palme zu fliegen und von hoch oben herab die Grabpredigt mit der Wiedergabe aller musikalischen Kompositionen seines toten Herrn zu begleiten. Den herumstehenden Negern schien das einen Mordsspaß zu machen; sie zwinkerten einander zu und schließlich gerieten sie in eine wilde Tanzekstase, wobei sie ihre Plattfüße auf grauenhafte Weise verdrehten. Erst als ein Chorknabe mit einem rostigen Schießgewehr angeeilt kam, und die Donnerbüchse auf den Raben anlegte, trat bange Ruhe ein. Der Vogel jedoch ließ sich nicht beirren; er sang gelassen bis zu Ende, und eine Sekunde, bevor der Schuß losging, schrie er selber: Krach, Bumm, und flog den fernen Bergen zu. Da sage noch jemand, Tieren wohne kein Pflichtgefühl inne!

Alles das hatte sich vor etwa vierzig Jahren begeben, und niemand wüßte mehr darum, wäre mir nicht vor kurzem ein alter Schulfreund, der Zeichner Meixner, begegnet, der sich früher als Orchideensammler lange, lange Zeit auf Jamaika herumgetrieben hatte. Was er mir erzählte, klang so wundersam, daß ich mir alle Mühe geben mußte, es zu glauben, aber mein Freund ist ein so wahrheitsliebender Mensch, daß ich nicht zweifeln darf. Auf seinen Wanderungen im Urwald und im Gebirge sei er des öftern tierähnlichen Wesen begegnet, die nicht die geringste Ähnlichkeit mit den Geschöpfen gehabt hätten, wie man sie zum Beispiel bei Hagenbeck und ähnlichen zoologischen Unternehmungen zu sehen bekäme. Ein Steinbock mit Elsterfedern auf dem Gesäß, einer Entenpatte als Hinterbein und elefantiasisartig degeneriertem Vorderfuß war noch das bescheidenste, was er mir vorsetzte. Grimmig die Zähne zusammenbeißen mußte ich doch, um ihn in seiner Schilderung einer alten Dame mit Schinkenärmeln nicht zu unterbrechen, die ihm angeblich eines Abends auf einer menschenleeren Landstraße als Marabu verkleidet begegnet sei, ich konnte mir kaum mehr helfen, so stürmisch fielen die Zweifel über mich her. Ich hätte auch sicherlich den Verkehr mit Meixnern abgebrochen in dem unabweisbaren Gefühl, das Opfer eines Phantasten geworden zu sein, gäben mir nicht immer wieder die Tatsachen zu denken, daß Klänge und Töne die Ursachen aller Formen auf Erden und im Weltraum sind und sein müssen. Als ich vor längerer Zeit einmal eine Jazzband spielen hörte, wunderte ich mich, daß solche Musik nicht auf der Stelle heftige Veränderungen im menschlichen Körper verursache. Nun: wahrscheinlich stehen wir noch in den Anfängen; offenbar ist die Melodie des gottseligen Professors Cassekanari noch nicht gewissenhaft aus dem Allheilland Amerika bis zu uns gedrungen. Vorläufig scheint der Jazzvogel sich an den Tieren des Urwalds in Haiti für sein erstes Debüt in New York einzuüben. Hoffen wir also das Beste.

Die Frau ohne Mund

Einen Arzt fragen? Lächerlich! Er würde meine Milz untersuchen, ob ich nicht etwa an Leukämie litte. Würde er mich verstehen, wenn ich ihm anvertraue: es begann damit, daß ich an einem trüben Novembermorgen nach einer wie immer traumlos verschlafenen Nacht als ein Veränderter erwachte, als ein ohne erkennbare Ursache Einsamgewordener, als ein Mensch, der urplötzlich aus einer Welt voll Freuden und Genüssen hinweggeglitten ist und ihre Klänge nur mehr vernimmt wie ein höhnisches Echo aus dem Abgrund einer tausendjährig versunkenen wahnerfüllten Vergangenheit? Würde er meine Qual begreifen, wenn ich ihm sagte: ich gehe umher wie in eine gläserne Hülle gebannt, durch deren lichtbrechende Wandung die Bilder der äußeren Welt in meine Sinne fallen: verzerrt, grauenhaft im Anblick und dennoch nackter in ihrer Wahrhaftigkeit, als daß ein durch den Alltag abgestumpftes Auge die Fäulnis sehen könnte? – Wie könnte ich einem Mann der Wissenschaft klar machen: ein Etwas stünde hinter mir seit jenem Novembertag, wo es doch gar nicht hinter mir steht, sondern vor mir, neben mir, über mir, um mich herum – ich weiß nicht, wo. Es ist mir näher als der Raum, der mich umhüllt, näher als der Raum, den ich ausfülle mit meinem Körper? – Ist es möglich, daß man jenseits des Styx – im Tiefschlaf – Dinge erleben kann, die unserm Wesen so urfremd und unfaßbar sind, daß unser Gedächtnis sie nie ergreifen wird? Hat uns der Tag so blind gemacht, daß uns der Schlaf wie lichtloser

Tod erscheint? – Als ich noch ein Kind war, fand ich einmal an einem blühenden Strauch eine schöne, grüne Raupe, und man sagte mir, ein wunderbarer Nachtschmetterling würde daraus, wenn ich sie pflegte und fütterte. Eines Morgens war sie tot, und ich sah mit Entsetzen, wie ein scheußliches schwarzes Insekt mit ovalem, maullosem Kopf und langen Spinnenbeinen und dünnem Leib und gläsernen Flügeln aus der kleinen Leiche kroch. Eine Schlupfwespe sei es, erklärte man mir, deren Wurm sich heimlich vom Leben des Schmetterlingkindes genährt habe. – – Warum ist die Erinnerung an dies längst vergessen gewesene Erlebnis meiner Jugend nach jener traumlosen und doch für mich so schicksalsschweren Nacht plötzlich wieder lebendig geworden? – – Allmählich im Lauf der Zeit hat sich in mir die phantastische Idee eingefressen wie ein Blutegel, das Etwas, das mich ausfüllt, sei eine Frau. Eine Frau mit schwarzem Halbschleier, der ihren Mund unsichtbar macht. Ich weiß bestimmt, ich habe eine solche Frau nie im Leben gesehen. Ein Freund, dem ich mich anvertraute, glaubte, sich mit Bestimmtheit erinnern zu können, das Bild einer solchen Frau irgendwo gesehen zu haben. Wo, wisse er nicht mehr, aber sicherlich hänge es an der Wand eines der zahlreichen Nachtlokale im »Harlem-Negerviertel«. Er meinte, wahrscheinlich hätte ich es ebenfalls einmal erblickt, aber nur so flüchtig, daß die Erinnerung daran in mein Unterbewußtsein versank. Nur das Schreckhafte des Eindrucks, der von dem Bild ausgehe, wegen seiner unerhörten Perversität, habe sich in mich eingeätzt und ringe sich jetzt vergeblich an die Oberfläche meines Gedächtnisses empor; ähnlich, wie wir uns zuweilen abmühen, uns eines vergessenen Namens zu entsinnen. – – Das war gestern. Aber dieses Gestern, das Monate zurückliegt, ist für mich zu einer nicht endenden Gegenwart geronnen. »Wenn es dir gelingt, das Bild aufzufinden«, hatte mein Freund gesagt, »so bist du von Stund an gesund. Was für uns Menschen gegenständlich wird, und sei es der Teufel selbst, hat von diesem Augenblick an jegliche dämonische Macht über uns verloren.« Seitdem schlafe ich des Tages und durchstreife nachts die Vorstädte und alle Straßen, vom Broadway angefangen, nach nächtlichen Lokalen, an deren Wänden das Bild der Frau ohne Mund hängen könnte. Ich finde mich in riesigen Arenen mit hunderttausend Sitzplätzen, angefüllt mit wattierten Schultern und einem Meer von Gesichtern, die auf Boxkämpfe niederstarren in immerwährender Unruhe, aber für meinen verwandelten Sinn verwesende Leichen, die ein unfühlbarer Sturmwind hin und her schaukelt. Ich durchstöbere die Tapeten aller Negerdielen und Tanzbars. Vergebens.

Ich frage mit stockenden Worten Farbige aller Rassen, die aussehen, als seien sie zu Hause in den Spelunken des Abschaums New Yorks, ob sie nicht das Bild der Frau ohne Mund kennten. Sie schütteln den Kopf oder halten mich für betrunken; einige grinsen zynisch. Einmal schon glaube ich am Ziel zu sein; ein Chinese nickt eifrig zu meiner Frage. Sagt: »Bild nix, aber lebende Frauen ohne Mund genug. Mund zum Küssen nicht nötig. Der Herr mitkommen!« Er will mich mit sich zerren. Ich begreife: er ist Opiumraucher. — — — Ja, das war ... gestern. Ich glaube, es war gestern. Jetzt ist es wieder Nacht, und ich sitze in der mit grünen Vorhängen abgeteilten Box einer obskuren Negerbar und warte auf Mr. Sid Black, der hier verkehren soll, und von dem die Farbigen sagen, es gäbe nichts auf der Welt, das er nicht in Erfahrung bringen könne, denn er sei hellsichtig. Er stamme aus Port au Prince, sei aber sehr stolz, ein reinblütiger Aschanti aus dem Herzen Afrikas zu sein. Er sei beständig maßlos betrunken von allen möglichen Rauschgiften, aber nur in gewisser innerlicher Art: äußerlich merke man ihm nicht das geringste an; sein Körper sei giftfest. — — Ich sitze vor einem hohen Glase »Limonade«, ein Gemisch aus Rum und denaturiertem Spiritus, und starre nach dem grünen Vorhang. Zwei Uhr schlägt es von irgendeiner der silbernen Scheiben draußen an der Wand. Ich kann mich nicht entsinnen, seit Jahren eine Uhr schlagen gehört zu haben.

Der ungewohnte Klang macht mein Blut fiebern, und ich fühle: jetzt in dieser selben Minute werde ich erfahren, wer die Frau ohne Mund in Wahrheit ist. Daß es ein Bild von ihr nicht geben kann, ist mir vor einer Stunde zur Gewißheit geworden. Ein plötzlicher Gedanke, von eisigem Schauer angekündigt, hat es mir verraten. Mein Freund hat sich geirrt; auch er kann nie ein Bild von ihr gesehen haben. Beeinflußt durch ihre unsichtbare Nähe, als ich zu ihm von ihr sprach, ist er einem Erinnerungsirrtum verfallen und hat gewähnt, ihr Bild irgendwo hängen gesehen zu haben. Wie furchtbar muß ihre gespenstige Macht sein! — — — — Eine schmale Hand in weißem Glacéhandschuh zieht den grünen Vorhang zur Seite, und herein tritt die hohe, engschultrige Gestalt eines mit raffinierter Eleganz gekleideten ebenholzschwarzen Gents. Seine Gesichtszüge sind von klassischem Ebenmaß, so daß ich glaube, die Statue eines antiken Hellenen aus schwarzem Marmor vor mir zu sehen. Sid Black verrät mit keiner Bewegung, daß er über alle Maßen betrunken ist; aber ich ahne es an der abgerissenen Art, wie er spricht, als er sich neben mich gesetzt hat, und schließe darauf, weil er jede Sekunde aus einer silbernen Dose weißes Pulver schnupft. Kokain. »Reden Sie!«, sagt er, fast herrisch. Der Stolz der weißen Rasse bäumt sich in mir auf, aber ich zergehe fast unter dem sengenden Blick dieser glasharten, leuchtenden Augen, und meine Lippen, meine Zunge erzählen – gegen meinen Willen – alles, alles. – »Sie haben einmal ein Liebesverhältnis gehabt!« – »Freilich. Viele sogar, Mr. Sid Black.« – »Mit einer jungen Mulattin.« – »Wieso wissen Sie?« – Der Neger überhört meine Frage: »Sie ist tot.«

»Ja«, hauche ich entsetzt, »sie hat bei einem Automobilunfall, als sie mit mir im Wagen saß, das Leben verloren.« – »Leben verloren? Ein Mensch, der liebt, kann das Leben nicht verlieren. Ein Aschanti kann das Leben nicht verlieren. Sie war eine Quarterone, aber aus dem Stamm der Aschanti.« – »Wir haben uns heiß geliebt«, sage ich, von Erinnerungen überwältigt. Sid Black wirft ein: »Ihr euch! Heiß? Sie hat Sie geliebt! Was weiß ein Weißer von Leidenschaft!« – – Sid Black als gebürtiger Haitianer spricht ein tadelloses Französisch; ich verstehe alles, was er sagt, nur halb. Sein Haß gegen die Weißen ist grenzenlos, fühle ich. – Vor einer Viertelstunde ist er gegangen; in seiner Trunkenheit schien er meine Anwesenheit plötzlich vergessen zu haben. Ich reime mir mühsam zusammen, was ich von ihm erfahren habe: Lilith – so hieß meine einstige Geliebte – war eine Heidin und gehörte der geheimen Negersekte der jamaikanischen Voudous an. Der Hauch ihrer unbändigen Leidenschaft sei es, der, in mich eingegangen, mich aufzehre – der meine Seele in die ihrige verwandle, bis nichts mehr von meiner Mannheit übrig sei. So, wie eine Mulattin, wenn sie im Körper noch auf dieser Welt weile, die Lebenskraft eines weißen Mannes versickern mache. – »Ihr Erlebnis mit der Schlupfwespe«, so ungefähr hatte Sid Back gesprochen, »war eine Voraussage des Geschickes, das Sie treffen mußte. Lilith ist die Frau ohne Mund, die Sie um sich und in sich fühlen. Daß sie keinen Mund hat, wundert Sie?« – er hatte höhnisch dazu gelächelt. »Die Leidenschaft des schwarzen Blutes redet nicht und küßt nicht mit dem Mund.« – Sid Blacks letzte Worte gellten mir noch im Ohr: »Zugrundegehen werdet ihr alle, ihr Weißen, an den Giften, die ihr nicht vertragt, und an dem Gift der Leidenschaft der Frauen, für die ihr zu schwach seid. Wir schwarzen Männer werden die Herren der Welt sein.«

Spiegelbilder

Eine seltsame Nachtkaffeeschenke, in die ich da zu so später Stunde geraten bin! Sooft ich den Kopf zu dem trüben Wandspiegel wende, der dort in der Dunkelheit irgendwo vor mir hängt, sehe ich, wie durch ein schwarz umrändertes Loch im Raum, in eine Art Nebenzimmer hinein, darin zwei weißbärtige Männer mit langen, dünnen holländischen Gipspfeifen in pergamentgelben Fingern regungslos auf ein Schachbrett starren, das, wie sie selbst, frei in dem dichten bläulichen Tabakrauch zu schweben scheint, denn nichts sonst ist erkennbar, weder Stuhl noch Tisch noch Wand. – Vielleicht ist's nur ein Bild ohne Rahmen, das dort drin hängt, sage ich mir vor, um das Gefühl einer beklemmenden Unwirklichkeit zu verscheuchen, das mich jedesmal befallen will, wenn ich nach längerem Zeitablauf keine Änderung in dem Anblick festzustellen vermag. Morgen früh geht dein Schiff, gesellt sich, wie zum Trost, dann ein Begleitgedanke in meinem Hirn hinzu; aber es rührt mich nicht an wie die gewisse Hoffnungsfreudigkeit, aus einer mir fremden, unheimlichen, toten Hafenstadt fortzukommen, die mich in einem ihrer abgelegensten Winkel hier festhält, wie eine Falle die Maus – nein, es ist ein dunkler Geschmack dabei, und es raunt etwas Zweideutiges in diesem Gedanken, so, als ob dieses Schiff, das morgen früh mit mir wegfahren soll, die Fähre des Charon sei, den Styx zu überqueren, um hinüber ans »andere Ufer« zu gelangen – an das Ufer, das ein Land umgrenzt, ähnlich dem unsrigen, wie ein Spiegelbild dem Wirklichen ... Ich bohre meinen Blick hinaus durch die Fensterscheibe auf die nebelhauchende Wassergracht, die dicht ans Haus grenzt und mit dem schwarzen Himmel in einen gähnenden Raum verschwimmt, darin Höhe und Weite einander verschlingen. Im Fensterglas spiegelt sich gespenstisch der schattenhafte Umriß eines langsam dahingleitenden riesigen Kohlenkahns mit einer winzigen roten Buglaterne. Ich kann nichts sehen, das mir verriete, das Boot treibe draußen auf dem Wasser vorbei – es schwimmt – – ja, es schwimmt wahrhaftig innen im Zimmer, in dem ich sitze. So bin ich denn entrückt in die Welt der Spiegelungen, kommt mir halb und halb zu Sinn, und wie zur Bestätigung tauchen alte Erinnerungen in mir auf: ein weißer Kirchturm, grell sich in Wassern spiegelnd, eine eiserne Brücke über einem Fluß, darauf ich als Schuljungen mich selber gehen sehe, und ein sonnenbeglänztes Alpendorf an einem See.

Aber ich will nichts wissen von den vergangenen Erlebnissen meiner Jugendzeit, die mich jetzt anfassen wie Spiegelbilder! Wie Begebnisse mich anfassen, die außer mir selbst keine lebenden Zeugen mehr haben! Morgen geht mein Schiff! Dann wird das Heute auch nichts anderes mehr sein als ein – Spiegelbild! Und ich wende mein Gesicht wieder zu dem viereckigen Loch, hinter dem im Spiegel die beiden Schachspieler sitzen; will mich festklammern an die Gegenwart, und sei sie noch so regungslos und tot. – – Der eine der Greise hat sein Gesicht mit der runzligen Hand bedeckt; der andere richtet seine Augen auf mich. Oder hat er mich immer schon so angeblickt seit Anbeginn? – Natürlich, immer schon hat er mich so angesehen! Schon vor vielen Jahren! – Ist es eine merkwürdige, unheimliche Ähnlichkeit, die mich da narrt?! In einem Hause, das längst niedergerissen ist und dessen unterstes Stockwerk ein Nachtcafé barg, saß einst vor langer Zeit ebendieser Alte mir oft und oft gegenüber am Schachbrett, und wir spielten mitsammen die verwegensten Partien, unbeirrt in unserer Nische von den Bassermannschen Gestalten, die sich bis zum Morgengrauen dort umhertrieben.

Dr. Narziß hieß allgemein in der Stadt, in der ich damals gelebt, der Alte. Nach seinem wirklichen Namen hat ihn wohl kaum jemand gefragt. Was kümmert einen auch der Name eines Menschen, der, abgerissen und schäbig gekleidet, ohne anscheinend einen Beruf zu haben, sich in Kaffeespelunken umhertreibt und von den paar Kreuzern lebt, die er sich durch Schachspielen ergattert! Man sagt, er sei in seiner Jugend ein armer Student der Philosophie gewesen. – Wie er zu dem sonderbaren Spitznamen Narziß kam, wo er doch nichts weniger als schön war oder je gewesen sein konnte, weiß ich nicht. Ich vermute, es muß ihn jemand so genannt haben, den er in seine fixe Idee einweihte, so wie er mich einst ins Vertrauen zog.

In einer Nacht am Weihnachtsfest zog er mich ins Vertrauen, als eine Schachpartie unentschieden geendet hatte und wir einander stumm ansahen, so wie der Alte im Nebenzimmer und ich in dem dunklen Raum vor dem erblindeten Spiegel uns jetzt ansehen. Plötzlich sagte damals Dr. Narziß – und ich höre es so deutlich, als spräche der Alte –: »Unentschieden! Das erstemal in meinem Leben, daß ich eine Partie nicht gewonnen habe. Bisher habe ich alle Partien im Leben gewonnen – auch die Partie, in der es nicht um Schach ging!« Dabei hatte Dr. Narziß an sich heruntergesehen wie jemand, der nicht sicher ist, ob er wirklich vorhanden ist, dabei lange und nachdenklich seine ärmlichen Waterproofschuhe gemustert, die er immer trug, auch wenn es Winter war. Dann fuhr er geistesabwesend fort, mit sich selber redend, und ich hatte den Eindruck, als hätten sich ihm die Sinne verwirrt: »So wie Sie jetzt, sehr geehrter Herr Schachpartner, da vor mir sitzen, so saß einmal in einer gewissen Nacht, als ich noch ein armer Student war und mir das Gehirn im Kopf zerlernte, bis ich es verlor, ich selber mir gegenüber. Jawohl: Tatsache, ich saß mir selber gegenüber! Im Spiegel natürlich! Daran wäre nichts Besonderes, werden Sie sagen. Aber«, — hier war Dr. Narziß plötzlich recht geheimnisvoll geworden — »aber das Besondere ist, daß, als wir beide — der im Spiegel und der davor — aufstehen wollten, nur einer übrigblieb; aber nicht der, der sich das Hirn kaputtgelernt hatte, sondern der, der es im Spiegel nachgemacht hatte. Und dieser bin ich ... Nein, nein, mein Herr, es ist kein Scherz! Wenn ich nicht derjenige wäre, der damals im Spiegel gesessen hätte, so müßte ich doch wissen, was der andere außerhalb des Spiegels eigentlich ein ganzes junges Leben hindurch, bis er daran zugrunde ging, gebüffelt und auswendig gelernt hat! Aber ich weiß es nicht! Und daraus schließe ich mit vollem Recht, daß ich doch nur jener sein kann, der im Spiegel ihm zusah! Ich kann doch nur Schach spielen; was es sonst noch an Wissen auf der Welt geben mag, ist mir glücklicherweise fremd geblieben.«

Jene unentschieden gebliebene Schachpartie, die ich in jener Nacht mit Dr. Narziß gespielt hatte, war meine letzte mit ihm; ich wich ihm aus, wo ich konnte, denn es ist ein krank machendes Gefühl, zu wissen, man hat einen Geistesgestörten zum Schachpartner. — —

Ich entließ die alte, quälende Erinnerung und starrte wieder hinaus auf die finsterschwarze Wasserstraße, wo-

bei mir einer schattenhaft aus der Fensterscheibe entgegenspähte, der natürlich nur ich selber sein konnte; da hörte ich plötzlich, daß der eine der alten Herren im Nebenzimmer zu reden angefangen hatte, und ich vernahm die Worte: »... Man denkt zuwenig darüber nach, wie seltsam es ist, daß der rechten Hand, die man vor dem Spiegel hält, sofort eine linke antwortet! Sieht man seine ganze Gestalt im Spiegel, so ist man doch gar nicht der, den man darin sieht, sondern vielmehr ein Gespenst, das einem fremder ist, als irgend etwas auf Erden sein kann! Was rechts ist, das wird links! Nicht alle von uns wissen, daß es einen sogenannten ›Meister der linken Hand‹ gibt, von dem das Gerücht unter Abergläubischen geht, er – und nicht der Gott der Bibel – habe die Welt erschaffen! Ein beklemmender Gedanke, annehmen zu müssen, unsere Welt hier auf Erden sei am Ende nichts anderes als eine satanische Spiegelung einer Wirklichkeit, von der wir im Grunde nichts, rein gar nichts wissen! Da haben wir beide nun eine halbe Nacht vor dem Brett gesessen und bildeten uns ein, wir hätten Schach miteinander gespielt; in Wahrheit war's vielleicht nichts anderes, als daß wir Züge nachmachten, wie Spieler in einer Spiegelwelt! ...«
Die letzten Worte, die darauf folgten, überhörte ich; ich blickte mich um; das Zimmer, in das ich durch die offene Verbindungstür aus meiner Dunkelheit hineinsah, war leer. Die alte Kellnerin mit dem weißen Häubchen kam mir daraus entgegen, trat zu mir an den Tisch und sagte: »Darf ich das Schachbrett abräumen, Mijnheer? Oder soll ich Licht machen? Der Herr spielt immer allein mit sich selbst? Schade, daß kein Partner gekommen ist, sonst hätte ich ihn natürlich sofort hereingebracht.«

»Wo sind die beiden Herren hingegangen, die soeben noch dort drin saßen?« fragte ich verwirrt.
»Die beiden Herren?« war die Antwort. »Das Nebenzimmer war doch die ganze Zeit über leer!« ...
Ich zahlte stumm, zog meinen Mantel an und ging. »Morgen fährt mein Schiff ab«, sagte ich mir beständig vor und ließ nicht ab, es mir vorzumurmeln, um nicht grübeln zu müssen: Wer war der andere der beiden Alten, die miteinander Schach gespielt hatten – der, dessen Gesicht ich nicht unterscheiden konnte, weil er es beständig mit der Hand verdeckt hielt? Sein Partner – der, der die Worte gesprochen hatte – war Dr. Narziß, so wie er in meinem Gedächtnis verborgen lebte. Aber wer war der andere?

Südsee-Masken

Was sind Masken? Der Mensch der letzten Jahrhunderte, blind, taub und stumpf geworden für die feinen Einflüsse einer ihn umgebenden und durchdringenden geheimnisvollen Welt und überdies einer nur halbwegs in die Tiefe gehenden Erklärung nicht handgreiflich zutage liegender Ursachen geflissentlich ausweichend, wird sagen: Masken sind Hüllen, erschaffen aus überschwenglicher Phantasie; keinerlei Vorbilder, die in Wirklichkeit existierten, liegen ihnen zugrunde; Kinder nehmen sie vors Gesicht, um einander zu erschrecken; die Medizinmänner wilder Völker erfinden sie zum Zweck, sich die Unterwürfigkeit der Abergläubischen zu sichern.
Als im Jahre 1722 die Osterinsel Rapanui im Stillen Ozean von Roggeveen entdeckt wurde, fand man an ihrer Küste zahlreiche, viele Meter hohe schwarze Steinbilder stehen mit phantastischen Dämonengesichtern, und im Laufe der Zeit entstand die Behauptung, es seien Überbleibsel aus dem sagenhaften versunkenen Erdteil Atlantis, bis die Wissenschaft klarstellte, daß es lediglich aus Basalt gehauene Statuen sind, angefertigt von den Eingeborenen, um Feinde, denen es nach Überfall der Insel gelüsten sollte, in Furcht und Schrecken zu jagen. Was den Zweck solcher maskenhafter Bilder betrifft, hat die Erklärung demnach im allgemeinen recht. Wie aber kommt es, daß Fieberkranke oder Menschen, die ihr Nervensystem durch Rauschgifte zerstören, also — es, mit andern Worten, empfindlicher machend — in Anfällen von Bewußtseinstrübung grauenhafte Gesichter zu

sehen »wähnen«? Wie kommt es, daß Mäuse, wenn man ihnen Hyosciamin einspritzt, sich auf die Hinterbeine aufrichten – was sie sonst nie tun, wenn sie einen Feind erblicken – und durch Gebärden äußersten Entsetzens verraten, daß sie etwas wahrnehmen, was unsern Sinnen verborgen bleibt? – »Erinnerungsbilder an einstmalige Erlebnisse werden wach, nichts weiter«, so werden die Physiologen behaupten – »Bilder sind es, die möglicherweise, verankert in den Körperzellen, als Erbschaft von den Ureltern her mit dem Blute übernommen wurden, Bilder, die kein Eigenleben außerhalb des Leibes besitzen und nichts Gegenständliches darstellen.« – Hat der Gelehrte recht, dann wäre die Maske, die der Südsee-Insulaner schnitzt und bemalt, das Konterfei der Erinnerung an ein Erlebnis, das er oder einer seiner Vorfahren einmal hatte! Der alte Herr mit dem Seemannsbart, den gefletschten Zähnen und den gestielten Augen, der hier abgebildet ist, hat also einst gelebt? Ist in das Dasein des betreffenden Insulaners getreten und hat ihn dermaßen erschreckt, daß die Erinnerung daran nicht stirbt? Man könnte einwenden: »Der alte Herr hat auf Erden nie gelebt: Angstvorstellungen allein waren seine Eltern. Abergläubische Phantasie hat ihn gezeugt und geboren.« – Nun, ich glaube nicht, daß Phantasie aus dem Nichts etwas erschaffen kann! Viel wahrscheinlicher dünkt mir: sie macht nur Unsichtbares sichtbar. Eine Annahme freilich, die jedem Aufgeklärten ein Lächeln abnötigen wird. Wie ich zu dieser rückständigen Annahme komme? Viele merkwürdige Erlebnisse haben mich dazu gedrängt. Ich will nur eins davon erwähnen: Vor ungefähr 25 Jahren lag ich in Wien an einem heftigen Grippefieber danieder. Bilder von Landschaften jagten vor meinem Blick vorbei, aber ich erinnerte mich genau, wann und wo ich sie einst in meiner Kindheit gesehen hatte. Dann wurden die Gegenden von Wesen belebt, und mit besonderer Deutlichkeit tauchte eine Fratze auf, die sich mir derartig scharf ins Gedächtnis fraß, daß ich sie noch Wochen nachher, als ich längst wieder gesund geworden war, von Zeit zu Zeit bei ganz nebensächlichen Anlässen mit hellstem Bewußtsein vor mir sah. Eines Tages ging ich in ein Wiener Völkerkundemuseum und ging von Glasschrank zu Glasschrank. Plötzlich erblickte ich wieder die fratzenhafte Maske. Es war haargenau die gleiche wie die, die mich im Fiebertraum erschreckt hatte. Zuerst glaubte ich, die Vision sei abermals aufgetaucht, aber es war diesmal Wirklichkeit! – Ein sogenannter Okkultist von heute würde sagen, ich hätte gewissermaßen prophetisch im Fieber das Erlebnis im Völkerkundemuseum vorhergeschaut. Eine solche Erklärung anzunehmen, widerspricht mir aus Gründen, die hier aufzuführen der knappe Raum nicht gestattet.

Ein berühmter Maler des Mittelalters (ich glaube Michelangelo war's), riet, wer ein bildender Künstler ersten Ranges werden wolle, müsse damit beginnen, verwitterte Steinfliesen, Baumrinde und dergleichen so lange zu betrachten, bis er in der Struktur Gesichter zu erblikken anfange. Das innere Schauen schärfe sich dadurch. Ob wohl ein Maler von heute diesen Ratschlag beherzigt? Geschähe es, so glaube ich, unsere bildende Kunst träte gar bald in ein überraschend neues Stadium der Wiedergeburt! – Die primitiven Zeichnungen in Höhlenwänden, die vor nicht langer Zeit Frobenius in Afrika entdeckt hat, gelten als Kunstwerke ersten Ranges. Warum? Ungeheure Lebendigkeit spricht aus ihnen! Eine Lebendigkeit, die meines Erachtens nur der Fähigkeit des inneren Gesichtes entsprungen sein kann! Das innere Auge sieht mehr als das äußere. Weshalb da nach gewundenen Erklärungen suchen, daß die Kunstwerke der Südseeinsulaner (die Masken, die sie geschnitzt haben) keine innere Gegenständlichkeit zur Basis hätten? — —

Im beständigen qualvollen Kampf ums Dasein hat sich der Mensch allmählich daran gewöhnt, nur die sinnfälligsten Gesetze der Natur zu beachten. Nur sie macht er sich nutzbar; alles, was er nicht mit Händen greifen kann, scheint ihm überflüssig und wertlos. Das »Zweite Gesicht«, wie es dem Volke der Schotten und Westfalen bei einzelnen Individuen nachgesagt wird, hält er für Abnormalität in schlechtem Sinne. Mir will scheinen, als ob eine gewisse Pflege dieser merkwürdigen Eigenschaft recht wertvoll wäre. Ich glaube nicht, daß die Menge recht hat, wenn sie sagt: »Du wirst abgelenkt zu deinem äußeren Schaden, wenn du dich mit derart übersinnlichen Dingen befaßt!« — Im Gegenteil, zum Denken nach außen hin wird vielmehr nach und nach eine Fähigkeit treten, die wir am besten »Überinstinkt« nennen können. Weshalb die immer mehr zunehmende Abkehr der Menge von der medizinischen Wissenschaft zur Naturheilkunde, wenn nicht ein inneres dumpfes Gefühl riete: es gibt feinere Einflüsse, als die grobe Chemie des Heute zugesteht? — Womit ich keineswegs der gegenwärtig herrschenden Kurpfuscherei der Schwärmer und Schwindler das Wort geredet haben will.

Ich bin überzeugt, eines Tages wird sich die Aufmerksamkeit der Forscher der Wirkung gewisser pflanzlicher Gifte mehr als je zuvor zuwenden. — Was sind eigentlich Gifte? Wie kommt es, daß so ziemlich jedes, ehe es den Menschen über die Schwelle des Todes bringt, Halluzinationen — wie der unklare Ausdruck lautet —

ganz bestimmter Art erweckt? Liegt die Annahme gar so fern, daß es sich bei solchen »Sinnestäuschungen« um etwas anderes als Gegenstandsloses handelt und nicht vielmehr um Wahrnehmung bestimmter Tatsächlichkeiten?

Man stelle sich vor, eines Tages würde offenbar, daß Masken, wie etwa die der Südseeinsulaner, nichts anderes sind als Porträts von Wesen, die ebenso wie wir ein Leben führen! Ich meine, das Interesse der Menschheit würde an einem solchen Tage derart von allem bisherigen abgelenkt werden, daß alles stillstünde, was heute die Triebe bewegt. Ob der Verlust gar so groß wäre?! Zum Glück (oder zum Unglück?) wird sich ein solches Ereignis kaum in eine kurze Spanne Zeit zusammendrängen. Das geistige Unterscheidungsvermögen, auf das ich hier anspiele, wird wohl immer nur auf wenige Menschen beschränkt bleiben; man wird sie nach wie vor noch durch Jahrtausende »die Abnormalen« nennen. Sie werden sich stets als Einsame fühlen, im Herzen aber über allen Zweifel hinaus wissen: es gibt Dinge und Wesen, die ebenso »wirklich« sind wie die, die dem Reiche des mit dem äußeren Auge wahrnehmbaren Spektrums angehören; vielleicht sind sie sogar wirklicher – wirkungskräftiger. Vielleicht entspringt so manche unerklärliche Stimmung, die den Menschen bisweilen befällt, der Nähe solche dämonischer Masken! Der normale Mensch wird es einer Magenverstimmung zuschreiben, der Hellsichtige aber, die Ursache durchschauend, wie der Salonlöwe im Ballhaus sagen: »Schöne Maske, ich kenne dich!«

II

Fakire

»Und sie bewegt sich doch«

Ist jemand unvorsichtig genug, in einer Gesellschaft das Wort »Fakir« fallen zu lassen, so entsteht sofort ein wildes Durcheinander, und alles ist emsig bemüht, die bekannte dumme Geschichte von dem indischen Yogi zu erzählen, der ein Seil gen Himmel geworfen habe und daran emporgeklettert sei.

Natürlich weiß jeder längst, was dann folgte: drei Forscher hätten nämlich das Phänomen beobachtet und geprüft, der eine als Photograph, der zweite als Stenograph, der dritte als Zeichner, und obwohl der Augenschein bei allen dreien der gleiche gewesen, so hätten doch die lichtempfindlichen Platten des ersten weder ein Seil noch einen Kletterer, vielmehr nichts als einen teilnahmslos auf dem Boden hockenden Fakir gezeigt.

Alle kennen, wie gesagt, die Geschichte und haben sie selber xmal erzählt, aber niemand würde es riskieren, den selbstgefälligen Sprecher zu unterbrechen.

Ist der Redner am Schlusse angelangt, wickelt er – wie aus einem Knallbonbon den trefflichen Sinnspruch – aus seiner Erzählung die geistreiche Pointe: »Suggestion«.

Ein Fakir, der, durch langjähriges Fasten und Betteln wohl trainiert, so etwas natürlich leicht vermag, suggeriere nämlich einer Reihe von Menschen bei wachem Bewußtsein und am hellichten Tage beliebige Vorgänge, die in »Wirklichkeit« – die photographische Platte ist

Zeuge – gar nicht stattfinden. – Das ist doch »ebenso einfach wie natürlich und überdies ungemein klar.«
Überhaupt sind alle sogenannten »übersinnlichen« Begebnisse »leicht« erklärlich.
Italienische, französische, englische Gelehrte ersten Ranges, deren Namen aufzuzählen es an Raum gebricht, mußten sich (und standen darin isoliert) jahrelang abmühen, derartige Phänomene, soweit sie in gleicher Form in unseren Breitegraden auftreten, zu prüfen und ihre Echtheit unumstößlich festzustellen; denn von dem »Volke der Denker« konnte man eine Mithilfe billig nicht verlangen. – Es hatte in den letzten Jahrzehnten so unvergleichlich wichtigere Dinge als die, die an den verborgenen Quellen des Lebens schlummern, zu besprechen und zu behandeln, als daß ihm auch nur eine Stunde freie Zeit übrig geblieben wäre.
Man denke doch nur, Politik –, noch einmal Politik, das Einführen und Wiederabschaffen der Antisepsis, das Einführen und Wiederabschaffen der Eiweißernährung, das Einführen und Immernochnichtabschaffen des Impfzwanges, die Erfindung der Argosy-Hosenträger und des Grammophons, Schmücke-dein-Heim, Chinafeldzug, Algier, neue Uniformen äh cetera, Hilligenlei und das Herausschälen ethischer Kerne aus der Bibel, der Einsturz des Hotels in Nagold, das Steigen der Bierpreise und – heureka: – das langersehnte Gelingen, die Syphilis auf die Affen zu übertragen!
Wie kann ein Volk, das Angelegenheiten von so unerhörter Tragweite zu erledigen hat, da noch Zeit für so läppische Dinge, wie es die übersinnlichen Erscheinungen sind, übrigbehalten!
Wenden daher auch wir uns von dem so sehr beschäftigten deutschen Volke ab und jenen tiefstehenden We-

sen zu, die an den schmutzigen Wurzeln des Daseins wühlen und die erhabenen Güter der Nation nicht zu schätzen wissen.
Oh über diese Trüffelhunde!
Um übrigens auf die Geschichte von dem Fakir mit dem Seil zurückzukommen: sie ist einfach unwahr und ist niemals vorgefallen, – ist rein erfunden –, von einem amerikanischen Journalisten, – und sie hat sich wie eine unverwüstliche Zecke in dem Gehirn kritikloser Europäer festgesogen.
Gibt es nun überhaupt Phänomene ähnlicher Art, – Phänomene, die zuweilen die bekannten Naturgesetze durch unerkannte ersetzen? –
Jawohl, es gibt solche. – Selbst auf die Gefahr hin, anderer Meinung zu sein als zum Beispiel jener wackere Reiter, der kürzlich mit seiner Frau auf dem Pamirplateau und in Tibet herumgaloppierte, ohne daß es ihm viel genützt hätte, – selbst auf diese schreckliche Gefahr hin kann man voll Seelenruhe sagen: jawohl, es gibt solche. Sogar in Asien, nicht nur bei uns.
Allerdings selten und mit dem unwesentlichen Unterschied gegenüber dem erfundenen Experimente mit dem Seile, daß man sie ebensogut photographieren kann wie irgendein anderes Begebnis. Denn nur Hypnotisierte oder Geisteskranke »sehen« Dinge, die – vorläufig noch nicht photographierbar sind. –
Hie und da taucht wohl in Europa ein »echter« Fakir, Derwisch, Yogi oder dergleichen auf, aber meistens kann er nichts, wie zum Beispiel vor ein paar Jahren der unverwundbare Oberkellner »Hadji Soliman ben Aïssa« aus Lyon, dessen Freundschaft ich mir einstens zugezogen und mit dem ich stundenlang gelacht habe, als berühmte Ärzte seine harmlosen Würfelnattern, das Stück

zu zwanzig Pfennigen, für Giftschlangen hielten und um sein Leben besorgt waren, wenn er sich hatte in die Zunge beißen lassen.

Hie und da tritt auch der bayerische Alpenländler, — des Jodelns überdrüssig — abwechslungshalber als schweigsamer Orientale auf und bremst seinen Herzschlag, indem er sich den Biceps heimlich mit einer Drahtschlinge abschnürt.

Aber auch das ist die wahre Liebe nicht.

Ein wirklicher Yogi ist unzugänglich und öffentlichen Schaustellungen abgeneigt, wie beispielsweise folgender Bericht der »Civil and Military Gazette« aus Lahore beleuchten mag:

»Vor einigen Tagen starb in Trevendrum ein Yogi (Sekte der Sanyasis), der unter den orthodoxen Hindus den Ruf hoher Heiligkeit genoß. Vor ungefähr drei Jahren war er erschienen, — niemand wußte, woher er stamme und zu welcher Kaste er gehöre, — und hatte sich unter einem Baume niedergelassen, um seinen religiösen Meditationen obzuliegen. Anfangs genoß er zwei- bis dreimal in der Woche etwas Milch oder Reis, bald aber stellte er auch diese Mahlzeiten ein und lebte sodann drei lange Jahre ohne eine Spur von Nahrung. — Während der ganzen Zeit saß er, ohne zu schlafen, Tag und Nacht vor einem Feuer, in sein Inneres versenkt, gab keinen Laut von sich und sah niemand ins Gesicht. Selbst dem Maharadjah von Travancore, der ihn aufsuchte und Fragen an ihn richtete, gab er keine Antwort.«

Wenn die Fähigkeiten des Yogis sich nun auf weiter nichts erstreckten als auf Wachen, Beten und Fasten, so würde wahrscheinlich mancher die affenartige Erregtheit eines Börsenkulissiers, dem schon der israelitische

»Lange Tag« eine lästige Feier scheint, höher schätzen. Die Sache hat zum Glück aber noch eine zweite, weniger offen zutage tretende Seite, nämlich die, daß sich einem solchen wie »geistesabwesend« dasitzenden Menschen als Folge seiner fortgesetzten Gedankenkonzentration ein Reich innerlicher Wahrnehmungen voll unbeschreiblichem Glanz und Reichtum erschließt, dem gegenüber alles Äußerliche verblaßt. – Ein Reich voll ununterbrochener Verzückungen, die – wie die Yogis bestätigen – weder von äußeren Mißhandlungen des Leibes, noch von Schlaf, Traum, Ohnmacht oder sogar vom Tode des Körpers auch nur im geringsten beeinflußt werden können.

Einigen Wißbegierigen, die durch irgendwelche Schicksalsfügungen mit echten Yogis in Sympathie zu treten vermochten, wurden Aufklärungen und Beweise zuteil, aus denen hervorging, daß tatsächlich diese Fakire nicht nur die merkwürdigsten Fähigkeiten inneren Wahrnehmens, sondern auch unerhörte Kräfte außerkörperlichen Wirkens besaßen.

Nach den früheren Berichten eines gewissen Dr. Honigberger, die nach und nach in weitere Kreise drangen, ließ sich einmal ein Hindu-Yogi namens Hari-Das für die Dauer von mehreren Monaten begraben, um dann wieder lebendig zu werden. –

Auch ein indischer Brahmane (Agamya) brachte vor zwei Jahren in Berlin und Wien den Schlag seines Herzens und zugleich auch die Logik und Wahrheitsliebe der Zeitungberichterstatter zum Stillstand. (Ersteres durch ungefähr eine Minute.) Doch dieses Können beweist, wenn es überhaupt eine Yogifähigkeit ist und nicht vielleicht auf die Rechnung der Giftwirkung gewisser eifersüchtig geheim gehaltener Pflanzen gesetzt werden muß, — an sich nichts als das Vorhandensein mehr oder wenig tiefer Katalepsie. So merkwürdig Hari-Das' Fähigkeit — im großen — und die Agamyas — im kleinen — auch sein mag, — solange sie nicht von bewußtem (vorhergesagtem) außerkörperlichem Wirken begleitet ist, beweist sie nichts, was nicht sogar unserer »Wissenschaft« bekannt oder vielmehr geläufig wäre.

Nächstes Jahr wird Europa übrigens wieder der Ehre teilhaftig werden, »Seine Heiligkeit«, den Brahmanen Agamya, der sich schwindelhafterweise die Ehrentitel »Guru« und »Paramahamsa« beilegt, abermals anstaunen zu dürfen. — Agamya wird nach Europa reisen, um noch einige Schüler für seine »Geheimschule« zu suchen. — Und schon dieser Umstand allein verrät jedem, der nur ein wenig in derlei Dingen bewandert ist, zur Genüge, daß auch »Seine Heiligkeit« zu jenen Individuen gehören muß, die von Habsucht oder Eitelkeit getrieben umherziehen, Vorträge halten, okkulte Bücher schreiben und so tun, als seien sie Initiierte, besäßen die Mysterien oder stünden unter einer Mission, während sie in Wirklichkeit vollständig unwissend sind.

Besonders viele Europäer zählen jetzt zu dieser Klasse von Propheten, — sie machen sich interessant, gründen überflüssige »Brüderschaften« oder »Logen« und verzapfen — Weisheit. — Eine dünnbeinige Philosophie, die nicht einmal der ersten Attacke eines Stirner oder Nietzsche standhalten kann und aus Schriften von Böhme, Giechtel, Molinos, Jane Leade, Saint Martin und vielen anderen willkürlich und schlecht zusammengestoppelt ist.

Besonders in Deutschland ist diese »Bewegung« nachgerade unerträglich geworden.

Daß unter solchen Auspizien die wahre Yogalehre, von

der man bei uns noch immer keine Ahnung hat, nicht festen Fuß fassen kann und den Phänomenen des Mediumismus den Platz räumen muß, darf einen nicht wundernehmen.

Das Jahrhundert ist eben noch nicht gekommen, wo die Menschheit für den Einfluß der antiken großen Yogalehrer Hu-tsu, Chuang-tsu und Patanjali reif sein wird.

Die inneren Wahrnehmungen, sowie die verschiedenen Methoden, die man anwendet, um sich den »Siddhis« (die hohen Yogakräfte, die durch Innervierung der psychomotorischen Zentren im Menschen ausgelöst werden können) *schrittweise* zu nähern – der Weg zur vollkommenen *Beherrschung* dieser Fähigkeiten fällt nicht innerhalb unserer Willensgrenze und ist von vielen Faktoren abhängig –, werden in einem späteren Artikel (siehe den folgenden Artikel: »Fakirpfade«) genauer geschildert werden; – vorläufig sollen nur einige Berichte über die Art, wie sich die merkwürdigen Kräfte kundgeben, in knappen Auszügen folgen.

Zu den interessantesten Beobachtungen (schon deshalb, weil die Phänomene sich aufs Haar mit jenen decken, welche in den letzten Jahrzehnten bei den genialen Experimenten moderner Naturforscher von Weltruf an den europäischen Versuchspersonen D. D. Home, Cook, Palladino, Politi usw. usw. zutage traten) sind die des ehemaligen französischen Oberrichters L. Jacolliot in Chandernagore zu zählen. Obwohl dieser in der Öffentlichkeit als »diskreditiert« gilt.

Aus Gründen, die hier zu weit führen würden, konnte seiner Zeit Jacolliot mit einem tamulischen Fakir namens Govinda-Swami frei experimentieren, und die erzielten Resultate waren erstaunlich.

Ich lasse Jacolliot selber sprechen und will nur bemerken, daß die Kräfte des Fakirs Govinda, von denen die Rede sein wird, trotzdem sie sich sehr intensiv äußerten, dennoch einen niedrigstehenden Charakter tragen und an Wert nicht an die der hochentwickelten Yogis (sogenannten Rajah-Yogis, die außerordentlich selten sind, und zu denen vielleicht momentan mehr vornehme Chinesen und sogar Europäer als Inder zählen), im entferntesten heranreichen.

»Ich fragte den Fakir, ob er einen besonderen Platz einnehmen wolle. Er antwortete, es sei gleichgültig, und ich ging hierauf mit ihm auf die Terrasse meines Hauses, die heller war als das Zimmer und zu scharfer Beobachtung besser geeignet.

Auf meine Frage, ob er (der Fakir) etwas Näheres über die Kraft wisse, die sich in ihm offenbare und die Phänomene erzeuge, und ob er sich dabei gewisser Veränderungen im Gehirn oder in den Muskeln bewußt sei, antwortete er: ›Es ist keine gewöhnliche Naturkraft, die dann wirkt. – Ich bin nur das Instrument, ich rufe die ... an, und dadurch kommt diese Kraft in Tätigkeit.‹ (Hierdurch dokumentiert Govinda-Swami, daß er kein hochstehender Yogi ist.)

Ich habe eine Menge Fakire ausgefragt und immer dieselbe Antwort erhalten. – Ich forderte nun Govinda-Swami auf, zu beginnen. Er streckte seine Hände gegen eine ungeheure Bronzevase aus, die mit Wasser gefüllt und viele Zentner schwer war, und innerhalb fünf Minuten begann diese sich zu bewegen und sich dem Fakir in langsamem, regelmäßigem Tempo zu nähern. – Wie die Entfernung kleiner wurde, gab sie laute metallische Klänge von sich, wie wenn jemand mit einem Eisenstab daran schlüge, und manchmal wurde das Geräusch so dicht und stark wie das Aufprasseln eines Hagelschauers. –

Ich verlangte das Stillstehen, Weitergehen und abermalige Stillstehen der Vase, und es geschah, wie ich befahl. Dann forderte ich, daß die Metalltöne nach genau zehn Sekunden wieder erklingen sollten, und überzeugte mich nach der Taschenuhr von der Präzision des Phänomens, – meinem Wunsch, daß die Schläge sich nach dem Takte einer Musikdose, die ich zu diesem Zwecke aufzog, richten sollten, wurde ebenfalls Folge geleistet, kurz, ich unterließ nichts, um die Überzeugung zu gewinnen, daß Govinda-Swami vollkommen Herr über die Äußerungen der sonderbaren Kraft war. – Dreimal erhob sich die enorm schwere Vase einige Zoll über den Boden und fiel lautlos wieder zurück, – und das Wasser darin schwankte niemals, so sehr das Gefäß auch schaukelte. Alles in hellem Tageslicht!«

Andere Versuche:

»Wir schütteten feinen Sand auf den Fußboden und gaben ihm eine möglichst ebene Oberfläche, dann setzte ich mich mit Papier und Bleistift versehen an meinen Tisch. Der Fakir nahm ein Stück Holz und legte es vorsichtig auf den Sand. –

›Gib Acht!‹ sagte er, ›wenn das Holz sich von selber aufrichtet und du schreibst sodann mit dem Bleistift auf dem Papier beliebige Figuren und Arabesken, so wird es unten auf dem Sand genau dieselben Bewegungen machen. – Hierauf streckte er wieder seine Hände aus, und nach wenigen Minuten schon richtete sich das Holz, wie er gesagt hatte, auf. Jede Figur, mochte sie noch so wirr und verzwickt sein, die ich nun auf mein Papier zeichnete, wurde in demselben Augenblick unten auf dem Fußboden von dem Holzstab in den Sand gegraben. –

Hielt ich still, – so hielt auch der Stab inne. Der Fakir stand währenddessen weit davon entfernt an der Wand, und wenn ich auch die Figuren, die ich zeichnete, sorgfältig mit der Hand verbarg, so störte das das Phänomen dennoch nicht im geringsten.
Schließlich forderte mich Govinda auf, irgendwelche Worte in Sanskrit zu *denken*, und sofort schrieb das Holz: Adicete Veikountam Haris (Vischnu schläft auf dem Berge Eikonta), genau, wie ich es mir gedacht hatte.

Vor dem Ausgang lag ein Garten, in dessen Mitte ein Hinduwasserträger vermittels eines über eine Rolle laufenden Seiles Wasser aus dem Brunnen schöpfte. – Govinda streckte, ohne daß ihn der Hindu sehen konnte, seine Hände aus, und die Folge war, daß der Wasserträger das Seil nicht mehr bewegen konnte, trotzdem er alle seine Kraft aufbot. Wie die abergläubischen Hindu stets in Situationen, die ihnen auffallend scheinen, zu tun pflegen, so begann auch dieser sofort die volkstümlichen Formeln gegen die bösen Geister herzusagen, kaum aber hatte er den Mund geöffnet, als ihm auch schon die Worte in der Kehle stecken blieben und er keinen Ton herausbrachte. Erst als Govinda die Hände sinken ließ, drehte sich auch die Wasserrolle wieder.«

Ferner: »Der Fakir stellte den kleinen Kupferherd (solche sind oft in Indien in Gebrauch und dienen zum Verbrennen von Räucherwerk) in die Mitte der Terrasse und legte das Räucherwerk darauf. Dann nahm er seine gewöhnliche Stellung ein und begann seine Anrufungen. Als er damit zu Ende war, verharrte er in seiner Stellung, die linke Hand auf dem Herzen, die rechte auf seinen Bambusstock mit den sieben Knoten gestützt. Ich dachte, er werde wie früher einmal in kataleptischen Schlaf verfallen, aber es war nicht der Fall. Von Zeit zu Zeit drückte er seine Hand an die Stirne. Plötzlich gab es mir einen Ruck. Eine phosphoreszierende Wolke schien sich inmitten des Zimmers gebildet zu haben, und mit großer Schnelligkeit zuckten menschenähnliche Hände aus ihr hervor. – In einigen Minuten wurden diese Hände weniger dampfähnlich und gewannen an Deutlichkeit. Manche waren leuchtend und durchscheinend, so daß man durch sie hindurch die Gegenstände sehen konnte, – andere wieder waren dicht und warfen Schatten, wie gewöhnliche materielle Dinge. Ich zählte ihrer sechzehn. Ich wollte den Fakir fragen, ob ich die Hände berühren könne, da trennte sich eine von ihnen los und drückte meine ausgestreckten Finger; – sie war klein und weich, wie die eines jungen Weibes. – Derlei Erscheinungen dauerten fast zwei Stunden an; eine Hand brach Blumen ab und warf sie mir zu, eine andere fuhr mir übers Gesicht, wieder andere schrieben Sätze, die einen Moment aufleuchteten und dann verschwanden, an die Wand. – Einige der Worte notierte ich schnell mit Bleistift, zum Beispiel: Dioyavapour gatwâ (Sanskrit: ›Ich habe mich mit einem fluidischen Körper bekleidet‹).«

Interessant ist auch folgende Erzählung des Mr. John Campbell Oman, ehemalige Professor der Naturwissenschaften am Government College in Lahore:

»Vor ungefähr dreißig Jahren stand ein gewisser Hassan Khan im Geruche eines großen Wundertäters, obwohl seine Fähigkeiten sehr einseitiger Natur und banalen Charakters waren. Obwohl Mohammedaner, soll ihn, wie er angab, dennoch ein Hindu-Sadhu (eine Art Yogi) in diese Künste eingeweiht haben. Ich erhielt die Details seiner Geschichte von verschiedenen meiner europäischen Freunde, die ihn persönlich gekannt und seine Fähigkeiten in ihren eigenen Häusern geprüft hatten. – Er zeigte sein Können nur ungern und nahm nie Geld dafür. – Seine Kraft äußerte sich darin, daß er jederzeit imstande war, Gegenstände, besonders Wein und Lebensmittel, deren Art und Sorte man selbst bestimmen konnte, herbei zu ›zaubern‹. Unter vielen Fällen hier nur folgender:

Einer meiner europäischen Freunde saß zufällig einmal mit Hassan Khan in der Eisenbahn und verlangte plötzlich als Beweis der merkwürdigen Kraft Hassans (psychischer Apport) eine Flasche Wein.

›Strecke deine Hand aus dem Coupéfenster‹, sagte sofort der Moslin, während der Zug in voller Fahrt war, und kaum war es geschehen, als meinem Freunde auch schon eine Flasche exquisiten Weines in die ausgestreckte Hand flog. – Gelegentlich ließ sich Hassan Khan herbei, darüber zu sprechen, wie er zu seinen Fähigkeiten gekommen.

›Als ich noch ein junger Bursche war‹, erzählte er, ›kam eines Tages durch unser Dorf ein von Schmutz starrender Sadhu. – Die Jungen umringten und verhöhnten ihn, bis ich sie auseinanderjagte und ihnen vorhielt, daß jener Sadhu immerhin ein heiliger Mann, wenn auch ein Andersgläubiger sei. Der Sadhu sah mich daraufhin scharf an; und später, als er sich in der Nähe des Dorfes niedergelassen, trafen wir uns öfter, und er bot mir an, mir eine geheime Kraft zu übertragen, wenn ich seine Anordnungen strikt befolgen wolle, was ich denn auch tat. –

Es begann nun unter seiner Leitung ein System von Fast- und anderen Übungen durch ungefähr vierzig Tage, dann hieß er mich in eine finstere Grotte in der Nähe des Dorfhügels gehen und ihm berichten, was ich darin erblickt. – Mit großer Angst gehorchte ich und kam mit der Nachricht zurück, ein grauenhaftes riesiges Auge darin gesehen zu haben. – ›Es ist gut so, der Erfolg ist eingetreten‹, war die Antwort des Sadhu, und ich war sehr neugierig, welche Kraft ich nun wohl bekommen werde. – Der Sadhu wies auf einige umherliegende Steine und befahl mir, mit dem Finger ein gewisses Zeichen darauf zu machen. Ich tat es, und nun wurde mir aufgetragen, nach Hause zu gehen und meinem ›Djinn‹ (= abgespaltene psychische Kraft, wörtlich Dämon) zu befehlen, daß er die Steine herbeibringe. – Kaum hatte ich das getan, als zu meinem Entsetzen mir auch schon die Steine vor die Füße fielen. Ich lief zurück und berichtete dem Sadhu von dem Erfolg. ›Jetzt besitzest du‹, sagte er, ›eine Kraft, die du jederzeit und an allen jenen Dingen, über die du das gewisse Zeichen gemacht hast, anwenden kannst. Wähle aber womöglich nur Dinge, die du in kurzer Zeit selber aufbrauchen kannst, und gehe mit großer Vorsicht zu Werke, denn alles, was der ‚Djinn' bringt, bleibt nicht lange.‹ Des Sadhus Worte haben sich oft bewahrheitet, und oft schwebte ich in großer Gefahr, wenn die Kraft sich gegen mich selber wandte.« – – –

Alle solche und ähnliche Berichte klingen natürlich unglaublich und lächerlich, bis man sich selbst einmal gründlich überzeugt hat. Dann aber vergeht einem gar bald das Lachen, wie es Professor Lombroso vergangen ist, als er sich die ersten unanfechtbaren Beweise verschafft hatte. – Seine eigenen Worte: »Ich habe mich überzeugt, daß diese Phänomene kaum anders erklärbar sind als durch die Existenz außerirdischer Intelligenzen, die im Besitze von Kräften sind, für die etwa die Eigenschaften des Radiums eine Analogie bieten. – Die Lösung dieses Problems wird eines der gewaltigsten Ereignisse des Jahrhunderts sein«, – sprechen eine deutliche Sprache.

Vor ungefähr sechzig Jahren hat die Bewegung, die sich mit den Fragen des Okkultismus befaßt, ihren Anfang genommen und ist seitdem unaufhaltsam im Steigen begriffen.

Die Zahl derer, die ihre ganze Lebensführung völlig anderen Anschauungen praktisch anzupassen jeden Augenblick bereit sind, wächst von Stunde zu Stunde, und fast unabsehbar breit ist der Strom schon geworden, von dem ich in vorstehenden Zeilen nur einen winzigen Nebenarm zeigen konnte.

Wer tieferen Einblick in diese Bewegung gewonnen, der sieht mit Schrecken – vielleicht auch mit ein wenig Schadenfreude über die Blindheit der Schulweisheit: daß eine geistige Epidemie dicht vor den Toren steht und über Nacht mit einer Gewalt hereinbrechen kann, – daß man dann glauben wird, die Zeiten der Kinder-Kreuzzüge, der Camisarden und Wiedertäufer seien neu aufgewacht.

In den Zeitungen faseln sie von der glücklichen Überwindung der Hexenjahrhunderte und ahnen nicht, daß es heute vielleicht hundertmal mehr Hexengläubige gibt als je im Mittelalter.

Der Himmel ist schwarz von Wolken, und auf den Zacken der Herrscherkronen flammt das Sankt-Elmsfeuer. Und sie sehen es nicht!

Fakire über uns!

Der Rattenfänger von Hameln spielt bereits höhnisch die ersten Takte auf seiner Pfeife, und sie lachen dazu und meinen: einer blase auf einem hohlen Schlüssel. – Fakire über uns!

Schon hat die katholische Kirche mit Seherblick das kommende Gewitter erspäht und baut den ersten Blitzableiter. – Medien im Vatikan! –

Nur der protestantische Papst schläft noch den Schlaf der Aufklärung und quäkt aus dem Dusel:

Erstens gibt es keine mediumistischen Phänomene,
zweitens sind sie schädlich, und
drittens vertragen sie sich nicht mit unserer Lehre.

Fakirpfade

»Wohl dir, steht ein Berater an deinem Bette«

Die Alchimisten im Mittelalter zerbrachen sich den Kopf, wie man aus dem trüben Blei des Erdendaseins die Tinktur des ewigen Lebens gewinnen könne, – die Heutigen sind über so etwas längst hinaus. – Die trachten, das Gold der Unsterblichkeit in schmierige Banknoten zu verwandeln.

In den Schaufenstern der Buchläden und den Annoncen der Tagesblätter prangen bereits als Wahrzeichen die Anleitungen, wie man in fünf Minuten für nur eine Mark – auf okkultem Wege ein vollendeter Verbrecher werden könne.

Wie lange noch, und die Herren Lebensversicherungsagenten werden die heiligen Schriften des Vedânta studieren, um kraft magischer Atemübungen die werte Kundschaft besser hineinlegen zu können.

Ist man also endlich doch so weit, und hat den Yogis, Fakiren und Derwischen ihr Zauberwissen abgelauscht?

O nein. Heute weniger als je! Das fehlte gerade noch!

Wohl stehen in unseren Zeitläuften die Sterne günstig für Kunz und Stoffel, Kohl und Kraut werden zärtlich begossen, dieweil die Edelrauten verdursten, und ein Kubikkilometer faules Manna in Form theosophischer Literatur ist vom Himmel gefallen. – Und alles steht in diesen »mystischen« modernen Büchern: – wo die verschwundenen Weltteile Lemuria und Atlantis liegen, aus wieviel Seelenprinzipien der Mensch besteht (wenn er sich's gefallen läßt), auch die frohe Botschaft, daß sich in Deutschland endlich unter dem geistigen Schutze einiger semmelblonder Adepten eine ganz selbständige reformierte vaterländisch-theosophische Riege gebildet habe, dringt ans Ohr – bloß über den Anfang des wirklichen *Weges*, der, wie es im Märchen von der Prinzessin Parisade heißt, zum redenden Vogel, zum singenden Baum und zur Quelle der Auferstehung führen soll, gibt keiner wahre Kunde.

Mehr Wahrheit als in diesen – »Erkenntnis«-schriften liegt, weiß Gott, in jedem Volksmärchen. Nur glauben die Leute, sie müßten tief nach Wasser graben in solchen Sagen, und sehen darum das Geheimnis des glitzernden Taues nicht, der obenauf liegt.

Wohl gibt die viele tausend Jahre alte indische Lehre vom Yoga mit kalten dürren Worten scheinbar Aufschluß über die Methoden, die wunderbaren Kräfte der Fakire (siehe den vorhergehenden Artikel: »Fakire«) sich zu eigen zu machen, aber man versuche einmal, sie zu befolgen!

Lauter asketische Übungen!: »Lebe in der Einsamkeit. Iß nur fünf Bissen täglich. Nimm gewisse Körperstellungen ein, die bloß ein Schlangenmensch erzwingen kann. Halte den Atem an, erst fünf Minuten lang, dann zehn, zwanzig, dreißig und so fort bis zu zwei Stunden, und wenn du all das gelernt hast und außerdem noch deine Gedanken auf die Zauberworte Bhur und Hamsa zu konzentrieren, bis jede Zelle deines Körpers mitschreit, so kannst du nach weiteren Spezialübungen zur Herrschaft über die Siddhis (Wunderkräfte) gelangen.«

Diese Vorschriften sind nun für jedermann vollständig dunkel, wenn man nicht weiß – und unsere theosophischen und mystischen Herren Lehrer wissen es *nicht* –, daß alle diese körperlichen Vorgänge (Mudras, Asanas) usw. *Wirkungen* und nicht Ursachen sind, – daß ihnen ein ganz bestimmter Zustand vorhergehen muß, in dem diese Atemeinstellungen, Herzstillstand usw. *ganz von selbst auftreten,* – (ähnlich wie bei Epilepsie) – nämlich eine Art Scheintod.

Kann man nun diesen Zustand, der zur Pforte des Yoga führt, selber herbeiführen? Etwa durch Konzentration der Gedanken auf einen Punkt?

In der Lehre heißt es ausdrücklich, ein Guru oder »Führer« sei unerläßlich, und in diesen Worten liegt der Schlüssel zum Verständnis. –

Seit dieser unverstandene Satz in unsere Öffentlichkeit gedrungen ist, wimmelt es bei uns von Gurus, Geheimlehrern und »Führern«, absichtlichen und unabsichtlichen Betrügern.

Alle Augenblicke taucht inner- oder außerhalb der theosophischen, »talmirosenkreuzerischen« und anderen okkulten Brüderschaften ein neuer Fatzke auf und gibt sich für einen Initiierten aus, der im »Astralreich« lesen kann und Übungen zum Erwecken magischer Fähigkeiten zu vergeben hat.

Der wahre Guru, der *gemeint* ist, kann nun aber kein gewöhnlicher Mensch sein, der ißt, trinkt und verdaut und einen Beruf hat, – etwa der Herr Emil Kulike aus Kyritz an der Knatter oder sonst wer, – es ist darunter vielmehr ein ganz Anderer zu verstehen, und selbst die indischen Schriften sind in diesem Punkt eher verwirrend als offenherzig.

Auch wäre ein Ratschlag, eine Anweisung selbst eines echten Guru völlig unnütz und unzulänglich, denn es kommt darauf an, daß die ersten Male der Schüler in den erwähnten Scheintod direkt vom »Führer« versetzt *werden* muß, indem dieser durch Willensfernwirkung und auf eine nur dem *vollendeten* Yogi bekannte und mögliche Weise, – ungefähr nach der Idee der antiken böotischen »Psychagogen« – den Zustand so oft und so lange einleitet, bis ihn der Schüler von selber an sich hervorrufen kann.

Nach und nach wird dann die Dauer des Scheintodes immer kürzer (bis zum Bruchteil einer Sekunde), und für den Beobachter ist der Vorgang schließlich nicht mehr wahrzunehmen. Dann fallen auch die äußerlich sichtbaren Asanas und Mudras und anderen Yoga»übungen« weg.

Eine Abart dieses Scheintodes, die sogenannte Trance, tritt bei den (wenigen echten) spiritistischen Medien auf. – Auch diese besitzen alle einen »Führer« – einen Kontrollgeist, wie es in der Fachsprache heißt – aber ihre »Trance« beruht nicht auf Yoga, sondern verhält sich dazu wie Geisteskrankheit zu Genie, – ist auch nicht die Folge sorgfältiger Erziehung, sondern eine angeborene rein körperliche Disposition.

Ein weiterer Unterschied ist, daß das Medium in tiefe Bewußtlosigkeit verfällt und immer der Trance bedarf, um die psychischen Phänomene zu ermöglichen, wogegen der Yogaschüler den Scheintod mit seinen Begleiterscheinungen (genannte Atemhemmungen usw.) nur anfangs und nur so lange durchzumachen hat, bis ihm die Kräfte und ihre Handhabung vom Guru endgültig *übertragen* worden sind. – Und selbst während dieses Beginnens geht nie das Bewußtsein verloren; das Gegenteil – selbst wenn es bei einem Fakir oder einem Derwisch auftritt – ist stets das Merkmal des Mediumismus und als solches das Zeichen, daß die psychischen

Fähigkeiten nicht bleibender Natur und überdies an eine Reihe von Vorbedingungen, die beim Yogi wegfallen, geknüpft sind.

Die Technik der Kunst ist konform der Lehre nun folgendermaßen zu denken:

Durch den »Scheintod« wie durch die Trance wird der Mensch quasi in zwei Teile zerlegt, in einen rein körperlichen Organismus und eine gestaltlose Kraft. –

Der gewöhnliche Mensch ist immerwährend von einer Kette (unsichtbarer) typischer Wesen, – die im Laufe seines Lebens teils absterben, teils neu hinzukommen, umgeben oder behaftet. Irrtümlich werden sie meist für »Seelen Verstorbener« gehalten. – Wird nun die gewisse Kraft oder ein Teil davon auf irgendeine Art frei, so werden diese Wesen von ihr seltsam belebt und selbständig – in ähnlicher nur weit komplizierterer Weise wie der bekannte tote Frosch Galvanis unter dem Einfluß der Elektrizität. –

Die »spiritistischen Kundgebungen« in ihrer vollen die Naturgesetze scheinbar umstoßenden Seltsamkeit sind die notwendige Folge.

Beim Yogaschüler steht die Sache aber anders. In seiner Psyche sind keine solchen »Wesen« mehr; durch einen langen Abtötungsprozeß sind sie zugrunde gegangen, vernichtet wie von Herkules die tausend Köpfe der Hydra, und umgeben ihren Herrn als leblose Körper und zu seiner Verwendung stehende geheimnisvolle Instrumente, kreisen um ihn wie der ausgebrannte Mond um die lebendige Erde kreist.

Die im Yogascheintod freiwerdende Kraft bleibt auch nicht formlos wie beim Medium, sondern gerinnt allmählich zu einer Gestalt = dem ewig unzerstörbaren Träger des immerwachen Bewußtseins des Yogis über

Schlaf, Ohnmacht und Tod hinaus – zu einem Doppelgänger, der nicht mehr verwesen kann.
Über die Beschaffenheit dieser Kraft, die in sich alles aufzulösen vermag – des »philosophischen Merkurius« der hermetischen Alchimisten –, über ihre Wirkungen, die Gesetze, die sie schafft und von denen sie gehemmt wird, läßt sich hier nicht reden, es muß genügen, zu sagen, *daß vermittels ihrer das trivialste wie das sublimste Ausgedachte, das heißt gedanklich geformte Vorhaben mit allen jenen äußeren Eigenschaften ausgestattet und umkleidet werden kann, die wir Greifbarkeit, Sichtbarkeit, Wägbarkeit usw. nennen* und über deren »Realität« oder »Unrealität« unsere moderne Wissenschaft bereits zu unumstößlich präzisen Sätzen gekommen ist. Ernst Mach, zum Beispiel.
Erst wenn in der Psyche die gewissen »Begleitwesen« abgestorben sind, kann der Mensch Yoga betreiben oder richtiger: *erleben*, und in diesem Zeitpunkt erst kommt der »Guru« zu ihm, – gleichgültig, ob am Nordpol, im Himalaja, im Gefängnis oder wie bei Sankt Hubertus inmitten der Hirschjagd.
Der Prozeß, die »Begleitwesen« auszubrennen, kann Jahrtausende dauern (nach der Lehre verkörpert sich die Psyche immer wieder) und darf mit »Yoga« nicht verwechselt werden. Bei wem er einmal einzusetzen begonnen hat, – wen die Uräusschlange des Paradieses einmal gebissen, dessen Wege biegen scharf ab von denen seiner Brüder, und mag er auch scheinbar mitten unter ihnen weilen, in Wahrheit ist er ihnen viel, viel weiter entrückt, als räumliche Strecken zu trennen vermögen. –
Menschen aller Völker und Jahrhunderte tragen die Wunde vom Biß dieser Schlange, und aus ihren Scharen – die unabsehbar geworden sind im Lauf der Zeiten

— ist jene vom Durste nach dem Metaphysischen gefolterte Armee angewachsen, die sich dunklen Zielen, — den übrigen ein unfaßbares Rätsel — zuwälzt.

»Entartete« nennt Max Nordau jene Gebissenen, Jesus Christus nennt sie das Salz der Erde.

Bei dem einen zeigt sich das Gift der Schlange in seiner Wirkung als dunkler, unbegreiflicher Trieb zur Selbstqual und Askese, bei dem anderen als verzehrende Sehnsucht nach überirdischer Macht, nach Wissen und metaphysischer Erkenntnis oder als religiöser Durst nach der Gottheit.

»Wie der Hirsch nach frischem Wasser schreit, so rufet meine Seele, Gott, nach dir«, heißt es in der Bibel.

Griffe man etliche heraus aus den Scharen jener — »Pilger« will ich sie nennen, ob sie nun nackt und einsam in Wäldern wie indische Sannyassins oder kultiviert, als europäische Mystiker, unter den Menschen leben, und forschte nach ihrem Sinnen und Trachten, nach dem Ziel ihres Weges und was ihres Fußes Leuchte ist, man stieße auf unendliche Widersprüche.

Die Wunderkräfte, die der eine erstrebt, erscheinen dem anderen wie giftige Beeren am Wege, — die Wonnen und Verzückungen jenes, diesem als Laster! Swedenborg schüttelt den Kopf über Gautama Buddhas Wahnversiegung und sehnt sich nach dem Himmel, und der chinesische Asket Hu-tzu verlängert sein physisches Leben um tausend Jahre.

Und wem es nicht gelingt, tiefer in das Chaos zu blicken, der glaubt, vor einem Kapitel der Geschichte menschlicher Narrheit zu stehen.

Und doch liegt die Geschichte menschlicher Narrheit auf einem ganz anderen Gebiete! Man betrachte doch einmal in einem Museum zum Beispiel eine Sammlung von

Schuhen und Stiefeln aus den verschiedenen Jahrhunderten oder lese die Annalen — — — der internationalen Ruhmesgeschichte!
Erst klärt sich der Blick, wenn man versteht, daß jeder »Pilger« zum Ziele *seiner* — — Sehnsucht geht, und daß der mystische »Weg« zur Pforte des Yoga — das Ausbrennen der Hydraköpfe, — nichts als die *Opfer* sind, die er dieser Sehnsucht darzubringen versteht. — — —
Von jenen, die dem königlichen Pfade zustreben, dem Pfade der Macht und Allwissenheit, den die chinesischen Übermenschen Hu-tzu und Chuang-tzu gegangen sein mögen, vernimmt die Öffentlichkeit wohl nie, — nur von jenen, deren Sehnsucht nach der Glückseligkeit »immerwährender Anschauung Gottes« und innerer Erleuchtung steht und die die (Wunderkräfte) Siddhis und alles, was zur Außenwelt in Beziehung, für Schranken auf ihrem Wege halten.
Jakob Böhme, Jane Leade, Mothe-Guyon sind von Europäern mit die bekanntesten unter ihnen, von Indern *unserer* Zeit Bhaskarananda aus der Sekte der Sannyassins, besonders aber Srî Ramakrishna Paramahamsa.
Einige Worte hier über deren Leben!
Bhaskarananda, 1833 in einer vornehmen Brahmanenfamilie geboren, studierte mit glühendem Eifer vom achten Jahre an Sanskrit und die Philosophie der Veden. — Als ihm in seinem achtzehnten Jahre ein Sohn geboren wurde, betrachtete er gemäß der Gesetzvorschriften des Manu seine Beziehungen zu den Menschen für erfüllt und wurde, um seine bisher nur theoretisch empfundene Anschauung von der »Unwirklichkeit der Außenwelt zur Tat zu machen« (das heißt den geheimen Prozeß des Abtötens der gewissen »Begleitwesen« praktisch vorzunehmen) zuvörderst ein wandernder Asket.

Immer mehr vertiefte er seine Studien des Vedânta, und um zur Fähigkeit des inneren Schauens zu gelangen, trat er der Sekte der Sannyassins bei.
Nach und nach erlebte er jene Bewußtseinsverschiebungen und polarischen Veränderungen des Körpers, die die Grundlage bilden zu der praktischen (nicht nur theoretischen) Erkenntnis: »daß die Außenwelt nichts Reales ist, niemals in Wirklichkeit existierte, nicht existiert, noch auch jemals existieren wird.« »So, wie wir im Schlafe träumen, das Geträumte für wirklich halten, beim Erwachen aber über jeden Zweifel erhaben einsehen müssen, daß wir uns geirrt, — so können wir eine andere Art Erwachen erlangen, in der auch die Außenwelt mit all ihren gegenseitigen Beziehungen und relativen Gesetzen als substanzlos, als Schatten und Traumgebild durchschaut und erkannt wird.«
Nach dreizehnjähriger Askese hatte Bhaskarananda diejenige Erkenntnis erlangt, die er ersehnt, und blieb für den Rest seines Lebens in der Nähe von Benares. Er war den Hindus Gegenstand höchster Verehrung, und selbst Europäer, die ihn aufsuchten, waren der Bewunderung über die enorme Tiefe seines Wissens voll.
Wundertaten aller Art, besonders Heilungen, werden über ihn berichtet. —
Srî Ramakrishna Paramahamsas Lebensgeschichte — von dem Oxforder Professor Max Müller[1]) als Denkmal für die Nachwelt niedergelegt — ist das Ergreifendste, Merkwürdigste und zugleich Lehrreichste auf diesem Gebiet, das sich überhaupt finden läßt.
Ebenfalls im Jahre 1833 geboren, war Ramakrishna von

1) »The Life and sayings of Sri Ramakrishna« by Professor Max Müller, London, Longmans, Green & Co.

Kindheit an von einem unaufhörlichen, verzweiflungsvollen Durste, die Gottheit (die er sich bildlich mit Vorliebe als die indische symbolische Göttin Kalî vergegenwärtigte) zu schauen und sich mit ihr zu vereinigen, geradezu besessen.

Eine ganze Reihe wunderbarer Zustände trat bei Ramakrishna auf, und keiner der europäischen Ärzte und Gelehrten, die zahlreich zu Ramakrishna wie zu einem medizinischen Kuriosum gezogen kamen, verstand sie zu deuten.

Oft verfiel er in tagelangen Scheintod, und immer zog gerade irgendein nackter, schweigsamer Sannyassin des Weges, wie von einer geheimen Macht gesandt, nahm sonderbare Manipulationen an ihm vor und brachte ihn dadurch wieder zum Leben zurück.

Später wieder befiel ihn eine zwölf volle Jahre dauernde Unfähigkeit, zu schlafen oder die Augen zu schließen, und viel Ähnliches der Art. Alles aus der verzweifelten Sehnsucht, Gott zu finden, heraus.

Ein grelles Streiflicht auf diese Art physischer Begleiterscheinungen wirft der Umstand, daß dieselben Vorgänge in gleicher Intensität und Reihenfolge laut den heiligen Büchern der »Vaishnava«sekte schon einmal — vor vierhundert Jahren — bei dem religiösen Reformator von Bengalen Srî Chaitanya stattfanden, also typisch sind.

Allmählich erloschen bei Ramakrishna diese stürmischen Absterbesymptome und machten einem seiner Schilderung nach unbeschreiblichen Glückseligkeits- und Wonnegefühle Platz, das ihn den Rest seines Lebens hindurch keine Stunde mehr verließ.

Und im selben Maße wuchs in ihm, ohne daß er je irgendwelche Studien betrieben hätte, wie aus dem

Nichts heraus eine so profunde Weisheit und alles umfassende philosophische Erkenntnis, daß sich bald ein Kreis indischer (auch europäischer und amerikanischer) Gelehrter um ihn scharte und erschüttert seinen Lehren lauschte.
Zuweilen ging von ihm eine so starke »magnetische« Ausstrahlung aus, daß viele seiner Besucher in Bewußtlosigkeit und Starrsucht verfielen.
Wie gering er »Wunderkräfte« schätzte, geht aus einer Bemerkung hervor, die er machte, als ihm jemand von einem in der Nähe weilenden Yogi berichtete, der die Schwerkraft überwunden hatte und zuzeiten auf dem Wasser ging. – Er schüttelte nur mitleidig den Kopf und sagte: »Wie weit muß dieser Erbarmungswürdige noch in der wahren Erkenntnis zurückstehen!«
Mit Recht kann Ramakrishna als der bedeutendste indische Prophet der letzten Jahrhunderte gelten, und er ist der einzige der Weltgeschichte, der nicht nur die *praktischen* Mysterien seiner eigenen Religion, sondern auch die der anderen an sich erfuhr, wie die des Islams und des Christentums (wie Christus sagt: Es sei denn einer von *neuem geboren*, kann er das Reich Gottes nicht schauen).

Gehören nun alle jene sonderbaren Heiligen, von denen wir hören, die heulenden oder kettenbeladenen wandernden Derwische, die Hindu-Asketen, die ihren Leib foltern, in die Sonne starren, sich an den Füßen aufhängen oder zwischen fünf Feuern sitzen, die bengalischen Aghorpantis, die menschliche Leichen ausscharren und verzehren, – alle in dieselbe Klasse wie Ramakrishna, Jakob Böhme oder Swedenborg? –
Sie sind *dasselbe!* – Nur auf verschiedenen Stufen, und

die Prozesse des Absterbens der »Begleitwesen« äußern sich bei jedem anders oder werden bewußt nach den unzähligen geheimgehaltenen Vorschriften der diversen Orden, Brüderschaften und Sekten verschieden angestrebt.

Handeln manche auch bloß nach inneren Eingebungen, nach Winken und Befehlen, die sie im Traume erhalten, nach dem christlichen »inneren Wort« oder nur einem dunkeln Triebe folgend, das *Resultat* und das Ziel ist immer dasselbe: der Yoga, der Hochpfad des wahren Übermenschen.

Denn Yoga ist eben das *Ende* und nicht der Anfang des »Weges«, wie heute fast alle wähnen.

Wohl kommt es vor, daß bei dem »Pilger« plötzlich niedrigere Wunderkräfte ganz von selbst sich zeigen, wenn vorübergehend ein kleiner Teil der erwähnten »formlosen Ausstrahlung« frei wird, aber sie sind nicht von Bestand, sie sind wie die Fata morgana der Wüste, und nur der Schatten, den große Ereignisse vorauswerfen.

Besonders bei allen jenen treten sie ein, die die physischen Begleiterscheinungen bei den Heiligen und fast vollendeten Yogis, wie sie im Volksmunde überliefert oder in den Schriften des indischen sogenannten Hatha-Yoga-Pradipika als Mudras usw. ausgezeichnet sind, irrtümlich für Rezepte halten und sie nachzuahmen sich bemühen, Ursache und Wirkung verwechselnd. Statt bleibende Kräfte zu erwerben, bilden diese Unglücklichen sich aber nur zu Geschöpfen aus, die zwischen Mediumismus und wahrem Yogitum stehen, und gehen schließlich in Irrsinn (meist Verfolgungswahnsinn) unter. – – –

Vor einigen Dezennien wurde die Bewegung des »Spiritismus« lebendig und gewann eine Ausdehnung, die noch heute niemand ahnt, und kurz darauf konnte es durch die herostratische Tat einer Russin namens H. P. Blavatsky geschehen, daß aus dem geistigen Spülwasser – angesammelt während Jahrhunderten – in den Ländern der Bleichgesichter die Schmutzwasserhose des heutigen theosophischen Okkultismus sich emporquirlen konnte.

Vielleicht wird es einmal unserer Wissenschaft gelingen, die beiden Salze, die in dieser ersten und der zweiten Bewegung gelöst enthalten sind, herauszufällen; dann wäre auch die Formel schnell gefunden, die den kürzesten Weg zum Yoga weist und die Umwege abschneidet. –

Die Erkenntnis *eines* klaren, allen Rankenwerkes entkleideten Prozesses – wie die erwähnten »Begleitwesen«, diese Schmarotzer an der menschlichen Psyche, von deren bloßen Existenz die heutige große Menschheit noch keine blasse Ahnung hat, auf die zweckmäßigste Art zum Absterben gebracht werden können, – wäre der Gewinn.

Vor dieser Springwurzel hielte kein Schloß mehr stand, auch das der Pforte nicht, die uns das Reich des Unsichtbaren, des »Fabellandes«, der »Trugbilder« und der – – »albernen Hirngespinste« verschließt.

Und wenn dann auch manches Bestehende seinem Untergang entgegenschritte, was nützte es, man müßte es hinnehmen, müßte es geduldig hinnehmen, und wenn es selbst – – – eine »Neuausgabe« von Häckels »Welträtseln« wesentlich erweitert und umgestaltet zur unangenehmen Folge hätte. –

Haschisch und Hellsehen

Von Hellsehern und Hellseherinnen berichten schon die Sagen und Legenden frühester Zeiten. Hellseher und Hellseherinnen gibt es auch heute mehr noch als früher; nur erstreckt sich ihr Hellsehen leider vor allem darauf, wie man dem leichtgläubigen und kritiklosen Nebenmenschen Geld aus der Tasche zieht, indem man ihm Erbschaften oder dergleichen prophezeit. Von solchen »geistig inspirierten« Leuten soll hier nicht die Rede sein; wohl jeder ist ein- oder das andermal mit ihnen zu seinem Schaden in Berührung gekommen. Bei uns hausen sie vorläufig noch im 4. Stock in Vorstadtgebäuden, in Paris halten sie sich vornehme Empfangsräume, und in England annoncieren sie in der »Occult Review«. Geld verdienen sie wohl alle, die einen mehr, die anderen weniger, je nach der Dummheit ihrer Kundschaft. Neiden wir es ihnen nicht: der Arbeiter ist seines Lohnes wert. – Betrüblich ist dabei nur das eine: sie tragen mit die Schuld, daß alles, was ins Gebiet des uns geheimnisvoll Scheinenden, des Okkulten, des Mystischen und so weiter einschlägt, gebrandmarkt ist, es sei behaftet und verquickt mit Aberglauben, mit Trug und Betrug, mit Täuschung aller Art, – kurz: es sei Sumpfboden im schlimmsten Sinne.

Nichtsdestoweniger steht fest, daß es eine menschliche Fähigkeit gibt, der der Name Hellsehen mit Recht zukommt. Allerdings sind die einwandfrei geprüften und als echt erwiesenen Fälle ungemein selten. Immerhin erhärtet ein einziger Fall wie der von Swedenborg die

Wahrheit der Tatsache. Trotzdem der Fall in weiten Kreisen bekannt sein dürfte, sei hier wortgetreu nochmals angeführt, was *Kant* (!) über ihn in seinem Brief an *Charlotte von Knobloch* schreibt: »Die folgende Begebenheit aber scheint mir unter allen die größte Beweiskraft zu haben und benimmt wirklich allem erdenklichen Zweifel die Ausflucht. Es war im Jahre 1759, als Herr von Swedenborg gegen Ende des Septembermonats am Sonnabend gegen 4 Uhr nachmittags aus England ankommend, zu Gothenburg ans Land stieg. Herr *William Castel* bat ihn zu sich und zugleich eine Gesellschaft von 15 Personen. Des Abends gegen 6 Uhr war Herr von Swedenborg herausgegangen und kam entfärbt und bestürzt ins Gesellschaftszimmer zurück. Er sagte, es sei jetzt eben ein gefährlicher Brand in Stockholm am Südermalm (Gothenburg liegt von Stockholm über 50 Meilen weit ab) und das Feuer griffe sehr um sich. Er war unruhig und ging oft heraus. Er sagte, daß das Haus eines seiner Freunde, den er nannte, schon in Asche läge und sein eigenes Haus in Gefahr sei. Um 8 Uhr, nachdem er wieder herausgegangen war, sagte er freudig: Gottlob, der Brand ist gelöscht, die dritte Tür von meinem Hause! – Diese Nachricht brachte die ganze Stadt und besonders die Gesellschaft in starke Bewegung. Sonntags morgens ward Swedenborg zum Gouverneur gerufen. Dieser befrug ihn um die Sache. Swedenborg beschrieb den Brand genau, wie er angefangen, wie er aufgehört hätte und die Zeit seiner Dauer. Desselben Tages lief die Nachricht durch die ganze Stadt, wo sie nun, weil der Gouverneur darauf geachtet hatte, eine noch stärkere Bewegung verursachte, da viele wegen ihrer Freunde oder wegen ihrer Güter in Besorgnis waren. Am Montag abends kam eine Estafette, die von der Kaufmannschaft in Stockholm während des Brandes abgeschickt war, in Gothenburg an. In den Briefen ward der Brand ganz auf die erzählte Art beschrieben. Dienstag morgens kam ein königlicher Kurier an den Gouverneur mit dem Bericht von dem Brande, vom Verluste, den er verursacht, und den Häusern, die er betroffen, an: nicht im mindesten von der Nachricht unterschieden, die Swedenborg zur selbigen Zeit gegeben hatte, denn der Brand war um 8 Uhr gelöscht worden.«

Nun liegt die Frage nahe: welche Ursachen befähigen einen Einzelnen, wie im erwähnten Falle Swedenborg, zum Hellsehen, während Tausende und Abertausende von Menschen diese Eigenschaft nicht im entferntesten besitzen, ja sie als etwas ihrem innersten Wesen so Urfremdes empfinden, daß sie nicht einmal daran zu glauben vermögen und zornig werden, wenn die Rede auf Hellsehen oder dergleichen kommt? – Ist ein Bevorzugter wie Swedenborg reifer? Ist er würdiger?

Ohne Zweifel hat es Tausende von Menschen gegeben, die geistig höher standen als Swedenborg und trotzdem die Gabe des Hellsehens nicht besaßen; andererseits viele, die moralisch und geistig tief unter ihm standen – vielleicht sogar Verbrecher waren – und dennoch das Zweite Gesicht hatten.

Aller Wahrscheinlichkeit nach, so will mir scheinen, ist Hellsehen eine Fähigkeit, die *allen* Menschen – vielleicht sogar Tieren, denn Instinkt zeigt oft eine bemerkenswerte Ähnlichkeit mit Hellsehen – innewohnt, nur wird sie meistens durch hemmende Beschaffenheit des Nervensystems oder des Blutes usw. gehindert, sich zu äußern. Es ist also nicht so, als ob sie wüchse im Menschen, nein: sie ist vorhanden und wird nur enthüllt, entfesselt, frei gemacht! – – Welche Mittel gibt es nun, um sie zu ent-hüllen? Der indische Yogalehrer Patanjali, eine Persönlichkeit des asiatischen Altertums, sagt: »Die Siddhis (psychische Kräfte, zu denen auch das Hellsehen gehört) sind entweder angeboren oder erwachen durch Anwendung gewisser Kräuter oder durch Versenkung in das innerste Ich oder durch Askese.«

Überdenkt man die drei letzten angegebenen Methoden, so muß man wohl zu dem Schluß kommen: Versenkung, Askese und insbesondere Anwendung von Pflanzengiften wirken mittelbar oder unmittelbar auf den *Körper* ein; sie ent-hüllen! Auch im Falle der »Versenkung«? Gewiß! Man lasse sich nur nicht zu der Meinung verleiten, innere Versenkung sei unlösbar mit religiösen Momenten verbunden! Der Buddhismus, als Beispiel hierzu angeführt, hat nichts mit Seele oder Gott zu tun, und doch führt die buddhistische Versenkung schneller als irgendeine andere – nebenbei – zum Hellsehen, trotzdem der echte Buddhist sie keineswegs übt, um solche Gaben zu erlangen. Wer sich übrigens für diese Art der Versenkung interessiert, sei auf das hervorragende neue Werk von Georg Grimm »Die Wissenschaft des Buddhismus« (Verlag Drugulin) verwiesen. – Was den Hinweis des Patanjali auf die Anwendung gewisser Kräuter betrifft, so kann ja kein Zweifel bestehen, daß es sich in diesem Fall ausschließlich um Beeinflussung des *Körpers* handelt. Kein vernünftiger Mensch wird annehmen, daß man durch Gifte oder dergleichen die Seele wachsen machen könnte.

Patanjali gibt die Kräuter, von denen er spricht, nicht genauer an; es scheint, als habe man schon zu seiner Zeit sie absichtlich geheimgehalten. Unsere moderne Wissenschaft der Toxikologie steckt noch zu sehr in den Kinderschuhen, und die Kenntnisse primitiver Völker, soweit sie sich auf magische Anwendung von Giften behufs Erweckung von Hellsehen erstrecken, sind uns bisher verschlossen geblieben. Unsere Toxikologen haben wohl festgestellt: »Dieses oder jenes Alkaloid erzeugt diese oder jene Halluzination«, aber das Wesen der »Halluzination« haben sie nicht durchforscht: es schlug nicht in ihr Fach!! –

Da mich, obwohl ich kein Toxikologe bin, noch auch zu werden gedenke, gerade die Art solcher Halluzinationen lebhaft interessierte, beriet ich mich – ich glaube, es war im Jahr 1894 – mit einem befreundeten Arzt in Prag und beschloß, zuerst einmal mit dem allgemein bekannten Haschischextrakt einen Versuch zu machen. Ich nahm auf seinen Rat hin einige Gramm *Tinctura cannabis indicae,* worauf mir prompt übel wurde. Dasselbe Phänomen wiederholte sich wohl ein dutzendmal. Ich schloß daraus, daß hier wieder einmal die moderne Pharmazie einen Wechselbalg geboren hat, dem sie als Würde einen wunderschönen Namen in die Wiege legte. Höhnisch grinsend bestätigte mir das ein arabischer Tabakhändler, als ich ihm mein Leid klagte. Ich hatte ihn zufällig in einem Eisenbahnkupee kennengelernt und mir sein Wohlwollen durch Kauf von tausend Zigaretten zugezogen. Im Lauf des Gesprächs erfuhr ich von ihm, daß echter Haschisch, wie er im Orient gebraucht wird, um Ekstasen religiöser Art hervorzurufen, auf besondere Weise hergestellt werden müsse. Er versprach mir, aus Kairo eine bestimmte Menge zu schicken. Auf meinen Einwand, es würde schwer sein, Haschisch über die Zollgrenze zu schmuggeln, lächelte er still. – Nach einigen Monaten kam der Haschisch richtig an: er war in ein Schnupftuch eingewickelt, das in einem Kistchen mit Holzkohlenpulver versteckt lag.

Die Zollbehörde ließ das Paket durch, nachdem sich ein Beamter fluchend die Finger beim Durchsuchen an dem Kohlenpulver schwarz gemacht hatte. – »Dreißig Gramm willst du von dem Zeug einnehmen?«, fragte mich mein Freund, der Arzt, als ich ihm sagte, soviel habe mir der Araber als unbedingt erforderlich angegeben; – »bestell dir dann aber sogleich einen Sarg, ehe es zu spät ist!« – Ich wurde unsicher: hatte ich mich verhört? Ich suchte, mir ins Gedächtnis zurückzurufen, was mir der Araber geraten hatte: – »Sie müssen dreißig Gramm in schwarzem Kaffee auflösen und dann trinken. Dabei müssen Sie einen Bambusstab in die Hand nehmen: wenn der Keph (Rausch) eintritt, werden Sie die Empfindung bekommen, der Stab sei eine Leiter. Auf diese Leiter müssen Sie hinaufklettern ...« Ich fragte: »Wohin komme ich dadurch?« – »In den Himmel!« war die schlichte Antwort gewesen. – – Dreißig Gramm? In den Himmel? Hm! – die Sache kam mir jetzt, wo mich der Arzt gewarnt hatte, äußerst doppelsinnig vor, und ich entschloß mich daher, es lieber erst einmal bei zehn Gramm bewenden zu lassen.
Für den kommenden Tag, es war ein Samstag vor zwei darauf folgenden Feiertagen, bat ich mehrere Freunde zu mir, damit sie Zeugen meiner Kletterei in den »Himmel« würden. Gegen drei Uhr nachmittags nahm ich den Trank ein und kam mir dabei vor wie der unberufen längst verblichene Sokrates mit dem Giftbecher. Eine Stunde verging: nichts. Es wurde sechs Uhr: nichts. »Es werden Brennesseln gewesen sein statt Haschisch«, meinte mein Freund, der Arzt, mißgelaunt, und hielt die Flasche mit Essig, die er als Gegengift mitgebracht hatte, ärgerlich gegen das Licht. Ich schritt ungeduldig im Zimmer auf und ab. Plötzlich hatte ich das Gefühl, als

sei ich etwa einen viertel Meter größer als sonst und ginge auf Kothurnen. Dabei war mein Wahrnehmungsvermögen jedoch nicht im geringsten getrübt, was die Dinge der Außenwelt betrifft. Ein »kalter Rausch«, so möchte ich es nennen, befiel mich, von Minute zu Minute stärker und quälender werdend. Das Wort »Betrunkensein« wäre ein verfehlter Ausdruck für den sonderbaren Zustand: meine Sinne wurden nicht getrübt wie bei einem Alkoholrausch, sondern im Gegenteil: unbeschreiblich geschärft. Leise Geräusche hörte ich wie Donner. Von Ekstase irgendwelcher Art keine Spur. Vielmehr nahm eine seelische Nüchternheit von mir Besitz, wie ich sie nie vorher im Leben gekannt hatte. »Zu dumm: wir haben den Bambusstab vergessen!« brummte der Arzt, als ich es ihm sagte. – »Oder: die Geschichte ist langweiliger als wir gedacht haben«, wendete ich ein. – Inzwischen hatte sich das Gefühl des Erhöhtgehens so gesteigert, daß ich zeitweilig glaubte, zu fliegen. Ich sah mit unerhörter Deutlichkeit wundervolle Gegenden, Gletscher und Täler tropischer Landschaften, Wälder und farbig beleuchtete Wüsten unter mir. Aber ihr Anblick entzückte mich nicht im geringsten; auch vergaß ich dabei keinen Augenblick, wo ich in Wirklichkeit war, nur daß mir diese »Wirklichkeit« noch viel banaler vorkam als die Bilder der Vision. Eine Weile schwieg ich, denn die mir so gänzlich neuen Anblicke interessierten mich allmählich, und ich spähte gewissermaßen in ihnen aus, ob sich nicht irgend etwas zeigen möchte, das mir Aufklärung gäbe, ob das Land, das ich sah, wirklich existiere, – ein Mensch oder so. Es war eine innere Frage, die gleich darauf sich zu einer Antwort in Bilderart zu formen begann: Ich sah mich nämlich selbst aus einer Wolke gerinnen, nur trug ich nicht meine gewöhnlichen Kleider, sondern war in einen Asiaten, so schien es mir, verwandelt, – in einen Mann mit einem runden spitzen Strohhut, wie ihn die Annamiten tragen, und einem Joch mit zwei Eimern daran auf den Schultern. Er war barfuß und in einen ärmlichen Anzug aus blauer verschossener Leinwand gehüllt: ein Wasserträger offenbar. Er begann die Lippen zu bewegen, und ich horchte gespannt, was er wohl zu mir sprechen würde. Ärgerlicherweise schlug da ein Satz, den einer der im Zimmer Anwesenden, ein Herr v. Unold, der Beamter bei der Kreditanstalt war, sagte, an mein Ohr und zerriß das Bild im Nu. – »So kommen wir nicht weiter!« hörte ich ihn reden, »glauben Sie nicht, daß Sie uns irgendeinen Beweis von Hellsehen geben könnten in Ihrem jetzigen Zustand?« – Ich sah den Sprecher an und wollte gerade erwidern: »Ich wüßte nicht, wie ich das anstellen sollte«, da tauchte mit einem Male vor mir ein neues Bild auf, und zwar so scharf und deutlich, daß ich währenddessen fast vergaß, wo ich mich befand: Ich sah meinen Freund Hans Ebner, der ebenfalls mit meinen anderen Gästen zu dem Haschisch-Experiment eingeladen, aber bis dahin noch nicht gekommen war, vor dem in Prag allgemein bekannten hohen Haus des Uhrmachers S. stehen; er blickte hinauf zu der über dem Dachgiebel hellbeleuchteten großen Uhr. Ich sah mit ihm hinauf: die Zeiger wiesen auf zehn Minuten vor Zehn. Mein Freund trug einen schwarzen Havelock und in der Hand einen Stock mit einer silbernen Öse, durch die er den Daumen gesteckt hatte, den Stock auf diese Weise im Kreise wirbelnd. Ich erzählte, was ich sah, den Anwesenden. – »Da müßte Ebner etwa in einer Viertelstunde hier sein!« meinte Herr v. Unold. – »Nein, er besteigt soeben eine Droschke; er wird früher kommen«, widersprach ich. Um mich zu prüfen, ob das Gesehene nicht wildgewordene Phantasie sei, bemühte ich mich sofort, das Bild zu verscheuchen und ein anderes beliebiges an seine Stelle zu rücken, aber so sehr ich mich auch bemühte, es ging nicht! Ich verfolgte den Weg der Droschke bis fast vor mein Haus, und wenige Minuten darauf betrat Ebner mein Zimmer; er trug den von mir gesehenen Mantel und den Stock, den ich früher nie bei ihm erblickt hatte. Er wurde genau verhört, und es ergab sich, daß alles bis aufs Haar genau stimmte, was ich gesehen hatte. – Ein Zufall läßt sich als Lückenbüßer demnach in keiner Weise einschieben! Auch die Einzelheiten, deren Schilderung hier zu weit führen würde, ließen keinen Zweifel mehr zu. Im Verlauf der anschließenden Erörterungen kam Herr v. Unold auf den Einfall, mich auf Hellsehen zu prüfen, was das *zeitliche* und nicht das räumliche Moment betraf. »Stellen Sie sich einmal vor«, redete er mich an, »es wäre heute nicht Samstag abend, sondern etwa elf Uhr vormittag am kommenden Dienstag! Gehen Sie einmal unter dieser Voraussetzung in den Flureingang der österreichischen Kreditanstalt auf dem ›Graben‹; dort hängt eine schwarze Tafel, nicht wahr?« – »Ja, ich weiß; ich sehe sie überdies deutlich vor mir«, sagte ich. – »Nun, da wird bald ein kleiner Junge vom obersten Stock herunterkommen und die Kurse auf die Tafel schreiben!« fuhr Herr v. Unold fort, »können Sie die Kurse lesen?« – Sogleich sah ich den kleinen Jungen mit Kreide große Ziffern auf das schwarze Brett malen. Nacheinander ließ sich Herr v. Unold von mir die Kurse nennen, die ich sah, und notierte ungefähr zwanzig Zahlen. – »Nordböhmische Kohlen«, diktierte ich eiskalt und geradezu gelangweilt, »Nordböhmische Kohlen-Aktien: 414!« – »Dummes

Zeug!« murmelte Herr v. Unold, »heute abend wurden sie noch mit 394 aus Wien gemeldet; ein so stilles Papier wie Nordböhmische Kohlen kann doch über zwei Feiertage nicht um dreißig Gulden steigen!« – Ich nahm keine Notiz von dem Einwand und trachtete, die gesehene Ziffer auf der Tafel, die so deutlich vor meinem inneren Auge stand, daß ich sagen möchte, ich hätte sie mit Händen greifen können, auszuwischen, aber, wie vorhin im Falle Ebner, war es mir einfach unmöglich. »Wir werden ja sehen«, sagte ich, wenn die Dienstagkurse kommen. Ein unbeschreiblich sicheres Gefühl, daß ich recht haben würde, hielt mich bei diesen Worten fest.

Fast im selben Augenblick noch betrat meine inzwischen von mir seit Jahren geschiedene Frau das Zimmer. Sie hatte von Anfang an große Furcht gehabt, ich könnte mir durch das Haschisch-Experiment Schaden an meiner Gesundheit zuziehen, und war infolgedessen von Anfang an heftig dagegen gewesen. Es entspann sich zwischen ihr und meinem Freunde, dem Arzt, ein ziemlich heftiger Wortwechsel, der damit endete, daß sie das Zimmer brüsk verließ und die Tür recht unsanft ins Schloß warf. Ich hatte dem unerquicklichen Vorgang mit steigender Ungeduld zugehört, und dabei ergriff mich ein Zustand, gegen den es keine Abwehr gab: das Empfinden des Zeitablaufs verschob sich mir derart, daß ich jede Sekunde wie – sagen wir: eine Woche empfand; ich sah, wie die Tür zuflog, aber das darauf folgende Geräusch kam mir wie nach Stunden erst zu Gehör. Ich blickte in einen Handspiegel: ich sah eine leere schimmernde Fläche! Langsam, langsam trat dann mein Gesicht darauf hervor. Ich hörte meine Gäste mich anreden: die Worte, die sie sagten, lagen so weit auseinander, daß ich sie nach und nach mühselig zusammenfischen mußte, um mir den Sinn klarzumachen. Es war ein Zustand so unbeschreiblicher Qual, daß ich jedermann eindringlichst warnen möchte, nicht ebenfalls mit Haschisch-»Genuß« Versuche zu machen. Ich habe die Überzeugung, daß dieses Gift den Vorstellungsinhalt, den der Experimentator jeweils hat, bis aufs äußerste steigert. Wer kann von sich sagen: ich bin Herr über meine Gedanken in einem Grade, daß ich mich im Haschischrausch gefeit weiß gegen unerwünschte Eindrücke?! — — Mein Zustand dauerte fast ohne Unterbrechung zwei bis drei Tage: ich habe in dieser Zeit eine Ewigkeit scheußlichster Qual durchlebt, trotzdem man mir äußerlich nichts ansah und ich sogar wie sonst essen und trinken hätte können, wenn ... das Kauen und Schlucken in meiner Vorstellung nicht so unendlich lange gedauert hätte. — — Das Merkwürdigste war: am Dienstag um elf Uhr, als die Kurse von der Wiener Börse gemeldet wurden, da ... stimmten von den zwanzig Zahlen, die ich »gesehen« hatte, sechzehn. Die Nordböhmischen Kohlen-Aktien standen buchstäblich 414!!! — Nur vier Kurse stimmten nicht! Sie betrafen Wertpapiere, die ... ich selber besaß!! — Ich hatte die Kurse viel zu hoch angegeben. Offenbar hatte ein unbewußter Wunsch in mir das Hellsehen getrübt. Ein Umstand übrigens, der ein merkwürdiges Licht auf das Wesen des Hellsehens und was damit zusammenhängt, wirft.

Ein Zufall hat auch hier sicherlich nicht mitgespielt, und darum erhebt sich wohl mit Recht die Frage: war am Samstag abend bereits im Buch des Schicksals besiegelt, was sich ziffernmäßig am Dienstag darauf begeben hat? Der Normalmensch wird darüber lächeln. Worüber lächelt nicht der Normalmensch? Über so ziemlich alles lächelt er: nur über sich selbst lächelt er merkwürdigerweise ... nicht. — —

Magie und Hasard

Was Poker ist, wissen viele Leute, was Magie ist, wissen nur wenige. Poker ist ein verruchtes Kartenspiel, bei dem man mit Bestimmtheit all sein Geld verliert, wenn man es gewohnheitsmäßig betreibt – und das tut man gar bald, wenn man einmal damit angefangen hat. Jeder Teilnehmer bekommt fünf Karten, und je nachdem sie hoch oder niedrig sind, setzt er viel oder gar kein Geld darauf. Der höchste Trumpf, den er bekommen kann, heißt royal flush und besteht aus einer ununterbrochenen Serie von Karten ein und derselben Farbe. Das höchste royal flush endet mit einem As. Als höchste Farbe gilt coeur. Ein solches royal flush in die Hand zu bekommen, gehört zu den größten Seltenheiten und geschieht unter hunderttausend Spielen vielleicht einmal. Daß zwei Spieler gleichzeitig ein royal flush kriegen, soll seit dem Sündenfall im Paradies, wie die Berufsspieler eidlich aussagen, nur dreimal passiert sein. Einmal war ich selbst dabei; für die beiden anderen Male kann ich mich nicht verbürgen. Soweit: Poker. Was das Thema Magie betrifft, so habe ich keine Lust, das Publikum heute ausführlich darüber aufzuklären. Möglich, daß ich es später einmal tun werde, wenn ich gut aufgelegt bin, was Gott im Interesse meiner Leser gnädigst verhüten möge.

Magie praktisch zu erlernen, ist die Sache jedes einzelnen. Erfolge müssen mit teurem Schulgeld bezahlt werden. Und das ist erfreulich. Mir wenigstens kommt es erfreulich vor, denn ich kann die Sorte Menschen nicht leiden, die immer kaltherzig im Leben stehen, nur darauf bedacht, sich vor Schaden zu bewahren, indem sie lauernd beobachten, wie andere Schaden nehmen. Freilich, »klug« werden sie durch ihr System, aber es hilft ihnen nicht viel: der Schnitter Tod erntet auch sie, wie alle, in die Tenne – sie werden nicht einmal gedroschen, denn sie haben das Verdienst, hohle Ähren geblieben zu sein.

Ich meinesteils freue mich schon, in der Tenne gedroschen zu werden, denn ich darf mir stolz auf die Brust schlagen und ausrufen: ich habe meine Pflicht erfüllt: keine Dummheit gibt es, die im Leben zu begehen ich jemals versäumt hätte.

In meinem zweiundzwanzigsten Jahr war ich leidenschaftlicher Pokerspieler. Natürlich erschien mir Gewinn durchaus wünschenswert, aber sehr bald interessierte mich der seltsam wechselnde sogenannte Zufall mindestens ebenso sehr. Wer Hasardspieler ist, wird vielleicht bemerkt haben, daß die gute oder schlechte Laune beim Fall der Karten fast immer eine merkwürdige Rolle spielt. Daher auch gewisse abergläubische Maßnahmen, die solche Menschen betreffen, bevor sie sich an den Spieltisch setzen. Der eine wischt seinen Sessel vorsichtig ab, ehe er Platz nimmt, um nicht noch von dem »Pech« seines Vorgängers angesteckt zu werden, der andere zerfetzt heimlich eine Banknote, ehe das Spiel beginnt; ich habe sogar Leute kennengelernt, die sich einen Tag vorher nicht rasierten, und andere, die sich einbildeten, eine Rizinusölkur bringe Glück im Hasard. Tatsache ist, daß ein ungarischer Aristokrat und Rennstallbesitzer, den ich persönlich kannte, die Bank in Monte Carlo Jahre hindurch sprengte (und von dem Gewinn ein luxuriöses Leben führen konnte), indem er immer, wenn er nach Monaco reiste, vierzehn Tage vorher eine strenge Fastenkur unternahm und sich dabei nur mit Rizinusöl »ernährte«. Sein unerhörtes Glück im Roulette war bald im Wiener Jokeiklub sprichwörtlich geworden, dennoch hat, soviel ich weiß, niemand das Wagnis unternommen, ihm auf dem Pfade seiner merkwürdigen Aszese nachzufolgen. »Zufall« und nicht Resultat der Rizinuskur, so werden sich seine Freunde wohl gesagt haben, vermute ich. Ich selbe neigte natürlich auch zu dieser Ansicht, aber innerlich konnte ich schon damals einen leisen Verdacht nicht loswerden: Zufall gibt es überhaupt nicht; was geschieht, geschieht gesetzmäßig, nur sehen wir die feinen Fäden nicht, die aus Resultaten zu unsichtbaren Ursachen zurückführen. Ich war schon nahe daran, dem ungarischen Grafen in die Purgierfußstapfen zu treten, da spielte mir eines Tages – offenbar von Mitleid mit mir wegen meiner Seelenqualen ergriffen – der »Zufall« ein kurioses Buch in die Hände, es war englisch, in Kalkutta gedruckt und von einem Inder herausgegeben. Der Inhalt war ungemein interessant und behandelte ein Gebiet, das mit Magie mehr zu tun hat als wohl irgendeine Schrift, die mir je zu Gesicht kam. Meines Erachtens könnte es eine Fundgrube für Forschung in Metaphysik sowohl wie in einem Fach, das heute bei uns noch gar nicht existiert und das ich Metaphysiologie nennen möchte, werden. Doch das nur nebenbei, denn ich will doch von Poker reden! In dem Buche stand unter anderem, daß es möglich sei, Herr über den Zufall zu werden, wenn es gelingt, die eigene Körperkonstitution in gewisser Weise zu verändern. Dazu den Hebel anzusetzen, müsse man lernen, vor allem Macht über den Blutumlauf, der bekanntlich bei den Ungeschulten autonom vor sich geht, zu gewinnen. Ein allerdings recht unzulängliches Mittel bestehe darin, sich das linke Bein oberhalb des Knies fest mit einer Schnur abzubinden, bis dieses Glied einzuschlafen beginnt. Wer den Versuch mache, könne gewiß sein, beispielsweise im Hasardspiel von unglaublichem Glück begünstigt zu werden. »Wird sofort probiert!« rief ich und eilte in meinen Spielklub, alle Gedanken an Rizinusöl für immer aus meinem Kopfe schlagend. Man sieht daraus, daß selbst die ungestüme Jugend nicht frei ist von dem verwerflichen Laster des Greisenalters, von zwei Wegen den bequemeren zu wählen. Oh, hätte ich doch damals den beschwerlicheren Pfad des Rizinusöls beschritten! Viel Geld wäre mir erübrigt geblieben, das ich dann in Kriegsanleihe hätte anlegen dürfen! Zu spät! Versunkenes Glück bringt keiner mehr zurück. Die Pokerkarten wurden gebracht und glänzten tückisch im Lampenschein. Vier Spieler. Mir gegenüber der Husarenoberleutnant H. Heimlich wand ich mein Taschentuch um das linke Bein, dicht oberhalb des Knies, und knotete es, so fest ich konnte, zusammen. Die Karten wurden verteilt, und ich bekam wie gewöhnlich fortdauernd so miserable Blätter, daß ich überhaupt lange nicht »mitgehen« konnte; das Tuch ist schuld, sagte ich mir, denn von Einschlafen des Beines war nichts zu spüren. Ich ging hinaus und holte mir verstohlen ein nasses Handtuch. »Was machst du denn fortwährend da unter dem Tisch?« fragte mich ein Mitspieler, dem meine sonderbaren Bewegungen beim Festschnüren des Handtuches aufgefallen waren. »Ich blute«, erwiderte ich höhnisch, »ich glaube, der Friseur hat mich ins Bein geschnitten.« Wieder wurden die Karten verteilt, und diesmal hatte ich trotz Zukaufens nicht einmal ein »Pärchen«. Früher war es immerhin ein solches gewesen.

Entweder ist der Inder, der das verdammte Buch geschrieben hat, ein Rindvieh, oder — — ?
Ein einleuchtender Gedanke durchzuckte mich: durch Abnehmen des Taschentuches und durch mein Hinausgehen ist der immerhin ein wenig gehemmt gewesene Blutumlauf wieder hergestellt worden; kein Wunder also, daß mein gewohntes Normalpech sich noch verschärft hat. Diesmal wird's besser gehen, tröstete ich mich, denn ich fühlte bereits, daß das nasse Handtuch seine Schuldigkeit zu tun begann, denn alsbald konnte ich mein Bein kaum mehr bewegen.
Mein Vis-à-vis, der Oberleutnant H., hatte bis dahin ein Riesenglück gehabt; ein stattlicher Haufen Papiergeld lag vor ihm, und sein sonst immer gesund gerötetes Gesicht war merkwürdig blaß, was mir auffiel. »Fehlt dir was?« fragte in diesem Augenblick einer der Mitspieler, »du siehst ja heute aus wie g'spieene Gerstl, H.?«
»Geht dich einen Dreck an!« war die mißgelaunte Antwort, »jeder kann aussehen, wie er will! Gib lieber Karten, ja! Die Zeit verrinnt, und ihr habt mir noch lange nicht genug Tribut gezollt!«
Fünf Karten wurden mir zugeteilt. Mein Bein war eingeschlafen, wie weiland das gottselige Dornröschen. Ich nahm die Blätter auf und erstarrte fast: »Royal flush!« Und noch dazu eines der allerhöchsten: Coeur vom Achter bis zur Dame. Ich zog meine Brieftasche heimlich hervor und zählte unterm Tisch, wieviel ich insgesamt besaß. Eine wilde Auktion begann: »Die hundert Gulden und noch zweihundert!« begann mein Nachbar. »Diese zweihundert und noch vierhundert!« verdoppelte Oberleutnant H. Und so ging das fort, bis uns allen die Haare zu Berge standen, denn jeder wußte natürlich sogleich, daß jeder außerordentlich gute Blät-

ter in der Hand haben mußte. Zwei Mitspieler streckten bald die Waffen; sie konnten nicht mehr mittun bei dem wahnwitzigen gegenseitigen Überbieten zwischen dem Husar H. und mir. Endlich hörte auch dies auf, da H.s und mein Geldvorrat zu Ende ging. Wir sahen uns spähend in die Augen. Er wird Vierlinge haben, dachte ich bei mir, und bildet sich einen Mordsfetzen darauf ein; gegen mich ist dieser arme Stümper viel zu kurz, dieser Husar reitet zu langsam! »Also?« fragte H. mit einer Stimme, so höhnisch, daß mir eiskalt über den Rücken lief. »R-o-y-a-l flush!« rief ich verächtlich.

Einen Augenblick ehrfürchtiges Staunen in der Runde. Auch H. schwieg und zündete sich mit zitternden Fingern eine Zigarette an. Dann blies er grinsend den Rauch vor sich hin und krächzte los: »Royal flush kann jeder Zivilist haben, aber ob's bis zum König reicht?« Dabei legte er seine Karten auf: Royal flush bis zum König! Eine Pointe höher als ich!

Ich stand auf und ging hinaus. Habe seitdem nie mehr eine Karte angerührt. Als ich später einmal den Oberleutnant im Kaffeehaus traf, kamen wir auf die Episode zu sprechen. »A propos, warum hast du dir eigentlich damals das Bein mit dem Tuch umwunden?« fragte er, »es ist allen aufgefallen.« Und sogleich setzte er höhnisch hinzu: »Bist wahrscheinlich bei einem Ritt im Baumgarten vom Gaul gefallen und hast es nicht eingestehen wollen? Na, ja, Zivilisten sollen eben nicht reiten!« – Ich erzählte dem H. lachend, warum ich mir das Bein abgebunden hatte. »Aberglaube natürlich!« schloß ich. Oberleutnant H. machte zu meiner Verblüffung ein ernstes Gesicht. »Aberglaube?« sagte er, »vielleicht! Aber auch nur – vielleicht. Für einen Zivilisten war deine Pokerleistung immerhin beachtenswert. Natürlich, ein wirklicher Reiter gibt sich mit solchem Kinderpapp wie Beinabbinden nicht ab; er nimmt heldenhafterweise: Rizinusöl – wie der Graf A. P.!«

»Du hast Ri . .?« rief ich erstaunt.

»Jawohl, drum habe ich damals auch so blaß ausgesehen!« war die stolze Antwort; »ich sag dir, Freund, das Mittel hilft. Allerdings nicht nur beim Kartenspiel. Leider. Wenn nur die verdammten Begleitumstände nicht wären. Aber: schadet nichts, den Pragern werde ich ihre paar Kröten noch abnehmen, und dann lasse ich mich pensionieren.« –

Jahre später traf ich wiederum den Oberleutnant H. »Nun, wie steht's?« fragte ich ihn, »bist du reich geworden im Poker?«

»Den letzten Knopf hab' ich verloren«, gab er mir traurig zur Antwort, »das Rizinusöl hab' ich mir nicht an- und das verfluchte Kartenspiel nicht abgewöhnen können!« –

Oh, wie froh war ich da doch, daß ich mir damals nur das Knie abgebunden hatte!

Das Zauberdiagramm

Seit meinem vierundzwanzigsten Lebensjahre habe ich mich mit okkulten Dingen befaßt; je weiter ich fortschritt im Studium dieses Gebietes, desto wichtiger und interessanter erschien es mir. Zuerst war es der Spiritismus, dem ich mich zuwandte; ich wollte mich selber überzeugen, was an ihm Wahres sei. Jahrelang hielt ich in Prag mit den besten Medien, die damals zu haben waren, Sitzungen – wohl mehrere hundert – ab. Stets ohne Erfolg; was ich sah und erlebte, ließ sich jedesmal durch bewußte oder unbewußte Täuschung seitens der Versuchspersonen erklären. Schon wollte ich meine Experimente als zwecklos aufgeben, da wurde ich durch »Zufall« – das inkognito reisende Schicksal, so hat es einmal ein russischer Schriftsteller treffend genannt – Augenzeuge derart krasser mediumistischer physikalischer Vorgänge in einem Spukhause in Levico, daß kein Zweifel mehr für mich bestehen konnte: es gibt, wenn auch sicherlich äußerst selten, Phänomene, die alles, was die Wissenschaft über die Gesetze des Stoffes zu wissen vermeint, sozusagen auf den Kopf stellen. Von diesem Zeitpunkte an habe ich Versuche auf dem Gebiete des Spiritismus und was damit direkt zusammenhängt, nicht mehr angestellt; was ich gesehen habe, genügt mir. Ich beschloß, mich nur noch mit dem geheimnisvollen Yoga zu befassen – jener uralten asiatischen Methode, die zum Zweck hat, den Menschen auf eine höhere seelische und geistige Entwicklungsstufe als die normale zu bringen.

Um mehr zu erfahren, als in den vielen Schriften darüber — anglo-indische zumeist — steht, knüpfte ich zahlreiche Bekanntschaften mit Leuten an, von denen es hieß, sie seien mehr oder weniger Wissende in diesem Fach, so zum Beispiel mit der bekannten Präsidentin der Theosophischen Gesellschaft in Adyar, Mrs. Annie Besant. Das fiel noch in jene Zeit, da ich Sitzungen mit Medien abhielt. Lange Zeit vergeblich wie meine einstigen Versuche und Forschungen auf dem Felde des Mediumismus blieben auch die den Yoga betreffenden; ich gelangte zur Überzeugung: gerade diejenigen, denen man ein wirkliches Wissen oder gar praktische Erfahrung sollte glauben zutrauen zu dürfen, tappen im Finstern. Sie schämen sich wahrscheinlich, ihre Ignoranz auf einem Gebiete einzugestehen, das sie nach außen hin mit Feuereifer verfechten, und deshalb hüllen sie sich in den Mantel der Geheimnistuerei. Da ich aber, wie erwähnt, schließlich doch im Spiritismus zu Beweisen unanfechtbarer Art gelangte, so nahm ich mir vor, auch auf dem Gebiete des Yoga weiter zu suchen, und sollte darüber ein Menschenleben vergehen. Endlich fand ich auch das, was ich suchte; allerdings durch mich selbst. Doch das nur nebenbei bemerkt. — — Auf meiner Suche nach dem Schlüssel zum praktischen Yoga kam ich auf dem Wege schriftlichen Gedankenaustauschs im Jahre 1896 mit einem Bhaktayogi = ein Konzentrationssystem, durch intensive Frömmigkeit die höchste Stufe der Heiligkeit zu erlangen — einem sogenannten Swami —, der in Mayavati (Himalaja) lebte, in Verbindung. Er gehörte zu der Yogaschule, die der berühmte indische Heilige Ramakrishna, von dem schon Professor Max Müller-London so Rühmliches und Wunderbares berichtet hat, gründete. Der Swami war selbstverständlich ein glühender Anhänger des Bhakta (ein Yoga, der durch innigste Frömmigkeit betrieben wird und einen Weg der Heilung bedeutet), während ich für Ekstasen, wie sie auch immer beschaffen sein mögen, kein Organ habe. Der Swami und ich redeten – oder besser gesagt, schrieben – deshalb lange aneinander vorbei. Allmählich ließ er sich trotzdem aus Gutmütigkeit herbei, auf das Thema einzugehen, das mich vor allem interessierte, und teilte mir im Laufe unserer Korrespondenz vieles mit, was ich auf anderem Wege wohl kaum erfahren hätte. Insbesondere sicherlich nicht von Eurasiern oder Europäern. Eines Tages »schenkte« er mir zwei sogenannte Yantras »tibetanischen Ursprungs« (geometrische Diagramme). »Ich kann sowieso damit nichts anfangen«, schrieb er dazu; »sie hängen mit Magie zusammen, und unser verehrter Guru und Meister Ramakrishna hat alles, was mit derlei zu tun hat, für verwerflich erklärt. Ich schenke Ihnen daher diese beiden Yantras.« – Ein komischer Einfall, so etwas ein Geschenk zu nennen, sagte ich mir, als ich in seinem Brief einen Zettel fand, auf den mit Bleistift zwei geometrische Figuren aufgezeichnet standen. Erst als ich weiterlas, begriff ich, wieso sie tatsächlich ein Geschenk bedeuteten. Der Swami führte nämlich aus, immer nur *ein* Mensch könnte Inhaber eines Yantras sein; gäbe er es aus der Hand mit der nötigen Erklärung, wie es zu befolgen sei, so verlöre es für ihn jegliche Wirkungskraft. Die beiden, die er mir schickte, seien uralt und stammten aus einer Zeit lange vor dem Buddha Gotamo, als in Tibet noch die Bhonreligion herrschte. Er selbst habe sie einst von einem tibetanischen Lama geschenkt erhalten, als er noch Buddhist gewesen sei.

Das eine der beiden Yantras ermöglichte es, so schrieb

er, einen verlorenen Gegenstand mit unfehlbarer Sicherheit zurückzubekommen, bzw. falls er gestohlen worden sei, den Dieb zur Wiederhergabe zu zwingen. Ich hielt das natürlich für einen wüsten Aberglauben, aber immerhin: ich beschloß, einen Versuch zu machen. Die Gelegenheit dazu war damals bereits gegeben: ich vermißte seit mehreren Wochen eine Meerschaum-Zigarettenspitze, und all mein Suchen nach ihr war vergeblich geblieben; ich mußte annehmen, mein Geschäftsdiener – ich war damals Bankier – hätte sie gestohlen. Mehr aus Neugier als aus Forschertrieb unternahm ich, was der Swami mir angegeben hatte. Das Yantra war eine einfache geometrische Zeichnung. Ich sollte sie mit violetter Tinte oder Tusche kopieren und mir in ihrer Mitte imaginär den Gegenstand, der in Verlust geraten sei, solange vorstellen, bis ich ihn deutlich vor mir sähe. Dann müßte ich die gezeichnete Kopie verbrennen, damit sie, wie der Swami sagte, ins Reich der Ursachen übergehe. Alles das, bevor ich mich zu Bett legte. Haupterfordernis war: ich müßte, da sonst ein Erfolg nicht eintreten könnte, das ganze Bild visionär geschaut in den Schlaf als letzten Gedanken mit hinübernehmen!

Beides, das Imaginieren aufs Papier sowohl, wie besonders das Mithinübernehmen eines Gedankenbildes in den Schlaf, sind ungemein schwer zu erfüllende Bedingungen. Das erste kann man nur durch lange Übung erreichen, und das zweite scheitert meist daran, daß schon bei schüchternem Versuch Gedanken, die einem sonst nie kommen würden, wütend über einen herfallen wie die Stymphaliden-Vögel weiland über Herakles. – Der Swami hatte dazu bemerkt: »Ihnen, verehrter Freund, wird es sicher gelingen, wo Sie doch derartige Yogakonzentrationen solange schon betreiben!« Außerdem gab er mir ein paar sehr wichtige praktische Winke, wie man die »Stymphaliden« verscheuchen kann.

Sorgfältig befolgte ich Ratschläge und Anweisung des Swami. An die Möglichkeit, durch das Yantra meine Meerschaumspitze wiederzuerlangen, glaubte ich nicht im entferntesten. Der Glaube war's also nicht, der zuwege brachte, was ich bald darauf erlebte! – Einige Tage vergingen, und ich hatte die Angelegenheit längst vergessen, da ging ich eines Mittags wie stets aus meinem Büro nach Hause. Jedoch nicht um 1 Uhr wie sonst, sondern um 2 Uhr. Grund, mich zu verspäten, hatte ich keineswegs; lediglich eine Art Unentschlossenheit, aufzubrechen, hielt mich zurück. Ich war mir nicht im geringsten klar, weshalb ich erst um 2 Uhr fortging. Auch wählte ich merkwürdigerweise einen anderen Weg als gewöhnlich – eine belebtere Straße, trotzdem sie länger war. Ich konnte nicht besonders schnell gehen, da ein starkes Menschengedränge herrschte. Ich schritt daher gemächlich hinter zwei Männern her, die in eifrigem Gespräch miteinander begriffen waren. Was sie sagten, interessierte mich natürlich nicht, und überdies sprachen sie tschechisch, so daß ich sie sowieso nicht verstanden hätte. Plötzlich machte der eine von ihnen halt; infolgedessen mußte ich ebenfalls einen Augenblick stehenbleiben. Er zog einen Gegenstand aus der Tasche und hielt ihn dem anderen hin. Zu meinem größten Erstaunen sah ich: es war das schwarze Etui meiner Zigarrenspitze! – Einmischen konnte ich mich nicht gut, und ich überlegte, was ich tun sollte; währenddessen trennten sich die beiden. Ich ging dem einen nach in der irrigen Annahme, *er* hätte das Etui an sich genommen, stellte ihn an einer leeren Straßenecke und erklärte ihm, ich hätte die Spitze vor langer Zeit verloren und möchte sie ihm gern abkaufen, da sie mir lieb sei. Ich versicherte dem Mann, der recht ärmlich gekleidet war, es läge mir fern, sie von ihm umsonst zurückzuverlangen. Als ich ihm zum Beweis dafür ein Trinkgeld in die Hand drückte, beteuerte er mir, ich müßte falsch gesehen haben; der andere hätte das Futteral wieder in die Tasche gesteckt! Trotzdem könne er mir die Spitze rasch verschaffen. Nachmittags um 4 Uhr werde er mit seinem Freunde wieder zusammentreffen, der ihm noch andere Sachen zum Kauf anzubieten versprochen habe. Im Hofe eines Gasthauses, das er mir nannte, solle ich mich um die gleiche Stunde einfinden. Was ich natürlich pünktlich befolgte. – Nach wenigen Minuten erschienen die beiden. Mit scheinbar harmlosen Worten veranlaßte der ärmlich Gekleidete seinen »Freund«, ihm die Spitze nochmals zu zeigen. Wie ein Habicht fuhr ich dazwischen. Ein kurzer Wortwechsel entspann sich. Als der »Finder« merkte, daß ich mit Milde verfuhr und gar nicht daran dachte, mit ihm zur Polizei zu gehen, wie er gefürchtet haben mochte, wurde er leutselig, steckte das Geld, das ich ihm hinhielt, grinsend ein und erklärte mir, indem er mir die Spitze mit einem Kratzfuß aushändigte, er sei Kellner im Grand Hotel gewesen und hätte sie dort vor Wochen in einer Konzertloge gefunden. Trotz emsigster Bemühungen hätte er den Verlustträger nicht ausfindig machen können, weshalb er schließlich die Spitze schweren Herzens behalten hätte. »G'raucht hab ich mich nie aus ihr, gnäh' Herr!« schwor er mit aufgereckter Eidespfote. Da ich herauskriegen wollte, welche näheren Umstände den Mann denn bewogen hätten, gerade an diesem Nachmittag um 2 Uhr durch die Obstgasse zu gehen, stellte ich allerhand ihm wahrscheinlich verdächtig vorkommende Fragen; sie machten ihn leider so mißtrauisch, daß er sich alsbald in finsteres Schweigen hüllte, mich dabei gestielten Auges fixierend wie ein lauernder Krebs. Worauf ich mich, eine zerstreute Miene heuchelnd, federnden Schrittes entfernte. Jedenfalls: meine Spitze war zurückgekehrt; das tibetische Yantra hatte Wort gehalten. Ein Zufall natürlich! – so sagte ich mir –, wenn auch ein höchst merkwürdiger!

Ich entschloß mich, einen zweiten Versuch zu machen. Ich konnte, ebenfalls seit Wochen, einen Spazierstock nicht finden, der die Form eines Golfstockes hatte. Meine ganze Wohnung war nach ihm vergeblich durchsucht worden. Abermals zeichnete ich das tibetanische Diagramm. Am nächsten Morgen lag der Stock quer über einem Sessel im Vorzimmer! Das Dienstmädchen beteuerte, ihn nicht dorthin gelegt zu haben. Auch sonst konnte niemand über sein Wiedererscheinen an einem Ort, wo er unmöglich wochenlang unbemerkt hätte liegen können, Aufschluß geben. Die Sache erschien mir immer rätselhafter, je länger ich darüber nachdachte; diesmal konnte ein Zufall unmöglich seine Hand im Spiel haben! Ich wartete auf eine direkte Gelegenheit, um das Yantra spielen zu lassen. Sie bot sich bald. Ich wohnte damals in einem Haus dicht an der Moldau, das an eine städtische Mühle angebaut war. Die Mauer nach Osten wurde von einem reißenden Nebenarm des Flusses umspült, der dort aus der Mühle hervorschoß. Beim Abschneiden eines Blumenstockastes fiel mir eines Tages die Schere – ein uraltes kurios geformtes Erbstück, noch von meinem Großvater herstammend – aus dem offenen Fenster hinab ins Wasser. Diesmal wird der tibetische Zauber selbstverständlich versagen! So glaubte ich, machte aber noch am selben Abend das Yantraexperiment.

Das Unglaubliche – schier Unmögliche – geschah dennoch: eines Morgens lag die Schere – auf meinem Schreibtisch! Im ersten Augenblick meinte ich, ich sei verrückt geworden oder hätte vielleicht nur geträumt, die Schere vor einiger Zeit aus dem Fenster fallen gelassen zu haben. Ich lief in die Küche und fragte das Dienstmädchen: »Haben Sie diese Schere auf meinen Schreibtisch gelegt?« – »Jawohl, gnädiger Herr!« – »Wann?« – »Gestern abend, als Sie nicht zu Hause waren, gnädiger Herr!« – »Wo haben Sie sie denn gefunden?« – »Ich überhaupt net, gnä' Herr; der Müllerbursch Jan hat sie gebracht. Er hat g'meint, wir hätten sie 'leicht verloren.« – »Aber wie konnte er sie denn aus dem tiefen Wasser herausholen? Hat er vielleicht dort – gefischt? (Unwillkürlich mußte ich an den gottseligen Polykrates denken!) Und warum?« – »No, der Bach ist doch seit gestern abgelassen und trocken«, erwiderte das Mädchen; »die Müller ham das Wehr 'runterg'lassen, weil das Mühlrad zerbrochen ist und sie's sonst nicht hätten reparieren können. Wahrscheinlich hat der Jan dabei die Schere gefunden; ich kann ihn ja fragen, wenn er kommt. Er zieht jetzt grad wieder das Wehr auf.« – Ich warf einen Blick aus dem Fenster, es stimmte; das Bett des Stromarmes war wasserleer. Scherben und Konservenbüchsen verschönten die Aussicht.
Ich war sprachlos. Buchstäblich erschüttert. War derart aufgeregt, daß ich noch am selben Tage allen meinen Freunden erzählte, was sich begeben hatte. Sie lachten mir ins Gesicht, der festen Meinung, ich flunkerte. Mir war zu flunkern nicht zumute. Zudem war und ist mir alles, was mit wahrem Okkultismus zu tun hat, viel zu heilig und ernst, als daß ich mir je einen Spaß mit diesen Dingen erlauben würde.

Spazierstöcke, Zigarrenspitzen, alte Scheren sind Dinge, so könnte man mir entgegenhalten, derentwegen man kein Aufhebens macht: wenn die tibetischen Zauberer weiter nichts können, als verlorenen Plunder wieder herbeizuschaffen, dann ... Wer dies reden kann — und mancher hat es mir gegenüber getan —, der weiß das Ungeheuerliche nicht zu werten, das sich damals begeben hat!

Ein großes philosophisches Gebäude kann man auf diesen drei Geschehnissen aufbauen!

Daß andere, beliebig gewählte geometrische Zeichen mit der Autosuggestion mit in den Schlaf hinübergenommen, wirkungslos bleiben, davon habe ich mich oft und oft überzeugt. Eigenes unbewußtes magisches Wirken in Verbindung mit dem Yantra hat jene Fälle zu Tatsachen gemacht, — zu dieser Annahme bin ich gekommen; aber welche Faktoren haben es zuwege gebracht? Bei dem Wiederfinden der Spitze ist meines Erachtens nach eine Ursachenkette geschaffen worden, die zur Folge hatte, daß der Kellner und ich gewissermaßen telepathisch zusammengeführt wurden durch unterbewußt gefaßte Entschlüsse bei dem einen — oder bei uns beiden —. — Wie aber sind die Zusammenhänge in dem Fall »Schere« zu erklären? Wer hat das Mühlrad zerbrochen? (Ohne diesen Bruch wäre die Schere niemals wieder gefunden worden! Wenigstens wüßte ich nicht, auf welche andere Weise.) Habe ich — das Rad zerbrochen? Auf magische Art? — Schwer anzunehmen! Das Rad wäre von selbst zerbrochen, auch ohne Yantra könnte man sagen. Offenbar hatte es schon lange einen Riß. —

Ich glaube, die Sache ist so zugegangen: ich habe die Schere nicht »zufällig« fallenlassen, sondern: weil ich mußte! — Gezwungen vielleicht durch jenes dunkle innere »Wissen«, das hat kommen sehen, ich würde, um die Schere wiederzufinden, gleich darauf das Yantra zeichnen, – jenes geheimnisvolle »Wissen«, das auch erkennen konnte: es wird von selbst geschehen, daß die Schere wiederkommt, denn der Bach wird abgelassen werden müssen wegen des unvermeidlich werdenden Radbruches. –

Es kann auch sein: es wäre mir – ebenfalls unfreiwillig – nie eingefallen, den Verlust der Schere als Ausgangspunkt zu einem Yantraexperiment zu wählen, wenn ihr Wiederfinden an sich ein Ding der Unmöglichkeit gewesen wäre! Eine sonderbare Verflechtung von Wirkungen und Ursachen wäre das.

Es ließen sich noch weit tiefere Erklärungen aufstellen – insbesondere solche philosophischer Art. Welche die richtige ist, wer kann das sagen!

Magie im Tiefschlaf

Vorgänge, die sich überall und täglich wiederholen, lassen wir unbeachtet an uns vorüberziehen; zumindest halten wir sie einer gründlichen Erforschung nicht wert. Alle Lebewesen schlafen, auch die Pflanzen, wenn ihre Zeit gekommen ist. Vielleicht sogar die Steine, daß sie nachts nicht schnarchen, darf uns nicht verleiten anzunehmen, sie schlafen nicht. –

Da wir schon bald nach der Geburt Wachsein mit Schlaf abwechselnd vertauschen, tritt später Erstaunen bei uns nicht ein, wenn wir beobachten gelernt haben, daß wir, sehr oft ohne anscheinend zureichenden Grund, innerhalb weniger Minuten das Bewußtsein verlieren oder beim Erwachen es ebenso schnell wieder zurückbekommen. Sehr selten fragt sich einmal einer oder der andere: was geht eigentlich mit mir im Tiefschlaf vor?

Die Frage ist nicht auf den ersten Hieb zu lösen, und so überläßt man die Antwort einem – Arzt! Gerade so gut könnte man sie einem Advokaten zuschieben. Wer auf solchen und ähnlichen Gebieten nicht selber forscht, der wird ein Wissen nie erringen – höchstens wird er im Laufe der Zeit seinen Sprachschatz durch ein griechisches Fremdwort bereichern, das die Wissenschaft der Psychologie oder Physiologie stanzt.

Man würde lachen, träte jemand auf und sagte: im Reich des Tiefschlafs schlummern die ersten Ursachen, denen unsere im Wachsein vollbrachten Taten entspringen! – Wer belesen ist, kann entgegnen: wenn es so wäre, müßten Menschen, die lange nicht schlafen – und es sind

Fälle bekannt, daß so mancher jahrelang nicht geschlafen hat! – in Tatenlosigkeit versinken. –

Eine solche Widerlegung ist nur scheinbar richtig, wer scharf nachdenkt, wird von selber dahinterkommen, weshalb sie brüchig ist. – Erst, wenn einwandfrei ein menschliches Wesen nachweisen kann, daß es nie im Leben geschlafen hat, dürfe man der gang und gäbe gewordenen Auffassung zustimmen: Schlaf ist Ausruhen und sonst nichts! – Es gibt nun im Gegenteil zahlreiche Beobachtungen – zu allen Zeiten immer neu erhärtet –, die beweisen, daß – unter Umständen wenigstens – im Tiefschlaf sogar rein verständlich mehr geleistet werden kann als bei klarem Tagesbewußtsein.

Um ein wohl allgemein bekanntes Beispiel anzuführen: Ein Student – ich glaube, er wurde später eine sehr berühmte Persönlichkeit – stand eines Nachts schlafwandelnd auf und löste auf seinem Schreibtisch eine abends angefangene mathematische Aufgabe in einer Weise tadellos, wie es ihm wegen mangelhafter Kenntnisse im Wachsein unmöglich gewesen wäre. Als er am Morgen aufstand, vermutete er, ein anderer habe die Arbeit besorgt; er erkannte sie erst als seine eigene an der Handschrift – so vollständig hatte er vergessen, was er körperlich im Schlaf vollbracht. –

Die übliche Meinung, der Schlaf bezwecke lediglich, körperliche Ermüdung zu beseitigen, ist gänzlich falsch. Schlafwandler erwachen, wie ich mich selbst wiederholt überzeugen konnte, sogar nach vielstündigen nächtlichen Wanderungen beschwerlichster Art ebenso erfrischt wie die gesündesten Menschen – wenn nicht noch weit erfrischter!

Der alte Ausspruch: Wenn der irdische Mensch die Augen schließt, schlägt sie der jenseitige Mensch auf, ferner der bekannte Rat aus dem Volksmund: überschlafe dir's, bevor du unterschreibst! – und viele andere Sentenzen und Hinweise und Fingerzeige haben mich schon in früher Jugend in der dunkeln Annahme bestärkt, es könne Quellen magischer Kraft und Erkenntnis geben, die so fern unserem Tagesbewußtsein liegen, daß wir tief in die Abgründe des Schlafes tauchen müssen, wenn wir ihnen nahe kommen wollen.

Der Angelpunkt liegt im Tiefschlaf: dort ist der feste Punkt im Weltall, auf den der Hebel des Archimedes aufgelegt werden kann, um die Sterne aus der Bahn zu heben. Aber es gehört zum Schwersten, was man auf dem Wege der Selbstbeherrschung zu vollbringen vermag. Gewisse gedankliche Hilfsmittel sind dazu nötig. Von zehn Versuchen scheitern bei mir meist etwa neun. *Zwei Fälle, bei denen die Experimente glückten, will ich hier schildern.*

Ich legte mich eines Abends – es war im Jahre 1895 in Prag – zu Bett, und mit dem Vorsatz, während des Schlafes »geistig« in die mir persönlich unbekannte Wohnung meines Freundes, des Malers Artur v. Rimay, zu gehen (oder mich hinzuversetzen), mit dem ich damals viel verkehrte und der gleich mir eifrigst bestrebt war, metapsychischen Problemen auf die Spur zu kommen. Ich wollte in seinem Zimmer, so nahm ich mir ebenfalls vor, fernwirkend Schläge mit einem Stock vollführen.

Zu diesem Zweck – genauer gesagt: um die Autosuggestion, die ich mir gab, besser imaginieren zu können – nahm ich einen Spazierstock mit ins Bett, ihn fest in der Hand haltend, während ich mich bemühte, einzuschlafen. Ich hatte die Erfahrung, daß man den Herzschlag beruhigen muß, wenn man einen Gedanken festhalten will.

Man kann dies auf dem Umweg über Atem- und Gefühlsregulierung unschwer bewirken.
Durch einen »Zufall« unterstützt, gelang es mir, mit einem Ruck einzuschlafen. Es folgte ein kurzer, tiefer, völlig traumloser Schlaf, der beinahe einer Ohnmacht glich. Ein geradezu wahnwitziges Furchtgefühl würgte mich plötzlich, und ich erwachte darüber nach etwa zehn Minuten. Ich war in kalten Schweiß gebadet, und mein Herz klopfte derart, daß ich mit Ersticken rang. Dabei hatte ich die merkwürdige innere Gewißheit, der Versuch sei gelungen.
Ich blickte auf die Uhr und merkte die Zeit. Dann bemühte ich mich noch stundenlang, irgendwelche Erinnerungen zu erspähen, die mir Aufschluß geben sollten, wie und auf welche Art ich ferngewirkt hätte: alles wie in undurchdringlichste Finsternis getaucht. »Den Angelpunkt habe ich demnach gefunden!« sagte ich mir. Ich konnte den Tag nicht erwarten, so neugierig war ich.
Gegen 10 Uhr vormittags besuchte ich meinen Freund wie gewöhnlich. Ich lauerte, ob er mir nichts berichten würde. Vergebens: er sprach von allem möglichen, nur nicht von nächtlichen Erlebnissen irgendwelcher Art. Nach einer Weile fragte ich zögernd: »Hast du heute nacht nicht irgend etwas Sonderbares geträumt oder . . .?«
»Das warst du?« unterbrach mich mein Freund. — Ich ließ ihn erzählen, ohne ihn mit einem Worte zu unterbrechen. Er berichtete: »Heute nacht kurz vor 1 Uhr (die Zeit stimmte mit der meinigen) erwachte ich plötzlich, aufgeschreckt durch ein lautes Geräusch im Nebenzimmer; es klang, als schlüge jemand mit einem Dreschflegel in rhythmischen Intervallen auf den Tisch. Als der Lärm immer heftiger wurde, sprang ich aus dem Bett

und eilte ins Nebenzimmer und machte Licht. Kaum wurde es hell, da nahm auch das Geräusch sofort einen anderen Klang an; es war noch immer sehr laut, hatte aber einen fernen Ton wie ein Echo. Die Schläge kamen von dem großen Tisch her, der in der Mitte des Zimmers stand. Zu sehen war nichts Außergewöhnliches. Wenige Minuten später kamen meine Mutter und die alte Haushälterin voller Entsetzen hereingestürzt. Auch sie hatte der Lärm aus dem Schlaf erweckt; sie glaubten, es sei eingebrochen worden. Nach einer Weile wurde das Geräusch schwächer und schwächer und versummte endlich ganz. Kopfschüttelnd legten wir uns wieder schlafen.«

(Soweit der Bericht meines Freundes Artur v. Rimay; er lebt jetzt in Wien und kann jederzeit bestätigen, daß das, was ich hier schrieb, auf voller Wahrheit beruht.)

»Warum hast du mir alles das nicht gleich von selbst erzählt? Warum hast du gewartet, bis ich dich – allerdings nur mit vagem Tasten – darauf brachte? Es ist doch wirklich seltsam genug!?« fragte ich.

»Ich kann es mir selber jetzt nur so erklären«, war die zögernde Antwort, »daß der starke Eindruck, den das Erlebnis in mir erweckte, während des darauffolgenden Schlafes sonderbar abgeflaut ist; ich möchte fast sagen, ich hätte alles nur geträumt – so in die Ferne gerückt sehe ich es jetzt vor mir –, wenn ich nicht soeben vor ein paar Stunden beim Frühstück mit meiner Mutter darüber gesprochen hätte. Sag', hast du wirklich durch eine fernwirkende Willensanstrengung den Spuk zuwege gebracht?«

Zum Beweis hielt ich ihm einen Zettel hin, auf den ich in Schlagworten noch in der Nacht alles aufgeschrieben hatte, was ich unternommen.

So seltsam das Vorkommnis an sich war, bedeutsamer noch erscheint mir der Begleitumstand, daß es so befremdlich anders im Gedächtnis meines Freundes haften geblieben war, als es etwa bei einem alltäglichen Erlebnis der Fall gewesen wäre. Normalerweise dürfte man doch annehmen, es hätte sich schon wegen seiner Sonderbarkeit im Gegenteil noch weit tiefer in die Erinnerung einbrennen müssen! Später habe ich in ähnlichen Fällen und insbesonders bei spiritistisch-mediumistischen Sitzungen feststellen können, daß magische Begebnisse stets leicht im Gedächtnis verankert sind oder die Neigung zeigen, sich schnell loszulösen.

Einige Jahre später war ich schwer krank. Fuhr vom Sanatorium Lahmann bei Dresden mit der Bahn nach Prag. Ungefähr in Pirna angelangt, fiel mir im Abteil plötzlich zu meinem Entsetzen ein, daß ich meiner Verlobten – meiner jetzigen Gattin – etwas für uns beide äußerst Wichtiges zu schreiben vergessen und außerdem den Brief in ihre Wohnung, statt wie sonst poste restante, adressiert hatte. Beide Mißgriffe konnten unsere ganze Zukunft zerstören!

Ein Telegramm abzuschicken, war aus verschiedenen Gründen unmöglich. Angstschweiß trat mir auf die Stirn. Unmöglich, eine Rettung aus der Situation zu finden! Da fiel mir mein einstiges Experiment mit meinem Freunde Artur v. R. ein. Was damals geglückt war, konnte doch ein zweitesmal gelingen! Nein: es mußte gelingen, denn alles stand auf dem Spiel! Ich nahm mir vor, bei »ihr« zu erscheinen – bei hellem Tageslicht! Aber wie? Im Spiegel, kam mir ein Gedanke. Ich will und werde bei ihr erscheinen – beschloß ich – mit warnend erhobener Hand und ihr den Gedanken einflößen: das und das sollst du tun! –

Ich formte den Befehl in klare Worte und stellte sie mir in Feuerschrift geschrieben mit geschlossenen Augen solange vor, bis sie sich in der Imagination nicht mehr sogleich wieder verwischen konnten.

Jetzt handelte es sich nur noch darum, so rasch wie möglich einzuschlafen und mich nach Prag zu versetzen! Das Herz zum Sendeapparat zu machen, indem ich seine Schläge verlangsamte: das war der Schlüssel, und dabei die Sinne abziehen von der Umgebung! Die Augen kann man ja schließen, aber wie die Ohren zumachen, wenn links und rechts schnatternde Weibsbilder sitzen?!

Ich flehe mein Gehirn förmlich an: so mach mich doch taub, alter Kamerad! – Das Gehirn schien selber taub zu sein. Endlich tat mir, so schien's mir, das Herz den Gefallen, denn wiederum, wie einst, fiel ich mit einem Ruck in tiefen Schlaf.

Wenige Minuten darauf erwachte ich. Mein Puls war diesmal außerordentlich langsam; ich schätze: höchstens vierzig! Dabei ein Siegesgefühl, so tröstlich und beseligend, wie ich es im Leben nur selten empfunden habe! Ich wollte der Probe halber Gedanken des Zweifels in meiner Brust erzeugen, um zu sehen, wie widerstandsfähig mein Sicherheitsempfinden sei: ein Lachen entstand in meinem Körper, als frohlocke all mein Blut.

Als ich in Prag ankam, war mein erster Weg zu meiner Verlobten. Die Gedankenübertragung war restlos gelungen! Sie erzählte mir folgendes: »Nachmittags um die gewisse Zeit, etwa eine halbe Stunde nach dem Essen, hatte ich mich auf den Diwan gelegt, denn eine merkwürdige Müdigkeit überfiel mich. Ich war kaum eingeschlafen, da fühlte ich mich gerüttelt und erwachte. Mein Blick fiel auf ...« (»Auf den Spiegel!« unterbrach ich.) »Nein: in meinem Zimmer hängt kein Spiegel«, sagte meine Verlobte, »nein: auf einen polierten Schrank neben dem Sofa. Im Glanz seiner Oberfläche sah ich dich stehen als eine ungefähr zwei Spannen hohe Figur, in einen hellen Mantel gehüllt, die Hand warnend erhoben. Gleich darauf verschwand das Bild.«

Aus der weiteren genaueren Besprechung, die wir hielten, ging hervor, daß meine Frau alles getan hatte, was ich gewünscht; noch viel ausführlicher und besser, als ich es geplant. Und das, was sie hatte tun sollen, war keineswegs einfach und wäre ihr kaum von selbst eingefallen, denn sie hätte gewisse Einzelheiten vorher wissen müssen (was durchaus nicht der Fall war). »Ich habe wie unter einer Eingebung gestanden«, so sagte sie mir.

Der mittelalterliche Magier Agrippa von Nettesheim hat den Satz geprägt: »Nos habitat non tartara sed nec sidera coeli: spiritus in nobis qui viget, illa facit.« Zu deutsch etwa: »Nicht Gestirn noch Unterwelt: in uns allein der Geist ist's, der alles bewirkt.« — —

Ein Leitstern ist mir dies Motto geworden für mein ganzes Leben.

Meine merkwürdigste Vision

Eine überaus merkwürdige Vision hatte ich eines Tages im Herbst 1915. Es knüpft sich ein Begebnis daran, das, wenn es doch nicht einem der sonderbarsten Zustände, die wohl je geschehen sind, zur Last zu legen ist, Perspektiven unerhörtester Art aufreißt –: Ich grübelte gerade darüber nach, was wohl die innere Ursache des scheußlichen Weltkrieges gewesen sein mochte, da fühlte ich das erfrischende Überwachsein kommen, das sich immer bei mir von selbst meldet, wenn ich etwas Außergewöhnliches erleben soll. Gleich darauf sah ich die Erscheinung eines Mannes einer mir unbekannten Rasse. Er war sehr groß und schmal. In der Novelle »Das Grillenspiel«, das ich sodann im »Simplicissimus« und in meinem Novellenband »Fledermäuse« veröffentlichte, habe ich ihn folgendermaßen geschildert: »Sechs Fuß hoch, auffallend schmal im Wuchs, bartlos, das Gesicht olivgrün schillernd, die Augen schräg und unnatürlich weit auseinander. Die Lippen gleich der Gesichtshaut faltenlos wie aus Porzellan, messerscharf, grell rot und stark geschwungen, besonders an den Mundwinkeln, wie unter einem erbarmungslosen erstarrten Lächeln, daß sie aussahen wie aufgemalt. Auf dem Kopf eine sonderbare rote Mütze.« Ich hatte mich vor der Erscheinung innerlich gefragt, was wohl die tiefere Ursache des Krieges gewesen sein möchte: die Vision schien mir eine symbolische Antwort zu sein. Die asiatischen Okkultisten nehmen nämlich an, es gäbe eine tibetanisch-chinesische Sekte – Dugpas genannt –, die als direktes Werkzeug der zerstörenden »teuflischen« Kräfte im Weltall anzusehen sei. — — Ich setzte mich also hin und verfaßte die Novelle »Das Grillenspiel«, in der ich die »okkulte« Ursache des Krieges schilderte. Die szenischen Nebenumstände baute ich ebenfalls auf Visionen auf, die der des Mannes alsbald folgten. Den Rahmen zu der Geschichte konstruierte ich mir aus freier Phantasie. — Die Novelle erschien im ›Simplicissimus‹, und einige Wochen vergingen, da erhielt ich von einem mir unbekannten Maler aus Breslau — ich glaube, er hieß Höcker — einen Brief. Der Herr schrieb darin etwa folgendes: »Ich muß vorausschicken, daß ich ein kerngesunder Mensch bin und niemals an Halluzinationen oder anderen Zuständen litt. Ich saß gestern an einem Tisch in meinem Atelier und arbeitete. Plötzlich hörte ich ein singendes metallisches Geräusch. Ich drehte mich um und sah einen hochgewachsenen Menschen einer mir fremden Rasse, eine rote sonderbare Mütze auf dem Kopf im Raume stehen. Ich begriff sofort, daß es sich nur um eine Bewußtseinsstörung meinerseits handeln müßte. Der Mann hielt eine Art Stimmgabel in der Hand, bestehend aus zwei Schenkeln, mit der er das Geräusch hervorbrachte. In der Mitte der Stimmgabel war ein Klöppel. Gleich darauf kamen ungeheure Mengen großer weißer Insekten aus dem Boden, die sich gegenseitig zerfleischten mit ihren schwirrenden Flügeln, den Lärm bis zur Unerträglichkeit steigernd. Noch jetzt höre ich dieses nervenerschütternde Geräusch in den Ohren. Als die Halluzination aufgehört hatte, nahm ich sofort einen Rötelstift und zeichnete das gesehene Bild. Sodann ging ich an die frische Luft. Ich kam an einem Zeitungskiosk vorbei und verlangte aus einem Impuls heraus, den ich mir nicht erklären kann, denn ich liebe das Blatt nicht, den ›Simplicissimus‹. Als mir ihn die Verkäuferin reichte, sagte ich aus ebenso unbegreiflichem Entschluß: ›Nicht diese Nummer, bitte, die vorhergehende!‹ Zu Hause wieder angekommen, blätterte ich darin und las zu meinem maßlosen Erstaunen in Ihrer Novelle ›Das Grillenspiel‹ fast haargenau dasselbe, was ich vor einer Stunde selber erlebt hatte: den Mann mit der roten Mütze, die sich zerfleischenden Insekten usw. Bitte, geben Sie mir eine Erklärung, wie ich mir die Sache deuten soll. Gez. Höcker.« – –

Ich las den Brief wiederholt durch, dann legte ich ihn weg, ärgerte mich und sagte mir: schon wieder so einer, der sich interessant machen will! Natürlich hat der Mann den »Simplicissimus« vorher gelesen und will mir nun weismachen, er hätte in einer Vision alles vorahnend geschaut. Um zu vergleichen, nahm ich jedoch das »Simplicissimus«-Heft zur Hand und las die Parallelstelle. Ich erschrak heftig, als ich dort las: »Der Dugpa (nämlich der Mann mit der roten Mütze) hielt ein Glasprisma (!) (also keine Stimmgabel!!) gegen die Sonne usw.« – Ich griff mir an den Kopf, sagte mir: Ich habe doch selber, ehe ich die Novelle schrieb, in einer Vision einige Male gesehen, daß der Dugpa eine Stimmgabel, genau, wie es in dem Briefe Höckers steht, in der Hand hielt! Wie kommt hier im »Simplicissimus« ein Prisma zum Vorschein? Gleich darauf erinnerte ich mich, daß ich das erste Manuskript durchgefeilt hatte und noch einmal sauber abschrieb, ehe ich es an die Redaktion schickte, wie das meine Gewohnheit ist. Bei der Gelegenheit hatte ich an Stelle der Stimmgabel das *Prisma* gesetzt. Aufgeregt kramte ich in meiner Schublade, bis ich endlich das erste Rohmanuskript fand. Richtig: dort stand Stimmgabel! (Niemand außer mir hatte dieses Rohmanuskript je zu

Gesicht bekommen: auch hätte es niemand entziffern können, denn es war in Abkürzungen geschrieben und nur für mich lesbar!) – –Ich konnte nun nicht länger mehr zweifeln, daß der gewisse Höcker, wenn auch Wochen später als ich, dieselbe Vision gehabt hatte wie ich, es sei denn, ein geradezu unerhörter Zufall hätte seine Hand im Spiele gehabt. Eine solche Erklärung wäre auch wohl das Krampfhafteste, was man sich konstruieren könnte! – – – Wie den Vorgang erklären? Ich tappe hier im Dunkeln. Fernwirkung nach Wochen? Von mir ausgehend? Unsinn! – Ich weiß: gewisse Okkultisten würden sagen, ich hätte infolge Verfassens der erwähnten Novelle ein Bild in die »Akashachronik« – das Gehirn des Weltalls – eingegraben, das dann für Herrn Höcker plötzlich sichtbar wurde. Eine solche Deutung hat große Lücken. Sie begründet nicht, warum Herr Höcker quasi gegen seinen Willen das betreffende Simplicissimusheft kaufte. Spiritisten würden sagen: Geister hätten ihn beeinflußt.

Der Lotse

Morgen jährt sich für mich jener Tag »Mariä Himmelfahrt« zum vierundzwanzigsten Male; ich saß in Prag in meinem Junggesellenzimmer vor meinem Schreibtisch, steckte den Abschiedsbrief, den ich an meine Mutter geschrieben hatte, in das Kuvert und griff nach dem Revolver, der vor mir lag; denn ich wollte die Fahrt über den Styx antreten, wollte ein Leben, das mir schal und wertlos und trostarm für alle Zukunft zu sein schien, von mir werfen.

In diesem Augenblick betrat »der Lotse mit der Tarnkappe vor dem Gesicht«, wie ich ihn seitdem nenne, den Bord meines Lebensschiffes und riß das Steuer herum. Ich hörte ein Rascheln an der Stubentüre, die hinaus auf den Hausflur führte, und als ich mich umdrehte, sah ich, daß sich etwas Weißes unter den Türrand über die Schwelle ins Zimmer schob. Es war ein gedrucktes Heft. Daß ich den Revolver weglegte, es aufhob und den Titel las, entsprang weder der Regung einer Neugier, noch auch irgend einem heimlichen Wunsch, den Tod hinauszuschieben – mein Herz war leer.

Ich las: »Über das Leben nach dem Tode.«

»Merkwürdiger Zufall!« wollte sich ein Gedanke in mir regen – aber er brachte kaum das erste Wort über meine Lippen. An Zufall habe ich seitdem nie mehr geglaubt, wohl aber an den – Lotsen.

Ich zündete mit zitternder Hand – vorher hatte sie nicht einen Augenblick gezittert, weder beim Schreiben meines Abschiedsbriefes an meine Mutter, noch als ich nach

dem Revolver gegriffen – die Lampe an, denn es war dunkel geworden, und las das Heft, – offenbar hatte es der Austräger meines Buchhändlers hereingeschoben, – von Anfang bis zu Ende mit jagendem Puls. Es war rein spiritistischen Inhalts und schilderte vor allem die Erfahrungen der großen Forscher auf diesem Gebiete: William Crookes, Prof. Zöllner, Fechner und anderer mit den Medien Slade, Eglingtone, Home usw.
Ich saß die ganze Nacht hindurch wach, bis der Morgen zu dämmern begann und heiße, mir bis dahin fremde Gedanken kreisten mir im Hirn; sollten so hervorragende Gelehrte, wie die genannten, sich getäuscht haben?! Kaum denkbar! Aber welche sonderbaren, unbegreiflichen, allen bekannten Normen der Physik hohnsprechenden Naturgesetze waren dann in Erscheinung getreten?!
Der sengende Wunsch, solche Dinge mit eigenen Augen zu schauen, sie mit eigenen Händen zu greifen, sie auf ihre Richtigkeit hin nachzuprüfen und die Geheimnisse, die ihnen zugrundeliegen mußten, zu durchschauen, erhitzte sich in jener Nacht in mir zu dauernder Weißglut.
Ich nahm den Revolver als einen vorläufig unbrauchbar gewordenen Gegenstand und sperrte ihn in die Schublade; ich besitze ihn noch heute. Er ist an Rost gestorben und seine Trommel dreht sich nicht mehr, wird sich nie mehr drehen.
Dann legte ich mich schlafen und schlief einen langen, tiefen, traumlosen Schlaf. Traumlos? Traumlos nur insofern, als ich keine Bilder sah oder Szenen miterlebte. Aber es gibt noch andere, viel abgründigere Erlebnisse im Tiefschlaf, als das Träumen in Formen und Gestalten; es ist das eigentümliche Lebendigwerden von Wort

und Rede, wo kein Mund da ist, der sprechen könnte, außer dem eigenen. Es ist ein Dialog, bei dem Sprechen und Hören zwei getrennte Personen und dennoch ein und dieselbe sind. Erwacht man *nach* einem solchen Zwiegespräch, so hat man immer jene Worte als solche vergessen; ihr Inhalt kommt dann im Laufe des Tages in Form plötzlich anfallender Gedanken zu Bewußtsein, die sich gebärden, als seien sie soeben erst dem Mutterschoß des Gehirns entsprungen.

Ich erwachte damals mit dem Empfinden, irgend jemand im Zimmer hätte etwas laut gesagt; im nächsten Augenblick jedoch wurde mir klar, daß ich selbst aus dem Schlaf heraus gesprochen hatte und ich konnte den Bruchteil einer Sekunde lang noch meine Lippen dabei ertappen, wie sie (nebst unverständlichen Sätzen, die so klangen, als entstammten sie einer fremden Sprache) die Worte murmelten: »So fährt man nicht über den Styx!«

Der Lotse hat es mir gesagt, war meine Überzeugung von da ab viele Jahre lang und viele Theorien stellte ich mir auf: falsche, halbfalsche, dreiviertelwahre, spiritistische, abergläubische und religiöse (die gefährlichsten von allen), wer jener Lotse wohl sein möchte. Lang, furchtbar lang dauert es, bis man erkennt, welche Kräfte sich als Lotse maskieren können, ein qualvolles Wandern durch Sümpfe, voll von Irrlichtern ist es.

»Die Lösung ist sehr einfach«, sagen die »Know nothings« — die Garnichtswisser, die »tiefen Denker«. Schizophrenie-Bewußtseinsspaltung« — sagen sie, die mit Worten jonglieren, wie Psychoanalyse, Hysterie, Mystik, Seele, Magie, Gottsuchen, geistige Wiedergeburt, inneres Leben — und dabei Wachstum von Zerfall nicht unterscheiden können.

»Jesus Christus« ist der »Lotse«, sagen die andern, die »frommen« Christen, die die Hand Gottes loslassen müssen, wenn sie sich eine Zigarette anzünden.

»Der Kontrollgeist ist der Lotse«, sagen die Spiritisten, die einen Tisch befragen müssen, um zu erkunden, wie es jenseits des Styx aussieht – statt zu lernen, wie man selber hinüberfährt. – – –

Als ich nach dem tiefen Schlaf, den ich »traumlos« nannte, erwachte, ergriff mich eine bisweilen kindisch anmutende Besessenheit. In den ersten zwei Jahren hielt mich allein die Sucht am Zügel, spiritistische Phänomene zu erleben. Was an Phantasten, Wahrsagern und Narren in Böhmen herumlief, zog mich an wie ein elektrischer Stab die Papierschnitzel. Dutzende von Medien lud ich zu mir ein und hielt mit ihnen im Kreise von einigen Freunden, die ich mit meiner Monomanie angesteckt hatte, mindestens dreimal in der Woche halbe Nächte hindurch spiritistische Sitzungen ab.

Sieben Jahre setzte ich diese Sisyphusarbeit unermüdlich fort. Alles vergeblich: entweder versagten die Medien gänzlich oder sie entpuppten sich als Betrüger bewußter oder unbewußter Art. Niemals jedoch ließ ich mich täuschen, auch nicht ein einziges Mal.

Schon nach den ersten zwei Jahren faßten mich stärker und stärker werdende Zweifel an: haben sich alle die berühmten Forscher auf diesem Gebiet vielleicht doch geirrt?

Ich konnte es nicht glauben. Der Lotse flüsterte mir immer wieder im Tiefschlaf zu, nicht aufzuhören im Suchen. Es war, als träfe mich Nacht für Nacht ein neuer Knutenhieb von unsichtbarer Hand und peitsche mich vorwärts durch neue Sümpfe, voll von seltsamen Irrlichtern. Was an Büchern über Mediumismus und ähnliche

Themen erschien, schaffte ich mir an — englische, amerikanische, französische und deutsche. Eine Fatamorgana nach der andern tat sich vor mir auf. Oft und oft wollte ich den Trieb nach dem Unergründlichen mit Gewalt mir aus dem Herzen reißen — aber jedesmal erkannte ich schon nach wenigen Stunden: es ist zu spät — es geht nicht mehr. Ich war entsetzt darüber und dennoch — heimlich froh.

Mein Blut wurde immer heißer, Ehrgeiz aller Art fraß an mir — eine Lebensgier, wie ich sie heute kaum mehr begreife, bäumte sich in mir auf — aber wenn ich nach wüst durchschwelgten Nächten (solche Stunden folgten meist sonderbarer Weise unmittelbar auf vorher stattgefundene spiritistische Sitzungen, so als ob sich psychische Batterien übelster Herkunft auf mich übertragen hätten) spät am Morgen erwachte — nie faßte mich das Grau des Tages an, weder Ekel, Überdruß oder gar Reue: in den Stunden des Schlafes schürten die geheimnisvollen Blasebälge der Unterwelt der Seele die Sehnsucht nach der Welt, die jenseits des Styx liegt, zu neuer Glut an.

Ich glaubte wahrscheinlich im leichten Sinn meiner Jugend, das würde mein ganzes Dasein hindurch so fortgehen. Ich ahnte nicht, daß ich — zerrissen wurde. Mein Schicksal fing an zu galoppieren und ich merkte es nicht. Es fiel mir nicht weiter auf, daß mein ganzes Wesen allmählich jedes Grau aus dem Gesicht verlor, daß es bald nur mehr grelles Weiß sah und tiefes Schwarz — nurmehr lieben konnte bis zur Selbstverzehrung und hassen bis in den Tod. Ich haßte nicht Menschen deshalb, weil sie mir Böses antaten — oft fühlte ich ohne Grund Freunde in ihnen — auch liebte ich andere nicht, trotzdem sie mir Gutes erwiesen: ganzen Typen von Menschen gegenüber sträubte sich mir förmlich das Haar, wenn ich auch nur innerlich an sie dachte; es war nicht Rassenfremdheit, die Haß in mir erweckte: es war vor allem jene Kategoric Mensch, die irgendwie an jene Abgeklärtheit erinnert, die sich oft nach außenhin kund gibt durch Haare, die über die Ohren gekämmt sind, oder durch gepflegten Vollbart und »treuen« Blick. Ein Psychoanalytiker würde sagen: jener Typus, von dem es in der Bibel heißt: »ich will sie ausspeien aus meinem Munde.« Hier liegt offenkundig ein seelischer Komplex vor; ein aus dem Gedächtnis verwischtes Erlebnis aus früher Kindheit. Vielleicht hat er recht. Aber ich glaub's nicht. Ich vermute, es liegt eher eine heimliche Warnung des Lotsen vor – eine Warnung vor irgend einem Begebnis, das sich in ferner Zukunft einmal abspielen wird – vielleicht sogar erst in einer anderen – Verkörperung. Mag sein: der Teufel erscheint mir dann, damit ich das Tintenfaß nicht nach ihm werfen kann, im Habit eines Pastors.

Dieses Sichscheiden in Weiß und Schwarz verstärkte sich in mir von Jahrzehnt zu Jahrzehnt; auffallend genug, da doch mit zunehmendem Alter sich gerade das Gegenteil kundgibt: ein Verschwimmen der Kontraste in jenes banale Grau, das der Dichtermund als das Gold des Mittelweges preist.

Ich habe gesagt, ich ahnte lange nicht, daß ich zerrissen wurde. Ich sah wohl mit steigender Angst, daß das Schiff meines Lebens in tückische Wirbel geriet, aus denen bald ein Entrinnen unmöglich schien – ich will sie nicht schildern; denn sie müßten bei dem großen Elend, das heutzutage über allen Menschen liegt, wohl jedem belanglos vorkommen und man würde sagen: »Jammer, Entsetzen und Sorge im Frack!? Weiter nichts?!« – Ich will die Schilderung jener Wirbel und Zyklone, denen ich entgegentrieb, nur in kurze Worte fassen; so oft ich in der Zeitung erwähnt fand, dieser oder jener sei in einem Wald verhungert aufgefunden worden oder hätte sich wegen Not erhenkt, sagte ich mir: »Weiter nichts?! Wie leicht es der doch gehabt hat! Selbstmord! Wie bequem.« –

»Der Lotse, der mich über den Styx steuert, auf besondere Art, wird mir helfen«, hoffte ich jedesmal, wenn ich im äußeren Leben keine Rettung mehr sah. Und je glühender ich hoffte, desto sicherer versagte er! Das war das Furchtbarste.

Menschen, die ein großes Erdbeben miterlebt haben, erzählten mir, es gäbe nichts Entsetzlicheres, Mark und Bein Versengenderes, als: die Erde, an die man als etwas Unerschütterliches von Kindheit an geglaubt hat, unter seinen Füßen wanken zu fühlen. – –

– – Doch! Es gibt etwas noch viel Furchtbareres: es ist das Fahlwerden der letzten grünen Hoffnung.

Aber endlich glaubte ich dann gefunden zu haben, was ich so lange gesucht hatte: eine Vereinigung von Menschen (Europäern und Orientalen) in Zentral-Indien, die behaupteten, das wahre Geheimnis des Yoga zu besitzen, jenes uralten asiatischen Systems, das wohl den einzigen Weg angibt und weist zu jenen Stufen, die weit über alles Schwächliche, Unvollkommene, machtlose Menschentum hinausführen...

Wie ich in Prag Gold machen wollte

Es mögen an fünfunddreißig Jahre her sein und ich war noch jung und hatte daher vollauf Muße und Zeit, all die Dummheiten zu begehen, deren Erinnerung mir jetzt das Alter verschönt, – da beschloß ich eines Tages, mich nicht nur wie bis dahin theoretisch, sondern praktisch mit Alchimie zu befassen. Den Anstoß gab ein sonderbares Erlebnis. Ein ehemaliger Schulkollege erzählte mir nämlich, daß sein Vater, der eine kleine Glasschmelzerei in der Nähe von Prag besaß, einen sonderbaren alten Chemiker, namens Kinski, kennengelernt hätte, der es verstände, durch Zusatz eines grauen, ungemein leichten Pulvers, gewöhnliches Glas in prachtvollstes Rubinglas zu verwandeln. Damals war es üblich, Rubinglas durch Zuschmelzen von Dukatengold, was das Fabrikat natürlich ungemein verteuerte, herzustellen. Das neue Verfahren des Kinski bedeutete daher Reichtum über Reichtum. Die Schmelze des Herrn Sedmik – so hieß der Vater meines Freundes – lag in der Scharka, einem Talkessel in der Nähe Prags, der von grotesk zerrissenen Felsen abgeschlossen liegt, und trug, angeblich wegen des Pechs, das sie jedem Besitzer brachte, den Namen »Teufelsmühle«. Dort lernte ich den Chemiker Kinski kennen. Ich fuhr entsetzt zurück, als er mir entgegentrat. Hätte er so penetrant nach Schwefel gerochen, statt, wie es der Fall war, nach Fusel, so wäre kein Zweifel geblieben: das ist der leibhaftige Teufel. Er war über zwei Meter hoch und überragte mich noch um Kopfeslänge, trotz seiner sonderbaren, vorgeneigten Haltung:

das Kinn ruhte so fest auf der scheußlichen schmalen – kaum zwei Hände breiten Brust, daß es schien, als sei es mit ihr verwachsen. Das unsagbar schmutzige Hemd stand offen, und die Haare der Brust und des Bartes waren zu einem gemeinsamen Filz ineinander verwirrt. Das Gesicht stand infolge der Kopfhaltung beinahe waagrecht, beständig der Erde zugekehrt und trug zwei Augen mit so seltsamem Blick, wie ich nie vorher oder später jemals welche gesehen habe: sie waren völlig wimperlos, glänzend und dabei doch vollkommen leblos wie tiefschwarzes Glas. Die Kleidung und die Schuhe waren die eines Strolches, der monatelang in den Wäldern geschlafen hat; die Hosenbeine bis zur halben Wade zerfranst, der Rock schien ein ehemaliger Frack zu sein, dem man die Schöße abgeschnitten hatte. Die zahlreichen Risse wurden da und dort mit Bindfaden zusammengehalten und ließen die Blöße der Haut durchscheinen.

»Warum kauft denn dein Vater dem armen Kerl keinen Anzug«, fragte ich meinen Freund halblaut, als wir hinter dem Vagabunden in das Innere der kleinen Fabrik gingen. »Er hat ihm nach und nach schon mehr als dreitausend Gulden gegeben, damit er sich neu kleide und auch sonst ein besserer Mensch würde«, war die Antwort, »aber es ist alles vergebens; am nächsten Morgen, so oft man ihm Geld gibt, findet man ihn bewußtlos, betrunken irgendwo im Freien, und es braucht Tage, bis er wieder zu sich kommt. Er lebt, scheint's, nur von Schnaps, – essen sehen hat ihn noch kein Mensch.« – Und das soll ein Erfinder sein? fragte ich mich voll Zweifel. Ich wurde bald darauf eines besseren belehrt. Herr Sedmik hatte in einem rotglühenden Steinkessel gewöhnliches Glas flüssig machen lassen. Eine furchtbare

Hitze ging davon aus, so daß wir uns dem Bottich nur mit dicken Lederschürzen angetan und ebensolchen Masken vor dem Gesicht nähern konnten. Es war noch ein fremder Herr zugegen, angeblich Arzt, in Wirklichkeit ein Chemiker der technischen Hochschule, wie mein Freund mir verriet. Er sollte dem Experiment beiwohnen, durfte aber seinen Stand und Namen nicht verraten, da Kinski sonst mißtrauisch geworden wäre. Sedmik und er hatten vereinbart, die Erfindung gemeinsam zu verwerten, und Kinski versicherte stets, er werde immer genügend von dem grauen Pulver, das wenig koste, beisteuern, so daß die Herstellung des Rubinglases regelmäßig vor sich gehen könne. Aber immer, wenn ihm Sedmik Geld gab, war es am nächsten Morgen versoffen. Kinski entnahm nun einer kleinen Tüte eine Prise Pulvers, etwa einen Fingerhut voll – und schüttete sie dem »Arzt« in die hohle Hand mit dem geknurrten Bemerken, er solle die Masse in ein Stück weiche Semmelschmolle kneten und sie in die Glut werfen. (Das sollte dazu dienen, damit das Pulver bei der immensen Hitze des geschmolzenen Glases nicht davonflöge.) Als dies geschehen war, ergriff Kinski plötzlich die Hand des »Arztes«, spuckte ohne Umstände darauf, wischte sie dann mit dem Ärmel ab; – er wollte offenbar in seinem grenzenlosen Mißtrauen verhüten, daß der Herr etwa später Spuren des Pulvers in seiner Hand chemisch analysiere. – Wir verließen den Raum, Herr Sedmik sperrte ihn sorgfältig hinter sich ab. Am nächsten Morgen war die Masse erkaltet und in allerfeinstes Rubinglas verwandelt. Der Universitätschemiker erklärte, es sei unbegreiflich, wie ein solches erstklassiges Erzeugnis ohne reichlichen Zusatz von Dukatengold hatte zuwege gebracht werden können. – Das Ende der

Geschichte ist schnell erzählt: die Teufelsmühle hat ihrem bösen Rufe alle Ehre gemacht, Herr Sedmik hat sein ganzes Vermögen verloren, hundert- und tausendguldenweise hat er es in den unheimlichen Vagabunden gesteckt, vertröstet von Woche zu Woche, dieser werde ihm das Geheimnis enthüllen oder wenigstens genügend Mengen des Pulvers liefern. Eines Morgens fand man Kinski erfroren auf einer Bank im Prager Stadtpark.

Das Erlebnis ging mir lange nicht aus dem Gedächtnis. Herr Sedmik versicherte mir, Kinski sei fraglos ein sehr gebildeter Mensch gewesen und studierter Chemiker; er sei im Laufe seines Lebens nur deshalb so heruntergekommen, weil er sich nicht zu einer geregelten Tätigkeit habe entschließen können, sondern lieber alchemistischen Versuchen oblegen habe, die den letzten Rest seines Geldes verschlangen. Auf meine Frage, ob denn Kinski gar nie eine Andeutung gemacht habe, woraus das Rubinglaspulver hergestellt sei, sagte Herr Sedmik, er sei aus den verworrenen Reden, die der Vagabund im halbtrunkenen Zustand hervorgeknurrt habe, nie klug geworden. »Gold ist Dreck«, das sei sein ständiger Refrain gewesen, »Gold ist Dreck«, ihr alle sagt es doch täglich, aber wörtlich nehmt ihr's nicht, ihr Schafsköpfe.«

Bisweilen, so erfuhr ich, hätte Kinski etwas zusammengefaselt, von einem gewissen Farbenwechsel, von Schwarz, Pfauenfederglanz und Schneeweiß. Den eigentlichen Urstoff jedoch hätte er stets geheim gehalten. Ich horchte auf. Farbenwechsel? So steht es ja wörtlich in fast allen mittelalterlichen alchemistischen Büchern. Auch dort wird der Urstoff verborgen, als handle es sich um ein tödliches Geheimnis.

Der Zufall geht seltsame Wege. Ich hatte von da an

nächtelang über meiner alchemistischen Bibliothek, die ich im Laufe der Zeit wahllos zusammengekauft hatte, gesessen und mir die Augen wund gelesen, welchen Urstoff die alten »Weisen« denn um Himmels willen gemeint haben könnten. Worauf ich auch riet: es stand als Irrtum verzeichnet in des Herzogs von Trevisan modrigen Schwarten. Da schickte mir eines Tages ein Antiquar ein altes Buch, verfaßt von dem mittelalterlichen Grafen de Marsciano. Ich blätterte darin, und mit einemmal wußte ich – jawohl, ich *wußte* – was unter dem Urstoff zu verstehen war: menschliche oder tierische Exkremente! Dreck also, wie der selige Kinski treffend sagte. Dann kam allerdings ein Nachsatz in dem Buche, der mich wieder völlig verwirrte: »Unsere Materia ist gelb wie Butter, riecht himmlisch und schmeckt süß wie Manna.« Wutentbrannt warf ich das Buch in die Ecke und bedauerte aus Herzensgrund, daß sich der italienische Adept bereits durch den Tod einer Auseinandersetzung mit mir entzogen hatte. Als ich das Buch dann wieder hervorholte, sah ich, es war unvollständig; ein zweiter Band fehlte. Ich schrieb an alle möglichen Antiquare. Vergebens, niemand kannte es. Da stellte sich ein geradezu unglaublicher Zufall ein: ein Bücherauktionskatalog aus Mailand fiel mir in die Hände; ich schlug ihn mechanisch auf und las: Onuphrius Marsciano, zweiter Band. Ich depeschierte nach Mailand: Kaufen um jeden Preis. Einige Tage später hielt ich das Kleinod in der Hand – um wenige Lire erstanden –, verschlang es wie weiland der Walfisch Jonas. Das Merkwürdigste war, der Band trug dasselbe Exlibris innen auf dem Buchdeckel wie mein erster, – beide Bände waren also vor Jahrhunderten Eigentum ein und desselben Besitzers gewesen. Wäre ich abergläubisch, ich

könnte fast glauben, der alte Kinski hätte es mir in die Hand gespielt.
Was ich aus dem Marsciano nach und nach herauslas, war: Tierische Exkremente verwandeln sich bisweilen nach langer Zeit in der Erde in einen Stoff, der der Beschreibung entspricht; buttergelb, wohlriechend, mannasüß usw. So oft ich von da an einen Lehrer oder Studenten der Chemie auf der Gasse oder im Kaffeehaus traf, immer lenkte ich das Gespräch so, daß ich schließlich – unauffällig, wie ich mir einbildete – die Frage anbringen konnte: Sagen Sie, Herr Doktor, ist es möglich, daß sich Fäkalien in der Erde allmählich in eine süß schmekkende Substanz verwandeln können? Dabei passierte mir eines Tages das Mißgeschick, daß ich einen Couleurstudenten ein zweites Mal danach fragte. Er biß wortlos die Zähne zusammen, verlieh seinem Blick etwas unhöflich Stechendes und drehte sich rasch auf dem Absatz um und schickte mir sodann zwei Sekundanten ins Haus. Ich beschloß daraufhin, mich nur noch mit einfachen Leuten aus dem Volk zu verständigen über dieses Problem, die weniger leicht gekränkt sind und keinen Sinn für Duelle haben. Auch hier zeigte der Zufall Verständnis für meine Seelenqualen. Eines Nachts ging ich zu später Stunde heim von einem Ruderklubfest, angetan mit weißen Flanellhosen und blauem Rock, die Athletenbrust mit zahlreichen Regatta-Orden geschmückt, die im Mondschein blitzten. Die Hauptstraße Prags war aufgerissen, und schauderhafte Dünste entwirbelten dem Schoß der Mutter Erde, denn es galt, uralte Kloaken dem Schlummer der Vergangenheit zu entreißen. Angeeifert durch diese günstige Gelegenheit, erklomm ich einen Wall und rief in die gähnende Tiefe hinab: »Ahoi!« Totenstille verdrängte das bis dahin herr-

schende schlapfende Geräusch einer Pumpe, und alsbald entstieg dem Abgrund der König der Nacht, an der Stirn eine kleine Laterne, wie die Fische der Tiefsee sie tragen. Ich neigte leicht das Haupt, spießte eine Guldennote über die Zwinge meines Spazierstocks und reichte sie dem König, worauf sich folgender Dialog entspann:

Ich: »Haben Euer Penetranz jemals in dero Leben auf dem Felde Eurer Tätigkeit einen Stoff bemerkt, der buttergelb, wohlriechend und süß von Geschmack ist?«

Der König der Nacht: »Keinen Stoff nicht, aber einen Dreck. Kommt aber nurr sähr selten vor. Eine Kuriosität. Wenn man darauf Obacht gibt, kann man ihn schon finden. Natierlich ja, ich weiß jetzt schon, was der Herr General wollen: er bringt Glück, sagt man.«

Ich: »Trefflich! Bringen Sie mir, Verehrtester, so bald und so viel wie möglich. Sie bekommen ein fürstliches Trinkgeld. Hier meine Adresse auf der Karte.«

Monate waren vergangen, und Sommerhauch lag duftend über der Stadt, denn damals gabs noch keine Automobile. Ich saß in meinem Büro und hielt gerade Cercle mit einigen vornehmen und schönen Damen, da ging mit einemmal leise die Tür auf, und herein trat strahlendtreuherzigen Auges, mit der einen Hand den Silberbart streichend, in der anderen einen funkelnden Kupferkübel mit Dreck, ein Greis. Seine Züge kamen mir bekannt vor, trotzdem ich die Vermutung nicht loswerden konnte: es ist eine Sagengestalt aus dem griechischen Altertum, die an unserem tugendhaften Beisammensein teilzunehmen wünscht, indem sie als Vision in der Mittagshitze pangleich sich einstellt. Da der Greis jedoch sofort in eine tschechische Ansprache an mich ausbrach, verwarf ich meine Annahme und erhob mich geschmeichelt, zumal ich kein Wort verstand. Mit einer graziösen

Handbewegung stellte der Ehrwürdige den Kübel auf einen Sessel, wobei die Damen sich lorgnettierend gestielten Auges verbeugten.
Triumpf in der Miene, entfernte der Silberbart den Deckel der Urne. Alles andere spielte sich mit Filmgeschwindigkeit vor meinen Augen ab. Eine Herde flüchtiger Antilopen hätte beim Anblick eines brüllenden Löwen nicht eiliger das Weite suchen können als meine holden Gastinnen. Wortlos stand ich, von herzzerbrechenden Geständnissen umwogt, dem furchtbaren Alten gegenüber, bis er das Schweigen brach: »Ich hab mich lang nicht hertraut, aber weil grad ein so schener Tag is – da schauns, Herr General, einen kopfgroßen Batzen! Ich hab ihn nicht erscht putzt, damit gnä Herr sehn, er ist ächt . . .«
Was soll ich weiter viel erzählen? Die alten Alchimisten behaupten fast übereinstimmend, der Prozeß der Elixierbereitung sei behütet von finsteren Mächten der Unterwelt und führe namenloses Unheil im Gefolge. Armut, unheilbare Krankheit, gewaltsamen Tod, – falls es überhaupt gelänge, die Glaskolben, in denen der Urstoff bei langsamer Wärme verwandelt wird, vor dem Zerplatzen zu bewahren. Tatsache ist: ich habe den Urstoff vorschriftsmäßig durch Wochen konstant erwärmt. Tatsache ist: zu meinem und des chemischen Beraters höchstem Erstaunen stellten sich auch die erwähnten unerklärlich schönen Farbveränderungen bis zum Pfauenglanz ein. Tatsache ist: als ich eines Tages vor der Retorte stand, zerplatzte diese mit lautem Knallen und der »Stoff« flog mir ins Gesicht. Ich wiederholte das Experiment ein zweites Mal, aber diesmal in offenem Glaskolben. Das Farbenspiel blieb bei der ersten Schwärze stehen. Vollkommen unbegreiflich bleibt mir, warum

auch der Kolben explodierte, trotzdem der Hals ja nicht verschlossen war und sich keine Ammoniakgase ansammeln konnten – und noch dazu genau in dem Augenblick, als ich zufällig davorstand.
Tatsache ist: als ich ein drittes Mal den Versuch wiederholen wollte, wurde ich von einer gräßlichen Krankheit befallen, die als unheilbar gilt und erst nach vielen Jahren langsam wich. Seitdem halte ich mich fern von praktischer Alchimie; besser abergläubisch sein als unglücklich!

Alchimie oder die Unerforschlichkeit

Einleitung zu: Thomas von Aquino, Abhandlung über den Stein der Weisen

Der Demiurg, der große Baumeister aller Welt, ist, das läßt sich nicht leugnen, ein Künstler von umfassender Vielseitigkeit! Nicht nur als Maler und Bildhauer betätigt er sich rastlos, auch als Verfasser von Dramen, Lustspielen, Possen, und, da er keine Zensur über sich duldet, in überaus häufigen Darbietungen erotischer Werke tut er sich gern hervor.

Bisweilen scheint es ihn auch zu reizen, ein Satirspiel zu schreiben und von uns armen Menschenkindern als Schauspielern unentgeltlich oder gegen ein zumindest sehr schäbiges Honorar in Szene gehen zu lassen.

Ein solches Satirspiel könnte den Titel führen:

»Alchimie oder die Unerforschlichkeit.«

Nach unsern menschlichen kurzatmigen Begriffen hat es vielzuviel Akte, um dauernd auf dem Spielplan bleiben zu können; dennoch läßt es sich nicht leugnen, daß es recht geschickt geschrieben ist; treten doch immer wieder neue Spannungsmomente auf, und kaum droht uns das Gähnen zu überfallen, schon versteht es der Dichter meisterhaft, uns durch kleine liebenswürdige Tricks zu frischer Aufmerksamkeit anzuregen. Ich vermute, daß die Anfänge des Stückes in die Jugendzeit des Demiurgen zu verlegen sind, denn was wir über Alchimie wissen, verliert sich bis in die graue Vorzeit; an das Vorspiel und den ersten Akt kann sich keiner von uns mehr erinnern.

Die späteren Akte hingegen können wir alle uns leicht wieder vergegenwärtigen, wenn wir die Bücher des Mittelalters über Goldmacherkunst zur Hand nehmen. Das Bild, das sich da direkt oder indirekt vor unsern Augen malt, ist überaus farbenprächtig und mutet uns bisweilen an wie eine gespenstige Fata Morgana.
Einerseits lesen wir, daß immer wieder und wieder vor einwandfreien Gelehrten und wahrheitsliebenden Zeugen (um nur einen einzigen zu nennen: den berühmten holländischen Arzt van Helmont) Metallverwandlungen und Wirkungen des sogenannten Steines der Weisen vollbracht wurden, anderseits hören wir, daß es zu damaliger Zeit von Betrügern nur so wimmelte, die an Fürstenhöfen usw. mit Gaukeleien und Taschenspielertricks im trüben fischten.
Mit Erfindung der Buchdruckerkunst brach dann eine Flut von Büchern über die leidtragende Menschheit herein, in denen jeder, der die Tinte nicht halten konnte, offen oder versteckt zu wissen gab, er sei ein Adept und im Besitze des Geheimnisses, wie man Blei, Zinn oder Quecksilber in Gold verwandeln könne.
Auch viele Bücher über die theoretische Möglichkeit der Metallverwandlung wurden geschrieben, und um zu zeigen, was für ein gerissener Bühnenschriftsteller der Herr Demiurg ist, so oft es gilt, hie und da Witze einzustreuen, wenn die Darstellung anfängt langweilig zu werden, will ich kurz erwähnen, daß ein gewisser Adolf Helfferich in der Mitte des 19. Jahrhunderts ein damals berühmtes Buch herausgab, betitelt: »Die neuere Naturwissenschaft, ihre Ergebnisse und Aussichten.« Triest 1857. Darin tritt dieser Herr Helfferich offen für die Alchimie und ihre Behauptungen ein. Daß viele Jahrzehnte später ein Mann gleichen Namens sich vor die

Rampe der Weltgeschichte begibt, als deutscher Reichsbankpräsident maskiert, und es meisterlich versteht, Metall zu verwandeln, nämlich Gold in Papier, ist ein so brillanter Witz, daß nur ein ganz von Gott verlassener Kunstkritiker behaupten könnte, es handle sich hier nicht um Überlegung und Absicht der Weltgeschichtsregie, sondern um Zufall. Für mich liegt es auf der Hand, daß der Dichter dieses Satirspiels den Namen Helfferich im Jahre 1857 in seinem Theaterstück hat über die Bühne gehen lassen, lediglich um durch seine Wiederholung im Jahre 1917 dem Götterpublikum im Olymp einen Spaß zu bereiten.

Auch der Einfall, dem Metallverwandler Helfferich unserer Tage einen zweiten Adepten namens Dr. Schacht auf dem Fuße folgen zu lassen, der umgekehrt aus Papier Gold gemacht hat, wenn auch leider nur in ganz minimalen Spuren, ist eines so trefflichen Dramatikers, wie der Demiurg einer ist, durchaus würdig. Wie sorgfältig und überlegt er beim Verfassen seiner dichterischen Werke verfährt, geht schon aus der Wahl der Namen hervor, die er seinen Figuren gibt. Sie tragen fast alle etwas von einer symbolischen Unterbedeutung an sich: der eine heißt Helfferich – ist also keineswegs ein Helfer, sondern eher das Gegenteil, – und der andere hat den ominösen Namen Schacht, ist also für so manchen, der die Deflation als Doktor-Eisenbart-Kur am eigenen Geldbeutel erlebte, eine Art höhnischer Anspielung auf ein Begräbnis.

Nehmen wir die mittelalterlichen Bücher über Alchimie vor und lesen sie durch, wozu freilich ein heroischer Entschluß und die Ausdauer eines Langstreckenradfahrers gehört, so finden wir in allen die Warnung an den Leser: sollte es dir gelingen, den Sinn unserer Schrift zu begreifen und dem Geheimnis, wie die Goldtinktur hergestellt wird, auf die Spur zu kommen, so lasse dich lieber zu Tode foltern, als dich bewegen, das Geheimnis preiszugeben, denn es ist Gottes Wille, daß es verborgen bleibe.

Und dieses Wissen um den Willen Gottes – was wohl heißen soll: das Wissen um den Willen des Demiurgen – ist auch der Grund, so sagen die bücherschreibenden Adepten aller Zeiten, weshalb sie die Schilderung des metallverwandelnden Prozesses nur verhüllt und mit dunkeln Worten dem Leser und Lehrling vorsetzen.

Man fühlt sich da versucht anzunehmen, daß die Herren Bücherschreiber nur deshalb so geheimnisvoll geraunt haben, weil sie eben selbst nichts wußten und sich in Wichtigtuerei gut gefielen.

Mag sein, daß dem so gewesen ist, ob es aber auf sämtliche Fälle zutrifft? Ich für meinen Teil möchte es sehr bezweifeln. Dem heiligen Thomas von Aquino z. B. zuzumuten, er habe ein Manuskript geschrieben, um der Laienwelt gegenüber den alchimistischen Adepten zu mimen, geht doch wohl nicht an! Und Thomas von Aquino war nicht nur ein Mann von denkbar lauterstem Charakter, sondern auch einer der größten Gelehrten seiner Zeit. Nicht umsonst hatte man ihm den Beinamen eines Doktor Angelikus gegeben.

Nun werden viele sagen: der heilige Thomas von Aquino hat die Bücher über Alchimie eben gar nicht geschrieben, und es handelt sich da um »längst nachgewiesene Fälschungen« aus dem Mittelalter.

Ich möchte darauf erwidern: nichts dergleichen ist nachgewiesen. Alles spricht sogar für das Gegenteil. Meines Wissens ist der einzige, der behauptet hat, die dem Thomas von Aquino zugeschriebenen alchimistischen

Werke müßten Fälschungen sein, ein gewisser Naudé gewesen, ein Franzose, der im Jahre 1712 einen ungeheuern Wälzer geschrieben hat, betitelt: »Apologie pour les grands hommes soupçonnés de Magie«. Darin nimmt er gewisse große Männer und unter ihnen vor allem den heiligen Thomas in Schutz gegen den Verdacht – Magie (!) betrieben zu haben. – Als ob die Art der Alchimie, von der der heilige Thomas von Aquino in seinen Manuskripten spricht, auch nur das geringste mit Magie zu tun hätte!

Freilich, es gibt eine Art »Alchimie«, die reine Magie ist, aber diese Art Alchimie befaßt sich nicht damit, Blei in Gold zu verwandeln, sondern – Tiermenschen in – »Goldmenschen«.

Es gibt so manches Buch, dessen Inhalt auf chemisches-alchimistisches Verfahren eingeschätzt wird, und das trotzdem aber auch gar nichts mit dergleichen zu tun hat, sondern lediglich mit einem magischen Prozeß, der in das Gebiet des Yoga, oder nennen wir es: »mystische Freimaurerei« gehört. Daß nun der heilige Thomas von Aquino praktische »Freimaurerei« betrieben hätte – gegen diesen Verdacht braucht man ihn wohl nicht erst in Schutz zu nehmen! Ebensowenig aber braucht man ihn gegen einen »Vorwurf« in Schutz zu nehmen, er habe sich für Metallverwandlung interessiert, oder sich, wie aus dem hier vorliegenden Traktate hervorgeht, seinem Freund, dem Bruder Reinaldus gewidmet, mit ihr – und zwar mit Erfolg – befaßt. Denn die Alchimie, nämlich die chemische (nicht die freimaurerisch-rosenkreuzerisch-magische) war zur Zeit Thomas von Aquinos und auch später niemals von der Kirche verboten. Haben sich doch zahlreiche katholische Fürsten mit ihr praktisch befaßt, wie allgemein bekannt ist.

Der einzige »Beweis«, den der erwähnte Naudé gegen die alchimistischen Schriften Thomas von Aquinos hinsichtlich ihrer Echtheit ins Treffen führt, läßt sich in die Worte zusammendrängen: es ist ausgeschlossen, daß ein Mann von der Gelehrsamkeit und dem frommen Lebenswandel eines Thomas von Aquino, der überdies im Jahre 1333 von der Kirche heilig gesprochen wurde, sich mit Alchimie hätte befassen können! – Nun, wenn das ein »Beweis« sein soll!

Thomas von Aquino war bekanntlich ein Schüler des Albertus Magnus (Albert de Groots), der, wie jedes Kind weiß, ein überzeugter und eifriger Alchimist war; ist es da wahrscheinlich, daß diese beiden Männer niemals über Alchimie gesprochen hätten? Vielleicht verschiedene Meinungen über dieses Thema gehabt und infolgedessen miteinander darüber disputiert hätten? Oder: sie wären gleicher Meinung über die Alchimie gewesen, läge es da nicht auf der Hand, daß Thomas von Aquino darüber geschrieben hätte?

Vergleicht man den Stil seiner alchimistischen Schriften mit dem seiner scholastischen Abhandlungen, so findet man in beiden die gleiche knappe, klare Ausdrucksweise, und wohl nur jemand, der mit aller Gewalt zweifeln will, wird dann noch behaupten dürfen, es läge eine Fälschung vor.

Überdies kommt nirgends in den alchimistischen Schriften des Thomas von Aquino ein Anachronismus, oder etwas dergleichen vor, was Anhaltspunkte ergeben könnte, er sei nicht der wirkliche Autor gewesen.

Der erwähnte Franzose Naudé behauptet nun, um seine Theorie zu stützen, der Name Thomas von Aquino sei von einem Anonymus zu einer Fälschung mißbraucht worden; Thomas von Aquino hätte sich ausdrücklich gegen die Möglichkeit von Metallverwandlungen ausgesprochen und zwar in seinem Buche: »Distinct. 7, quäst. 3 art. 1, ad 5«. – Schlagen wir aber in dem Werke nach: »Sancti Thomae Aquinatis in quatuor libros sententiarum Petri Lombardi, 1659«, so finden wir darin wörtlich den Ausspruch des Heiligen Thomas und seine Ansicht über die *Möglichkeit* der Metallverwandlung wie folgt:

»Alchymistae faciunt aliquid simile auro quantum ad accidenta exteriores: sed tamen non faciunt verum aurum: quia forma substantialis auri non est per calorem ignis, quo utuntur alchymistae sed per calorem solis, in loco determinato ubi viget virtus numeralis: et ideo tale aurum non habet operationem consequentem speciem: et similiter in aliis, quae per eorum operationem fiunt:

(Die Alchimisten machen etwas dem Golde ähnliches, was nämlich die äußern Erscheinungsformen anbelangt; aber wirkliches Gold stellen sie nicht her, denn das Gold verdankt seine wesentliche Gestaltung nicht dem Feuer und seiner Glut, dessen sich die Alchimisten bedienen, sondern dem Wärmeeinfluß der Sonne, deren Kraft an einem bestimmten Orte sich offenbart. So hat denn auch das von den Alchimisten bereitete Gold nicht die Fähigkeiten, die seinem Scheine entsprechen. Ähnlich verhält es sich mit anderen Dingen, die durch die Kunst [der Alchimie] bereitet werden.)«

Wer nur einigermaßen in der Theorie, die die alten Alchimisten verfochten, zu Hause ist, wird zugeben müssen, daß der Verfasser obiger Worte – eben Thomas von Aquino – wenn er so spricht, damit beweist, welch tiefe Kenntnis über die »Goldmacherkunst« er besessen haben muß. Behauptet doch z. B. Paracelsus nicht viel anderes als Thomas von Aquino hinsichtlich des natürlichen und des künstlichen Goldes; beide stehen übereinstimmend auf dem Standpunkt, die »Sonnenwärme« (wir Modernen werden in vielleicht nicht mehr ferner Zeit sagen: das flüchtige Element »Emanation« im Sonnenlicht) sei die Erzeugerin des natürlichen Goldes.

Obwohl es im Grunde keine Rolle spielt, ob Thomas von Aquino mit der Theorie, die Sonnen»wärme« erzeuge Gold, recht gehabt hat oder nicht, so möchte ich doch hier an dieser Stelle schon einiges dazu erwähnen. Was ein Experiment, Gold aus Silber unter dem Einfluß von Sonnenlichtbestrahlung zu erzeugen betrifft, vorgenommen in der Mitte des vorigen Jahrhunderts von einem gewissen Tiffereau, so werde ich später darauf ausführlich zu sprechen kommen. –

In den letzten Jahrzehnten hätte wohl jeder Chemiker die Nase gerümpft, wäre ihm die Behauptung kredenzt worden, die Sonnenwärme erzeuge Gold im Schoß der Erde. Gold kann doch »bekanntlich«, wenn es überhaupt als Element »entstehen« hat können, nur durch terrestrisches hochgradiges Feuer entstanden sein, wäre sicherlich die – vorlaute Antwort unserer Gelehrten gewesen. Heute ist man mit solchen abweisenden Urteilen etwas langsamer geworden.

Die Entdeckung des Elementes »Emanation« mit seinen seltsamen verwandelnden Eigenschaften gibt zuviel zu denken! Es hat also den Anschein, als käme die alte, so verspottete Alchimie langsam wieder zu Ehren.

Um wieder auf meine Lieblingsidee vom Theaterstück des Demiurgen zurückzugreifen: es war nur ein »Spannungsmoment« in seinem Dichterwerk, daß er Szenen einschaltete, in denen er die Alchimisten des Mittelalters als Schwindler und Narren hinstellte. Wie groß wird dann die Überraschung des »Publikums« sein, wenn sich, kurz bevor der Vorhang fällt, herausstellt: sie waren nicht nur keine Narren, sondern ihrem Jahrhundert auf unbegreifliche Weise weit voraus. Ob nun unter »Publikum« wir armen Menschenkinder zu verstehen sind, oder die Götter im Olymp – eine große Überraschung wird es auf alle Fälle geben. Leider werden wir mit unsern mangelhaften Sinnen nicht sehen können, wie der erhabene Autor vor die Rampe tritt und sich dankend verbeugt.

Ich ahne, es wird aber eine noch viel größere Aktschlußüberraschung kommen als diese!

Wie ich schon erwähnt habe, schreiben sämtliche Alchimisten in ihren Büchern, es komme dem Verluste des Seelenheiles gleich, wenn ein Adept das Geheimnis der Herstellung des Steines der Weisen anders als mit verhüllenden Worten preisgeben würde. Vielleicht ist diese Furcht vor Profanation übernommen aus den Zeiten des alten Ägypten und seiner Priesterkaste, die von den Segnungen des heutigen Sozialismus noch keine Ahnung hatte und jeden mit dem Tode bestrafte, der es wagte – marxistischen Ideen zu frönen, nämlich: Perlen vor das große Publikum zu werfen.

Ob es *sich* nun so verhält oder anders, Tatsache ist und bleibt, daß es sich bis zum heutigen Tage überaus einschneidend auf das Wirtschaftsleben ausgewirkt hätte, wenn jemand mit der Erfindung, wie man auf einfache Weise aus Blei, Zinn, Quecksilber, Kupfer oder Silber – Gold herstellen kann, an die Öffentlichkeit getreten wäre. Kurz und gut: dem Demiurgen konnte es nicht passen, daß auf solche Art sein hübsches Satirspiel ein vorschnelles und überstürztes Ende finden sollte. »Noch will ich meine hochverehrten Zuschauer ein wenig auf die Folter spannen«, hat er sich offenbar gesagt – hat den Verlauf der Szenen noch ein wenig hingezogen, nähert sich aber jetzt dem »erlösenden« dramatischen Moment auf eine sehr schalkhafte Weise:

Zwei neue »Schauspieler« sind nämlich plötzlich auf dem Plan erschienen, der englische Chemiker Rutherford und der Berliner Gelehrte Professor Miethe – wie ich höre, soll auch ein Japaner – der Name ist mir entfallen – sich von der östlichen Kulisse her auf die Mitte der Bühne begeben haben.

Allen dreien ist es bereits gelungen, Gold künstlich herzustellen. Allerdings nur in geringen Spuren.

Im Sinne des Demiurgen ist es selbstverständlich, daß sie es nur in Spuren herstellen konnten und können, durften und dürfen, und es wird noch eine Weile dauern, bis der Regisseur das Stichwort geben wird: jetzt Verwandlung!

Dann wird eine Sensationsnachricht durch die Zeitungen gehen. Etwa so: »Dem bekannten Chemiker, Herrn Professor Dr. XYZ ist es, wie wir einem Telegramm entnehmen, aber mit Vorbehalt wiedergeben, gestern nachts gelungen, ein Verfahren ausfindig zu machen, demgemäß chemisch reines Gold auf künstlichem Wege herzustellen ist, und zwar auf so einfache und billige Weise, daß in Hinkunft der Kurs dieses Metalles weit unter dem des Bleies notiert werden dürfte. Selbstverständlich hat dieses Verfahren nicht das geringste mit dem alten, längst entlarvten Aberglauben der Alchimisten zu tun. Es beruht im Gegenteil auf rein wissenschaftlicher Basis und es ist erfreulich, daß durch diesen neuen Triumph der modernen Wissenschaft abermals ein Stück mittelalterlicher Finsternis zerstört wird.« (Szenische Bemerkung: Gelächter im Publikum.)

Die Abendblätter werden dann voraussichtlich folgenden Zusatz zu dieser Hiobsbotschaft bringen:
»Merkwürdiges Zusammentreffen von Zufällen! Heute morgen brachten wir die aufsehenerregende Nachricht, daß es der Wissenschaft gelungen ist, Gold auf dem Wege der Synthese herzustellen, und wie uns soeben gedrahtet wird, bewahrheitet sich die Nachricht in vollem Maße! Der Leitartikel unseres Handelsteils, der sich mit den einschneidenden Wirkungen dieser Erfindung auf das gesamte Wirtschaftsleben der kultivierten Nationen befaßt und insbesondere das Problem des Dawesplans von neuem aufrollt, war bereits im Druck, als eine zweite, nicht minder interessante Nachricht einlief! – Ihr zufolge sind soeben (!) in Kanada Goldfelder von so ungeheurer Reichhaltigkeit aufgeschlossen worden, daß die Preisnotiz des Goldes an der Börse in Wallstreet gestrichen wurde. Gold kann infolgedessen in Hinkunft als vollkommen entwertet angesehen werden.« (Jubel und ungeheurer Beifall aus der Olymploge. Der Vorhang fällt.)
Das Satirspiel wird zu Ende sein, aber sofort wird ein neues Stück des begabten Bühnenschriftstellers, betitelt:

»Der Spiritismus oder: sind es die Toten? Sind sie es nicht? Oder sind sie es nur hie und da? Oder ist es nur Betrug? Oder das eingekniffene Unterbewußtsein usw.«

auf dem Theaterzettel angekündigt werden. Der erste Aufzug geschah bereits vor 80 Jahren. Es wird ein Drama sein. Begonnen hat es wie das Morgenrot der Verheißung einer neuen Zeit; enden wird es mit einer teuflischen Apotheose. Mit allen Hilfsmitteln einer reichen Regie: mit höllischer Feuersbrunst, mit Nacht und Verzweiflung.

Kehren wir zurück zu den alchimistischen Schriften des Thomas von Aquino.
Die aus der Luft gegriffenen Behauptungen des erwähnten Naudé konnten natürlich nicht ohne Erwiderung bleiben.
Kurz nachdem das Werk des Naudé gedruckt vorlag, erschien eine Gegenschrift, verfaßt von dem Kapuzinerprediger Jacques d'Autun, betitelt: »Über die wissentliche Ungläubigkeit und die unwissende Gläubigkeit in Bezug auf die Magier und die Hexenmeister, nebst einer Antwort auf ein Buch, benannt: Apologie usw. (von Naudé), herausgegeben angeblich zur Rechtfertigung großer Männer, die man fälschlich der Magie bezichtigt hätte.« (Lyon, Jean Molin, 1671.) In diesem Werke wird, allerdings nur mit knappen Worten, die Echtheit der Thomas von Aquinoschen Schriften betont.
Ausführlich hingegen wird das Thema behandelt von dem Franziskanerpater Castaigne, Doktor der Theologie, Abt von Sou, Geistlichem Rat, Feldprediger des Königs von Frankreich und späterem Bischof von Saluces – einem Manne, an dessen streng katholischer Gläubigkeit niemand zweifeln konnte.
Dieser Franziskaner schreibt in seinen Werken, medizinischen Inhaltes wie auch chemischen, unter anderem (Paris, Jean d'Houry, 1661):

»Was werden wir aber erst sagen über diesen großen Doktor Angelicus, den Heiligen Thomas von Aquino, vom Orden der hochwürdigen Dominikaner, der selber das erhabene Werk, die Herstellung des aurum potabile, geschrieben hat! Ich selbst besitze das Original seines Manuskriptes, das er mit eigener Hand verfaßt hat und das da beginnt mit den Worten: Sicut lilium inter spinas.

Und wenn er im Sinne der Barmherzigkeit den Kranken damit helfen wollte, hätte es ihm nicht so mancher neidische Arzt der damaligen Zeit vorgeworfen? Freilich, er hätte darauf geantwortet: tanto dinaso.«

Von allen Autoren, die über die alchimistischen Werke des Thomas von Aquino geschrieben haben, scheint der auf diesem Gebiete sehr bekannte Abbé Lenglet du Fresnoy derjenige gewesen zu sein, der sie am besten verstanden hat. Er schreibt (Histoire de la Philosophie hermétique 1742):

»Ich gebe zu, daß ein übers Ziel hinausschießender Eifer dazu geführt hat, diesem berühmten Manne (Thomas von Aquino) einige Abhandlungen zu unterschieben, die nicht von ihm stammen; aber es sind da auch andere Werke, die man ihm nicht streitig machen kann. Sein »Schatz der Alchimie«, dem Frater Reinaldus gewidmet, seinem Freunde und Gefährten, handelt lediglich von der Ausübung einer sonderbaren geheimen Philosophie, die er jedenfalls dem Albertus Magnus, den er in diesem Buche ausdrücklich als seinen Lehrer in allen Dingen, insbesondere aber in dieser Wissenschaft bezeichnet, verdankt. –

Diese Abhandlung umfaßt zwar nur 8 Seiten, aber sie ist das Beste, was ich in dieser Art gelesen habe – notabene: *Für den, der sie versteht.* (!!!!!)

(Sollte das eine Anspielung an die legendenhafte »disciplina arcani« sein?)

Diese Worte eines der gelehrtesten Historiographen auf dem Gebiete des Hermetismus dürften allein genügen, die Herausgabe der alchimistischen Schriften des Thomas von Aquino, die heute vollkommen in Vergessenheit geraten sind, zu rechtfertigen.

Wie soll man sich nun zu den Fragen stellen: hat es überhaupt Alchimisten gegeben, denen es gelungen ist, Gold zu machen?
Gibt es in den alten alchimistischen Schriften, die ein, wenn verhülltes, so doch verläßliches (falls man den Schlüssel zu den darin enthaltenen Allegorien fände) Rezept aufzeigen, um solche Metallverwandlungen zuwege zu bringen?
Ist die Tinktur oder das Pulver, vermittels dessen, wie es allgemein in solchen Büchern und Manuskripten heißt, man die Verwandlung fertig bringt, dasselbe, wie der sogenannte Stein der Weisen oder die »Universalmedizin«?
Solche Fragen sind ungemein schwer und kaum anders, als durch Mutmaßungen zu beantworten. Der einfache Menschenverstand müßte einem sagen: ein Mensch, dem es gelungen ist, Gold auf künstlichem Wege herzustellen, welche Veranlassung sollte der gehabt haben, Rezepte preiszugeben und obendrein in verhüllter oder besser gesagt, unverständlicher Form?
Darauf läßt sich nur erwidern: wir dürfen an Menschen der damaligen Zeit nicht den Maßstab anlegen, der für den heutigen Durchschnittsmenschen Gültigkeit haben könnte. Ist denn nicht auch die Bibel symbolisch geschrieben? Sind es nicht desgleichen die Kabbala, die alten indischen heiligen Bücher, die Vorschriften des Yoga, die Edda und so viele andere? Die Gründe ausführlich auseinanderzusetzen, weshalb man im Altertum und im Mittelalter Geheimnisse nur andeutete, indem man ihnen ein symbolisches Mäntelchen umhing, dazu fehlt hier der Raum. Man könnte einen Band darüber schreiben.
Es genügt, hier zu sagen: die Verfasser solcher Schriften

gingen unter anderem von der Anschauung aus: wem die Intuition mangelt, das Geheimnis selber herauszufinden, der ist nicht wert, es zu wissen. Wem es sich aber auf diesem Wege der innern Eingebung enthüllt, dem will es die Vorsehung geben, und er hat es sich auch gewissermaßen verdient, denn zur Erweckung einer solch scharf ausgeprägten Intuition gehört Mühe, Ausdauer und ein brennender, von keinem Mißerfolg abschreckbarer Eifer – kurz das, was einem zum Yoga Berufenen gehört und vonnöten ist. In einen kurzen Satz gefaßt: die Autoren hatten Angst vor persönlicher Verantwortung und legten sie in die Hand der Vorsehung.

Die Voraussetzung für ein so vorsichtiges Gewissen wäre immer die, daß ein solcher Autor von sich selbst genau gewußt hätte: ich besitze das Geheimnis. Andernfalls wäre eine verhüllte Sprache der Ausfluß einer albernen Geheimnistuerei gewesen. Und eine derartige Handlungsweise ist, wie ich schon im Anfang meiner Einleitung gesagt habe, Männern wie Paracelsus, Thomas von Aquino und andern kaum zuzumuten. Es bliebe also nur die Schlußfolgerung übrig: ja, es hat Menschen gegeben, die das Geheimnis besaßen.

Ist es nun erwiesen, daß sie tatsächlich Gold hergestellt haben? Liest man die alten Berichte über angeblich geschehene Transmutationen, so kommt man aus dem Staunen nicht heraus. Ich werde einige solcher Berichte am Schluß dieser Einleitung bringen. Der Leser möge sich dann selber ein Urteil bilden, was er von ihnen zu halten hat.

In den zahlreichen Berichten heißt es einmal: es war ein rotes Pulver, vermittels dessen der Adept Soundso Gold herstellte, indem er es auf flüssigglühendes Blei, Zinn oder Quecksilber, das erwärmt worden war, warf,

— dann wieder war es ein graues Pulver. Dann wieder eine rote Flüssigkeit.
Berichte, wie man diese Essenz, gleichgültig, ob als Pulver oder als Flüssigkeit, herstellen soll, behaupten, sie sei durchaus nicht schwer zuwege zu bringen, man müsse nur erst wissen, mit welchem Grundstoff — sie nennen es die »prima materia« — man zu beginnen habe.
Ich selbst habe mir vor Jahren eine geradezu unsägliche Mühe gegeben herauszufinden, was diese Herrschaften eigentlich unter der prima materia verstanden haben. Lange Zeit wollte es mir scheinen, sie hätten es bloß darauf abgesehen, einen an der Nase herumzuführen. Viele solcher alchimistischer Autoren haben es denn auch getan, nämlich die Schwindler, denen es nur darum zu tun war, Bücher zu schmieren, entweder um sich interessant zu machen, oder um Gimpel auf die Leimrute zu locken und ihnen dann Geld aus der Tasche zu ziehen.
Ein altes alchimistisches Buch, betitelt »Clavicula«, in dem die echten von den falschen »Adepten« mit Titel und Namen angegeben waren, half mir, wenigstens in groben Zügen, die des Schwindels verdächtigen Werke beiseite zu legen. Trotzdem dauerte es noch eine lange Zeit, bis mir ein kleines Licht aufging, was unter der prima materia, mit der der Herstellungsprozeß zu beginnen sei, möglicherweise zu verstehen sein könnte.
Daß von hundert Alchimisten mindestens neunzig unter »prima materia« menschliche oder tierische Exkremente beider Art verstanden, war mir bald klar geworden, aber wenn es an die äußere Schilderung dieser wenig sympathischen Materie ging, stimmte es wieder nicht. Um ein Beispiel zu geben: seit wann ist dieser »verachtete Stoff«, den der Bauer, wie es gelegentlich heißt, an

den Stiefeln vom Feld nach Hause bringt – »gelb wie Butter«, »wohlriechend« und »süß von Geschmack«? Nämlich so schildert ihn ein Alchimist, der es mir besonders angetan hatte – ein gewisser Onuphrius de Marsciano – mit beredten Worten.

Durch einen Zufall kam ich eines Tages auf die Lösung: wenn die »ernstzunehmenden« Alchimisten von einer prima materia sprechen, so verschweigen sie dabei fast alle, daß sie zweierlei prima materia oder Menschenexkremente unterscheiden, nämlich eine prima materia proxima (oder leicht greifbare) und eine prima materia remota, d. h. entfernliegende, oder erst durch Verwitterung (»Sonnenwärme«) brauchbar gemachte. Und diese zweite allein ist zum Beginn des »Werkes« geeignet. Zur ersteren Sorte würde man eine sehr große Menge, wie sie für gewöhnlich wohl nur Kanalräumern zur Verfügung steht, benötigen. Die prima materia remota hingegen, so heißt es, fände sich in jahrhundertealten Kloaken.

Nun habe ich über jeden Zweifel festgestellt, daß sich in solchen Kloaken, wenn auch äußerst selten, tatsächlich in gewöhnlich faustgroßen Stücken, ein merkwürdiger Stoff vorfindet, der gelb wie Butter aussieht. Es gelang mir auch anläßlich der Aushebung einer uralten Senkgrube in Prag von einem »befreundeten« »König der Nacht« ein etwa nußgroßes Stück zu erhalten. Ich erwärmte es sodann gemäß den alten alchimistischen Vorschriften in einem Destillierkolben bei konstanter Wärme durch einige Wochen. Ich war sehr neugierig, was dabei herauskommen würde. An ein wirkliches Gelingen des geheimnisvollen Prozesses glaubte ich keineswegs und machte mir dieserhalb natürlich auch keine Hoffnungen; ich wollte lediglich sehen, ob etwas daran sei, was die alchimistischen »Philosophen« verheißen, nämlich ob sich der gewisse Farbenwechsel in der Retorte einstellen würde: Schwarzwerden, Irisieren, d. h. pfauenschweifähnliches Farbenspiel usw.

Zu meinem größten Erstaunen trat dieser Farbenwechsel wirklich ein. Die wissenschaftliche Ursache konnte mir auch ein Chemiker, den ich zu Rate zog, nicht erklären.

Das Ende vom Lied war wenig erfreulich. Meine Spannung war sehr gestiegen: da platzte eines Tages unter heftigem Knall der Destillierkolben und zwar sonderbarerweise gerade in dem Augenblick, als ich davorstand, und die trotz ihres vielversprechenden bisherigen Benehmens mir immer noch recht widerwärtige Materie flog mir ins Gesicht.

Das Experiment zu wiederholen war mir nicht möglich, denn es gelang mir nicht mehr, ein Stück weiterer materia remota aufzutreiben.

Ein wissenschaftlich gebildeter Chemiker würde hier wahrscheinlich einwenden: wenn die alten Alchimisten tatsächlich diese aus verwitterten Exkrementen bestehende »Butter« zum Ausgangspunkt ihrer Versuche gemacht haben, so liegt doch klar auf der Hand, daß sie niemals haben zu Erfolgen von namhaftem Werte kommen können, denn Exkremente, ob nun verwittert oder nicht, sind kein einheitlicher Stoff und können daher auch keine Resultate gleichbleibender Art zur Folge haben.

Einer solchen Einwendung möchte ich aber nicht zustimmen. Ich will natürlich nicht behaupten, daß man aus Stoffen, die animalischer oder vegetabilischer Herkunft sind, wie eben Exkremente, metallische herstellen könnte, trotzdem gewisse alte Alchimisten geradezu das

Gegenteil behaupten, – aber mineralische Stoffe entstehen im Schoße der Erde daraus, das steht für mich fest! – Ich verweise auf das *Mineral* Struvit. Es ist dies ein sehr wenig bekanntes Mineral, das meines Wissens bisher nur in Deutschland gefunden wurde und zwar in Hamburg, in Dresden und in Braunschweig – jedesmal in uralten Kloaken! Es ist also direkt aus Exkrementen entstanden.

Struvit, auch Ulex genannt, ist nach Hausmann –: polarthermoelektrisch!!! Ist häufig gelb! Und –: *kristallisiert!* Für einen Stoff animalisch-vegetabilischer Herkunft jedenfalls eine höchst merkwürdige Eigenschaft!

Ist es nun wirklich so ganz und gar ausgeschlossen, daß diesem Struvit nicht ein »Element« – sagen wir einmal: humanisierter Magnetismus, um eine vage Bezeichnung zu erfinden – innewohnen könnte, das gewisse Ähnlichkeit hätte mit dem Element »Emanation«, dessen verwandelnde Eigenschaften doch sehr sonderbar sind?

Es gibt noch ein anderes, dem Struvit ähnliches Mineral, das ebenfalls kristallisiert, aber nur in *tierischen* Exkrementen vorkommt, nämlich im Guano und nach ihm Guanit genannt wird. Seltsam genug, daß es sich trotz gemeinsamen animalischen Ursprungs vom (humanisierten) Struvit in vieler Hinsicht unterscheidet!

Die meisten Alchimisten behaupten, daß sie aus der erwähnten prima materia nicht nur ein metallverwandelndes Elixier hergestellt hätten, sondern auch eine Universalmedizin, die imstande gewesen sei, alle Krankheiten zu heilen. Die Herstellung dieser beiden »Tinkturen« war, so scheint es, im Grunde und was den Anfang des Werkes betrifft, die gleiche, nur mußte man am Schlusse des Werkes, wenn man die metallverwandelnde Substanz haben wollte, noch reines Gold in kleinen

Mengen, und zwar bei beträchtlichen Hitzegraden, dazu schmelzen. Das auf diese Weise zugesetzte natürliche Gold würde dadurch »augmentiert«, d. h. eine Art Übergold, so daß man aus diesem »roten Löwen« — so lautete der technische Ausdruck — normales Gold in größerer Menge erhielt, wenn man es auf Blei usw. würfe.

Wenden wir uns jetzt den mittelalterlichen und auch den späteren Berichten zu, die Kunde von stattgehabten Metallverwandlungen und der Existenz einer Art Lebenselexier geben.

Daß die meisten solcher Berichte auf Übertreibung beruhen oder auf absichtlich oder unabsichtlich falscher Beobachtung, darüber kann wohl kein Zweifel herrschen.

Eine große Sammlung von Berichten befindet sich in einem Buch von Güldenfalck, das so gut wie gänzlich vergriffen ist. Ein Freund von mir in Hamburg besitzt es und wir werden es gemeinsam vielleicht einmal neu herausgeben.

Ich will vorläufig in kurzen Sätzen aus andern alten Werken hier einen Auszug von Berichten bringen, die Anspruch machen können, ernst genommen zu werden:

1. *Van Helmont.* Was Luther und Melanchthon auf dem Gebiet der religiösen Reformation waren, das waren die van Helmonts auf dem Gebiete der Reformation der Medizin und Anthropologie: Gelehrte ersten Ranges ihrer Zeit. (16. u. 17. Jahrhundert.)

Van Helmont der Ältere schreibt (im Werk »Demonstratur Thesis«): »Denn ich habe jenen goldmachenden Stein einigemale mit meinen Händen betastet und mit meinen Augen gesehen, wie er käufliches Quecksilber wahrhaft verwandelte, und es war einigetausendmal mehr Quecksilber als goldmachendes Pulver. Es war ein safranfarbiges schweres Pulver, welches wie nicht ganz fein gestoßenes Glas schimmerte. Man hatte mir den vierten Teil eines Grans davon gegeben. Dieses Pulver knetete ich mit etwas Wachs von einem Briefe zusammen, damit es nicht zerstreut werde. Dieses Kügelchen warf ich auf ein Pfund eben gekauftes und in einem Tiegel kochend gemachtes Quecksilber. Alsbald gestand das kochende Metall mit einem Geräusch und setzte sich in einen Klumpen zusammen, obschon die Hitze derartig war, daß geschmolzenes Blei noch nicht erstarrt wäre. Als das Feuer mit dem Blasebalg verstärkt wurde, floß es wieder und als ich es ausgoß, hatte ich acht Unzen des reinsten Goldes: es hat also ein Teil des Pulvers 19186 Teile unreines, im Feuer zerstörbares Metall in wahres Gold verwandelt!«

Ferner (im Werke: »Vita aeterna«): »Denn ich habe jenes Pulver einigemale gesehen und berührt: Ein Viertelgran, in Papier gewickelt, warf ich auf acht Unzen Quecksilber, welches ich im Tiegel heißgemacht hatte, und sogleich gestand das ganze Quecksilber mit einem Ansehen wie gelbes Wachs. Als ich es vor dem Gebläse wieder umgeschmolzen hatte, fand ich acht Unzen weniger elf Gran des reinsten Goldes!«

Ferner im »Arbor Vitae«: »Jener, welcher mir zuerst das goldmachende Pulver gab, hatte zum allermindesten so viel desselben, daß es zur Darstellung von zweimalhunderttausend Pfund Gold genügt hätte. – Er gab mir ungefähr ein halbes Gran jenes Pulvers, womit 9 dreiviertel Unzen Quecksilber transmutiert wurden. Es gab mir aber dasselbe ein Fremder, welchen ich eines Abends zu Gaste hatte.«

Nach Schmieder war dieser Fremde ein Irländer namens Butler, der nach van Helmont einen gelben porösen, nach gebranntem Seesalz riechenden Stein besaß, mit dem er durch bloßes Daranleckenlassen einen an der Rose erkrankten Mönch binnen einer Stunde heilte und ebenso Helmonts Frau sofort von Geschwülsten an beiden Beinen, ferner machte er auch nach längerer Behandlung van Helmont selber wieder gesund, als er, von einem Gifte gelähmt, schwer erkrankt war.

2. Eine der berühmtesten und einwandfreiesten Transmutationen in der Geschichte der Alchimie ist die von dem gelehrten Leibarzt des Prinzen von Oranien, Johann Friedrich Helvetius, im Haag zuweggebrachte. Helvetius war anfänglich ein Gegner der Alchimie und hat sie in mehreren Schriften lächerlich gemacht. Dann wurde er von einem Unbekannten, der ihn besuchte, eines bessern belehrt und nahm alle seine früheren Behauptungen zurück in einem Werk, betitelt: »Vitulus aureus, quem mundus adorat et orat« Amsterdam 1677, 1702, 1705.

Helvetius schreibt (hier in ganz kurzem Auszug):

»Es kam im Jahr 1666 ohngfehr nach Mittag ein gantz unbekanter Mann in mein Hauss, eine Person von ehrlichem Ansehen und ernsthaffter Gestalt, jedoch schlechter Kleidung, mittlerer Größe, länglichten und dabey maserichten Angesichts, schwarzen, glatten Haaren, ohne Bart, seines Alters dabey nahe vier und viertzig Jahr, soviel mich bedundket, aus Nordholland oder Batavia. Und nachdem er seinen freundlichen Gruß abgeleget, begehrte dieser neue Gast mit höchster Höflichkeit, daß ich ihm freyen Zutritt zu mir vergönnen möchte, als weil er der Kunst halb mein Hauss nicht habe betretten habe wollen noch können ohne Zusprechen vorbeygehen, meldete dabey, wie er schon längsten Gelegenheit gesucht habe, durch freundliche Bewerbung eines guten Freundes mit mir in Bekanntschaft zu kommen. So habe er auch etliche meiner Traktätlein durchlesen, nahmentlich dieselbigen, welche ich wider Herrn Digby's sympatetisches Pulver geschrieben und in demselbigen meine Zweifel von dem wahren Geheimnüss der Weisen eröffnet.« – »Inmittelst that er aus seinem Beutel ein helffenbeinen Büchslein, so gantz künstlich gemacht war, darinnen drey große schwere Stücklein, beynahe in der Größe einer kleinen welschen Nuß, der Farb nach anzusehen wie Glass, und bleich Schwefelgelb, an dem hingen noch die Schiefern vom Schmelztiegel, in welchem diese Materie in den Fluß ist gebracht worden, und dessen Wert (ich schätze) wohl bey 20 Tonnen Gold.«

»— — — unterdessen ließ ich gelb Wachs herlangen, darein ich diese Materie (nämlich eine winzige Spur!) einhüllen konnte, suchte Bley, schlug ohngefähr ein oder anderthalb Loth herab, mein Eheweib indessen verbarg die Materie des Steins in das Wachs, machte solches zu einer Kugel, und sobald das Bley in den Fluß kommen, warff sie die wächserne Kugel hinein, diese Kugel verrichtete in einem wohlvermachten Schmelztiegel mit Zischen, Rauschen, Blehen ihre Würckung also köstlich, daß der gantze Klumpen Bley in einer Viertelstund in lauter (!) köstlich gediegen Gold verwandelt worden: wahrhaftig, so ich selbst zu Ovidii Zeiten solte gelebt haben, hätte ich mir keine selzsamere Verwandlung der chymischen Kunst jemahl einbilden oder glauben können. Hierauf eilte ich mit allen, die mit mir zugegen und in höchster Bestürzung beysamen waren, insgesamt dem Goldschmied zu, geben ihm unsern Fund, und zu Gold verwandelte Bley, der es nach eingenommener Prob vor das beste und beständigste Gold, dergleichen

nicht wohl besseres in der Welt möchte gefunden werden, hielte, versprach dabey, er wolte vor jede Untz gar gern 50 Gulden bezahlen usw.«
Der Professor der Chemie, Johann Conrad Barchusen zu Leyden, sowie Benedikt Spinoza bekamen obigen Bericht von Helvetius selber bestätigt.
3. Von einem höchst merkwürdigen Experiment, das ihm ein einzigesmal, dann aber nie mehr wieder gelang, berichtet Kunkel von Löwenstern, einer der bedeutendsten Chemiker aller Zeiten. Das Experiment ist deshalb um so sonderbarer, als bei seiner Schilderung vegetabilische Stoffe (als Symbole) erwähnt werden. In alten asiatischen Berichten wiederholt sich übrigens beharrlich die Behauptung, daß zur Herstellung der »Goldtinktur« Pflanzen verwendet werden.
Kunkel von Löwenstern schreibt:
»Hiebei muss ich eine Historie erzehlen: Ich fand einen Process explicieret, nemlich im Ungerland wächset ein Kraut, ist schön grün (spielt L. vielleicht auf Eisenvitriol an?), hat gelb und weisse Blumen, so man es verbrennt, wird es zu einer roten Aschen, dasselbe mit dem Essig (Urin?) löset den Martem auf, und was gut ist, schwimmet oben, und was nicht tauget, gehet zu grunde, und das Oleum so oben schwimmet, tingiret ein Theil 80 bis 100 Theil. Nun kan man leicht erachten, wie embsig ich solches Oleum zu suchen nachgegangen. Einstmals hatte ichs mit unterschiedlichen Vitriolen, wie auch destilliert und undestilliertem Essig auf unterschiedliche Art eingesetzet, und da es seine Zeit gestanden und kein Oleum sich finden wollte, goss ich ein jedes besonders in ein Zuckerglass, setzte es offen dahin in meine Stube auff dem Laboratorio vor das Fenster, wo täglich die Sonne (!!!) darauf scheinen konte. Es trug sich aber zu,

dass ich auf Befehl meines gnädigsten Herrn ins Ober Gebürge verreisen mußte, und ein gantz Vierteljahr (!) ausblieb, als ich nun bey meiner Wiederkunfft meine Stube öffnete, kam mir ein solch schöner Geruch entgegen, als wann eine Quantität Ambra und Moschus darin gewesen wären. Ich besahe meine Gläser und wurde gewahr, dass auff dem einem ein schön rot Tröpflein Öl schwamm. Ich stand in Verwunderung und Freuden, ging darauf alsofort nach dem damaligen Geheimen Ratsdirektor, Ihro Excell. dem Herrn Baron Heinrich von Friesen, welcher von dieser Arbeit wußte. Der fuhr auch gleich mit mir auff das Laboratorium. Wie ich ihm die Türe öffnete, sagte er: Ey, was hat er vor einen schönen Geruch, massen ich ihm zuvor nichts davon gesagt hatte. Wir deliberierten demnach darauf, auff was Weise wir den Tropfen füglich anbringen wolten, denn hätten wir das Glass nur ein wenig weiter gerühret, so hätte sich der Tropfen an das Glas angehänget. Also nahm ich ein Stück Silber, solvierte solches im Aquafort, und präcipitierte solches mit Kupffer und machte den Kalk trocken. Nun wußte ich gewiß, daß kein Gold im Silber sein konnte. (!) Davon nahm ich ein halb Loth, gabs in einen kleinen Tiegel, nahm ein wenig Baumwolle und tunkte selbe auff den Tropfen, hernach legte ich es mitten in den Tiegel, und das andere halb Loth darüber, schmeltzte es vor dem Gebläse. Inzwischen aber, da wir mit dieser Arbeit beschäftigt waren, wurde der Probierofen gewärmet. Nachdem nun das Silber mit dem Tropffen wohl geflossen, goss ichs aus und scheidete es, den hinterbliebenen Kalk trieb ich auff der Capellen ab, da blieb reichlich ein Quentlein des allerschönsten Goldes, worüber wir uns beide sehr ergetzten. Der Herr Baron nahm selbiges tingierte Gold als eine grosse

Rarität zu sich, dann er hatte die Geduld, von Anfang bis zu Ende dabey zu seyn. Ich habe nach diesem manches schöne Quart Essig darauff vertan, aber meine Tage keinen Tropfen wieder bis diese Stunde zu Gesicht bekommen.«

4. Nun zum Schluß ein Bericht aus neuerer Zeit: Er stammt von einem gewissen Tiffereau, einem französischen Chemiker, der in der Mitte des 19. Jahrhunderts in Paris gelebt hat. Beglaubigt sind seine Experimente nicht. Ich erwähne sie trotzdem, denn es scheint mir interessant, was er über die Verwandlungsmöglichkeit der Metalle sagt.

Er bot der Akademie der Wissenschaften in Paris an, ihr seine Experimente zu demonstrieren. Sie hat es abgelehnt. Was natürlich gar nichts gegen Tiffereau beweist. Die französische Akademie hat noch ganz andere Sachen abgelehnt.

Tiffereau hatte Studien in Mexiko und Kalifornien über die Art des Vorkommens von Silber und Gold gemacht. Er behauptet, Eisen in Kupfer, Kupfer in Silber und Silber in Gold umgewandelt zu haben.

Er schreibt: »Das Vorhandensein von salpetersauren Salzen, von Jod-, Brom- und Clorverbindungen, das gemeinsame Vorkommen von Schwefelkies und salpetersauren Salzen und der Umstand, daß sie bei gemeinsamer Berührung und unter dem Einfluß von Licht und Wärme elektrische Wirkungen hervorbringen, die ihrerseits eine Zersetzung des metallführenden Erdreichs herbeiführen, lassen mich annehmen, daß auf diese Weise Metalle sich bilden.«

Nach meiner Ansicht sind die Vorgänge, die die Verwandlung der Metalle herbeiführen, äußerst verwickelter Natur. Die Verbindung von Stickstoff und Sauerstoff spielen dabei eine Hauptrolle. Wärme, Licht und Elektrizität vermitteln und begünstigen vielleicht in gewisser Hinsicht Verbindungen eines noch nicht bekannten Urstoffs der Metalle. Alles drängt mich zu der Vermutung, daß dieser Grundstoff der Wasserstoff ist. Der Stickstoff hingegen scheint quasi nur als Ferment zu wirken, wie er es ja auch bei den Gärungsprozessen organischer Stoffe tut. Die Bindung des Sauerstoffs und seine – gewissermaßen – Legierung in fester Form mit diesem metallischen »Grundstoff« – unter der Einwirkung einer stickstoffhaltigen Substanz (Exkremente!?), – dies scheint mir der Schlüssel zur Metallverwandlung zu sein. – –

»– – eine Tatsache, von der ich ausging und die sich leicht wiederholen läßt, ist folgende: man übergießt Feilspäne aus reinem Silber mit ebenfalls reiner Salpetersäure. Einzelne Teilchen des Silbers werden eine Weile unaufgelöst bleiben und erst nach Verlauf einiger Tage verschwinden. Wirft man nun reines gefeiltes Silber in Glasröhrchen von 4–5 Millimeter Durchmesser und 10–15 Millimeter Höhe, die bis zum Drittel ihres Raumgehaltes mit 36 grädiger Salpetersäure gefüllt sind, so wird man finden, daß ein gewisser Prozentsatz des Silbers trotz der sich bildenden Hitze ungelöst bleibt. – Arbeitet man mit einer Legierung von 9 Zehntel Silber und 1 Zehntel Kupfer, so entsteht eine lebhaftere Reaktion und ein gewisser Teil der Legierung wird ebenfalls ungelöst bleiben. Genau dasselbe Resultat erhalten wir, wenn wir ohne den Einfluß des Sonnenlichtes operieren. Bei allen diesen Versuchen läßt sich außer dem ungelösten Metall noch die Anwesenheit eines braunen unlöslichen Niederschlags nachweisen. Durch Variierung in Stärkegraden der Säure und je nachdem ich die Lösung mehr oder weniger der Sonne (!) aussetzte, erhielt ich Metallteilchen, die auch in kochender Salpetersäure unlöslich waren. In Königswasser hingegen waren sie löslich. Durch vergleichende Versuche fand ich ferner, daß: 1. eine geringe Spur von Gold in der Lösung die Erzeugung des künstlichen Goldes befördert, 2. daß sich reines Silber schwerer als mit andern Metallen legiertes in Gold verwandeln läßt, 3. daß die Katalyse bei der Metallverwandlung eine gewisse Rolle spielt, 4. daß Chlor, Brom, Jod und Schwefel in Gegenwart von Stickstoff- und Sauerstoffverbindungen die Verwandlung fördert, 5. daß Ozon günstig einzuwirken scheint, 6. daß eine Temperatur von 25 Grad (die alten Alchimisten raten immer zu solch geringen Wärmegraden!!) die günstigste zur Vollendung der Arbeit ist, 7. daß, je langsamer die Arbeit vonstatten geht, es um so vorteilhafter ist.«

Die Versuche Tiffereaus gelangen ihm in Mexiko, mißlangen ihm jedoch in Frankreich, was er der intensiveren Wirkung der Sonne in Mexiko zuschreibt.

Aber auch ohne Einwirkung von Sonnenlicht behauptet Tiffereau Gold hergestellt zu haben. Er schreibt:

»Ich mischte 12 Teile konzentrierte Schwefelsäure und 2 Teile Salpetersäure von 40 Grad und füllte damit ein Glasgefäß bis zum 4. Teil des Gehaltes. Dann gab ich Feilspäne von reinem Silber und Kupfer dazu, vom Kupfer nur den 10. Teil gegenüber dem Silber. Bald darauf nahm die Lösung eine schöne violette Färbung an. Ich brachte die Lösung zum Sieden und hielt sie so mehrere Tage hindurch, wobei ich von Zeit zu Zeit reine konzentrierte Schwefelsäure zusetzte, damit nur die Salpetersäure nach und nach verdunste. Das lange Kochen scheint mir nötig, da die beiden Säuren eine sehr innige Verbindung eingehen, und solange diese besteht, setzt sich kein Gold ab. Setzt man nach mehrtägigem Kochen etwas Wasser hinzu, so zeigt sich immer noch eine schwache Entwicklung eines salpetersauren Gases, was beweist, daß die konzentrierte Schwefelsäure mehr Verwandtschaft zum Wasser als zum Salpeter (laienhaft!) hat. Um jeden Rest an salpetersauren Dämpfen zu entfernen, muß man ein wenig schwefelsaures Ammoniak zusetzen und noch eine Weile kochen lassen. Bei diesem Versuch scheint das Gold durch das salpetrige Gas in der Lösung gehalten zu werden, denn in dem Maße, als dieses abnimmt, schlägt sich das Gold in äußerst feinen Schüppchen nieder; sie setzen sich bei dem Erkalten des Gefäßes an den Wandungen des Glases an. – Ich habe diese Versuche bis ins Unendliche wiederholt und habe stets die gleichen Resultate erhalten.«

Ich überlasse es berufenen Chemikern, zu urteilen, ob die Rezepte Tiffereaus auf falscher oder auf richtiger Beobachtung beruhen. Möglicherweise hat er nur Gold aus einem Silber herausgefällt, das vorher schon darin war. Ich wollte auch keine Lanze für die Alchimie damit brechen, daß ich ihn hier anführte. Immerhin scheint er mir – ob so oder so – in dem Theaterstück des Demiurgen eine gewisse Rolle zu spielen. Ob er als Hanswurst auftritt, oder als ein Schatten, den große Ereignisse vorauswerfen, ist zu erraten nicht meine Aufgabe.
Das Theaterstück des Demiurgen, betitelt: »Alchimie oder die Unerforschlichkeit« geht seinem Ende zu, davon bin ich überzeugt.
Und er wird noch viele andere Stücke schreiben und nicht minder interessante. Hat er doch Schauspieler die Hülle

und Fülle zur Verfügung, solange wir Menschen uns nicht zu dem entschließen, was der Buddha Gautama mit den Worten angedeutet hat:

»Den Kreislauf vieler Geburten habe ich ruhelos durchlaufen, den Hauserbauer zu suchen (den ›Theaterschriftsteller‹).«

»Jetzt habe ich dich gefunden und durchschaut, Hauserbauer, mir baust du kein Haus mehr!«

Telephonverbindung mit dem Traumland

Von Jugend an wird uns eingeschärft, auf Träume kein Gewicht zu legen; es ist zu verwundern, wenn wir da mit der Zeit blind und taub gegenüber Mitteilungen werden, die aus einem Lande kommen, von dem wir von vornherein überzeugt sind, es bestehe aus Sumpf und Morast? Und nicht nur das: die Bilder, in denen unser feinster Instinkt – wir selber also – zu uns spricht, werden sinnlos und trügerisch, weil wir sie von Kindheit an für Gaukelei oder ein Mosaik von Erinnerungsbruchstücken aus dem Tagesleben halten.

Es gibt eine sehr einfache Methode, den Traummund zu zwingen, daß er die Wahrheit spricht. Paracelsus hat wahrscheinlich als erster das Geheimnis verraten. Es besteht darin, daß man seine Träume sorgfältig aufschreibt – gewissermaßen ein Nachtbuch führt, statt eines meist langweiligen Tagebuchs. Die Folge, das habe ich an mir selber erfahren, ist: Nach längerer Zeit oder kürzerer, je nachdem ein Mensch beanlagt ist, kommt eine Telephonverbindung mit dem »andern« Reich zustande, und die Träume werden lebendiger, farbiger und interessanter. Es bedarf hoher Geduld und großer Ausdauer, bis der Traumsprecher die Überzeugung gewinnt, nicht länger verlacht und verspottet zu sein. Er ist leicht gekränkt wie sein Duzbruder, das Gewissen.

Historien gibt es zu Tausenden, die zu berichten wissen, Träume hätten dem oder jenem einen raschen Tod vorhergesagt wie eine unabwendbare Prophezeiung, denn alsbald hätte sich das Fatum vollzogen, trotzdem der Gewarnte alle möglichen Wege eingeschlagen hätte, zu entrinnen.

So erzählt die Familienchronik der böhmischen Grafen zu Rosenberg, einst – zu Zeiten Wallensteins – hätte eine Gräfin Rosenberg geträumt, ihr jugendlicher Sohn wäre an dem Biß eines Löwen gestorben. Da tags darauf eine Jagd in der Umgebung stattfinden sollte, verbot sie in frauenhafter Unlogik ihrem Sohn, daran teilzunehmen.

Auf den Einwand, es gäbe in den böhmischen Wäldern doch keinen Löwen, wird sie, wie ich vermute, geantwortet haben: »Tut nichts, aber beißen könnte er immerhin.« Für alle Fälle sperrte sie ihren Sohn in den Schloßhof ein.

Wütend ging der junge Mann auf und ab, da erblickte er plötzlich in einem Mauerwinkel eine Armbrustschießscheibe, die mit dem Bildnis eines Löwen bemalt war. Zornentbrannt schlug er mit der Faust auf die Leinwand und schimpfte: »Wegen eines solchen dummen Viehs muß ich die schöne Jagd versäumen!« Da drang ein spitziger Nagel aus dem Rachen des Tieres und brachte ihm eine Wunde in der Hand bei, an der er alsbald starb.

Leicht begreiflich, daß solche und ähnliche Begebnisse die Menschen auf die Vermutung bringen müssen, man könne seinem Schicksal nicht entrinnen, auch wenn man die näheren Umstände, innerhalb deren es sich abspielen wird, vorher noch so genau kenne.

Ich stehe nicht an, meine Überzeugung zu bekennen: die Theorie der Vorherbestimmung des Schicksals ist Wahrheit. Daß diese Erkenntnis wenig Freude bereitet, darf kein Grund sein, Vogel Strauß zu spielen. Die Annahme, irgendeine Gottheit triebe ihr Spiel mit uns, Unerforschlichkeit zu ihrer Entschuldigung vorschützend, ist noch viel weniger tröstlich! Glauben wir auch an das Fatum, so ist uns zumindest ein möglicher Ausweg gezeigt, – eine lockere Masche im Netz –, denn Nachdenken bringt uns zu der Frage: Wer verhängt das Fatum? Wer ist im tiefsten Grunde das Fatum?

Hat man erst einmal eine solche Frage im Ernst gestellt – oder, um konsequent zu bleiben: hat einem das Fatum zu dieser Frage verholfen –, dann kommt auch, auf dem Fuße folgend, die Antwort: Du selbst bist dein Fatum!

Ich? Wer bin ich? Antwort: »Du bist nicht der, der da herumläuft, vom Tagesbewußtsein im Netz der Wirkungen, und nicht der Ursachen, eingefangen! Du bist ein willensunfreier Schatten, der sich zu seinem Unheil einbildet, er sei der geheimnisvolle, der »Vermummte«, der den Schatten wirft; findest du hin zum quellenden Urgrund, in dem die Dinge entspringen, so bist du frei und kannst deine Schicksalssterne aus den Angeln heben und ihnen eine neue Bahn anweisen, so es dir gefällt!« –

Um zu dem Beispiel der Gräfin Rosenberg zurückzukehren: wer war der Traummund, der ihr verkündete: Dein Sohn wird an einem Löwenbiß sterben? Ein hämisch krächzender Totenvogel, der nichts Besseres zu tun wußte, als ihr zuzurufen: so *wird* es kommen – es gibt kein Entrinnen?!

Zum Totenvogel hat die Gräfin ihr eigenstes Ich gestempelt; es wollte ein Warner sein, aber die Gräfin hatte wohl Ohren, aber hören konnte sie nicht! Hätte sie den Weg zur Quelle der Dinge gekannt, so wäre ihr auch das daran angrenzende Land der wahrheitspendenden Träume kein irrlichternder Sumpf mehr gewesen.

Was hat sie versäumt zu tun? Ich will versuchen, es an einem Fall zu erläutern, an dem ich persönlich beteiligt war.

Im Herbste 1921, in jener märchenreichen Zeit, als der Sirenenruf: »Traacht det Jold zur Reichsbank« längst verklungen war – nicht weil die Reichsbank des Nehmens müde gewesen wäre, sondern weil Gold im Lande nur mehr in Form von Zahnplomben vorhanden war –, da folgte ich dem Rate des Verstandes und kaufte mir für altes Papier ein altes Automobil. Riß- und bruchfrei sei es, so schworen die Verkäufer; riß- und bruchfrei war nicht einmal ihr Gewissen. Sie hatten die Risse mit Graphit überschmiert. (Die des Autos natürlich; für die ihres Gewissens genügte als Kitt das billigere Ehrenwort.)
Der Kasten sah scheußlich aus, wenn auch natürlich bei weitem nicht so speckig wie eine Staatsschuldenverschreibung von damals. Doch die Maschine sei tadellos, so versicherte man mir.
Ich beschloß, den Wagen vorläufig in einer Garage unterzustellen und ihn später in Garmisch neu karossieren zu lassen. Der Tag, wo er dorthin geschafft werden sollte, stand nahe bevor, da träumte meine Frau eines Nachts folgendes:
Wir fuhren zu viert in dem Auto, sie rechts rückwärts im Fond, neben ihr unser Sohn, rechts vorn am Steuer, selber chauffierend: ich; links neben mir meine Tochter. Alles schien gut zu gehen, da seien wir in eine Art Allee eingebogen; Hügelland ringsum, tiefe Gräben neben der Straße; mit einemmal neigte sich der Wagen nach rechts, wäre in den Graben gestürzt und hätte uns unter sich im Fall begraben: meine Frau und meine Kinder schwer verletzt, ich selber tot!

Ich wußte nicht recht, was ich tun sollte: den Wagen verschenken? Ging doch nicht gut; überdies: ein niederträchtiges Geschenk! Der Traum meiner Frau wiederholte sich! Einmal, zweimal – *eine ganze Woche hindurch!!* – Die Sache erschien mir derart bedenklich, daß ich bereits erwog, das Auto zerlegen und die Bestandteile an Arabeskenliebhaber versteigern zu lassen.
Ich dachte an den Fall der Gräfin Rosenberg und beschloß daher, noch einen andern Versuch zu machen. Ich befahl mir selber vor dem Schlafengehen, die Frage mit in den Tiefschlaf hinüberzunehmen Was soll ich tun, um dem Fatum zu entrinnen? – Lange keine Antwort! Immer wieder erneuerte ich den Versuch. Einmal erwachte ich am Morgen mit dem klaren »Wissen« – ich kann es nicht anders beschreiben, – alles dessen, was ich tun sollte: »Verstell' das Bild, das deine Frau geträumt hat!«, so ungefähr lautete der Rat des »Vermummten« in meinem Innern.

Im Traum hatte meine Frau gesehen, sie säße rechts rückwärts und so weiter und ich rechts vorn am Steuer. Ich ordnete an: Sie müsse links sitzen, neben ihr unsere Tochter, neben dieser mein Sohn, dann links vorn ich und neben mir am Rad ... wer?
Ich telephonierte an einen Bekannten, den Autohändler W.: »Würden Sie nicht so gut sein, demnächst meinen Wagen mit uns Vieren statt meiner nach Garmisch zu chauffieren?« – »Mit Vergnügen«, war die Antwort. Der Tag wurde festgesetzt.
Ich benachrichtigte dann den Mechaniker der Garage, wo der Wagen stand, man möchte alles nochmals genauest untersuchen, besonders die Räder der rechten Seite. (Ich nahm an, dort könnte ein Defekt sein, denn

meine Frau hatte doch geträumt, das Auto sei nach rechts gestürzt!)

Früh am Morgen des bestimmten Tages befielen mich plötzlich heftige Gewissensbisse: du bringst den ahnungslosen Herrn W. in Lebensgefahr! Ich ließ mich mit ihm verbinden, kam aber nicht zu Wort, denn er unterbrach mich mit der Erklärung: »Gut, daß Sie mich anrufen! Ich kann nämlich heute nicht nach Garmisch chauffieren: ein Furunkel am Hals stört mich zu sehr!« Sollte also doch? ... Eines Furunkels bedient sich das Fatum, um uns vieren den Kragen zu brechen?

Ich rief Garmisch an: der Karosseriebesitzer am Apparat. Bitte, schicken Sie mir Ihren Chauffeur, Herr X!« – »Warum?« »Ich selber trau' mich nicht recht: ich fürchte, der Wagen könnte einen Defekt haben. Fragen Sie, bitte, Ihren Maschinisten, ob er trotzdem bereit ist, den Wagen zu steuern?« – Die Antwort kam: er ist bereit!

Ich ging in die Garage: »Ist alles genau geprüft?« – »Ja, alles in bester Ordnung.« – »Schrauben Sie doch noch einmal in meiner Gegenwart die rechten Hinterräder ab!«, bat ich. Der Mechaniker zuckte lächelnd die Achseln, gehorchte widerstrebend. »Was ist das!« rief er plötzlich während der Arbeit. »Ich verstehe nicht, wie ich das früher habe übersehen können: da sind ja die Stummel der rückwärtigen Achse zerbrochen. Niederträchtig: mit Graphit hat die Bande die Risse überschmiert!«

»Können bei einer Fahrt infolgedessen die Räder abgehen?« fragte ich. »Nein, das ist ausgeschlossen« hieß es, »aber plötzlich blockiert können sie werden; wenn man in diesem Falle gerade schnell fährt, kann der Wagen natürlich gleiten und umstürzen.«

»Ist die Gefahr, auch wenn man langsam fährt?«
»Wenn man sehr langsam fährt, dann vielleicht nicht!«
In diesem Augenblick kam der Chauffeur aus Garmisch an. Ich weihte ihn in die soeben gefundenen Mängel des Autos ein. Nach einem ausführlichen Gespräch mit dem Mechaniker erklärte er sich bereit, mit uns nach Garmisch zu fahren. Wir stiegen ein in der erwähnten Reihenfolge; ich vorn links neben dem Chauffeur. Im Schneckentempo ging's los. Als wir nach etwa zwei Stunden in die Nähe von Weilheim kamen, tippte mich meine Frau auf die Schulter und wies auf einen Abhang, der knapp vor uns begann: »Da! Genau die Gegend, von der ich geträumt habe!!«
»Fahren Sie so langsam wie nur möglich!« schrie ich dem Chauffeur zu, höchstens 10-Kilometer-Tempo!«
Der Mann lächelte spöttisch. »Tun Sie, was ich Ihnen sage!« befahl ich. Der Wagen kroch nur so dahin.
»Hören Sie nichts?« fragte plötzlich der Chauffeur. »Da! Wieder! Ganz hinten ...«
Im selben Augenblick kippte der Wagen beinahe um. Sank zusammen, wie ein Pferd, dem die Sehnen der Hinterbeine zerschnitten sind. Mit einem Ruck riß der Mann beide Bremsen an. Der Wagen stand; nur um ein geringeres schnellere Fahrt und wir wären bestimmt in den tiefen Graben an der rechten Seite der Straße gestürzt!
Die Untersuchung ergab: nicht das Rad war vom Achsstummel gegangen, aber die Felge war abgesprungen. Eine sogenannte Kronprinzenfelge. Einige Speichen waren infolgedessen abgeknickt.
»Dös kimmt davo, wenn kenigliche Herrschaften was erfinden, statt daß s' regieren!« fluchte der Chauffeur.
Jedenfalls: *Das Fatum war durchbrochen!* Infolge son-

derbarer, beinahe kindisch anmutender Maßnahmen, die ich getroffen hatte.

»Es stand eben in den Sternen geschrieben, daß ihr nicht zugrundegehen solltet!« so würde ein Fatalist sagen, oder ein Astrolog. »Nein: ein Beweis, daß der Mensch durch Klugheit Herr seines Schicksals wird!« der Freidenker.

Mir will scheinen, beide haben sie unrecht; die Rettung kam aus dem Quell, der im Reiche des Tiefschlafs entspringt; schon, daß ich sein Murmeln zu hören vermochte, genügte, die lockere Masche im Netze des Fatums zu finden.

Tantrikyoga

Als vor geraumer Zeit das englische Großflugzeug »R 101«, im Begriff, von London nach Indien zu fliegen, bei Allonne in Frankreich, von einem Luftwirbel erfaßt, auf die Erde herabgedrückt wurde und mitsamt seiner Besatzung vollkommen verbrannte, da lief durch gewisse englische Okkultistenkreise – »alarmists« nennt man sie heute immer noch spöttisch – der Schreckensruf: »der Tantrikyogi von Kalkutta!«

Wer war damit gemeint? Gandhi? – Gandhi ist revolutionärer Politiker – eine Marionette, der von der Vorsehung, oder wie sonst man die Regie des Geschickablaufes nennen mag, die fest umschriebene Rolle eines Schauspielers im Völkerdrama zugeteilt ist. – Der »Tantrikyogi von Kalkutta«, der Feuerlenker, dem man (mit Recht? Mit Unrecht?) die Vernichtung des »R 101« zuschrieb, soll ein südindischer Asket sein und indische Patrioten, die sich die Befreiung ihres Vaterlandes vom britischen Joch auf andere Art versprechen als durch Waffengewalt und passiven Widerstand, sehen in ihm den eigentlichen, den geistigen Führer der Aufstandsbewegung. Sie sind sorgfältig darauf bedacht, seinen Namen geheim zu halten. Er hat sich vor einigen Jahren in die Einsamkeit zurückgezogen, begleitet von einigen, ihm aufs tiefste ergebenen Schülern, darunter eingeborene Fürsten, die all ihren Reichtum verschenkt haben, um mit ihrem Meister magischen Tantrikübungen obliegen zu können. – Im Wortschatz der weißen Rasse fehlt der Begriff »Tantrik«; nur eine Handvoll Theosophen und Okkultisten haben davon läuten hören, aber solche Leute sind bekanntlich der Lächerlichkeit verfallen, und ein paar Indologen, die darüber gelesen haben, neigen fast alle zu der Meinung, Tantrik sei ein System, das eigentlich in das Gebiet der Pathologie gehöre und mit dem praktischen Leben nichts zu tun habe. Mit dem Wissen der großen Menge um die japanische Religion des »Zen« steht es nicht viel besser, nur hat der Europäer vor den Japanern mehr Respekt als vor den Indern, weil sie sich von ihm weniger haben gefallen lassen und ihn gelegentlich sogar weidlich verprügelt haben. – Nun ist das Zen im wesentlichen nur eine Abart oder nennen wir es: eine Parallelform des indischen und tibetischen Tantrikismus, der eine Methode darstellt, wie durch Konzentrations-, Imaginations- und Meditationsübungen nebst eigentümlicher Bewußtseinserweiterung in geeigneten Menschen fernwirkende magische Kräfte erweckt werden können. Wir überheblichen Europäer sind heute noch fest überzeugt, mit Denkdrüse, Armmuskel und Mundwerk allein das Schicksal meistern und Herren der Erde werden zu können, bloß weil ein zweck- und sinnlos aufgebauter Ameisenhaufen durch ein Jahrhundert hindurch den Wahn erwecken durfte, ein Palast fürs Paradies zu werden. Die Völker Asiens haben den Mahnruf von der Wahrung heiligster Güter besser beherzigt. Die besten ihrer Männer haben nie aus den Augen verloren, daß dem kleinen Einmaleins von Ursache und Wirkung weit tiefere Ursachen zugrunde liegen, als Zwergenlist sich träumen läßt. Wer wird nicht nachdenklich, wenn er erfährt, daß ein Herrscher unserer Zeit, der letzte japanische Kaiser Meijdii, der Große (1868–1912!), von dem berühmten Zen-Eingeweihten Jamaoka bis zu seiner Thronbesteigung erzogen und unterrichtet wurde, einem Lehrer, der sich seinerseits Jahre hindurch in Yogakonzentration übte, bis sich ihm endlich das »Satori« (das geistige Auge) öffnete! (Nach welchen Richtlinien wurden unsere Führer und Herrscher erzogen?!?). Auch zu den Gründern Neu-Japans zählt man hervorragende Staatsmänner und Feldherren, die sich ausdrücklich zum Zenismus bekennen, darunter Tesschu-Jamaoka und Kaischu Katsu, ohne die Japan längst ein englisches Warenhaus geworden wäre. Fragt man einen siegreichen europäischen Strategen: »Wer hat die Schlacht gewonnen?«, so lautet die Antwort: »Ich und die Armee«. – Fragt man einen Japaner, so wird er sagen: »Die Mönche in den Zen-Klöstern!«. – – –

Daß Gedanken, wenn sie sich verbreiten wie Wildfeuer, eine größere Explosivkraft haben als Dynamit, dürfte heute auch dem Minderbegabten einleuchten, und daß es so etwas wie Telepathie oder Gedankenübertragung ohne Worte gibt, kann jeder täglich erfahren; daß jedoch Gedanken (oder imaginativ geladene Vorstellungen) fernwirkend und ohne Zuhilfenahme von Zündmaterial Feuer erzeugen können – ähnlich der Elektrizität, wenn sie auf höhere Spannung gebracht wird, kommt im Leben des Alltags nicht vor und wird deshalb auch nicht für möglich gehalten. Wer sich mit Tantrikübungen befaßt – eine Lebensaufgabe und nicht ein oberflächliches Experiment – der wird gar bald Erfahrungen machen, die nicht weniger erstaunlich sind als die krasse Feuererzeugung. Ich habe einst selber solche Dinge erlebt. Wie derartige Übungen beschaffen sind? Aus Schriften über Tantrikmagie ist darüber im allgemeinen wenig zu erfahren. Hier ein kurzes Zitat daraus: »Man stelle sich, nachdem man durch lange Konzentration das innere Sehen erworben hat, loderndes Feuer so lebhaft vor, daß man seine Hitze zu spüren vermeint. Dann stelle man sich vor, daß die sengende Flamme die Silbe »Ram« (in Sanskritbuchstaben) als äußere Form annimmt. Dabei murmle man diese Silbe beständig in sich hinein. Auf diese Art werden Ram und das Feuer eins und untrennbar mitsammen verbunden und wenn das eine gesprochen wird, so folgt ihm sofort das andere.« – Einer meiner Freunde kannte vor Jahren einen Engländer, der sich mit Tantrik befaßte und insbesondere mit Ramübungen – ich glaube, er hieß Fawcett, – er hatte die Übung von einem Hindu bekommen; er wurde selber das Opfer eines Feuerbrandes, der in einer Heuhütte im schottischen Hochland, worin er übernachtete, plötzlich ausbrach. – Ich erzähle den Fall so, wie ich ihn gehört habe; er hat natürlich nur anekdotenhaften Wert, denn Beweiskraft wohnt ihm nicht inne. – Es liegt auf der Hand, daß so simple Konzentrationsmethoden, wie die genannte Ram-Übung, allein unmöglich derart gewaltige, außerhalb menschlicher Kraft liegende Wirkungen, als da sind Feuererzeugung usw., auslösen könnten. Eine völlige Umwandlung des Menschen seelischer oder besser gesagt: »metaphysiologischer« Art muß dem vorhergehen und hier liegt der eigentliche Schlüssel zu magischem Übermenschentum, zu Tantrikismus und zum Zen. Diese Umwandlung ist nichts anderes als das, was die christlichen Mystiker und die Gnostiker die »Wiedergeburt im Geiste« nannten. Da glühende Inbrunst (in den indischen Veden »tapas« genannt, d. i.: Erhitzung, eines der Hauptmittel zur Erzielung tantrikister Fähigkeiten darstellt, so ist es sehr begreiflich, daß religiöse Vorstellungen mit der Zeit in diesen geheimnisvollen Wissenszweig sich einschlichen. Ähnlich, wie primitive Menschen Donner und Blitz anthropomorphisierten

Gottheiten zuschrieben und dadurch in unterbewußter Vorstellung eine Art Ich-Spaltung bewirkten, also gewissermaßen ein Herabsteigen innerer eigener Königswürde zu Lakaientum. Ein Tantrikyogi, in dessen Bewußtsein bei Übungen irgendeine exoterische Gottheit noch eine Rolle spielt, der ist und bleibt ein Sklave und wird niemals die große Rolle spielen können, die, wie ich höre, dem »Tantrikyogi von Kalkutta« zugedacht sein soll. Die Kenntnis fremder Sprachen, Visionen ergreifender Art, Unabhängigkeit des Körpers von Nahrung und vieles Erstaunliche mehr stellt sich auch bei Menschen ein, die von der wahren Tantrikmethode keine Ahnung haben und durch eine leibliche Veränderung rätselhaften Ursprungs (Hysterie?) Träger oder Medien tantrikistischer Erscheinungen werden. Ich nenne als Beispiel die stigmatisierte Therese Neumann von Konnersreuth. – Die Verquickung von exoterischen religiösen Vorstellungen mit rein physiologischen Veränderungen ist die Ursache, daß seit Jahrtausenden der Tantrik nie direkt, oder nur auf unwägbare Weise ins äußere Weltgeschehen eingriff. »Nur wenn die Zeit reif ist«, so heißt es und wird jetzt wieder von Tantrikisten behauptet, »werden die magischen Kräfte das Äußere mitverändern.« – Die Übungen im Tantriksystem sind je nach den Volksstämmen, die sie betreiben, wohl verschieden, aber im tiefsten Grunde dieselben, wenn es sich darum handelt, die »Große Umwandlung« einzuleiten. Die schriftlich bekannte Lehre darüber, der sogenannte Hathayoga-Pradipika und die indischen Agamas, sagen, es gebe gewisse magische Zentren im menschlichen Organismus, die man durch Regulierung des Atmens und andere Methoden erwecken müßte. Physiologen in Indien, geschult nach westlichem Wissen, sind der Ansicht, es handle sich dabei um das Rückenmark oder um Teile unseres Nervensystems, vor allem um den *Nervus vagus.* Wer selber Tantrik betrieben hat – und nur ein solcher ist meines Erachtens berechtigt, darüber zu reden –, der wird sehr bald erkannt haben, daß es sich um etwas völlig anderes dreht, von dem hier zu reden wenig Zweck hätte. – Kurz angedeutet: um die imaginative Vorstellung einer senkrechten Linie im Körper in Form des Schlangenstabes des Gottes Mercur. – – Die ersten Phänome, die sich bei Erweckung der erwähnten Zentren einstellen, sind innere Gesichte von unerhörter Schärfe und Deutlichkeit und sodann das Hören von Stimmen. Wer ihnen außerirdische Herkunft zuschreibt, geht irre, davon bin ich fest überzeugt. Sie sind nichts anderes als Sichtbarwerden und Hörbarwerden eigener Gedanken, deren wir uns auf andere Weise niemals bewußt werden könnten. Ob ihnen prophetischer Wert zuzumessen ist? Bei meinen Erkundigungen über den »Tantrikyogi von Kalkutta« erfuhr ich drei Voraussagungen: »Aufstand in Indien, Brand von London, Untergang des britischen Weltreichs«. – Das könnten unterbewußte fromme Wünsche sein des indischen unterdrückten Volkes, seltsam ist nur, daß ich schon im Jahre 1914 ganz dasselbe auf merkwürdige Weise erhielt. Ich habe im Jahre 1916 die Sätze in einem Buch niedergelegt, um für spätere Zeiten einen bleibenden Beweis zu haben. Der erste Punkt ist eingetreten. Die Zukunft wird lehren, ob auch das andere eintrifft. Es ist eine heikle Sache ums Prophezeien!

Aus einem Tagebuch Gustav Meyrinks

Heute am 7. August 1930, morgens um 10 Uhr, nach langer, qualvollster Nacht, fiel es mir plötzlich wie Schuppen von den Augen und ich weiß nun, was der Zweck alles Daseins in Wahrheit ist.

Nicht sollen wir durch Yoga uns selbst verändern, sondern wir sollen quasi einen Gott *bauen,* oder christlich gesprochen: »Wir sollen nicht Christo nachfolgen, sondern ihn vom Kreuz abnehmen!«

Den alten Mann, den ich immer in der Ferne sehe, soll ich also krönen und ihn mit Purpur bekleiden und ihn zum Herrscher meines Lebens machen. Ich sehe ihn jetzt auch gekrönt und im Purpurmantel! Je vollkommener *er* wird, desto eher wird er *mir* helfen. ER ist also dann der Adept und ich werde nur insofern daran teilnehmen, als er sich einmal mit mir verschmelzen wird, denn im Grunde ist er ja mein eigenstes Ich. »Er wird wachsen, ich aber werde schwinden.« (Dies ist der Sinn der Rede des Täufers!«

Bisher war falsch und die Ursache alles meines Leidens, daß ich all das nicht klar wußte und glaubte: »ich« müßte *mich* vervollkommnen, mich und nicht *ihn!* Die Tantrik-Übungen sind also wie alle Askese falsch, führen in den Abgrund und sind eigentlichste schwarze Magie!

Jetzt weiß ich auch, weshalb der alte Mann immer so unbeweglich war wie ein Bild! Eben, weil ich an mir arbeitete und nicht an ihm. Bo Yin Ra stellte es mir so dar, als müsse man sofort alles, was man in solcher Art

findet, gewissermaßen verschlingen und sich von ihm nähren! Gerade umgekehrt! Der Alte ist also der Christos und wir müssen ihn losbinden und ihn mächtig machen, dann erst kann er Wunder tun! Das Wundertun geht erst dann auf uns über, bis diese Schizophrenie aufgehoben sein wird und wir mit aufgesogen sein werden. Zum Beispiel die Konnersreutherin müßte den, den sie leiden sieht, geistig loszubinden trachten, statt immer mitzuleiden. Sie geht also immer im Kreis herum.
Alle diese Erkenntnisse müßte ich eigentlich jetzt in Romanform behandeln. Es wäre das denkbar interessanteste Thema. Vielleicht ändern sich bald unsere Verhältnisse, daß ich endlich so arbeiten werde können, wie ich es möchte.
Ich kann keineswegs alles das, was ich ein Leben lang hindurch in Yoga versuchte und tat, als Irrtum bezeichnen. Ich glaube aber, solche Mühen sind nötig, um das zu erkennen, was mir heute, am 7. August, klar geworden ist.

III

Hochstapler der Mystik
Dämonenfang in Tibet
An der Grenze des Jenseits

Hochstapler der Mystik

Was mich bewegt, über Hochstapelei auf dem Gebiete der Mystik zu schreiben, ist: ich möchte verhüten helfen, daß nicht Schwindler und Narren eine große Wahrheit verseuchen, die höchster Beachtung wert ist, obgleich sie nie für die Allgemeinheit bestimmt sein kann, denn sie fällt nicht in den Bereich *»Religiosität«*, wie der Laie, mißgeleitet durch den Klang des Wortes »Mystik«, glauben könnte, sondern viel eher in den der *Psychologie.* Es wäre ein großer Irrtum, anzunehmen, die heutige Bewegung des Okkultismus sei lediglich eine Modeströmung, etwa wie der »Bubikopf«, nein: ein sehr breiter Strom ist die seltsame Sehnsucht geworden, die heute viele Millionen von Menschen ergriffen hat; eine Sehnsucht freilich, die mit dem Bibelwort »Mein Reich ist nicht von dieser Welt« nichts zu tun hat, richtet sie sich doch darauf, mit den Toten zu verkehren, magische Kräfte zu erwerben, hellsehend zu werden, um zu erfahren, was bisher hinter Schleiern von Geheimnissen lag, die Schrecken des Leidens auf Erden und den Tod zu überwinden, kurz: *das Reich der Fülle* sich zu *eigen zu machen.* Uralt wie das Menschengeschlecht ist diese Sehnsucht. Im Mittelalter führte sie in den Verdacht der Hexerei, heute lockt sie, wo sie sich zeigt, die Hochstapler an, die ein Geschäft daraus machen, die von ihr Ergriffenen auszubeuten. Wie Unkraut schießen solche Pseudopropheten aus der Erde aller Länder, und nur zu leicht macht man es ihnen, Menschenfischer — auf ihre Art — zu werden! Da gibt sich einer als persischer dreihundertjähriger Adept aus (daß Weißenfels, wo er geboren ist, nicht in Persien liegt, sondern in Sachsen, spielt weiter keine Rolle), hält Vorträge, angetan mit seidenem Talar und goldenen Schuhen, lügt das Blaue vom Himmel herunter, sucht dann mit ergattertem Reichtum das weite Amerika und hinterläßt als *sein* Neues Testament – – ein »vechedarisches« Kochbuch. Einerlei: man glaubt an den Mann. – Ein anderer lockt einem Leipziger Bankier eine halbe Million aus dem Scheckbuch, gründet mit einem Teil der Summe das »Neue Jerusalem« in Weesen am Walensee, verspielt den Rest in Monte Carlo und treibt sein Unwesen dann in Wien weiter, wo er viele Familien ins Unglück stürzt. Einerlei: man glaubt an den Mann!

Zöge die Tätigkeit der Hochstapler auf dem Gebiete der Mystik und des Okkultismus nicht so weite Kreise, man könnte meinen, es handle sich nur um kurzbeinigen Schwindel, so aber sind sie wie Sendboten einer stetig heranziehenden Zukunft geistiger Umgestaltung, die ungeahnte Wirrnis mit sich bringen mag. Pioniere sind sie, wenn auch im übelsten Sinn: so wie die Squatter und Trapper des frühen Amerikas Landräuber und Schnapshändler waren und erst lange nach ihrem Verschwinden vom Schauplatz mit dem Ehrentitel »Pioniere« belegt wurden. – – »Führer« nennen sich heute mit Vorliebe solche Gesellen. Zum Schlagwort für jeden Okkultisten wurde diese Bezeichnung, als die berühmte *Helene Blavatsky*, die Gründerin der Theosophischen Gesellschaft, in den letzten Dezennien des vorigen Jahrhunderts erklärte, daß es in Indien sogenannte *Gurus* gäbe. – Führer, die imstande sind, ihren Schülern magische Fähigkeiten und mystische Erkenntnisse zu übertragen oder den Weg dahin zu weisen. – Da horchten die Herren Hochstapler auf: ein neuer fauler Erwerbszweig trat in Griffnähe für ihre gierigen Hände. Nach indischer Überlieferung ist der »Schüler« verpflichtet, für den Lebensunterhalt seines »Gurus« zu sorgen; für diesen Teil des Programms haben unsere Hochstapler volles Verständnis. Besitzen sie außerdem ein Organisationstalent, so gründen sie eine Beschränkte Gesellschaft mit unbeschränkter Zahlungspflicht und kassieren Jahresbeiträge ein. – Helene Blavatsky selbst hat sich niemals als Guru gebärdet – im Gegenteil –, aber gerade über sie wurde der Schmutzkübel ausgegossen, den ihre Nachfolger reichlich verdient hätten. Heute, 50 Jahre nach Gründung der Theosophischen Gesellschaft, blüht das Gurugeschäft in vorher nicht geahnter Weise. Was soll man sich dabei denken, wenn der jetzige Präsident der Gesellschaft, Mr. Leadbeater – derselbe, der an der Kriegshetze gegen Deutschland feurig teilnahm im »Interesse der allgemeinen Menschheitsverbrüderung«! – seit neuem in Australien eine Riesenarena für 10 000 Zuhörer gegründet hat (Entree für seine Vorträge: 1 Schilling pro Kopf-losigkeit)?! Die Hauptfigur seines Marionettentheaters ist gegenwärtig ein junger Inder namens Krishnamurti, der der Messias für unser Jahrhundert sein soll. Vorläufig scheint er sich noch im Lurchstadium zu befinden: wenigstens ist sein Buch »Zu Füßen des Meisters« so ziemlich das dadaistischste, das die Theosophische Gesellschaft bisher dem Druck überliefert hat.

Gibt es nun überhaupt echte Gurus? Mag sein. Ich bin noch keinem begegnet. Nur solchen, die sich dafür ausgeben. Dasselbe negative Resultat hat auch ein indischer Freund von mir erzielt, als er ganz Indien durchreiste, um einen echten Guru zu finden, vom südlichsten Punkt bis weit hinauf nach Norden, nach Tibet, Kashmir und

Westchina; vom äußersten Westen bis Siam, Birma und Korea. – »Gurus habe ich wohl zu Hunderten gefunden«, schrieb er mir einmal, »aber nicht einen einzigen, der diesen heiligen Namen verdient hätte.«

Welch große, fast unbegreifliche Anziehungskraft gewisse Hochstapler der Mystik auf sehnsuchtserfüllte Gemüter auszuüben vermögen, davon hier ein kleines Beispiel: Vor einiger Zeit trat ein Mensch in Paris auf, der sich Diordjeff oder so ähnlich nannte. Orientale – selbstverständlich: hoher Eingeweihter: noch selbstverständlicher! Alles wußte er. Insbesondere, was auf der Kehrseite des Mondes, auf der Venus usw. vorgeht. Er las auch Zukunft und ferne Vergangenheit, soweit es nicht nachzuprüfen war, aus der Akashachronik (eine Art Nachschlagebuch im Weltäther). Nur was im Nebenzimmer vor sich ging, das sagte er nicht, denn er war Mitglied der großen weißen Loge der Adepten und als solches eidlich verpflichtet, keine Wunder zu tun, damit der Kosmos nicht in Unordnung gebracht würde. Gestattet war ihm lediglich, von seinen Bewunderern deren gesamtes Hab und Gut zu verlangen, denn bekanntlich geht eher ein Kamel durch ein Nadelöhr, als daß ein Reicher ins Himmelreich kommt. – Das Unbegreifliche geschah: englische Gelehrte (!), Advokaten (!) Ärzte usw. machten sich arm wie Kirchenmäuse und ihn – reich, denn er war, wie er sagte, gesalbt (die anderen waren bloß angeschmiert) und daher gefeit gegen die Gefahren des Reichtums; und überdies lebt ja auch der Mensch nicht von »Brot« allein! Unter seinen Schülern befand sich ein junges englisches Ehepaar aus Adelskreisen. Sie hatten dem »Führer« ihren ganzen Besitz in Höhe von 60 000 Pfund ausgehändigt. »Im Schweiße eures Angesichts sollt ihr euer Brot essen!« hatte Diordjeff feierlich zu ihnen gesagt und sie zu schwerster Arbeit angehalten; sie mußten zu zweit von früh bis spät Ziegel mit Schubkarren weit herfahren durch die Straßen, denn der Prophet war weltkundig und teucrn Tagelöhnern abhold für den Bau seines geplanten salomonischen Palastes. Nach Ablauf eines Jahres trat der junge Ehemann schüchtern vor den Meister und meldete schlicht, daß er immer noch keine Fortschritte im Geistigen verzeichne. — »Hast du mir alles gegeben, was du besaßest?« fragte der Guru mit strengem Blick. Zögernd mußte der Engländer zugestehen, daß er sich noch einen kleinen Rest für den Fall, daß seine Wiedergeburt im Geiste sich verzögern sollte, zurückbehalten hätte. »Eher geht ein Kamel und so weiter«, dröhnte der Heilige und entließ den Unwürdigen aus dem Glanze seines Antlitzes. Ruchloserweise ging nun das Kamel nicht, wie der Meister gehofft haben mochte, in die Wüste, um sich aufzuhängen, sondern im Gegenteil schnurstracks zu dem die Ohren spitzenden Staatsanwalt.

Überdenkt man den Fall, so fühlt man sich geneigt, in ein wildes Gelächter auszubrechen; dennoch: die Sache ist tief ergreifend. Wie heiß muß die Sehnsucht in den Herzen jener Betrogenen geglüht haben, daß sie anders handeln konnten, als der reiche Jüngling in der Bibel, und nicht nur all ihr Hab und Gut opferten, sondern auch ihren klaren Menschenverstand preisgaben des Irrlichts »Hoffnung« wegen.

Bei uns in *Deutschland* sind die Hochstapler auf dem Gebiete der Mystik nicht so gut gestellt wie Herr Diordjeff; die Leute, die 60 000 Pfund besitzen, sind rar geworden. So mancher Prophet hat in der Deflation sein sauer Erschwindeltes verloren und ist jetzt auf Tagesarbeit angewiesen. Aber immerhin, auch heute noch ernährt das geheime Wissen um die Schwächen der Menschenseele ihren Schuft. Freilich, hie und da einen Gixer muß ein Adept in Kauf nehmen. Hier ein bescheidenes Beispiel:

Eines Tages erhielt ich den schon lange vorher angedrohten Besuch eines jungen Mannes, blond, treuherzigen Auges, an einen Spitzbart angewachsen und à la Großstadt-Jochanaan frisiert. Er tat mir kund, er hätte den gewissen Ort entdeckt, wo weiland Paracelsus eine Flasche mit Lebenselixier vergrub. Es sei nicht einmal weit von hier: gleich links ums Eck an der Grenze zwischen Bayern und Württemberg. Als ich keinerlei Interesse für den magischen Schnaps an den Tag legte und vielmehr auf seine Schädlichkeit hinwies, denn welcher vernünftige Mensch möchte heutzutage Wert darauf legen, sein Leben auch noch zu verlängern, wechselte der Jüngling rasch das Thema und berichtete von wunderbaren Erlebnissen, die er in China gehabt habe, nachdem er sich vorher geschickt vergewissert hatte, daß ich selbst niemals in China gewesen war und daher nichts nachprüfen konnte. Für sein Alter war der Herr erstaunlich belesen in allem, was Okkultismus betrifft. Es dauerte nicht lange, da weihte mich mein Gast in das Geheimnis seines Lebens ein und verriet mir, daß er eine Wiederverkörperung Johannis des Evangelisten sei. Da die Erzählung immer gnostischer und gnostischer wurde und schließlich das Mysterium von der Veredelung des Geschlechtstriebes streifte, wurde mir die Sache langsam fad, und meine Augen wurden gläsern. Zudem war es furchtbar heiß draußen. Johannes, der Evangelist, bemerkte das wahrscheinlich, denn plötzlich hielt er in seiner Predigt inne und fixierte mich lauernd. Ich tat, als schliefe ich halb, und ließ meine Zigarette fallen. Wor-

auf sich der Prophet lautlos wie ein beutesichtendes Frettchen in seinem Sessel auf die Hinterbeine erhob, offenbar in dem Wahn befangen, er hätte mich hypnotisiert. Sodann schrie er in reinem Sächsisch, also in voller Inbrunst seines Herzens auf mich ein: »Ich befähle dir im Nahm Goddes, daß de mir alles, was de hast un besitzd, in mei freies unbeschrängdes Eichenduhm iebergibsd!« – Eingedenk dessen, daß man einem Heiligen, selbst wenn er aus Dresden stammt, nicht anders als mit Demut zu begegnen habe, sagte ich schlicht und hörbar gähnend: »Was aber, wenn ich nur Schulden hätte? Würden Sie sie auch im Nahm Goddes iebernähm?« – Wortlos huschte Johannes, der Evangelist, zur Tür und entschwand wie ein Rauch. – Später schrieb er mir aus seiner Heimat eine Ansichtskarte: er scheint also meine Offenherzigkeit nicht übelgenommen zu haben.
Große Ereignisse werfen nicht nur ihre Schatten voraus, sie treten auch gern serienweise in die Erscheinung: noch waren keine 24 Stunden vergangen, da stand ich, bemützt mit einer gelbseidenen Ruderkappe und in einem blauen Mantel, darunter ein dünnes Schwimmgewand, denn es war immer noch knirschend heiß, im Garten, emsig bemüht, mit einem Spaten Unkrautwurzeln nachzuspüren, die offenbar bis zum Mittelpunkt der Erde hinabliefen. Da urplötzlich ragte vor meinem Blick die Gestalt eines Mannes aus dem Boden auf: einen lodernden schwarzen Vollbart als Krawatte auf der nackten Brust, Gummischuhe an den Füßen und über dem behaarten Leib einen vermotteten Bärenpelz. Das Haupt war unbedeckt. Neben dieser Erscheinung, halb so hoch, stand ein kleines blondes nordisches Opferlämmchen, aus dreieckig unschuldigen Augen staunend und von Loden umflossen. – »Aha: Wotan der Wanderer« – kam mir

zu Sinn. »Darf ich bitten?« sagte ich bescheiden und lud die beiden mit einer graziösen Handbewegung ein, sich ins Innere des Hauses zu bemühen. Dort saßen wir eine Weile einander stumm gegenüber. Das Opferlamm kauerte auf der Kante eines Hockers. Ich getraute mich nicht, meinen Gast zum Ablegen aufzufordern aus Angst, er könnte meiner Aufforderung Folge leisten. Mit einemmal hob der Prophet – es war schon wieder einer, wie ich gleich befürchtet hatte – die zottige Faust, schlug auf den Tisch und sagte dumpf: »Uech bün!« Lebhaft unterbrach ich: »Ich auch!« Wotan aber ließ mich nicht zu Wort kommen, hieb von neuem in die Luft und rief noch dumpfer: »Uech bün der Weg, die Wahrheit und das Leben.« – Ich versank in Nachdenken und fragte alsdann beklommen: »Mm, hat das nicht schon einmal ein – anderer vor Ihnen gesagt?« – Das Opferlamm machte ein erwartungsvolles Näschen. Endlich kam es gemessen und weihevoll hinter dem Raubtiergebiß des Pelzmantels hervor: »Uech bün Jesus Christus!« – »Ei!« war das einzige, was ich zu erwidern vermochte, aber so anspruchslos der Ausruf auch war, er schien den Propheten seltsamerweise zu verwirren, wenigstens legte sich seine Stirn in Gramesfalten, soweit sich dies angesichts ihrer Niedrigkeit ermöglichen ließ. Ermutigt fuhr ich fort: »Wenn Sie das wirklich sind, mein Herr, dann wird es Ihnen fraglos ein leichtes sein, auf dem Wasser zu gehen?!« – ich deutete auf den See hinaus, der spiegelglatt auf ein Wunder zu harren schien. – »Hier ist Wasser! Bitte zu wandeln! Lassen Sie sich um Himmelswillen nicht abhalten!« – Tief versonnen spähte der Prophet ins Weite. Dann sagte er, ein Kindergesicht mimend, wider Erwarten ehrlich und offen: »Das ist ja eben das Sonderbare, daß ich bis heute dergleichen noch nicht fertigbringe!« – Wir tranken sodann friedlich Kaffee und rauchten Zigaretten. – Der Prophet hat später in den Zeitungen viel von sich reden gemacht. Ehemals war er Weinreisender. Heute kandidiert er für den Reichstag. Wie ich vermute, nährt er sich inzwischen von Lammfleisch.

Ich will nun einen kurzen Überblick geben, woraus das Handwerkszeug besteht, mit dem die Hochstapler der Mystik heutzutage im allgemeinen arbeiten, um möglichst viele Ahänger einzufangen. Wie bereits erwähnt, steht da in erster Linie die freche Behauptung: ich bin ein »Führer«, und wer sich mir anvertraut, dem will ich – die Krone des Lebens geben oder den Weg weisen, wie man sie erlangt. Unter dieser Krone versteht dann jeder Angeführte natürlich die Erfüllung der eigenen Wünsche, und für eine solche Hoffnung gibt er sogleich – oder nach und nach – hin, was er an Geld besitzt. Vor allem gebärdet sich der betreffende Hochstapler als Sendbote einer geheimen mystischen Brüderschaft, zumeist der sogenannten *»Weißen Loge«*, die in Tibet ihren Sitz haben soll. Schon in alten Schriften findet man bereits Hinweise auf eine solche Gemeinschaft der Adepten, wenn auch der Name »Weiße Loge« jüngeren Datums ist und von Amerika oder England ausgegangen, sich allmählich in andere Länder verbreitete. Paracelsus deutet in dunklen Worten an, daß ihm eine solche Gemeinschaft von machtbegabten menschlichen Wesen bekannt sei. Swedenborg behauptet, er habe durch innere Gesichte erfahren, das Geheimnis des sogenannten Verlorenen Wortes (das eigentliche Geheimnis aller Magie) sei gewissen eingeweihten Mongolen in der »Tatarei« immer noch bekannt, und die tibetanischen Lamas einiger Klöster (in

Tan La z. B.) bestätigen dieses Gerücht als Wahrheit, indem sie angeben, in einer Oase in der Wüste Gobi lebten die Oberhäupter einer solchen Meistergemeinschaft, unzugänglich für fast jeden Sterblichen. Durch Aussenden segensreicher Gedanken, die sich auf Empfängliche – diesen unbewußt – übertrügen, lenkten sie sozusagen die Geschicke der Menschheit und erzögen geeignete Schüler. Da sehr viele von der Existenz derartiger Adepten in guten oder schlechten Büchern über Okkultismus und Theosophie gelesen haben, so ist der Boden für den Hochstapler günstig beackert.

Die von alters her in Asien weitverbreitete Überzeugung, daß *Magie* eine Tatsache ist, hat in den letzten Jahrzehnten bis in die Länder des Westens wieder ihre Äste gestreckt, unterstützt nicht zum mindesten durch die Forschung namhafter Gelehrter auf dem Gebiete des *Spiritismus*, der in seiner Art ja viel von Magie in sich schließt. Während aber die Spiritisten annehmen, daß magische Phänomene nur zustande kommen könnten durch Einwirkung uns unsichtbarer Wesen – Toter und so weiter –, behaupten andere Asiaten, auch der Körper eines lebenden Menschen besäße solche Fähigkeit, nur schlummere sie in den meisten Fällen oder sei noch nicht entwickelt. Durch eine Methode, *Yoga* genannt, könne sie entwickelt werden. Erst durch Helene Blavatsky und die von ihr gegründete Theosophische Gesellschaft wurde in weiteren Kreisen des Westens einiges über Yoga bekannt. Bis dahin wußten nur unsere Gelehrten und Asienforscher davon. (Interessierten sich aber nicht dafür.)

Selbstverständlich ist jeder bessere Hochstapler in die Geheimnisse des Yoga von A bis Z eingeweiht. In Wirklichkeit hat er natürlich nicht die leiseste Ahnung, wie

Yoga geübt werden muß, ganz abgesehen davon, daß ein Menschenleben kaum hinreicht, auch nur die ersten Stufen zu bewältigen. Um dem braven Schüler entgegenzukommen, hängt er der Lehre, die er verzapft, ein christliches Mäntelchen um, wenn er es für einträglich hält, und spielt sich auf einen biblischen Propheten, oder er macht in Rosenkreuzerei, und dem, der Nerven hat für die Geheimlehren Asiens, dem kredenzt er den Okkultismus der Perser oder Araber, je nachdem ihm Rezepte aus Büchern zur Verfügung stehen. Nötigenfalls bereitet er aus allen möglichen Bestandteilen alter Überlieferungen eine Art okkultistischer Scotts Emulsion, die bisweilen so geschickt zusammengebraut ist, daß jemand, der nicht gründlich bewandert ist in der umfangreichen Literatur aller Völker und Zeiten über dieses überaus geheimnisvolle Gebiet, zu dem Trugschluß kommen kann, es handle sich in dem oder jenem Falle um geradezu neue Offenbarungen, und der, der sie preisgibt, müsse unter allen Umständen ein Übermensch sein.

Ich selbst habe viele sonst sehr ernste und wertvolle Menschen getroffen, die mir unterm Siegel der Verschwiegenheit von angeblich tiefsten Geheimnissen Mitteilung machten, die ihnen von dem oder jenem »großen« Führer anvertraut worden seien, und wenn ich ihnen dann Bücher vorwies, in denen dasselbe viel gründlicher längst gedruckt steht, fanden sie sofort die danebenschießende Beschönigung: ach, das Buch kennt der »Meister« sicherlich nicht – er liest überhaupt keine Bücher. Fragt man dann weiter: »Was *kann* denn der Meister?«, so bekommt man zu hören: »Er kann *natürlich* riesig viel, nur – darf er's nicht zeigen.« (Eine ganz faule Ausrede.) Zum Beispiel: »Er kann *austreten!*« – Austreten!! Wohl nur wenige werden wissen, was ge-

wisse Okkultisten (die Sorte nämlich, die sich ganz besonders eingeweiht vorkommt) unter »Austreten« verstehen. Es ist damit *ein bewußtes Verlassen des Leibes* gemeint. Das Geheimnis, wie man das bewerkstelligen kann, war nicht nur der Hauptinhalt der antiken Mysterien (von anderen Zwecken und Zielen abgesehen, deren Erörterung nicht hierher gehört), sondern es bildet die Basis, auf der der praktische Okkultismus des Altertums wie auch zum Teil der Neuzeit fußt.
Bereits die Hexen des Mittelalters kannten Methoden, um »auszutreten«: sie bedienten sich bekanntlich gewisser Giftsalben, mit denen sie den Körper einrieben. Durch die Wirkung solcher Drogen – Bilsenkraut, Stechapfel usw. – auf das Zentralnervensystem verfielen sie in hypnotischen Schlaf und behaupteten nach dem Erwachen, sie wären, auf Besen reitend (erotische Momente spielten eine Hauptrolle), auf den Blocksberg geflogen und hätten dort Umgang mit Dämonen und Teufeln gehabt. Die mongolischen Schamanenpriester betäuben sich heute noch durch Trinken von Fliegenpilzabsud und »treten« dadurch »aus«. Ein solches Verlassen des Körpers durch Anwendung von Giften und anderen Betäubungsmitteln zu bewirken, gilt bei den Anhängern der verschiedenen Yogasysteme nicht nur für schädlich, sondern auch als grundfalsch, da hierdurch ein Eintritt in Reiche erfolgt, die nichts weniger als besuchswürdig sind und Täuschung über Täuschung bergen. Die Methode, die sie selbst anwenden, ist auf rein imaginative Grundlage gestellt: sie richten ihre gefühlsmäßige ununterbrochene Aufmerksamkeit, vom Kreuzbein an beginnend, nach und nach auf höher liegende Nervenzentren im Rückenmark, um schließlich beim Scheitel zu endigen. Sie lösen auf diese Weise ihren »Astralkörper«

— so lautet der technische Ausdruck — vom physischen Leib etwa so, wie wenn man das elastische Innere eines Grashalms von der strohigen Hülle lockert, um es unbeschädigt herausziehen zu können. Jahrelanges Training ist erforderlich, um ein solches Austreten nach Yogaart zu bewerkstelligen. Man könnte es nennen: ein Sterbenlernen bei lebendigem Leib — ein bewußtes Überschreiten der Schwelle des Todes. Der »mystische Tod«, so nennen es einige alte christlich gnostische Mystiker, die Ähnliches — aber auch nur Ähnliches! — durch Inbrunst des Gebetes erzielt haben.

Wenn gewisse Phänomene des Spiritismus, die mit dem gewöhnten Austreten eine nicht zu verkennende Ähnlichkeit tragen, eines Tages hinsichtlich ihrer Echtheit allgemein anerkannt sein werden — und ich glaube, der Tag ist nicht mehr fern — dann dürfte sich wohl auch die heutige Naturwissenschaft ernstlich mit der Aufhellung der betreffenden Fragen beschäftigen. Möglicherweise könnte dabei etwas so außerordentlich Umwälzendes in die Erscheinung treten, daß man sagen dürfte: *der Zweck des menschlichen Lebens würde aus Finsternis in helleres neues Licht gerückt.*

Vielleicht aber auch könnte gerade das Gegenteil eintreten!

Ein in Indien lebender Gelehrter, Sir John Woodruff, hat in den letzten Jahren sich besonders mit der *Erforschung der genannten Austrittsmethoden* befaßt und vieles zu Tage gefördert, was bis dahin in tiefem Dunkel gelegen hatte. Unter anderem wirft das von ihm nunmehr ziemlich aufgehellte Yoga-Tantriksystem auf die Art und Weise ein scharfes Licht, wie sogenannte religiös schwärmerische Visionen und Offenbarungen bei sensitiven Personen zustandekommen mögen. Die in dieser

Lehre Bewanderten sagen übereinstimmend aus: je nach dem Nervenzentrum, auf das sich der Shabhaya oder Yogi konzentriert, stellt sich eine ganz bestimmte Vision ein, die leicht dazu führen kann, den Betreffenden glauben zu machen, es handle sich um eine direkte »göttliche« Offenbarung und Kundgebung. Die unerfreuliche Folge ist dann: Anbetung der gehabten Erscheinung anstatt der Erkenntnis, daß es sich nur um objektiv gewordene Abspaltungen der eigenen Seele — des *eigenen Ichs* — handelt. Die Konzentration auf ein bestimmtes Ganglion (?) im Lendengebiet z. B. führe jedesmal dazu, daß der Betreffende die Halluzination von einem weißen Pferd hat (etwa so, wie ein vom Delirium tremens Befallener weiße Mäuse sieht), auf dem er sodann in ein himmlisches Paradies entrückt wird, ein Vorgang, den bekanntlich ein Mohammed erlebte, als er auf dem Schimmel »Berak« zu Allah zu reiten wähnte: eine ganz tiefe Stufe in der Yogapraxis! Die Yogis verachten auch aus diesem Grunde die Moslim, die die Erscheinung des weißen Pferdes im Leben ihres Propheten für eine göttliche Gnade ansehen. — — —

Wie nun auch die Sehnsucht jener beschaffen sein mag, die sich zu dem geheimnisvollen Gebiet des Okkultismus mit Macht hingezogen fühlen: eine Erfüllung winkt ihnen niemals — nur bittere Enttäuschung —, solange sie Hilfe und Rat bei anderen suchen, als bei sich selbst und der eigenen Seele! Entwickeln kann nur jeder sich selber, denn jegliche Entwicklung ist rein individuell. Schablonen und Rezepte versagen hier und müssen versagen. Wer Fragen stellt, der weiß überhaupt nicht, worum es sich im Grunde handelt! Außer er stellt sie an sich selbst! Belehrt muß er werden durch geistige »Osmose« — durch das, was ihm einfällt: aus dem allerinnersten eigenen Ich herüberfällt in den körperlich-seelischen Menschen. Und darum möchte ich denen, die da suchen aus Sehnsucht, zurufen: *hüte dich vor den sogenannten »Führern«!*

Dämonenfang in Tibet

Ein estnischer Bahnbauingenieur, der zur Zeit des letzten Zaren lange im Osten gelebt und viel mit mongolischen Lamas verkehrt hatte, versicherte mir vor Jahren, in russischen und asiatischen Okkultistenkreisen herrschte kein Zweifel, daß alle die furchtbaren Ereignisse seit 1914 nicht Menschenwerk seien, sondern den Einflüssen gewisser – dem ungeschulten Auge des Durchschnittsmenschen unsichtbarer – dämonischer Wesen zugeschrieben werden müßten. Der Petersburger Hofmagier und Okkultist Gerard Encaussee, ein Südfranzose und Halbmongole, hätte diese Teufel im Beisein des Zaren und eines tibetischen Zauberkrauthändlers, der ein Freund des bekannten Rasputin gewesen war, zum ersten Mal mittels einer theurgischen Beschwörung in einer Art spiritistischen Sitzung entfesselt und wachgerufen. – Die Erzählung des Ingenieurs hatte ein lautes Gelächter in der Gesellschaft, in der sie gehalten wurden hervorgerufen. Auf die Bemerkung, daß es höchst albern sei, anzunehmen, ein einzelner Mensch könnte die Schuld tragen an so ungeheuren Katastrophen, entgegnete er: »Eine einzige pestkranke Ratte kann Millionen Menschen ausrotten!« – Der Abendländer glaubt nicht an die Existenz von Dämonen, was ihn aber nicht hindert, wenn das Gespräch auf die rätselhafte Not des Heute kommt, auszurufen: Teufel beherrschen die Welt und stürzen sie in hellen Wahnsinn ... Vor kurzem ist in Paris ein Buch von Jean Marquès-Rivière erschienen, darin zu lesen steht: »Ich habe bei meinem Aufenthalt in

Tibet den Eindruck gewonnen, daß es eine methodisch arbeitende geheime Organisation gibt, die sich über den ganzen Orient erstreckt und ihn geistig und gewissermaßen auch politisch eint. Hinter den Bonzen, Symbolen oder Lamas gibt es Meister, Gurus, Naldjorpas (tibetanische Okkultisten), die Asien beherrschen, die Wissenden außerordentlicher Geheimnisse und Träger einer Weisheit, die nicht mehr menschlich ist. Ich sprach über das alles mit unserem Lama Lhasa. Nach seiner Lehre gibt es geheimnisvolle Strömungen in der Menschheit, die »schweifenden Einflüsse« der gelben Metaphysik: die Völker, die keine wissenden Leiter, keine Weisen, die sie führen könnten, mehr haben, sind diesen Strömungen, diesen unsichtbaren Stürmen blind unterworfen, und die Beutegötter, die vom Fleisch und Blut der Menschen leben, die Götter, die zum Kriege, zur Herrschaft und zur Knechtschaft treiben, die geheimnisvollen Feinde des Menschengeschlechtes sind am Werk, sich ihr teuflisches Festmahl zu bereiten ... Ich habe schreckliche Mysterien über das Leben der Völker und die unglaublichen Inkarnationen der Kriegsgottheiten, der »Gegs« und besonders des schwarzen Dha-Lha, wenn die Sterne und Zyklen ihnen zu handeln gestatten, erfahren.«

Was hat es nun für eine Bewandtnis mit diesen Dämonen? Sind es selbständige Daseinsformen, die einer anderen Wesensreihe als der der Menschen und Tiere angehören? Alle Religionen, Legenden und Sagen behaupten es. Moderne Psychoanalytiker gebärden sich wissenschaftlich und sagen, Dämonen lebten nur in der Vorstellung seelisch erkrankter Menschen. Ein Gelehrter macht sich bekanntlich lächerlich, wenn er die Existenz von Dämonen zugibt. Ich selbst bin unberufen nicht Gelehrter und darf mir daher erlauben, an das Dasein solcher Wesen zu glauben. Es gibt seit uralter Zeit Methoden aller Art, sie sichtbar zu machen, — objektiv wahrnehmbar, so daß sie erscheinen wie Dinge unserer Welt, aber da diese Methoden meist mit Bewußtseinsverschiebung durch Genuß von Giften oder durch Yogakonzentrationen Hand in Hand gehen, glauben die Ärzte oder andere für unbefangene Beobachtung ungeeignete Personen mit dem ersten besten Stallschlüssel das Gebiet jenseitiger Rätsel aufschließen zu können. Gewiß: durch zielbewußte Imagination kann der Mensch Formen aller Art erschaffen, aber, was er nicht kann, das ist: sie beleben, so daß sie selbständige Wesen werden. Wer mit Ausdauer Imaginationsübungen betrieben hat, wird wissen, was ich meine. Der Abendländer schüttelt überlegen den Kopf, wenn er von den Zeremonien liest, die primitive Völker abhalten behufs Beschwörung von Geistern: er sagt: wozu solch abgeschmackter Kram? Nun, die »abgeschmackte« Zeremonie wird sofort verständlich, wenn man sie als eine Suggestion auffaßt, die auf — die unsichtbaren Dämonen gemünzt ist! Im tiefsten Grunde klar, was dabei vorgeht, wird einem, wenn man über den Satz (im indischen Aranyakopanishad) meditiert, der zugleich den ersten Schlüssel zur Denkweise des Buddhismus bildet: »Wer da eine Gottheit anbetet und dabei annimmt, ich bin der eine Teil und die Gottheit ist der andere, der ist ein Unwissender und die Gottheit bedient sich seiner wie eines Tieres.« — Ich will jetzt zitieren, was eine gewisse Alexandra David-Neel, die 14 Jahre in den verschiedensten Lamaklöstern Tibets gelebt hat und der wir ein Buch[1]) über ihre dortigen Erlebnisse verdanken, das

[1]) Alexandra *David-Neel,* Heilige und Hexer. – Leipzig 1931.

wohl einzig dasteht in den interessantesten Schilderungen der Neuzeit, schreibt:

»Die Orientalen stellen ihre Kenntnis der Mystik, Philosophie oder Seelenkunde nicht zur Schau und es ist sehr schwer, sie darüber zum Sprechen zu bringen. Ein Reisender kann bei einem Lama zu Gaste sein, monatelang mit ihm Tee trinken und fest überzeugt von der völligen Unwissenheit seines Wirtes abreisen, obgleich es diesem ein leichtes gewesen wäre, dem Fremden nicht nur alle seine Fragen zu beantworten, sondern ihn auch viel nie geahntes Neues zu lehren. Die Tibetaner glauben nicht an die Willensfreiheit und die Welt mit all ihren Erscheinungen ist ihnen nur ein Blendwerk unserer Einbildungskraft. Das Kloster Dzogstschen gilt seit langem als der Mittelpunkt des Unterrichts in den Geheimlehren der geistigen Schulung. Die sonderbarsten Gebräuche kann man bei einer unheimlichen Art von Mysterienspiel, Tschöd genannt, beobachten, das nur von einem einzigen Schauspieler, dem Zauberer selbst, aufgeführt wird. Es kommt vor, daß die Schüler über solchen Übungen wahnsinnig werden oder gar tot hinfallen, mit soviel grausamer Kunst ist das Entsetzliche ausgeklügelt und gehäuft. Um leichtgläubigen und feigen Schülern die Furcht vor den Dämonen zu nehmen, wird zu Mitteln gegriffen, die auf den ersten Blick nur lächerlich scheinen können, in Wirklichkeit aber grausam und abscheulich sind, wenn man die Geistesverfassung der betreffenden Jünglinge bedenkt. Sehr begreiflich, daß der Schüler nach fortgesetztem Besuch der Spukorte, nach kühner Herausfordeung der Dämonen und wenn er ihnen gemäß der Beschwörungsformel seinen Körper wieder und wieder umsonst zur Speise angeboten hat, am Ende an dem Dasein von Wesen, die sich nie zeigen, zu zweifeln beginnt. Ich fragte mehrere Lamas danach und einer von ihnen, ein Getsche (Doktor der Philosophie) aus Dirdschi, antwortete mir: »Diese Ungläubigkeit kommt allerdings vor und ist sogar eigentlich das von den mysterischen Lehrern erstrebte Ziel (!). Aber erreicht es der Schüler zu früh, so bringt er sich selbst um die Früchte jenes Teiles der Schulung, der ihn furchtlos machen sollte. Der Jünger muß einsehen lernen, daß Götter und Dämonen für den Gläubigen wirklich da sind und auch die Macht haben, dem, der sie anbetet oder fürchtet, je nachdem Gutes oder Böses zu er weisen.« – Ich wage dagegen keinen Widerspruch, denn ich habe mehrere Beispiele dafür gehabt, daß es tatsächlich so ist. Aber muß man wirklich alles, was bei diesen Vorgängen beobachtet wird, Sinnestäuschung nennen? Die Tibetaner versichern das Gegenteil. Ich unterhielt mich einmal mit einem Einsiedler aus Ga im östlichen Tibet, namens Kutschog Wantschen, über die plötzlichen Todesfälle, die während der Beschwörung böser Geister vorgekommen sind. Er schien mir durchaus nicht abergläubig, und so glaubte ich ihm aus der Seele zu sprechen, als ich sagte: »Wenn Menschen dabei wirklich sterben, so tun sie das nur aus Furcht. Was sie sehen, ist ja nur die Verkörperung ihrer eigenen Gedanken. Jemand, der nicht an Dämonen glaubt, wird auch niemals von ihnen umgebracht werden!« Der Klausner antwortete mit sonderbarem Tone: »Meinen Sie denn etwa auch, daß jemand, der nicht an Tiger glaubt, auch nicht von ihnen zerrissen werden könnte, wenn er sich ihnen auf Sprungweite näherte?« ... Und er fuhr fort: »Mit Verkörperung der seelischen Vorstellungen ist es eine geheimnisvolle Sache, mag sie nun bewußt oder unbewußt vor sich gehen. Was wird aus diesen Gebilden?

Zuweilen entgleiten sie uns geradeso, wie das oft bei unseren leiblichen Kindern geschieht. Ob sie dann nicht ebenfalls plötzlich, oder auch nach und nach, ihr eigenes Dasein führen wollen? Man muß sich wohl hüten, leichtsinnig »Kanäle« (in die Welt der Dämonen) zu eröffnen. Die meisten Menschen ahnen nicht, was alles in der Abgrundtiefe des Weltalls enthalten ist, die sie unbesonnen anbohren.«

Zu solchen und anderen zahlreichen Episoden im Buche Alexandra David-Neels läßt sich nur hinzufügen: wer offene Augen hat für das, was uns gespenstig und nur an seinen Wirkungen wahrnehmbar umgibt, den muten solche Begebnisse nicht an wie ein Stück »finsteren Mittelalters«, nein: unser heutiges abendländisches Weltbild erscheint dagegen wie eine Erinnerung an die Steinzeit!

An der Grenze des Jenseits

Okkultismus

Wie der Zeiger einer Uhr auf dem Zifferblatt fortschreitet von I zu XII, um, von vorn beginnend, jede Stunde immer und immer wieder zu neuer Gegenwart zu erwecken, so kehren auch im Leben der Menschheit Epochen wieder, die der Abgrund der Zeit längst verschlungen zu haben schien.

Okkultismus (von occultus = verborgen) nennt man heute ein Gebiet des Übersinnlichen, das in früheren Zeiten ein Privileg der Priester der verschiedenen Völker und Rassen war.

Es mag einmal eine Zeit gegeben haben, in der der Begriff Priesterschaft gleichbedeutend war mit Prophetie, mit Auserwähltsein und Übermenschentum. –

Jene Zeit ist längst dahin; wer aber auf das Gesetz der »großen Uhr« baut, darf hoffen, daß sie wiederkehrt.

Okkultismus und Mystik werden häufig verwechselt, und daher kommt es, daß Menschen, die sich über diese Gebiete unterhalten, oft aneinander vorbeireden.

Wohl sind beide Gebiete verwandt und ergänzen sich, aber nur, wer ihre Tiefen erforscht und philosophisch ihre Grenzen erschaut, der weiß, daß sie im Grunde zusammenhängen wie Ursache und Wirkung.

Zu erörtern, was ein Mystiker ist, bildet nicht den Zweck dieses Buches, deshalb mag es hier genügen, zu sagen: der Weg des Mystikers mündet nicht ein in den

des Okkultisten, wohl aber fließt der Strom »Okkultismus« zuletzt in den Ozean der Mystik.
Zu glauben, der Okkultismus bedeute das Ende einer materialistischen Weltanschauung, ist ein Irrtum. Okkultismus ist nur insofern »Meta«physik, als seine Erscheinungen die Grenzen des bisherigen Wissens von der Wirkungsweise der Naturgesetze durchbrechen. Seine »Geister« und »Gespenster« sind ebenso stoffliche wie die Leiber der Menschen, gehören ebenso ins Reich des Materiellen wie etwa der Röntgenstrahlen; mit der Quelle des Reingeistigen, der »Ewigen Ursache«, haben sie nichts zu tun.
Ob der Weg vom Okkultismus zum Reingeistigen näher ist als vom Materialismus aus, sei dahingestellt; altindische große Weise behaupten sogar, er sei weiter!
Die Meinung europäischer Denker über diesen Punkt ist geteilt; die einen neigen der Ansicht zu, vom Gipfel eines Berges aus habe man eine bessere Rundschau, und sie halten den Okkultismus für einen solchen Berg –, die anderen wenden sich mit Abscheu von ihm weg; sie halten alles, was damit zusammenhängt, für einen Sumpf; es mutet sie an wie Pfaffenbetrug, wie Geheimnistuerei, Gaukelei, Aberglauben und Entartung. Die leidige Tatsache, daß von je schlammige Bestandteile die Wässer im Strombereich des Okkultismus getrübt haben, ist schuld daran. Viele aufrichtige Menschen, die die Klarheit des Denkens und der Beobachtung lieben, wurden dadurch verleitet, das Kind mit dem Bade auszuschütten.
Man pflegt die große Weltstunde, in der Okkultismus und Mystik im Zeichen neuen Erscheinens stehen, als die jeweils zwölfte zu bezeichnen. Wer da glaubt, daß heute der kosmische Zeiger auf XII steht, der dürfte irregehen.

Von »Mode« hier zu reden ist ebenso töricht, wie etwa zu sagen: Soeben ist Mittag »Mode« geworden.
Freilich, viele Menschen ziehen zum Mittagessen einen anderen Rock an, wenn sie auch häufig vergessen, sich dementsprechend die Hände zu waschen.
Oft hört man die Meinung äußern, der Krieg mit seinem Gefolge: »Elend, Not und Jammer« habe verursacht, daß sich die Menschheit von neuem dem Okkultismus zuwendet, um Trost und Hilfe auf einem Gebiet zu suchen, an dem sie lange spottend vorüberging.
Mir scheint, die Dinge liegen hier wohl hintereinander, aber eins ist nicht die Auswirkung des anderen; sie gehören nur ein und derselben »Stunde« an.
Forschen wir nach der Wurzel, aus der aller Okkultismus sprießt, so kommen wir zu dem Schlusse: der Trieb des Menschen nach Freiheit ist es, der all das bewirkt.
Freilich, wer tiefer schürft, der findet den Urgrund, aus dem die letzte Erkenntnis quillt: Philosophie, Mystik, Einswerden mit dem Geiste.
Sehr verschiedenartig kann sich dieser Trieb äußern: als Gier nach Genuß, nach Geld und Besitz als Mittel, sich Genüsse zu verschaffen, als Wissensdrang, als Wunsch, den verschiedenen Leiden wie Altern, Krankheit, Tod, Hunger, Durst, klimatische Unannehmlichkeiten, Mühsal, Plage und Sorge, zu entrinnen, oder als Sehnsucht, mit Lieben, die der Tod entführt hat, wieder vereint zu werden.
So mannigfaltig wie dergleichen Wünsche sind auch die Wege, die der Suchende betritt, um Erfüllung zu finden – daher auch die Buntheit des Bildes, das der Okkultismus bietet, wenn wir seine Geschichte überblicken und die Zeiten und die Völker ins Auge fassen, in deren Gegenwart er zutage trat.

Manche Begebnisse okkulter Art kommen heute kaum mehr vor, andere, anscheinend neue, sind häufig geworden. Ein derartiges, im Mittelalter wohlbekannt gewesenes Phänomen — das sogenannte »Injectum« — ist geradezu in Vergessenheit geraten. Man führt es heute auf Hysterie zurück, da ähnliches — aber auch *nur* ähnliches — sich bei hysterischen Personen begibt.

Im Altertum, insbesondere dem asiatischen, wimmelte es von Berichten über magische »Wunder«taten; ganze Stämme indischer Asketen und Yogis traten gegeneinander auf, um sich zu übertreffen in Zauberei; von Jahrhundert zu Jahrhundert immer spärlicher und spärlicher wird die Kunde über solche Vorgänge, bis es schließlich so weit kam, daß die Aufzeichnungen des Tibetmissionars Abbé Huc, eines Jesuitenpaters, dann die Dr. Honigbergers, der Zeuge war, wie der Fakir Hari-Das sich für lange Zeit begraben ließ, um dann wieder lebendig zu werden, zu den wenigen, wirklich glaubhaften gehören.

Bei den Völkern westlicher Kultur schien mit dem Ende der Hexenprozesse, der Alchimisten und Rosenkreuzer der Okkultismus bereits eingeschlafen zu sein. Da geschah in den vierziger Jahren des 19. Jahrhunderts in einer kleinen Stadt der Vereinigten Staaten ein Begebnis, das man anfangs viel belachte und, weil die Berichte aus Amerika kamen, für Humbug hielt, das in Wahrheit jedoch zum Ausgangspunkt der sogenannten spiritistischen Bewegung wurde, die nicht lange darauf sich über die ganze Erde verbreitete und heute stärker als je ist.

In kurzen Worten, es hatte sich folgendes begeben:

In der erwähnten kleinen Stadt hatten zwei Schwestern, namens Fox, ein Blockhaus bezogen. Eine von ihnen war, wenn ich recht unterrichtet bin, Telegraphistin. Von Zeit zu Zeit hörten die beiden Schwestern Klopftöne in den Wänden, deren Ursache zu erforschen ihnen lange nicht glückte. Daß es sich nicht um mutwilligen Unfug Lebender handeln konnte, war bald festgestellt, und da die Klopftöne bisweilen rhythmisch erfolgten, kam die eine der Schwestern, die Telegraphistin, auf die Mutmaßung, es könne sich da irgendwie um depeschenähnliche »Mitteilungen« handeln und begann, laut das Alphabet herzusagen mit der Absicht, die Klopftöne gewissermaßen auf die Probe zu stellen, ob sich dadurch nicht vielleicht eine Verständigung mit dem unsichtbaren Klopfer herstellen ließe. Und sofort ergab sich die Richtigkeit der Annahme: der unsichtbare Klopfer »depeschierte«. Seine Mitteilungen besagten, er sei der »Geist« eines Menschen, der in dem Blockhaus ermordet wurde. Er nannte seine Mörder mit Namen und gab ihren Aufenthalt an. Tatsächlich sollen die Mörder auch später daraufhin entdeckt worden sein.

Die Schwestern Fox erhielten noch andere Mitteilungen und insbesondere Aufschlüsse, wie ein spiritistischer Zirkel zu veranstalten sei, um Verbindung mit dem Jenseits und dem Reiche der Abgeschiedenen zu bekommen. Die Folge war, daß einige Zeit später Tausende von Menschen das sogenannte Tischrücken betrieben, ein Experiment, von dem ich aus eigener, mühevoller, jahrzehntelanger Erfahrung sagen kann, daß das Ergebnis fast immer auf Betrug eines oder mehrerer Zirkelteilnehmer hinausläuft. Bestenfalls auf Selbstbetrug. Es ist erstaunlich, wie häufig sich da ein lausbubenhafter Trieb, andere – und sogar schließlich sich selbst – naszuführen, bei den Menschen offenbart. Sonst sehr ehrenwerte Leute von Bildung und guter Erziehung werden da im Handumdrehen zu Betrügern und scheuen sich nicht, unter

Ehrenwort stehend zu falschen Zeugen zu werden. Fast noch erstaunlicher ist es, daß solche Lausbübereien die Macht hatten, die allgemeine Erkenntnis auf dem Gebiete des Okkultismus auf Jahrzehnte hinaus zu verzögern. Aber nicht nur die mehr oder weniger albernen Resultate des Tischrückens, das heißt, das Heben der Tischbeine und das intelligente Klopfen damit, traten bei den spiritistischen Sitzungen zutage, es stellten sich auch Phänomene ein, die der Naturwissenschaft dereinst die unanfechtbaren Beweise liefern werden, daß das, was heute in den Schulen über Physik gelehrt wird, ein jämmerliches Bruchstück wirklichen Wissens bedeutet. Von diesem Gesichtspunkt aus gesehen, wäre jeder Erfinder, Entdecker oder Forscher nichts anderes als in groben Zügen ein Okkultist, denn er begibt sich suchend auf »verborgenes« Gebiet.

Elektrizität, Licht, Wärme – sie sind im Grunde genau so »okkult« wie spiritistische Vorgänge. Primitive Völker haben hinter Blitz und Donner Geister gewittert. *Wir* haben Donner und Blitz entgöttert. Wir haben überhaupt die ganze Natur entgöttert und glaubten uns dazu berechtigt, bloß, weil wir die allernächsten Ursachen entdeckt haben, die hinter der großen Erscheinung stehen, und solche Erscheinungen im Laboratorium mittels Maschinen selber hervorbringen können.

Der heilige Bonifazius hat die Donnereiche abgesägt, und es ist ihm nichts geschehen. Hätte er den Mast einer Hochspannungsleitung, falls es damals solche gegeben hätte, abgesägt, wäre ihm das unter Umständen übel bekommen, aber die Existenz oder Nichtexistenz eines Blitzdämons bliebe unbewiesen in dem einen wie in dem anderen Falle.

»Sie werden doch nicht im Ernste die Ansicht verfechten

wollen, daß mechanischen Gesetzen Geister oder sonstige bewußte Wesen zugrunde liegen könnten?« höre ich einwenden.

Nun, warum nicht?!

Swedenborg, ein Mensch, der über jeden Zweifel bewiesen hat, daß er die Gabe des Hellsehens in geradezu erstaunlichem Maße besaß, behauptete es und war felsenfest davon überzeugt.

Und Jesus von Nazareth sah hinter mancher Geisteskrankheit Teufel, die er austrieb, so daß sie in Schweine fuhren und sich ins Wasser stürzten.

Swedenborg stellte den Satz auf, jede richtige Naturerkenntnis sei unmöglich, wenn sie von anderen Gesichtspunkten ausginge.

Überdies ist unseren Herren Gelehrten in allerletzter Zeit ein so dicker Strich durch ihr bisheriges mechanisches Weltzerrbild gemacht worden, und der sogenannte »gesunde« Menschenverstand hat sich als dermaßen blind und krank und unzurechnungsfähig herausgestellt (durch Professor Einsteins »Relativitätslehre«), daß der Dämonenglaube eines mongolischen Schamanen gegenüber der bisherigen europäischen wissenschaftlichen Erklärung physikalischer Vorgänge wie eine Offenbarung anmutet.

Ich habe gesagt, daß hinter dem Trieb zum Okkultismus der Hang zur Freiheit im Menschenherzen steht. Der Wunsch nach Freiheit ist in manchen – und nicht in den schlechtesten, siehe Nietzsche! – so übermächtig, daß man ihn in das Wort fassen könnte: Ich will frei sein von Göttern und Gespenstern!

So wünschen und denken alle jene, die, nachdem sie gewisse Phänomene des Okkultismus als nicht mehr wegzuleugnende Tatsachen erkannt haben, sich aufs äußerste sträuben, hinter derlei Erscheinungen Götter, Dämonen,

Gespenster oder die Bewohner uns unsichtbarer Reiche und Sphären anzunehmen.
Sie schießen über das Ziel hinaus, denn es ist ein Unterschied, das Dasein solcher Wesen zu leugnen, um frei *von* ihnen zu sein, oder ihre Existenz gelten zu lassen und dennoch selber frei zu werden ihnen *gegenüber*.
Das spiritistische »Medium« erkennt die Existenz jenseitiger Wesen nicht nur an, es unterwirft sich sogar ihrem Willen und macht sich zu ihrem Werkzeug.
Aber im Gebiete des Okkultismus gibt es noch anderes als bloße Mediumschaft: es gibt etwas, was wir Magie oder Beherrschung nennen könnten, dann etwas, was wie Freundschaft mit unsichtbaren Wesen aussieht, und außerdem eine Entwicklungsmöglichkeit gewisser seelischer Fähigkeiten, die über das gewöhnliche Maß irdischer Eigenschaften weit hinausragen.
Diese Unterschiede zu beleuchten, ist Zweck der nächsten Abschnitte des Buches.

Die unsichtbare Welt

Der Alltag mit der Wiederkehr wohlbekannter Geschehnisse hat die große Masse der Menschen zu der oberflächlichen Annahme verleitet, nur das sei wirklich, was sich mit den fünf Sinnen wahrnehmen läßt. – Stellt jemand die Vermutung auf, es könne Wesen geben, die wir nicht sehen, sofort wird eine alberne Frage laut: »Wo sollten sie sich denn befinden?«
Es hat sich nämlich als Folge nachlässigen Denkens im Hirn der meisten das Vorurteil festgesetzt, Wesen und Dinge, die man nicht sehen oder greifen könne, müßten

an weit entfernten Orten sein, etwa in Sphären des Weltraumes oder – im Himmel religiöser Vorstellung, auf dem Monde, kurz »irgendwo« anders.

Daß es Töne gibt, die wir nicht hören, Farben, die wir nicht sehen, und es wohl auch Dinge geben muß, die wir nicht greifen können, also eine Welt, die sich am gleichen Ort wie unsere »grob« stoffliche befindet und sie durchdringt, weiß jeder nur halbwegs Gebildete, aber er wendet dieses Wissen merkwürdigerweise nicht an, wenn es gilt, ein Urteil abzugeben, ob es in jener Welt auch Wesen geben könne oder nicht.

Gar die Möglichkeit, daß solche Wesen mit uns in Verkehr treten und uns sichtbar werden könnten, sei es, indem wir unsere Wahrnehmungskraft zu solchem Behufe schärften, sei es, daß jene Wesen Mittel und Wege fänden, für *unsere* Begriffe »stofflich« zu werden, wird glatt verneint. Eher noch wäre man gewillt, an die Möglichkeit einer Verbindung mit Geschöpfen auf dem Planeten Mars zu glauben.

Und dennoch sind die Berichte über den Verkehr des Menschen mit einer unsichtbaren Welt so ungeheuer an Zahl, daß man mit ihren Niederschriften ganze Museen füllen könnte.

Als größter und berühmtester Okkultist in Europa gilt heute noch Theophrastus *Paracelsus*[1]).

Er vertritt die Ansicht, daß der Mensch selbst zum Teil einer übersinnlichen Welt angehört und in ihr lebt, ohne sich dessen bewußt zu sein.

[1]) Theophrastus Bombastus von Hohenheim, genannt Paracelsus, 1492–1541, berühmter deutscher Arzt, Alchimist und Adept, geboren in Mariä Einsiedeln bei Zürich, gestorben in Salzburg. Machte in seinen Jugendjahren weite Reisen durch Deutschland, Italien, Frankreich, die Niederlande, Dänemark, Schweden und Rußland.

Allerdings scheint vieles darauf hinzuweisen, daß Paracelsus aus kabbalistischen und neuplatonischen Lehren geschöpft hat, aber seine – leider noch viel zu wenig bekannten – Schriften lassen erkennen, daß er mit Recht als echter Zeuge okkulter Erlebnisse angesehen werden darf.

Er sagt:

»Die Natur, die die Welt ist und all ihr Anfang, ist ein einziges, großes Ganzes, ein Organismus, in dem alle Dinge miteinander übereinstimmen. In ihr gibt es nichts Totes; alles ist organisch und lebendig; die ganze Welt erscheint als ein großes, lebendiges Wesen.

Es gibt nichts Körperliches, das nicht auch einen Geist in sich verborgen hätte; es gibt nichts, das nicht auch ein Leben in sich verborgen hätte und lebte.

Nicht nur das, was sich regt und bewegt, wie Mensch und Tier, hat Leben, sondern auch alle ›korporalischen und wesentlichen‹ Dinge. Und so gibt es auch keinen Tod in der Natur, und das Hinsterben der Wesen ist nichts als ein Zurücksinken in der wahren Mutter Leib als eine Austilgung der ersten Geburt und eine Werdung der anderen neuen Natur.

Der Mensch ist ein dreifaches Wesen, ein materielles, seinem Elementleibe nach; ein ätherhaftes, seinem Geiste nach; ein göttliches, seiner Seele nach. Demzufolge nimmt er an allen drei Welten teil. – So ist der Mensch selber eine kleine Welt, und dreierlei Geister treiben ihr Wesen in ihm und leben in ihm. Die Speise nutzt dem Menschen nur wie der Dünger dem Acker; weder Leben noch Vernunft, noch innere Geister werden von Speise und Trank beeinflußt und besser oder schlechter gemacht; der Geist ist der Herr, die Imagination das Werkzeug und der Körper der bildsame Stoff.«

Über die Bewohner der unsichtbaren Welt spricht Paracelsus viel und ausführlich; wer seine Werke eingehend studiert, wird sich bald ein richtiges Bild machen können, wie die vielen rätselhaften Phänomene des Spiritismus zu erklären sind.

Hier ein paar Stellen aus seinen Büchern:

»Nun ist noch eins zu melden, welches die Geister und Evestra (Schemen oder Astralkörper) der verstorbenen Menschen anlangt, die uns im Schlaf geistlich vorkommen und erscheinen, welche doch oft vor fünfzig oder hundert Jahren gestorben sind. Das hat auch sein hohes, sonderliches Bedenken, und es wäre viel davon zu reden. Wenn sich nun solches zuträgt, so ist es sehr notwendig, daß wir besonders Achtung geben, was uns ein solches Evestrum anzeigt, mit uns redet und geistig mit uns zu verhandeln hat.

Durch die Geister und Evestra wird im Traum Gutes und Böses eröffnet, nämlich auf die Bitte hin, mit welcher man sie anruft. Diese Bitte ist vielen gewährt worden, und im Schlafe ist ihnen vorgekommen ihre Gesundheit und Arznei, durch die sie sind gesund geworden. Ich kann nicht glauben, daß diese Offenbarungen vom Himmel gekommen seien, sondern ich muß glauben, daß das Licht der Natur diese Schüler gelehrt hat, und da das Licht der Natur nicht reden kann, *so bildet es im Schlafe Evestra vor.*

Wir kennen das nicht, was in uns ist, denn wir sind gefangen in zeitlichen Dingen; damit verschlafen wir das, was in uns ist. Ein jeglicher hat alle Kunst in sich und Weisheit, eines sowohl als das andere; der aber das nicht sieht, was in ihm ist, der sage nicht, daß derselbe mehr Grund habe als du; du hast es in dir sowohl als er, du hast es nur nicht gesucht. Schlafen ist solcher Künste

Wachen. Denn das ist das Licht der Natur, welches im Schlafe arbeitet, und ist der unsichtbare Mensch und ist doch geboren wie der sichtbare und ist natürlich; mehr aber ist ihm wissend, denn dem Fleische ist zu wissen. Der Mensch besitzt zwei *Leiber*, einen elementarischen und einen siderischen (fluidischen), und beide Leiber geben einen einzigen Menschen. Der eine ist sichtbar und der andere unsichtbar. Der Tod scheidet beide Leiber voneinander; der elementarische verwest im Grabe, der siderische wird (längere Zeit später) im Firmamente verzehrt. Im Schlaf, wenn der elementare Leib ruht, ist der siderische Leib wach, denn der Schlaf hat ihm nichts an. Der elementare Leib bleibt im Grab und ist unbeweglich, der siderische aber ist beweglich und bleibt nicht an einem Ort, sondern sucht die Wohnung, welche der Mensch in seinem Leben gehabt hatte. Daraus folgt, daß der siderische Leib unter Umständen gesehen werden kann; denn ist es des Menschen Gewohnheit gewesen, an den und den Ort zu gehen, *so behält der siderische Leib diese Gewohnheit* oder eine andere auf Eigennutz, Wucher, Geld, Hurerei usw. gerichtete bei, bis er verzehrt ist. Wenn einer sagt: Ich habe dessen »Geist« gesehen, so war es doch nur der siderische Leib. Es ist übel gesagt, daß man sagt, es sei derselbe Mensch, während er es doch nicht ist, sondern nur *sein siderischer Leib*. Und dieses Gesicht wird gesehen wie ein Bild in einem Spiegel so lange, bis derselbe Körper verzehrt wird nach seiner Eigenschaft des elementarischen und siderischen Körpers, denn einer hat längere Dauer als der andere.

Ein anderes ist es mit den Menschen, die eines gewaltsamen Todes gestorben sind. Dieselben sind auch nach dem Tode noch vollständige Menschen, denen nur der elementarische Körper fehlt und die bis zu ihrem natürlichen Ziel auf Erden wandern und das geistig vollbringen, was sie körperlich zu vollbringen glauben.« (Paracelsus nennt diese Wesen Caballi, Lemuren, Polter- oder Rumpelgeister. – Die Caballi leben im Äther [»Mysterium magnum«], und ihr Aussehen zeigt ihren moralischen Zustand an. Die irdischen Neigungen und Leidenschaften besitzen sie noch völlig und suchen sie zu befriedigen.) »Die unseligen Spuk- und Poltergeister äffen an dem Ort, wo sie im Leben ihr Wesen getrieben haben, dasselbe auch im Tode in armseligen Dunstgestalten nach; sie irren in der Gegend ihres Verbrechens umher. Sie erscheinen nicht immer auf gleiche Weise, denn sie kommen nicht stets in leiblicher Gestalt, sondern unsichtbarerweise, daß nur etwa ein Schall oder Ton, Stimmen oder schlecht Geräusch von den Lebenden gehört wird, als da ist Klopfen oder Pochen, Lachen, Zischen, Pfeifen, Niesen, Heulen, Seufzen, Wehklagen, Trampeln, Werfen, welches alles von jenen geschieht, daß die Leute aufmerksam werden und sie fragen.«

Die späteren okkultistischen Theorien behaupten, daß Wesen einer ganz anderen Art derlei Spuk erzeugen, Wesen, gewissermaßen mit affenhafter Bosheit behaftet, die lediglich die fluidischen Hüllen Toter benutzen, um mit ihnen der Sphäre irdischer Wahrnehmbarkeit näher zu rücken.

Paracelsus sagt weiter:

»Schemenartige Wesen sind die Phantasmata. Es sind Nachtgeister, die da etwas menschlichen Verstand haben und den Menschen suchen, namentlich den, über den sie Macht gewinnen. Deren sind vielerlei, gute und bösartige, unsichtbar und scheu, aber um die Menschen wie die Hunde, die den Menschen auch lieben und um ihn sind. Jedoch ist nichts in ihnen und bei ihnen zu suchen;

es sind leere Geister, um allein den Menschen zu beschweren und zu molestieren.«

Über die sogenannten Incubi und Succubi (männliche und weiblich Buhlteufel, die in der Geschichte der katholischen Heiligen eine so große Rolle spielen) sagt Paracelsus:

»Die Imagination ist ein Ursprung der Succubi und Incubi; sie kommen aus der starken Imagination derer, die in Sinnen und Gedanken buhlen. So einer sich selbst eine Frau phantasieret und mit ihr seine Buhlschaft zu Ende führet, wird aus seinem verlorenen Samen ein Incubus oder Succubus geboren statt eines Kindes, wenn der Same in seine richtige Matrix gekommen wäre. Da werden dann viele seltsame Monstra erzeugt, deren keine Zahl ist, aber doch erschrecklich im Angesicht unserer Augen. Wenn diese Wesen genug verdichtet sind, um gesehen zu werden, so erscheinen sie wie ein gefärbter Schatten. Sie haben kein eigenes Leben, ahmen aber das Leben desjenigen nach, welcher sie hervorruft, wie der Schatten den Körper nachahmt. Sie werden in der Umgebung von Idioten und unmoralischen Menschen erzeugt, die in der Einsamkeit ungeregelte Gewohnheiten angenommen haben. Der Zusammenhang der Teile ihres Dunstkörpers ist sehr locker; sie fürchten den Luftzug, starkes Feuer und die Schärfe der Schwerter. Sie bilden eine Art dunstförmige Anhängsel an die Körper ihrer Erzeuger, und zwar in der Art, daß ihre Verletzung auf ihre Erzeuger übertragen werden kann.«

Ein Phänomen, das bei spiritistischen Materialisationsmedien als sogenannte Repercussion oft festgestellt wurde. Verletzungen, die den aus dem Körper des Mediums hervorgetretenen, materialisierten »Gespenstern« zugefügt wurden, übertrugen sich auf den Körper des Mediums, desgleichen Bespritzungen mit Farbstoffen. Ein Umstand, der lange Zeit mißdeutet und in den Augen grundsätzlich Zweifelnder als Beweis ins Treffen geführt wurde, daß es sich bei derlei Experimenten um Schwindelei gehandelt haben müsse.

Über Geisterbeschwörer — und unsere heutigen Spiritisten sind oft nichts anderes — äußert sich Paracelsus folgendermaßen:

»Sie beschwören im Grunde nur die siderischen Leiber der Toten, aber sie vergessen, daß der Mensch siderische Leiber zu beschwören keine Gewalt besitzt. Aus dieser leichtfertigen Handlung ergibt sich, daß ›gewisse Teufel‹ sich solcher siderischer Hüllen bedienen, um sich darin zu zeigen. Denn, wo sie können den lebendigen Menschen besessen machen, wie vielmehr einen Toten, in dem kein Widerstand ist. Also handeln diese Geisterbeschwörer mit den Teufeln und nicht mit den Menschengeistern und sind Teufels- und nicht Menschenbeschwörer.«

Daß Paracelsus die Phänomene der spiritistischen »Apporte« (Herbeibringen von Gegenständen usw. aus fernen Orten. Ein Phänomen erstaunlichster Art, über dessen Zustandekommen Gelehrte, wie Professor Crookes und Zöllner, höchst geistreiche Theorien aufgestellt haben) gekannt haben muß, geht aus folgendem seiner Aussprüche hervor:

»Es gibt alle Stunden siderische Leiber von Frauen und Männern, die von bösartigen, unsichtbaren Wesen zugerichtet werden können, denn alle Tage sterben Frauen und Männer und können besessene Menschen von ihnen geführt werden nach ihrem Willen, wievielmehr erst siderische Leiber. Also holen sie Kannen Wein aus fernen Landen und andere solche Possen. In diesen Dingen müßt ihr wissen, daß sie natürlich zugehen und daß niemand anders sagen kann, als daß die Natur sie zuwege gebracht hat. Wenn z. B. mitten im Winter eine frische Rose gebracht würde in ein Land, wo gerade Winter herrschte, so könnte der gemeine Mann wohl sagen, es gehe nicht natürlich zu. Der weise Mann, der Magier, dagegen kann wohl sagen, sie ist kraft der Natur da, denn sie kommt aus einem Lande, wo ihr natürlicher Sommer zu dieser Zeit ist. Also kann auch Schnee mit der gleichen Schnelligkeit durch einen Magier in Länder gebracht werden, wo der heißeste Sommer ist.«

Über den Astralkörper, vermittels dessen solche Apporte zustande kommen, schreibt Paracelsus:

»Das Fleisch des Menschen muß also verstanden werden, daß seiner zweierlei Art ist, nämlich das Adam entstammende Fleisch und das Fleisch, das nicht aus Adam ist. Letzterem weicht jegliches Gemäuer, das ist: dasselbe Fleisch bedarf keiner Türe, keines Loches, sondern es geht durch Mauern und Wand und zerbricht nichts; es ist ein subtiles Fleisch, das nicht zu binden oder zu fassen ist, denn es ist nicht aus Erde gemacht.«

Noch vieles berichtet Paracelsus über die Bewohner unsichtbarer, die unserige durchdringender Welten; einiges sei hier noch wiedergegeben:

»Solcher Geister existieren unzählige im Weltall, und sie kommen mit ihnen, die alle Geheimnisse des Chaos kennen, durch das Mysterium magnum (Äther, die sogenannte vierte Dimension Zöllners) in Berührung und Verbindung, z. B. die Flagae (so nennt Paracelsus eine Art Familiengeister). Wer sie überwinden kann und dahin bringen, daß sie so gehorsam werden wie ein Diener, der ist ein Nektromant (nicht zu verwechseln mit ›Nekromant‹ = Totenbeschwörer). Es gibt nun zwei Arten der Nektromantie, das ist: mit Güte oder mit Gewalt zu handeln, und zweierlei Arten der Verwendung, das ist die eine, daß die Flagae sichtbar werden, und die zweite, daß sie unsichtbar handeln gemäß dem Willen des Nektromanten. Auf die eine Art machen sie sich offenbar in magischen Spiegeln, in Kristallen (das sogenannte Sehen in Kristallkugeln oder im Wasserglas), in Kohlen, Nägeln usw.; auf die andere durch Deuten mit Ruten (Wünschelrute), Zeigen mit Blei, Stein usw.

Aber es ist ein Ungewisses, Zweideutiges und Trügerisches um solche Geisterbotschaften (genau wie bei den heutigen spiritistischen Mitteilungen!), und obschon die Geister, die in Spiegeln und Kristallen erscheinen, tausend Eide mit ausgestrecktem Finger schwören, so ist ihnen nicht allwegs zu glauben und zu trauen; es geschehe denn auf Geheiß Gottes, so können und mögen sie keine rechte Wahrheit sagen.«

Dann weiter über sogenannte Naturgeister:

»Sie besitzen ein Fleisch, das nicht aus Adam ist; sie sind organische Wesen, aber vom Menschen verschieden wie Fleisch und Geist. Sie haben (sozusagen) Fleisch, Blut und Gebein, gebären Kinder, essen, reden und wandeln, was alles Geister nicht tun. Es sind Mittelkreaturen, Composita aus zwei Stücken, wie zwei ineinandergegossene Farben zu einer verschmolzen. Sie haben nur eine tierische Vernunft, die für ihre Bedürfnisse ausreicht. – Sie wohnen in den vier Elementen, und man nennt sie Nymphen (Wasser), Sylphen (Luft), Pygmaeen (Erde) und Salamander (Feuer); sie leben darin wie der Mensch auf der Erde und in der Luft. Keine Gattung kann in dem Element einer anderen leben. Einem jeden Elementarwesen ist sein Element durchsichtig und atembar wie uns die Luft. Alle scheuen sie Gelehrte, Trunkene, Fres-

ser, streitsüchtiges Volk und sind gern bei Einfalt und Kindlichkeit; sonst sind sie schlau wie die wilden Tiere.«
Der Zweifler, dem ohnehin viel zugemutet wird, wenn man ihm die Geschichte des Okkultismus vorsetzt, wird hier vermutlich auf das energischste bocken und sagen: Alles das ist doch Volksmärchen entnommen. Man könnte darauf erwidern: Nein, die vielen gleichklingenden derartigen Märchen und Sagen von Völkern, die nie miteinander in Berührung kamen, nahmen ihren Ursprung aus Wahrnehmungen von Menschen, die der Natur näher standen als wir.

Soweit Paracelsus über das Reich der Geister.

So überaus interessant das Mittelalter mit seinem Hexenwesen für den Okkultisten auch sein mag, wir können es dennoch überspringen, denn die Berichterstatter sind im großen ganzen zu unverläßlich und im Teufelsglauben befangen, als daß ich sie als Zeugen anführen möchte. Überdies sind ihre Erkenntnisse, z. B. die van Helmonts, zu wenig auf eigene Erfahrung aufgebaut und zumeist philosophisch spekulativen Charakters.

Meines Erachtens gibt Paracelsus noch immer für unser Verständnis vieler okkulter und spiritistischer Phänomene die besten Schlüssel. Sie reichen vorläufig noch aus, trotzdem – insbesondere in letzter Zeit – unsere Erfahrungen auf spiritistischem Gebiet durch Experimente Gelehrter, wie Lombroso, Richet, Crookes, Zöllner, Crawford und Freiherr Dr. von Schrenck-Notzing usw., außerordentlich bereichert wurden.

Sind derlei Phänomene wirklich und wahrhaftig echt? Beruhen sie auf Tatsachen? ist heute die allgemeine Frage.

Ich würde es nicht wagen, diese Frage zu bejahen, wenn ich mich nicht selber überzeugt hätte, und zwar in einwandfreiester Weise. Allerdings kann ich nicht eindringlich genug betonen: unter hundert Medien ist kaum eines echt. Ich selbst habe viele hundert Sitzungen mit allen möglichen Medien vor Jahren abgehalten, und das Resultat war Null. Nahe daran, die Sache als zwecklos aufzugeben, wurde ich endlich Augenzeuge so unglaublicher okkulter Phänomene, daß ich mich für die jahrelange Mühe vergeblichen Suchens reichlich entschädigt sah. Es gibt für mich keinerlei Zweifel mehr, daß die Phänomene des sogenannten Apportes, der Durchdringung »fester« Stoffe durch andere ebenfalls »feste« Stoffe, das freie Schweben von Menschen und schweren Gegenständen (vieles bei voller Beleuchtung!), das Auftreten von »Spuk«-erscheinungen wildester Art, das Werfen von Gegenständen in Zickzacklinien, das Materiellwerden von Händen, die sich wieder auflösen usw., ja sogar das Erscheinen von Tierformen (in einem Falle faustgroßer Spinnen, die aus der Luft auf Steinboden herabfielen und zergingen) nackte Tatsachen sind.

Wie ist denn überhaupt im Bereiche der Möglichkeit, wird der Laie, dem hier die Begriffe ausgehen, fragen, daß z. B. feste Stoffe einander, ohne ein Loch zu verursachen, durchdringen, etwa ein Ziegelstein eine Tischplatte oder eine Fensterscheibe?

Um sich das erklären zu können, ist es unbedingt nötig, die bisherige Anschauung über das, was man Stoff oder Materie und andererseits Raum nennt, gründlich zu revidieren. Wir haben eben bis heute gänzlich falsche Anschauungen diesbezüglich gehabt und haben unseren fünf Sinnen viel zu viel getraut.

Professor William Crookes erklärt solche Durchdringungen etwa so (für Laien gefaßt!): »Durchdringt ein Gegenstand den anderen, so verwandelt er sich in Kraft, wird formlos (sozusagen: röntgenstrahlenhaft!) und gerinnt nach Durchgang durch das Hindernis wieder zu seiner ursprünglichen Gestalt. Bei diesem Durchgang«, sagt Crookes, »muß der Gegenstand unbedingt heiß werden.« – Und siehe da: bei Apporten, die Crookes Beobachtete, wurden die betreffenden Gegenstände auch tatsächlich heiß.

Nun gibt es aber auch Apporte und Durchdringungen, bei denen die Gegenstände nicht heiß werden, z. B. werden auch frische Pflanzen mit taufeuchtem Wurzelballen, ja sogar mit Regenwürmern darin (!) »apportiert«. (Ich selbst habe beobachten können, daß ein Seifenbüchschen durch meine Handfläche mehrmals durchging!)

Ein berühmter deutscher Gelehrter, Professor Zöllner (der seiner Theorie wegen für »verrückt« erklärt wurde!), stellte daher die geniale Lehre von der vierten Dimension auf. Um sie im Umriß zu verstehen, genügt vielleicht folgendes: Angenommen, ein Wesen hätte nur zwei Dimensionen (Länge und Breite) und dementsprechende Sinne, so wäre es einfach außerstande, sich auch nur die blasseste praktische Vorstellung zu machen, wohin ein zweidimensionales Ding entschwunden sein könne, das in Höhe beziehungsweise Tiefe, also in die dritte Dimension des Raumes, entrückt wurde. Ähnlich muß einem dreidimensionalen Wesen, also z. B. einem Menschen zumute sein, wenn eine vierte Dimension in Rechnung kommt. Und daß es mehr als drei Dimensionen des Raumes geben muß, ist mathematisch errechenbar.

Nach Zöllner geschieht demnach ein »Apport« in der Weise, daß ein Gegenstand aus dem dreidimensionalen Raum in die vierte Dimension »entrückt« wird, also an einem Ort verschwindet und dann wieder in das Reich der drei Dimensionen zurückversetzt wird (das ist: an

einem zweiten Ort wieder erscheint). In diesem Falle könnte man sagen: er hat nicht einmal einen Weg in unserem Sinne zurückgelegt. (»Raum« ist also etwas ganz anderes, als uns unsere fünf Sinne vortäuschen.)
Ich selber habe mir in den vielen Jahren, die ich mit Durchforschung okkulter Geschehnisse, auch anderer als spiritistischer Art zugebracht, eine Theorie zurechtgelegt, von der ich keineswegs behaupten will, daß sie philosophisch-wissenschaftlich richtig sein muß, aber sie ermöglicht es mir, alles, was ich erlebt und auf diesem Gebiet durchstudiert habe, folgerichtig zu Ende denken zu können, ohne auf Hindernisse in der Erklärung aller nur möglichen derartigen Phänomene stoßen zu müssen. Ich kann und will hier nur die Spitzen dieser Theorie angeben; sie gipfeln in den Sätzen: Eine objektive Wirklichkeit gibt es überhaupt nicht, sondern nur eine subjektive. Alles, was Form hat, ist nur subjektiv, von mir aus gesehen, wirklich und niemals objektiv-wirklich. Daß ich z. B. manche Dinge photographieren kann und andere nicht, ändert daran natürlich gar nichts. Lesen wir die Schriften sogenannter spiritualistischer (nicht: spiritistischer) Medien, wie Allan Kardec, Jackson Davis, Adelma von Vay, Swedenborg usw., und ihre Geistermitteilungen über das Reich der Toten (des »Paradieses«), so finden wir eine überraschende Übereinstimmung, aber was wir da geschildert finden, ist für einen Menschen von nur halbwegs kühnem Denken und gutem Geschmack ein so haarsträubender Kitsch, daß sich einem der Magen umdreht ob solch spießbürgerlicher Wonnen (z. B. gibt es da im »Himmel« angeblich Vereine, die verstorbene Kinder in Geographie und im Hallelujasingen unterrichten; dann Fabriken, in denen Geisterleinwand hergestellt wird, und was dergleichen

Gräßlichkeit mehr sind). Indianerstämme glauben an die ewigen Jagdgründe, Araber an die Houris des Paradieses usw. Sind das alles bloß Faseleien und Kindermärchen, von mehr oder weniger schlechten Dichtern »erfunden«?

Nein! Ich glaube fest: dergleichen gibt es wirklich nach dem Tode. Aber natürlich nur »subjektiv-wirklich«. Wenn jemand Pech hat, kann es ihm vielleicht passieren, daß er in einen derartigen Himmel kommt. Etwa infolge unvorsichtig häufigen Verkehrs auf Erden mit kirchenläufigen Engländerinnen. Der Inder nennt solche »Himmel« Devâchan. Buddha predigte auf Erden die vollkommene Wunschlosigkeit als Mittel zur Erlösung. Zur Erlösung von solchen öden Wonnezuständen, auf die mit Sicherheit früher oder später eine Ernüchterung folgen muß und die Wiederkehr des Ichs auf die Erde mit ihren Qualen, nämlich die Wiederkehr in die uns bekannten subjektiven Vorstellungen vom Dasein.

So unwirklich nun im Sinne der Objektivität ein Leben nach dem Tode ist, wie es die Medien schildern, so unwirklich ist aber auch alles, was uns als irdisch erscheint. Das eine ist eine Halluzination so gut wie das andere. Von solchem Gesichtspunkte aus sind die okkulten Phänomene, selbst die ungewöhnlichsten, faßbar und erklärlich.

Betrachten wir jetzt, was sich in neuerer Zeit in spiritistischen Zirkeln begeben hat.

In den siebziger Jahren machte ein englisches Medium, die sechzehnjährige Florence Cook, viel von sich reden. Es hieß, daß in ihrer Nähe Geister Verstorbener teils ganz, teils bruchstückweise sichtbar würden. Eine Reihe von »Sitzungen« wurden veranstaltet. Wie solche Sitzungen abgehalten werden, dürfte bekannt sein. Mehrere

Teilnehmer setzen sich um einen Tisch und bilden, einander die Hände reichend, eine Kette. Nach Geistermitteilungen soll das dazu dienen, um gewisse biomagnetische Strömungen zu erzeugen. Sollen Materialisationen (Erscheinung von Geistern) stattfinden, so ist es nötig, daß das Medium in einem Kabinett, vor Licht, das derartige Vorgänge hemmt, geschützt, isoliert wird. Das Medium verfällt alsbald in eine Art Bewußtlosigkeit, die man Trance nennt.

An einer solchen Sitzung beziehungsweise vielen nahmen Professor William Crookes, seine Frau, Mrs. Cook, Mr. Tapp, Mr. Harrison und der berühmte Elektrotechniker und Physiker Varley teil. Das Medium war Miß Florence Cook. Varley schreibt[2]):

»Miß Cook ruhte in einem Armsessel in dem Zimmer, das später als Isolierkabinett dienen sollte. Zwei Münzen, an die Platindrähte angelötet waren, wurden mittels Ringen an ihren Handgelenken befestigt. Die leitenden Drähte wurden mit zwei Daniellschen Elementen und einem Kabelprüfungsapparat verbunden. Als alles bereit war, wurde das Hinterzimmer verdunkelt, und der Strom passierte den ganzen Abend den Körper des Mediums. (Betrug war also völlig ausgeschlossen.) Ich befand mich am Ende des Tisches, zehn bis elf Fuß vom Vorhang des Kabinetts enfernt. Da unser Zimmer trüb erleuchtet war, waren meine Augen weniger empfindlich als die der anderen Beobachter, weil ich den größeren Teil der Zeit über genau das glänzend reflektierte Spiegelbild des Galvanometers beobachtete.« – Hier ist einzuschalten, daß dies eine der vielen Sitzungen war, die

2) Vgl. »Psych. Studien«, Bd. 1, S. 342.

Varley schon einmal beschrieben hatte. Es war eine Geistergestalt aus dem Kabinett getreten, die sich Katie King zu nennen pflegte. Sie war durch nichts von einem lebenden Menschen zu unterscheiden, war weiß bekleidet, schien von Fleisch und Blut zu sein, atmete, ging, sprach. — Varley fährt in seiner Schilderung fort: »Katie (der Geist) glich auffallend Miß Cook (dem Medium), und ich sagte zu ihr: ›Sie sehen genau so aus wie Ihr Medium.‹ Sie erwiderte: ›Ja, ja.‹ Ich war daher sehr bemüht zu sehen, ob, wenn sie ihre Hände und Arme bewegte, irgendeine Variation in der Stärke des elektrischen Kontrollstromes stattfinden würde; zuweilen zeigte sich eine solche; bei anderen Gelegenheiten, wenn sie z. B. ihre Hand öffnete und schloß, sowie auch, wenn sie schrieb, zeigte sich keine Veränderung. Gegen Ende der Sitzung wurde das Zimmer verdunkelt, und Katie (der Geist) gestattete mir, sich ihr zu nähern. Sie ließ mich dann ihre Hand ergreifen; dieselbe war lang, ganz kalt und klebrig. Eine oder zwei Minuten später hieß mich Katie ins Dunkelzimmer gehen, um Miß Cook (das Medium) aus dem Trancezustand zu erwecken. Ich fand sie in tiefer Bewußtlosigkeit in ihrem Lehnstuhl zusammengesunken; ihr Kopf lag auf ihrer linken Schulter, ihre rechte Hand hing herab. Ihre Hand war klein, warm, trocken und nicht kalt, lang und feucht wie die Katies. Die Drähte waren genau so, wie ich sie verlassen hatte.«

Später wurde Katie King (der Geist) photographiert, teils allein, teils mit Professor Crookes zusammen.

Crookes[3]) sagt darüber: »Während der photographischen Sitzungen hüllte Katie ihres Mediums Kopf in

3) »Quarterly Journal of Science«, London 1870.

einen Schal, um zu verhindern, daß Licht auf ihr Gesicht falle. Ich zog häufig den Vorhang von einer Seite hinweg, wo Katie demselben nahe stand, und es war eine gewöhnliche Erscheinung für uns sieben oder acht im Laboratorium Anwesende, Miß Cook und Katie zu gleicher Zeit und unter dem vollen Glanz des elektrischen Lichtes zu sehen. Ich habe die absoluteste Gewißheit, daß Miß Cook und Katie zwei getrennte Individuen sind. Miß Cooks Haar ist dunkelbraun; eine Locke von Katie (dem Geist!), welche jetzt vor mir liegt und *die sie mir von ihren üppigen Zöpfen abzuschneiden gestattete*, nachdem ich dieselbe vorerst bis zur Kopfhaut verfolgt und mich überzeugt hatte, daß sie wirklich dort wuchs, ist von einer sehr hellen Kastanienfarbe.«

Mr. Harrison, einer der anderen Teilnehmer, berichtet über eine weitere Sitzung: »Als Florence Cook im Dunkelraum saß, hörte ich ein Kratzen; Katie (der Geist) hatte ein Stück materialisierten Stoffes in der Hand, das sie über dem Medium rieb, um etwas von der ›Influenz‹ zu erlangen, die die Geister zum Materialisieren brauchen. Man hörte ein leises Geräusch; Florence sagte: Geh fort, Katie, ich habe das Kratzen nicht gern. Katie erwiderte: Sei nicht dumm, schlag dir das aus dem Kopf und schau auf mich. (Kratzen.) Florence: Ich will nicht, gehe fort, Katie, ich kann dich nicht ertragen, es entsetzt mich. Katie: Sei nicht einfältig. (Kratzen.) Florence: Ich will für solche Manifestationen nicht sitzen, ich liebe das nicht, gehe fort. Katie: Du bist nur mein Medium, und ein solches ist nur eine Maschine. (Kratzen.) Florence: Gut, wenn ich nur eine Maschine bin, will ich doch nicht erschreckt sein, gehe fort. Katie: Sei nicht dumm.«

Prinz Emil von Sayn-Wittgenstein, der ebenfalls an einer Sitzung mit Florence Cook teilnahm, schreibt[4]): »Der Gazevorhang des Kabinetts wurde bewegt, und es kam ein nackter Arm heraus und machte ein Zeichen, worauf die rechte Seite des Vorhangs emporgehoben wurde und man einen bezaubernd schönen Anblick hatte. Katie King (der Geist) stand aufrecht, ihren rechten Arm über die Brust gelegt, den anderen an ihre Seite und den Vorhang haltend. Sie überblickte die Anwesenden und war tausendmal schöner als ihre Photographien, eine junge Dame, in ein graziöses Faltengewand, dem einer antiken Statue ähnlich, gehüllt, das ihre nackten Füße ganz bedeckte, die schönen weißen Arme unbedeckt bis zu den Schultern, die kastanienbraunen Locken durch einen weißen Schleier schimmernd. Die etwas breiten Hände hatten lange, spitz zulaufende, an den Enden rosige Finger, das blasse Gesicht war eher rund als oval, der lächelnde Mund ließ ein schönes Gebiß sehen. Sie hatte eine Adlernase, die blauen Augen waren ziemlich breit, mandelförmig, durch schwere Wimpern beschattet, die Brauen fein gebogen; sie war graziös wie eine vom Piedestal gestiegene Psyche. Und diese wunderbare weibliche Verkörperung, diese Darstellung einer vor vielen Jahren Verstorbenen, *sah man hinschwinden wie einen Hauch!* Die Erscheinung schien mich neugierig zu betrachten, und ich bemerkte in ihren Augen etwas, was mich an ein Gespenst erinnerte. Sonst so schön, hatten sie jetzt einen gläsernen Ausdruck; dennoch schien sie mit dem lächelnden Mund und dem sich hebenden Busen zu sagen: Ich bin glücklich, einen Augenblick unter Sterblichen zu sein. Dann sprach sie lispelnd, aber höchst an-

4) Prof. Perty: »Der jetzige Spiritualismus«, Leipzig 1877 bei C. J. Winter.

genehm: Ich kann jetzt nicht weit weg von meinem Medium, aber bald werde ich mehr Kraft haben. Ich bat, ihren Fuß sehen zu dürfen, und sie hob ihr Kleid bis zum Knöchel auf, und ich sah einen klassisch gebildeten Fuß, aber er war wie aus einem Stück, und das wahre Leben fehlte.«

Interessant ist, was ein gewisser Dr. Gully bei einer Sitzung von dem Geiste Katie King erfuhr[5]):

Dr. Gully: Ist es dir möglich, uns die Kräfte zu erklären, durch welche du deine Gestalt materialisierst und auflöst?

Katie King: Es ist nicht möglich.

Dr. Gully: Ist es Elektrizität oder etwas Ähnliches?

Katie: Nein, es ist alles Unsinn, was man von Elektrizität spricht.

Dr. Gully: Aber habt Ihr keinen Namen oder Ausdruck dafür?

Katie: Es ist eher die Macht des Willens als irgend etwas anderes; in der Tat, der Wille ist der Grund der von mir geübten Macht. (Nämlich die Kraft der Imagination, sich von sich selbst ein Bild zu machen. Der Herausgeber.)

Dr. Gully: Wenn Ihr verschwindet, wohin geschieht es?

Katie: *In das Medium, dem ich alle Kraft zurückgebe, die ich von ihm nahm;* wenn ich vom Medium sehr viel Kraft bekommen habe, und es wollte sie dann einer von euch plötzlich um den Leib fassen und herbeiführen, so würde er sie auf der Stelle töten; sie würde ersticken. Ich kann ohne Umstände in sie und aus ihr gehen, bin aber, wohlverstanden, nicht ihr Doppelgänger; man

5) Perty: »Der jetzige Spiritualismus«.

spricht manchmal Unsinn über Doppelgänger; ich bin immer ich selbst.

Dr. Gully: Wenn du dich auflöst, was verschwindet zuerst, der Körper oder die Kleidung?

Katie: Der Körper. Die materialisierende Kraft geht zurück zum Medium, und dann löst sich die Kleidung in die Elemente auf.

Dr. Gully: Kann ein Mensch von Fleisch die Kräfte beurteilen, die Ihr zur Manifestation braucht?

Katie: Nein, er kann es nicht.

Dr. Gully: Du sagtest, du seiest immer du selbst; wer warst du im Fleisch?

Katie: Ich war Annie Morgan (Katie King sagte oft, sie hätte im Leben so geheißen) und lebte im letzten Teil der Regierung Karls I.

Erscheinungen, wie sie sich bei dem Medium Miß Cook zeigten, sind in der Geschichte des Spiritismus keineswegs selten. Bis auf den heutigen Tag haben sie sich wiederholt, aber die *einwandfreie* Identität mit Verstorbenen nachzuweisen, ist noch keinem gelungen; immer waren bis zu einem gewissen Grade Vermischungen mit den Eigenschaften und dem Vorstellungsinhalt des Mediums festzustellen (siehe Paracelsus).

Auf welche Weise die Klopflaute und das Erheben der Tische bei Sitzungen stattfinden, ist in allerletzter Zeit einem Mr. Crawford bei Sitzungen mit zwei Medien, einer schottischen Familie Goligher, festzustellen gelungen, und zwar auf photographischem Wege (»The psychic structures of the Goligher Circle«, London, bei John Watkins 1921). Es dringen nämlich aus den Füßen, den Knien oder der Brust armdicke, bisweilen phosphoreszierende Gebilde hervor, die sich gewissermaßen

zu Hebeln formen, mit denen der Tisch von unten in der Mitte der Platte gehoben wird. Der Teil des Hebels, der die Platte berührt, kann befühlt werden, ist elastisch, von rillenartiger Struktur und stofflich; alles andere ist fluidisch und bietet der Hand keinerlei Widerstand. Werden Klopftöne erzeugt, so tritt an Stelle des Hebels eine Art Hammer, der ähnlich beschaffen ist wie der Hebel. Die Struktur des Hammerkopfes wurde durch Wachsabdruck festgestellt. Mr. Crawford konstatierte, daß diese »magischen Instrumente« durch die Poren der Haut wieder in den Körper des Mediums zurückgehen. Er zog dem Medium lange Strümpfe an, deren Fußspitzen ein rotes Pulver enthielten. Als er sie nach Beendigung der Sitzung dem Medium wieder auszog, zeigte sich, daß sich das Pulver die Füße und Beine entlang bis zur Innenseite der Oberschenkel verteilt hatte und die Hautporen ausfüllte. Wohl ein Beweis, daß die Annahmen des Paracelsus und der indischen Yogis (auf die ich sogleich zu sprechen kommen werde), nämlich, daß sich der »siderische« Leib vom grob-physischen trennen läßt und austreten kann, auf Richtigkeit beruhen.
Dieses Aussenden des siderischen oder Astralkörpers spielt im Okkultismus eine große Rolle. In Fällen des »Apportes« behaupten die europäischen Medien, daß es die Geister seien, die die Dinge brächten, während bei Asiaten, z. B. den mongolischen Schamanen (Zauberpriestern), die Meinung vorherrscht, der betreffende Magier verlasse seinen Körper und hole die Dinge mit seinem Astralkörper selber.
Wenn ich nicht irre, ist es Professor Perty (Universität Bern), der von einem Gelehrten berichtet, in dessen Gegenwart ein solcher Apport durch einen Schamanen stattfand. Dieser Gelehrte, Herr X, befand sich auf einer

Forschungsreise in der Kirgisensteppe und hatte einen Schamanen kennengelernt, der sich erbötig machte, seine Zauberkraft zu erweisen. Der Gelehrte erzählte ihm von einer Stadt namens Paris, in der er zu Hause sei und die tausende Meilen entfernt im Westen liege; der Schamane möge sich dorthin versetzen und ihm einen Ring, den seine Frau am Finger trage (einen Ehering), bringen. Der Schamane holte eine Kupferschüssel mit Wasser, versetzte sich in Trance (ich glaube durch Trinken eines Absudes von Fliegenpilzen) und lag eine Zeit wie tot da. Als er wieder zu sich kam, forderte er den Gelehrten auf, in das Wasser zu greifen. – Tatsächlich lag der Ring in der Schüssel. Als der Gelehrte ein Jahr später heimkehrte, fragte er seine Frau nach dem Verbleib ihres Ringes. Sie erzählte ihm, sie sei an dem und dem Tage (auch die Zeit stimmte) gerade in der Küche gewesen, da habe sie aus ihr unerklärlichem Grunde den Ring vom Finger genommen und ihn auf den Kaminsims gelegt. Gleich darauf sei ein verwildert aussehender Kerl (nach der Schilderung der Schamane), den sie für einen slowakischen Drahtbinder gehalten habe, hereingekommen, vermutlich um zu betteln. Sie habe sich umgedreht, und gleich darauf sei der Mann verschwunden gewesen. Mit ihm auch der Ring.

Dieses Austreten des Astralkörpers, wenn auch in weit weniger drastischer Form, vielleicht auch in ganz anderer Art, wurde in den siebziger Jahren von einem Arzt in Atalanta, Amerika, namens Baker Fahnestock geübt und gelehrt. Er nannte sein System »Statuvolenz« (ein durch Willen hervorgerufener Zustand) und versprach sich direkt eine Umwälzung der sozialen Einrichtungen von seiner Entdeckung. – Die Resultate, die er erzielte,

waren erstaunlich. Ein Freund von mir, der Fahnestock kannte, hat sie mir bestätigt.
Fahnestock ließ seine Schüler niedersitzen, die Augen schließen und sich so passiv wie möglich machen. Dann sagte er ihnen etwa folgendes: Stehen Sie jetzt in der Phantasie auf, gehen Sie zur Tür, treten Sie auf die Straße. Nicht wahr, Sie sehen da viele Leute? Gut. Gehen Sie weiter von Haus zu Haus. Und so fort. Dann fragte er plötzlich: Sehen Sie irgend jemand, der Ihnen auffällt? – Meistens gab der Gefragte irgendeine befriedigende Antwort, aus der Fahnestock schließen konnte, daß der »Patient« seinen Körper verlassen hatte und im Geiste »wanderte«. Er ließ ihn dann noch weiter fortgehen und sich – alles in der Phantasie – irgendwo an einem schönen Platz niedergelassen. War das erreicht, so zeigte sich, daß der Körper des Betreffenden für viele Stunden empfindungslos gegen Hunger, Durst und Müdigkeit geworden und, obwohl wie im Halbschlaf, aber verläßlich wie ein Automat, zu arbeiten imstande war.
So vielversprechend die Sache im Anfange war, so schien sie doch später auf Hindernisse gestoßen zu sein, denn heute ist sie so gut wie vergessen.

Während die weißrassigen Medien fast immer Dunkelheit brauchen, damit ihre spiritistischen Phänomene zustande kommen (nur das berühmteste aller Medien, der Schotte Home, der bei vollem Tageslicht aus einem Fenster im dritten Stock hinaus- und wieder hereinschwebte, bildet eine Ausnahme), scheinen das die indischen und arabischen Fakire nicht nötig zu haben. Sie zeigen ihre Fähigkeiten in grellster Sonne.
Mag sein, daß die andere Rasse in dieser Hinsicht sich

besser eignet, vielleicht aber sind sie besser und vor allem durch eine gewisse Schulung entwickelt, die man Hatha-Yoga nennt und die wohl das Entsetzlichste an asketischem Training darstellt, was sich ausdenken läßt. Der Hatha-Yoga, auf Deutsch etwa soviel wie: Bändigung des Atems (des physischen sowohl wie insbesondere des siderischen!), bezweckt, die Übermacht des Körpers zu brechen, damit das »siderische« (Paracelsus) Prinzip mit seinen Zauberkräften frei wird. Wohl jeder kennt heute die Berichte Indienreisender über die Torturen, die sich die Fakire zufügen, so daß ich nicht darüber zu reden brauche. In die Tiefen des Hatha-Yoga zu dringen, so überaus interessant gerade dieses Gebiet ist, ist hier kein Platz.

Muß man schon vorsichtig im Fürwahrhalten sein, wenn von spiritistischen Sitzungen berichtet wird, noch zehnmal vorsichtiger heißt es zu sein, wenn jemand erzählt, er habe in Indien das oder jenes Fakirphänomen gesehen. Seit Jahren ist dergleichen in Indien wie ausgestorben.

Ich habe einen Freund in Indien, der der Brahmanenkaste angehört und das ganze Land bis hinauf nach Tibet durchwandert hat, um echte Yogis, das heißt solche, die wirklich etwas können, kennenzulernen, und er beteuerte mir: »Wenn ich sage, es gibt vier echte in ganz Indien, so ist das beinahe übertrieben.«

Auch Campbell Oman, einer der ganz wenigen Europäer, die berufen sind, aus eigener Erfahrung über Yogis zu sprechen, bestätigt das. – Desgleichen Sir John Woodruff, der höchste anglo-indische Justizbeamte, ein eminenter Gelehrter (der übrigens ein Buch geschrieben hat: »The serpent power«, aus dem klar ersichtlich ist, woher gewisse theosophische und anthroposophische

Schwindler die Bruchstücke ihres »Wissens« gestohlen haben).

Campbell Oman, der schon als Kind mit Yogis verkehrte, schreibt in seinem Werke »The Mystics, Ascetics and Saints in India«[6]) von einem Europäer namens Charles de Russette, der selber Yogi wurde, und Oman versichert, er habe Yogis gesehen, die tatsächlich Wunderkräfte besessen hätten. Wenn schon solche Leute, die sozusagen an der Quelle sitzen, dergleichen für überaus selten halten, wie offenkundig erlogen erscheinen da die Erzählungen unserer Globetrotter!

Den so ziemlich einzigen Fall, den Oman erlebt hat, was Magie betrifft, schildert er in seiner Begegnung mit einem gewissen Hassan Khan. Er schreibt:

»Hassan Khan, ein Mohammedaner, war kein Hexenmeister von Beruf, aber bisweilen ließ er sich überreden, seine Künste zu zeigen. Er nahm nie Geld dafür. Zum Beispiel, wenn wir beim Essen beisammensaßen, sagte er zu irgendeinem der Anwesenden: Wollen Sie eine Flasche Wein? Nennen Sie die Sorte. Halten Sie die Hand unter den Tisch (bzw. hinter die Türe)! Und immer, im selben Augenblick flog eine Flasche der gewünschten Weinsorte in die ausgestreckte Hand. Mit der Etikette einer bekannte Kalkuttaer Weinfirma. – Auch Speisen konnte er ›apportieren‹, Biskuits oder Kuchen, ebenso Zigarren, genug für die ganze Gesellschaft. – Eines Tages saßen wir wieder beisammen, da verlangte jemand lachend eine Flasche Champagner. Sehr erregt ging Hassan Khan auf die Veranda und befahl jemand Unsichtbarem in heftigem Tone, sofort eine Flasche Champagner zu bringen. Zwei- oder dreimal mußte er

6) Verlag Fisher Unwin, London 1905.

seinen Befehl wiederholen, da kam die Flasche durch die Luft angesaust, traf ihn auf die Brust, fiel zu Boden und zerbrach in tausend Stücke. Da! sagte Hassan Khan, im höchsten Grade aufgeregt. Ich habe meine Macht bewiesen, aber meinen Djinn (Dämon) erzürnt durch meine Hartnäckigkeit. Ein Freund von mir, erzählt Oman weiter, bat Hassan Khan, als beide gerade in einem Eisenbahnwagen saßen, um ein Getränk. Hassan Khan sagte ihm, er möge die Hand aus dem Fenster (des fahrenden Zuges!) strecken. Im nächsten Augenblick flog meinem Freunde eine Flasche ausgezeichneten Weines in die Hand.

Ein anderer meiner Freunde, der besonders darauf brannte, der Sache auf den Grund zu kommen, und deshalb mit Hassan Khan häufig verkehrte, fuhr einmal mit ihm in den Basar. Sie stiegen aus und betraten einen Bankladen. Hassan Khan ließ sich einige Sovereigns geben und fragte nach dem Preis. Dann gab er sie zurück und sagte, er werde es sich überlegen. Am nächsten Morgen gingen sie wieder hin, und Hassan Khan verlangte die Münzen, da er sie jetzt kaufen wolle, aber der Wechsler erklärte, er habe sie nicht mehr; sie seien auf rätselhafte Weise aus der eisernen Kasse verschwunden, trotzdem er sie tags vorher eigenhändig hineingelegt habe. Hassan Khan wunderte sich scheinbar, warf dem Freunde aber einen vielsagenden, listigen Blick zu, was diesen bewog, künftig vorsichtiger in der Wahl seines Verkehrs zu sein.

Nach langem Drängen erzählte schließlich Hassan Khan einem gewissen Mr. X, auf welche Weise er in den Besitz seiner seltsamen Kraft gelangt war:

»Ich war noch ein Knabe, da kam eines Tages durch unser Dorf ein scheußlicher Sadhu (Büßersekte), schmutzig und mit verfilztem Haar. Die Jungen verhöhnten ihn und neckten ihn, aber ich verwies es ihnen und sagte, er sei immerhin ein heiliger Mann, wenn auch nur ein Hindu. Der Sadhu faßte mich scharf ins Auge, und später trafen wir uns öfter, da er für kurze Zeit in einer Höhle vor dem Dorfe seine Wohnung aufgeschlagen hatte. Ich fühlte mich zu ihm hingezogen und besuchte ihn häufig. Eines Tages bot er mir an, mich in ein wichtiges Geheimnis einzuweihen, wenn ich ihm verspräche, alle seine Instruktionen gewissenhaft zu befolgen. Hierauf auferlegte er mir strenge Fasten für viele Tage, etwa für vierzig, und lehrte mich, gewisse Formeln und Beschwörungen zu wiederholen. Nach einem besonders strengen Fasttage schickte er mich sodann in eine dunkle Höhle hinter dem Dorfe mit dem Auftrage, ihm zu berichten, was ich dort sehen würde. Ich kam zurück und erzählte ihm angsterfüllt, daß das einzige, was ich gesehen hatte, ein riesiges flammendes Auge gewesen war. — Das ist gut, sagte er, jetzt ist der Erfolg sicher; und ich war gespannt, was ich jetzt wohl für eine Kraft bekommen würde. Er deutete auf ein paar Steine, die umherlagen, und ließ mich ein gewisses mystisches Zeichen auf jeden einzelnen machen. — Und jetzt gehe nach Hause, sagte er, schließ' dich ein und befiehl deinem Familiengeist, daß er dir diese Steine bringe. Schlotternd vor Aufregung tat ich, wie er mich geheißen, und kaum hatte ich den Befehl ausgesprochen, schon lagen auch die Steine zu meinen Füßen. Erstaunt und heimlich entsetzt lief ich zu dem Sadhu zurück. Du hast jetzt eine Kraft, sagte er, über alle Gegenstände, auf die du das Zeichen machst, das ich dich gelehrt habe; aber verwende sie mit Vorsicht. Du darfst solche Gegenstände niemals aufstapeln; sie müssen sofort aus deiner Hand gehen und verbraucht werden. – Die Worte des Sadhus haben sich in meinem Leben stets bewahrheitet, aber nicht immer hat mir seine Gabe zum Segen gereicht, denn mein Djinn haßt mich wegen meiner Macht über ihn und hat oft versucht, mir Schaden zuzufügen. Doch glücklicherweise ist seine Zeit noch nicht gekommen.«

An dieser Stelle noch einiges über spiritistische und ähnliche Phänomene.

Bis heute das stärkste und merkwürdigste Medium war unzweifelhaft der Schotte Daniel Douglas Home. Die Manifestationen, die in seiner Anwesenheit stattfanden, tragen bisweilen einen den üblichen spiritistischen Phänomenen unähnlichen Charakter, und es hat den Anschein, als ob sich manchmal Wesen durch ihn offenbart hätten, die bei anderen Medien nicht beobachtet wurden.

Homes Auftreten fällt in die sechziger und siebziger Jahre des 19. Jahrhunderts. Nie vorher oder später hat ein Medium derart viel von sich reden gemacht wie D. D. Home; berühmte russische und englische Gelehrte sind für die Echtheit seiner transzendenten Fähigkeiten eingetreten, zahlreiche Menschen von Rang und Wissen haben Sitzungen mit abgehalten, sind als Zweifler gekommen und als Überzeugte weggegangen.

Es wird von Home berichtet, er sei naiv wie ein Kind, entsetzlich zerstreut und in geschäftlichen Dingen vollkommen hilflos gewesen. Bei feuchter, kalter Witterung versagte seine Fähigkeit, günstig war warme, trockene, mit Elektrizität geladene Luft; der russische Forscher Aksakow, mit dessen Kusine Home verheiratet war, schließt daraus, daß die bei Home in Erscheinung getretenen »Geister« nicht rein spirituelle Wesen waren, sondern (wie er es nennt) »halb« materielle.

Vor der Kommission der dialektischen Gesellschaft sagte Home von sich, Trance sei bei ihm nicht immer notwendig zum Eintritt der Phänomene, wohl aber, daß die Anwesenden harmonisch gestimmt seien. Beim Erwachen aus der Trance, der ein mehrere Minuten dauerndes Schwindelgefühl und eine Art Traumzustand und zuletzt Bewußtlosigkeit vorausgehe, fände er Arme und Füße eiskalt, und der normale Blutkreislauf träte erst sehr langsam wieder ein. Die Anwesenheit von Zweiflern störe die günstige Entwicklung der Sitzungen durchaus nicht, wohl aber die Nähe einer ihm oder den anderen antipathischen Person. Was während der Trance äußerlich geschähe, wisse er nicht, und es später von den Sitzungsteilnehmern zu erfahren, sei ihm ausgesprochen unangenehm. – »In der Verzückung« (wahrscheinlich meint Home damit etwas anderes als Trance!) sagt er, »sehe ich die Geister mit den anwesenden Personen in Verbindung, und sie ergreifen Besitz von mir, und meine Stimme gleicht der ihrigen. Wie Sie wissen, habe ich ein sehr bewegliches Gesicht, und zuweilen tritt eine gewisse Identität zwischen mir und den Geistern ein, die sich durch mich mitteilen.« Home spielte damit auf ein Phänomen an, das öfter an ihm bemerkt wurde (übrigens bei fast allen Materialisationsmedien), nämlich das der »Transfiguration« oder Verwandlung des Körpers; so verlängerten sich z. B. seine Glieder, oder er wurde größer beziehungsweise kleiner. Nach einer solchen Veränderung des Körpers fühlte er sich immer außerordentlich krank.

»In Paris sah ich einst«, erzählt Home weiter, »die Gestalt meines Bruders, der sich damals auf der Nordsee befand, und sah seine Finger und Zehen abfallen. Sechs Monate später erreichte mich die Nachricht, daß man ihn

tot auf dem Eise gefunden habe; seine Finger und Zehen waren abgefallen ...
Ich erinnere mich nicht selbst, aus einem Fenster hinaus- und aus einem anderen wieder hereingeschwebt zu sein, denn ich war in Trance, aber viele, die es mit angesehen hatten, haben es mir bestätigt. Einst wurde mein Körper um acht Zoll länger; ich lag dabei auf dem Boden, Lord Adare hielt meinen Kopf, Mr. Junker und später Lord Lindsay meine Füße. – Gegenstände, wie z. B. Blumen, habe ich nie in ein Zimmer bringen sehen, wenn die Fenster geschlossen waren; die Geister verlangten für solche Apports immer offene Fenster (bei anderen Medien ist das durchaus nicht nötig).«
Belehrungen, die Home von den Geistern erhielt, besagen, daß der Mensch in einer anderen Welt nach dem Tode genau so erwache wie etwa nach dem Schlafe; wer Swedenborgianer oder Anglikaner hier auf Erden gewesen sei, sei es auch »drüben«, z. B. ein Mohammedaner bleibe ein Mohammedaner usw. So sei ein Pascha, der ihm einst erschien, auch streng mohammedanisch geblieben. Narben und Wunden würden oft von den Geistern als Kennzeichen ihrer Identität mit Verstorbenen vorgewiesen, sie hätten Haare, völlig ausgebildete Gesichter usw., Neigungen und Leidenschaften, seien männlich oder weiblich; *daß sie Kinder zeugten*, glaubt Home *nicht*.
»Bin ich im Zustande des sogenannten zweiten Gesichtes«, sagt er an einer anderen Stelle, »sehe ich also Lebende, die sich an entfernten Orten befinden, so sehe ich die Person selbst und nicht ihren Geist; in solchen Fällen überrieselt mich stets ein Todesschauer, und es legt sich mir wie eine Haut auf meine Augen.«
Der berühmte Physiker Varley, der mit seiner Frau eines

Abends eine Sitzung mit Home abgehalten hatte und sodann in seine fünf bis sechs englische Meilen entfernt gelegene Wohnung in London zurückgekehrt war, hörte zu Hause Klopflaute. Am nächsten Morgen kam ein Brief Homes mit der Angabe, daß das Ehepaar Varley Klopflaute in seinem Hause gehört haben müsse; die Geister hätten Home mitgeteilt, sie hätten dies verursacht, um Varley einen neuen Beweis zu geben. (Dieser Vorfall könnte zu der Annahme verleiten, daß Klopftöne auch bei nicht medianim veranlagten Personen – hier also bei Varley – stattfinden könnten; es ist aber zu bemerken, daß Varley an anderer Stelle von sich sagt, er habe bei einer Sitzung mit dem Medium Miß Cook deutlich empfunden, wie ihm Kraft entzogen wurde, so daß er sich geradezu erschöpft gefühlt habe, während dies bei Professor Crookes niemals der Fall gewesen sei. Varley scheint also in gewisser Hinsicht doch eine Art medianime Eigenschaft besessen zu haben, was natürlich seine Glaubwürdigkeit als Zeuge nicht im geringsten herabsetzt. Der Herausgeber.)

Bei einer anderen Sitzung hielt Varley die Hände und Beine Homes fest, da wurde ein entfernt stehender Seitentisch zu Varley hingetrieben, und ein großes Sofa bewegte sich über das ganze Zimmer weg und drängte sämtliche Anwesende zum Pianoforte.

Mr. Cox, ein Gerichtsanwalt in London, hielt ein eben gekauftes Akkordeon in der Hand, das von selbst spielte, als Home auf dem Piano musizierte; und Mr. Nisbert in Glasgow berichtet, daß in seinem eigenen Hause Home eine rotglühende Kohle in die Hände einer Dame und eines Herrn legte, die sich nur warm anfühlte, während sie gleich darauf, auf eine achtfach zusammengelegte Zeitung gelegt, ein Loch brannte. Home nahm sodann eine neue, noch flammende Kohle, legte sie auf dieselbe Zeitung, ohne daß diese im geringsten versengt worden wäre. Lord Lindsay, Mr. Harrison und viele andere Zeugen sahen wiederholt Home oft sehr große glühende Kohlen wie kleine Feuerbrände, ohne Schaden zu nehmen, auf seiner Hand bis zu fünf Minuten lang tragen, deren Hitze die Anwesenden deutlich fühlten, wenn er in ihre Nähe kam.

Eine gewisse Mrs. Honywood war ebenfalls Zeugin, daß Home glühende Kohlen, ohne sich zu verbrennen, anrührte und an die Zunge brachte, was dann auch andere tun konnten, wenn *sie nicht an ihrer Kraft zweifelten.*

Home tat dies alles in Ekstase (Trance?); wenn diese eintrat, tanzte er langsam, einen Fuß nach dem anderen hebend, wie Indianer tun. Glühende Kohlen, die er auf Musselinkleider von Damen legte, zündeten nicht und hinterließen nicht das kleinste Brandmal. Home sagte, der Geist, der ihn zu diesen Dingen befähige, sei der eines asiatischen Feueranbeters.

Durch *Transfiguration* in ein anderes Wesen scheint demnach das Medium die Fähigkeiten dieses Wesens vorübergehend zu bekommen; eine Annahme, die in anderer Hinsicht angewendet, die Stigmatisationen christlicher Heiliger in der »Nachfolge« Christi erklären dürfte.

Ein andermal überreichte Home einer spanischen Dame eine Botschaft in spanischer Sprache, die er nicht beherrschte, mit verbundenen Augen geschrieben. Zuweilen wurden Schatten und Gesichter sichtbar, und es schwebten Feuerkugeln und Lichtstreifen über Homes Kopf, Lichter über den Möbeln oder den Anwesenden. Einmal sah man Homes Augen wie Feuer flackern, und es erschien eine große dunkle Gestalt mit feurigen

Augen, die eine fühlbare Kälte verbreitete und beim Weggehen durch Lord Lindsay hindurch zu gehen schien. Die Stimme eines Unsichtbaren sagte z. B. zu Mrs. Honywood: Guten Morgen, worüber einer der Anwesenden lachte; dann wurde der Gruß etwa dreißig Sekunden lang von den Unsichtbaren wiederholt, und am Ende der Sitzung hörte man im Nebenzimmer ein Geräusch, wie wenn viele Personen aufbrächen und weggingen.

In einer Sitzung bei Mrs. X kamen Gestalten truppweise durch die Fenster herein, wobei die Luft schrecklich kalt wurde; eine von ihnen war etwa acht Fuß hoch, und Mrs. X erkannte in ihr einen verstorbenen Verwandten. Die Gestalt beugte sich über sie und strich ihr sanft über die Haare; dann ging sie durch Lord Lindsay hindurch, was diesen vor Kälte schaudern machte. – Einer der Anwesenden sagte etwas, und die Geister lachten vor Freude; der Ton war unbeschreiblich fremdartig und klang, als ob er aus dem Boden käme. Dann wiederum legte Mrs. X Papier und Bleistift auf den Tisch, und von unsichtbaren Händen wurde ein vollkommenes Konzertprogramm niedergeschrieben, das im Laufe des Abends von den Geistern meisterhaft ausgeführt wurde, und zwar mit Violine, Flöte, Pikkolo und Konzertina, die auf dem Tisch lagen.

Lord Lindsay verfehlte einst den Zug und übernachtete in Homes Zimmer. Kurz vor dem Einschlafen wurde er durch Klopflaute und das Gefühl aufgestört, daß das Kissen unter seinem Kopf weggleite, und er fühlte etwas wie eine wegziehende Hand. Dann sah er am Fußende des Sofas eine weibliche Gestalt mit langem, niederwallendem Gewand im Profil. Home, den er anrief, sagte, es sei seine erste Frau, die oft zu ihm käme. Die Gestalt ging dann auf ihn zu und löste sich schließlich in eine Dunstsäule auf; Lindsay sah hierauf auf seinem Knie eine Flamme von etwa neun Zoll Höhe; Homes Augen, der ihm gerade das Gesicht zuwandte, glänzten schauerlich wie in Feuer. – Die Flamme schwebte sodann quer durch das Zimmer, durch Homes Bettvorhänge hindurch, senkte sich auf seinen Kopf herab und verlosch. Die Lagerstätten Homes und Lindsays standen etwa zwölf Fuß voneinander entfernt und in rechtem Winkel zueinander; Lindsay sah die Gestalt im Profil. Home en face, und unterschied die Gesichtszüge so genau, daß er am nächsten Morgen die Photographie der verstorbenen Mrs. Home in einem Album herausfinden konnte.

Verschiedene Personen haben festgestellt, daß Home zuzeiten frei schwebte und daß sich sein Körper verlängerte, wobei sich Lichterscheinungen über ihm zeigten. Mrs. Alice Jonas sah einmal, wie er hundert Fuß hoch in einem Garten schwebend in aufrechter Stellung wie vom Winde getrieben wurde. Professor Crookes hat dreimal solches Schweben bei Home festgestellt; einmal wurde sogar eine auf einem Stuhl sitzende Dame mit ihm mehrere Fuß hoch vom Boden erhoben.

Lindsay schildert auch die Szene, als Home zu einem Fenster hinaus- und zum anderen wieder hereinschwebte. Home war in Trance verfallen, ging unruhig im Zimmer umher und dann ins Vorzimmer. Lindsay hörte eine Stimme in sein Ohr flüstern: Er wird zu dem einen Fenster hinaus- und zu dem anderen wieder hereinschweben, und erzählte es erschreckt der Gesellschaft. Kurz darauf kam Home wieder in das Zimmer zurück, und Lindsay hörte, daß das Fenster geöffnet wurde, konnte es aber nicht sehen, da er mit dem Rücken zum Fenster saß; er sah jedoch Homes Schatten an der entgegengesetzten Wand. Home schwebte in waagerechter Stellung zum Fenster hinaus, und Lindsay erblickte ihn außerhalb des anderen Fensters im nächsten Zimmer in der Luft schwebend fünfundachtzig Fuß über der Erde. Es war kein Balkon längs der Fenster. Ein andermal sah Lindsay Home um elf Zoll länger werden; er hatte ihn vor und nach der Trance genau gemessen. Home erhob sich dabei nicht vom Boden und stand auch nicht auf den Zehenspitzen; es sah aus, als würde er beim Nacken emporgezogen, und die Muskeln schienen ausgedehnt. Die Verlängerung ging gewöhnlich von der Hüfte aus.

Noch wunderbarer war eine gelegentliche Verkürzung des Körpers bei Home, die ein Mr. Jencken wahrnahm; Home schrumpfte dabei auf cirka fünf Fuß zusammen. Ausdehnungen und Zusammenziehungen der Hand wurden bei Home von wenigstens fünfzig Personen festgestellt.

Professor Crookes bringt in seiner Schrift: Der Spiritualismus und die Wissenschaft; experimentelle Untersuchungen über die psychische Kraft (deutsch von Dr. Wittig, Leipzig 1872), sechzehn Zeichnungen der Apparate und Methoden, die er bei Home angewandt hat.

In einer Sitzung mit Home, über die Crookes berichtet, hatte eine Dienerin eine Vase mit Blumen hereingebracht, die Home zum erstenmal sah. Man sprach über gewisse Phänomene, die nur dadurch erklärt schienen, daß Materie wirklich durch feste Materie hindurchgegangen sei. Auf dem Wege des Alphabetbuchstabierens kam sodann folgende »Geisterbotschaft« zustande: »Es ist für Materie unmöglich (?), durch Materie hindurchzugehen, aber wir wollen Euch zeigen, was wir tun können.« Bald darauf erschien ein Licht über dem Blumenstrauß, und aus dessen Mitte hob sich vor aller Augen ein Büschel

Chinagras von fünfzehn Zoll Länge langsam empor und sank sodann zwischen der Vase und Home auf den Tisch und ging allen sichtbar durch eine Spalte desselben hindurch, wobei Mrs. Crookes eine Hand unter dem Tisch hervorkommen sah, die das Gras hielt. Das sich bewegende Gras sahen alle, die Hand nur zwei Personen. Homes Hände lagen dabei ruhig auf dem Tisch. Die schmale Ritze (dadurch entstanden, daß der Tisch ausziehbar war; jedoch war es unmöglich, sie auf gewöhnliche Weise unauffällig zu erweitern, es sei denn auf spiritistische Art) war nach Crookes Messung nur ein Achtel Zoll breit, also viel zu schmal, als daß eine menschliche Hand das Gras, ohne es zu zerstören, hätte durchziehen können, und dennoch geschah es.

Wenn wir solche erstaunliche Berichte lesen, wissen wir kaum, worüber wir uns mehr wundern sollen: über die Tatsachen selbst oder darüber, daß so ungemein verblüffende Geschehnisse von unserer Presse jahrzehntelang teils totgeschwiegen, teils in geradezu unverantwortlicher Weise lächerlich gemacht werden konnten. Jedesmal, wenn irgendein gelehrter oder ungelehrter Blödian ein Gerücht einer »Entlarvung« erfunden oder verstümmelt hatte, ging es wie ein Jubelschrei durch die Zeitungen: »Gott sei Dank, der Mensch lebt nach dem Tode nicht weiter.« Als ob es etwas gar so Erfreuliches wäre, zu wissen, der Mensch sei nichts als ein dummes Stück Fleisch! Nicht einmal vor groben Fälschungen schreckte man zurück; so z. B. hieß es eines Tages – und Dementis weigerten sich die Blätter aufzunehmen! –, Professor Crookes habe öffentlich eingestanden, betrogen worden zu sein. Kein Wort davon ist natürlich wahr. Dann wieder wurde hämisch die Frage aufgeworfen, warum denn immer nur Fachgelehrte zu spiritistischen Sitzungen zugezogen würden und nicht Detektive und Taschenspieler von Beruf. Die Tatsache, daß die berühmtesten Taschenspieler und Detektive damaliger Zeit wiederholt zugezogen worden waren und übereinstimmend ausgesagt hatten, die Phänomene seien durchaus echt und auf natürliche Art unmöglich nachzuahmen gewesen, wurde frech abgeleugnet und ins Gegenteil verkehrt.

Als dann gar Kronprinz Rudolf von Österreich und Erzherzog Johann (der spätere »Johann Orth«) eine »Entlarvung« des Mediums Bastian zuwege brachten (bei der lediglich die bodenlose Dummheit der beiden hochgestellten Experimentatoren entlarvt wurde), war der allgemeine Triumph der breitgestirnten Scharen derer von der Schulweisheit groß, daß der Glaube an eine unsichtbare Welt nunmehr ein unrühmliches Ende gefunden habe.

Später ergab sich ein — freilich für die beiden Habsburger — unrühmliches Ende, genau wie es das Medium Bastian damals nach der Sitzung vorausgesagt hatte.

Mit vorurteilsvollem Auge betrachtet, bieten die spiritistischen Phänomene allerdings für den Laien — und ein vorschnelle Schlüsse ziehender Laie ist jeder, der nicht viele Erfahrungen auf diesem Gebiete hinter sich hat — gewisse »verdächtige« Eigentümlichkeiten; und so kommt es auch, daß der Oberflächliche sich sehr schnell ein falsches Bild macht und an Sinnestäuschung oder Betrug zu glauben geneigt ist. Als da sind: Dunkelheit als meistens erforderliche Vorbedingung, ein Kabinett mit Vorhängen, dann die Ähnlichkeit der Phänomene in Gestalt, Gesicht und Sprache mit dem Medium, und vor allem das Phänomen der »Reperkussion«, bei dem Verletzungen oder Bespritzungen mit Farben, die dem

Phantom zugefügt werden, sich auf das Medium übertragen. Freilich Tatsachen und Vorgänge, die dem Laien höchst bedenklich vorkommen müssen und »unerklärbar« erscheinen. Ist es doch oft genug vorgekommen, daß man »materialisierte Gestalten« im Kreise der Zirkelteilnehmer packte und festhielt und dann das Medium in Händen hatte, dasselbe Medium, das im Kabinett eingeschlossen gewesen war.

In solchen Fällen galt die »Entlarvung« für vollständig. Daß es ein Phänomen der Transfiguration gibt, wurde dabei außer acht gelassen. Eine andere Erklärungsmöglichkeit – nämlich die des Apportes des Mediums selbst aus dem Kabinett heraus – wurde überhaupt nicht in Betracht gezogen, trotzdem es doch zu denken hätte geben müssen, wieso es kommt, daß bei Materialisationsvorgängen, wie des öfteren festgestellt wurde, das auf einer Kontrollwaage liegende Medium derart an Gewicht abnimmt, daß die außerhalb des Kabinetts gewogene materialisierte Gestalt um fast ein Drittel schwerer ist. Die alltäglichen Erfahrungen des Menschen dürfen eben nicht in solchen Fällen als immerwährend gültiges Kriterium herangezogen werden; auf okkultem Gebiet gilt mehr noch als anderswo der Satz: »Kaltblütig beobachten und registrieren und die Sachen nehmen wie sie sind, mögen sie anfangs noch so unglaublich und unmöglich scheinen.«

Große Ähnlichkeit – insbesondere für den Kenner – mit den bei Home erzielten Phänomenen haben die durch den indischen Fakir Gowinda-Swami in Gegenwart des indisch-französischen Regierungsbeamten Jacolliot hervorgebrachten Erscheinungen. (»Le Spiritisme dans le Monde«, Paris 1875.)

Ebenso wie Home und alle anderen Medien behauptete auch Gowinda-Swami – und jeder Fakir behauptet es –, daß magische und metaphysische Leistungen lediglich durch Wesen einer anderen als unserer Welt hervorgebracht werden, und daß der Mensch von ihnen nur als Werkzeug oder Mittler benutzt wird.

Europäische Forscher auf dem Gebiete des Übersinnlichen wollen es besser wissen. Die indischen Fakire, Sadhus und Yogis bezeichnen diese Wesen als »Pitris« und verstehen darunter die Gespenster der »Ahnen«, nämlich vorgeschichtlicher Menschen, die nach Ansicht der Inder in einer Zeitepoche lebten, als die Bewohner unserer Erde noch magische Kräfte besaßen, die unserem Geschlechte fehlen.

Jacolliot schreibt über Fakire im allgemeinen: »Sie haben keinerlei weitläufige Apparate, wie etwa unsere Taschenspieler, sondern nur ein dünnes Bambusstäbchen mit sieben Knoten (das ihnen gewöhnlich zu religiösen Meditationen dient) und ein Pfeifchen von drei Zoll Länge. Der Fakir operiert wie man will, sitzend oder aufrechtstehend, auf der Matte eines Salons oder auf dem Steinboden der Veranda oder auf der nackten Erde. Hat er zur Hervorrufung somnambuler Zustände eine Person nötig oder ein Musikinstrument, Papier oder Bleistift, so ersucht er darum. Über den Fakiren gibt es noch höhere Stufen von Priestern oder Zauberern, deren höchste die Yogis sind. Diese Stufe zu erlangen, ist nur durch lange, schwere Büßerübungen möglich. Auf die Fakire als unterste Stufe folgen als zweite die Sanyassins, auf diese als dritte die Nirvanys und Yogis. Die Eingeweihten der zweiten und dritten Klasse bringen ihre Manifestationen nur im Innern der Tempel, äußerst selten bei sehr vornehmen eingeborenen Würdenträgern

oder öffentlichen religiösen Festen hervor.« (Jacolliot konnte darüber nichts Genaues in Erfahrung bringen.)
»Die Fakire beginnen ihre Operationen mit der Anrufung verschiedener guter Geister und verfallen dabei in Ekstase. Die Phänomene, die sie erzeugen, gleichen zum Teil denen, wie sie in Spukhäusern oder bei spiritistischen Sitzungen vorkommen: es bewegen sich Gegenstände, ohne daß eine menschliche Hand sie berührt, das Gesetz der Schwerkraft wird aufgehoben, wie z. B. ein mir bekannter Fakir Salvanidin-Odéar mit einer gewöhnlichen Pfauenfeder die leere Schale einer Waage sinken machte, während in der anderen achtzig Kilogramm Gewicht lagen, und durch einfaches Auflegen seiner Hände ein Blumenstrauß in die Luft flog; man hört unbestimmte Töne ringsum, und ätherische Hände schreiben leuchtende Zeichen in die Luft.«
In Benares lernte Jacolliot den Gowinda-Swami kennen, wohl den außerordentlichsten Fakir, den er in Indien gefunden. Jacolliot wohnte in dem Palast eines Mahrattenfürsten in der heiligen Stadt, dicht am Gangesflusse, der Fakir in einer Strohhütte in unmittelbarer Nähe. Gowinda-Swami hatte den Auftrag bekommen, die Gebeine eines reichen Malabaren von Trivanderam nach Benares zu bringen und dort einundzwanzig Tage hindurch zu Ehren des Toten seine Gebete und rituellen Waschungen zu verrichten.
Eines Tages um Mittag, als alles im Palast Siesta hielt, lud Jacolliot den Fakir zu sich ein und fragte ihn, ob sich in ihm eine Kraft offenbare, wenn er okkulte Phänomene hervorbringe, und ob er nicht dabei gewisse Empfindungen im Gehirn oder in den Muskeln habe.
»Es ist keine natürliche Kraft, die wirkt«, erklärte der Fakir, »sondern ich rufe die Seelen der Vorfahren an; sie

sind es, die ihre Macht kundgeben, und ich bin nur ihr Werkzeug.« Eine große, mit Wasser gefüllte Bronzevase rückte auf Gowinda-Swami zu, als er die Hände in der Richtung ausstreckte, und man hörte Töne aus ihr kommen, wie wenn jemand mit einem Stahlstabe auf sie schlüge. Die Töne begleiteten im Takt das Spiel einer Musikdose wie die Klopflaute bei den Spiritisten Gesang oder das Spiel auf Musikinstrumenten. Als der Fakir seine Fingerspitze auf den Rand der Vase legte, geriet sie in Schwingungen, das Wasser darin jedoch blieb unbeweglich, als ob es zu Eis erstarrt wäre; dreimal erhob sich die Vase sieben bis acht Zoll hoch über den Boden

In einer anderen Sitzung, als Gowinda-Swami seine Hände über das Wasser der Vase hielt, ohne es zu berühren, begann es Wellen zu schlagen und geriet nach und nach wie kochend in sprudelnde Bewegung, und Wasserstrahlen schossen ein bis zwei Fuß hoch empor. Zog der Fakir seine Hände zurück, so beruhigte sich das Wasser, näherte er sie wieder, so nahm die Bewegung aufs neue zu. Dann legte der Fakir einen Bleistift Jacolliots auf das Wasser, und nach einigen Minuten folgte dieser seinen Händen wie eine Magnetnadel dem vorgehaltenen Eisen. Als Jacolliot den Fakir ersuchte, ihm zu zeigen, ob er sich frei schwebend vom Boden erheben könne, nahm dieser einen Stock, stützte die Hand auf den Knauf, schlug die Augen nieder und begann seine Mantrams (Zauberformeln) zu murmeln, worauf er sich allmählich mit nach orientalischer Weise gekreuzten Beinen bis etwa zwei Fuß über den Boden erhob und in dieser dem Gesetze der Schwere gänzlich widersprechenden Stellung über zwanzig Minuten verharrte. Sodann kündigte er Jacolliot an, er werde in dem

Augenblick, wo die heiligen Elefanten auf dem Kupferbecken in der Pagode des Gottes Shiva die Mitternachtsstunde schlügen, die Familiengeister der Franguys (Franzosen) anrufen, daß sie in Jacolliots Schlafzimmer ihre Gegenwart anzeigen möchten. In der Tat hörte Jacolliot Schläge in der angegebenen Stunde gegen die Wände seines Zimmers und Geräusche in den Zederbalken der Decke, während der Fakir unten am heiligen Strom für die Ruhe der Toten betete, wie sich Jacolliot, auf die Terrasse vor seinem Zimmer tretend, überzeugte.
Auf Jacolliots spätere Frage: »Wie können die Seelen der Franguys die Bitten eines Hindus erhören; sie sind ja nicht von deiner Kaste?« erwiderte Gowinda-Swami: »Es gibt keinen Kastenunterschied in der oberen Welt.«
Eines Abends rückte der Bambusschemel, auf dem der Fakir mit über dem Boden gekreuzten Beinen saß, dreimal auf der sieben Meter langen Terrasse hin und her; Gowinda-Swami setzte auch einen großen Teppich, den man durch Hin- und Herschwingen zur Abkühlung der Luft brauchte, auf nichtmechanische Weise in Bewegung und brachte einen riesigen Blumentopf durch bloßes Auflegen der Hände auf dessen Rand in Schwingung; ferner machte er einen kleinen Leuchterstuhl von Teakholz so schwer, daß Jacolliot ihn nicht heben konnte und, als er seine Anstrengungen verdoppelte, die obere leichte Platte abbrach. Als der Fakir seine Hände auf eine der großen versilberten Platten legte, die die Reichen des Landes zu einem gewissen Spiel brauchen, kam aus ihnen eine gewaltige Menge starker Laute, und Flämmchen durchzuckten die Platte in allen Richtungen. Gowinda-Swami brachte ferner eine Ziehharmonika zum Spielen, indem er nur die Schnur, an der sie hing, berührte, sonst aber gänzlich regungslos blieb.

Der Fakir hatte Jacolliot allmählich in sein Herz geschlossen, da Jacolliot mit ihm in seiner Muttersprache, dem sanften, in Benares wenig gekannten Tamulisch, reden konnte; er widmete Jacolliot noch zwei Sitzungen, eine am Tage und eine in der Nacht bei voller Beleuchtung. – Als er in einem Gefäß bunte Federn schöner indischer Vögel sah, nahm er eine Handvoll davon und warf sie in die Höhe; als sie herabfallen wollten, machte er Luftstriche unter ihnen, worauf sie in Spiralen bis zum Segeltuchdach der Terrasse emporstiegen und nach ein paar Versuchen, dem Gesetze der Schwere zu folgen und herabzufallen, unbeweglich an der Decke hängenblieben, sofort beim Weggehen des Fakirs jedoch herunterflatterten und auf dem Boden liegenblieben. Hierauf schüttete Gowinda-Swami Sand in einer Fläche aus und ließ Jacolliot an einem Tische davor mit Papier und Bleistift Platz nehmen, während er auf den Sand einen ihm von Jacolliot gereichten Federhalter legte, die Hände waagerecht vorstreckte und seine Mantrams murmelte. Als nun Jacolliot auf sein Papier alle möglichen bizarren Figuren zeichnete, erhob sich der genannte Federhalter, mit dem der Fakir in keinerlei Verbindung stand, und kopierte genau auf dem Sand jene Figuren, auch dann, wenn Jacolliot eine Stellung einnahm, die den Fakir verhinderte, zu sehen, was gezeichnet wurde. Sodann forderte Gowinda-Swami Jacolliot auf, sich ein Sanskritwort zu denken, und sogleich erhob sich der Stift und schrieb das Wort »purusha« (»Geistiges Ich«), das Wort, das sich Jacolliot gedacht hatte. Noch mehrere solcher in Gedanken gestellter Aufgaben löste der Stift. Später ging Jacolliot mit dem Fakir an das Ende der Terrasse, und sie sahen im Garten den Koch des Hauses Wasser aus dem Brunnen schöpfen

und es in eine Leitung gießen, die in einen Badesaal mündete. Gowinda-Swami streckte seine Hände gegen den Brunnen aus, und sogleich wollte das Seil des Eimers nicht mehr durch die Rolle laufen, und dem schimpfenden Koch blieben die Worte in der Kehle stecken; erst als der Fakir die Hände sinken ließ, fand der Koch die Sprache wieder, und das Seil lief wieder über die Rolle. An jenem Morgen konnte Jacolliot auch ein freies Schweben Gowinda-Swamis ohne jede Stütze fünfundzwanzig bis dreißig Zentimeter hoch vom Boden, das acht Minuten dauerte, feststellen.
Gowinda-Swami ließ auch auf Wunsch Jacolliots aus einem Melonenkern binnen zwei Stunden, während welcher Zeit er vollkommen kataleptisch mit starren, offenen Augen und unbeweglich vorgestreckten Armen niedergekauert dasaß, ein zwanzig Zentimeter hohes Stämmchen wachsen. Er betonte ausdrücklich den Unterschied zwischen Herbeibringen von Pflanzen oder Bäumen durch die »Pitris« einerseits und der Wachstumsförderung etwa bei dem Melonenkern andererseits: letzteres, sagte er, käme zustande vermöge des durch die Pitris »gerichteten reinen Fluidums Akâsa«, das der Träger magischer Wirkungen sei.
Bei der letzten Sitzung abends um zehn Uhr stellte der Fakir ein kleines, mit glühenden Kohlen gefülltes Bekken, wie man es in indischen Häusern findet, um Räucherwerk zu verbrennen, mitten auf die Terrasse, und daneben eine Kupferplatte mit aromatischem Pulver und nahm dann, seine Mantrams murmelnd, eine unbewegliche Stellung ein. Jacolliot erschrak plötzlich, denn aus der schwachen Rauchwolke, die sich gebildet hatte, kamen von allen Seiten rasch Hände hervor, anfangs dunstförmig, wohl sechzehn an der Zahl; eine von ihnen

drückte Jacolliots Hand, brach dann eine Rosenknospe ab und warf sie ihm vor die Füße; andere Hände streiften oder fächelten ihn, veranstalteten einen Blumenregen im Raum oder schrieben feurige Sanskritsprüche in die Luft, von denen Jacolliot einige aufzeichnete, während Blitze durch die Terrasse und das Zimmer fuhren. Die Rauchwolke nahm in dem Maße ab, wie sich die Hände zu materialisieren schienen und dann verdunsteten. Nach ihrem Verschwinden, währenddessen der Fakir seine Anrufungen eifrigst fortsetzte, bildete sich neben dem Becken eine dunklere und dichtere Wolke, die allmählich die Gestalt eines neben dem Becken knieenden opfernden Brahmanen annahm, mit dem dem Vishnu heiligen Zeichen auf der Stirn und der dreifachen Schnur der Priesterkaste um den Leib. Der Fakir nahm ein wenig von dem wohlriechenden Pulver und warf es auf die Glut, worauf dichter Rauch den Raum erfüllte; als dieser sich verzog, sah Jacolliot das Phantom dicht vor sich, es bot ihm seine fleischlose Hand, die Jacolliot ergriff, zugleich die Frage stellend: »Bist du ein früherer Bewohner der Erde?« Sogleich erschien als Antwort auf der Brust des Schemens phosphoreszierend das Wort AM (»Ja«) und verschwand rasch. Als Jacolliot um ein Erinnerungszeichen bat, zerriß die Erscheinung ihren Gürtel, gab ihn ihm und verschwand zu seinen Füßen.

Der Rajah, der Besitzer des Palastes, hatte die früher erwähnte Ziehharmonika wegholen lassen; desto erstaunter war Jacolliot, als er sie plötzlich spielen hörte und an der Wand das Phantom eines Pagodenmusikanten sah, der auf dem Instrumente spielte.

Sie fand sich dann an der Stelle, »wo der Geist« verschwunden war, war also in das verschlossene Zim-

mer hereingebracht beziehungsweise apportiert worden. Erst jetzt erhob sich Gowinda-Swami, auf das äußerste erschöpft, nahm Abschied von Jacolliot, dessen Geschenk empfangend, ohne es anzusehen oder dafür zu danken.
Nach kurzem Schlafe erwachend, glaubte Jacolliot, er müsse alles das nur geträumt haben, aber die Harmonika war da, die Blumen lagen umher, und in dem Notizbuch aufgezeichnet fand Jacolliot die Worte, die er in Feuerschrift gesehen. – Vier Jahre später traf er den Fakir von der Aszese bis zum nahen Tode erschöpft bei der unterirdischen Tempelruine von Karli in der Provinz Aurungabad, einer berühmten Wallfahrtsstätte der Fakire aus ganz Indien. Als er ihn in seiner geliebten Sprache des Südens fragte, ob er sich nicht an den Franguy von Benares erinnere, leuchtete es in den Augen Gowinda-Swamis auf, und er murmelte zwei Sanskritworte, die in jener letzten Sitzung in feurigen Buchstaben erschienen waren: Diviavapur gatwâ! (Ich habe einen fluidischen Körper angenommen.)

Der heiße Wunsch des Menschen, die Zukunft zu erfahren, mit dem heimlichen Nebengedanken, drohenden Gefahren auszuweichen, also gewissermaßen die Lebensschule zu schwänzen, hat dazu geführt, daß eine ganze Reihe sogenannter okkulter »Wissenschaften« entstand, die, so unverläßlich und dunkel (»dunkel« im übeln Sinne des Wortes!) wie nur möglich, die Bezeichnung »Wassertriebe« am Baum okkulter Erkenntnis verdienen.
Leider wendet sich die breite Masse, die ohnehin von den wertvollen Dingen im Okkultismus so gut wie nichts weiß, gerade diesen Gebieten zu. Unkritisch und geradezu besessen von der gefährlichen Eigenschaft, sich selbst zu belügen, sieht das Publikum in jeder Kar-

tenschlägerin eine Hellsehende, bloß weil unter hundert Fällen von Prophezeiungen zufällig einer stimmt; die Gegenprobe wird natürlich nie gemacht. Astrologie, Handlesekunst, Traumdeutung und wie diese Stümpereien alle heißen, sind heute beliebter als je, und warnt man davor, so heißt es immer: »Ach, die Sache ist doch gar nicht gefährlich; schlimmstenfalls stimmt sie nicht.«

Ganz im Gegenteil: sie ist sogar außerordentlich gefährlich, kann unter Umständen das ganze Leben vergiften.

Ich will das zu begründen versuchen. Eine Eigenschaft, die beim Menschen mehr und mehr verschwindet, je schneller die sogenannte Zivilisation fortschreitet, ist der Instinkt.

Das deutsche Volk, von dem wir ruhig sagen können, es ist heute das zivilisierteste der Erde, besitzt fast gar keinen Instinkt mehr. Die Beweise dafür hat es vor, während und nach dem Kriege ununterbrochen beigebracht, und ich zweifle nicht, daß es noch weiterhin derartige Beweise in erdrückender Menge liefern wird. Es ist skeptisch geworden, aber skeptisch nach der falschen Richtung hin; es ist skeptisch geworden dem inneren Ahnungsvermögen gegenüber; es hat einen kurzsichtigen Kommisverstand zum Despoten über »das Feinfühlen durch die Seele« gesetzt. Und so ist jenes feine Wittern der Gefahr, wie es jeder Fuchs, jede Katze, jeder Vogel oder Fisch besitzt, sogar beim einzelnen Deutschen verlorengegangen. Mag heute ein Kerl kommen, der »gezeichnet« ist von Gott, vom Teufel und von der Natur und dem der Halunke auf einen Kilometer weit anzusehen ist, der Deutsche wird ihm auf den plumpsten Schwindel hereinfallen. (Ich erinnere nur an die

Freßwerkzeuge des Präsidenten Wilson und sein »Völkerbunddinner« mit vierzehn Gängen.)
Sehr viele in Deutschland fühlen heute genau, woran es unserem Volk in dieser Hinsicht gebricht, und so ist der Ruf laut geworden: »Zurück zur Natur!« Zurück zur Natur! Das macht man leider dann so, daß man in einen Wandervogelverein eintritt oder, besser gesagt, »hinein« tritt und mit dreieckig-biederem blauem Germanenauge, Volkslieder singend, in Trupps die Fluren durchzieht. Dadurch wird höchstens der Appetit und die Verdauung gefördert, der Instinkt niemals. So wie es allerlei feine Methoden gibt, den Instinkt zu fördern, ja sogar okkulte Mittel und Wege, ihn derart zu steigern, daß er zu uns spricht wie ein inneres, untrüglich wahrhaftiges Wort, so gibt es auch Gifte für ihn, die seine Fähigkeit, sich zu äußern, völlig lähmen.
Ein solches scheußliches Gift ist z. B. die sogenannte Astrologie. Anstatt sich in Fällen, wo der klare Verstand nicht mehr ausreicht, um die Wege, die eingeschlagen werden sollen, richtig zu wählen, an das Ahnungs- und innere Tastvermögen zu wenden und so gleichzeitig den Instinkt stufenweise zu kräftigen wie einen Stabmagnet, dem man immer größere Gewichte anvertraut, zieht der Laienokkultist von heute astrologische Tabellen zu Rate und liest nach, ob diese oder jene Stunde günstig oder ungünstig für dieses oder jenes Unternehmen sei.
Kräfte, die man nicht übt, verkümmern; warum also Tabellen, und noch obendrein äußerst mangelhafte, befragen und nicht die eigene Seele?! Warum einen anderen Menschen befragen, wo man sich selbst doch der nächste ist!
Damit soll nun keineswegs gesagt sein, daß Astrologie, Handlese- und Wahrsagekünste ausschließlich auf Aberglauben beruhen, aber, das steht fest, sie sind Irrlichter.

Irrlichter erhellen zuweilen die Finsternis, aber wer ihnen nachfolgt, gerät in Sümpfe.

Die Methoden, die im Altertum und im Mittelalter zum Zweck des Wahrsagens angewandt wurden, sind so ungeheuer an Zahl, daß man Bände füllen müßte, um sie ausführlich zu schildern. Da wurde geweissagt aus atmosphärischen Erscheinungen, wie dem Wehen des Windes, dem Regenbogen, den Höfen um Sonne und Mond, den Nebeln und Wolken; wehte z. B., wenn eine Frage gestellt worden war, der Wind aus Osten, so bedeutete es Glück; aus Mittag: Enthüllung des Heimlichen; aus Westen: Unglück; aus Norden: daß die Frage ungelöst bleiben werde usw. Man weissagte aus Gerste und Weizen, aus Käse und Eiern, aus geschmolzenem Wachs, aus dem Knistern verbrennender Lorbeerzweige, aus dem Ziehen des Rauches geopferter Tiere und Früchte (Kain und Abel), aus der Lage von Spielkarten, aus dem schnellen oder langsamen Trocknen benetzter Salbeiblätter, aus dem Zucken der Blitze, zu welchem Behufe man den Himmel in sechzehn Gegenden einteilte und elf Gattungen von Blitzen und neun schleudernde Götter annahm; je nach der Art des Blitzes und der Himmelsgegend, woher er kam, bemaß man die Deutung; dann aus dem Fluge der Vögel, ob, wann und wie sie fraßen, oder es wurde auf die Erde ein Kreis gezeichnet und in vierundzwanzig Teile geteilt; in jeden Teil wurde ein Buchstabe des griechischen Alphabets geschrieben und ein Weizenkorn daraufgelegt; dann setzte man einen mit Zauberliedern beschriebenen Hahn in den Kreis, worauf man aus den Buchstaben orakelte, von denen der Hahn die Körner wegpickte.

Bei den alten Römern war zu Wahrsagezwecken besonders beliebt das sogenannte Haruspizium, bei dem besonders hierzu bestellte Priester aus den Lebern der Opfertiere weissagten. Unter den Kaisern Heliogabalus, Maxentius und Julianus Apostata nahm dieser Brauch die scheußlichsten Formen an; man opferte Menschen statt Tiere zu solchen Zwecken.

Die meisten solcher Wahrsagemethoden gehen auf die Annahme zurück, die in der jüdischen Geheimlehre, der sogenannten Kabbala, mit dem Satze umschrieben wird: »Die äußere Natur ist das Angesicht Gottes«, oder: »In der Gegenwart ist die Zukunft bis ins kleinste verborgen.«

Dem Haruspizium, der »Leberschau«, scheint ein tieferer Sinn, verzerrt und mißverstanden allerdings, zugrunde zu liegen.

Wir finden nämlich in uralten indischen, sogenannten Yogabüchern, den Hinweis, daß der Yogi, wenn er sein Bewußtsein auf die eigene Leber konzentriert, eine bestimmte Art von Hellsehen erlangt und in Verkehr mit Devas (eine Art Halbgötter) kommt, die ihm viele Geheimnisse offenbaren können. Die Gestalt und Bauart japanischer Theater dürfte wahrscheinlich ein Symbol für die Leber als Träger mancherlei transzendentaler Erfahrungen sein, denn so wie die menschliche Leber in zwei Teile getrennt angesehen werden kann, die durch einen Kanal miteinander verbunden sind, so ist auch das alte japanische Theater nach Leberform gebaut, in zwei Teile geteilt (Bühne und »Zuschauer«raum) und durch den »Blumensteg« verbunden. –

Die Leberschau in der ursprünglichen Methode läßt also erkennen, daß die Erweckung okkulter Fähigkeiten das Wesentliche ist und daß auf sie allein das Hauptgewicht gelegt werden muß, wenn überhaupt der Wahrsagekunst Wert beigemessen werden soll.

Man hat den Zustand, in dem ein Weissager sich befinden muß, um ernst genommen zu werden, die »mantische« (seherische) Erregung genannt; zur Erzeugung dieser mantischen Erregung genügt unseren modernen Sehern, scheint's, die Aussicht auf ein Honorar von zwanzig Mark (weitere Valutaentwertung vorbehalten).
Ein alter Gebrauch, die mantischen Fähigkeiten des »siderischen« inneren Menschen zu erwecken, war bei den Bergschotten, bei denen bekanntlich wie auch bei den Westfalen Seherschaft häufig vorkommt, das sogenannte Deasilgehen. Es besteht darin, daß der Seher oder die Seherin dreimal in der Richtung des Sonnenlaufes um den, dessen Schicksal diviniert werden soll, herumgeht, sich also quasi mit der Sonne, der Allwissenden, identifiziert (daher das Sprichwort: »Die Sonne bringt es an den Tag!«). – Walter Scott behandelt das Deasilgehen in seiner Chronik von Canongate; er erzählt darin von einer Muhme, die ihrem Neffen Robin Oig, nachdem sie das Deasil um ihn gegangen, verkündete, sie sehe Blut an seinem Dolch, und zwar englisches Blut, und ihn beschwor, zu Hause zu bleiben. Er aber achtete nicht darauf, reiste ab und erstach noch am gleichen Abend einen Engländer, einen Viehhändler, wofür er hingerichtet wurde. (Ich würde mich durchaus nicht wundern, wenn, nachdem ich jetzt diesen Fall nacherzählt habe, in nächster Zeit in Berlin W das Deasilgehen wieder in Schwung käme. Der Herausgeber.)
Von räumlichem und zeitlichem Hellsehen infolge mantischer Erregung bei einem sibirischen Schamanen berichtet laut Horsts Deuteroskopie der Russe Matjuschkin, ein Gefährte des Barons Wrangel, auf dessen Nordpolexpedition im Jahre 1829:
»Der Schamane hatte sich auf die übliche Weise, nämlich

durch heftige drehende Bewegung, Rauchen stärksten Tabaks und Branntweintrinken, Schlagen einer Zaubertrommel usw., in Verzückung versetzt, was volle vier Stunden dauerte, und stand nun, einen scheußlichen Anblick bietend, regungslos, mit starrem Gesicht und starren Augen da. Ich stellte mehrere Fragen, die unsere Expedition betrafen, und der Schamane beantwortete sie, zwar ein wenig im Orakelstil, aber dennoch mit einer Art von Sicherheit, als ob er ganz vertraut sei mit dem Hauptzweck und den Nebenumständen unserer Reise. So fragte ich z. B.: Wie lange wird unsere Reise dauern? Antwort: Über drei Jahre. Werden wir viel ausrichten? Antwort: Mehr, als man bei euch zu Hause erwartet. Dann wollte ich wissen, wie es unserem Reisegefährten Leutnant Anjou gehe, von dem wir schon seit einiger Zeit getrennt waren. Der Schamane antwortete: Er ist jetzt drei Tagereisen von Balne entfernt, wo er einen fürchterlichen Sturm auf der Lena ausgehalten und sich nur mit großer Mühe gerettet hat. (Was buchstäblich zutraf.) Nachdem der Schamane auch alle anderen Frager zufriedengestellt hatte, fiel er zu Boden und blieb unter den heftigsten Zuckungen und Krämpfen etwa eine Viertelstunde lang liegen; die Teufel, die ihm angeblich die Antworten gesagt hatten, gingen dabei nach der Meinung der Eingeborenen wieder aus ihm heraus.«

Ich will nun in Umrissen die Mittel und Wege schildern, die nach Überlieferungen zur Erweckung okkulter Fähigkeiten führen sollen.

Erwecken okkulter Fähigkeiten durch Willensschulung und gewisse Gifte

Der große Wegweiser für die asiatischen, insbesondere die indischen, aber auch für alle jene weißrassigen Okkultisten, die nicht bloß Zuschauer bleiben wollen, ist die Lehre vom Yoga. Wohl gibt es Erkenntnisse geistiger Art, die über die Yogalehre hinausreichen, aber sie gehören eher in das Reich der Mystik als in das des Okkultismus. Als Begründer oder, besser gesagt, Kompilator der Yogalehren gilt ein Inder namens Patañjali, der vor ungefähr zweitausendfünfhundert Jahren gelebt haben soll.

In dem ihm zugeschriebenen Buche »Die Yoga-Aphorismen« heißt es an einer Stelle:

»Die Siddhis (okkulte Wunderkräfte) sind entweder angeboren, oder sie werden erworben durch chemische Mittel, durch Wortwiederholungen, Abtötung des Fleisches oder Konzentration.«

Die Yoga-Aphorismen sind ein Buch, das genau verstehen nur jemand kann, der praktisch die darin enthaltenen Lehren Schritt für Schritt befolgt. Schritt für Schritt wird ihm dann ein Licht aufgehen. Aber dies Befolgen ist eine mühselige Arbeit, die ein Menschenleben erfordert und nicht als »Nebenbeschäftigung« betrieben werden kann. Paracelsus sagte (siehe den betreffenden Abschnitt), daß der »siderische« Leib, der der eigentliche Träger okkulter Fähigkeiten ist, wach wird, wenn der fleischliche Leib schläft. (Der normale Mensch ist also ein Januskopf mit zwei Gesichtern, die in zwei verschiedene Welten schauen.) Ein Medium muß demnach in schlafähnliche Bewußtlosigkeit verfallen, damit die okkulten

Fähigkeiten seines siderischen Leibes in *volle* Wirksamkeit treten können. In *teilweiser* Wirksamkeit befindet sich der siderische Leib bei halbmedianimer Betätigung, bei Hellsehen u. dgl. Mit anderen Worten: Das körperliche Normalbewußtsein, also unser sogenanntes Tagesbewußtsein, ist ein Hindernis für okkulte Offenbarung. Daher handelt es sich darum, ein anderes als das normale Bewußtsein zu erlangen, und das kann geschehen durch Anwendung gewisser Gifte und Reizmittel, wie Haschisch, Bilsenkraut, Fliegenpilzabsud, das indische Soma (Asclepias acida) und viele andere, deren Zusammensetzung Geheimnisse der Priester primitiver Völkerschaften waren und sind. Die Resultate sind natürlich krankhaft, barbarisch und höchst unzulänglich, denn sie gehen aus Betäubung hervor; diese Methode führt also in die Abgründe des Schlafreiches und der Hypnose hinab. Es gibt aber auch einen entgegengesetzten Weg, den Weg des Magiers, den Weg in gesteigertes Bewußtsein empor. Dazu dienen: Wiederholen von Sätzen (Hymnen aus dem heiligen Rigveda zum Beispiel), um ein Überwachsein zu erzielen – dann Fasten, Beten, jahrelanges Nichtschlafen usw. Diese Übungen werden durch religiöse Inbrunst erleichtert, tragen aber ein gewisses Gift in sich, da sie Hemmnisse als Folge meist unvermeidlicher falscher Vorstellungen von »Gott« erzeugen; die Entfaltung der allerhöchsten okkulten Fähigkeiten wird nämlich hier durch Autosuggestion erschwert. Ein Beispiel dafür: Der Medizinmann eines Zulustammes stellt sich unter Gott einen bösen Geist vor und sich selbst als dessen machtlosen Sklaven; die Folge ist, daß infolge solch mangelhafter Erkenntnis auch die magischen Resultate mangelhaft bleiben. Dieses Beispiel, variiert und zu Ende gedacht, gibt den Schlüssel, weshalb auch sogenannte große Heilige oft in magischer Hinsicht Nichtskönner waren!

Es gibt Zustände des Überwachseins, die derart intensiv sind, daß sie sich mit Bezug auf den Körper so äußern, als ob Tiefschlaf oder sogar Trance eingetreten wäre. In Wirklichkeit sind sie das gerade Gegenteil einer mediumistischen Trance. Aber auch über diese Hochtrance hinaus gibt es noch Zustände von Überwachsein; in ihnen gleicht der Mensch wieder einem Normalbewußten, aber – und das kann nicht scharf genug betont werden – nur *äußerlich!* Innerlich geht sein Bewußtsein himmelweit über das eines normalen Menschen hinaus. Buddha sagte: »Bezähmten Sinns sind ›wachsam‹ stets die Jünger Buddho Gotamos.« Mit diesem Worte »wachsam« meinte er sicherlich nicht nur das Wachsamsein gegenüber Wünschen, Hoffen und Leidenschaft, sondern auch das »Wachsein« im höchsten metaphysischen Sinne. Sagte er doch selbst von sich, daß er schon im Leibe das Nirvana (das höchste Wachsein nämlich und nicht das »Nichts«, das der verkehrt orientierte Europäer unter Nirvana versteht. Nir-vana heißt soviel wie: Kein Wahn mehr!) erreicht habe.

Daß durch Überwachsein der Körper und was damit zusammenhängt in den Hintergrund gedrängt wird, sehen wir in kleinem Beispiel schon bei einem intensiv konzentrierten Schachspieler; man kann ihn anschreien, und er hört nicht, trotzdem der Ruf sein Ohr berührt hat.

Als höchsten Weg zum Überwachsein gibt Patañjali die Gedankenkonzentration an; dies ist der sogenannte Raja Yoga oder königliche Yoga im Gegensatz zum Hatha Yoga, in dessen Bereich die anderen Mittel fallen, wie Giftanwendung, Ertötung des Fleisches usw.

Ein Hatha Yogi gleicht einem Ballonfahrer, der Ballast

auswirft, um in die Höhe zu steigen, der Raja Yogi einem Ballonfahrer, der das Gas verfeinert, um trotz des Ballastes zu fliegen. Der Raja Yoga ist ein so ungeheuer subtiles System, daß man es in der Praxis kaum mehr in Worte fassen und derart erklären könnte, um es jemand gänzlich plausibel zu machen. Um seiner Früchte teilhaftig zu werden, so daß man die Stufen praktisch erlebt, gibt es nur ein Mittel: selber machen und nicht locker lassen.

Die Schwierigkeit, die Yogastufungen mit kaltem Verstande erklärend zu durchleuchten, hat dazu geführt, daß man zu symbolischen Schilderungen griff, um sie dem Verständnis und zugleich dem Gefühl, ohne das ein wirkliches Begreifen unmöglich ist, näher zu bringen.

Eine solche symbolische Darstellung, übrigens die beste, die ich kenne, sind die zwölf Arbeiten des Herakles. So bedeuten z. B. die Stymphaliden (die Verderben bringenden Vögel und ihre Ausrottung durch Herakles) nichts anderes als die störenden, anstürmenden Gedanken, über die der Yogi, wenn er zu seinem allmächtigen, ewigen, ruhenden, jenseitigen »Ich« gelangen und mit ihm eins werden will, Herr werden muß.

Für religiös denkende Christen und Juden kann die Yogalehre bisweilen ein Stein des Anstoßes werden, und man bekommt dann zu hören: wozu ein solches kaltes System, wo doch der Glaube und die Frömmigkeit alles vermag!

Sicherlich ist der Glaube, falls er »lebendig« ist, ein okkultes Hilfsmittel ersten Ranges, aber Glaube, der wirken soll, läßt sich nicht von heute auf morgen lernen. Erziehen kann man ihn, aber ich wüßte keinen anderen Weg dahin, als eben nur den Yoga.

In Indien gibt es hunderte religiöser Sekten, die voneinander total verschieden sind, aber an einem halten sie alle fest: Yogakonzentration. Mag es nun eine Konzentration der Gedanken sein oder eine Konzentration des Gefühls, es läuft im Grunde auf dasselbe hinaus. Das Yogasystem ist eben im übertragenen Sinne Algebra und nicht Arithmetik; es läßt sich gebrauchen für den Okkultismus sowohl wie für den Mystiker.

Auch im Katholizismus gibt es eine Art Yoga, und wer sich dafür interessiert, kann Näheres darüber nachlesen in den »Geistlichen Übungen des Ignatius von Loyola« (»Manresa«, Verlag Pustet, Regensburg).

Der Grundsatz des Jesuitenordens, der diesen Yoga pflegte (ob es noch heute geschieht, weiß ich nicht), ist: Verzicht auf jeglichen eigenen Willen, damit ein »anderer« Wille, nämlich der göttliche Jesu Christi, im Herzen des Übenden sich offenbare. Wie beim Hindu-Yogi, so auch hier beim Jesuiten ist also »Verwandlung« des äußeren Menschen das Ziel und der Zweck der geistlichen Übung.

Die breite, nichtkatholische Öffentlichkeit, seit langem dem Jesuitenwesen feindlich gesinnt und völlig im unklaren in allem, was mit innerer Versenkung zu tun hat, sieht in dem Worte »Willensverzicht« lediglich eine vom Gründer des Ordens tückischerweise ersonnene Methode, den »Brüdern vom Herzen Jesu« zu politischer Macht zu verhelfen — eine Abart klerikalen Militarisierungssystems zugunsten der Kirche.

Begreiflicherweise geht der Jesuit von der für ihn unumstößlichen Annahme der Göttlichkeit Christi aus, und die Manresaübungen laufen einzig und allein darauf hinaus, daß der Übende der »Gnade« in dem Sinne teilhaftig werde, daß der göttliche Geist in ihn als Gefäß einziehe. Die naturgemäße Folge, vom Gesichtspunkte der

Yogalehre aus gesehen, ist, daß die Vorstellung des Übenden sich dem Bilde, das er sich macht, anpaßt und ihn jene Vorgänge erleben läßt, von denen er annimmt, Jesus Christus habe sie auf Golgatha erlitten, als da sind: Wundmale, Blutaustritt an der Stirn (»Dornenkrone«) usw.

Die Übereinstimmung im Verlauf und Charakter derartiger Phänomene wird bekanntlich von gläubigen Katholiken als Beweis angeführt, daß Jesus Christus tatsächlich gekreuzigt worden sein müsse.

Hier nur ein Beispiel unter tausenden, wie solche okkulten Vorgänge sich abzuspielen pflegen.

Die Augustinernonne Katharina Emmerich zu Dülmen, die Tochter eines armen Bauernehepaares, geboren 1774, gestorben 1824, eine berühmte Stigmatisierte, beschäftigte sich in ihren Ekstasen hauptsächlich mit der Lebens- und Leidensgeschichte Jesu. Von Jugend auf hatte sie Visionen; sie sah ihren Schutzengel, und der Bräutigam ihrer Seele, Jesus Christus, spielte, von der Mutter Gottes ihr zugeführt, als Kind mit ihr auf der Wiese und im Garten. Sie hatte die Gabe der Unterscheidung der Reliquien, der geweihten und ungeweihten Gegenstände und stand in Verkehr mit den »armen Seelen« im Fegefeuer. Im vierundzwanzigsten Jahre bot ihr Christus, in einer Vision als leuchtender Jüngling vor sie hintretend, eine Dornenkrone mit der Rechten, einen Blumenkranz mit der Linken zur Wahl und drückte ihr die Dornenkrone, die sie gewählt, mit beiden Händen auf den Kopf. Sie kam mit heftigen Schmerzen wieder zur Besinnung, und bald stellten sich Blutungen an ihrer Stirn ein. – Einst flehte sie im Gebet in der Kirche, einen Teil der Schmerzen Jesu mitfühlen zu können, und empfand seitdem stetes Brennen in Händen und Füßen, mit

Fieber verbunden. Von Kindheit an hatte sie gebetet, der Herr »möge ihr sein Kreuz fest in die Brust eindrücken«, ohne daß sie dabei jedoch an ein äußeres Sichtbarwerden des Vorganges gedacht hätte. Am 28. August 1812 betete sie inbrünstiger als je darum und sah ihren himmlischen Bräutigam wieder als leuchtenden Jüngling zu ihr kommen; er machte mit der Rechten das Zeichen eines gewöhnlichen Kreuzes über ihre Herzgrube. (Aus dem später oft Lymphe ausfloß.) Einige Wochen später sah sie, in ekstatischer Erstarrung kniend und betend, dieselbe Erscheinung, die ihr ein etwa drei Zoll langes Gabelkreuz in Form eines Y darreichte, das sie mit Inbrunst an die Brust drückte und dann zurückgab. In den nächsten Tagen zeigte sich das Y als rotes Mal auf ihrem Brustbein und schwitzte zuerst am Mittwoch und dann am Freitag Blut aus.

Sie hörte innerlich alles, was über sie im Kloster gesprochen wurde, und wußte um jede Verletzung der Ordensregel. In der Kirche wurde sie oft wie weggerissen, und sie stieg und stand dann an hohen Stellen, auf die menschlicherweise hinzugelangen unmöglich schien. Ein großer Teil ihrer Leiden und Schmerzen entstand dadurch, daß sie die Leiden und Schmerzen anderer (auf geistliche Weise) auf sich nahm. Als sie später nicht mehr zu gehen vermochte und beständig zu Bette lag, nahm sie fast keine Nahrung mehr zu sich. Ihr inständiges Gebet, Gott möge ihr die Wundmale nehmen, damit sie durch die stete Beunruhigung nicht unterliege, wurde nach sieben Jahren, Ende 1819, erhört; die Blutungen wurden seltener, die Wunden vernarbten, die Schmerzen jedoch blieben die gleichen. Nur in der Passionszeit dauerten die Blutungen fort. Sie litt auch noch andere physische Qualen, und öfters waren am Morgen ihre Hände und Arme gerötet und von Brandblasen bedeckt, wobei sie dann sagte: »Ich hatte so viele Nesseln im Weinberge des Herrn auszuraufen.«

Die Vorgänge und Aufgaben ihres inneren Lebens übersetzten sich nämlich bei ihr in symbolische äußerliche Handlungen mühseliger und schmerzhafter Art.

Etwa sechs bis sieben Wochen nach ihrem Tode wurde, da sich das Gerücht verbreitet hatte, die Leiche sei entwendet, das Grab geöffnet, und man fand sie ohne eine Spur von Verwesung mit lieblichen Gesichtszügen, wie eine Schlafende. –

Ein gläubiger Katholik würde in diesen Geschehnissen bei der Katharina Emmerich die Stufen auf dem Wege christlicher Heiligung sehen; wer im System der Yogamethoden bewandert ist, hätte eine vielleicht umfassendere Erklärung. Um eine solche bringen zu können, muß ich ein wenig weiter ausholen:

Wie ich schon erwähnte, gibt es in Asien zwei Yogasysteme; das eine, der Raja Yoga, geht (wenn das auch im Patañjali nicht ausdrücklich erwähnt ist, so erhellt es doch klar daraus) von der Voraussetzung aus: Die Gedanken des Menschen sind schöpferischer Art und imstande, unter gewissen gegebenen Bedingungen, insbesonders wenn sie aufs äußerste konzentriert – etwa wie Sonnenstrahlen in einer Brennlinse gesammelt – werden, auf die sogenannte Materie verändernd zu wirken. Diese grob körperlichen Veränderungen zu erzielen, ist nun keineswegs Zweck und Absicht des Raja Yoga; bei ihm handelt es sich nicht mehr um das Persönliche, vielleicht sogar nicht mehr um »Individuum an sich«, sondern um »Höheres«, wahrscheinlich um Einswerdung mit der großen körper-, namen- und gestaltlosen abstrakten »Ursache«.

Das zweite System ist der Hatha Yoga. In Indien, wo es von Sadhus usw. geübt wird, wie auch bei unseren Theosophen aller Schattierungen gilt der Hatha Yoga als im höchsten Grade verwerflich, verderblich, barbarisch und in den Abgrund ewiger Vernichtung führend. Wenn man dieses System so betrachtet, wie es heute von Fakiren und in gewisser Hinsicht auch von Schamanen angewandt wird, muß man solcher Ansicht allerdings beipflichten. Anders jedoch liegen die Dinge, wenn man ihnen auf den Grund geht.

Der Hatha Yoga, wie er uns z. B. in den überlieferten Büchern, etwa dem »Hatha Yoga-pradipika« des Commentators Srinivas Ayangar, entgegentritt, ist eine bizarr anmutende Ruine der Vorzeit und trägt die Züge der Hexenhaftigkeit und des toten Rezeptes. Verstärkt wird dieser Eindruck, wenn wir erfahren, daß indische und tibetische Sekten von ausgesprochen bösartiger Denkungsweise dem Hathasystem folgen.

Ein Beispiel (Vorschrift für einen Hatha Yogi):

»Man verschließe die Öffnung des Afters mit dem Knöchel des linken Fußes, drücke mit Sorgfalt verständig diesen Knöchel mit dem rechten Fuße, bewege ganz langsam die Ferse, ziehe langsam das Perinäum (Mittelfleisch) zusammen und halte den Atem an, indem man, das Kinn auf die Herzgegend pressend, den Hals abschnürt. Wer dies tut, vernichtet Alter und Sterben und bringt alles Erwünschte zustande.«

Halten wir dieses sonderbare Rezept und den »Wunsch zu leiden« bei der Nonne Katharina Emmerich zusammen, so finden wir allerdings nur einen einzigen, aber im Grunde sehr wesentlichen Berührungspunkt: dem Körper eine Qual zuzufügen. Der Fakir tut es bewußt und in der Absicht, den »Feind«, nämlich den Körper, unter seinen Willen zu beugen, damit der siderische Leib (siehe Abschnitt Paracelsus) mit seinen magischen Kräften erwache und »beweglich« werde; die Katharina Emmerich »verwandelte« ihren Körper ebenfalls, hatte aber die Ziele des Fakirs nicht im Auge und ging daher blind vor, ohne den magischen Naturgesetzen die Tricks abgucken zu wollen. Das Bild ihres Ideals Christus übernimmt daher (Paracelsus würde vermutlich gesagt haben: als »Evestrum«) an Stelle ihres bewußten Willens die Rolle des Verwandlers.

Daß solche Verwandler – im »heidnischen« Sinne – auch im Yoga wohlbekannt als Hilfsmittel sind, erhellt aus einer gewissen Vorschrift: Der angehende Yogi soll sich, wenn er sonst zu keinem Resultate gelangt, auf das Bild seines »Lehrers« (Guru) konzentrieren, bis dieses Bild nach und nach vor seinen Augen lebendig wird (Evestrum!) und zu ihm spricht und ihn belehrt, als ob es der Führer selber »wäre«. – Diese, übrigens im höchsten Grade bedenkliche und gefährliche Vorschrift hat, von Asien ausgehend, sehr rasch ihren Weg nach Westen gefunden und war gewissen theosophischen und anderen Cagliostros ein willkommenes Fressen, ihrer Eitelkeit zu frönen und sich Einfluß und – Einkommen bei Gutgläubigen und laienhaft oberflächlich Denkenden zu verschaffen. – Skrupellose Asiaten, die das Gift der Vorschrift noch genauer kennen, wenden es um so verderblicher an, als sie es mit den Gesetzen hypnotischer Magie treffsicher zu verquicken verstehen; sie verwandeln ihre Schüler in willenlose »Golems«. Hieran anschließend will ich die Gelegenheit nicht versäumen, allen, die sich auf okkultes Gebiet begeben, die ernste Warnung zuzurufen: Es gibt keine »Gurus« oder Führer, die essen, trinken und verdauen, also noch Menschen sind.

Wer sich als Führer ausgibt (wenn es auch in antiken Büchern scheinbar anders stehen mag!), ist entweder ein Schwärmer oder ein Schwindler! Wer finden will, muß suchen, als ob er, fern von Menschen, wie Robinson Crusoe auf einer einsamen Insel wäre mit Gott, den Stimmen der geistigen Natur und sich selbst allein.

In letzter Zeit hat ein englischer Justizbeamter und Privatgelehrter, Sir John Woodruff (Pseudonym Artur Avalon), mit Hilfe vieler Brahmanen und Pandits, mit denen er eng befreundet ist, ein überaus wichtiges Buch zusammenstellen können, das auf den Hatha Yoga ein erfreulich erhellendes Licht wirft.

Lange vor ihm hat die anglo-indisch-theosophische Gesellschaft und später ihre Kopie, die deutsche anthroposophische, erschrecklich geheimnisvoll mit einer okkulten Entwicklungsmethode getan, die sie das Erwecken astraler Lotuszentren und das Emporziehen der »Kundelinizauberkraft« im Rückenmarkskanal nannte. Teils hieß es da, es handle sich um praktische Erfahrung dieses oder jenes Gründers oder um Enthüllungen durch Mahatmas (»Übermenschen« in Asien)[7].

Und damit man ja nicht darauf käme, wo Bartel den Most holt, wurde im selben Atem mit allen Gesten des Abscheus vor einer in Asien existierenden Sekte gewarnt, die in Indien Tantrikas heißt. Selbst für den Teufel seien diese Tantrikas noch zu schlecht. Apage satanas!

Wie nun Artur Avalon feststellen konnte (an anderer Stelle), ist die Religion dieser Tantrikas, von entarteten Formen in Südindien natürlich abgesehen, die denkbar reinste und sublimste, und das Hatha-Yoga-System stellt

[7]) Dieses »Indiehöheziehen« der Hundaline geschieht durch Gedanken- und Gefühlskonzentration auf den sogenannten Sacralplexus, ruft Trance hervor und ist äußerst gefährlich. Der Herausgeber.

nur Verfallsprodukte dieser magischen, bis in unbekannte Vorzeit zurückreichenden Religion vor. Was das Buch für Okkultisten und von europäischen oder indischen Gurus »Angeführte« besonders wichtig macht, ist der Umstand, daß man klar aus ihm ersehen kann, wie grundfalsch alles war, was einem bisher als »Weg zum Erfolg« vorgesetzt wurde.

Zweifellos sind die Rezepte des Hatha Yoga nicht abergläubische und sinnlose Vorschriften, sondern sie beruhen auf abgrundtiefen physiologischen Erkenntnissen, von denen wir heute keine blasse Ahnung mehr haben; allerdings viele von ihnen scheinen Ursache und Wirkung miteinander zu verwechseln. Es heißt da z. B. im Hathayogapradipika: »Wer Hatha Yoga und Raja Yoga nicht zusammen betreibt und nur eines *oder* das andere, der wird keinen Erfolg erzielen.«

Ferner: »Der Yogi muß den Atem zwei Stunden lang anzuhalten lernen.« (Man probiere das gefälligst!) Ferner: »Der Yogi muß die Zunge nach innen kehren, damit sie den Schlund verstopfe, und mit den Augen die Nasenspitze fixieren.«

Bei Epileptikern zeigt sich bekanntlich häufig, daß sie die Augen verdrehen und die Zunge »verschlucken«. Mohammed z. B. war Epileptiker; was Wunder, wenn gläubige und unwissende Zuschauer in solchen Fällen meinten, man müsse, um ein Prophet zu werden, das tun, was äußerlich ein nebenbei epileptischer Prophet scheinbar bewußt getan hat, nämlich die Zunge verschlucken und Augen und Daumen verdrehen! — Oder, um einen Vergleich mit der Katharina Emmerich heranzuziehen: wie sich bei dieser das Martyrium Christi am eigenen Körper zeigte durch imaginatives Sichhineinleben in das Sterben am Kreuz, so beim Nachfolger Mohammeds oder anderer Verzückter der epileptoide Begleitumstand. Ähnlich verhält es sich mit dem Rezept des Atemanhaltens durch zwei Stunden. Wenn dergleichen auf grob natürliche Weise möglich wäre, dann könnten es javanische Perlentaucher oder Varieteartisten längst. Das Stocken des Atems während so langer Zeit wurde einwandfrei festgestellt bei Fakiren wie Pratapa, als er in Budapest vor Jahren sich produzierte, bei Haridas, der sich für Monate begraben ließ, und vielen anderen, aber, wie jeder Fakir bestätigt, kommt es durch innere Versenkung zustande und ist deren Folge.

Die Behauptung Ayangars findet also hier ihre Rechtfertigung; Raja Yoga ist das Ursächlichste, Hatha Yoga die Wirkung auf den Körper, und eins ohne das andere bleibt eine halbe Sache. –

Das Bild, das der Hatha Yoga bietet, wenn wir die über und hinter ihm stehende Tantrikreligion nicht mit hinzuziehen, bleibt nicht nur starr und tot für uns auf okkultem oder gar geistigem Gebiet – denn etwas gemeiner Egoistisches und Materielles läßt sich kaum mehr denken –, sondern es ist auch hohl in jeder Beziehung; es hält nicht, was es verspricht. In dem »Rezept«buch des Hatha Yoga wird ausdrücklich jedem verheißen, der diese oder jene Körperverrenkung meistert oder diesen oder jenen unwillkürlichen Muskel, wie z. B. das Herz, die Pupillenkontraktoren usw., unter seinen Willen beugt, daß er schweben könne, sich verjüngen, seinen Körper in einen anderen verwandeln und dergleichen mehr; nun aber sind Fälle bekannt, wie z. B., daß ein Europäer, ein ehemaliger Kellner, von Kindheit an dergleichen konnte und auch auf Kliniken bewies, ferner, daß in einem Londoner Varieté ein Inder als Schlangenmensch auftrat und sämtliche bis dahin für unmöglich gehaltene Mudras und Asanas (Verrenkungen und Sitzstellungen) vorführte. Aber keiner von beiden besaß auch nur die geringsten okkulten Fähigkeiten.

Der springende Punkt liegt demnach offenbar auf ganz anderem Gebiet als dem rein körperlichen.

Wir dürfen nun freilich nicht erwarten, daß wir in der Kenntnis der Tantrikreligion eine Springwurzel gefunden hätten, die alle geheimen Schlösser öffnet oder gar eine Erlösung von allem Übel bedeutete, vom christlichen Standpunkt aus gesehen ist sie sogar Heidentum, aber für das Studium des Okkultismus und des Yoga ist sie ein Dietrich. Ihr Um und Auf ist die praktische Vergöttlichung des Körpers, der bis dahin der Feind des Menschen war, das In-Kraft-Verwandeln des Leibes, das Anziehen des Auferstehungsleibes, wie es der Christ nennen würde.

So, wie der Mensch der letzten Jahrtausende die Natur entgöttert hat und überall nur blinde mechanische Kräfte am Werke sieht, so hat er auch seinen eigenen Leib entgöttert; die Tantrikreligion sieht in jedem Nervenzentrum den Sitz einer Gottheit, die der Fromme anruft und verehrt. Ist der Schluß, daß dadurch eine einschneidende Veränderung des ganzen Seelenlebens eintreten müßte, wirklich ganz von der Hand zu weisen? Zumal wir wissen, welche ungeheure Rolle die Autosuggestion spielt, nicht nur, was den Charakter und die Handlungsweise des Menschen betrifft, sondern auch seinen – Körper? Hat nicht die Katharina Emmerich Brandblasen auf der Haut bekommen (fraglos eine organische Veränderung!), als sie sich einbildete, im Garten Gottes Nesseln ausgerauft zu haben? Wäre ihr religiöses Bild weniger leidensfroh gewesen, hätte sie vielleicht Blumen gepflückt, und Freude wäre die Folge gewesen. –

Wir wissen heute noch nicht, wie weit der Einfluß der Imagination auf den Körper geht. Aber ist die Annahme, er sei ohne Grenzen, gar so verwegen?
Das spiritistische Phänomen der Transfiguration läßt in dieser Hinsicht überschwengliche Hoffnungen zu.
Das höchste Ziel des Hatha Yogas und der Tantriklehre ist: die gänzliche Überwindung alles Körperlichen; und die uralte chinesische Taoreligion, die wahrscheinlich nichts anderes ist als Tantrik, zählt in ihren Legenden zu Tausenden die Gläubigen her, die Herren über den irdischen Leib, indem sie ihn verwandelten, wurden. Besäßen wir nicht die Beweise der spiritistischen Materialisations- und Entmaterialisationsphänomene, so hätte unser Glaube an solche Denkbarkeiten keinen Boden, so aber: welch ungeheurer Ausblick, wenn wir derartige Möglichkeiten auch nur für einen Moment ins Auge fassen!
Und mag der Weg zu solchem Ziel auch Äonen dauern, wert betreten zu werden ist er sicherlich; sollte er auch ins Nichts führen und das Ende für immer in Nebelfernen unerreichbar bleiben, kann mir jemand ein anderes, ein irdisches Ziel nennen, das nicht den Namen verdient: »Aschenfrucht des Toten Meeres«?

Wir stehen heute an der Schwelle neuer, kommender Dinge, sicherlich vor großen Erfindungen und Entdeckungen.
Alles deutet darauf hin, daß auch auf dem Gebiete des Okkultismus manches erschlossen werden wird, über das heute viele noch spotten und lachen. Ob es ein Reich, bewohnt von uns noch unsichtbaren Wesen, sein wird, oder ob auf dem großen Felde, das unsere Seele ist, neue Früchte wachsen werden, die wir bisher nicht kannten, wer weiß das?

So mancher hofft, das Ende der materialistischen Weltanschauung sei nahe herbeigekommen, und baut auf den Okkultismus als den kommenden Erlöser; aber so sicher ist der Sieg noch nicht!
Heute schon mehrt sich die Zahl der Forscher in diesem Fache, die da sagen: Wesen einer anderen Welt sind es nicht und können es nicht sein, die so erstaunliche Dinge vollbringen, sondern lediglich blinde und wenig bekannte Naturkräfte treiben ihr Spiel. Viele derartige Forscher freilich sind unehrlich, während sie solches behaupten; sie fürchten sich vor dem Verlachtwerden, falls sie offen eingestünden, wie Lombroso auf dem Totenbett eingestanden hat:
»Was soll denn anderes hinter den Erscheinungen des Okkultismus stehen als die Bewohnerscharen einer jenseitigen Welt!«
Wahrlich, wenn heute einer käme und bewiese ihnen, daß es so etwas gäbe wie eine organische, intelligente und bewußte Elektrizität, sie würden den Sinn verdrehen und sagen:
Also ist doch alles nur Materie; auch der Mensch!

IV

Briefe

Briefe

Der folgende Brief trägt als Absender den Stempel »G. Meyer, Prag Zizkov, Premyslgasse 15.« Er dürfte in jener Wohnung geschrieben worden sein, von der Max Brod in seiner Autobiographie vermerkt, daß sie sich »in einem fernen Vorort«, neben »dem einsamen weitläufigen Fabrikgebäude der Gasanstalt« befand. Der Adressat ist dem Briefinhalt nach der Verlag Langen in München, wo 1904 der zweite Band Skizzen unter dem Titel »Orchideen« erschien.

Sehr geehrter Herr Redakteur! –
Vor einigen Monaten schrieben Sie mir, daß Sie im Falle eines guten Absatzes des »heißen Soldaten« einen 2. Band Skizzen von mir herausgeben würden. –
Ich erlaube mir höfl. nunmehr darauf zurückzukommen und diesbezüglich bei Ihnen anzufragen, – eventuell ob Sie nicht im Falle der *Ablehnung* die große Liebenswürdigkeit haben wollten, mir für diese restlichen Skizzen eine Empfehlung an einen Ihnen befreundeten und guten anderen Verlag zu geben. –
In der nächsten Nummer des »Magazins für Literatur« soll, wie ich vernehme, wieder eine große Besprechung in Form eines Feuilletons über den »heißen Soldaten« kommen. –
Ich sehe mit großem Vergnügen Ihren w. Rückäußerungen entgegen und zeichne mit

vorzüglicher Hochachtung
Ihr ergebener Gustav Meyrink

30. 10. 1903

Undatiert ist ein Brief an Albert Langen, der aber in die Zeit nach 1910 fallen muß, da in diesem Jahre die fragliche Übersetzung der »Pickwickier« von Dickens erschienen ist. Meyrink legt hier die Grundsätze dar, die ihn bei seiner Übersetzertätigkeit leiteten.

Gustav Meyrink
München XXIII Beichstraße 9
Herrn Albert Langen
München

Sehr geehrte Redaktion!
Im Besitze Ihres geehrten Schreibens vom 10. Dez. beeile ich mich Ihre Anfrage wie folgt zu beantworten.
Ich finde es schon sonderbar genug, daß der betreffende Kunde von seinem Buchhändler verlangt, daß dieser die Pickwickier zurücknehmen solle, weil sie angeblich nicht vollständig seien. Noch sonderbarer jedoch erscheint es mir, daß er noch obendrein eine Äußerung von mir verlangt. Ich bin mir keinen Augenblick im Unklaren darüber, daß es sich hier wiederum um eine Gehässigkeit handelt, wahrscheinlich von seiten irgend jemandes der sein Mütchen an mir kühlen möchte, ohne dabei natürlich mit Namen und Adresse herauszurücken.
Ich kann mir wohl vorstellen, daß man beispielsweise bei Übersetzung des Kant in eine fremde Sprache sich streng an jedes Wort halten müsse und auch nichts weglassen dürfe, aber bei Dickens ist etwas derartiges denn doch deplaciert. Abgesehen davon, daß auch die Originaltexte in den verschiedenen englischen Ausgaben beträchtlich voneinander abweichen, so liegt es doch auf der Hand, daß unsre Ausgabe in erster Linie den künstlerischen Standpunkt zu wahren hat und nicht den eines Philologen. Bekanntlich erschienen Romane von Charles

Dickens anfänglich in Fortsetzungen und weisen demgemäß natürlich ganz überflüssige Längen auf, die der Autor dann später selbst stark zusammenstrich. Die verschiedenen, damals erschienenen Kritiken betonen dies mit ziemlicher Schärfe. Außerdem muß ich direkt in Abrede stellen, daß ich die Pickwickier gleich kapitelweise gekürzt hätte. Was ich in diesem Buche wegließ, erschien mir höchst überflüssig und nur dazu angetan, die Straffheit der Handlung zu schädigen. Ich bin in diesem Punkte nach bestem Gewissen vorgegangen und kann meinen Standpunkt auch entsprechend vertreten. Dabei möchte ich noch darauf hinweisen, daß ich auch bei den übrigen Romanen, z. B. Copperfield und Bleak House sehr viel Überflüssiges gestrichen habe. Die inzwischen erschienenen Kritiken bemerken das auch zum Teile, aber sämtlich in günstigem Sinne. In der Kritik von Hermann Hesse im März heißt es unter andrem: »Die Romane von Dickens sind im Original keine Kunstwerke, dazu sind sie viel zu schluderig gemacht« und ich selbst möchte hinzusetzen, daß z. B. in dem Romane Bleak House, Dickens mehrere Romanfiguren miteinander verwechselte, sodaß ich hier nicht nur auslassend sondern sogar verbessernd eingreifen mußte. Was sagt der betreffende Herr nun dazu? Wünscht er vielleicht Bleak House aus diesem Grunde auch zurückzugeben?

Ich möchte also nochmals wiederholen, daß ich für meine Verdeutschung vollständig einstehe und lediglich nach künstlerischen Prinzipien vorging.

Sie würden mich außerordentlich zu Dank verpflichten, wenn Sie Ihrem Buchhändler nach Weissenfeld schrieben, er möge doch die Güte haben, Ihnen Namen und Adresse des betreffenden Querulanten einzusenden, da ich mich für denselben naturgemäß sehr interessiere.

Genehmigen Sie die Ausdrücke meiner vorzüglichen Hochachtung.

Ihr ergebenster
Gustav Meyrink

In dem Brief an Johanna Kanoldt, eine Freundin der Familie Meyrink, sind aufschlußreiche Bemerkungen über das damalige verlegerische Problem des »Golem« enthalten.

Starnberg 22. 9. 15

Sehr verehrtes Fräulein Kanoldt!
Vielen, herzlichen Dank, daß Sie abermals an uns gedacht haben!
Als Ihr Brief kam, war ich gerade dabei an das Fastenrathcomité zu schreiben und ihm den Golem zu schikken.
Leider weiß ich Herrn Erbslöh's Adresse nicht; darf ich *Sie* bitten, ihm meinen allerbesten Dank zu sagen, daß er sich so für mich einsetzt?
Der Golem erscheint im *Buch* offiziell im October. Ich habe leider, aus Not gezwungen, meinen Tantiemenanteil daran – und zwar recht billig – verkaufen *müssen* (bitte unter uns), aber mein Interesse am Einschlagen des Buches ist deshalb ungeschmälert; – jetzt, wo der gesamte Gewinn dem Verleger allein zufließt, wird dieser natürlich Himmel und Hölle zu Reclamezwecken in Bewegung setzen und wenn dann die Auflageziffer recht hoch wird, steigt auch mein nächster Roman im Marktwert.
... X kenne ich *sehr* genau. Er renommiert mächtig mit allem möglichen, – in Wirklichkeit ist er ein gänzlich einflußloser Journalist. Auch hier trügt wieder wie ge-

wöhnlich der äußere Schein *nicht*. Ich weiß ja, er »will mir wohl«, aber *bitte*, machen Sie ihn nicht auf die Fastenrathssache aufmerksam.
Wir alle danken Ihnen herzlich, daß Sie sich unsertwegen so sorgen; die Zukunft kennen wir alle nicht – – rosig sieht sie sich ja nicht an-, aber vielleicht kommt alles doch noch ganz anders. Wie es *nach* dem Krieg in punkto Kunst wird? – Heute steht's schon faul genug, – selbst der sonst so noble Simplicissimus zahlt nur noch die *halben* Schriftstellerhonorare. Die anderen Blätter kaum $^{1}/_{5}$!!
Am 1. Oct. sind wir schon in unserer neuen Wohnung: Kaiser-Wilhelm-Str. $47^{1}/_{2}$. – Nicht wahr, Sie kommen dann sicher wieder mal heraus.

Mit Handkuß Ihrer Frau Mama und Ihnen
Ihr dankbarer
Gustav Meyrink

Die Reaktion auf einen Versuch, seinen 50. Geburtstag literarisch zu feiern, zeigt ein Brief an den Schriftsteller Kurt Martens:

14. XII. 17

Lieber Herr Dr. Martens!
Verzeihen Sie, daß ich Ihnen auf Ihren so ungemein liebenswürdigen Brief in fliegender Hast und so knapp antworte; die alte Tante meiner Frau liegt im Sterben und ich bin schlaftrunken vom Nachtwachen.
Bitte, sagen Sie allen den Herren, die mich anläßlich meines 50. Geburtstages so ehren wollen, meinen wärmsten und herzlichsten Dank, aber sie sollen nicht böse sein, wenn ich sie bitte, von einer solchen Ehrung abzusehen.

Mir macht es mehr Freude, zu wissen, daß eine solche Menge von Freundschaftsbeweisen geplant war, als selbst der Mittelpunkt der Durchführung zu sein.
Und seien auch Sie, bitte, mir deshalb nicht böse! – Ich danke Ihnen für Ihren Brief und freue mich über ihn genauso, als hätte das Fest in Wirklichkeit stattgefunden.

Mit vielen herzlichen Grüßen
Ihr
Gustav Meyrink

Und schließlich ein Schreiben an einen Unbekannten, der um eine Besprechung seines Buches gebeten hatte, die Meyrink ablehnen mußte:

25. II. 19

Sehr geehrter Herr!
Als mir Langen s.zt. Ihr Buch zur Besprechung schickte, sah ich sogleich, daß ich dieser Aufgabe nicht gewachsen war. Ich behielt das Buch natürlich, bezahlte es jedoch, denn es hätte mich gedrückt, es anzunehmen, ohne eine Gegenleistung dafür bieten zu können.
Sie dürfen mir meine Absage nicht verübeln, ultra posse nemo tenetur.

Mit vorzüglicher Hochachtung
ergebenst
Gustav Meyrink

Gustav Meyrink

Herrn

Oldřich Neubert,[1])

Smichow-Hrebenka 29

(Tel. 492-79)

25. 7. 1932

Mein lieber Freund!

Ich habe meinen Sohn gefunden und bin mit ihm vereint. Aber diese Vereinigung ist so ganz, ganz anders, als ich mir früher dachte, daß es sein könnte. Hätte man mir früher gesagt, daß es auf solche Weise zustande kommen würde, so wäre ich sehr traurig gewesen in meiner irdischen Blindheit, denn ich hätte gedacht, es sei zu wenig. In Wirklichkeit aber ist es grandios, wenn man es erlebt, daß man meint, es zerspringt einem das Herz. Ich kann es hier auf dem Papier gar nicht ordnen und muß schreiben ohne rechten Zusammenhang.

Ich will es ganz so durcheinander schreiben, schon aus dem Grund, damit Dir vor allem im Inneren auftaucht, wie Du auf gleiche oder ähnliche Weise Dich mit Deiner lieben Frau in Verbindung setzen kannst. Ich kann nicht sagen, es wurde mir mitgeteilt mit Worten von drüben, was ich tun solle, sondern es kam über mich wie ein wachwerdendes eigenes Wissen, das ich seit Jahrtausenden besessen habe, aber nur vergessen hatte. Zuerst erwachte ich in der Nacht und mir war, als müsse ich ein Glas Wasser trinken. Ich hatte gar keinen Durst, und doch war es wieder Durst, aber ganz anders, als man

1) O. Neubert war Drucker und Verleger in Prag. Meyrink verband mit ihm eine aufrichtige Freundschaft. Diesen Brief schrieb er nach dem Selbstmord seines Sohnes Harro, dessen seltsamer Tod eine merkwürdige Parallele zum Ende des Studenten Charousek im »Golem« aufweist.

sonst Durst spürt. Ich trank ein Glas Wasser, aber ich mußte mich dazu zwingen, denn es schmeckte mir gar nicht. Dabei wurde mir plötzlich bewußt: mein Sohn hat Durst und ich trinke für ihn! Und dabei wurde mir plötzlich klar, die Verbindung mit ihm wird dadurch eingeleitet, nichts weiter! Die Elementale, die sich von seinem Leichnam auslösen und die mit ihm als irdische Bestandteile im Leben verschwunden waren, haben Durst und nicht *er* hat Durst! Am nächsten Morgen wußte ich plötzlich, ich müsse seinen Hut aufsetzen, so wie im »Golem« der Pernath den anderen Hut aufsetzt. Ich tat es mit der Vorstellung: jetzt bin ich gewissermaßen mein Sohn und er ist ich. Sogleich erfuhr ich den wichtigsten Schlüssel, den man braucht, um mit den Toten in *wahre* Verbindung zu kommen: Das Motiv muß das richtige sein! Unsere menschliche Sehnsucht, die Toten zu finden und mit ihnen beisammen zu sein, ist nicht rein und selbstlos genug, darum wird unser Flehen nicht erhört, denn nur *ein* Wunsch wird vom Geistigen aus erhört, wenn seine Erfüllung uns wahrhaft geistig nützt. Und dieses Motiv muß also sein: ich muß dem Toten helfen. Nicht er soll mir helfen, nein, ich will und muß *ihm* helfen. Aber wie soll ich ihm helfen, fragte ich mich verzweifelt, ich weiß doch nicht, wie ich es machen soll. Das brauchst du nicht zu wissen, war die Antwort: dein bloßer, heißer Wunsch zu helfen genügt, er hat ja deine Hilfe gar nicht nötig, aber doch sollst du als Helfenwollender ihm solche Gedanken schicken, andere Gedanken kommen gar nicht bis zu ihm hin. Und von da an habe ich nichts anderes mehr gedacht und getan. Das andere ging alles von selbst. Dann kam plötzlich eine heiße Eingebung: bete mit aller Inbrunst zur Allmutter ISIS, der ägyptischen Göttermutter, von der es heißt, sie achtet weder irdische noch himmlische Gesetze, sie sieht nicht recht und nicht unrecht. Mit ihrer Liebe zerbricht sie jedes starre Gesetz, jedes Karma und alles. Und da habe ich das Gesicht nach Ägypten gewendet, innerlich geschrieen: Allmutter Isis, tu ein Wunder, ein unbegreifliches Wunder für meinen Sohn und meine Frau und meine Tochter, die Schwester meines Sohnes! Ich will nicht wissen, wie dieses Wunder sein wird und wenn ich dadurch zerschmettert werden sollte, es ist mir gleich, nur tu ein Wunder! Und das Wunder hat auch bald darauf eingesetzt, es ist noch lange nicht zu Ende, es geht immer weiter. Eine solche Flut von ungeheuerem Wissen und von Erkenntnis ist mit einemmal über mich hereingebrochen, daß ich mich selbst gegen gestern nicht mehr wiedererkenne. Es ist, als sei mein gestriger Mensch gestorben und ein neuer Mensch auferstanden. Die Trauer um meinen Sohn ist spurlos fort. Wenn ich mit einer Handbewegung alles ungeschehen machen könnte, den Sturz beim Skilaufen und alles, ich täte es nicht, eher würde ich meine Hand im Feuer verbrennen. Ein ungeheures Glücksgefühl hat sich meiner bemächtigt. Ein Glücksgefühl, von dem ich früher nichts geahnt habe, daß es so etwas überhaupt geben könnte. Die Sache ist so: im Leben auf der Erde ist man gar nicht vereint mit einem Menschen, den man liebt! Es ist, als ob zwei Flaschen einander nahe gegenüber stünden, die eine mit roter Flüssigkeit gefüllt, die andere, sagen wir, mit blauer. Diese beiden Flüssigkeiten können sich nie vereinen, denn immer stehen, hindern die Glaswände der Flaschen dazwischen. Erst durch den Tod können sich die beiden Flüssigkeiten vereinigen und werden dann eine einzige Farbe, — in diesem Falle des Beispiels (das natürlich nur ein schlechtes Beispiel ist), würde aus blau-rot

= violett. Diese Einswerdung braucht gar nicht in meinem Falle eine immerwährende zu sein und ich möchte es auch gar nicht, denn das Gefühl: mein Sohn ist drüben und ich bin hier, aber wenn die Sehnsucht kommt, sind wir sofort ein einziges Wesen, – ist viel beseligender.

Ich kann Dir nicht mit Worten beschreiben, wie beglückend dies alles ist, ich wünsche Dir nur von ganzem Herzen, daß Du ein Gleiches erleben mögest. Wenn man die leeren Worte hört, dann meint man, ach, das ist viel zu wenig. Wenn man es aber nacherlebt, dann sieht man, wie blind, taub und stumm man vorher war. Aber auch die Außenwelt scheint sich bei mir zu verwandeln, mir ist, als sähe ich sie plötzlich ganz neu. Jedes Blatt, jeder Baum und jedes Tier ist mir neu. Mir ist, als sei ich plötzlich selber frisch und jung wie ein Kind und sähe mit den Augen eines fröhlichen Kindes die Natur. Man vergißt eben im Verlauf der Jahre, wie man als Kind alles gesehen hat und wie man sich gefreut hat, zu spielen und zu jubeln. Ich bin ganz erstaunt, wie alles das aus den Kinderjahren wiedergekehrt ist. Ich vergaß noch zu sagen, als ich anfing, den Hut meines Sohnes aufzusetzen, – gewissermaßen um einen magnetischen Kontakt herzustellen –, stellte ich mir auch immer vor, wenn ich gegessen habe oder getrunken oder geraucht: er, – mein Sohn, – ißt und trinkt jetzt mit *meinem Mund*, ich leihe ihm meinen Mund und meine Augen und meinen Körper usw. –

Da kam es manchmal höchst merkwürdiger Weise vor, daß ich plötzlich Appetit nach Getränken oder Speisen bekam, die ich selber gar nicht mag. Ich erfuhr dann, daß mein Sohn sie im Leben sehr gern gehabt hatte. Seltsam ist auch: in der Nacht vom 12. Juli, in der Nacht, als mein Sohn sich tötete, verließen mich mit einemmal die gräßlichen Schmerzen zwischen den Schultern, die mich bis dahin länger als einen Monat fast ununterbrochen gefoltert hatten, und ich war am Morgen erwacht als fast gesunder Mensch! Als mein Sohn noch in der Klinik lag, litt er schrecklich an den gleichen Schmerzen an derselben Stelle. Damals faßte ich ihn an der Hand und konzentrierte mich, sie ihm wegzunehmen. Gleich darauf war er frei von den Schmerzen und *ich* hatte sie statt dessen. Später, als er tot war, und ich die Verbindung mit ihm suchte, wurde mir die Erkenntnis: dieses Einswerden mit ihm ist ein ähnlicher Prozeß wie bei einem sogenannten Transfigurationsmedium, nur viel besser. Sowie sich das Transfigurationsmedium sogar vorübergehend körperlich in den Toten verwandelt, ohne sich dessen aber selbst bewußt zu sein und dabei in Trance liegt, so verwandelte ich mich innerlich und wach und bewußt in meinen Sohn und wenn es wieder geschieht, so wird es immer vollkommener werden.

Ich weiß, daß es immer schöner werden wird und in einer Art, die ich mir heute natürlich gar nicht vorstellen kann.

Ich meine also, daß Du es mit Deiner Frau ähnlich machen sollst wie ich es mit meinem Sohn gemacht habe. Setze Deine Liebe und Deine Hoffnung auf die *Allmutter Isis* und sie wird dir helfen. Deine Frau war die Liebe und die Güte selbst auf Erden, also ist sie eine liebe Tochter der *Isis* und die Mutter *Isis* wird Dir und ihrer Tochter auf irgendeine unbegreifliche Weise helfen. Auf unbegreifliche Weise, von der du Dir gar kein Bild machen sollst, denn die Erfüllung geht weit über das hinaus, was ein Mensch sich ausmalen kann. Vor allem muß Dich der Wunsch bewegen: Du sollst deiner Frau helfen, auch wenn sie es gar nicht braucht. Auf diese Art gehst Du zu ihr hin, nicht etwa räumlich. Es gibt in Wahrheit gar keinen Raum und keine Entfernung, so was ist nur Suggestion und irdische Blindheit. Die Toten sind genau da, wo wir sind, es sind nur Schwingungen, die nicht gleich sind, wie wir – und deshalb glauben wir, wir seien räumlich getrennt. Wenn die Schwingungen die gleichen werden, dann sind wir vereint.

Bei meiner Tochter, – obwohl ich mit ihr über meinen Sohn gar nicht gesprochen habe, hat sich bereits derselbe Zustand eingestellt wie bei mir. Sie sagte mir gestern abends, ich weiß nicht, was da plötzlich geschehen ist, ich fühle mich mit einemmal so unendlich glücklich, wie nie in meinem Leben. Ich trauere nicht mehr um ihn und bin so froh, daß er tot ist, – ich fürchte mich vor mir selber, denn das klingt ja wie gräßliche Gefühlsrohheit. Mein Schwiegersohn saß dabei und wurde blaß vor Entsetzen, denn er glaubte natürlich, meine Tochter sei wahnsinnig geworden. Ich mußte dabei an die Stelle im *Golem* denken, wo der Rabbi Hillel selig lächelt über den Tod seiner geliebten Frau und an die Stelle im *Grünen Gesicht* vom Umstellen der Lichter im Lazarus Eidotter. Ich frage mich nur: wie konnte ich damals, als ich diese beiden Romane schrieb, wissen, daß es so etwas gibt?

Man muß sich immer nur vor Augen halten: das Leben auf Erden ist wie eine Zuchthausstrafe: statt sich von Herzen zu freuen, wenn einer aus dem Gefängnis herauskommt in die Freiheit, die er schon ganz vergessen hatte, weint man und klagt. Ganz und gar verkehrt ist der Mensch geworden! Das, was ich erlebt habe, ist natürlich noch ganz wenig, verglichen mit dem, was noch

kommen wird, das weiß ich gewiß. Sei versichert, mein lieber Freund, sofort werde ich Dir schreiben, wenn ich wieder etwas habe, womit ich Dir helfen und beistehen kann.
Ich wünsche Dir aus tiefstem Herzen, Du mögest bald so glücklich sein, wie ich es bin!
Bei meiner Frau steht das Wunder noch bevor. Bis jetzt ist sie zwar ruhig, aber das Große muß erst noch kommen. Ich habe das Gefühl, bei ihr wird es etwas ganz besonderes sein.

Dein
Gustav Meyrink

Besonders wertvoll ist ein Brief, den Mena Meyrink (am 21. Februar 1934) an Ernst Alt in Dinslaken richtete. Er sei deshalb hier ebenfalls zum ersten Male veröffentlicht:

Wien, 21. Febr. (1934)

Sehr geehrter Herr Alt!
Seit Oktober bin ich in Wien u. kann Ihnen von hier aus nicht das Gewünschte schicken. – Ich komme erst wieder im Mai zu meiner Tochter nach Starnberg – dann will ich Ihnen gern ein Bild und etwas Schriftliches von meinem Mann schicken. – Der Tod meines Mannes, – ich nenne diese Größe des Sterbens Auferstehung – war für uns ein Hochamt an Religion und Größe. – Seit dem erschütternden Tod unseres geliebten Buben hatte Gustl keinen Lebenswillen mehr – sein Geist war schon lang sehnend drüben – seine Augen wurden immer strahlender, sein Körper immer weniger. – Er sprach die Zeit überhaupt nicht viel – er saß immer so entrückt und schaute in die Fernen. – Am

2. Dezember um 11 h nachts sagte er mir wörtlich: Ich werde jetzt sterben, bitte rede es mir nicht aus, die Ablösung ist viel zu groß und wichtig – und bitte gib mir, falls ich noch so viel leiden sollte, keinerlei Betäubungsmittel – ich will aufrecht und bewußt hinübergehn. – Und so aufrecht, klar, ohne jede Klage, ohne Wimmern erwartete er den Tod. – Seine Augen wurden immer strahlender und um 1/2 7 h früh am Sonntag d. 4. Dez. machte er den letzten Atemzug. In uns war eine erschütternde Freude, daß sich sein großer Geist so harmonisch losgelöst hat. Sein Körper ist zurückgeblieben, wie eine Larve – der Schmetterling ist zur Höhe geflogen. – So aufrecht wie er starb – so aufrecht bin ich geblieben. Sein Tod und auch der Tod meines Buben, er ging, auch so gehoben – fast mit Freude seinen Weg. – Sie sind mir ein Beispiel, daß der Tod nichts Schreckhaftes hat. – Trotz der großen Erschütterungen bin ich ja so reich! – den inneren Reichtum, den mir Gustl gegeben hat, kann mir nichts und niemand nehmen. Ich bin so seltsam frohverbunden mit ihnen »drüben« und freue mich, weil ich jeden Tag ihnen näher komme. – Gustl ist aus Sehnsucht zu seinem Kind den Liebestod gestorben – er wäre uns jedem einzelnen nachgestorben – er hat uns zu stark geliebt. – Diese seine große Liebe wird Ihnen vielleicht mehr seinen Weg beleuchten, als andere Beispiele.

Mit vielen freundlichen Grüßen
Ihre
Mena Meyrink

Zeittafel
Quellennachweis

ZEITTAFEL

1868	19. Januar: Gustav Meyrink wird in Wien, Mariahilferstraße, im Hotel »Blauer Bock« geboren
	5. März: Taufe in der evangelischen Mariahilfer Kirche. Uneheliche Geburt. Vater: Karl Freiherr Varnbüler von und zu Hemmingen, württembergischer Staatsminister. Mutter: Maria Wilhelmine Adelheid Meyer, ev. AB, Hofschauspielerin. Taufpatin: Maria Abseger aus Graz
1874—1880	Besuch der Schule und des Wilhelmsgymnasiums in München
1881—1883	Besuch des Johanneums in Hamburg
	Abitur in Prag
	Besuch der Handelsakademie in Prag
	Kaufmannslehrling in Prag
1889	Gründung des Bankhauses »Meyer und Morgenstern«. (Der Kompagnon war der Neffe des Dichters Christian Morgenstern.)
1892	1. März: Erste Ehe mit Hedwig Aloisia Certl
1896	21. August: Bekanntschaft mit Philomena Bernt
1901	Auseinandersetzungen mit Gegnern in der Prager Gesellschaft
1902	18. Januar: Untersuchungshaft wegen Beschuldigungen gegen seine Geschäftsgebarung

	3. April: Entlassung aus der Untersuchungshaft, restlose Rehabilitierung
1901–1909	Mitarbeit am »Simplicissimus«
1904	Wien, Herausgeber der Zeitschrift »Der liebe Augustin«
1905	1. Februar: Scheidung der ersten Ehe
	8. Mai: Zweite Ehe mit Philomena Bernt (in Dover geschlossen)
1906	16. Juli: Geburt der Tochter Sibylle
1908	Geburt des Sohnes Harro
1907–1908	Mitarbeit an der Zeitschrift »März«
1908	C. Flamarion, Die Rätsel des Seelenlebens (Übersetzt von GM)
1909–1914	Charles Dickens, Ausgewählte Romane und Geschichten, Bd. I–XV (Übers. von GM)
1913	*Des deutschen Spießers Wunderhorn* (Novn.)
1915	*Der Golem* (Roman)
1916	*Das grüne Gesicht* (Roman)
	Fledermäuse (Erzählungen)
1917	*Walpurgisnacht* (Roman)
1919	lehnte Meyrink die ihm angebotene Aufnahme in den Varnbülerschen Familienverband ab
1921 ff.	Herausgabe der »Romane und Bücher der Magie«
	Bd. 1 Sri Ramakrishna von Carl Vogl (1921)
	Bd. 2 Eliphas Levi von R. H. Laarss (1922)
	Bd. 3 Dhoula Bel von P. B. Randolph (1922)
	Bd. 4 Der gelbe und der weiße Papst von Franz Spunda (1923)
	Bd. 5 Das ägyptische Totenbuch (1924)
1925	Thomas von Aquino, Abhandlung über den

Stein der Weisen. (Übersetzt, herausgegeben und mit einem Vorwort versehen von GM)
Lafcadio Hearn, Japanische Geistergeschichten. (Übersetzt und herausgegeben von GM)
Goldmachergeschichten (Erzählungen)

1926 Rudyard Kipling, Dunkles Indien (Übersetzt von GM)

1927 *Der Engel vom westlichen Fenster* (Roman)

1932 Tod des Sohnes Harro
4. Dezember: Tod Gustav Meyrinks
7. Dezember: Beisetzung an der Seite seines Sohnes auf dem Starnberger Friedhof. Die Grabrede hält Hans Ludwig Held

QUELLENNACHWEIS

Das Haus des Alchimisten / Fragment eines Romans
Bearbeitung des nachgelassenen Manuskriptes
von Dr. Julius Gustav Böhler
Der Uhrmacher
Paul Franke Verlag, Berlin o.J.: Neue deutsche Erzähler,
Seite 139–152
Die Stadt mit dem heimlichen Herzschlag
Gartenlaube, November 1928
Die geheimnisvolle Stadt
Hannoverscher Anzeiger, 1929
Žaba
Bohemia, Prag, 22. 11. 1930
Dr. Haselmayers weißer Kakadu
Danziger Neueste Nachrichten, 30. 1. 1930
Sonnenspuk
Sport im Bild, Nr. 3, 1928
Das Nachtgespräch des Kameralrat Blaps
Sport im Bild, Nr. 7, 1930
Der Jazz-Vogel
Bohemia, Prag, 14. 12. 1930
Die Frau ohne Mund
Sport im Bild, Nr. 15, 1930
Spiegelbilder
Gartenlaube, 1928
Südsee-Masken
Sport im Bild, Nr. 24, 1930
Fakire
März, 1907 (Aprilheft)
Fakirpfade
März 1907 (Augustheft)
Haschisch und Hellsehen
Prager Tagblatt, 17. 7. 1927
Magie und Hasard
Düsseldorfer Nachrichten, 31. 7. 1931
Das Zauberdiagramm
Münchner Neueste Nachrichten, 2. 6. 1928
Magie im Tiefschlaf
Saarbrücker Zeitung, 18. 2. 1928

Meine merkwürdigste Vision
Chemnitzer Allgemeine Zeitung, 15. 1. 1928
Der Lotse
Mensch und Schicksal, Nr. 18 vom 1. 12. 1952
Wie ich in Prag Gold machen wollte
Bohemia, Prag, 25. 12. 1928
Aus einem Tagebuch
Mensch und Schicksal, Nr. 18 vom 1. 12. 1952
Alchimie oder die Unerforschlichkeit
Einleitung zu Thomas von Aquino,
Abhandlung über den Stein der Weisen
O. W. Barth Verlag, München-Planegg 1925, Seite VII–XLVII
Telephonverbindung mit dem Traumland
Bohemia, Prag, 5. 1. 1928
Tantrikyoga
Hannoverscher Anzeiger, 28. 2. 1932
Vor kommendem Brand?
Münchner Neueste Nachrichten, 13. 12. 1932
Hochstapler der Mystik
Chemnitzer Allgemeine Zeitung, 12. 7.–16. 8. 1927 (5 Teile)
Dämonenfang in Tibet
Münchner Neueste Nachrichten, 17. 10. 1931
An der Grenze des Jenseits
Verlag von Dürr & Weber, Leipzig o. J. (1923), Seite 5–86